A ZONA MORTA

STEPHEN KING

A ZONA MORTA

TRADUÇÃO
Maria Molina

10ª reimpressão

Copyright © 1979 by Stephen King
Publicado mediante acordo com o autor através da The Lotts Agency.

Grafia atualizada segundo o Acordo Ortográfico da Língua Portuguesa de 1990, que entrou em vigor no Brasil em 2009.

Título original
The Dead Zone

Capa
Jorge Oliveira

Imagem de capa
Andrea Izzoti/ Shutterstock

Preparação
Emanuella Feix

Revisão
Marise Leal
Luciane Varela Gomide

Dados Internacionais de Catalogação na Publicação (CIP)
(Câmara Brasileira do Livro, SP, Brasil)

King, Stephen
 A zona morta / Stephen King ; tradução Maria Molina. – 1ª ed. – Rio de Janeiro : Suma de Letras, 2017.

 Título original: The Dead Zone.
 ISBN 978-85-5651-033-4

 1. Ficção de suspense 2. Ficção norte-americana I. Título.

17-03423   CDD-813

Índice para catálogo sistemático:
1. Ficção de suspense : Literatura norte-americana 813

Todos os direitos desta edição reservados à
EDITORA SCHWARCZ S.A.
Praça Floriano, 19, sala 3001 — Cinelândia
20031-050 — Rio de Janeiro — RJ
Telefone: (21) 3993-7510
www.companhiadasletras.com.br
www.blogdacompanhia.com.br
facebook.com/editorasuma
instagram.com/editorasuma
twitter.com/Suma_BR

Para Owen
Eu te amo, velho urso

NOTA DO AUTOR

Este livro é uma obra de ficção. Todos os personagens principais são fictícios. Uma vez que o pano de fundo da história se passa na década de 1970, o leitor pode reconhecer algumas figuras reais que desempenharam seus papéis nesse período. Espero que nenhuma dessas figuras tenha sido mal representada. Não existe um terceiro distrito eleitoral em New Hampshire e nenhuma cidade chamada Castle Rock no Maine. A palestra de Chuck Chatsworth foi extraída do livro *Fire Brain*, de Max Brand, originalmente publicado por Dodd, Mead and Company, Inc.

PRÓLOGO

1

Na época de sua formatura na universidade, John Smith já tinha se esquecido completamente da pancada que levara na neve, muitos anos antes, naquele dia de janeiro em 1953. Na verdade já era difícil se lembrar daquilo quando terminou o primário. Seus pais nunca ficaram sabendo de nada.

Estavam patinando em um trecho congelado da lagoa Runaround, em Durham. Os garotos maiores jogavam hóquei com velhos tacos emendados e usavam duas cestas de batata como goleiras. Os garotos mais novos apenas matavam o tempo como fazem os garotos desde que o mundo é mundo. Entortavam comicamente os tornozelos para um lado e para o outro, a respiração formava nuvens de vapor nos gélidos seis graus negativos. Em um canto da pista de gelo, dois pneus de borracha ardiam, soltando uma fumaça preta, e alguns pais observavam seus filhos de perto. Não havia começado a era do *snowmobile*, e a diversão de inverno ainda consistia em exercitar o corpo em vez de acelerar um motor a gasolina.

Johnny tinha vindo de casa, bem na divisa Pownal, com os patins pendurados no ombro. Aos seis anos, era um patinador razoavelmente bom. Ainda não o bastante para jogar hóquei com os garotos maiores, mas já era capaz de dar mais voltas do que a maioria dos outros alunos da primeira série, que ficavam sempre abrindo os braços para manter o equilíbrio ou se estatelavam de bunda no chão.

Ainda patinava devagar, contornando os limites da pista. Desejava saber deslizar para trás como Timmy Benedix, ouvir o gelo estalar misteriosamente sob a cobertura de neve além da orla. Ouvia também os gritos dos jogadores de hóquei, o ronco de um caminhão de concreto atravessando a ponte a caminho da US Gypsum, a fábrica de gesso em Lisbon Falls, e o murmúrio da conversa dos adultos. Ele se sentia muito contente por estar vivo naquele dia frio e agradável de inverno. Não havia nada de errado com ele, nada perturbava sua mente, não queria mais nada... exceto ser capaz de patinar para trás, como Timmy Benedix.

Johnny passou pelo fogo e viu dois ou três marmanjos dividindo uma garrafa de bebida.

— Deixa eu beber um pouco! — gritou para Chuck Spier, que estava encapotado com uma japona de lenhador e uma calça verde, de flanela grossa.

— Sai daqui, pirralho! — disse Chuck, mostrando os dentes em um sorriso amarelo. — Tô ouvindo sua mamãe chamar você.

Sorrindo, o Johnny Smith de seis anos de idade continuou patinando. E, no lado da pista de patinação que dava para a estrada, viu o próprio Timmy Benedix descendo a rampa na frente do pai.

— Timmy! — gritou. — Dá uma olhada!

Johnny virou para trás e começou a patinar de costas, desajeitadamente. Sem se dar conta, estava avançando para a área do jogo de hóquei.

— Ei, moleque! — gritou alguém. — Sai da frente!

Johnny não ouviu. Estava *conseguindo*! Estava patinando para trás! Tinha pegado o jeito — de uma hora para a outra. Tudo dependia do ritmo no vaivém das pernas...

Olhou para baixo, fascinado, querendo observar o movimento de suas pernas.

O disco de hóquei dos grandões, que estava velho, lascado e afiado nas beiras, passou zunindo por ele, também despercebido. Um dos garotos mais velhos, que não era dos melhores patinadores, se jogou atrás do disco, em uma espécie de mergulho de cabeça quase cego.

Chuck Spier viu o que ia acontecer. Ele se levantou e gritou:

— *Johnny! Cuidado!*

O pequeno John Smith ergueu a cabeça... e um instante depois o desengonçado patinador, com todos os seus setenta e três quilos, bateu a toda velocidade contra ele.

Johnny saiu voando, com os braços estendidos. Em uma fração mínima de segundo sua cabeça fez contato com o gelo. Ele apagou.

Apagado... gelo escuro... apagado... gelo escuro... apagado. Apagado.

Disseram que ele desmaiou. A única coisa da qual Johnny tinha certeza era que um estranho pensamento não parava de se repetir e que subitamente um círculo de rostos debruçados surgiu sobre ele — jogadores de hóquei assustados, adultos nervosos, garotos curiosos. Timmy Benedix com um sorriso afetado. E Chuck Spier, que o segurava.

Gelo escuro. Escuro.

— Ei! — falou Chuck. — Johnny... Você está bem? Levou uma tremenda pancada.

— Escuro — respondeu Johnny em um tom meio rouco. — Gelo escuro. Não pule mais em cima dele, Chuck.

Chuck olhou em volta, um tanto apavorado, depois retornou a Johnny. Pôs a mão no grande galo que estava se formando na testa do menino.

— Desculpe — disse o estabanado jogador de hóquei. — Eu nem cheguei a ver o garoto. Os moleques têm que ficar longe do hóquei. São as regras. — Olhou ao redor para ver se estava recebendo apoio.

— Johnny? — disse Chuck, que não estava gostando daquele ar nos olhos do garoto. Pareciam escuros e distantes, inexpressivos e frios. — Você está bem?

— Não pule mais em cima dele — repetiu Johnny, sem saber o que estava dizendo, pensando só no gelo... no gelo escuro. — A explosão. O ácido.

— Não acha que a gente devia levar ele ao médico? — perguntou Chuck a Bill Gendron. — Não está dizendo coisa com coisa.

— Dê um minuto a ele — aconselhou Bill.

Esperaram alguns instantes, e os pensamentos de Johnny realmente clarearam.

— Estou bem — murmurou ele. — Me ajuda a levantar. — Timmy Benedix continuou com aquele sorriso afetado. Miserável. Johnny decidiu que mostraria a ele com quantos paus se fazia uma canoa. No final da semana já estaria patinando em círculos ao redor dele... para trás *e* para a frente.

— Vem com a gente se sentar um pouco perto do fogo — disse Chuck. — Você levou uma baita pancada.

Johnny deixou que o ajudassem a se aproximar do fogo. O cheiro de borracha queimada era forte, ácido, e fazia Johnny sentir um pouco de enjoo. Estava com dor de cabeça. Tocou o galo sobre o olho esquerdo com curiosidade. Teve a impressão de que sua testa havia crescido um quilômetro.

— Consegue lembrar quem é e tal? — perguntou Bill.
— Claro. Claro que consigo. Estou bem.
— Como é o nome do seu pai e da sua mãe?
— Herb e Vera. Herb e Vera Smith.

Bill e Chuck se entreolharam e deram de ombros.

— Acho que está tudo bem com ele — concluiu Chuck, antes de repetir, pela terceira vez —, mas que levou uma baita pancada, levou, não foi? Uau!

— Cara — disse Bill, enquanto acompanhava afetuosamente com os olhos suas irmãs gêmeas de oito anos, que patinavam de mãos dadas —, a pancada provavelmente teria matado um adulto.

— Não um polaco — respondeu Chuck, e os dois deram uma gargalhada. A garrafa de Bushmill's começou a rodar de novo.

Dez minutos depois, Johnny estava de volta ao gelo, a dor de cabeça já quase passando, o galo despontando na testa como uma estranha marca distintiva. Quando foi para casa almoçar, já tinha se esquecido completamente da queda e do momento em que ficou apagado. Estava dominado pela alegria de ter aprendido a patinar para trás.

— Pelo amor de Deus! — exclamou Vera Smith quando viu o filho. — Como você fez isso na testa?

— Caí! — respondeu Johnny, começando a tomar ruidosamente a sopa de tomate Campbell's.

— Você está bem mesmo, John? — perguntou ela, encostando com delicadeza a mão no filho.

— Claro, mãe. — Ele estava muito bem... exceto pelos pesadelos que teve algumas vezes durante o mês seguinte... os pesadelos e a tendência a ficar sonolento em alguns momentos do dia em que não costumava ter sono antes. A sonolência, aliás, parou de acontecer mais ou menos na mesma época em que os pesadelos também cessaram.

Ele estava bem.

Certa manhã, em meados de fevereiro, Chuck Spier descobriu ao acordar que a bateria de seu velho DeSoto 48 estava descarregada. Tentou dar a carga usando a bateria do caminhão da fazenda. Quando prendeu o segundo polo na bateria do DeSoto, ela explodiu, espalhando fragmentos e um ácido corrosivo em seu rosto. Chuck perdeu um olho. Vera disse que, se não fosse pela misericórdia de Deus, ele teria perdido os dois. Johnny achou aquilo uma tragédia terrível e foi com o pai visitar Chuck no Hospital Geral de Lewiston, uma semana depois do acidente. A imagem do grande Chuck deitado naquela cama de hospital, todo debilitado e abatido, foi extremamente chocante — e naquela noite Johnny sonhou que era *ele* quem estava deitado lá.

De vez em quando, nos anos que se seguiram, Johnny tinha pressentimentos — sabia qual seria a próxima música no rádio antes que o DJ tocasse, esse tipo de coisa —, mas nunca tinha relacionado aquilo com seu acidente no gelo. Já tinha se esquecido dele.

Os pressentimentos nunca lhe causavam sobressaltos, e também não eram muito frequentes. Foi só na noite da feira regional e da máscara, que algo muito assustador aconteceu, antes do segundo acidente.

Mais tarde, ele pensaria nisso com frequência.

A Roda da Fortuna aconteceu *antes* do segundo acidente.

Era como uma advertência vinda diretamente de sua infância.

2

O vendedor cruzava Nebraska e Iowa, sem descanso, sob o sol escaldante daquele verão de 1955. Viajava em um sedã Mercury 53 que já estava com mais de cento e dez mil quilômetros rodados e cujos pistões tinham desenvolvido um nítido zumbido. O sujeito era um homem corpulento com cara de caipira do Meio-Oeste; naquele verão de 1955, quatro meses depois de seu negócio com pintura de casas ter falido em Omaha, Greg Stillson estava com apenas vinte e dois anos de idade.

A mala e o banco de trás do Mercury estavam cheios de caixas, e as caixas estavam cheias de livros. A maioria deles eram Bíblias. Tinha de todos os formatos e tamanhos. Lá estava seu item básico, a Bíblia da American Truthway, com dezesseis ilustrações coloridas, brochura colada, por 1,69 dólar e com a garantia de não soltar as folhas por pelo menos dez meses; depois, editado de maneira mais simplória em formato de bolso, havia o Novo Testamento da American Truthway, por sessenta e cinco centavos, sem ilustrações coloridas, mas com as palavras de Nosso Senhor Jesus impressas em vermelho; e, finalmente, para o comprador de peso, havia A Palavra de

Deus Deluxe da American Truthway, por 19,95 dólares, encadernada em uma imitação de couro branco, podendo o nome do proprietário ser gravado em caracteres dourados na capa, com vinte e quatro ilustrações coloridas e uma seção para registrar nascimentos, casamentos e falecimentos. Além disso, A Palavra de Deus Deluxe podia durar dois anos. Havia também uma coleção de livretos intitulados *American Truthway: a conspiração judaico-comunista contra nossos Estados Unidos.*

Greg vendia mais a coleção, impressa em papel barato, do que todas as Bíblias juntas. O livro contava tudo sobre como os Rothschild, os Roosevelt e os Greenblatt estavam se apoderando da economia e do governo americano. Havia gráficos mostrando como os judeus se relacionavam diretamente com o eixo comunista marxista-leninista-trotskista e, então, com o próprio Anticristo.

Os dias do macarthismo tinham terminado em Washington havia pouco tempo, mas no Meio-Oeste a estrela de Joe McCarthy ainda não se apagara. E Margaret Chase Smith, do Maine, ainda era conhecida como "aquela puta", devido à sua famosa Declaração de Consciência. Além da coisa toda sobre o comunismo, a clientela de fazendeiros de Greg Stillson parecia ter um interesse doentio pela ideia de que os judeus estavam dominando o mundo.

Agora Greg estava dobrando na estradinha empoeirada que levava à casa-sede de uma fazenda, cerca de trinta quilômetros a oeste de Ames, em Iowa. A casa tinha um ar de abandono, de coisa trancada (postigos fechados, as portas do curral trancadas), mas nunca se podia ter certeza antes de se investigar. Esse princípio fora muito útil a Greg Stillson nos dois ou quase dois anos que se passaram desde que ele se mudara com a mãe de Oklahoma para Omaha. O negócio com pintura de casas não tinha dado certo, e Greg sentia que precisava dar um tempo das palavras de Jesus — que sua pequena blasfêmia fosse perdoada. Mas agora ele havia voltado para casa — já não pensava no púlpito, não estava mais cheio de fervor religioso, e se ver finalmente livre do negócio dos milagres não deixava de ser um alívio.

Abriu a porta do carro e, quando pisou na estradinha de terra empoeirada, o grande e bravo cachorro da fazenda avançou do celeiro, com as orelhas para trás. Foi uma saraivada de latidos.

— Olá, cachorrinho — disse Greg com sua voz simpática, baixa, mas aliciante. Apesar de ter apenas vinte e dois anos, sua voz era a de um orador experiente.

O cachorrinho não reagiu ao tom amistoso de sua voz. Continuou se aproximando, grande e bravo, como se estivesse obstinado em almoçar um caixeiro-viajante. Greg voltou a entrar no carro, fechou a porta e buzinou duas vezes. O suor escorria pelo seu rosto, deixando o paletó de linho branco com manchas circulares debaixo dos braços e, nas costas, em forma de árvore, estendendo os galhos. Tornou a buzinar, mas não houve resposta. Os caipirões tinham subido em suas caminhonetes da International Harvester ou da Studebaker para ir à cidade.

Greg sorriu.

Em vez de dar uma ré e sair da estradinha, estendeu a mão para trás e pegou um pulverizador de inseticida — só que aquele estava cheio de amônia, e não de Flit.

Puxando o pulverizador para trás, Greg saiu novamente do carro, sorrindo descontraído. O cachorro, que tinha sentado e ficado parado, se levantou de imediato e começou a avançar, rosnando.

Greg continuou sorrindo.

— Sem problema, cachorrinho — falou ele naquele tom simpático, aliciante. — Vem cá. Vem pegar. — Detestava aqueles cães de guarda feiosos que governavam a pequena área em frente às casas como pequenos imperadores arrogantes; eles também diziam alguma coisa sobre o temperamento dos donos.

— Bando de caipiras do caralho — Greg resmungou, baixinho, porém ainda sorrindo. — Venha, cãozinho.

O cachorro foi. Contraiu as coxas para dar um salto. No celeiro, uma vaca mugiu e o vento sussurrou brandamente pelo milharal. Quando o cachorro saltou, o sorriso de Greg se transformou em uma dura e amarga careta. Ele apertou o pulverizador de inseticida e borrifou uma nuvem ácida de gotinhas de amônia bem nos olhos e no focinho do animal.

O latido raivoso se transformou imediatamente em ganidos breves, agoniados, e depois, quando o contato da amônia realmente se fez sentir, em uivos de dor. Logo o cachorro deu meia-volta, não mais um cão de guarda, apenas um vira-lata domado.

A face de Greg Stillson ficou sombria. Os olhos tinham se reduzido a duas desagradáveis fendas. Com um rápido passo à frente, ele deu um chute certeiro no traseiro do cachorro com um de seus sapatos Stride-King, de bico pontudo. O cachorro deixou escapar um gemido alto e, impelido pela dor e pelo medo, selou seu destino ao se virar para enfrentar o agressor em vez de correr para o celeiro.

Com um rosnado, atacou cegamente, abocanhou a bainha da perna direita da calça de linho branco de Greg e a rasgou.

— Seu filho da puta! — gritou Greg, assustado e enfurecido, tornando a chutar o cachorro, desta vez com força suficiente para fazê-lo rolar no chão. Avançou mais uma vez contra o animal e deu outro pontapé, sempre gritando. Agora o cachorro, com os olhos lacrimejando, o nariz em ardente agonia, uma costela quebrada e outra quase rasgando a pele, percebia o perigo vindo daquele louco, mas já era tarde.

Greg Stillson o perseguiu pelo terreno poeirento, arfando e gritando, o suor escorrendo pelo rosto. Chutou o cachorro até fazê-lo berrar de dor, mal conseguindo se arrastar pela terra. O cachorro estava sangrando em várias partes do corpo. Estava morrendo.

— Você não devia ter me mordido. — Greg agora sussurrava. — Está ouvindo? Está me ouvindo? Não devia ter me mordido, seu cachorro de merda. Ninguém fica no meu caminho. Está ouvindo? Ninguém.

Deu outro chute com o bico do sapato manchado de sangue, mas a única coisa que o cachorro pôde fazer foi deixar escapar um som sufocantemente baixo. Greg não via muita satisfação naquilo. Sua cabeça doía. Era o sol. A perseguição ao cachorro debaixo do sol quente. Foi sorte não ter desmaiado.

Fechou os olhos por um momento, respirando depressa. O suor rolava como lágrimas pelo rosto e se acumulava como cristais no cabelo cortado à escovinha, enquanto o cachorro agonizante morria a seus pés. Grãos coloridos de luz, pulsando no ritmo da batida do coração, flutuavam na escuridão atrás de suas pálpebras.

A cabeça doía.

Às vezes achava que estava ficando louco. Como naquele momento. Pretendia dar uma borrifada de amônia no cachorro e fazê-lo voltar ao celeiro para que pudesse deixar seu cartão embaixo da porta da cozinha.

Voltaria outro dia e faria uma venda. Agora aquilo. O caos! Já não era uma boa ideia deixar o cartão, certo?

Abriu os olhos. O cachorro jazia a seus pés, arfando rápido, o sangue pingando do focinho. Quando Greg Stillson olhou para baixo, o animal lambia humildemente seu sapato, como que para admitir que fora derrotado; mas logo voltou à sua ocupação de morrer.

— Não devia ter rasgado minha calça — disse Greg. — Uma calça me custa cinco paus, seu cão de merda!

Precisava sair de lá. Não seria nada bom se Clem Caipirão da Silva, a mulher e os seis filhos voltassem de repente da cidade em sua carroça e vissem o Totó morrendo ali no chão, com aquele vendedor malvado parado na frente dele. Perderia o emprego. A American Truthway não contratava vendedores que matavam cachorros de donos cristãos.

Abafando umas risadinhas nervosas, Greg voltou ao Mercury, entrou e deu uma rápida marcha a ré. Virou à direita na estrada de terra que seguia reta como um fio pelo milharal e logo alcançou cem quilômetros por hora, deixando para trás uma nuvem de poeira com três quilômetros de extensão.

Com toda a certeza, não queria perder o emprego. Ainda não. Estava ganhando um bom dinheiro — além das atividades da American Truthway, Greg tinha uma agenda própria, de que a empresa não fazia ideia. Ele a estava cumprindo naquele momento. Além disso, viajando de um lado para outro, passara a conhecer muita gente... muitas garotas. Era uma boa vida, só que...

Só que ele não estava satisfeito.

Continuou dirigindo, a cabeça latejava. Não, simplesmente não estava satisfeito. Sentia que estava destinado a coisas maiores do que dirigir pelo Meio-Oeste vendendo Bíblias e adulterando os recibos de venda para somar um adicional de dois dólares diários às comissões. Sentia que estava destinado à... à...

À grandeza.

Sim, era isso, era exatamente isso. Algumas semanas antes, levara uma moça para o celeiro. Os pais dela estavam em Davenport, vendendo um carregamento de galinhas. Ela começou oferecendo a Greg um copo de limonada, e uma coisa simplesmente levou a outra. Depois de ser possuída, a moça disse que teve a impressão de ter sido seduzida por um pastor. Então Greg a esbofeteou, ele mesmo não sabia o porquê. Deu-lhe um tapa e foi embora.

Bem, não.

Na realidade, ele deu três ou quatro tapas. Até ela começar a chorar, depois a gritar pedindo socorro. Então ele parou e de alguma forma (teve que usar cada grama do charme que Deus lhe deu) conseguiu consertar as coisas com a moça. Foi nessa ocasião que sua cabeça começou a doer, os grãos pulsantes e brilhantes disparando, dando cambalhotas no seu campo de visão. Ele tentou dizer a si mesmo que era o calor, o calor explosivo do celeiro. Mas não foi apenas o calor que fez sua cabeça doer: foi a mesma coisa que sentiu no pátio da fazenda quando o cachorro rasgou sua calça, uma coisa obscura e insana.

— Não estou louco! — gritou ele no carro. Abriu rapidamente a janela, deixando entrar o calor do verão, o cheiro de poeira, de milho e estrume. Ligou o rádio em volume alto e sintonizou uma canção de Patti Page. A dor de cabeça diminuiu um pouco.

Era tudo questão de se controlar e... e procurar manter a ficha limpa. *Se você agir corretamente, ninguém poderá te ferrar.* E ele estava se aperfeiçoando nas duas coisas. Não tinha mais tão frequentemente aqueles sonhos com o pai, os sonhos em que o pai o olhava de cima, com o capacete de operário puxado para trás, e gritava: *Você não é bom, tampinha! Não tem porra nenhuma de bom!*

Já não tinha tanto esses sonhos, simplesmente porque eles já não correspondiam à realidade. Não era mais um tampinha. Tudo bem, vivia doente quando era garoto, muito pequeno, mas crescera e agora cuidava de sua mãe...

Seu pai havia morrido e não podia ver como o filho estava hoje. Não podia fazer o pai engolir o que tinha dito, porque ele havia sido vítima da explosão de uma torre de perfuração de petróleo e morrera. Mas por uma vez, só uma, Greg gostaria de desenterrá-lo e gritar em sua cara apodrecida: *Você estava errado, papai, você estava errado a meu respeito!* E depois lhe dar um bom chute, que nem quando...

Quando chutou o cachorro.

A dor de cabeça estava de volta, mais fraca.

— Não estou louco — repetiu sob o som da música. Sua mãe sempre lhe dizia que ele nascera para alguma coisa grande, alguma coisa notável, e Greg acreditou. Só era preciso manter as coisas sob controle, como esbofetear a garota ou chutar o cachorro, e a ficha limpa.

Não importava qual fosse sua grandeza, ele saberia quando chegasse a hora. Tinha bastante certeza disso.

Pensou de novo no cachorro e, desta vez, o pensamento trouxe o leve contorno de um sorriso, sem humor nem compaixão.

Sua grandeza se aproximava. Talvez ainda estivesse anos à frente — ele era jovem, sem dúvida, não havia nada errado em ser jovem desde que se soubesse que não se podia ter tudo de uma hora para outra. Desde que se acreditasse que as coisas iam acontecer. E ele acreditava nisso.

E que Deus e o Menino Jesus ajudassem qualquer um que entrasse no caminho dele.

Greg Stillson expôs um cotovelo bronzeado de sol pela janela e começou a assobiar acompanhando a música do rádio. Pisou no acelerador, levou aquele velho Mercury a cento e dez por hora e seguiu, em Iowa, a estradinha reta de terra para o futuro, fosse lá qual fosse, que pudesse haver à frente.

I
A RODA DA FORTUNA

1

1

As duas coisas de que Sarah se lembraria mais tarde, sobre aquela noite, seriam a sorte que Johnny teve na Roda da Fortuna e a máscara. Mas, à medida que o tempo passasse, que os anos se passassem, seria da máscara que ela mais se lembraria — pelo menos quando se dispusesse a pensar naquela noite terrível.

Johnny morava em um prédio em Cleaves Mills. Sarah chegou lá às quinze para as oito, estacionou na esquina e tocou o interfone. Naquela noite eles iam no carro dela, porque o dele estava encostado na oficina do Tibbets, em Hampden, com a caixa de direção emperrada ou coisa parecida. Um conserto caro, Johnny lhe disse ao telefone, rindo logo depois à maneira típica de Johnny Smith. Sarah estaria aos prantos se fosse com ela — doeria no bolso.

Ela atravessou o foyer em direção à escada, passando pelo quadro de avisos. Estava sempre cheio de cartões anunciando motos, componentes de aparelhos de som, serviços de datilografia, apelos de pessoas que queriam carona para o Kansas ou para a Califórnia e de pessoas que estavam indo de carro para a Flórida e queriam caronas para revezamento no volante e ajuda nas despesas de combustível. Naquela noite, porém, o quadro estava dominado por um grande cartaz que exibia um punho cerrado contra um agressivo fundo vermelho que sugeria explosão. A única palavra escrita no pôster era GREVE! Estavam no final de outubro de 1970.

Johnny morava no apartamento de frente do segundo andar — na cobertura, como ele dizia —, onde podia ficar de smoking como Ramón Novarro, beber um bom gole de vinho Ripple em uma taça gorda e contemplar o grande e pulsante coração de Cleaves Mills: as pessoas saindo apressadas dos espetáculos, a confusão dos táxis, os letreiros de néon. Havia quase sete mil histórias na cidade. Esta seria uma delas.

Na realidade, Cleaves Mills era basicamente uma rua principal, que tinha um semáforo no cruzamento com uma rua secundária (depois das seis horas, o semáforo ficava piscando apenas a luz amarela), umas duas dúzias de lojas e uma pequena fábrica de mocassins. Como a maioria das pequenas cidades ao redor de Orono, onde ficava a Universidade do Maine, sua verdadeira indústria girava em torno dos produtos que os estudantes consumiam: cerveja, vinho, gasolina, rock 'n' roll, fast-food, drogas, alimentos, moradias, filmes. O nome do cinema era The Shade, e no período das aulas exibia filmes de arte e obras nostálgicas dos anos 1940. Nas férias de verão, mudava a programação para os faroestes macarrônicos de Clint Eastwood.

Tanto Johnny quanto Sarah tinham concluído seus estudos havia um ano e estavam lecionando no Cleaves Mills High, um dos poucos colégios que ainda atendiam a três ou quatro cidades vizinhas. Os estudantes da Universidade do Maine, assim como os professores e demais funcionários, usavam Cleaves como dormitório, e a cidade tinha uma arrecadação invejável de impostos. Tinha também o excelente colégio, com uma sala de mídia novinha em folha. Os habitantes da cidade reclamavam da patotinha da universidade, com seu papo-cabeça, suas marchas comunistas pelo fim da guerra e sua intromissão na política local, mas nunca diziam não aos dólares de impostos que eram pagos anualmente pelos atraentes alojamentos das faculdades e os prédios na área que alguns estudantes chamavam de Jardim Periferia e outros de Via Ordinária.

Sarah bateu na porta de Johnny e a voz dele, estranhamente abafada, respondeu:

— Está aberta, Sarah!

Franzindo um pouco a testa, ela empurrou a porta. O apartamento estava em total escuridão, só interrompida pelo incessante clarão do amarelo piscante do sinal, a meia quadra de lá. A mobília não passava de sombras escuras.

— Johnny...?

Acreditando se tratar de um fusível queimado ou algo do gênero, ela deu um hesitante passo à frente... e então um rosto apareceu flutuando na escuridão, um rosto horrível saído de um pesadelo. Tinha um brilho verde espectral, apodrecido. Um olho parecia muito aberto, arregalado para ela em uma mistura de dor e medo. O outro estava fechado com força, em um esgar sinistro. A metade esquerda do rosto, a metade com o olho aberto, parecia normal. Mas a metade direita era o rosto de um monstro, deformado e inumano, os lábios grossos contraídos revelando dentes salientes que também brilhavam.

Sarah deu um gritinho estrangulado e um passo trôpego para trás. Então as luzes se acenderam e, em vez de algum limbo sombrio, tudo voltou a ser apenas o apartamento de Johnny — o quadro de Nixon tentando vender carros usados, o pequeno tapete trançado feito pela mãe de Johnny estendido no chão, as garrafas de vinho usadas como suportes para velas. A face parou de brilhar e ela viu que era uma máscara barata de Halloween, só isso. No buraco de um dos olhos, o olho azul de Johnny piscava para ela.

Johnny tirou a máscara e ficou sorrindo amavelmente com sua calça jeans desbotada e um suéter marrom.

— Feliz Halloween, Sarah!

O coração dela ainda estava disparado. Ele realmente conseguira assustá-la.

— Muito engraçado — disse Sarah, virando-se para sair. Não gostava que brincassem com ela daquele jeito.

Ele a alcançou no vão da porta.

— Ei... me desculpe!

— Devia ter pensado duas vezes.

Ela o encarou friamente... ou melhor, tentou. A raiva já estava se dissipando. Era simplesmente impossível ter raiva de Johnny, esse era o problema. Quer Sarah o amasse, quer não (uma coisa que nem ela mesma sabia), era impossível ficar infeliz por muito tempo perto dele ou guardar algum ressentimento. Duvidava que alguém algum dia tivesse conseguido guardar rancor de Johnny Smith, um pensamento tão absurdo que ela não pôde deixar de sorrir.

— Assim está melhor — falou ele. — Cara, achei que estava mesmo querendo ir embora por causa da brincadeira.

— Não sou um cara.

Ele fixou os olhos nela.

— Nota-se.

Sarah usava um volumoso casaco de peles — imitação de pelo de guaxinim ou algo igualmente vulgar — e aquele inocente ar maroto a fez sorrir outra vez.

— Nesta coisa seria impossível saber — disse ela.

— Ah, sim, eu sei — disse ele, colocando um braço em volta dela e lhe dando um beijo. A princípio Sarah não reagiu, mas claro que acabou correspondendo.

— Desculpe se te assustei — disse ele, esfregando afetuosamente o nariz dela contra o seu antes de soltá-la. Ergueu a máscara. — Achei que ia mesmo me dar um pé na bunda. Vou usar isto na festinha de sexta-feira.

— Ah, Johnny, não é uma boa ideia usar isso na escola.

— Mas vai causar o efeito que quero — disse ele com um sorriso largo. E o pior era que causaria mesmo.

Todos os dias ela ia para a escola usando óculos grandes, o cabelo puxado para trás em um coque tão apertado que parecia prestes a gritar. Sua saia cobria os joelhos, em uma época em que a maioria das garotas vestia saias que cobriam praticamente só a calcinha (e suas pernas eram melhores que as de qualquer uma delas, Sarah pensava, ressentida). Levava consigo um mapa de lugares em ordem alfabética que, ao menos pela lei das probabilidades, devia manter os bagunceiros distantes uns dos outros na sala de aula. Sarah não hesitava em mandar os encrenqueiros para o diretor-assistente, pensando no adicional de quinhentos dólares anuais que ele ganhava para dar broncas e ela não. E, ainda assim, seus dias eram uma constante batalha com o grande pavor dos professores novatos: o comportamento dos alunos. Para piorar as coisas, Sarah começou a sentir que havia um júri coletivo e velado (uma espécie de consciente coletivo da escola), que deliberava sobre cada novo professor. E que o veredicto sobre ela não era dos melhores.

Johnny, no entanto, parecia o contrário de tudo o que um bom professor deveria ser. Ele passava de uma turma à outra causando uma agradável fascinação, frequentemente entrando atrasado por ter parado para bater papo com alguém no intervalo. Deixava os alunos sentarem onde bem entendessem, de modo que, de um dia para outro, nunca via a mesma cara sentada no mesmo lugar (e os bagunceiros da turma invariavelmente gravitavam para os fundos da sala). Só em março Sarah conseguiu decorar o nome de todos os alunos, mas desde o início do ano Johnny já parecia ter cada um na ponta da língua.

Era um homem alto com uma tendência a andar curvado, e os alunos o chamavam de Frankenstein. Em vez de se sentir ofendido, Johnny parecia se divertir com isso. Suas turmas se mantinham essencialmente silenciosas e bem-comportadas, com poucas faltas (Sarah tinha um problema constante com alunos matando aula), e aquele júri parecia estar decidindo a favor dele. Era o tipo de professor que, em aproximadamente dez anos, seria homenageado no anuário escolar. Com Sarah isso não ia acontecer. E, às vezes, ao tentar entender os motivos, Sarah quase surtava.

— Quer uma cerveja antes de irmos? Uma taça de vinho? Alguma coisa?

— Não, mas espero que sua carteira esteja cheia — disse Sarah, segurando Johnny pelo braço e decidindo não ficar mais furiosa. — Sempre como pelo menos três cachorros-quentes. Principalmente sendo essa a última feira do ano. — Estavam indo para Esty, trinta e dois quilômetros ao norte de Cleaves Mill, uma cidade cuja única e duvidosa fama era a de organizar A ÚLTIMA FEIRA REGIONAL DO ANO NA NOVA INGLATERRA. A feira acabaria na noite de sexta, em pleno Halloween.

— Considerando que sexta é o dia do pagamento, estou indo bem. Tenho oito pratas.

— Ai... meu... Deus! — disse Sarah, revirando os olhos. — Sempre achei que um dia, se me mantivesse pura, ia encontrar um homem pra me sustentar.

— Nós, cafetões, ganhamos muuuito dinheiro, meu bem! — Ele abanou a cabeça e sorriu. — Só vou pegar o casaco e saímos.

Sarah olhou para ele com extrema afeição, e a voz que com uma frequência cada vez maior surgia em sua mente (enquanto tomava banho, lia um livro, preparava uma aula ou um jantar solitário) voltou de novo, como um daqueles anúncios de trinta segundos na TV. *Ele é sem dúvida um homem muito agradável, fácil de conviver, engraçado e nunca a faz chorar. Mas isso é amor? Quero dizer, o amor é só isso? Bem, até para aprender a andar de bicicleta é preciso cair algumas vezes e arranhar os joelhos. Chame de rito de passagem. E os tombos são apenas um pequeno detalhe.*

— Vou ao banheiro — informou Johnny.

— Aham. — Ela sorriu brevemente. Johnny era uma daquelas pessoas que sempre anunciava suas necessidades fisiológicas... só Deus sabia por quê.

Sarah foi até a janela e deu uma olhada na rua principal. A garotada enchia o estacionamento ao lado do O'Mike's, o point local regado a pizza e cerveja. De repente desejou ainda estar com eles, ser um deles com toda aquela confusão atrás dela — ou ainda à sua frente. A universidade era segura. Era uma espécie de Terra do Nunca, onde todos, inclusive os professores, podiam fazer parte do grupo do Peter Pan e jamais crescer. E havia sempre um Nixon ou um Agnew no papel de Capitão Gancho.

A primeira vez que tinha conversado com Johnny foi em setembro, quando os dois começaram a lecionar, mas já tinha visto a cara dele nas aulas de pedagogia que fizeram juntos. Sarah fazia parte da Delta Tau Delta, e nenhum dos conceitos que se aplicavam a Johnny tinham se aplicado a Dan. Dan era quase impecavelmente elegante, espirituoso de um modo enfático e incessante que sempre a deixava um tanto constrangida. Era um bebedor inveterado e um amante apaixonado. Quando bebia, às vezes Dan ficava mal. Sarah se lembrava de certa noite, no Bangor's Brass Rail, onde aquilo acontecera. O homem de uma mesa vizinha fez uma piada discordando de algo que Dan dissera sobre a equipe de futebol americano da Universidade do Maine, e Dan perguntou ao sujeito se ele gostaria de voltar para casa com a cabeça virada para trás. O homem se desculpou, mas Dan não queria desculpas; queria uma briga. Começou então a fazer comentários sobre a mulher que o acompanhava. Sarah colocou a mão no braço de Dan e pediu que ele parasse com aquilo. Dan afastou a mão dela e a encarou com um estranho brilho nos olhos castanhos, algo que fez todas as outras palavras que ela podia ter dito morrerem na garganta. Inevitavelmente, Dan e o outro cara foram para fora do bar e Dan lhe deu uma surra. Dan bateu até que o homem, de trinta e tantos anos e já meio barrigudo, começou a gritar. Era a primeira vez que Sarah ouvia um homem gritar... e não queria ouvir isso de novo. Tiveram que sair rapidamente porque o barman, ao ver a que ponto a coisa estava chegando, chamou a polícia. Teve vontade de ir para casa sozinha naquela noite (*É? Tem certeza?*, a voz em sua mente questionava de modo um tanto sórdido), mas eram vinte quilômetros até o campus, os ônibus haviam parado de circular às seis e ela tinha medo de pedir carona.

Dan não falou uma palavra no caminho de volta. Tinha um arranhão no lado do rosto. Só um arranhão. Quando chegaram ao Hart Hall, o dormitório dela, Sarah disse que não queria mais sair com ele.

— Como quiser, gata — respondeu Dan com uma indiferença que lhe deu um calafrio... e, da segunda vez que Dan telefonou depois do incidente no Bangor's Brass Rail, Sarah aceitou sair com ele. Parte dela se odiou por isso.

A coisa continuou por todo aquele semestre de outono de seu último ano. Ele a assustava e, ao mesmo tempo, a atraía. Era seu primeiro namorado de verdade. Mesmo agora, faltando menos de dois dias para o Halloween de 1970, ele continuava sendo o único verdadeiro namorado que ela já tivera. Ela e Johnny ainda não tinham ido para a cama.

Dan era muito bom. Ele a usou, mas foi muito bom estar com ele. Como Dan não se prevenia, Sarah teve que ir até a enfermaria da universidade, onde se queixou desajeitadamente de cólicas e conseguiu uma receita pra pílula. Sexualmente, ele a dominava do começo ao fim. Não teve muitos orgasmos com ele, mas sua rudeza lhe proporcionou alguns. Nas poucas semanas antes de tudo terminar, Sarah começou a sentir uma avidez por bom sexo, um desejo de mulher madura confusamente entrelaçado com outras sensações: desprezo por Dan e por si mesma, a impressão de que um sexo tão dependente de humilhação e dominação não podia ser realmente chamado de "bom sexo" e raiva por sua incapacidade de acabar com um relacionamento que parecia ser baseado em sentimentos destrutivos.

Tudo acabou de repente, no início daquele ano. Ele foi reprovado e resolveu cair fora.

— Para onde você vai? — perguntou ela, desconcertada, sentada na cama de seu dormitório enquanto ele jogava coisas em duas maletas. Teve vontade de fazer outras perguntas, mais pessoais. Vai para perto daqui? Vai arranjar um emprego? Estudar à noite? Há lugar para mim nos seus planos? Principalmente esta última pergunta ela foi incapaz de fazer. Porque não estava preparada para nenhuma das respostas. A resposta que ele deu para a única pergunta neutra que fez foi chocante o suficiente.

— Acho que vou pro Vietnã.

— *O quê?*

Ele estendeu a mão para uma prateleira, mexeu rapidamente na papelada que havia lá e jogou uma carta pra ela. Era do centro de recrutamento em Bangor: uma ordem para se apresentar para o exame físico.

— Não tem como se livrar?

— Não. Talvez. Eu não sei. — Acendeu um cigarro. — Acho que nem quero tentar me livrar.

Ela o encarou, chocada.

— Estou cansado desse esquema. Universidade, conseguir um trabalho e encontrar uma boa esposa. Você se candidatou para a vaga de boa esposa, acho. E acho que eu não estava levando as coisas a sério. Não ia funcionar. Você sabe que não, e eu também. Nós não combinamos, Sarah.

Então, ela saiu. Todas as suas perguntas foram respondidas, e eles nunca mais se viram. Ela encontrou seu colega de quarto algumas vezes. Ele recebeu três cartas de Dan entre janeiro e junho. Dan foi alistado e mandado para um treinamento básico em algum lugar do Sul. E essa foi a última notícia que o colega de quarto teve dele. E ela também.

A princípio ela achou que ficaria bem. Todas aquelas canções tristes, sofridas, que se costumava ouvir no rádio do carro depois da meia-noite, nada daquilo se aplicava a ela. Nem os clichês sobre um fim de namoro nem as crises de choro. Não arrumou outro cara como prêmio de consolação nem começou a frequentar bares. Sarah passou a maioria das noites daquela primavera estudando tranquilamente no alojamento. Foi um alívio, não um caos.

Só depois de ter conhecido Johnny (numa festa de calouros e veteranos um mês antes; tinham escolhido os dois para serem os acompanhantes do baile, por pura sorte) ela percebeu o horror que tinha sido seu último semestre na faculdade. Era o tipo de coisa que uma pessoa não conseguia ver quando estava envolvida, por estar muito próxima do problema. Dois burros se encontravam em um poste de amarração, em uma cidadezinha do Oeste. Um deles era um burro da cidade com apenas uma sela nas costas. O outro era um burro de garimpeiro, carregado com fardos, tendas de acampamento, utensílios para cozinhar e quatro sacos de minérios com vinte e cinco quilos cada. Por causa do peso, o lombo estava curvado como uma sanfona. O burro da cidade dizia: "Você tem um bocado de carga". E o burro do garimpeiro perguntava: "Que carga?".

Olhando em retrospecto, era o vazio que a deixava apavorada. Foram cinco meses seguidos de asfixia e de longos suspiros. Oito meses, se considerasse aquele verão, quando alugou um pequeno apartamento na rua Flagg, em Veazie, e não fez outra coisa além de procurar emprego como professora e ler romances. Ela levantava, tomava o café da manhã, saía para visitar alguma escola ou para fazer alguma entrevista que tivesse marcado, voltava para casa, comia, tirava um cochilo (as sonecas, às vezes, duravam quatro horas), comia de novo, lia até mais ou menos 23h30, assistia ao programa do Cavett na TV até ficar com sono e ia dormir. Não conseguia se lembrar de ter *pensado* durante esse período. A vida era rotina. Às vezes, sentia uma vaga espécie de dor em suas entranhas, uma *dor da incompletude,* como achava que as escritoras às vezes chamavam. Para resolver isso, ela recorria a um banho frio ou a uma ducha. As duchas logo se tornavam dolorosas, o que lhe dava um tipo de satisfação amarga, ausente.

Durante esse período ela se parabenizava às vezes por estar reagindo de forma tão madura a tudo aquilo. E dificilmente pensava em Dan... quem mesmo? Mais tarde percebeu que durante aqueles oito meses não pensara em outra coisa ou em mais ninguém. O país inteiro tinha passado por uma série de abalos durante aqueles oito meses, mas ela quase nem percebeu. As marchas, os policiais com seus capacetes e máscaras contra gases, os crescentes ataques de Agnew contra a imprensa, os tiroteios na Universidade de Kent, a onda de violência no verão em que negros e grupos radicais tomaram as ruas — talvez essas coisas tivessem se passado em algum programa tarde da noite na TV. Sarah estava totalmente envolvida em reconhecer como fora maravilhoso ter acabado com Dan, como estava reagindo bem, como se sentia aliviada ao descobrir que tudo estava ótimo. Que carga?

Então, começou a dar aulas no colégio de Cleaves Mill, e para ela foi um choque se ver do outro lado da mesa após dezesseis anos como estudante. Encontrar Johnny Smith naquela festa (e com um nome tão absurdo quanto John Smith... isso era mesmo de verdade?). Sair de si mesma o bastante para ver o modo como ele a olhava, não de maneira lasciva, mas como se realmente apreciasse sua aparência no vestido cinza-claro de tricô que estava usando naquele dia.

Ele convidou Sarah para ir ao cinema (estava passando *Cidadão Kane* no Shade), e ela aceitou. Foi divertido, mas ficou pensando com seus botões:

Sem fogos de artifício. Gostou do beijo de despedida e pensou: *Ele certamente não é nenhum Errol Flynn.* O papo de Johnny conseguiu fazê-la sorrir o tempo todo, o que lhe pareceu um ultraje. Ela pensou: *Ele quer ser o Marlon Brando quando crescer.*

No final daquela noite, sentada no quarto de seu apartamento e assistindo Bette Davis no papel de uma executiva insensível na sessão da madrugada, alguns daqueles pensamentos voltaram a lhe importunar e ela ficou imóvel por um instante, os dentes cravados em uma maçã, um tanto chocada com o quanto estava sendo injusta.

E uma voz que passara em silêncio a maior parte do ano (não tanto a voz da consciência, mas a da perspectiva) falou abruptamente: *O que você quis dizer foi que ele certamente não é nenhum Dan. Foi isso ou não foi?*

Não!, tentou se certificar, já não apenas *um pouco* chocada. *Simplesmente não penso mais no Dan. Aquilo... foi há muito tempo.*

Cacete, respondeu a voz, *aquilo foi há muito tempo? Dan foi embora ontem!*

De repente ela percebeu que estava sozinha tarde da noite em um apartamento, comendo uma maçã, vendo um filme na TV que não lhe interessava e que fazia tudo isso porque era mais fácil do que pensar. Pensar era de fato muito maçante, principalmente quando tudo que uma pessoa tinha na cabeça era ela mesma e um amor perdido.

Muito chocada agora.

Ela caiu em lágrimas.

Então saiu com Johnny na segunda e na terceira vez em que foi convidada, o que também revelava exatamente no que ela havia se tornado. Não seria fácil dizer que tinha outro encontro, porque não tinha. Era uma moça inteligente, bonita, e recebera muitos convites depois que o relacionamento com Dan terminou, mas só aceitava os convites para comer hambúrguer no Den com o colega de quarto de Dan. E ela agora percebia (seu desprezo temperado por uma pitada de humor deprimente) que só tinha aceitado aqueles convites inteiramente inócuos para extrair do pobre rapaz alguma coisa sobre Dan. Que carga?

A maioria das suas amigas da universidade buscou ampliar os horizontes depois de formadas. Bettye Hackman estava no Peace Corps, na África, sem dúvida para máximo desgosto dos pais em Bangor, gente rica e de família tradicional. Às vezes Sarah se perguntava o que os ugandenses deviam achar daquela Bettye de pele branca, que nunca ficava bronzeada, cabelo louro-prateado e a boa aparência de uma garota de fraternidade. Deenie Stubbs estava na pós-graduação em Houston. Rachel Jurgens se casara com o namorado e naquele momento estava curtindo a gravidez em algum lugar no interior do oeste de Massachusetts.

Um tanto atordoada, Sarah foi forçada a concluir que Johnny Smith era a primeira amizade que fazia em muito, muito tempo... e pensar que ela tinha sido a Miss Simpatia no último ano do colegial! Aceitou sair com dois outros professores da Cleaves, só para manter as coisas em um ritmo normal. Um deles era Gene Sedecki, o novo professor de matemática — obviamente um chato inveterado. O outro, George Rounds, logo tentou agarrá-la. Deu um tapa nele... e no dia seguinte ele teve o descaramento de piscar para ela quando os dois se cruzaram no corredor.

Mas Johnny era engraçado, uma companhia agradável. E de fato a atraía sexualmente — ela não sabia honestamente dizer até que ponto, pelo menos não ainda. Uma semana antes, após a sexta-feira de outubro em que foram dispensados para poder participar da convenção de professores em Waterville, ele a convidara de novo para jantar em seu apartamento — um espaguete caseiro. Enquanto o molho cozinhava, ele correu até a esquina para comprar o vinho e voltou com duas garrafas de Apple Zapple. Assim como o anúncio das idas ao banheiro, isso era algo no estilo de Johnny.

Depois do jantar, assistiram à TV e terminaram se pegando no sofá. Só Deus sabia *o que* poderia ter acontecido se dois amigos dele, professores novos da universidade, não tivessem aparecido para mostrar um texto distribuído na faculdade sobre autonomia universitária. Queriam que Johnny olhasse e desse sua opinião. Ele o fez, mas sem a menor dúvida com menos boa vontade do que o habitual. Sarah havia reparado naquilo com um cálido, secreto deleite. A dor em suas entranhas — *dor da incompletude* — também a encantara e, naquela noite, ela não a liquidaria com uma ducha.

Sarah se afastou da janela e caminhou para o sofá em que Johnny havia largado a máscara.

— Feliz Halloween — disse ela com um suspiro e riu brevemente.

— O quê?

— Estou dizendo que se você não quiser ir agora, vou sem você.
— Já fui.
— Beleza!

Ela passou um dedo sobre a máscara de Jekyll e Hyde: o gentil dr. Jekyll na metade esquerda, o feroz, o subumano Hyde na metade direita. E se perguntou em que ponto estariam na época do Dia de Ação de Graças. E no Natal?

O pensamento fez uma estranha e excitante emoção disparar por seu corpo.

Gostava dele. Era um homem perfeitamente trivial e encantador.

Baixou novamente os olhos para a máscara, para o horrível Hyde brotando da face de Jekyll como um câncer maligno. Fora coberta de tinta fluorescente para que brilhasse no escuro.

O que era trivial? Nada, ninguém. Não de verdade. Se ele fosse tão trivial, como poderia estar planejando usar uma coisa daquelas diante dos alunos e ainda estar confiante de que conseguiria manter a ordem? E como os garotos poderiam chamá-lo de Frankenstein e mesmo assim respeitá-lo e gostar dele? O que era trivial?

Johnny apareceu empurrando a cortina de contas que separava o quarto e o banheiro da sala de estar.

Se Johnny quiser que eu vá esta noite para a cama com ele, acho que vou dizer que sim.

E foi um pensamento aconchegante, como voltar para casa.

— Do que você está rindo?
— De nada — disse ela, atirando de novo a máscara no sofá.
— Não mesmo? Era alguma coisa boa?
— Johnny — disse ela, pondo a mão em seu peito e ficando na ponta do pé para beijá-lo de leve —, há coisas que jamais dizemos. Ande, vamos.

2

Pararam lá embaixo, no foyer, enquanto ele abotoava a jaqueta jeans e ela sentia os olhos novamente atraídos para o cartaz de GREVE, com seu punho cerrado e fundo flamejante.

— Este ano vai haver outra greve de estudantes — disse ele, seguindo os olhos dela.

— Por causa da guerra?

— Desta vez a guerra só vai ser um dos motivos. Além do Vietnã e da luta contra a convocação para a reserva, o problema na Universidade de Kent está mobilizando mais estudantes do que nunca. Duvido que já tenha havido alguma época com tão poucos mauricinhos ocupando espaço na universidade.

— O que está querendo dizer com mauricinhos?

— É a rapaziada que só está matriculada para se formar, cujo único interesse no sistema é arranjar um emprego de dez mil dólares por ano quando saírem. Um mauricinho é alguém que está se lixando para qualquer outra coisa além do canudo. Isso acabou. A maioria do pessoal está consciente. Vamos ter algumas grandes mudanças.

— É importante para você? Mesmo não participando de tudo isso?

Ele se empertigou.

— Sou ex-aluno, minha senhora. Smith, turma de 1970. Encha as canecas e faça um brinde ao velho Maine!

Ela sorriu.

— Ande, vamos! Quero brincar no Chicote antes que eles fechem.

— Muito bem — disse Johnny, segurando o braço dela. — Temos a sorte de poder contar com seu carro estacionado na esquina.

— E com oito dólares. O glamour da noite nos espera.

A noite estava nublada, mas não chovia, um tempo ameno para o final de outubro. No céu, uma lua crescente parecia lutar para atravessar a camada de nuvens. Johnny passou um braço em volta de Sarah, que chegou para mais perto dele.

— Cheguei a pensar coisas terríveis de você, Sarah, sabia? — O tom era quase casual, mas só quase. O coração dela ficou um pouco mais lento e depois acelerou alucinadamente.

— Sério?

— Acho que esse tal de Dan te magoou, não foi?

— Não sei o que ele me fez — disse ela com sinceridade. O amarelo piscante, agora uma quadra atrás, fazia a sombra dos dois aparecer e desaparecer no concreto da calçada.

Johnny parecia estar refletindo.

— Eu não quero fazer o mesmo — confessou, por fim.

— Não, eu sei disso. Mas Johnny... vamos dar tempo ao tempo.

— É — respondeu ele. — Tempo. Isso nós temos, eu acho.

E essa frase voltaria a aparecer, não só quando estivesse acordada, mas mais fortemente ainda nos sonhos, em tons de inexprimível amargura e perda.

Cruzaram a esquina, e Johnny abriu para ela a porta do carona. Fez a volta e sentou-se ao volante.

— Está com frio?

— Não — disse ela. — A noite está muito agradável.

— Está mesmo — concordou ele, e saiu com o carro. Os pensamentos dela se voltaram para aquela ridícula máscara. Metade Jekyll, o olho azul de Johnny visível atrás da ampliada cavidade ocular do médico espantado (*digamos que foi um coquetel que inventei ontem à noite, mas acho que não vão conseguir repetir a receita nos bares*). Daquele lado tudo bem, porque era possível ver um pouco de Johnny lá dentro. A parte de Hyde foi a que a assustara daquela forma tola, porque ali o olho estava reduzido a menos que uma fenda. Podia haver qualquer um atrás daquela máscara. Realmente qualquer um. Dan, por exemplo.

Mas, ao chegarem à área da feira de Esty, onde as lâmpadas na alameda principal cintilavam na escuridão e os raios compridos da roda-gigante coberta de néon davam voltas para cima e para baixo, Sarah já havia esquecido a máscara. Estava com seu parceiro e os dois iam se divertir.

3

Subiram a rua de mãos dadas, sem falar demais, e de repente Sarah se viu revivendo as feiras de sua adolescência. Fora criada em South Paris, uma cidade sustentada pela indústria de papel, no oeste do Maine, e a grande feira acontecia em Fryeburg. Para Johnny, um rapaz de Pownal, a feira inesquecível provavelmente tinha sido a de Topsham. Elas continuavam acontecendo, sem dúvida, e não tinham mudado muito desde aquela época. Na feira de Esty, havia um estacionamento de terra batida e era necessário pagar dois dólares na entrada. Mal se colocava o pé na área da feira e já dava pra sentir o cheiro de cachorros-quentes, com seus pimentões e cebolas fritos, bacon, algodão-doce, serragem, além da suave e aromática bosta de cavalo. E logo se escutava o ronco pesado das correias de transmissão na pequena montanha-russa, batizada de Ratinho Selvagem. Também era possível ouvir o pipocar dos revólveres calibre .22 nas barracas de tiro, o som metálico do homem cantando o Bingo no conjunto de alto-falantes afixados em volta de uma grande barraca cheia de mesas compridas e cadeiras dobráveis trazidas da capela de velórios local. O rock 'n' roll disputava a supremacia com o órgão a vapor. O grito firme dos homens na barraca de tiro — dois tiros por vinte e cinco centavos, ganhe um daqueles ursinhos de pelúcia para sua garota, ei-ei-por-aqui, vá tentando até ganhar! Não havia mudado nada. Um adulto voltava a ser uma criança disposta, ávida para entrar na brincadeira.

— Olha! — gritou Sarah, fazendo Johnny parar. — O Chicote! O Chicote!

— É claro — disse Johnny em um tom reconfortante. Entregou uma nota de um dólar à mulher da bilheteria, e ela lhe passou dois bilhetes vermelhos e duas moedas de dez centavos. Tudo isso sem praticamente tirar os olhos de seu exemplar da *Photoplay*.

— Por que você disse "é claro"? Por que esse tom de voz?

Ele sacudiu os ombros. A expressão parecia inocente demais.

— Não foi *o que* você disse, John Smith. Foi *como* disse.

O brinquedo tinha parado. Passageiros saltavam e passavam em bando por eles, em geral adolescentes com camisas de marinheiro de um algodão grosso e azul ou casacões abertos. Johnny subiu a rampa de madeira com Sarah e entregou os tíquetes ao funcionário do brinquedo, que parecia a criatura inteligente mais entediada do universo.

— Não quis dizer nada — respondeu ele quando o funcionário os instalou em uma das pequenas cápsulas redondas, encaixando a barra de segurança. — Só reparei que esses carros rodam em pequenos trilhos circulares, certo?

— Sim.

— E os pequenos trilhos circulares estão encaixados em um grande disco circular que gira sem parar, certo?

— Sim.

— Bem, quando essa circulação chega a pleno vapor, o carrinho em que estamos sentados chicoteia ao redor em seu pequeno trilho circular alcançando até 7 g, só cinco a menos que os astronautas atingem quando decolam de Cabo Kennedy. — Johnny se voltou solenemente para ela. — Conheci um garoto...

— Lá vem uma de suas mentiras! — interrompeu Sarah, um tanto inquieta.

— Quando o garoto tinha cinco anos, caiu da escada na frente da casa dele e acabou com uma fratura fininha, da espessura de um fio de cabelo, na vértebra, bem perto do pescoço. Então... *dez anos depois*... ele foi andar no Chicote da feira de Topsham... e... — Ele sacudiu os ombros e bateu conformadamente na mão dela. — Mas provavelmente você vai ficar bem, Sarah.

— Ahhh... Quero sair *daquiiiiii*...

E o brinquedo rodopiou com eles para longe, transformando a feira e sua rua central em um borrão de luzes e rostos. Ela gritou, riu e começou a bater em Johnny com o punho fechado.

— Fratura fina como um fio de cabelo! — gritou para ele. — Vou deixar *você* com uma fratura fina quando sairmos daqui, seu mentiroso!

— Não está sentindo nada cedendo no pescoço? — indagou ele em um tom suave.

— Ah, seu mentiroso!

Rodopiavam, cada vez mais rápido, e quando passaram pelo operador do Chicote pela... décima?, décima quinta?... vez, Johnny se virou para beijá-la, e o carro, zumbindo no trilho, transformou a pressão da boca dos dois em algo quente, excitante, à flor da pele. Então a velocidade foi diminuindo, a vibração sobre os trilhos foi ficando mais relutante e finalmente o carro parou com uma última balançada.

Saltaram. Sarah apertou o pescoço de Johnny.

— Fratura fina como um fio de cabelo, seu babaca! — sussurrou ela.

Uma senhora gorda de calça comprida azul e mocassins macios estava passando por eles. Johnny se dirigiu a ela apontando um dedo na direção de Sarah.

— Esta moça está me incomodando, madame. Se vir um policial, poderia chamá-lo, por favor?

— Vocês, jovens, se acham tão engraçadinhos — disse a senhora gorda com desdém. Ela saracoteou na direção da tenda do bingo, segurando com mais força a bolsa que levava debaixo do braço. Sarah não parava de rir.

— Você é impossível.

— Ainda vou me dar mal com isso — concordou Johnny. — É o que minha mãe sempre diz.

De novo seguiram lado a lado pela rua da feira, esperando que o mundo parasse de fazer movimentos instáveis diante de seus olhos e debaixo dos pés.

— Sua mãe é bastante religiosa, não é? — perguntou Sarah.

— É o mais batista que alguém pode ser. Mas é legal. Deixa as coisas sob controle. Não consegue resistir a me passar alguns sermões quando vou visitá-la, mas é assim que funciona para ela. Eu e papai aprendemos a conviver com isso. Antigamente, eu tentava entrar no mérito da discussão... perguntava, por exemplo, que raio de mulher havia em Nod para viver com Caim se os pais dele tinham sido as primeiras pessoas sobre a Terra... Mas percebi que era meio maldoso fazer isso e parei. Dois anos atrás eu mesmo acreditava que Eugene McCarthy podia salvar o mundo. Bom, pelo menos Jesus não está concorrendo à presidência pelos batistas.

— Seu pai não é religioso?

Johnny riu.

— Isso eu não sei, mas certamente não é batista. — Depois de pensar um momento, ele acrescentou: — Papai é carpinteiro — como se isso explicasse. Ela sorriu.

— O que sua mãe pensaria se soubesse que está saindo com uma católica relapsa?

— Diria que gostaria de te conhecer — respondeu Johnny prontamente —, para que pudesse lhe passar alguns sermões.

Sarah ficou imóvel, ainda segurando a mão dele.

— Gostaria de me levar para conhecer sua família? — perguntou ela, olhando com atenção para ele.

O rosto comprido e agradável de Johnny ficou sério.

— Sim — disse ele. — Gostaria que você os conhecesse... e que eles conhecessem você.

— Por quê?

— Não sabe por quê? — perguntou ele em um tom gentil e, de repente, a garganta de Sarah se fechou e a cabeça latejou como se ela fosse gritar. Sarah apertou a mão dele com força.

— Ah, Johnny, eu realmente gosto de você!

— Eu gosto mais de você — disse ele com seriedade.

— Vamos para a roda-gigante — pediu Sarah de repente, sorrindo. Era melhor não ter mais nenhuma conversa como aquela até ela ter tempo de pensar no assunto, refletir sobre o rumo que as coisas podiam estar tomando. — Quero ver tudo lá do alto.

— Posso te beijar lá em cima?

— Duas vezes, se for rápido.

Johnny deixou que Sarah o conduzisse até a bilheteria, onde ele entregou outra nota de um dólar.

— Quando eu estava no colegial — começou ele enquanto pagava —, conheci um garoto que trabalhava em uma feira. Ele disse que a maioria dos caras que montam esses brinquedos estão sempre muito bêbados e deixam todo tipo de...

— Vá para o inferno! — disse ela em um tom alegre. — E ninguém vive para sempre.

— Mas todo mundo tenta, você nunca reparou? — perguntou ele enquanto seguia Sarah para dentro de uma das gôndolas que balançavam.

Na verdade, chegou a beijá-la várias vezes lá em cima, o vento de outubro sacudindo o cabelo dos dois e a rua da feira se abrindo lá embaixo como um brilhante relógio na escuridão.

4

Depois da roda-gigante, foram para o carrossel, embora Johnny tenha dito a Sarah, com bastante honestidade, que se sentia um espantalho andando naquela coisa. Suas pernas eram tão compridas que ele podia montar no cavalo e ficar com os pés no chão, mesmo quando o brinquedo estava no alto. Sarah contou em um tom malicioso que conhecera uma moça no colégio que tinha coração fraco, só que ninguém *sabia* disso. A moça subiu no carrossel com o namorado e...

— Um dia você vai se arrepender disso — interrompeu Johnny com um ar calmo e sincero. — Um relacionamento baseado em mentiras não é nada bom, Sarah!

Sarah soltou um muxoxo: que lamentável!

Depois foram ao labirinto de espelhos, sem dúvida uma casa maluca. Os enormes espelhos fizeram Sarah se lembrar de uma história de Bradbury, *Algo sinistro vem por aí*, em que uma miúda e idosa professora primária quase se perdia para sempre em um passeio. Sarah podia ver Johnny em outra parte do labirinto, rodando de um lado para outro, acenando para ela. Dezenas de Johnnies, dezenas de Sarahs. Um se desviava do outro, desenhando ângulos não euclidianos, e então aparentemente sumiam. Ela dava voltas à esquerda, voltas à direita, batia com o nariz em superfícies de vidro transparente e não parava de rir, em parte devido a uma nervosa reação claustrofóbica. Um dos espelhos fez com que ela se transformasse em um atarracado anão das histórias de Tolkien. Outro criou uma adolescente grandalhona, com canelas de meio quilômetro de comprimento.

Por fim escaparam do labirinto, e ele comprou dois cachorros-quentes com salsichas fritas e uma porção de batatas fritas engorduradas — as batatas tinham um gosto que raramente se sentia depois que se passava dos quinze anos.

Passaram pela casa da luz vermelha. Havia três moças paradas na frente, todas vestindo top e saia de lantejoulas. Dançavam ao som de uma antiga música de Jerry Lee Lewis, enquanto um homem elogiava as três em um microfone. *"Come on over baby"*, cantava Jerry Lee, o ritmo bem marcado do piano ecoando pelas entradas com serragem no chão. *"Come on over baby, baby got the bull by the horns... we ain't fakin... whole lotta shakin goin on..."*

— Clube Playboy — disse Johnny em um tom maravilhado e riu. — Tinha um lugar como este em Harrison Beach. O sujeito no microfone costumava prometer que as moças eram capazes de tirar os óculos do nariz do freguês com as mãos amarradas atrás das costas.

— Parece um modo interessante de sugerir que elas não precisam das mãos para fazer de tudo — comentou Sarah, e Johnny explodiu em uma gargalhada.

Atrás deles, a voz amplificada do homem no alto-falante ia ficando abafada conforme se distanciavam; em compensação, o martelar no piano de Jerry Lee se aproximava, uma música que lembrava um ronco maluco de um carro velho, durão demais para morrer, saído dos mortos e silenciosos anos 1950 como uma espécie de presságio.

— Vamos, homens, vamos lá, não sejam tímidos, porque essas moças certamente não são, nem um pouquinho! Está tudo lá dentro... A educação de vocês só vai estar completa depois de assistirem ao show do Clube Playboy...

— Não quer entrar e concluir sua educação? — perguntou ela.

— Concluí há algum tempo meu curso básico nessa área. — Ele sorriu. — Acho que posso esperar um pouco para obter minha especialização.

Ela deu uma olhada no relógio.

— Ei, está ficando tarde, Johnny! E amanhã é dia de aula.

— Sim. Mas pelo menos é sexta.

Ela suspirou, pensando nas aulas de literatura que deveria dar para sua classe de quinto ano e para a turma do sétimo, ambas terrivelmente bagunceiras.

Caminharam até a parte principal da feira. A multidão ia diminuindo cada vez mais. O carrinho bate-bate já tinha fechado. Dois mecânicos com cigarros sem filtro caindo do canto da boca estavam cobrindo o Ratinho Selvagem com uma lona. O homem no jogo de argolas apagava as luzes.

— Vai fazer alguma coisa no sábado? — perguntou ele, em um tom inesperadamente acanhado. — Sei que estou pegando você de surpresa, mas...

— Tenho planos — disse ela.

— Ah, poxa.

Mas Sarah não aguentou ver aquela cara de desânimo, era realmente muita maldade brincar com ele daquele jeito.

— Tenho planos de fazer alguma coisa com você.

— Sério?... Ah, sério. Isso é ótimo! — Johnny deu um largo sorriso e ela retribuiu. A voz na mente de Sarah, que às vezes era tão real como a voz de outro ser humano, de repente se elevou.

Está se sentindo bem novamente, Sarah. Se sentindo feliz. Isso não é ótimo?

— Sim, é — disse ela, ficando na ponta dos pés para beijá-lo rapidamente. E se obrigou a continuar falando para não ser tentada a repetir o beijo. — Às vezes Veazie é um lugar muito solitário, sabe? Talvez eu possa... quem sabe, passar a noite com você.

Ele a olhou com uma expressão cálida e séria. E com uma ponderação que a deixou formigando por dentro.

— É isso mesmo que você quer, Sarah?

— É exatamente o que eu quero — respondeu ela, assentindo com a cabeça.

— Está bem — disse ele, pondo um braço em volta dela.

— Tem certeza? — perguntou Sarah um tanto timidamente.

— Só tenho medo que você mude de ideia.

— Não vou mudar, Johnny.

Ele a apertou com mais força.

— Então esta é minha noite de sorte.

Estavam passando em frente à Roda da Fortuna quando ele disse isso, e Sarah mais tarde se lembraria que, se olhassem para qualquer lado, era a única bilheteria ainda aberta naquela parte da feira. O homem atrás do balcão tinha acabado de varrer a sujeira acumulada do lado de dentro, talvez em busca de alguma moeda que pudesse ter caído do cavalete de jogo durante a noite. Provavelmente era a última tarefa antes de fechar, ela pensou. Atrás dele havia a Roda enfaticamente anunciada, cercada por pequenas lâmpadas elétricas. Ele devia ter ouvido o comentário de Johnny, porque foi para o balcão meio que automaticamente, os olhos ainda inspecionando o chão de terra da barraca em busca de algum brilho prateado.

— Ei, ei, ei! Se este é seu dia de sorte, cavalheiro, gire a Roda da Fortuna e transforme centavos em dólares! Está tudo na Roda, tente a sorte! Uma moedinha de dez centavos coloca a Roda da Fortuna em movimento.

Johnny se desviou em direção à voz.

— Johnny?

— Acho que estou no meu dia de sorte nesse sentido. — Ele sorriu para ela. — A não ser que você...

— Tudo bem, vá em frente. Só não demore.

Ele tornou a olhá-la com aquele ar francamente especulativo que fazia Sarah sentir as pernas meio bambas e se perguntar como seria transar com ele. O estômago deu uma lenta reviravolta, deixando-a um tanto nauseada e com uma súbita ânsia sexual.

— Não, não vou demorar. — John olhou para o homem da barraca. O corredor atrás deles já estava quase completamente vazio e, como a camada de nuvens havia se dissipado, a noite ficara muito fria. Os três soltavam um vapor esbranquiçado ao respirar.

— Vai tentar sua sorte, meu jovem?

— Vou.

Ao chegar ao parque com Sarah, Johnny passara todo o seu dinheiro para o bolso da frente da calça e agora era de lá que puxava o que havia sobrado de seus oito dólares. Um total de 1 dólar e 85 centavos.

O tabuleiro de jogo era uma faixa de plástico amarelo com números pintados em quadrados. Lembrava um pouco um jogo tradicional de roleta, mas Johnny percebeu de imediato que as desvantagens teriam desagradado bastante a um jogador de Las Vegas. A combinação em um mesmo lance pagava apenas dois por um. Havia duas casas com números, zero e duplo zero. Disse isso para o homem da barraca, que se limitou a dar de ombros.

— Se quer Las Vegas, vá para Las Vegas. O que eu posso fazer?

Mas naquela noite o bom humor de Johnny estava inabalável. As coisas tiveram um começo um tanto desagradável com aquela máscara, mas a partir daí tudo havia melhorado. Na verdade estava sendo a melhor noite que se lembrava de ter tido em anos, talvez a melhor noite de sua vida. Olhou para Sarah. O colorido do rosto dela estava forte, os olhos faiscavam.

— O que você acha, Sarah?

Ela balançou a cabeça.

— Não entendo absolutamente nada disso. Como se joga?

— Tem que apostar em um número. Vermelho ou preto. Par ou ímpar. Ou em uma série de dez números. Cada aposta certa paga um determinado prêmio. — Ele olhou para o homem da barraca, que retribuiu com uma expressão cordial. — Pelo menos deveriam pagar.

— Jogue o preto — disse ela. — É um tanto excitante, não é?

— Preto — disse ele e pôs sua única moeda de dez centavos no quadrado preto.

O homem da barraca arregalou os olhos para aquela moedinha em todo o imenso espaço do tabuleiro e suspirou:

— Um jogador pesado... — Virou-se para a roleta.

A mão de Johnny subiu distraidamente e encostou na testa.

— Espere — disse ele de repente e colocou um de seus quartos de dólar no quadrado onde havia 11-20.

— É isso mesmo?

— Com certeza — disse Johnny.

O homem deu um impulso na Roda e ela começou a girar dentro de seu círculo de luzes, o vermelho e o preto se misturando. Johnny coçava a testa com ar distraído. A velocidade da Roda começou a diminuir e logo ouviram o *tac-tac-tac* do marcador da pequena seta de madeira deslizando pelos pinos que separavam os números. Ela alcançou o 8, o 9, pareceu que ia parar no 10, resvalou para a fenda do 11 com um último clique e finalmente parou.

— A dama perde, o cavalheiro ganha — anunciou o homem.

— Você ganhou, Johnny?

— É o que parece — disse Johnny quando o homem da barraca acrescentou duas moedas de vinte e cinco centavos ao seu quarto de dólar original. Sarah deu um pequeno grito, sem reparar quando o homem embolsou a moedinha de dez centavos dela.

— Eu falei, é minha noite de sorte.

— Duas vezes é sorte, uma é só acaso — comentou o homem da roleta. — Ei, ei, ei!

— Vá de novo, Johnny — disse ela.

— Tudo bem. Vou continuar.

— Posso rodar?

— Sim.

O homem tornou a girar a roleta e, enquanto ela deslizava, Sarah sussurrou para Johnny:

— Será que essas roletas de feiras não são viciadas?

— Costumavam ser. Agora o estado inspeciona algumas e elas dependem apenas de seu ultrajante sistema de pagamento.

A roleta diminuíra a velocidade e atingia agora o derradeiro *tac-tac-tac* de seu avanço. A seta passou de 10 e entrou na área da aposta de Johnny, ainda andando.

— Vamos lá, vamos *lá*! — gritou Sarah. Uma dupla de adolescentes que por ali passava parou para ver.

A seta de madeira, movendo-se agora muito devagar, passou de 16 e 17, e acabou parando em 18.

— O cavalheiro ganha de novo. — O homem da roleta acrescentou mais seis moedas de vinte e cinco centavos à pilha de Johnny.

— Você está rico! — exclamou Sarah em um tom de triunfo e deu um beijo em seu rosto.

— Está no caminho certo, cara — concordou entusiasticamente o homem da barraca. — Ninguém larga a maré de sorte. Ei, ei, ei!

— Devo repetir? — perguntou Johnny a ela.

— Por que não?

— É, vá em frente, cara — disse um dos adolescentes. Um broche em sua jaqueta trazia o rosto de Jimi Hendrix. — Esse cara me tirou quatro dólares hoje à noite. Eu adoraria ver alguém dar uma surra nele.

— Aposte também — disse Johnny a Sarah, entregando-lhe uma das suas nove moedas de vinte e cinco centavos. Após um momento de hesitação, ela pôs a moeda no 21. Números isolados pagavam dez para um em caso de acerto, anunciou o homem da barraca.

— Você continua dentro, certo, cara?

Johnny baixou os olhos para as oito moedas de vinte e cinco centavos empilhadas no tabuleiro e começou de novo a esfregar a testa, como se estivesse sentindo o início de uma dor de cabeça. De repente puxou as moedas do tabuleiro e as fez tilintar na concha das mãos.

— Não — respondeu. — Gire só para ela. Desta vez fico vendo.

— Johnny? — Ela o olhava, confusa.

Ele deu de ombros.

— Só um pressentimento.

O homem da barraca revirou os olhos em um gesto de haja-paciência--para-aguentar-esses-idiotas e fez novamente a roleta girar. Ela rodou, perdeu velocidade e parou. No duplo zero.

— Banca leva, banca leva — entoou o homem e os vinte e cinco centavos de Sarah desapareceram em seu jaleco.

— É assim mesmo, Johnny? — perguntou Sarah, incomodada.

— Zero e duplo zero são os números da banca — disse ele.

— Você fez bem em ter tirado seu dinheiro do tabuleiro.

— Acho que fiz.

— Vai querer que eu gire de novo ou faço um intervalo? — perguntou o homem.

— Pode girar — disse Johnny, colocando suas moedas de vinte e cinco centavos em duas pilhas de quatro para a terceira rodada.

Enquanto a roleta voltava a rodar e zumbir em seu círculo de luzes, Sarah perguntou a Johnny, sem tirar os olhos do rodopio:

— Quanto um lugar como este pode faturar em uma noite?

Agora dois homens e duas mulheres já tinham se juntado aos adolescentes. Um dos homens, com um físico de pedreiro, respondeu:

— Algo entre quinhentos e setecentos dólares.

O homem da barraca tornou a virar os olhos.

— Cara, quem me dera! — disse.

— Ei, não me subestime! — respondeu o homem que parecia pedreiro. — Trabalhei nesta droga vinte anos atrás. Quinhentos a setecentos dólares por noite, dois mil em um sábado, fácil! E ainda girando uma roleta não viciada.

Johnny não tirava os olhos da Roda, que agora girava suficientemente devagar para que se pudesse ler cada número à medida que a seta passava por ele. Ela se moveu rápido de 0 a 00 no primeiro giro, diminuiu a velocidade no segundo e continuou diminuindo.

— Rápido demais, cara — disse um dos rapazes.

— Espere... — Johnny respondeu em um tom de voz muito peculiar. Sarah olhou para ele, e seu rosto comprido, simpático, pareceu estranhamente tenso, os olhos azuis mais escuros que o normal, dispersos, distantes.

A seta chegou ao 30 e parou.

— Pé quente, pé quente! — cantou o homem da banca resignadamente enquanto a pequena multidão atrás de Johnny e Sarah deixava escapar um brado de encorajamento. O homem com aparência de pedreiro bateu nas costas de Johnny com uma força que o fez cambalear um pouco. O homem da roleta enfiou a mão na caixa de charutos Roi-Tan sob o balcão e posicionou quatro notas de um dólar ao lado das oito moedas de vinte e cinco centavos de Johnny.

— Já deu? — perguntou Sarah.

— Mais uma vez — respondeu Johnny. — Se eu ganhar, este cara vai pagar nossas entradas e sua gasolina. Se eu perder, ficamos com cerca de meio dólar a menos.

— Ei, ei, ei! — entoou o homem da barraca. Agora, recuperando o ânimo, ele começava a se empolgar. — Ponha o dinheiro onde quiser que a roleta pare. E vocês podem chegar mais perto. Isso aqui não é show para ficar assistindo. A roda vai girar, girar, e ninguém sabe onde ela vai parar!

O homem com aparência de pedreiro e os dois adolescentes foram para o lado de Johnny e Sarah. Após um momento de consulta, os rapazes arrecadaram entre si cinquenta centavos e os colocaram no meio do tabuleiro. O homem com aparência de pedreiro, que se apresentou como Steve Bernhardt, pôs um dólar no quadrado com a inscrição PAR.

— O que me diz, parceiro? — perguntou o homem da roleta a Johnny. — Quer repetir a aposta?

— Quero.

— Ah, cara — disse um dos rapazes —, isso é brincar demais com o destino.

— Também acho — disse Johnny, e Sarah sorriu para ele.

Bernhardt deu a Johnny um olhar de hesitação e, de repente, mudou a aposta de seu dólar naquela terceira rodada.

— Que diabo — suspirou o rapaz que tinha dito que Johnny estava desafiando demais o destino. Mudou a aposta dos cinquenta centavos arrecadados por ele e o amigo.

— Todos os ovos em um único cesto — concluiu o homem da roleta. — É isso mesmo?

Os jogadores permaneceram em silêncio e balançaram afirmativamente a cabeça. Uma dupla de peões tinha se desviado para ver o que estava acontecendo, um deles com a namorada; agora já havia um grupo bastante considerável de pessoas na frente daquela barraca da Roda da Fortuna na margem cada vez mais escura da rua. O homem deu um impulso poderoso à Roda. Doze pares de olhos observaram o movimento dela. Sarah percebeu que estava novamente olhando para Johnny, pensando como o rosto dele ficava estranho naquela iluminação que, apesar de forte, tinha alguma coisa de furtiva. Voltou a pensar na máscara — Jekyll e Hyde, ímpar e par. Seu estômago tornou a revirar, fazendo-a sentir certa fraqueza nas pernas. A roleta diminuía a velocidade, começava a fazer o *tac-tac-tac*. Os rapazes começaram a gritar, torcendo para a roleta avançar um pouco mais.

— Um pouco mais, meu bem — dizia Steve Bernhardt em um tom de adulação. — Um pouco mais, querida!

A roleta fez o *tac-tac-tac* completando mais uma volta e parou no 24. Um grito de alegria subiu de novo da pequena multidão.

— Johnny, você conseguiu, você conseguiu! — gritou Sarah.

O homem da barraca resmungou de desgosto por entre os dentes e pagou. Um dólar para os adolescentes, dois para Bernhardt, uma nota de dez e duas de um dólar para Johnny. Agora ele tinha dezoito dólares no tabuleiro à sua frente.

— Pé quente, pé quente, ei, ei, ei! Mais uma, parceiro? A roleta está gostando de você hoje.

Johnny olhou para Sarah.

— Você decide, Johnny. — Mas de repente ela se sentiu nervosa.

— Vamos, cara! — incitou o rapaz com o broche de Jimi Hendrix. — Estou *adorando* ver esse infeliz levar uma surra.

— Tudo bem — assentiu Johnny. — Última vez.

— Ponha o dinheiro onde quiser que a roda pare.

Todos olharam para Johnny, que, por um momento, ficou pensando, esfregando a testa. Seu rosto, normalmente bem-humorado, estava agora imóvel, sério, focado. Olhava para a roleta no círculo de luzes e os dedos esfregavam com firmeza a pele macia sobre o olho direito.

— Deixe como está — disse por fim.

Um breve rumor de especulação da multidão.

— Ah, cara, isso é *realmente* arriscado!

— Esse cara é bom — afirmou Bernhardt com um ar ambíguo. Olhou de relance para a esposa, que sacudiu os ombros para mostrar sua completa perplexidade. — Vou com você até o final.

O rapaz com o broche olhou para o amigo, que deu de ombros e abanou afirmativamente a cabeça.

— Tudo bem — disse ele voltando ao homem da barraca. — Também vamos nessa.

A roleta girou. Atrás deles, Sarah ouviu um dos peões apostar outros cinco dólares contra uma nova vitória de Johnny na terceira rodada. Seu estômago deu mais uma reviravolta e desta vez não parou; continuou dando saltos e saltos, e ela se deu conta de que não estava bem. Um suor frio brotou em seu rosto.

A velocidade da roleta começou a diminuir logo no primeiro giro e um dos adolescentes agitou as mãos contrariado, mas imóvel. A seta foi passando: 11, 12, 13. O homem da barraca finalmente parecia feliz. *Tac-tac--tac, tac-tac-tac*, 14, 15, 16.

— Vai chegar — suplicou Bernhardt, com certo temor na voz. O homem da barraca olhou para sua Roda como se quisesse estender a mão para detê-la. Ela foi estalando pelo 20, pelo 21 e conseguiu parar no espaço marcado com 22.

Outro grito de triunfo partiu do grupo na frente da barraca, que agora reunia quase vinte pessoas. Todos os que ainda não tinham ido embora da feira deviam estar reunidos ali. Com certa fraqueza, Sarah ouviu o peão que perdeu sua aposta resmungar alguma coisa sobre uma "sorte de merda" enquanto pagava. A cabeça de Sarah martelava. De repente, suas pernas ficaram terrivelmente bambas e os músculos tremiam de forma preocupante. Piscou várias vezes, bem rápido, e em vez de desmaiar sentiu apenas um nauseante instante de vertigem. O mundo pareceu se inclinar em um ângulo torto, como se tivesse acabado de descer do Chicote, mas acabou voltando lentamente a se estabilizar.

O cachorro-quente que tinha comido devia estar estragado, ela pensou melancolicamente. *É isso que dá querer tentar a sorte em uma feira, Sarah!*

— Ei, ei, ei! — disse o homem da roleta sem grande entusiasmo e pagou. Dois dólares para os adolescentes, quatro para Steve Bernhardt e depois um punhado para Johnny: três notas de dez, uma de cinco e uma de um dólar. O homem não estava exatamente morrendo de alegria, mas tinha sangue-frio. Se aquele rapaz alto e magricelo, acompanhado daquela bonita loura, voltasse a tentar a aposta na série, era quase certo que a barraca conseguiria reaver tudo que havia perdido. Afinal, o dinheiro só seria mesmo do magrelo depois que ele deixasse o tabuleiro. Bem, e se ele fosse mesmo embora? De qualquer modo, a roleta já tinha faturado mil dólares naquele dia e podia se dar ao luxo de perder um pouco naquela noite. A notícia de que a Roda da Fortuna de Sol Drummore havia levado uma surra se espalharia, e no dia seguinte ele teria mais apostas do que nunca. Um vencedor era sempre um bom elemento de propaganda.

— Ponha o dinheiro onde quiser que a roda pare — entoou ele. Algumas pessoas do grupo tinham se aproximado do tabuleiro e estavam apostando moedas de dez e vinte e cinco centavos. Mas o homem da barraca tinha os olhos fixos no seu jogador principal. — E aí, parceiro? Quer tentar a sorte grande?

Johnny baixou os olhos para Sarah.

— O que você... ei, tudo bem? Está branca como um fantasma.

— Meu estômago — disse ela, conseguindo sorrir. — Acho que foi o cachorro-quente. Podemos ir embora?

— Claro. É pra já. — Ele estava pegando o rolinho de notas amassadas no tabuleiro quando seus olhos tornaram por acaso a bater na roleta. A súbita preocupação por Sarah se dissipou. O olhar pareceu de novo ficar mais obscuro. Era um ar frio de reflexão. *Está olhando para aquela roleta do modo como um menininho olharia para sua colônia de formigas*, pensou Sarah.

— Só um minuto — pediu.

— Tudo bem — respondeu ela. Mas agora se sentia meio tonta, além de enjoada. E sentia roncos em seu baixo-ventre que não eram um bom sinal. *Ai, meu Deus, diarreia não! Por favor.*

Pensou: *Ele só vai se contentar quando perder tudo de novo.*

E então, com uma estranha certeza: *Mas não vai perder.*

— E aí, parceiro? — perguntava o homem da barraca. — Sim ou não, dentro ou fora?

— Merda ou porra? — disse um dos peões da feira e houve um riso nervoso. A cabeça de Sarah rodava.

Em um ímpeto, Johnny empurrou notas e moedas para o canto do tabuleiro.

— O que você tá fazendo? — perguntou o homem da barraca, genuinamente perplexo.

— Todo o lote no 19 — disse Johnny.

Sarah conteve um gemido com uma mordida.

As pessoas murmuravam.

— Não force a barra! — murmurou Steve Bernhardt no ouvido de Johnny, que não respondeu. Encarava a roleta com uma espécie de indiferença. Seus olhos pareciam ter adquirido um tom quase violeta.

Eis que Sarah escutou um repentino som de passos que, em um primeiro instante, parecia estar acontecendo apenas em seus ouvidos. Então ela viu que as pessoas que apostariam estavam arrastando os pés para trás, deixando Johnny fazer seu jogo sozinho.

Não! Ela sentiu que estava prestes a gritar. *Não assim, não sozinho, isso não é justo...*

Tornou a morder os lábios. Agora tinha medo de vomitar caso abrisse a boca. Estava muito enjoada. A pilha dos ganhos de Johnny estava sozinha sob as lâmpadas nuas. Cinquenta e quatro dólares, e a aposta em um número isolado pagava dez para um.

O homem da roleta passou a língua pelos lábios.

— Senhor, a lei diz que não devo aceitar apostas superiores a dois dólares em números isolados.

— Vamos lá... — resmungou Bernhardt. — Você também não deve aceitar em caso algum apostas superiores a dez dólares e acabou de deixar o cara apostar dezoito. Qual é o problema? Suas bolas começaram a suar?

— Não, é só que...

— Vamos lá — interrompeu Johnny —, é pegar ou largar. Minha namorada não está passando bem.

O homem da barraca avaliou sua plateia. As pessoas retribuíram o olhar com expressões hostis. Aquilo não era bom. Não compreendiam por que o rapaz estaria jogando seu dinheiro fora e a barraca simplesmente tentava poupá-lo. *Foda-se.* As pessoas não iam mesmo gostar do que estava prestes a acontecer ali, não importava o que fosse. Então que o cara cavasse a própria cova e perdesse o dinheiro todo. Assim poderia fechar a barraca.

— Bem — começou o homem da banca —, já que nenhum de vocês é fiscal... — Virou-se para a Roda. — Rodando e rodando, e ninguém sabe onde ela vai parar.

Ele girou, e os números imediatamente se transformaram em um borrão. Durante um pequeno intervalo, que pareceu mais longo do que realmente devia ter sido, somente o som da Roda da Fortuna em movimento foi ouvido, embora o vento da noite fizesse ondular um conjunto de lonas em algum lugar e houvesse um martelar de enjoo dentro da cabeça de Sarah. Ela implorava mentalmente para que Johnny pusesse o braço à sua volta, mas ele permanecia imóvel, com as mãos no tabuleiro e os olhos naquela roleta que parecia determinada a rodar para sempre.

Por fim, a velocidade diminuiu o suficiente para Sarah conseguir ler os números, e ela viu o 19, o 1 e o 9 pintados em um vermelho forte sobre um fundo escuro. Girava e girava e girava. O suave zumbido da Roda deu lugar a um contínuo *tac-tac-tac* que parecia alto demais no meio do silêncio.

Agora os números ultrapassavam a seta com uma firmeza cada vez mais vagarosa.

Um dos peões gritou maravilhado:

— Jesus, pelo menos vai ser perto!

Johnny permanecia calmo, observando a Roda. E de repente (embora isso pudesse ser apenas resultado do enjoo, que agora corria em ondas peristálticas e ia lhe apertando a barriga) Sarah achou que os olhos dele estavam quase negros. *Jekyll e Hyde*, ela pensou, e de súbito, de uma forma absurda, ficou com medo de Johnny.

Tac-tac-tac.

A Roda deu um último giro vagaroso; passou o 15, o 16, deu um clique no 17 e, após um instante de hesitação, entrou no 18. Com um novo *tac*, a seta passou à casa do 19. As pessoas tinham prendido a respiração. A Roda seguiu bem devagar, fazendo a seta bater no pequeno pino entre o 19 e o 20. Por uma fração de segundo pareceu que o pino não seria capaz de manter a seta na casa do 19, que ainda havia um resto de velocidade capaz de levar a roleta para o 20. Então a Roda fez um ricochete, com o impulso esgotado, e parou.

Por um momento nada fez barulho entre a pequena multidão. Absolutamente nada.

Então um dos adolescentes falou, com uma voz reverente e baixa:

— Ei, cara, você acabou de ganhar quinhentos e quarenta dólares.

Steve Bernhardt:

— Nunca vi uma série como essa. *Nunca*.

Somente então as pessoas gritaram de entusiasmo. Johnny recebeu tapinhas nas costas, pancadinhas com punhos cerrados. O pessoal ultrapassava Sarah para se aproximar dele, cumprimentá-lo e, durante esse momento de distanciamento, ela teve uma sensação de angústia e logo de verdadeiro pânico. Sem forças, começou a oscilar de um lado para outro, o estômago se revirando loucamente. Imagens da Roda voltavam a girar sombriamente diante de seus olhos.

Mais um instante e Johnny estaria com ela. Sarah viu, com uma tênue alegria, que realmente *era* Johnny, e não a figura produzida, com porte de manequim, que contemplava a Roda naquele último giro. Johnny parecia confuso e preocupado.

— Desculpe, querida — disse ele, e ela o amou ao escutar isso.

— Estou bem — respondeu Sarah, sem ter certeza se estava ou não.

O homem da roleta pigarreou.

— A Roda está fechada — disse. — A Roda está fechada.

Percebeu-se um rumor resignado, mal-humorado, das pessoas. O homem olhou para Johnny.

— Vou ter que lhe dar um cheque, jovem cavalheiro. Não tenho todo esse dinheiro na barraca.

— Claro, sem problema — disse Johnny. — Só peço que não demore. Ela realmente não está passando bem.

— Claro, um cheque! — disse Steve Bernhardt com infinito desprezo. — Vai é te dar o cano e passar o inverno na Flórida!

— Meu caro senhor — começou o homem da roleta —, posso lhe garantir que...

— Ah, vá garantir à sua mãe, talvez ela acredite! — disse Bernhardt, passando a mão por cima do tabuleiro e começando a tatear embaixo do balcão.

— Ei! — ganiu o homem. — Isso é roubo!

Aparentemente as pessoas não se deixaram impressionar com o protesto.

— Por favor — murmurou Sarah. Sua cabeça rodava.

— Não me importa o dinheiro — disse Johnny de repente. — Nos deixem passar, por favor! Ela está passando mal.

— Ah, *cara*! — lamentou o rapaz com o broche de Jimi Hendrix, mas ele e o amigo, embora com relutância, chegaram para o lado.

— Não, Johnny — disse Sarah, fazendo muito esforço para segurar o vômito. — Pegue o dinheiro. — Johnny precisava trabalhar três semanas para ganhar quinhentos dólares.

— Pague, seu vigarista barato! — vociferou Bernhardt. Ele puxou uma caixa de charutos Roi-Tan de debaixo do balcão, jogando-a para o lado sem sequer olhar lá dentro, tateou de novo e, desta vez, encontrou uma caixa de metal, com trinco, pintada de um verde fosco. Pousou com força a caixa no tabuleiro. — Se aí dentro não tiver quinhentos e quarenta dólares, vou comer meu próprio cocô na frente de todo mundo. — Pôs a mão pesada, forte, no ombro de Johnny. — É só esperar um minuto, filho! Você vai receber seu pagamento ou eu não me chamo Steve Bernhardt.

— Realmente, senhor, não tenho esse dinheiro todo na...

— Você vai pagar — disse Steve Bernhardt se debruçando sobre o homem da roleta —, ou quem vai fechar as portas é você. Estou falando sério. Estou sendo franco aqui.

O homem suspirou e seus dedos começaram a remexer dentro da camisa. Puxou uma corrente fina, onde havia uma chave pendurada. As pessoas murmuravam. Sarah não podia mais aguentar. Seu estômago parecia inchado e, de repente, ficou paralisado como a morte. Tudo estava subindo, tudo, a uma velocidade de trem expresso. Ela saiù cambaleando de perto de Johnny e foi empurrando as pessoas para abrir caminho.

— Querida, não está se sentindo bem? — perguntou uma mulher e Sarah balançou cegamente a cabeça.

— Sarah? *Sarah?*

Simplesmente você não pode se esconder... de Jekyll e Hyde, ela pensou de modo incoerente. Correndo pela viela escura, enquanto passava em frente ao carrossel, Sarah via a máscara fluorescente flutuar morbidamente diante dos seus olhos. Ela bateu com o ombro em um mastro de iluminação, cambaleou, agarrou-se a ele e vomitou. Era como se o vômito fosse uma pulsação nojenta e escorregadia, que subia desde seus calcanhares e convulsionava todo o estômago. Ela deixou a pressão correr o máximo que pôde.

Tem cheiro de algodão-doce, Sarah pensou e, com um gemido, deixou que viesse de novo, e depois outra vez. Pontinhos brilhavam na sua frente. A última arfada não trouxera muita coisa além de catarro e ar.

— Ai, meu Deus... — exclamou ela debilmente, agarrada ao mastro para não cair. De algum lugar atrás dela se aproximava a voz de Johnny gritando seu nome, mas ela ainda não podia responder, ainda não queria responder. O estômago se estabilizara um pouco e, por ora, Sarah queria ficar ali no escuro, felicitando-se por estar viva, por estar sobrevivendo àquela noite na feira.

— Sarah? *Sarah!*

Ela cuspiu duas vezes para limpar um pouco a boca.

— Estou aqui, Johnny!

Johnny circundou os cavalos de gesso em posição de salto. Sarah viu que em uma das mãos segurava um grosso maço de notas.

— Você está bem?

— Não, mas estou melhor. Vomitei.

— Ah! Ah, Deus. Vamos embora. — Ele a segurou suavemente pelo braço.

— Conseguiu o dinheiro?

Johnny olhou de relance para o maço de notas e o enfiou distraidamente no bolso da calça.

— Consegui. Uma parte ou todo ele, não sei. Quem contou foi aquele cara fortão.

Sarah tirou um lenço da bolsa e começou a esfregar a boca. *Um gole de água*, ela pensou. Venderia sua alma por um gole de água.

— Devia ter contado — disse ela. — É bastante dinheiro.

— Dinheiro fácil não traz boa sorte — alegou ele sombriamente. — Um dos ditados de minha mãe. Ela tem um milhão de ditados. E tem horror a jogo.

— Então é batista mesmo — disse Sarah, e de súbito começou a estremecer convulsivamente.

— Tá tudo bem? — perguntou ele, preocupado.

— São calafrios. Quando entrarmos no carro, quero o aquecimento no máximo e... ah, Senhor, vou vomitar de novo!

Sarah virou o rosto e soltou um pouco de cuspe com um som de gemido. Cambaleou. Ele a segurava de modo gentil, mas firme.

— Consegue voltar para o carro?

— Sim. Agora estou bem. — Mas a cabeça doía, sentia gosto de vômito e os músculos das costas e da barriga pareciam fora de encaixe; estavam retesados, doloridos.

Caminharam juntos, devagar, descendo a rua, espalhando serragem com os pés, passando por barracas que já tinham fechado e arriado os toldos. Uma sombra se aproximou e Johnny se virou de imediato, talvez consciente da soma de dinheiro que levava no bolso.

Era um dos adolescentes — cerca de quinze anos de idade. O rapaz sorria timidamente.

— Espero que esteja melhor — disse ele olhando para Sarah. — São esses cachorros-quentes, eu aposto! É muito fácil pegar um estragado.

— Arhg! Nem me fala — respondeu Sarah.

— Precisa de ajuda para ir até o carro? — perguntou ele a Johnny.

— Não, obrigado. Estamos bem.

— Certo. Eu também tenho que cair fora. — Mas se deteve um pouco mais, o sorriso tímido se transformando em um riso franco. — *Adorei* ver aquele cara levar uma surra!

Então afastou-se rapidamente pela escuridão.

A caminhonete pequena e branca de Sarah era o único carro que ainda estava no estacionamento escuro; parecia encolhida sob uma lâmpada, como um cãozinho perdido, esquecido. Johnny abriu a porta do passageiro para Sarah, que entrou e se sentou devagar. Ele seguiu para o banco do motorista e deu a partida.

— O aquecimento vai demorar alguns minutos.

— Não faz mal. Agora já estou aquecida.

Johnny olhou para Sarah e viu o calor brotando em seu rosto.

— Talvez fosse bom darmos uma passada na emergência do Eastern Maine Medical — aconselhou ele. — Se for salmonela, a coisa pode ficar séria.

— Não precisa, estou bem. Só quero ir para casa dormir. Amanhã de manhã acordo, comunico à escola que estou doente e volto a dormir.

— Não precisa acordar de manhã. Eu ligo avisando, Sarah.

— Liga mesmo? — Ela o olhava agradecida.

— Com certeza.

Tinham entrado na estrada principal.

— Desculpe por eu não poder voltar ao seu apartamento com você — disse Sarah. — Desculpe mesmo.

— Não é sua culpa.

— Claro que é. Comi o cachorro-quente estragado. Que azar.

— Amo você, Sarah — disse Johnny. Agora que a frase saíra, não tinha mais volta. A frase ficou pairando entre os dois no carro em movimento, à espera de que alguém tomasse alguma providência.

Ela fez o que podia:

— Obrigada, Johnny.

Seguiram em um silêncio confortável.

2

1

Era quase meia-noite quando Johnny estacionou a caminhonete na frente da casa de Sarah. Ela cochilava.

— Ei — disse ele, desligando o motor e sacudindo-a com carinho. — Chegamos.

— Ah... tudo bem. — Ela se endireitou e apertou mais o casaco contra o corpo.

— Como está se sentindo?

— Melhor. Meu estômago ainda está pesado e estou com dor nas costas, mas um pouco melhor. Johnny, leve o carro para Cleaves com você.

— Não, é melhor não. Iam ver estacionado a noite inteira na frente do meu prédio. É melhor não dar margem a certo tipo de comentário.

— Mas eu ia voltar com você para o seu apartamento...

Johnny sorriu.

— Bem, isso teria feito o risco valer a pena, mesmo se tivéssemos que caminhar três quarteirões. Além do mais, é melhor que você tenha o carro à mão, caso mude de ideia sobre uma ida ao hospital.

— Não vou mudar.

— Mas pode mudar. Posso entrar para chamar um táxi?

— Claro.

Entraram e Sarah acendeu as luzes antes de ser atacada por uma nova onda de arrepios.

— O telefone está na sala. Vou me deitar e me cobrir com um edredom.

A sala era pequena e funcional, só não tinha um ar de quartel por causa das cortinas vistosas (flores em um padrão psicodélico, muita cor) e uma série de pôsteres na parede: Dylan em Forest Hills, Baez no Carnegie Hall, Jefferson Airplane em Berkeley, os Byrds em Cleveland.

Sarah se deitou no sofá e puxou um edredom até o queixo. Johnny olhou pra ela com verdadeira preocupação. Seu rosto estaria branco como papel se não fossem as olheiras escuras. Era a aparência exata de uma pessoa doente.

— Talvez fosse melhor eu passar a noite aqui — disse ele. — Para o caso de acontecer alguma coisa, como...

— Como uma fratura fina como um fio de cabelo no alto da minha espinha? — Ela o contemplou, com humor um tanto ácido.

— Bem, você sabe. Alguma coisa.

O som agourento de seu intestino a fez decidir: realmente não podia passar aquela noite com John Smith. Não ia dar certo. E também não seria justo que ele concluísse a noitada com ela para vê-la vomitar, correr para o banheiro e arrotar quase um vidro inteiro de leite de magnésia.

— Não tem problema — respondeu Sarah. — Foi só o cachorro-quente estragado, Johnny. Por sorte o seu estava bom. Me ligue amanhã, em um intervalo das aulas.

— Tem certeza de que está bem?

— Tenho sim.

— Está certo, garota. — Ele pegou o telefone sem discutir mais e chamou um táxi. Sarah fechou os olhos, tranquilizada, confortada pelo som da voz dele. Uma das coisas de que mais gostava em Johnny era o fato de ele estar sempre procurando acertar, tentando fazer a coisa certa, mas sem nenhuma baixeza servil. Isso era bom. Mas estava cansada e frustrada demais para arrematar a conversa com gentilezas.

— Consegui a proeza — disse ele desligando. — Vão mandar um cara em cinco minutos.

— Pelo menos vai ter como pagar o táxi — comentou ela, sorrindo.

— E vou dar uma bela gorjeta — respondeu Johnny, imitando o humorista W. C. Fields.

Ele se aproximou do sofá, sentou-se ao lado dela e pegou sua mão.

— Johnny, como fez aquilo?

— O quê?

— A roleta. Como conseguiu aquilo?

— Foi sorte, só isso. — Johnny parecia pouco à vontade. — Todo mundo tem sua maré de sorte de vez em quando. Como em uma corrida de carros, em um blackjack ou um jogo de cara ou coroa.

— Não — disse ela.

— Hã?

— Não acho que todo mundo tenha *de fato* uma maré de sorte como aquela. Foi quase sinistro. Chegou... a me deixar um pouco assustada.

— Sério?

— Sim.

Johnny suspirou.

— De vez em quando eu tenho premonições, só isso. Tenho desde que me entendo por gente, desde quando ainda era criança. E sempre fui capaz de encontrar coisas que as pessoas tinham perdido. Como a Lisa Schumann na escola. Conhece ela?

— Lisa, aquela menininha triste, que parece um ratinho? — Sarah sorriu. — Conheço. Fica nas nuvens nas minhas aulas de gramática, os olhos perdidos.

— Ela perdeu um anel um dia e me procurou chorando. Perguntei se já tinha dado uma olhada nos cantinhos da prateleira de cima do armário no vestiário. Foi só um palpite. Mas o anel estava lá.

— E você sempre foi capaz de fazer isso?

Ele riu e balançou a cabeça.

— Nem sempre. — O sorriso fugiu um pouco. — Mas hoje à noite foi forte, Sarah. Tive aquela roleta nas mãos... — Ele fechou devagar os punhos e olhou para eles, agora franzindo a testa. — Bem aqui! E me ocorriam as mais estranhas e fantásticas associações.

— Tipo o quê?

— Borracha — falou ele lentamente. — Borracha queimando. E frio. E gelo. Gelo escuro. Essas coisas estavam no fundo da minha mente. Só Deus sabe por quê. E tive uma sensação ruim. De que deveria ficar alerta contra alguma coisa.

Ela o olhou com atenção, sem dizer nada, e viu o rosto dele ir aos poucos se desanuviando.

— Mas agora passou — continuou Johnny —, seja lá o que tenha sido. Provavelmente não era nada.

— De qualquer modo foram quinhentos dólares de boa sorte — concluiu ela. Johnny riu, abanou a cabeça e não falou mais nada. Sarah cochilou, satisfeita por ele estar do seu lado. Voltou ao estado de vigília quando a parede foi salpicada pela luz dos faróis na frente da casa. O táxi.

— Eu te ligo — disse Johnny, dando um beijo carinhoso no rosto dela.
— Tem certeza de que não quer que eu fique aqui?

De repente Sarah quis que ele ficasse, mas balançou a cabeça em uma negativa.

— Me liga — respondeu.
— Antes da terceira aula — prometeu ele e avançou para a porta.
— Johnny?

Ele se virou.

— Eu te amo, Johnny — disse ela, e o rosto de Johnny se iluminou como uma lâmpada. Ele soprou um beijo.

— Melhore logo e vamos conversar.

Ela assentiu, mas só depois de quatro anos e meio conseguiria falar novamente com Johnny Smith.

2

— Se importa se eu for na frente? — perguntou Johnny ao motorista.
— De jeito nenhum. Só não bata com o joelho no taxímetro. É frágil.

Com algum esforço, Johnny esticou as pernas compridas por baixo do taxímetro e fechou a porta. O taxista, um homem de meia-idade careca e barrigudo, arriou a bandeira e o táxi subiu pela Flagg Street.

— Para onde?
— Cleaves Mills — disse Johnny. — Main Street. Eu indico o caminho.
— Tenho de pedir cinquenta por cento sobre a corrida — disse o taxista. — Não gosto de fazer isso, mas volto vazio de lá.

A mão de Johnny se fechou distraidamente sobre o monte de notas no bolso da calça. Tentou lembrar se alguma vez já tivera tanto dinheiro no bolso. Uma vez. Tinha comprado um Chevy com dois anos de uso por mil e duzentos dólares. Em um gesto de extravagância, tirou dinheiro vivo da poupança. Queria ver como era todo aquele dinheiro junto. A experiência não fora uma coisa do outro mundo, mas foi incrível ver a surpresa na cara do vendedor de carros quando viu doze notas de cem dólares serem colocadas na sua mão. Agora, no entanto, o maço de dinheiro que tinha no bolso não o fazia sentir-se bem em absoluto. Era uma vaga sensação de mal-estar, e o provérbio da mãe lhe veio à cabeça: *Dinheiro fácil não traz boa sorte.*

— Tudo bem com cinquenta por cento — afirmou ao taxista.

— Ótimo quando um sabe compreender o outro — falou o taxista em um tom mais expansivo. — Estava chegando de Riverside e vi que não tinha ninguém para atender ao telefone. Vim logo depois de falar com você.

— Foi mesmo? — perguntou Johnny sem muito interesse.

Casas escuras passavam em velocidade pelo lado de fora. Ganhara quinhentos dólares, nunca tinha acontecido nada parecido, nem perto. Mas o cheiro sinistro de borracha queimando, a impressão de estar revivendo parte de algo que havia acontecido quando era muito pequeno e aquela sensação de má sorte para contrabalançar a alegria continuavam com ele.

— É, às vezes uns bêbados ligam e depois mudam de ideia — contou. — Não suporto esses bêbados. Depois que já chamaram o táxi eles pensam e, porra, resolvem tomar mais uma ou duas. Ou então bebem a bandeirada enquanto estão esperando. Aí quando eu chego e grito: "Quem chamou o táxi?", nenhum deles assume.

— É — disse Johnny. À esquerda corria o rio Penobscot, denso e escuro. E então, a imagem de Sarah passando mal e dizendo que o amava surgiu, superpondo-se àquilo tudo. Provavelmente fora surpreendida por um momento de fraqueza. Deus, se ela estivesse mesmo sentindo isso! Johnny ficara caidinho por ela quase desde o primeiro encontro. Ela que havia tornado a noite incrível, não a vitória na roleta. Mas era para a roleta que sua mente continuava se voltando, era com a roleta que continuava ocupada. Via a Roda girando no escuro e escutava o *tac-tac-tac* cada vez mais lento da seta batendo nos pinos. Como alguma coisa já vista em um sonho perturbador. *Dinheiro fácil traz má sorte.*

O taxista entrou na Rota 6, agora bastante envolvido com seu monólogo.

— Aí eu disse: "Enfie essa língua você sabe onde". Claro, o garoto é esperto, né? Mas não tenho de suportar uma merda como essa de ninguém, nem do meu próprio filho. Estou dirigindo este táxi há vinte e seis anos.

Me limparam seis vezes. Já arranhei esse para-lama várias vezes, mas nunca me envolvi em um acidente grave, pelo que agradeço a Maria, Mãe de Jesus, São Cristóvão e Deus Pai Todo-Poderoso, tá entendendo o que eu tô falando? Toda semana, por pior que tivesse sido o movimento, eu reservava cinco dólares para a universidade dele. Desde que o garoto não passava de uma coisinha que só berrava e mamava. E pra que isso? Para um belo dia ele chegar em casa e me falar que o presidente dos Estados Unidos é um porco. Que merda! O moleque provavelmente acha que *eu também* sou um porco, mas ele sabe que, se um dia me disser isso na cara, vou mudar seus dentes de lugar! É assim que essa nova geração se comporta hoje. Foi por isso que eu disse: "Enfie essa língua você sabe onde".

— Pois é — disse Johnny. Agora os bosques passavam voando no escuro. Carson's Bog, o pântano, ficava à esquerda. Estavam a mais ou menos onze quilômetros de Cleaves Mills. O taxímetro marcou outros dez centavos.

Uma moedinha de dez, um décimo de um dólar. Ei, ei, ei.

— Você faz o quê, posso perguntar? — indagou o motorista.

— Sou professor do colégio em Cleaves.

— Ah, é? Então sabe a que estou me referindo. Afinal, que diabo há de errado com esses garotos?

Bem, eles tinham comido um cachorro-quente estragado chamado Vietnã e tiveram uma intoxicação. Foi um cara chamado Lyndon Johnson que vendera o cachorro-quente. Então, procuraram o outro cara e disseram: "Por Deus, cara, estamos muito mal". E este cara, cujo nome era Nixon, disse: "Sei como dar um jeito nisso. É só comer mais alguns". Era isso que havia de errado com a juventude americana.

— Não sei — respondeu Johnny.

— Você planeja toda a sua vida e faz o que pode — disse o taxista, agora com uma honesta perplexidade na voz, uma perplexidade que não duraria muito tempo, já que ele havia entrado no último minuto de sua vida. E Johnny, que não sabia disso, sentiu realmente pena do homem, uma compaixão por sua incapacidade de compreender.

Vamos lá, meu bem, tem muito balanço no pedaço.

— Você sempre dá o seu melhor, e aí o garoto vem para casa com o cabelo comprido até o rabo dizendo que o presidente dos Estados Unidos é um porco. Um porco! Merda, eu não...

— *Cuidado!* — gritou Johnny.

O taxista virou metade da cabeça para encará-lo, a face rechonchuda de legionário americano parecendo séria, zangada e infeliz sob a luz do painel do carro e do repentino clarão dos faróis que surgiam na frente deles. Então o homem tornou a se concentrar na estrada, mas era tarde demais.

— *Jesus!*

Eram dois carros, um de cada lado da faixa divisória. Um Mustang e um Dodge Charger faziam racha, chegando emparelhados no alto da ladeira. Johnny ouviu o ronco dos motores. O Charger veio direto na direção deles. Como não tentou sair do caminho, o taxista ficou paralisado ao volante.

— *Jeeeeee...*

Johnny quase não reparou no Mustang passando em disparada pela esquerda. Então, o táxi e o Charger bateram de frente, e Johnny sentiu que estava sendo levantado do banco e jogado para a frente. Não sentiu dor, embora estivesse marginalmente consciente de que seus joelhos tinham batido no taxímetro com força suficiente para arrancar o aparelho do suporte.

O forte barulho de vidro se quebrando ecoou. Uma enorme chama se ergueu na noite. A cabeça de Johnny colidiu com o para-brisa do táxi e ele apagou. A realidade começou a cair em um buraco. A dor, fraca e distante, nos ombros, nos braços e no resto do corpo seguiu sua cabeça através do para-brisa quebrado. Ele estava voando. Voando na noite de outubro.

Débil lampejo de pensamento: *Estou morrendo? Isto vai me matar?*

Voz interior respondendo: *Sim, provavelmente vai.*

Voando. As estrelas de outubro disparando pela noite. O forte estouro da gasolina explodindo. Um clarão alaranjado. Depois, a escuridão.

Sua viagem pelo vazio terminou com uma forte pancada e um salpico molhado. Era a umidade fria quando ele caiu no pântano Carson's Bog, a oito metros do ponto em que o Charger e o táxi, grudados um no outro, faziam subir uma pira de chamas para o céu noturno.

Escuridão.

Diminuindo.

Tudo o que sobrou ficou parecido com uma gigantesca roleta vermelha e preta, girando em um vácuo, como os vácuos entre as estrelas — *tente a fortuna, duas vezes é sorte, uma é só acaso, ei, ei, ei!* A roda girava sem parar, vermelha e preta, a seta estalando ao passar pelos pinos, e ele fez força para ver se daria o duplo zero, o número da banca, o giro da banca, todos perdendo, menos a banca. Ele se esforçou para ver, mas a roda já era. Somente escuridão e um vácuo universal, todo negativo, bom companheiro, el zerão. Limbo frio.

Johnny Smith ficou um longo, longo tempo ali.

3

1

Um pouco depois das duas da manhã de 30 de outubro de 1970, o telefone começou a tocar no andar de baixo de uma pequena casa a cerca de duzentos e cinquenta quilômetros ao sul de Cleaves Mills.

Herb Smith sentou-se na cama, desorientado, e conseguiu se levantar lentamente, mas vacilante e tonto de sono.

A voz de Vera a seu lado, abafada pelo travesseiro:

— Telefone.

— Aham — disse ele saltando da cama. Era um homem grande, de ombros largos, com quarenta e tantos anos e um pouco calvo, usando uma calça de pijama azul. Saiu no corredor do andar de cima e acendeu a luz. Lá embaixo, o telefone soava insistente.

Desceu em direção ao que Vera gostava de chamar "cantinho do telefone". Consistia no telefone em uma singular mesinha com banco, comprados por ela no Green Stamps cerca de três anos antes. Herb desde o início se recusara a pousar seu volume de cento e dez quilos naquele banco. Quando falava ao telefone, ficava de pé. A gaveta da mesinha estava cheia de revistas, como a *Upper Rooms*, a *Seleções* e a *Fate*.

Herb estendeu a mão para o aparelho, mas deixou-o tocar mais uma vez.

Um telefonema no meio da noite geralmente significava uma de três coisas: um velho amigo que, depois de ter bebido todas, concluíra que você gostaria de ter notícias dele, mesmo às duas da manhã; um engano; más notícias.

Esperando que fosse a opção do meio, Herb tirou o fone do gancho.

— Alô?
Uma firme voz masculina perguntou:
— É da casa de Herbert Smith?
— Sim?
— Com quem eu falo, por favor?
— Sou Herbert Smith. O que...
— Pode esperar um momento na linha?
— Sim, mas quem...

Tarde demais. Ouviu uma batida fraca, como se o sujeito do outro lado tivesse deixado cair um dos sapatos. Fora deixado *na linha*. Das muitas coisas que ele detestava nos telefones (ligações ruins, crianças passando trote, telefonistas que falavam como computadores e queridinhos oferecendo assinaturas de revistas), a que mais o irritava era ficar *na linha*. Era uma daquelas coisas insidiosas que tinham se introduzido na vida moderna, quase furtivamente, mais ou menos nos últimos dez anos. Antigamente, o sujeito do outro lado apenas diria "Não desligue, está bem?", e pousaria o fone. Então, pelo menos você ouvia conversas ao longe, um cachorro latindo, um rádio, um bebê chorando. Esperar *na linha* era uma proposta completamente diferente. A linha era sombria, uniformemente vazia. Você não esperava em parte alguma. Por que não diziam logo "Pode ficar na linha enquanto o enterro vivo por um momento?"?

Percebeu que não deixava de estar um pouco, ainda que muito pouco, assustado.

— Herbert?

Ele se virou, o fone no ouvido. Vera estava no alto da escada vestindo um roupão marrom desbotado, o cabelo em rolinhos. Em todo o seu rosto, algum tipo de creme adquirira uma consistência de gesso.

— Quem é?
— Ainda não sei. Pediram que eu esperasse na linha.
— Na linha? Às 2h15 da manhã?
— É.
— Não é Johnny, é? Aconteceu alguma coisa com o Johnny?
— Não sei — respondeu Herb, se esforçando para falar baixo. Alguém telefonava às duas da madrugada, colocava você na linha, e o deixava pensando em todos os parentes, avaliando a saúde de cada um. Você fazia listas

de tias velhas. Adicionava à lista os avós com suas enfermidades, se ainda os tivesse. Você se perguntava se o coração de algum de seus amigos por acaso não parara de bater. E tentava não pensar que tinha um filho a quem amava muito, ou sobre como certas chamadas pareciam sempre acontecer às duas da manhã, ou como de um momento para outro suas panturrilhas estavam ficando duras, compactas de tensão...

Vera tinha fechado os olhos e cruzado as mãos no meio dos seios. Herb tentava controlar sua irritação. Continha-se para não dizer: "Vera, a Bíblia sugere enfaticamente que você vá fazer isso em seu closet". Isso o faria ganhar o Doce Sorriso de Vera Smith para Maridos Ateus e Amaldiçoados. Às duas da manhã e ainda por cima *aguardando na linha*, ele achava que não conseguiria suportar aquele sorriso.

Ouviu uma nova pancada no fone, e outra voz masculina, mais velha, perguntou:

— Alô, é o sr. Smith?

— Sim, quem está falando?

— Desculpe por ter feito o senhor esperar. Sou o sargento Meggs da polícia estadual, divisão de Orono.

— É meu garoto? Alguma coisa com meu garoto?

Sem dar conta, deixou-se cair no banco do cantinho do telefone. A sensação de fraqueza ia da cabeça aos pés.

— O senhor tem um filho chamado John Smith — perguntou o sargento Meggs —, sem nenhum nome do meio?

— Aconteceu alguma coisa com ele? Ele está bem?

Passos na escada. Vera parou atrás dele. Por um momento pareceu calma, mas de repente se agarrou ao telefone como um tigre.

— O que foi? O que aconteceu com o meu Johnny?

Herb puxou o fone da mão dela, lascando uma de suas unhas.

— Estou cuidando disto — disse, encarando-a.

Vera o olhou de volta. Os olhos azuis, suaves e claros, arregalavam-se sobre a mão que tapava a boca.

— Sr. Smith, está na linha?

Palavras que pareciam anestesiadas saíram da boca de Herb.

— Tenho um filho chamado John Smith, sem nome do meio, sim. Ele mora em Cleaves Mills. É professor no colégio de lá.

— Ele sofreu um acidente de carro, sr. Smith. Seu estado é extremamente grave. Sinto muito por dar esta notícia ao senhor. — A voz de Meggs era cadenciada, formal.

— Ah, meu Deus — disse Herb. Seus pensamentos giravam. Um dia, no exército, um sulista chamado Childress, um rapaz corpulento, perverso, de cabelo louro, o espancara nos fundos de um bar de Atlanta. Na ocasião, Herb tinha se sentido como naquele momento: acovardado, todos os seus pensamentos reduzidos a uma inútil poça de confusão. — Ah, meu Deus — ele tornou a dizer.

— Ele morreu? — perguntou Vera. — Ele morreu? Johnny *está morto*? Herb tapou o fone.

— Não — disse. — Não morreu.

— Não morreu! Não morreu! — gritou ela e caiu de joelhos no cantinho do telefone com um baque forte. — Oh, Deus, agradecemos a Ti de todo o coração e pedimos que mostres Teu suave carinho e Tua amorosa misericórdia a nosso filho e que o protejas com Tua mão amorosa! É o que pedimos em nome de Jesus, Teu único Filho gerado e...

— *Vera, cale a boca!*

Por um instante, os três permaneceram em silêncio, como se refletissem sobre a vida e as coisas não tão boas que havia nela: Herb, o corpanzil espremido no banco do cantinho do telefone, os joelhos espremidos contra a parte sob a mesinha e com um vaso de flores de plástico batendo no rosto; Vera, os joelhos apoiados na grade do aquecedor; o invisível sargento Meggs, que, com uma estranha atitude de espectador, testemunhava aquela comédia de humor sombrio.

— Sr. Smith?

— Sim. Des... Desculpe pela confusão.

— É bastante compreensível — disse Meggs.

— Meu garoto... o Johnny... estava no Fusca dele?

— Armadilhas mortais, armadilhas mortais, esses carrinhos são armadilhas mortais! — balbuciou Vera. Lágrimas caíam pelo seu rosto, escorrendo pela superfície lisa e endurecida do creme como chuva em aço cromado.

— Estava em um táxi da Bangor & Orono — começou Meggs. — Vou deixá-lo a par do que entendi até agora. Houve três veículos envolvidos, dois deles dirigidos por garotos de Cleaves Mills. Estavam em um racha.

Os carros se encontraram num lugar conhecido como Carson's Hill, na Rota 6, sentido leste. Seu filho estava no táxi, indo para oeste, em direção a Cleaves. O táxi e o carro na contramão colidiram de frente. O taxista morreu na hora, assim como o rapaz que guiava o outro carro. Seu filho e uma passageira do carro que bateu estão internados no Eastern Maine Med. Sei que o estado de ambos é crítico.

— Crítico — disse Herb.

— Crítico! Crítico! — gemeu Vera.

Herb se sentiu como se estivessem em um daqueles shows esquisitos estilo Off-Broadway. Sentiu-se constrangido com o comportamento de Vera por causa do sargento Meggs, que certamente estaria ouvindo sua esposa como uma integrante louca de um coro grego. Ele se perguntou quantas conversas como aquela o sargento Meggs já não teria escutado ao longo de sua carreira. Sem dúvida teriam sido muitíssimas. Possivelmente já tinha ligado para a esposa do taxista e a mãe do garoto morto para transmitir a notícia. Como elas teriam reagido? E de que isso importava? Vera não tinha o direito de chorar pelo filho? E como um sujeito conseguia pensar em coisas tão malucas em uma hora daquelas?

— Eastern Maine — disse Herb, anotando o nome do hospital em um bloco. A ilustração no cabeçalho mostrava um fone sorrindo. O fio de telefone escrevia a expressão PARCEIRO DO TELEFONE.

— Como ele se feriu?

— Não entendi, sr. Smith.

— Onde se machucou? Na cabeça? Na barriga? Onde foi? Está queimado?

Vera deu um grito agudo.

— *Vera, pode por favor calar A BOCA!?*

— Só o hospital pode lhe dar essa informação — disse Meggs cautelosamente. — Vou ter um relatório completo somente daqui a algumas horas.

— Está bem. Está bem.

— Sr. Smith, desculpe por eu ter ligado no meio da noite com uma notícia tão ruim...

— Foi ruim, tudo bem — disse ele. — Tenho que ligar para o hospital, sargento Meggs. Até logo.

— Boa noite, sr. Smith.

Herb desligou e ficou paralisado olhando para o fone. *Como as coisas acontecem*, ele pensou. *Como uma coisa dessas pode acontecer? Johnny.*

Vera deu outro grito agudo e ele viu com algum alarme que ela havia agarrado o cabelo, com rolinhos e tudo, e começava a puxar.

— É o juízo! O juízo sobre nosso modo de vida, sobre o pecado, sobre alguma coisa! Herb, fique de joelhos comigo...

— Vera, tenho que ligar para o hospital. Não quero fazer isso de joelhos.

— Vamos rezar por ele... Prometa se emendar... Se tivesse ido mais à igreja comigo, quem sabe... Talvez sejam os cigarros, beber cerveja com aqueles homens depois do trabalho... falar palavrões... tomando o nome do Senhor Deus em vão... O juízo... É o juízo...

Herb segurou o rosto dela com as duas mãos para deter uma nervosa e selvagem agitação. O contato com o creme em seu rosto foi desagradável, mas ele não tirou as mãos. Sentia pena da esposa. Nos últimos dez anos ela transitava em uma área obscura entre a devoção à fé batista e o que ele julgava ser uma ligeira paranoia religiosa. Cinco anos após o nascimento de Johnny, o médico encontrara alguns tumores benignos em seu útero e no canal vaginal. A remoção a impossibilitou de ter outro bebê. Cinco anos depois, novos tumores exigiram uma histerectomia completa. Foi quando tudo começou de fato, um profundo sentimento religioso estranhamente acompanhado de outras crenças. Vera lia com avidez folhetos sobre a Atlântida, naves vindas do espaço, raças de "cristãos puros" que podiam estar vivendo nas entranhas da Terra. Lia a revista esotérica *Fate* quase tão frequentemente quanto a Bíblia, muitas vezes usando uma para esclarecer a outra.

— Vera — disse ele.

— Vamos nos emendar — sussurrou ela, os olhos de súplica fixados no marido. — Vamos nos emendar e ele viverá. Você vai ver. Você vai...

— Vera.

Ela ficou em silêncio, olhando para ele.

— Vamos ligar para o hospital e ver até que ponto a coisa é de fato grave — disse ele suavemente.

— Tu-tudo bem. Sim.

— Pode se sentar aí na escada e ficar bem quieta?

— Quero rezar — disse ela com voz de criança. — Não pode me impedir.

— Nem quero. Desde que reze para si mesma.

— Sim. Para mim mesma. Tudo bem, Herb.

Ela foi para a escada, sentou-se em um degrau e se ajeitou no roupão. Curvou as mãos, e os lábios começaram a se mover. Herb ligou para o hospital. Duas horas depois estavam seguindo para o norte na quase deserta Rodovia do Maine. Herb no volante da caminhonete Ford 66. Vera ereta no banco do passageiro, a Bíblia no colo.

2

O telefone despertou Sarah às 9h15. Ela foi atender com metade da mente ainda adormecida. As costas doíam de tanto vomitar na noite anterior e os músculos do estômago pareciam repuxados, mas fora isso sentia-se muito melhor.

Pegou o telefone, certa de que era Johnny.

— Alô?

— Olá, Sarah. — Não era Johnny. Era Anne Strafford, do colégio. Anne era um ano mais velha que Sarah e estava em seu segundo ano na Cleaves. Dava aulas de espanhol. Era uma moça animada, sempre efervescente, e Sarah gostava muito dela. Mas naquela manhã sua voz parecia deprimida.

— Tudo bem, Annie? Isso já vai passar. Provavelmente John contou a você. Cachorro-quente estragado, eu acho...

— Ah, meu Deus, você não sabe. Você não... — As palavras foram engolidas e sumiram em estranhos sons abafados. Sarah despertou por completo, franzindo a testa. Sua confusão inicial se transformou em uma inquietação mortal quando ela percebeu que Anne estava chorando.

— Anne? O que está havendo? Não é o Johnny, é? Não é...

— Houve um acidente — disse Anne, que agora soluçava abertamente. — Ele estava em um táxi. Foi uma batida de frente. O motorista do outro carro era o Brad Freneau, que foi meu aluno em Espanhol II. Ele morreu, a namorada dele morreu hoje de manhã. Mary Thibault. Ela estava em uma das turmas do Johnny, foi o que ouvi dizer. É horrível, simplesmente horrív...

— *Johnny!* — gritou Sarah ao telefone. Estava de novo enjoada. As mãos e os pés ficaram de repente frios como pedras tumulares. — *E o que houve com Johnny?*

— O estado dele é grave, Sarah. Dave Pelsen ligou hoje de manhã para o hospital. A expectativa... bem, é muito ruim.

Seu mundo estava desabando. Anne continuou falando, mas a voz dela estava distante, cada vez mais baixa, como se poderia dizer de um balão que se afasta. Uma porção de imagens saltava uma atrás da outra, nenhuma delas fazendo sentido. A roleta sedutora. O labirinto de espelhos. Os olhos de Johnny, estranhamente roxos, quase negros. O rosto querido e familiar, diferente sob aquela iluminação exagerada da feira com lâmpadas nuas penduradas em fios elétricos.

— O Johnny não — disse ela, uma voz distante e apagada. — É engano. Ele estava ótimo quando saiu daqui!

E a voz de Anne voltou como um saque rápido, um tom extremamente chocado, perplexo, afrontado por uma coisa dessas acontecer a alguém de sua idade, alguém jovem, cheio de vida.

— Disseram a Dave que ele jamais acordará, mesmo se sobreviver à cirurgia. Tiveram que operar porque sua cabeça... sua cabeça estava...

Ela ia dizer *esmagada*? Ia dizer que a cabeça de Johnny tinha sido *esmagada*?

Então Sarah desmaiou, possivelmente para não ouvir aquela palavra derradeira e definitiva, aquele horror final. O fone foi escapulindo de seus dedos e ela caiu sentada, dura, em um mundo cinza. Depois tombou para o lado, e o fone ficou balançando de um lado para o outro em um arco cada vez menor. Dele saía a voz de Anne Strafford:

— Sarah?... Sarah?... Sarah?...

3

Quando Sarah chegou ao Eastern Maine Medical, era 12h15. A enfermeira da recepção olhou para seu rosto pálido e tenso, avaliou se ela teria condições de ouvir a verdade e por fim informou que John Smith ainda estava na sala de cirurgia. Acrescentou que os pais dele estavam na sala de espera.

— Obrigada — disse Sarah. Ela se virou para a direita em vez de ir para a esquerda, entrou por engano em um banheiro reservado aos funcionários e recuou.

A sala de espera estava pintada com cores fortes e brilhantes que incomodavam seus olhos. Algumas pessoas ali estavam sentadas, folheando revistas amassadas ou olhando para o vazio. Uma mulher de cabelos grisalhos saiu do corredor dos elevadores, entrou na sala, passou seu crachá de visitante para uma amiga e sentou-se. A amiga saiu da sala fazendo barulho com os saltos do sapato. As outras pessoas continuaram sentadas, esperando a vez de visitar um pai que tinha removido as pedras dos rins, uma mãe que, três dias antes, descobrira um pequeno caroço sob um dos seios, um amigo atingido no peito por uma marretada invisível enquanto fazia cooper. Os rostos procuravam zelosamente manter uma expressão de sobriedade. A ansiedade era jogada para baixo da face como sujeira varrida para baixo do tapete. Sarah tornou a sentir uma irrealidade pairando sobre o ambiente.

Em algum lugar, um pequeno sino tocava. Sapatos sem salto se arrastavam pelo chão. Johnny estava ótimo quando saiu de sua casa. Impossível imaginar que estivesse agora em um daqueles prédios herméticos, caminhando para a morte.

Sarah reconheceu de imediato o sr. e a sra. Smith, mas tateou mentalmente à procura de seus nomes e não conseguiu encontrá-los. Estavam sentados juntos mais ao fundo da sala e, ao contrário dos demais, ainda não tinham tido tempo de assimilar o que acontecera em suas vidas.

A mãe de Johnny estava sentada com o casaco pendurado na parte de trás da poltrona e com a Bíblia presa nas mãos. Os lábios se moviam enquanto ela lia, e Sarah se lembrou de Johnny dizendo que ela era muito religiosa — talvez religiosa demais, em algum ponto daquela linha tênue entre o apelo sagrado e a tentação do demônio, Sarah se lembrava de ouvi-lo dizer. O sr. Smith — *Herb*, lhe ocorreu de repente, *o nome dele é Herb* — tinha uma revista sobre os joelhos, mas não estava lendo. Olhava pela janela, onde o outono da Nova Inglaterra ia abrindo seu caminho seco para novembro e para o inverno que vinha depois.

Ela se aproximou dos dois.

— Sr. e sra. Smith?

Eles ergueram os olhos, em suas faces se via a tensão provocada pelo terrível golpe. As mãos da sra. Smith seguraram com força a Bíblia, que estava aberta no Livro de Jó, até os nós dos dedos ficarem brancos. Percebeu que a jovem na frente deles não estava com a roupa branca das enfermeiras ou dos médicos, mas àquela altura isso já não fazia diferença. Estavam à espera do golpe final.

— Sim, somos os Smith — disse Herb em voz baixa.

— Sou Sarah Bracknell. Eu e Johnny somos bons amigos. Um pouco mais do que isso, na verdade. Posso sentar?

— Namorada do Johnny? — perguntou a sra. Smith em um tom áspero, quase acusador. Algumas pessoas se viraram brevemente, mas logo voltaram às suas revistas velhas.

— Sim — respondeu Sarah. — Namorada dele.

— Ele nunca escreveu contando que tinha uma namorada — comentou a sra. Smith naquele mesmo tom de aspereza. — Não, absolutamente nunca disse isso.

— Meu Deus do céu! — disse Herb. — Pode se sentar, sra... Bracknell, não é?

— Sarah — confirmou ela, em um tom agradecido, e pegou uma cadeira. — Eu...

— Não, ele nunca disse — interrompeu a sra. Smith asperamente. — Meu menino amava a Deus, mesmo que nos últimos tempos possa ter relaxado um pouco. O juízo do Senhor Deus é repentino, você sabe. É isso que torna as recaídas tão perigosas. Você não sabe nem o dia nem a hora...

— *Chega!* — gritou Herb. As pessoas estavam novamente olhando para os três. Ele cravou um olhar severo na esposa. Por um momento, ela não desviou os olhos, desafiadora, mas a expressão de Herb não fraquejou. Vera baixou os olhos. Tinha fechado a Bíblia, mas os dedos continuavam mexendo incansavelmente nas páginas, como se estivessem ansiosos para voltar ao colossal torneio de demolição da vida de Jó, capaz de reduzir a má sorte dela e do filho a uma espécie de insignificância.

— Estive com ele ontem à noite — disse Sarah, o que fez a mulher tornar a erguer os olhos de forma acusadora. Nesse momento, Sarah se lembrou da conotação bíblica de "estar com alguém" e percebeu que seu rosto começara a ficar vermelho. Era como se a mulher pudesse ler seus pensamentos.

— Fomos à feira regional...

— Lugar de pecado e do mal — falou Vera Smith pausadamente.

— Vou pedir pela última vez que *pare* com isso, Vera! — disse Herb em um tom severo, pousando com força uma das mãos na mão da esposa. —

Agora estou falando sério. Parece que estamos diante de uma boa moça e não quero que fique implicando com ela. Você compreendeu?

— Lugar de pecado — repetiu Vera, obstinada.

— Vai calar a boca ou não?

— Solte minha mão! Quero ler minha Bíblia.

Ele soltou a mão. Sarah parecia confusa e constrangida. Vera abriu a Bíblia e começou novamente a ler, os lábios se movendo.

— Vera está muito transtornada — disse Herb. — Nós dois estamos. E você também, a julgar pela sua expressão.

— Sim.

— Você e Johnny se divertiram ontem à noite, não é? — perguntou ele. — Na feira?

— Sim — respondeu ela, a mentira e a verdade daquela simples afirmativa se misturando em sua mente. — Sim, nos divertimos até que... bem, até que comi um cachorro-quente ou alguma outra coisa estragada. Tínhamos ido no meu carro e Johnny me levou para casa em Veazie, pois eu estava muito enjoada. Ele chamou um táxi e disse que hoje ligaria para a escola avisando que eu estava passando mal. Foi a última vez que o vi. — As lágrimas começaram a surgir; não queria chorar na frente deles, muito menos na frente de Vera Smith, mas não conseguiu segurar. Ela mexeu na bolsa, pegou um lenço de papel e levou ao rosto.

— Eu sei — disse Herb, pondo um braço em volta dela. — Eu sei.

Ao chorar, Sarah ponderou, de alguma maneira não muito clara, que Herb devia estar se sentindo melhor por ter alguém para consolar. A esposa havia encontrado sua própria maneira de se confortar, um tanto sombria, na história de Jó, e isso não o incluía.

Algumas pessoas se viraram de novo; através do borrão das lágrimas de Sarah, pareciam uma multidão. Ela amargamente compreendeu o que os outros estariam pensando: *Antes ela do que eu, antes eles três do que eu, o cara deve estar morrendo, o cara deve ter ficado com a cabeça esmagada para ela estar chorando desse jeito. Só uma questão de tempo para algum médico descer e conduzi-los a uma sala particular para dizer isso...* A sra. Smith se empertigou na cadeira, como se tivesse acordado de um pesadelo, mas continuou lendo a Bíblia sem reparar no desespero de Sarah ou no esforço do marido para consolar a moça.

De alguma forma, Sarah conseguiu conter as lágrimas e se recompor.

— Por favor — disse. — Até que ponto é grave? Podemos ter esperanças?

Antes que Herb pudesse responder, Vera falou. Sua voz foi um raio severo de infalível juízo:

— Há esperança em Deus, moça!

Sarah viu o brilho de apreensão nos olhos de Herb e pensou: *Ele acha que ela está ficando louca. E talvez esteja.*

4

Uma longa tarde avançava noite adentro.

A certa altura, depois das duas horas, quando as aulas já tinham terminado, alguns dos alunos de Johnny começaram a chegar. Usavam casacos amassados, bonés esquisitos e jeans desbotados. Sarah não viu os adolescentes que considerava bem-comportados — aqueles alunos cheios de potencial, preparados para ingressar a faculdade, os tão centrados que disputavam os primeiros lugares. A maioria dos que tinham se preocupado em ir até o hospital eram os rebeldes de cabelos compridos.

Alguns se aproximaram e perguntaram a Sarah em voz baixa o que ela sabia sobre o estado do professor Smith. Ela só pôde balançar a cabeça e dizer que ainda não tinha sido informada de nada. Mas uma das garotas, Dawn Edwards, que tinha uma queda por Johnny, percebeu a intensidade do medo que transparecia no rosto de Sarah e caiu no choro. Uma enfermeira entrou para retirá-la da sala.

— Tenho certeza de que ela vai se acalmar — disse Sarah, pondo um braço protetor nos ombros de Dawn. — Dê a ela um ou dois minutos.

— Não, não quero mais ficar aqui! — disse Dawn e saiu correndo, derrubando com estardalhaço uma das duras cadeiras de plástico. Poucos momentos depois, Sarah viu a moça sentada na escada do lado de fora, a cabeça nos joelhos sob o sol frio da tarde de outono.

Vera Smith lia a Bíblia.

Às cinco horas, a maioria dos estudantes já tinha ido embora. Dawn também saíra, ou pelo menos Sarah não a via mais na escada. Às sete da noite, um homem jovem, com DR. STRAWNS espetado de lado na lapela do jaleco branco, entrou na sala de espera, olhou ao redor e caminhou para eles.

— Sr. e sra. Smith? — perguntou.

Herb respirou fundo.

— Sim. Somos nós.

Vera fechou a Bíblia com um estalo.

— Poderiam vir comigo, por favor?

Chegou a hora, Sarah pensou. A ida até uma pequena sala particular e as notícias. Não importava quais fossem. Esperaria ali e, quando os dois voltassem, Herb Smith contaria o que ela precisava saber. Era um homem gentil.

— Tem notícias de meu filho? — perguntou Vera naquele mesmo tom nítido, forte, quase histérico.

— Sim. — O dr. Strawns lançou um olhar para Sarah. — A senhora é da família?

— Não — disse Sarah —, sou uma amiga.

— Uma amiga próxima — disse Herb apertando a mão cálida e forte no ombro de Sarah, enquanto com a outra mão segurava o braço de Vera. Ajudou as duas a ficar de pé. — Vamos os três, se não se importa.

— De maneira alguma — respondeu o dr. Strawns.

Ele os conduziu ao hall dos elevadores e em seguida ao corredor que dava para uma sala com os dizeres SALA DE REUNIÕES afixados na porta. Depois que entraram, ele acendeu as luzes fluorescentes do teto. A sala estava mobiliada com uma mesa comprida e uma dúzia de cadeiras de escritório.

O dr. Strawns fechou a porta, acendeu um cigarro e jogou o fósforo queimado em um dos cinzeiros espalhados de uma ponta à outra da mesa.

— Isto é difícil — começou ele, como se falasse consigo mesmo.

— Então talvez seja melhor colocar logo para fora — disse Vera.

— Sim, talvez seja melhor.

Não tinha o direito de perguntar, mas Sarah não pôde se conter.

— Ele morreu? Por favor não diga que morreu...

— Está em coma. — Strawns se sentou e deu uma profunda tragada no cigarro. — O sr. Smith sofreu sérios ferimentos na cabeça e um número indeterminado de danos cerebrais. Talvez já tenham ouvido a expressão "hematoma subdural" de algum médico sendo entrevistado na TV. O sr. Smith sofreu um hematoma subdural, isto é, um sangramento intracraniano muito grave. Foi preciso fazer uma demorada cirurgia para aliviar a pressão e remover fragmentos de ossos de seu cérebro.

Herb deixou-se cair em uma poltrona, atônito, o rosto muito branco. Sarah reparou nas suas mãos ásperas, marcadas, e lembrou que Johnny lhe contara que o pai era carpinteiro.

— Mas Deus o poupou — disse Vera. — Sabia que faria isso. Rezei pedindo um sinal. Louvado seja Deus, Todo-Poderoso! Todos aqui embaixo exaltam Seu nome!

— Vera — disse Herb sem energia.

— Em coma — repetiu Sarah. Tentou fazer a informação corresponder a alguma imagem positiva, mas não conseguiu. John não estava morto, havia sobrevivido a uma séria e perigosa cirurgia no cérebro... Essas coisas deviam ter renovado sua esperança. Mas não. Não gostava da palavra *coma*. Tinha um som sinistro, furtivo. Não era a expressão latina para "sono da morte"?

— O que pode acontecer a partir de agora? — perguntou Herb.

— Ninguém pode realmente prever — respondeu Strawns, começando a mexer com o cigarro, batendo nervosamente com ele no cinzeiro. Sarah teve a impressão de que o médico respondia formalmente à pergunta de Herb, evitando esclarecer o que todos realmente queriam saber. — Ele está vivo por causa dos aparelhos, claro.

— Mas alguma coisa sobre as chances dele o senhor tem de saber — disse Sarah. — O senhor tem de saber... — Ela fez um gesto de impotência com as mãos e deixou-as cair ao lado do corpo.

— Ele pode sair desse estado em quarenta e oito horas. Ou uma semana. Um mês. Ou pode nunca sair. E... existe uma grande possibilidade de que venha a falecer. Tenho de lhes dizer com franqueza que esta é a hipótese mais provável. Seus ferimentos foram... severos.

— Deus quer que ele viva — disse Vera. — Eu sei.

Herb tinha posto as mãos no rosto e o esfregava lentamente. O dr. Strawns olhou pouco à vontade para Vera.

— A senhora só precisa estar preparada para... qualquer eventualidade.

— Sabe dizer qual é o percentual de chances que ele tem de sair dessa? — perguntou Herb.

O dr. Strawns hesitou, deu uma baforada nervosa no cigarro.

— Não, não sei — respondeu ele por fim.

5

Os três permaneceram no hospital por mais uma hora e depois foram embora. Estava escuro. Um vento frio e tempestuoso soprava e assobiava por toda a grande extensão do estacionamento. O cabelo comprido de Sarah esvoaçava. Mais tarde, quando chegou em casa, encontrou uma quebradiça folha amarela de carvalho presa nele. No céu, a lua viajava como um marujo gelado na noite.

Sarah entregou um pedaço de papel a Herb. Nele havia seu endereço e número de telefone.

— O senhor me telefona se souber de alguma coisa? Qualquer coisa?

— Sim, é claro. — De repente ele se curvou, beijou-a no rosto e Sarah apertou seu ombro por um instante na noite de ventania.

— Sinto muito se fui ríspida com você lá dentro, querida — falou Vera com um tom de voz surpreendentemente gentil. — Eu estava abalada.

— É muito natural — disse Sarah.

— Achei que meu menino podia morrer. Mas rezei, conversei com Deus a respeito disso. É como diz a canção: "Somos fracos e pesado é o fardo. Estamos afligidos de cuidados. Jamais percamos a coragem. Busquemos em prece ao Senhor".

— Vera, precisamos ir agora — avisou Herb. — Vamos dormir um pouco e ver como as coisas ficam no...

— Mas então ouvi a voz de meu Deus — recomeçou Vera, olhando em devaneio para a lua. — Johnny não vai morrer. A morte não está nos planos de Deus para Johnny. Ouvi e prestei atenção na voz serena, falando baixo em meu coração, e estou consolada.

— Vamos, Vera — insistiu Herb, abrindo a porta do carro.

Ela ainda se virou para Sarah e sorriu. Naquele sorriso, Sarah viu o riso franco com que Johnny mandava tudo para o inferno... mas ao mesmo tempo achou que era o sorriso mais assustador que já vira em toda a sua vida.

— Deus pôs Sua marca no meu Johnny — disse Vera — e dou graças por isso.

— Boa noite, sra. Smith — disse Sarah através de lábios entorpecidos.

— Boa noite, Sarah — disse Herb, entrando no carro e dando a partida.

Depois que ele saiu da vaga e cruzou o estacionamento em direção à State Street, Sarah percebeu que não havia perguntado onde eles iam ficar. E achou que talvez nem eles soubessem.

Virou-se em direção ao seu carro e de repente parou, impressionada com o rio Penobscot, que corria atrás do hospital. As águas fluíam como seda escura, e em seu centro capturavam o reflexo da lua. Sarah ergueu os olhos para o céu, contemplativa, agora sozinha no estacionamento.

Deus pôs Sua marca no meu Johnny e dou graças por isso.

Sobre ela, a lua flutuava como um espalhafatoso brinquedo da feira, uma Roda da Fortuna no céu, com todas as chances postas a favor da banca, para não mencionar os números da casa — o zero e o duplo zero. Banca leva, banca leva, todos pagam a banca, ei, ei, ei!

O vento jogava folhas barulhentas em volta de suas pernas. Ela voltou para o carro e sentou-se no banco. Experimentou a repentina certeza de que iria perdê-lo. O terror e a solidão despertaram dentro dela. Sarah começou a tremer. Por fim deu partida no carro e foi para casa.

6

Na semana que se seguiu, houve uma grande efusão de tentativas de consolo e votos de melhoras por parte dos alunos da Cleaves Mill. Herb Smith mais tarde contou a Sarah que Johnny recebera mais de trezentos cartões. Quase todos continham uma hesitante nota pessoal fazendo votos para que Johnny ficasse bom logo. Vera respondeu a cada um deles com uma nota de agradecimento e um versículo da Bíblia.

O problema de comportamento nas aulas de Sarah desapareceu. A impressão que tinha sobre a existência de um júri representando uma consciência de classe, emitindo um veredicto negativo a seu respeito, se transformou exatamente no oposto. Aos poucos, foi percebendo que os garotos a encaravam como uma heroína trágica, o antigo amor do sr. Smith. Essa ideia lhe ocorreu durante um intervalo na sala dos professores, na quarta-feira seguinte ao acidente, e ela se viu tomada por uma explosão de riso, que logo se converteu em um acesso de choro. Ficou muito assustada antes de conseguir se controlar.

Passava as noites agitada, sonhando incessantemente com Johnny: Johnny com a máscara de Halloween de Jekyll e Hyde; Johnny parado na barraca da Roda da Fortuna enquanto uma voz desencarnada entoava sem parar: "Cara, estou *adorando* ver este cara levar uma surra". E Johnny aparecendo para dizer "Agora está tudo bem, Sarah, está tudo *ótimo*", e depois entrando na sala sem a parte superior da cabeça.

Herb e Vera Smith passaram a semana hospedados no Bangor House, e Sarah encontrou-se com eles todas as tardes no hospital, esperando pacientemente por alguma novidade. Não houve nada. Johnny permanecia em um quarto da Unidade de Tratamento Intensivo no sexto andar, cercado de equipamentos de suporte de vida, respirando com a ajuda de uma máquina. O dr. Strawns ficava cada dia menos esperançoso. Na sexta-feira depois do acidente, Herb falou com Sarah ao telefone e disse que estava voltando para casa com Vera.

— Ela não queria — disse Herb —, mas consegui fazê-la ver a coisa de modo racional, acho.

— Tudo bem com ela? — perguntou Sarah.

Houve uma longa pausa, longa o bastante para Sarah achar que tinha ido longe demais com a pergunta. Então Herb respondeu:

— Não sei. Ou talvez eu saiba e simplesmente não queira dizer diretamente. Ela sempre teve ideias fortes sobre religião, e elas se tornaram muito mais fortes após a cirurgia de histerectomia. Agora, pioraram de novo. Vive falando sobre o fim do mundo. De alguma forma, relacionou o acidente de Johnny ao Juízo Final. Pouco antes do Armagedom, supõe-se que Deus leve todos os fiéis para o céu em seus corpos atuais.

Sarah se lembrou de um dia ter visto a seguinte frase em um para-choque: SE HOJE FOR O DIA DO JUÍZO FINAL, QUE ALGUÉM SEGURE MEU VOLANTE!

— Sim, conheço a ideia.

— Bem — disse Herb, pouco à vontade —, alguns dos grupos com que ela... com que ela se corresponde... acreditam que Deus está se apresentando aos fiéis em discos voadores. Quer dizer, pretende levar todos para o céu em discos voadores. Essas... seitas... provaram, pelo menos para si mesmas, que o céu fica nas vizinhanças da constelação de Orion. Não, não me pergunte como provaram isso! Vera pode lhe dizer. Tudo isso... bem, Sarah, aguentar tudo isso é um pouco difícil para mim.

— Claro que deve ser.

Herb falou com firmeza:

— Mas ela ainda consegue distinguir o que é real do que não é. Só precisa de tempo para se adaptar. E digo sempre a Vera que ela é capaz de enfrentar o que está acontecendo no dia a dia. Bom, tenho... — Ele parou, embaraçado, limpou a garganta e continuou: — Tenho de voltar ao trabalho. Tenho coisas a fazer. Prazos a cumprir...

— Certo, é claro. — Ela fez uma pausa. — E com relação ao plano de saúde? Quero dizer, isso deve estar custando uma fortuna... — Foi sua vez de ficar sem jeito.

— Conversei com o sr. Pelsen, o diretor-assistente da Cleaves Mills — disse Herb. — Johnny tinha o Blue Cross padrão, mas não aquele novo Plano Master. O plano de saúde vai cobrir parte dos gastos. E Vera e eu temos nossas economias.

Sarah sentiu um aperto no coração. *Eu e Vera temos nossas economias.* Por quanto tempo uma caderneta de poupança resistiria a gastos de duzentos dólares por dia? E qual era o objetivo disso? Para que Johnny pudesse ficar vegetando como um animal, mijando por um tubo, o cérebro sem funcionar, enquanto o pai e a mãe iam à falência? Para que seu estado pudesse levar de vez a mãe à loucura com suas esperanças frustradas? Ela sentiu as lágrimas começando a escorrer pelas bochechas e pela primeira vez (mas não a última) começou a desejar que Johnny morresse e descansasse em paz. Parte dela se revoltaria horrorizada com o próprio pensamento, mas ele permaneceria.

— Espero que fiquem bem — concluiu ela.

— Sei disso, Sarah. Também queremos o melhor para você. Vai nos escrever?

— Com certeza.

— E vá nos visitar quando puder. Pownal não fica tão longe. — Ele hesitou. — Estou achando que Johnny tinha escolhido a garota certa. O namoro já estava sério, não é?

— Sim — disse Sarah. As lágrimas continuavam brotando e a tensão ainda não se dissipara. — Estava.

— Tchau, querida.

— Tchau, Herb.

Ela desligou o telefone, manteve-o no gancho por um ou dois segundos e depois ligou para o hospital, para ter notícias de Johnny. Nenhuma mudança. Agradeceu à enfermeira da UTI e começou a andar de um lado para outro pelo apartamento. Pensou em Deus mandando uma esquadrilha de discos voadores para pegar seus fiéis e zarpar com eles rumo a Orion. Fazia tanto sentido quanto qualquer outra teoria sobre um Deus louco o suficiente para revirar o cérebro de John Smith e colocá-lo em um estado de coma que provavelmente não ia levar a nada — exceto à morte.

Havia uma pasta com redações recentes. Sarah preparou uma xícara de chá e sentou-se para corrigi-las. Se houve um momento em que Sarah Bracknell tomou as rédeas de sua vida pós-Johnny, foi esse.

4

1

O matador era esperto.

Estava sentado em um banco na praça da cidade, perto do coreto, fumando um Marlboro e murmurando uma canção do *Álbum branco* dos Beatles: "*You don't know how lucky you are, boy, back in the, back in the, back in the... URSS...*".

Ainda não era um matador, não de verdade. Mas a ideia vinha entrando em sua mente há muito tempo, a matança. Vinha dando coceira e incomodando. Não de um modo ruim, não. Sentia-se bastante otimista em relação a isso. Era a hora certa. Não precisava ter medo de ser pego. Não precisava ter medo do pregador. Porque era esperto.

Um pouco de neve começava a cair. Era 12 de novembro de 1970 e quatrocentos quilômetros a nordeste daquela cidade mediana do oeste do Maine, onde John Smith permanecia em seu sono sombrio.

O matador analisou a praça — ou o "jardim", como os turistas que vinham a Castle Rock e à região dos Lagos gostavam de chamá-la. Mas não havia turistas agora. O jardim, tão verde no verão, estava amarelado, seco, morto. O inverno estava próximo demais para a vegetação cobri-lo de modo decente. A cerca de tela enferrujada, que se prolongava por quadras vizinhas, sempre atrás das bases dos batedores da Liga Infantil, se destacava contra o céu nublado. O coreto precisava de uma nova pintura.

Era um cenário deprimente, mas o matador não estava deprimido. Na realidade, estava quase exultante de alegria. Os dedos dos pés queriam ficar batendo no chão, os dedos das mãos queriam estalar. Desta vez ele não ia recuar assustado.

Apagou o cigarro sob a sola de uma bota e acendeu outro de imediato. Olhou para o relógio: 15h02. Continuou sentado, fumando. Dois rapazes cruzaram a praça, brincando com uma bola, mas não viram o assassino porque os bancos ficavam no fundo de um declive. O homem acreditava ser um lugar aonde alguns tarados sem-vergonha vinham trepar à noite quando o tempo estava mais quente. Sabia tudo sobre tarados sem-vergonha e as coisas que faziam. Sua mãe lhe contara e ele mesmo os tinha *visto*.

Pensar sobre a mãe fez seu sorriso ficar um pouco mais ralo. Lembrou-se de quando tinha sete anos, do dia em que ela entrou no seu quarto sem bater — nunca batia — e o pegou brincando com o pinto. Ela quase surtou. Ele tentou explicar que não era nada, que não estava fazendo nada de errado. O pinto só tinha se levantado. Não tinha feito nada para ele se levantar, o pinto tinha feito tudo sozinho. Ficou na sua, mexendo com ele de um lado para o outro. Aquilo nem teve muita graça. Foi meio chato. Mas a mãe quase enlouqueceu.

Quer virar um daqueles tarados sem-vergonha?, ela gritou. Ele nem sabia o que aquela palavra significava — não sem-vergonha, essa ele conhecia, mas a outra —, embora já tivesse ouvido garotos mais velhos falando sobre isso no recreio da escola de Castle Rock. *Quer virar um daqueles tarados sem-vergonha e pegar uma daquelas doenças? Quer ver pus escorrendo do seu pau? Quer que seu pau fique preto? Quer que ele apodreça e caia? Hã? Hã? Hã?*

Então, a mãe começou a sacudi-lo e ele abriu um berreiro, com medo. Naquela época, ela era uma mulher corpulenta, como um dominante e avassalador transatlântico, e ele ainda não era o matador, ainda não era esperto, era apenas um garotinho berrando de medo, e o pinto, desmoronado, se encolhia para dentro do corpo.

Ela então o fez usar um pregador de roupas no pinto por duas horas, para que soubesse como eram aquelas doenças.

A dor foi martirizante.

O pequeno borrifo de neve tinha passado. Ele tirou a imagem da mãe da mente. Era algo que fazia com esforço quando estava se sentindo bem, mas não conseguia de jeito nenhum fazer quando estava para baixo, deprimido.

Agora o pinto estava se levantando.

Deu uma olhada no relógio: 15h07. Jogou no chão o cigarro pela metade. Alguém estava vindo.

Ele reconheceu. Era Alma, Alma Frechette, do Coffee Pot do outro lado da rua. Só passando por ali depois de encerrar o expediente. Conhecia Alma; os dois saíram uma ou duas vezes e tinham se divertido. Foi com ela ao Naples e depois ao Serenity Hill. Era uma boa dançarina. Em geral os tarados sem-vergonha dançavam bem. Ficou satisfeito por Alma estar vindo.

Estava sozinha.

Back in the US, back in the US, back in the USSR...

— Alma! — gritou e deu um aceno. Ela se assustou um pouco, olhou para o lado e o viu. Sorrindo, andou até o banco em que ele estava sentado. Disse "oi", chamando seu nome. Ele se levantou, sorrindo. Não tinha medo de que aparecesse alguém. Era intocável. Era o Super-Homem.

— Por que está vestindo isso? — perguntou Alma olhando para ele.

— Maneiro, né? — respondeu ele sorrindo.

— Bem, eu não diria exatamente...

— Quer ver uma coisa? — perguntou ele. — No coreto. É a coisa mais incrível.

— O que é?

— Vem ver.

— Tudo bem.

Simples assim. Ela foi com ele até o coreto. Se alguém aparecesse, ainda daria tempo de desistir. Mas não vinha ninguém. Ninguém passou por lá. Estavam sozinhos no jardim, o céu nublado pairando sobre eles. Alma era uma mocinha de cabelo louro-claro. Loura falsa, ele tinha certeza. Vagabundas oxigenavam os cabelos.

Foram para cima do coreto cercado. Os pés faziam ecos surdos, ocos, nas lajotas. Em um canto, havia um palco abandonado. E também uma garrafa vazia de Four Roses. Era um lugar para onde os tarados sem-vergonha iam, sem dúvida.

— Cadê? — perguntou ela, parecendo agora um pouco confusa. Um pouco nervosa.

O matador sorriu de contentamento e apontou para a esquerda do coreto.

— Ali. Está vendo?

Alma seguiu o dedo dele. Uma camisinha usada estava caída nas lajotas como pele de cobra enrugada.

A expressão de Alma ficou tensa e ela se virou tão bruscamente para sair que quase conseguiu passar pelo matador.

— Não tem graça nenhuma...

Ele a agarrou e a jogou para trás.

— Aonde pensa que vai?

— Me deixa sair daqui! — De repente os olhos dela tinham ficado atentos e assustados. — Ou vai se arrepender. Não tenho tempo pra brincadeiras de mau gosto...

— Não é brincadeira — disse ele. — Não é brincadeira, sua vagabunda sem-vergonha! — Estava embriagado com a alegria de xingá-la, de chamá-la do que realmente era. O mundo girava.

Alma deu um salto para a esquerda, rumo ao parapeito baixo que cercava o coreto, tentando pular. O matador agarrou as costas do casaco barato de malha, na altura da gola. Puxou-a de novo para trás. A malha fez um leve ruído de rasgar e Alma abriu a boca para dar um grito.

Ele fechou a mão em sua boca, apertando com força os lábios contra os dentes. Sentiu o quente filete de sangue escorrendo na palma da mão. A outra mão de Alma agora batia nele e buscava um ponto de apoio, mas não havia ponto de apoio. Não havia nenhum, porque ele... ele era...

Esperto!

Atirou-a no chão de lajotas. Sua mão soltou a boca de Alma, agora lambuzada de sangue, e ela tentou gritar novamente, mas ele se jogou em cima dela, arfando, rindo, fazendo o ar sair dos pulmões de Alma em um sopro silencioso. Agora ela podia senti-lo, duro como rocha, gigantesco e latejante. Desistiu de tentar gritar e continuou lutando. Os dedos dela tentavam agarrá-lo, mas escorregavam sem parar. Ele abriu rudemente suas pernas e se colocou entre elas. Uma das mãos de Alma conseguiu arranhar o nariz dele, fazendo-o lacrimejar.

— Vagabunda sem-vergonha — murmurou ele, fechando as mãos na garganta da moça. Começou a estrangulá-la, erguendo a cabeça de Alma e batendo-a com força contra o piso de lajotas do coreto. Os olhos dela se arregalaram muito. O rosto ficou rosado, depois vermelho e, logo, roxo, congestionado. Alma começava a perder as forças.

— Vagabunda sem-vergonha, vagabunda sem-vergonha, vagabunda sem-vergonha! — repetia o matador com voz ofegante e rouca. Agora era realmente o matador, e os dias de Alma Frechette esfregando o corpo em todo mundo no Serenity Hill chegavam ao fim. Os olhos dela saltavam como os olhos de algumas daquelas bonecas malucas que eram vendidas nos parques de diversões. O matador ofegava, rouco. As mãos de Alma agora jaziam frouxas nas lajotas. Enfiados no pescoço, mal dava pra ver os dedos dele.

Soltou sua garganta, pronto para agarrá-la de novo caso ela se mexesse. Mas Alma não se mexeu. Pouco depois ele abriu e rasgou, com as mãos trêmulas, o casaco de Alma, empurrando para cima a saia do uniforme cor-de-rosa de garçonete.

O céu nublado dominava tudo. As praças da cidade de Castle Rock estavam desertas. De fato, apenas no dia seguinte encontraram o corpo estrangulado e violentado de Alma Frechette. Segundo as especulações do xerife, a coisa fora feita por um vagabundo. A notícia saiu em manchetes nos jornais de todo o estado, e em Castle Rock houve um consenso de que a opinião do xerife estava correta.

Certamente, nenhum rapaz do local seria capaz de fazer uma coisa tão terrível.

5

1

Herb e Vera Smith voltaram a Pownal e retomaram sua rotina. Herb terminou a construção de uma casa em Durham naquele dezembro. Suas economias se evaporaram, como Sarah havia previsto, e tiveram de recorrer ao estado em busca de uma assistência previdenciária especial. Isso atormentou Herb quase tanto quanto o próprio acidente. Na sua cabeça, falar em Assistência Extraordinária para Situações de Desastre era apenas um modo elegante de falar em "ajuda pública" ou "caridade". Suas mãos trabalharam árdua e honestamente a vida inteira, e ele achava que jamais teria de tomar um único dólar do governo. E agora estava sendo obrigado a isso.

Vera fez assinatura de três novas revistas que chegavam pelo correio em intervalos regulares. Todas as três eram toscas e pareciam ilustradas por crianças talentosas. *Discos de Deus*, *A vindoura transfiguração* e *Milagres psíquicos de Deus*. *A esfera superior*, que ainda chegava mensalmente, permanecia agora fechada por até três semanas consecutivas, mas as outras eram lidas até ficarem desgastadas. Vera encontrava nelas um número enorme de fatos que pareciam ter alguma relação com o acidente de Johnny e, no jantar, lia essas preciosidades para o marido exausto. Lia com a voz penetrante, alta, trêmula de exaltação. Herb se via forçado, com frequência cada vez maior, a pedir que se calasse e, certa vez, chegou a gritar para que ela parasse com aquela baboseira e o deixasse em paz. Ela lhe dispensou olhares resignados, piedosos e magoados — depois escapuliu para continuar seus estudos no andar de cima. Começou a se corresponder com aquelas revistas, a trocar cartas com os colunistas e com outros leitores que haviam passado por experiências semelhantes às dela.

A maioria dos correspondentes eram pessoas de boa índole como a própria Vera; pessoas que queriam amenizar o sofrimento e ajudá-la a carregar o fardo quase insuportável de sua dor. Enviavam preces, novenas, simpatias, prometiam incluir Johnny em suas orações diárias. Havia outros, no entanto, que não passavam de vigaristas, e Herb ficou alarmado pela crescente incapacidade da esposa em distinguir uns dos outros. Ela recebeu a oferta de uma lasca da Verdadeira Cruz de Nosso Senhor por apenas 99,98 dólares. Ofereceram também um frasco com água tirada da fonte de Lourdes, que quase certamente produziria um milagre quando esfregada na testa de Johnny. Essa custava cento e dez dólares, mais despesas de frete. Mais barata (e mais atraente para Vera) foi uma fita cassete, que ela ouviria sem parar, com o Salmo 23 e o Pai-Nosso recitados por Billy Humbarr, o evangelista do Sul. De acordo com o folheto, se tocada à cabeceira de Johnny durante um período de semanas, uma maravilhosa recuperação era praticamente garantida. Como dádiva adicional (apenas para quem fizesse o pedido nos próximos dias), uma foto autografada do próprio Billy Humbarr viria com o pacote.

Herb se viu forçado a intervir cada vez mais vezes à medida que a paixão da mulher por aquelas bugigangas pseudorreligiosas ia aumentando. Às vezes, rasgava furtivamente seus cheques ou simplesmente alterava o registro no canhoto do talão. Mas, quando a oferta especificava que o pagamento devia ser feito em dinheiro vivo, ele simplesmente não podia fazer nada — e Vera começava a se distanciar dele, a encará-lo com desconfiança, como um pecador e incrédulo.

2

Sarah Bracknell ficava na escola no turno da manhã. Suas tardes e noites não eram muito diferentes do que tinham sido após o rompimento com Dan; vivia em uma espécie de limbo, esperando que alguma coisa acontecesse. Em Paris, os acordos de paz estavam em um impasse. Nixon ordenou que os bombardeios a Hanói continuassem, apesar dos crescentes protestos dentro e fora do país. Em uma coletiva de imprensa, o presidente apresentou fotos provando conclusivamente que os aviões americanos não estavam bombardeando os hospitais do norte do Vietnã, mas ele só viajava em um helicóptero do Exército. A investigação sobre o brutal assassinato seguido de estupro de uma garçonete em Castle Rock entrou em um beco sem saída depois que soltaram um ex-pintor de placas, que já tinha ficado três anos internado no Augusta State Mental Hospital — contra as expectativas de todo mundo, o álibi do pintor tinha se mostrado irrefutável. Janis Joplin gritava seu blues. Paris decretou (pelo segundo ano consecutivo) que as bainhas das saias desceriam, mas elas não desceram. Sarah tomava consciência de todas essas coisas de maneira vaga, como vozes vindo de alguma sala vizinha em que uma festa desconexa continuava ininterruptamente.

A primeira neve caiu — só uma poeirinha —, depois uma segunda poeirinha e, dez dias antes do Natal, houve uma tormenta que fechou por um dia as escolas da região. Sarah ficou em casa, vendo a neve tomar conta da Flagg Street. Seu breve contato com Johnny — não achava adequado sequer chamá-lo de namoro — agora fazia parte do passado, e Sarah sentia que Johnny começava a escapulir para longe dela. Era um sentimento que trazia pânico, como se parte dela estivesse se afogando. Afogando-se dia após dia.

Ela leu bastante sobre ferimentos na cabeça, comas e lesões cerebrais. Nada parecia muito encorajador. Ficou sabendo que havia uma moça em uma pequena cidade de Maryland que estava há seis anos em coma; em Liverpool, na Inglaterra, um rapaz havia sido atingido pelo gancho de um guindaste enquanto trabalhava nas docas e ficara catorze anos em coma antes de dar o último suspiro. Pouco a pouco aquele jovem musculoso acidentado nas docas foi cortando suas conexões com o mundo, começou a definhar, perder o cabelo. Os nervos ópticos tinham se desintegrado atrás dos olhos fechados, o corpo fora gradualmente assumindo uma posição fetal enquanto os ligamentos se encurtavam. Ele regrediu no tempo, tornou-se novamente um feto e passou a nadar nas águas placentárias do coma enquanto o cérebro se degenerava. A autópsia feita após sua morte mostrara que os sulcos do cérebro tinham se aplainado, deixando todos os lóbulos frontais e pré-frontais praticamente lisos e brancos.

Ah, Johnny, isso simplesmente não é justo, ela pensou, vendo a neve que, caindo do lado de fora, enchia o mundo com uma brancura sem marcas, sepultava as sobras de verão e encerrava o marrom do outono. *Não é justo, deviam deixar você ir para onde quer que seja preciso ir.*

A cada dez dias ou duas semanas chegava uma carta de Herb Smith — Vera tinha seus correspondentes, e Herb tinha a dele. Escrevia com uma caligrafia graúda, espichada, usando uma antiquada caneta-tinteiro:

"Nós dois estamos bem. Esperando para ver o que vai acontecer, como sem dúvida você também deve estar. Sim, tenho lido um pouco e percebi o que você foi gentil e generosa demais para dizer em uma carta, Sarah. A coisa é realmente séria. Mas é claro que temos esperança. Não creio em Deus do modo como Vera crê, mas acredito Nele ao meu jeito e me pergunto por que Ele não levou John logo de uma vez se meu filho tinha mesmo de ir. Há alguma razão? Ninguém sabe, eu acho. Nós só temos esperança".

Em outra carta:

"Estou tendo de fazer a maior parte das compras do Natal deste ano, pois Vera decretou que os presentes de Natal são um costume pecaminoso. É a esse tipo de atitude que me refiro quando digo que ela está cada dia pior. Para ela, essa data sempre foi um dia sagrado, não um feriadão, e se me escutar falando 'Natal' em vez de 'Dia de Cristo', acho que me manda para a Sibéria. Não parava de dizer que devíamos nos lembrar de que se trata do nascimento de Jesus Cristo, não do Papai Noel, mas é a primeira vez que implica com as compras. Na realidade, sempre gostou muito de fazê-las. Agora parece disposta a criticá-las o tempo inteiro. Tirou muitas dessas ideias sem pé nem cabeça do pessoal com quem vive se correspondendo. Puxa, como eu queria que ela parasse com essas coisas e voltasse ao normal. Mas, tirando isso, estamos bem. *Herb*."

E em um cartão de Natal que a fez chorar um pouco:

"Os melhores votos de nós dois para esta época de festas. Se quiser aparecer por aqui e passar a noite de Natal com uma dupla de 'velhotes', temos um quarto de visitas arrumado. Eu e Vera estamos bem. Espero que o Ano-Novo seja melhor para todos nós e tenho certeza de que vai ser. *Herb e Vera*."

Sarah não foi passar o Natal em Pownal, em parte devido à contínua retirada de Vera do mundo real — o avanço dela para dentro do próprio universo podia ser compreendido com bastante clareza nas entrelinhas das cartas de Herb — e em parte porque o laço que mantinha com Johnny já lhe parecia estranho e distante. O vulto imóvel no leito do hospital de Bangor, que ela antes contemplava em close, parecia agora estar sendo olhado pela extremidade errada do telescópio da memória; como um balão, cada vez mais longe e minúsculo. Então, achava melhor manter certa distância.

Talvez Herb também tivesse sentido isso. Suas cartas se tornaram menos frequentes quando 1970 se tornou 1971. Em uma delas, chegou o mais perto possível de afirmar que estava na hora de ela continuar com sua vida e encerrou dizendo que duvidava que uma moça bonita como ela não tivesse pretendentes.

Mas Sarah não tinha pretendentes, nem queria tê-los. Gene Sedecki, o professor de matemática com quem ela saíra uma vez, em uma noite que parecia ter acontecido há mil anos, começou a cortejá-la descaradamente logo após o acidente de Johnny. Era um homem que parecia não desistir nunca, mas ela acreditava que finalmente ele estava começando a aceitar a realidade. Já devia ter percebido isso mais cedo.

De vez em quando, outros homens a convidavam para sair, e um deles, um estudante de direito chamado Walter Hazlett, até que parecia bem interessante. Eles se conheceram no réveillon, na casa de Anne Strafford. Sarah pretendia dar apenas uma passada por lá, mas acabou ficando mais tempo, conversando principalmente com Hazlett. Admitir seu interesse naquele encontro inicial não foi particularmente difícil, pois ela compreendia muito bem a fonte de atração: Walt Hazlett era um homem alto, com cabelo castanho emaranhado e despenteado, um sorriso de lado, meio cínico, que fazia Sarah se lembrar intensamente de Johnny. O que não era um dos melhores critérios para fazê-la se interessar por outro homem.

No início de fevereiro o mecânico que consertou seu carro na Cleaves Mills Chevron a convidou para sair. Mais uma vez ela quase disse sim, mas de repente recuou. O homem se chamava Arnie Tremont. Era alto, moreno, bonito, com seu jeitão sorridente e predatório. Fez Sarah se lembrar um pouco do ator James Brolin, o antagonista da série *Marcus Welby, M.D.*, e se lembrar ainda mais de certo Dan.

Melhor esperar. Esperar e ver se alguma coisa aconteceria.

Mas nada aconteceu.

3

Naquele verão de 1971, dezesseis anos mais velho e mais sábio que o vendedor de Bíblias que chutara um cachorro até a morte em um pátio de fazenda deserto em Iowa, Greg Stillson estava na sala dos fundos de sua agência de seguros e compra e venda de imóveis, recentemente aberta em Ridgeway, New Hampshire. Não envelhecera muito naqueles anos. Agora tinha algumas rugas em volta dos olhos, e o cabelo estava mais comprido (mas continuava muito espesso). Era ainda um homem corpulento, e a cadeira giratória rangia quando ele se mexia.

Fumava um cigarro Pall Mall e contemplava o homem confortavelmente instalado na cadeira à sua frente. Greg observava aquele homem da mesma maneira como um zoólogo poderia observar um novo e interessante espécime animal.

— Tá olhando o quê? — perguntou Sonny Elliman.

Elliman chegava a um metro e noventa e cinco. Usava uma velha jaqueta jeans, sebosamente engomada, com as mangas cortadas e os botões arrancados. Não vestia camisa por baixo. Uma cruz de ferro nazista, com a face de cromo preta e os contornos brancos, pendia em seu peito nu. A fivela do cinto, logo abaixo de uma considerável barriga de cerveja, tinha o formato de um grande crânio de marfim. Sob a bainha dobrada da calça jeans despontavam os bicos quadrados e gastos de um par de botas Desert Driver. O cabelo emaranhado caía até os ombros e brilhava pelo acúmulo de suor gorduroso e óleo de motor. Do lóbulo de uma orelha via-se pendurada uma suástica em forma de brinco, também com a face de cromo negro e as laterais brancas. Girava um capacete, negro como carvão, na ponta de um dedo áspero. Costurado nas costas de sua jaqueta havia um diabo vermelho que olhava de soslaio e tinha uma língua bifurcada. Em cima do diabo estava escrito: *Os Doze do Diabo*. E embaixo: *Sonny Elliman, Presidente*.

— Nada — disse Greg Stillson —, não estou olhando nada, mas sem dúvida estou vendo alguém muito parecido com um imbecil ambulante.

Elliman se empinou um pouco, mas logo relaxou e riu. Apesar do fedorento e quase palpável odor que seu corpo exalava e dos adereços nazistas, seus olhos, de um verde-escuro, não eram desprovidos de inteligência nem de certo senso de humor.

— Me coloque na guarda do condado, cara — disse ele. — Isso já foi feito antes. Você tem o poder agora.

— Disso você entende, certo?

— Com certeza. Deixei meus rapazes nos Hamptons, vim pra cá sozinho. Estou arriscando apenas o meu pescoço, cara. — Ele deu um sorriso. — Mas, se um dia te pegarmos em uma situação semelhante, você vai lamentar que teus rins não estejam usando botas de combate.

— Vou arriscar — disse Greg, avaliando Elliman. Os dois eram homens grandes. Admitiu que Elliman tinha uns vinte quilos a mais que ele, mas boa parte daquilo era por causa da cerveja. — Posso dar conta de você, Sonny.

A face de Elliman tornou a se enrugar em um amistoso bom humor.

— Talvez sim. Talvez não. Mas não é desse jeito que fazemos, cara. Com toda essa coisa de mocinho tipo John Wayne. — Inclinou-se para a frente, como se fosse compartilhar um grande segredo. — Eu, pessoalmente, sempre que consigo um pedaço da torta de maçã da mamãe, assumo a culpa se fizer merda com ela.

— Boca suja, Sonny — disse Greg suavemente.

— O que quer comigo? — perguntou Sonny. — Por que não vai direto ao ponto? Vai perder sua reunião da associação comercial.

— Não — respondeu Greg, ainda sereno. — A associação comercial se reúne nas noites de terça. Temos todo o tempo do mundo.

Elliman deixou escapar um suspiro de impaciência.

— O que eu pensei — continuou Greg — é que *você* ia querer *algo* de *mim*. — Ele abriu a gaveta da mesa, de onde tirou três saquinhos plásticos com maconha. Misturadas à erva havia algumas cápsulas de gel. — Encontrei isto em seu saco de dormir. Que coisa feia, Sonny! Menino mau. É como a regra do Banco Imobiliário: se não passar pelo ponto de partida, não receberá seus duzentos dólares. Irá direto para a Prisão Estadual de New Hampshire.

— Você não tinha um mandado de busca — afirmou Elliman. — Até uma criança brincando de advogado pode me livrar e você sabe disso.

— Não sei nada disso — disse Greg Stillson. Ele se recostou em sua cadeira giratória e pôs os mocassins (comprados do outro lado da divisa do estado, na L.L.Bean, no Maine) em cima da escrivaninha. — Sou um figurão nesta cidade, Sonny. Cheguei a New Hampshire com a sola do sapato furada alguns anos atrás e agora tenho um belo esquema aqui. Ajudei o conselho da cidade a resolver alguns problemas, incluindo o que fazer com todos esses garotos que o chefe de polícia pega usando drogas... Ah, não me refiro aos malucos como você, Sonny! Sabemos o que fazer com vagabundos como você quando os pegamos com um pequeno tesouro, como o que está bem aqui em cima da minha mesa... Me refiro aos filhinhos de papai da área. Ninguém quer realmente fazer nada contra eles, sabia disso? Então resolvi o problema para o pessoal. Sugeri que pusessem os garotos para trabalhar em projetos comunitários em vez de mandá-los para a cadeia. A coisa funcionou realmente bem. Agora temos os melhores nomes da região treinando a Liga Infantil e fazendo um trabalho realmente bom.

Elliman parecia disperso. Greg baixou bruscamente os pés dando uma pancada no chão, pegou uma jarra com o logotipo da UNH que estava ao seu lado e a jogou na direção do rosto de Elliman. A jarra passou a um ou dois centímetros do seu nariz, cruzou toda a extensão da sala e foi se estilhaçar contra o arquivo no canto. Pela primeira vez Elliman pareceu sobressaltado. E por um momento a face daquele Greg Stillson mais velho e mais sábio foi a mesma face do homem mais jovem que espancara o cachorro.

— Presta atenção quando eu falo — disse ele em voz baixa. — Porque o que estamos discutindo aqui é a carreira que você terá pelos próximos dez anos, mais ou menos. Se você não quiser passar o resto da vida pintando VIVER LIVRE OU MORRER em placas de carros, presta atenção, Sonny. Você vai fingir que este é, de novo, seu primeiro dia de aula, Sonny. Você vai aprender tudo direitinho logo da primeira vez, *Sonny*!

Elliman olhou para os cacos da jarra e voltou a olhar para Stillson. A então mistura de calma e inquietação começou a ser substituída por uma sensação de verdadeiro interesse. Há muito tempo que nada conseguia realmente interessá-lo daquele jeito. Aceitara uma oferta de contrabandear cerveja porque estava entediado. Viera sozinho porque estava entediado. E, quando foi abordado por uma caminhonete com uma sirene de luz azul piscando, Sonny Elliman presumiu que lidaria apenas com outro capacho dos políticos locais, alguém preocupado em proteger seu território e espantar o motoqueiro grandalhão e mal-encarado com sua Harley personalizada. Mas aquele cara era diferente. Ele era... era...

Louco!, Sonny percebeu, experimentando um súbito deleite pela descoberta. *Tem duas menções honrosas por serviços prestados à comuni-*

dade na parede, fotos suas conversando com o pessoal do Rotary e do Lions, é vice-presidente da associação comercial desta cidadezinha de bosta, daqui a um ano será presidente e é simplesmente tão louco quanto a porra de um percevejo!

— Tudo bem — disse Elliman. — Conseguiu minha atenção.

— Tenho tido o que você poderia chamar de uma carreira de altos e baixos — começou Greg. — Estive no topo, mas também passei um bom tempo lá embaixo. Tive alguns probleminhas com a lei. O que estou tentando dizer, Sonny, é que não tenho qualquer sentimento definido a seu respeito. Não sou como os outros moradores daqui. Eles leem no *Union-Leader* o que você e os seus amigos motoqueiros estão fazendo nos Hamptons neste verão e ficam com vontade de te castrar com uma lâmina de barbear, uma gilete enferrujada.

— Quem está fazendo isso não são Os Doze do Diabo! — disse Sonny. — Demos uma fugida do norte do estado de Nova York para pegar uma praia, cara! Estamos de férias. Não somos nós que estamos atacando esses bares pé de chinelo. Tem um monte de Hell's Angels fazendo cagada e um grupo dos Cavaleiros Negros de Nova Jersey, mas sabe quem é mesmo que está fazendo isso aí? Um bando de garotos de faculdade. — O lábio de Sonny se curvou. — Só que os jornais não gostam de noticiar isso, não é? É melhor jogar a carapuça em nós do que nos mauricinhos!

— Vocês são muito mais divertidos — falou Greg, suavemente. — E o William Loeb do *Union-Leader* não gosta das gangues de motoqueiros.

— Aquele careca escroto — murmurou Sonny.

Greg abriu a gaveta da escrivaninha e tirou de lá uma garrafinha achatada de bourbon.

— Eu brindo a isso. — Greg rasgou o selo e tomou metade da garrafa em um gole só. Respirou fundo, os olhos lacrimejando, e estendeu a garrafinha para Sonny. — Quer?

Sonny rapidamente deu fim ao resto da bebida. Um calor subiu de seu estômago até a garganta.

— Me mostre o caminho, cara — disse com respiração ofegante.

Greg jogou a cabeça para trás e riu.

— Vamos nos dar bem, Sonny. Tenho a impressão de que vamos nos dar bem.

— O que você quer? — perguntou Sonny mais uma vez, segurando a garrafa vazia.

— Nada... não agora. Mas tenho a impressão... — Os olhos de Greg ficaram distantes, quase atônitos. — Disse a você que sou um homem importante em Ridgeway. Vou concorrer à prefeitura nas próximas eleições e vou ganhar. Mas isso é...

— Só o começo? — sugeriu Sonny.

— Sem dúvida é um começo. — A expressão perturbada continuava lá. — Faço tudo acontecer. As pessoas sabem disso. Sou bom no que faço. Sinto que... tenho muita coisa pela frente. O céu é o limite. Mas não estou... inteiramente certo... do que isso quer dizer. Sacou?

Sonny apenas deu de ombros.

O atordoamento se dissipou no rosto de Greg, que continuou:

— Mas há uma história, Sonny. Uma história sobre um camundongo que tirou um espinho da pata de um leão. Fez isso para recompensar o leão, que não o comera alguns anos antes. Conhece a história?

— Talvez tenha ouvido quando era criança.

Greg assentiu.

— Bem, voltamos alguns anos... seja lá o que isso signifique, Sonny. — Ele espalhou os saquinhos de plástico pela mesa. — Não vou te devorar. Se eu quisesse, faria isso, e você sabe. Um advogado de merda não conseguiria te livrar. Não nesta cidade, com as desordens acontecendo nos Hamptons, a trinta quilômetros daqui. Nem um puto como Clarence Darrow conseguiria te livrar aqui em Ridgeway, onde as pessoas de bem gostariam de te ver saindo de circulação.

Elliman não respondeu, mas desconfiou que Greg tivesse razão. Não havia nada de pesado em seu cofrinho de drogas — duas anfetaminas eram o que havia de pior —, mas os pais dos bons e velhos mauricinhos arruaceiros ficariam felizes se pudessem vê-lo quebrando pedras em Portsmouth, de cabelo raspado com máquina zero.

— Não vou devorar você — repetiu Greg. — Espero que se lembre disso daqui a alguns anos se eu tiver algum espinho na pata... ou se tiver alguma oportunidade de trabalho para você. Não vai se esquecer disso?

A gratidão não estava no limitado catálogo de sentimentos humanos de Sonny Elliman, mas o interesse e a curiosidade, sim. Sentia as duas coisas em relação àquele tal de Stillson. A loucura nos olhos dele sugeria muitas coisas, e o tédio não era uma delas.

— Quem sabe onde vamos estar daqui a alguns anos? — murmurou ele. — Podemos estar todos mortos, cara.

— Só não se esqueça disso. É tudo que peço.

Sonny contemplou os cacos da jarra quebrada.

— Não vou esquecer de você — disse ele.

4

E lá se foi 1971. As desordens nas praias de New Hampshire cessaram, e as reclamações das empresas que construíam condomínios de frente para o mar desapareceram com o afluxo crescente de dinheiro nas contas bancárias. Um sujeito sombrio chamado George McGovern declarou, comicamente cedo, que se candidataria a presidente. No entanto, todos os que acompanhavam a política sabiam que o indicado pelo Partido Democrata em 1972 seria Edmund Muskie, e houve quem achasse que Muskie poderia facilmente derrubar o Trol de San Clemente e jogá-lo no tatame.

No início de junho, pouco antes de a escola fechar para as férias de verão, Sarah voltou a se encontrar com o jovem estudante de direito. Estava na loja de eletrodomésticos Day's, comprando uma torradeira, e ele estava procurando um presente para o aniversário de casamento dos pais. Perguntou se Sarah gostaria de ir ao cinema — *Dirty Harry*, o novo filme de Clint Eastwood, tinha entrado em cartaz. Sarah aceitou, e os dois se divertiram. Walter Hazlett deixara a barba crescer, e Sarah já não o achava tão parecido com Johnny. Na verdade, ela achava que estava ficando cada vez mais difícil se lembrar da aparência exata de Johnny. O rosto só aparecia com clareza nos sonhos, sonhos em que ele parava na frente da Roda da Fortuna vendo-a girar, a face gélida, os olhos azuis ganhando aquele tom roxo estranho e um tanto assustador. Johnny contemplava a Roda como se estivesse sozinho em um salão de jogo particular.

Sarah e Walter passaram a se encontrar com bastante frequência. Era fácil lidar com ele. Walt não fazia exigências — ou, se as fazia, era de uma maneira tão discretamente crescente que não dava para perceber. Em outubro, Walter perguntou se podia comprar um pequeno anel de diamante para ela. Sarah pediu para pensar um pouco no fim de semana. Na noite de sábado foi até o hospital, pegou na recepção um passe especial, com borda vermelha, e foi para a UTI. Ficou sentada uma hora ao lado de Johnny. Lá fora o vento do outono gemia no escuro, prometendo frio, prometendo neve, prometendo uma estação de morte. Dali a dezesseis dias se completaria um ano daquela noite na feira, com a Roda, com a batida de frente perto do pântano.

Ficou ali sentada, prestando atenção no barulho do vento e olhando para Johnny. Os curativos tinham sido retirados. Na testa, a cicatriz começava pouco mais de dois centímetros sobre a sobrancelha direita e se contorcia perto do limiar do cabelo, que começava a ficar grisalho. Isso fazia Sarah se lembrar daquele personagem das histórias no 87º Distrito Policial — o detetive Cotton Hawes, era esse seu nome. Aos olhos de Sarah, Johnny não parecia ter sofrido qualquer processo degenerativo, exceto a inevitável perda de peso. Era simplesmente um rapaz adormecido, que ela mal conhecia.

Sarah se curvou e beijou de leve sua boca, como se o velho conto de fadas pudesse funcionar e um beijo pudesse despertá-lo. Mas Johnny continuou dormindo.

Ela foi embora, voltou a seu apartamento em Veazie, esticou-se na cama e chorou enquanto o vento passava pelo mundo escuro lá fora, atirando diante de si um punhado de folhas vermelhas e amarelas. Na segunda-feira Sarah disse a Walt que, se ele realmente quisesse lhe dar um anel de diamante — pequeno, veja lá —, ficaria feliz e orgulhosa de usá-lo.

Foi assim o 1971 de Sarah Bracknell.

No início de 1972, Edmund Muskie ficou aos prantos durante um discurso inflamado, realizado em frente ao escritório do homem a quem Sonny Elliman se referira como "aquele careca escroto". George McGovern incomodou nas primárias, e Loeb anunciou alegremente em seu jornal que o povo de New Hampshire não gostava de bebês chorões. Em julho, McGovern foi indicado. Nesse mesmo mês Sarah Bracknell se tornou Sarah Hazlett. Ela e Walt se casaram na Primeira Igreja Metodista de Bangor.

A menos de três quilômetros dali, Johnny Smith continuava dormindo. Sua imagem surgiu de repente a Sarah, de forma terrível, enquanto Walt a beijava na frente dos amigos e familiares que assistiam à cerimônia —

Johnny, ela pensou, e o viu, da mesma maneira como o tinha visto com as luzes do apartamento apagadas, metade Jekyll e metade Hyde mostrando os dentes. Por um instante, de braço dado com Walt, ela ficou muito rígida, mas logo a sensação passou. Memória, visão, não importava o que fosse, a sensação passou.

Após uma longa reflexão e discussão com Walt, ela convidou os pais de Johnny para o casamento. Herb foi sozinho. Na hora dos cumprimentos, ela perguntou se estava tudo bem com Vera.

Ele olhou para os lados, viu que tinham sido deixados um momento sozinhos e tomou rapidamente o resto do uísque com soda. *Envelheceu cinco anos nos últimos dezoito meses*, ela pensou. O cabelo estava ficando ralo. As rugas do rosto pareciam mais profundas. Usava óculos com aquele jeito cuidadoso e tímido de quem tinha começado a usá-los há pouco tempo. Atrás das suaves lentes corretivas, os olhos pareciam desconfiados, magoados.

— Não... na verdade não está tudo bem, Sarah. O fato é que ela foi para Vermont. Está em uma fazenda. À espera do fim do mundo.

— *O quê?*

Herb contou que, seis meses antes, Vera tinha começado a se corresponder com um grupo de umas dez pessoas autodenominadas Sociedade Americana dos Últimos Dias. Eram lideradas por uns tais de sr. e sra. Harry L. Stonkers, naturais de Racine, no Wisconsin. O sr. e a sra. Stonkers afirmavam que tinham sido levados por um disco voador quando estavam acampando e foram conduzidos até o céu, que não ficava nos arredores da constelação de Orion, mas em um planeta semelhante à Terra, que girava em torno de Arcturus. Lá conviveram com uma sociedade de anjos e viram o Paraíso. Os Stonkers foram informados de que os Últimos Dias estavam prestes a acontecer. Depois de agraciados com o dom da telepatia, foram enviados de volta à Terra com a missão de reunir alguns fiéis... para o início da ponte aérea para o céu, podia-se dizer. E assim os dez haviam se juntado e adquirido uma fazenda ao norte de St. Johnsbury, onde estavam instalados há pouco menos de dois meses. Esperavam que um disco viesse pegá-los.

— Isso parece... — começou Sarah, mas logo fechou a boca.

— Sei o que parece — disse Herb. — Parece loucura. A propriedade custou a eles nove mil dólares. Não passa de uma casa de sítio arruinada com dois acres de vegetação árida. A cota de Vera foi de setecentos dólares...

Foi só o que ela conseguiu levantar. Não tive como fazer ela desistir... do compromisso que assumira. — Ele fez uma pausa e sorriu. — Mas isto não é conversa para o dia do seu casamento, Sarah! Desejo tudo de bom para você e seu companheiro. Sei que serão felizes.

Sarah sorriu o melhor que pôde.

— Obrigado, Herb. Você... quero dizer, você acha que ela vai...

— Voltar? Ah, sim. Se o mundo não acabar até o inverno, acho que ela vai voltar.

— Ah, também desejo tudo de bom para você — falou ela enquanto lhe dava um abraço.

5

A fazenda em Vermont não tinha aquecimento, e, como o disco voador não chegou até o final de outubro, Vera voltou para casa. Ela afirmou que o disco não tinha ido porque eles ainda não eram perfeitos — ainda não tinham exterminado as impurezas fúteis e pecaminosas que havia em suas vidas. Mas ela estava com a moral elevada e em um estado de exaltação espiritual. Recebera um sinal por meio de um sonho. Talvez não estivesse destinada a ir para o céu em um disco. Sentia com força cada vez maior que teria de permanecer ali para guiar seu filho, mostrar-lhe o caminho certo, quando ele acordasse do transe.

Herb a recebeu bem, amou-a o melhor que pôde — e a vida continuou. Johnny estava em coma havia dois anos.

6

Nixon foi reeleito. Os jovens americanos começaram a voltar do Vietnã. Walter Hazlett prestou exame para a Ordem dos Advogados, mas foi chamado para prestar novamente em uma data posterior. Sarah Hazlett continuava dando aulas no colégio enquanto ele estudava ferozmente para a prova. Os alunos que, no ano em que ela começou a lecionar, não passavam de calouros tolos e ingênuos eram agora veteranos. Meninas sem nenhum peito tinham desenvolvido seios grandes. Garotos miudinhos, que dificilmente teriam coragem de dar uma volta sozinhos no prédio, agora jogavam basquete.

A segunda guerra árabe-israelense começou e acabou. O boicote do petróleo começou e acabou. O assustador aumento nos preços da gasolina começou e não acabou. Vera Smith se convenceu de que Cristo retornaria saindo de baixo da terra no Polo Sul. Essa nova certeza se baseava em um novo panfleto (de dezessete páginas, ao preço de 4,50 dólares) intitulado *O subterrâneo tropical de Deus*. A surpreendente hipótese do redator era de que o paraíso na realidade ficava sob os nossos pés, e que o ponto mais fácil de acesso era o Polo Sul. Uma das seções do folheto tinha como título "Experiências psíquicas dos exploradores do Polo Sul".

Herb lembrou a Vera que, menos de um ano antes, ela se convencera de que o Céu ficava em algum lugar lá em cima, muito provavelmente em um planeta girando em torno de Arcturus.

— Eu com certeza seria mais capaz de acreditar nisso do que nesta ideia maluca sobre o Polo Sul — começou ele. — Afinal, a Bíblia diz que o Céu fica no céu mesmo. Esse lugar tropical embaixo da terra deve ser...

— Pare! — exclamou ela asperamente, os lábios se comprimindo em finas linhas brancas. — Não precisa debochar do que não compreende!

— Eu não estava debochando, Vera — disse ele em voz baixa.

— Deus sabe por que o incrédulo debocha e o idólatra se enraivece! — disse ela.

Havia uma luz vidrada em seus olhos. Estavam sentados na mesa da cozinha, Herb consertando uma velha conexão para o encanamento, Vera com uma pilha de exemplares da *National Geographic*, que folheava em busca de fotos e histórias sobre o Polo Sul. Do lado de fora, nuvens agitadas fugiam de um lado para outro e folhas caíam das árvores. Era de novo início de outubro, que sempre parecia ser o pior mês de Vera. Era o mês em que aquela luz vidrada cobria seus olhos com maior frequência e durante períodos maiores. E era sempre em outubro que os pensamentos de Herb tentavam traiçoeiramente se livrar das duas coisas que o atormentavam: da esposa, possivelmente já em situação de interdição judicial, e do filho adormecido, que provavelmente já estaria morto por qualquer definição prática de morte. Naquele momento Herb tinha esquecido a conexão que segurava. Contemplava pela janela aquele céu inquieto e pensava: *Eu po-*

deria pegar o carro. Simplesmente jogar minhas coisas na traseira da picape e ir embora. Talvez para a Flórida. Ou quem sabe Nebraska. Ou a Califórnia. Um bom carpinteiro pode ganhar dinheiro em qualquer porra de lugar. É só acordar e partir.

Mas ele sabia que não partiria. Outubro era apenas seu mês de pensar em cair fora. Assim como parecia ser o mês em que Vera costumava descobrir algum novo canal de informações sobre Jesus e sobre a salvação da única criança que ela fora capaz de criar em seu útero de tamanho abaixo da média.

Herb então estendeu a mão sobre a mesa e segurou a de Vera, que estava muito magra, os ossos salientes — era a mão de uma velha. Ela ergueu os olhos, espantada, e ele disse:

— Gosto muito de você, Vera.

Ela sorriu e, por um curto momento, ficou muito parecida com a moça que Herb havia cortejado e conquistado, a moça que o acariciara com uma escova de cabelo na noite de núpcias. Foi um sorriso meigo, os olhos por um instante claros, calorosos, amorosos. Do lado de fora o sol saiu de trás de uma nuvem pesada, mergulhou atrás de outra e tornou a aparecer, fazendo grandes sombras de persiana deslizarem pela área atrás deles.

— Sei que sim, Herbert. Eu também te amo.

Herb pôs a outra mão sobre a dela e apertou.

— Vera...

— Sim? — Os olhos dela estavam tão claros... de repente Vera estava com ele, totalmente *com* ele, e isso o fez perceber como era terrível que tivessem se distanciado tanto naqueles últimos três anos.

— Vera, se ele nunca mais acordar... Deus não permita, mas se ele não... bem, ainda teremos um ao outro, não é? Quero dizer...

Ela encolheu a mão. As duas mãos de Herb, que tinham segurado levemente a de Vera, ficaram agarradas no nada.

— *Jamais* diga isso novamente! *Jamais* diga outra vez que Johnny não vai acordar.

— Só quis dizer que nós...

— É claro que vai acordar — afirmou ela, olhando para as árvores atrás da janela, as sombras ainda passando de um lado para outro. — É o plano que Deus tem para ele. É, sim. Acha que não sei? Eu *sei*, acredite no que estou dizendo. Deus tem grandes planos reservados para o meu Johnny. Ele falou em meu coração.

— Certo, Vera — respondeu Herb. — Tudo bem.

Os dedos dela tatearam em busca das *National Geographic*, encontraram as revistas e começaram de novo a virar as páginas.

— Eu *sei* — repetiu ela em um tom infantil, petulante.

— Tudo bem — disse ele em voz baixa.

Vera voltou às suas revistas. Herb apoiou o queixo na palma das mãos, contemplou o sol, a sombra e pensou em como o inverno viria rápido depois daquele outubro ensolarado e enganador. Desejava que Johnny morresse. Tinha amado seu garoto desde o primeiro choro. Lembrava-se do espanto em seu rostinho quando levou um pequeno sapo para o carrinho do filho e depois colocou a coisinha viva nas mãos dele. Tinha ensinado Johnny a pescar, a andar de patins e a remar. Tinha ficado toda a noite ao lado dele durante aquela terrível epidemia de gripe em 1951, quando a temperatura do menino tinha subido para 40,5 graus, provocando delírio. Tinha segurado o choro de emoção quando Johnny foi o orador de sua turma de formandos no colégio e falou de cor, sem um único escorregão. Tantas lembranças dele — de ensiná-lo a dirigir, de parar com ele na proa do *Bolero* quando passaram as férias na Nova Escócia. Johnny, com oito anos, ria entusiasmado com os sulcos que o barco ia abrindo na água. Tinha ajudado o filho com os deveres de casa, com a casa na árvore, mexendo com a bússola quando ele se juntou aos escoteiros. As lembranças se misturavam sem qualquer ordem cronológica — Johnny era o único fio condutor, Johnny ia avidamente descobrindo o mundo que acabara por incapacitá-lo de forma tão terrível. Agora ele desejava que Johnny morresse. Ah, como desejava isso, que morresse, que seu coração parasse de bater, que os traços que oscilavam no eletroencefalograma ficassem planos, que ele simplesmente se extinguisse como um toco de vela em uma poça de cera: que morresse e os libertasse.

7

No início da tarde de um abrasador dia de verão, menos de uma semana após o Quatro de Julho daquele ano de 1973, um vendedor de para-raios entrou no Cathy's, um bar de beira de estrada em Somersworth, New Hampshire. E talvez, em algum lugar não muito distante, tempestades esperassem pela primeira oportunidade para brotar das massas de ar quente ascendentes das variações termais do verão.

Era um homem com muita sede e parou no Cathy's para abrandá-la com algumas cervejas, não para fazer uma venda. Mas, por força de longo hábito, deu uma olhada no prédio baixo, estilo rancho. A linha contínua do telhado contra aquele céu cinza-metálico, salpicado de bolhas de nuvens, fez com que fosse buscar a surrada pasta de camurça com um mostruário de suas instalações.

O interior do Cathy's era escuro, frio, e a única coisa que quebrava o silêncio era o rumor surdo da TV em cores na parede. Alguns fregueses e o dono do bar atrás do balcão assistiam ao noticiário.

O vendedor de para-raios se sentou em um banco diante do balcão e pousou a pasta-mostruário no lugar à sua esquerda. O proprietário se aproximou.

— Ei, amigo. O que vai ser?

— Uma cerveja — pediu o vendedor. — E pegue outra para o senhor, se estiver a fim.

— Estou sempre a fim — respondeu o dono do bar. Ele voltou com duas cervejas, pegou o dólar do vendedor e colocou três moedas de dez centavos no balcão. — Bruce Carrick — disse ele, estendendo a mão.

O vendedor de para-raios também estendeu a mão para cumprimentá-lo.

— Meu nome é Dohay. Andrew Dohay. — E entornou metade de sua cerveja.

— Prazer em conhecê-lo — saudou Carrick, que se afastou para servir outro Tequila Sunrise a uma mulher jovem e de expressão severa, e depois voltou para perto de Dohay. — Vem de longe?

— Venho — admitiu Dohay. — Sou vendedor. — Olhou ao redor. — Aqui é sempre assim tão tranquilo?

— Não. A coisa esquenta nos sábados e domingos, mas durante a semana é tudo assim normal. É nas festinhas particulares que a gente tira alguma grana... quando tira. Posso não estar morrendo de fome, mas também não estou dirigindo um Cadillac. — Ele apontou um dedo como se fosse uma pistola para o copo de Dohay. — Mais uma?

— E outra para o senhor.

— Me chame de Bruce. — Ele riu. — Aposto que está querendo me vender alguma coisa.

Quando Bruce Carrick voltou com as cervejas, o vendedor de para-raios disse:

— Entrei para tomar uma gelada, não para fazer uma venda. Mas já que tocou no assunto... — Pousou a pasta-mostruário no balcão com um movimento experiente. Coisas tilintaram dentro dela.

— Ih, lá vem! — Carrick riu.

Dois dos fregueses, um sujeito velho com uma verruga na pálpebra direita e um homem mais novo com um macacão cinza de faxineiro, se aproximaram para ver o que Dohay estava vendendo. A mulher de rosto duro continuou assistindo ao noticiário.

Dohay tirou três varetas, uma comprida com uma bola de metal na ponta, uma mais curta e uma terceira com condutores de porcelana.

— Que diabo é isso? — perguntou Carrick.

— Para-raios — respondeu o freguês mais velho com uma risadinha. — Ele quer salvar esta arapuca da ira de Deus, Bruce. É melhor prestar atenção no que ele tem a dizer.

Quando o sujeito tornou a rir, o rapaz de macacão cinza o acompanhou.

O rosto de Carrick ficou sombrio, e o vendedor de para-raios percebeu que toda possibilidade de fazer uma venda acabara de evaporar. Era um bom vendedor, bom o bastante para reconhecer que certas personalidades e certas circunstâncias às vezes se uniam em combinações estranhas, inviabilizando qualquer negócio, antes mesmo que ele conseguisse chegar ao âmago da conversa. Aceitou filosoficamente o fato e começou a montar sua teia, mais pela força do hábito que por qualquer outra coisa:

— Quando saltei do carro, reparei por acaso que este belo estabelecimento não estava equipado com para-raios... e que é feito de madeira. O fato é que por um preço muito pequeno... e crediário fácil, se preferir... posso garantir que...

— Que um raio vai cair neste lugar às quatro desta tarde! — interrompeu o jovem de macacão cinza, dando uma risada. O freguês mais velho também riu.

— Amigo, não quero ofender — começou Carrick —, mas está vendo aquilo ali? — Ele apontou para um prego dourado em uma pequena placa de madeira entre a TV e a cintilante coleção de garrafas. Espetado no prego havia um monte de papéis. — Todas aquelas coisas são contas a pagar. Vão ter que ser pagas no meado do mês. Estão impressas em tinta vermelha. E está vendo quantas pessoas estão bebendo aqui neste momento? Tenho de ter cautela. Tenho de...

— É justamente o meu ponto — interrompeu Dohay suavemente. — Tem de ter cautela. E a compra de três ou quatro para-raios é uma compra de gente prudente. Bem ou mal você tem um negócio pelo qual zelar. Não vai querer ver seu bar arrasado por uma faísca em um dia de verão, vai?

— Ele pouco se importaria — disse o freguês mais velho. — Simplesmente pegaria o seguro e iria para a Flórida. Não é, Bruce?

Carrick olhou de mau humor para o homem.

— Bem, então vamos falar de seguro — interveio o vendedor de para-raios. O homem de macacão cinza perdeu o interesse na conversa e se afastou. — O prêmio do seu seguro contra fogo vai diminuir...

— Eu juntei vários seguros em um só — disse Carrick, categórico. — Olha, eu simplesmente não posso ter mais despesas. Sinto muito. Claro, se voltar a me procurar no ano que vem...

— Bem, talvez eu volte — respondeu o vendedor de para-raios, desistindo. — Talvez volte.

Ninguém achava que pudesse ser atingido por um raio até que isso de fato acontecesse; era uma constante naquele ramo de negócio. Não era possível fazer um sujeito como aquele Carrick ver que um para-raio acabava sendo o seguro mais econômico que se podia adquirir. Mas Dohay era um filósofo. Afinal, foi sincero ao dizer que entrara ali para matar a sede.

Para provar que não havia ressentimentos, pediu outra cerveja. Mas desta vez não pediu nenhuma para Carrick.

O freguês mais velho escapuliu para o banco ao seu lado e comentou:

— Há mais ou menos dez anos, um raio caiu em cima de um sujeito no campo de golfe. Em um segundo ele ficou reduzido a um monte de merda. Então cada um também devia usar um para-raio na cabeça, não é verdade? — Deu uma risada, borrifando um hálito azedo de cerveja na cara de Dohay. Dohay sorriu com ar submisso. — Todas as moedas que ele tinha no bolso derreteram. Foi o que me contaram. Coisa engraçada um raio. Com certeza é. Também me lembro de uma vez...

Coisa engraçada, Dohay pensou, deixando as palavras do velho freguês passarem inofensivamente por ele, abanando a cabeça nos momentos certos por puro instinto. Uma coisa engraçada, realmente, porque podia atingir qualquer um ou qualquer coisa. A qualquer momento.

Terminou a cerveja e saiu, carregando sua pasta-mostruário de seguros contra a ira de Deus — talvez o único seguro do gênero inventado até então. O calor o atingiu como uma martelada, mas ele ainda parou um instante no estacionamento completamente deserto para contemplar o contorno não linear do prédio. Só 19,95 dólares, no máximo 29,95 dólares, e o homem não podia se dar ao luxo de mais despesas. Teria poupado uns setenta dólares no primeiro ano daquele seu seguro unificado, mas não podia se permitir uma nova despesa — e Dohay não podia contestá-lo porque aqueles palhaços em volta do balcão ridicularizariam qualquer argumento.

Talvez um dia ele viesse a lamentar.

O vendedor de para-raios entrou em seu Buick, ligou o ar-condicionado e partiu para oeste na direção de Concord e Berlin, a pasta-mostruário no banco a seu lado. Correu à frente de qualquer tempestade que pudesse estar provocando todo aquele vento lá atrás.

8

No início de 1974, Walt Hazlett passou no exame da Ordem dos Advogados. Ele e Sarah deram uma festa para todos os amigos dele, todos os amigos dela e todos os amigos dos dois — mais de quarenta pessoas ao todo. A cerveja jorrou como água e, depois que acabou, Walt disse que tiveram muita sorte de algum vizinho não ter chamado a polícia. Quando os últimos convidados foram embora (às três da manhã), Walt retornou da porta para encontrar Sarah na cama, nua a não ser pelos sapatos e os brincos de diamante que ele tinha se esforçado para lhe dar como presente de aniversário. Fizeram amor não uma, mas duas vezes antes de caírem em um sono meio embriagado, do qual acordaram quase ao meio-dia com uma ressaca entorpecente. Cerca de seis semanas depois, Sarah descobriu que estava grávida. Nenhum dos dois duvidou que a concepção ocorrera na noite da grande festa.

Em Washington, Richard Nixon era encurralado lentamente, se enrolando em um emaranhado de fitas magnéticas. Na Geórgia, um plantador de amendoim, antigo oficial de Marinha e agora governador, um homem chamado James Earl Carter, tinha começado a comentar com alguns amigos íntimos que gostaria de se candidatar ao cargo que o sr. Nixon logo deixaria.

No quarto 619 do Eastern Maine Medical Center, Johnny Smith ainda dormia. E tinha começado a assumir uma forma fetal.

O dr. Strawns, o médico que, um dia depois do acidente, conversara com Herb, Vera e Sarah em uma sala de reuniões, morreu carbonizado no final de 1973. Sua casa tinha pegado fogo um dia depois do Natal. O corpo de bombeiros de Bangor concluiu que o incêndio havia sido provocado por causa de defeitos nos ornamentos da árvore de Natal. Dois novos médicos, Weizak e Brown, interessaram-se pelo caso de Johnny.

Quatro dias antes de Nixon renunciar, Herb Smith levou um tombo na fundação de uma casa que estava construindo em Gray, batendo em um carrinho de mão e quebrando a perna. O osso demorou bastante para se recompor e, na verdade, jamais voltaria a ficar bom como antes. Ele passou a mancar um pouco e a usar uma bengala nos dias úmidos. Vera rezava pelo marido e insistiu que, na hora de dormir, ele enrolasse na perna um pano que havia sido pessoalmente abençoado pelo reverendo Freddy Coltsmore, de Bessemer, no Alabama. O Pano Abençoado de Coltsmore (como Herb o chamava) havia custado trinta e cinco dólares. Se o pano lhe fez algum bem, Herb não percebeu.

No meio de outubro, logo após Gerald Ford perdoar o ex-presidente, Vera se convenceu novamente de que o mundo acabaria. Foi por um triz, mas Herb conseguiu descobrir o que ela estava aprontando: Vera tomou providências para doar o dinheiro que tinham em casa e a pequena poupança que conseguiram recuperar desde o acidente de Johnny à Sociedade dos Últimos Tempos da América. Tentou colocar a casa à venda e fez um acordo com a Legião da Boa Vontade, pelo qual a instituição enviaria dali a dois dias um furgão para recolher toda a mobília. Herb percebeu o que estava acontecendo quando o corretor telefonou dizendo que tinha um provável comprador querendo dar uma olhada na casa naquela tarde.

Pela primeira vez, ele de fato perdeu a paciência com Vera.

— O que em nome de *Cristo* você acha que vai fazer? — vociferou Herb após tirar dela os detalhes daquela história fantástica. Estavam na sala. Ele acabara de ligar para a Legião da Boa Vontade, dizendo para esquecerem o furgão. Do lado de fora a chuva caía em monótonas gotas cinzentas.

— Não blasfeme com o nome do Salvador, Herbert. Não...

— Cala a boca! Cala a boca! Estou cansado de ouvir você delirar sobre essa *merda*!

Ela deu uma arfada de medo.

Herb foi mancando em sua direção, a bengala batendo no chão em contraponto. Ela se encolheu um pouco na cadeira e depois ergueu os olhos para o marido com aquela doce expressão de mártir que deixou Herb com vontade, que Deus o perdoasse, de lhe bater naquela cabeça dura com a maldita da bengala.

— Você não ficou tão louca a ponto de não saber o que está fazendo! — disse ele. — Não tem essa desculpa. Ficou armando coisas pelas minhas costas, Vera. Ficou...

— Não fiz isso! É mentira! Não fiz essa...

— *Fez!* — berrou ele. — Quero que me escute com atenção, Vera! Chegamos no limite! Reze o quanto quiser. Rezar é de graça. Escreva as cartas que quiser, um selo ainda não custa mais que treze centavos. Mas se quiser mergulhar em toda a merda dessas lorotas baratas que esses fanáticos gostam de contar, se quiser embarcar nas fraudes e nesse mundo de faz de conta, o problema é seu! Mas *eu* não faço parte disso! Preste atenção no que estou dizendo. *Está me entendendo?*

— Pai-nosso-que-estais-no-céu-santificado-seja-o-Vosso-nome...

— *Está me entendendo?*

— *Você acha que estou louca!* — gritou ela. O rosto se enrugou e se contraiu de uma maneira horrível. E ela deixou explodirem as lágrimas feias, uivantes, da mais completa derrota e frustração.

— Não — respondeu ele, em um tom mais calmo. — Acho que ainda não está. Mas talvez esteja na hora de termos uma conversa direta, Vera, e a verdade é que eu acho que vai ficar maluca se não sair dessa e começar a enfrentar a realidade!

— Você verá — disse ela por entre as lágrimas. — Você verá. Deus conhece a verdade, mas espera.

— Desde que você compreenda que Deus não vai ficar com nossa mobília enquanto está esperando — considerou Herb em um tom implacável. — Desde que também tenhamos nosso direito de ser honestos sobre isso.

— É o Fim dos Tempos! — anunciou ela. — O Apocalipse se aproxima.

— É? Pegue essa ideia e mais quinze centavos, que você consegue comprar uma xícara de café, Vera.

Do lado de fora a chuva caía em uma pancada firme. Era o ano em que Herb faria cinquenta e dois anos, Vera, cinquenta e um, e Sarah Hazlett, vinte e sete.

Johnny estava em coma havia quatro anos.

9

O bebê nasceu na noite de Halloween. O trabalho de parto de Sarah durou nove horas. Davam-lhe pequenas doses de anestésico quando ela precisava, e a certa altura, no momento mais crítico, Sarah se lembrou de que estava no mesmo hospital que Johnny e começou a repetir o nome dele. Mais tarde mal se lembraria disso, e certamente nunca contou a história a Walt. Achou, inclusive, que podia ter sido apenas um sonho.

O bebê era um menino, Dennis Edward Hazlett. Ele e a mãe foram para casa três dias depois, e logo após o feriado do Dia de Ação de Graças Sarah já voltou a dar aulas. Walt tinha conseguido o que parecia ser um ótimo emprego em um escritório de advocacia em Bangor e, se tudo corresse bem, Sarah deixaria de lecionar em junho de 1975. Ela não estava assim tão certa se queria isso. Tinha passado a gostar do colégio.

10

No primeiro dia de 1975, dois meninos pequenos, Charlie Norton e Norm Lawson, ambos de Otisfield, no Maine, estavam no quintal dos fundos da casa dos Norton fazendo guerra de bolas de neve. Charlie tinha oito anos, Norm tinha nove. O dia estava nublado e chuvoso.

Percebendo que a batalha de bolas de neve estava chegando ao fim (era quase hora do almoço), Norm fez uma grande investida contra Charlie, lançando sobre ele uma verdadeira barragem de bolas. Esquivando-se e rindo, Charlie a princípio foi forçado a recuar, depois se virou para trás e correu, pulando o baixo muro de pedra que separava o quintal dos fundos dos Norton do bosque. Desceu correndo a trilha que levava para o córrego Strimmer. A certa altura, Norm acertou-lhe um bom arremesso na nuca.

Então Charlie sumiu de vista.

Norm pulou o muro e ficou um instante parado, procurando no bosque nevado e ouvindo a água derretida gotejar das bétulas, espruces e pinheiros.

— Volte aqui, seu medroso! — gritou Norm. Depois fez uma série de *cacarejos* bem altos.

Charlie não mordeu a isca. Não havia mais sinal dele, e a descida ia ficando mais íngreme à medida que a trilha se aproximava do córrego. Norm imitou novamente uma galinha e começou a se deslocar lentamente, pé ante pé. Aquele bosque era do Charlie, não dele. Território do Charlie. Norm gostava de uma boa guerra de bolas de neve quando estava vencendo, mas realmente não tinha a menor vontade de descer por aquela trilha. Charlie podia estar preparando uma emboscada com meia dúzia de boas bolas, duras e meio derretidas, todas prontas para o ataque.

Ele dera alguns passos quando um grito alto, sufocado, veio lá de baixo. Norm Lawson ficou gelado como a neve em que suas botas verdes de borracha macia estavam pisando. As duas bolas de neve que segurava caíram de suas mãos e estalaram ao bater no chão. O grito brotou de novo, agora tão fraco que quase não dava para escutar.

Meu Deus! Charlie acabou caindo no córrego, Norm pensou, e isso superou a paralisia que o medo lhe dera. Correu trilha abaixo, derrapando, escorregando, caindo uma vez de bunda no chão. A batida do coração ecoava nos seus ouvidos. Parte de sua mente se imaginava resgatando Charlie no riacho, pouco antes de ele afundar pela terceira vez, e sendo descrito como herói na revista *Boy's Life*.

No meio do caminho da descida da encosta, a trilha fazia um cotovelo e, ao completar a curva, Norm viu que Charlie Norton não tinha caído no córrego Strimmer. Estava parado no ponto em que a trilha ficava plana e olhava para alguma coisa na neve quase derretida. O capuz tinha caído para trás e o rosto estava quase tão branco quanto a própria neve. Quando Norm se aproximou, Charlie soltou outro horrível grito abafado, ofegante.

— O que é? — perguntou Norm. — Charlie, qual é o problema?

Charlie se virou para ele, os olhos arregalados, a boca aberta. Tentou falar, mas a única coisa que saiu de sua boca foram dois resmungos inarticulados e um filete prateado de saliva. Ele apontou.

Norm chegou mais perto, olhou. E de repente toda a energia abandonou suas pernas e ele caiu sentado. O mundo girava.

Duas pernas metidas em uma calça jeans azul projetavam-se da neve que derretia. Em um dos pés havia um mocassim, mas o outro estava descalço, pálido, desprotegido. Também um braço saía da neve, e a mão na extremidade parecia implorar por um socorro que jamais chegaria. Por sorte, o resto do corpo continuava escondido.

Charlie e Norm tinham acabado de descobrir o cadáver de Carol Dunbarger, de dezessete anos, a quarta vítima do Estrangulador de Castle Rock.

Já haviam se passado quase dois anos desde que ele matara pela última vez, e os habitantes de Castle Rock (o córrego Strimmer fazia a divisa sudeste entre as cidades de Castle Rock e Otisfield) tinham começado a relaxar, pensando que o pesadelo finalmente havia terminado.

Mas não terminara.

6

1

Onze dias após o corpo de Carol Dunbarger ter sido encontrado, uma tempestade de chuva e neve caiu sobre o norte da Nova Inglaterra. No sexto andar do Eastern Maine Medical Center, tudo parecia correr com certo atraso, por mínimo que fosse, em consequência do temporal. Boa parte da equipe de funcionários enfrentou dificuldades para chegar ao trabalho, e os que tinham conseguido corriam de um lado para o outro tentando manter tudo sob controle.

Já passava das nove da manhã quando uma das auxiliares de enfermagem, uma jovem chamada Allison Conover, serviu o leve café da manhã do sr. Starret. Ele estava se recuperando de um ataque cardíaco e "festejava" seu décimo sexto dia de UTI — uma estada de dezesseis dias após um ataque das coronárias era um procedimento padrão. O sr. Starret vinha se saindo muito bem. Estava no quarto 619 e comentou com a esposa que o maior incentivo à sua recuperação era a perspectiva de se ver livre do cadáver vivo que estava na outra cama do quarto. O sussurrar contínuo do pulmão artificial do pobre coitado atrapalhava o sono, e após algum tempo passou a incomodar muito. O sr. Starret disse a ela que "o sujeito já não sabe se quer que a máquina continue a funcionar... ou que pare, digamos que para sempre".

A TV estava ligada quando Allison entrou. O sr. Starret estava sentado na cama com o controle remoto na mão. O noticiário *Today* tinha acabado, e ele ainda não tinha decidido se desligava a TV, que já estava passando o desenho *My Back Yard*. Se desligasse, ficaria sozinho com o ruído do pulmão artificial de Johnny.

— Cheguei a achar que não vinha esta manhã — falou o sr. Starret enquanto olhava, sem grande satisfação, para a bandeja de seu café da manhã, com suco de laranja, iogurte natural e flocos de cereal. O que realmente queria eram dois ovos cheios de colesterol, fritos em muita manteiga derretida, ao lado de cinco fatias de bacon, não tão crocantes. Sem dúvida o tipo de alimentação que tinha feito ele ir parar no hospital. Pelo menos de acordo com seu médico, aquele idiota.

— Lá fora a coisa está feia — respondeu Allison rapidamente. Seis pacientes já haviam dito que chegaram a achar que ela não vinha naquela manhã e aquilo já estava ficando chato. Allison era uma moça simpática, mas naquele dia estava um pouco irritada.

— Ah, desculpe — disse humildemente o sr. Starret. — Realmente as ruas devem estar muito escorregadias, não é?

— Pois é — confirmou Allison, relaxando um pouco. — Se meu marido não tivesse me trazido, com tração nas quatro rodas, não teria conseguido chegar.

O sr. Starret apertou o botão que inclinava sua cama para tomar o café confortavelmente. O motor elétrico que levantava e abaixava a cama era pequeno, mas barulhento. A TV também estava bastante alta — o sr. Starret era um tanto surdo e, como já tinha dito à esposa, o cara do outro leito com certeza não ia reclamar de um volumezinho. Também não ia pedir para ver o que estava passando nos outros canais. Starret sabia que piadinhas desse gênero revelavam uma grande falta de sensibilidade, mas, quando o sujeito sofria um ataque do coração e acabava dividindo um quarto de UTI com um vegetal humano, ou passava a curtir um humor sombrio ou enlouquecia.

Ao terminar de instalar a bandeja do sr. Starret, Allison levantou um pouco a voz para se sobressair ao zumbido do motor e ao barulho da TV.

— Vários carros estavam saindo da pista em toda a State Street.

Na outra cama, Johnny Smith disse em voz baixa:

— O lote inteiro no 19! É tudo ou nada. Minha namorada não está passando bem.

— Sabe, este iogurte não é tão ruim assim — comentou o sr. Starret. Ele detestava iogurte, mas fazia de tudo para que só o deixassem sozinho quando fosse absolutamente necessário. E, quando estava sozinho, não parava de verificar a própria pulsação. — Tem certo sabor de chicória, mas...

— Ouviu alguma coisa? — perguntou Allison, olhando em volta com um ar desconfiado.

O sr. Starret parou de apertar o botão do lado da cama, e o barulho do motor elétrico morreu. Na TV, o Hortelino tentou atirar no Pernalonga e errou.

— Foi só a TV — considerou o sr. Starret. — Ou será que perdi alguma coisa?

— Acho que não foi nada mesmo. Deve ter sido o vento na janela. — Ela sentiu o início de uma dor de cabeça provocada pelo estresse (muita coisa para fazer, pouca gente naquela manhã para ajudá-la) e esfregou as têmporas como se quisesse afugentar a dor antes que ela tivesse tempo de realmente se instalar.

Quando estava saindo, parou de repente e olhou um instante para o homem na outra cama. Havia algo de diferente? Como se ele tivesse mudado de posição? Claro que não.

Allison saiu do quarto e desceu o corredor empurrando o carrinho com as bandejas. A manhã estava sendo terrível, como ela achara que de fato ia ser, com tudo fora dos eixos. Ao meio-dia, sentia como se um martelo batesse em sua cabeça. Era bem compreensível que tivesse esquecido qualquer coisa que pudesse ter acontecido no quarto 619.

Nos dias que se seguiram, ela se deu conta de que estava olhando para o paciente Smith com frequência cada vez maior. Em março, já estava quase certa de que ele havia se mexido um pouco — saíra um pouco do que os médicos chamavam de posição pré-fetal. Não muito... só um pouco. Pensou em comentar isso com alguém, o que acabou não fazendo. Afinal, era apenas uma auxiliar de enfermagem, pouco mais que uma ajudante de cozinha.

Aquilo realmente não lhe dizia respeito.

2

Era um sonho, ele achava.

Estava em um lugar escuro, sombrio — uma espécie de corredor. Não dava para ver o teto, que era alto demais e perdia-se nas sombras. As paredes eram de aço escuro cromado e se alargavam à medida que subiam. Estava sozinho, mas uma voz flutuava até ele, como se viesse de uma longa distância. Uma voz que ele conhecia, palavras que tinham sido faladas para ele em outro lugar, em outra época. A voz o assustava. Era sem nitidez e entrecortada por gemidos, ecoando por entre aquele aço escuro cromado como um pássaro que, quando menino, vira encurralado. O pássaro tinha voado para a garagem do pai e não conseguira sair. Entrando em pânico, começou a se jogar de um lado para o outro, piando em um sobressalto desesperado, atirando-se contra as paredes até conseguir se ferir mortalmente. A voz tinha a mesma natureza destrutiva do piado do pássaro de tanto tempo atrás. Aquela voz jamais conseguiria escapar daquele lugar.

— Você planeja toda a sua vida e faz o que pode — gemeu a voz espectral. — Você sempre dá o seu melhor, e aí o garoto vem para casa com o cabelo comprido até o rabo dizendo que o presidente dos Estados Unidos é um porco. Um porco! Merda, eu não...

Cuidado!, ele queria dizer. Queria avisar, mas estava mudo. Cuidado com o quê? Não sabia. Nem mesmo sabia muito bem quem era, embora desconfiasse de que já tinha sido professor ou padre.

— *Jesus!* — gritou a voz distante. A voz perdida, condenada, abafada. — *Jeeeee*...

Silêncio. Ecos se esvaindo. Depois, pouco tempo depois, começaria tudo de novo.

Então, após algum tempo (não sabia quanto, o tempo parecia não ter significado nem importância naquele lugar), ele começou a tatear para abrir caminho pelo corredor, gritando em busca da voz (ou possivelmente gritando apenas na própria mente), talvez esperando que ele e o dono da voz pudessem encontrar uma saída juntos, talvez esperando dar algum consolo e receber algum em troca.

Mas a voz continuava se afastando cada vez mais, ficando mais fraca e abafada (longínqua e rala) até se transformar apenas no eco de um eco. E de repente sumiu. Agora ele estava sozinho, andando por aquele deserto e sinistro corredor de sombras. E começou a lhe parecer que aquilo não era ilusão, miragem ou sonho — pelo menos não do tipo comum. Era como se tivesse entrado em um limbo, em um estranho duto que conectava a terra dos vivos à dos mortos. Mas para qual direção caminhava?

Coisas estranhas começaram a voltar. Coisas perturbadoras. Eram como fantasmas que se juntavam à sua caminhada e o cercavam de todos os lados. Acabaram de fato por rodeá-lo em um anel feérico — por três vezes formaram um círculo em volta dele e tocaram seus olhos com uma veneração sagrada. Foi assim mesmo que aconteceu? Quase podia vê-los. Todas aquelas vozes murmurantes do purgatório. Havia uma roda girando e girando na noite, uma Roda do Futuro, vermelha e preta, vida e morte, parando. Onde foi sua aposta? Não conseguia lembrar, mas precisava lembrar, pois afinal as apostas eram sua existência. Dentro ou fora? Tinha que ser um ou outro. Sua garota não estava bem. Tinha que levá-la para casa.

Após algum tempo, o corredor começou a parecer mais iluminado. A princípio ele achou que fosse sua imaginação, uma espécie de sonho dentro do sonho, se isso fosse possível, mas após um período desconhecido a luz se tornou evidente demais para ser ilusão. Toda a experiência do corredor pareceu perder um pouco daquela natureza de sonho. As paredes recuaram até ele mal conseguir enxergá-las, e a vaga cor escura se firmou em um cinza triste e enevoado. Era a cor do crepúsculo em uma tarde encoberta e quente de março. Começou a achar que já não estava realmente em um corredor, mas em um quarto — *quase* um quarto. Estava separado dele pela mais fina das membranas, uma espécie de bolsa placentária, como um bebê esperando para nascer. Agora ouvia outras vozes, não ecoando, mas surdas e secas, como vozes de deuses anônimos falando em línguas mortas. Pouco a pouco aquelas vozes foram ficando mais claras, até que ele quase foi capaz de compreender o que estavam dizendo.

Começou a abrir os olhos de vez em quando (ou achou que estava abrindo) e acabou realmente vendo os donos daquelas vozes: eram formas brilhantes, fulgurantes, espectrais. Pareciam não ter rosto; às vezes se moviam pelo quarto, às vezes se curvavam sobre ele. Não lhe ocorreu tentar falar com eles, pelo menos não de imediato. Achou que aquilo podia ser algum tipo de vida após a morte e que aquelas formas brilhantes podiam ser anjos.

Assim como as vozes, as faces também começaram a ficar mais nítidas com o tempo. Uma vez ele viu sua mãe se aproximando de seu campo de visão e clamando lentamente diante de seu rosto alguma coisa totalmente sem significado. Outra vez, fora seu pai quem estivera lá. E também viu Dave Pelsen, do colégio. Chegou a reconhecer também uma enfermeira; achava que seu nome era Mary ou talvez Marie. Faces e vozes iam chegando mais perto, se agrupando.

Algo mais se insinuou diante dele: a sensação de que *ele estava diferente*. Não gostava dessa sensação. Desconfiava dela. Achava que, não importava qual fosse a mudança, não era nada boa. Tinha a impressão de que aquilo só ia resultar em sofrimento e momentos ruins. Mergulhara com tudo na escuridão e agora tinha a impressão de estar saindo dela sem absolutamente nada — exceto aquela sensação secreta de estranheza.

O sonho estava acabando. O que quer que tivesse sido, o sonho estava no fim. O quarto agora era muito real, estava muito *próximo*. As vozes, os rostos...

Ia entrar no quarto. E de repente achou que tinha vontade de se virar e correr — voltar para sempre àquele corredor escuro. O corredor escuro não era uma coisa boa, mas era melhor que aquela nova sensação de tristeza e perda iminente.

Virou-se, olhou para trás e, sim, estava lá: o lugar onde as paredes do quarto se alteravam para um cromado escuro. Era um canto ao lado de uma das cadeiras onde, sem que as pessoas brilhantes que iam e vinham percebessem, o quarto se abria em uma passagem para o que ele suspeitava ser a eternidade. O lugar para onde a outra voz se fora, a voz do...

Do taxista.

Sim. A memória agora estava toda lá. A corrida de táxi, o motorista lamentando os cabelos compridos do filho, lamentando o fato de o garoto achar que Nixon era um porco. Então os faróis bateram no corredor, um par de faróis de cada lado da linha branca. A batida. Nenhuma dor, mas a consciência de que suas coxas tinham batido no taxímetro com força suficiente para arrancar o aparelho do suporte. Houve uma sensação de umidade fria, depois o corredor escuro e agora isto.

Escolha, sussurrou alguma coisa dentro dele. *Escolha ou eles vão escolher por você, vão arrancá-lo daqui, não importa o que seja ou onde fique. Vão ser como médicos puxando um bebê do útero da mãe em uma cesariana.*

E então a face de Sarah surgiu — Sarah devia estar em algum lugar lá fora, embora a face dela não tivesse sido uma daquelas brilhantes que se curvaram sobre ele. Sarah devia estar lá fora, preocupada e assustada. Agora ela era quase dele. Johnny sentia isso. Ia pedi-la em casamento.

Aquela sensação de mal-estar voltou, mais forte que nunca, e desta vez estava toda mesclada a Sarah. O desejo de estar com ela falou mais alto e ele tomou uma decisão. Deu as costas para o lugar sombrio e, depois, quando virou a cabeça e olhou por cima do ombro, o lugar tinha desaparecido. Não havia mais nada ao lado da cadeira além da lisa parede branca do quarto. Não muito tempo depois, começou a perceber onde o quarto devia ficar — era um quarto de hospital, claro. O corredor escuro se reduziu a uma memória de sonho, nunca inteiramente esquecida. Mais importante, no entanto, mais imediato era o fato de ter descoberto que era John Smith, que tinha uma namorada chamada Sarah Bracknell e que sofrera um terrível acidente de carro. Desconfiava que devia se sentir muito feliz por ainda estar vivo e torcia para que todas as suas peças originais continuassem dentro dele e ainda funcionassem. Talvez estivesse no Cleaves Mills Community Hospital, mas achava mais provável que estivesse no hospital do Maine. Pelo modo como se sentia, acreditava que já estivesse há algum tempo lá — talvez tivesse ficado inconsciente por uma semana ou até dez dias. Estava na hora de sair dessa.

Hora de sair dessa. Era o pensamento na mente de Johnny quando todas as peças finalmente voltaram a se juntar e ele abriu os olhos.

Era 17 de maio de 1975. O sr. Starret havia voltado para casa há bastante tempo, com ordens expressas de caminhar três quilômetros por dia e alterar seu consumo de alimentos ricos em colesterol. Do outro lado do quarto havia um homem de idade, empenhado em um fatigante décimo quinto round contra um imbatível carcinoma. Dormia o sono da morfina, e além dele não havia mais ninguém no quarto. Eram 15h30. A tela da TV era um vidro verde apagado.

— Aqui estou eu — resmungou Johnny Smith para absolutamente ninguém. Estava chocado com a fraqueza de sua voz. Não havia calendário no quarto e ele não tinha meios de saber que ficara em coma por quatro anos e meio.

3

A enfermeira entrou uns quarenta minutos mais tarde. Aproximou-se do senhor que estava no outro leito, trocou sua alimentação intravenosa, foi até o banheiro e saiu de lá com um jarro de plástico azul. Regou as flores do homem. Havia uns seis buquês e uns vinte cartões desejando melhoras abertos na mesa de cabeceira e no peitoril da janela. Johnny observou-a executando aquela tarefa habitual e não teve nenhum ímpeto de testar sua voz outra vez.

Ela guardou o jarro e se aproximou da cama de Johnny. *Vai virar meus travesseiros*, ele pensou. Seus olhos se encontraram brevemente com os dela, mas nada se alterou na expressão da moça. *Ela não sabe que estou acordado. Não é a primeira vez que meus olhos se abrem. Isso não significa nada para ela.*

A enfermeira pôs a mão atrás do pescoço dele. Suas mãos eram frescas, confortadoras, e Johnny ficou sabendo que ela era mãe de três filhos e que o mais novo tinha perdido a maior parte da visão em um dos olhos no último Quatro de Julho. Um acidente com fogos de artifício. O nome do garoto era Mark.

Ela levantou a cabeça dele, puxou bruscamente seu travesseiro e o colocou de novo pelo outro lado. Começou a se afastar, ajeitando o uniforme de nylon na cintura, e então virou para trás, confusa. Talvez percebendo com certo atraso que havia alguma coisa nova nos olhos dele. Algo que antes não estava lá.

Olhou para ele com ar pensativo e começou de novo a se virar, quando escutou:

— Oi, Marie.

Ela ficou paralisada, e Johnny ouviu um estalo de marfim quando os dentes se conectaram súbita e bruscamente. A mão dela fez pressão contra o peito, logo acima da curva dos seios. Havia um pequeno crucifixo dourado pendurado ali.

— Ah, meu Deus — disse ela. — Você está acordado! *Achei* mesmo que seu olhar estava diferente. Como sabe meu nome?

— Devo ter ouvido. — Era difícil falar, terrivelmente difícil. A língua parecia morta, aparentemente não lubrificada pela saliva.

Ela assentiu.

— Você deve ter melhorado sem ninguém se dar conta. Vou descer até a sala das enfermeiras e fazer contato com o dr. Brown ou o dr. Weizak. Eles vão gostar muito de saber que você voltou. — Mas ela se demorou mais um pouco a contemplá-lo. Um franco fascínio que o deixou pouco à vontade.

— Será que ganhei um terceiro olho? — perguntou ele.

— Não... é claro que não. — Ela deixou escapar um riso nervoso. — Me desculpe.

O olho de Johnny percorreu o parapeito de sua janela e a mesa de cabeceira ao lado da parede. Nela havia uma violeta-africana murcha e uma gravura de Jesus Cristo — o tipo de gravura de que a mãe gostava, com Cristo parecendo à beira de rebater uma bola dos Yankees ou de praticar alguma outra coisa de natureza igualmente atlética. Mas a gravura estava... amarelada. *Amarelada e começando a se dobrar nas pontas.* De repente o medo o cobriu como uma colcha sufocante.

— Enfermeira! — chamou ele. — Enfermeira!

A moça se virou na porta.

— Onde estão os cartões dos meus amigos? — De repente Johnny sentiu dificuldade de respirar. — Esse cara aí do lado tem... Ninguém me mandou um cartão?

Ela sorriu, mas foi um sorriso forçado. Era o sorriso de alguém que escondia alguma coisa. De repente Johnny quis que ela se aproximasse dele. Queria estender o braço para tocá-la. Se tocasse nela, saberia o que estava escondendo.

— Vou entrar em contato com o médico — disse ela, e saiu antes que Johnny pudesse fazer mais alguma pergunta. Desconcertado e assustado, ele olhou para a violeta-africana e para a velha gravura de Jesus. Pouco depois, voltou a dormir.

4

— *Estava* acordado — afirmou Marie Michaud. — E foi absolutamente coerente.

— Tudo bem — respondeu o dr. Brown. — Não estou duvidando de você. Se ele já acordou uma vez, vai acordar de novo. Provavelmente. É só uma questão de...

Johnny gemeu. Seus olhos se abriram. Estavam vidrados, meio revirados. Então pareceram enxergar Marie e entraram em foco. Ele sorriu brevemente. Mas o rosto continuava meio inerte, como se apenas os olhos estivessem despertos e o resto do corpo ainda dormisse. Marie teve a súbita impressão de que Johnny não estava olhando para seu rosto, mas para *dentro* dela.

— Acho que ele vai ficar bem — disse Johnny. — Depois que limparem a córnea que sofreu o impacto, o olho vai ficar como novo. É isso.

Marie deu uma nítida arfada, e Brown se virou um instante para ela.

— O que houve?

— Está falando do meu filho — sussurrou ela. — Do meu Mark.

— Não — disse Brown. — Está falando enquanto dorme, só isso. Não crie uma imagem a partir de um borrão de tinta, enfermeira.

— Sim. Tudo bem. Mas ele não está dormindo agora, está?

— Marie? — perguntou Johnny e tentou sorrir. — Cochilei, não foi?

— Sim — respondeu Brown. — Falou dormindo. Deu um susto em Marie. Estava sonhando?

— Não... não que eu me lembre. O que eu falei? E quem é o senhor?

— Sou o dr. James Brown. Como aquele cantor de soul. Mas sou neurologista. Você falou: "Acho que ele vai ficar bem depois que limparem a córnea que sofreu o impacto". Acho que foi isso, não foi, enfermeira?

— Meu filho vai fazer essa cirurgia — disse Marie. — Meu filho Mark.

— Não me lembro de nada — disse Johnny. — Acho que falei dormindo. — Ele olhou para Brown. Os olhos, agora, estavam nítidos e bem assustados. — Não consigo levantar os braços. Estou tetraplégico?

— Negativo. Tente mexer os dedos.

Johnny obedeceu. Todos se moveram. Ele sorriu.

— Excelente — disse Brown. — Me diga o seu nome.

— John Smith.

— Bom, e o nome do meio?

— Não tenho.

— Ótimo, quem precisa de dois nomes? Enfermeira, vá até a sala de enfermagem e descubra quem estará na neurologia amanhã. Eu gostaria de dar início a uma série de testes com o sr. Smith.

— Sim, doutor.

— E pode dar uma ligada para Sam Weizak? Vai encontrá-lo em casa ou no campo de golfe.

— Sim, doutor.

— E nada de repórteres, por favor... por tudo que há de mais sagrado! — Brown sorria, mas falava sério.

— Não, claro que não. — Ela saiu, os sapatos brancos rangendo um pouco. *Seu menininho vai ficar bom*, Johnny pensou. Sem dúvida devia dizer isso a ela.

— Dr. Brown — chamou ele —, onde estão os cartões dos meus conhecidos? Será que ninguém me mandou um cartão?

— Só mais algumas perguntas — começou brandamente o dr. Brown. — Consegue se lembrar do nome de sua mãe?

— Claro que sim. Vera.

— E o sobrenome de solteira?

— Nason.

— O nome de seu pai?

— Herbert. Herb. E por que disse a ela que não queria repórteres?

— Seu endereço de correspondência?

— RFD número 1, Pownal — respondeu Johnny prontamente e então parou. Uma cômica expressão de surpresa brotou em seu rosto. — Quero dizer... bem, agora moro em Cleaves Mills, North Main Street, número 110. Por que será que dei o endereço dos meus pais? Só morei com eles até os dezoito anos.

— E quantos anos você tem agora?

— Dê uma olhada na minha carteira de motorista! — disse Johnny. — Quero saber por que não tenho nenhum cartão. E há quanto tempo estou no hospital! E que hospital é este?

— É o Eastern Maine Medical Center. E vamos responder a todas as outras perguntas que tiver se me disser...

Brown estava sentado junto da cama, em uma cadeira que havia puxado do canto do quarto — o mesmo canto em que John tinha visto a passagem que levava para longe dali. Fazia anotações em uma prancheta com um tipo de caneta que Johnny achou que jamais tinha visto. Era uma grossa haste de plástico azul com uma ponta fibrosa. Parecia um estranho rebento híbrido de caneta-tinteiro com esferográfica.

Bastou olhar para a caneta para que aquele medo estranho voltasse e, em um gesto impensado, Johnny agarrou a mão esquerda do dr. Brown. O braço se moveu com estalos, como se tivesse uma carga invisível de trinta quilos amarrada a ele — alguns quilos embaixo do cotovelo e alguns acima. Conseguiu alcançar a mão do médico com um aperto leve e então puxá-la. A caneta engraçada deixou uma grossa linha azul no papel.

Brown olhou para ele, a princípio apenas curioso. Então sua face perdeu toda a cor. A expressão de óbvio interesse saiu de seus olhos e foi substituída por um turvo olhar de medo. Ele de repente afastou a mão — Johnny não teve força para segurá-la —, e por um instante uma expressão de repugnância cruzou o rosto do médico, como se ele tivesse sido tocado por um leproso.

Então a impressão passou, e o dr. Brown só pareceu surpreso, desconcertado.

— Por que fez isso? Sr. Smith...

Sua voz fraquejou. A face de Johnny tinha paralisado em uma expressão de compreensão. Os olhos eram os de alguém que tinha acabado de ver algo terrível se movendo, se esgueirando nas sombras, algo terrível demais para ser descrito ou sequer nomeado.

Mas era um fato. Tinha que ser dito.

— Cinquenta e cinco *meses*? — perguntou Johnny com uma voz rouca. — Quase cinco *anos*? Não. Ah, meu Deus, *não*.

— Sr. Smith — começou Brown, agora completamente atordoado. — Por favor, não é bom para o senhor ficar nervoso...

Johnny ergueu o tronco talvez uns sete centímetros da cama e depois se deixou cair, o rosto brilhante de suor. Os olhos se mexiam exasperados nas órbitas.

— Estou com vinte e sete anos? — murmurou ele. — Vinte e *sete*? Ah, meu *Jesus*.

Brown engoliu em seco e ouviu um nítido estalo. Quando Smith agarrou sua mão, ele experimentou uma inesperada onda de sensações ruins, infantis na sua intensidade. Cruas imagens de repugnância lhe ocorreram. Lembrou-se de um piquenique no interior quando tinha sete ou oito anos. Estava sentado e pôs a mão em alguma coisa quente e viscosa. Quando virou a cabeça, viu que estava com a mão nos restos cheios de vermes de uma marmota que passara todo aquele agosto quente caída sob uma moita de louro. Deu um grito, e agora também sentia certa vontade de gritar — uma vontade que foi enfraquecendo, se dissipando, até ser substituída por uma interrogação: *Como ele soube? Me tocou e ficou sabendo.*

Vinte anos de educação formal então se fizeram enfaticamente valer dentro dele, e o dr. Brown afastou a questão de sua mente. Havia um sem-número de casos de pacientes comatosos que despertavam com um conhecimento nebuloso sobre muitas coisas que haviam acontecido ao seu redor enquanto estavam em coma. Como qualquer outra coisa, o coma era uma questão de grau. Johnny Smith jamais chegara a ser um vegetal; seu eletroencefalograma jamais ficara totalmente plano. Se isso tivesse acontecido, Brown não estaria conversando com ele naquele momento. Às vezes estar em coma era quase como estar atrás de um vidro: para o olho que contemplava, o paciente parecia completamente paralisado, mas os sentidos do comatoso podiam perfeitamente continuar funcionando de uma forma reduzida, em uma intensidade baixa. E esse, claro, era o caso ali.

Marie Michaud estava de volta.

— Confirmei com a neurologia e o dr. Weizak está a caminho.

— Acho que o Sam terá de esperar até amanhã para se encontrar com o sr. Smith — disse Brown. — Quero que ele tome cinco miligramas de Valium.

— Não quero um sedativo — protestou Johnny. — Quero *sair* daqui. Quero saber o que aconteceu!

— Saberá de tudo a seu tempo. Por enquanto o importante é que descanse.

— Estou descansando há quatro anos e meio!

— Então mais doze horas não vão fazer muita diferença — respondeu Brown implacavelmente.

Em poucos instantes a enfermeira já esfregava um algodão com álcool no alto do braço de Johnny e aplicava a injeção. Johnny começou a se sentir sonolento quase de imediato. Brown e a enfermeira começaram a parecer ter mais de três metros de altura.

— Me respondam pelo menos uma coisa — disse Johnny. A voz parecia estar vindo de longe, de muito longe. De repente a pergunta era extremamente importante. — Essa caneta. Como chamam essa caneta?

— Isto aqui? — Brown estendeu a caneta de sua impressionante altitude. Haste de plástico azul, ponta fibrosa. — Chama-se hidrográfica. Agora durma, sr. Smith.

E Johnny dormiu, mas a palavra o acompanhou até o fundo do sono como uma fórmula mística, repleta de algum estúpido significado: *Hidrográfica... Hidrográfica... Hidrográfica...*

5

Herb pousou o telefone no gancho e ficou olhando para o aparelho. Ficou um bom tempo olhando para ele. Do outro cômodo vinha o som da TV, com o volume quase no máximo. Oral Roberts falava sobre futebol e o poder de cura do amor de Jesus — havia alguma conexão entre os dois assuntos, mas Herb a perdeu por causa do telefonema. A voz de Oral crescia e ecoava. Em pouco tempo, o show acabaria e Oral daria sua mensagem final, confidenciando à sua audiência que alguma coisa *boa* aconteceria *com ela*. Parecia que Oral tinha razão.

Meu garoto, Herb pensou. Enquanto Vera tinha rezado por um milagre, Herb tinha rezado para seu filho morrer. E a prece de Vera que fora atendida. O que isso significava e aonde ia levar? E como Vera lidaria com isso?

Ele se dirigiu à sala. Vera estava sentada no sofá. Usava um velho roupão cinza. Encaixados em elásticas pantufas cor-de-rosa, seus pés repousavam em cima de um almofadão enquanto ela comia pipoca. Desde o acidente de Johnny, engordara quase vinte quilos, e a pressão havia disparado. O médico queria que tomasse alguns medicamentos, mas Vera se recusava — era a vontade do Senhor que tivesse pressão alta, dizia ela, então que assim fosse. Herb um dia salientou que a vontade do Senhor nunca a impedira de tomar Bufferin quando tinha dor de cabeça. Vera respondeu com seu mais doce sorriso de sofredora experiente e sua arma mais poderosa: o silêncio.

— Quem era no telefone? — perguntou ela sem tirar os olhos da TV. O braço de Oral acomodava um famoso zagueiro da Liga Nacional de Futebol Americano. Falava a uma multidão silenciosa. O zagueiro sorria humildemente.

— ... e todos vocês ouviram o que este atleta excepcional contou nesta noite, viram como ele prejudicava seu corpo, seu Templo de Deus. E vocês ouviram...

Herbert desligou a TV.

— Herbert *Smith*! — Ela quase derramou a vasilha de pipoca ao se sentar. — Eu estava assistindo! Era...

— Johnny acordou.

— ... Oral Roberts e...

As palavras silenciaram Vera. Ela pareceu se contrair na cadeira, como se alguém a tivesse agredido. Herb se virou para trás, incapaz de dizer qualquer outra coisa, querendo se sentir alegre, mas parecendo assustado. Muito assustado.

— Johnny... — Ela se interrompeu, engoliu em seco, depois tentou de novo. — Johnny... *Nosso* Johnny?

— Sim. Ele já conversou por quase quinze minutos com o dr. Brown. E pelo que disseram não foi... um falso despertar... como imaginaram na hora. Johnny está coerente. Pode se mover.

— *Johnny está acordado?*

Vera levou as mãos à boca. A vasilha, cheia pela metade, executou uma lenta arremetida de seu colo até o tapete, espalhando pipoca para todo lado. As mãos cobriram a metade mais baixa do rosto. Sobre elas, os olhos de Vera foram se arregalando cada vez mais. Por um instante terrível, Herb temeu que os olhos dela pudessem saltar e ficar balançando nos ligamentos dos nervos ópticos. Então eles se fecharam. Um miado fino saiu de trás das mãos dela.

— Vera? Tudo bem com você?

— Ah, meu Deus, eu Te agradeço porque curaste o Johnny que me deste, eu sei que Tu o farias pelo meu Johnny, ah, Deus amado, Te darei graças a cada dia da minha vida pelo meu Johnny, *Johnny, johnny*... — Sua voz se elevava, se transformava em um grito histérico, triunfante. Herb deu um passo à frente, agarrou as golas de seu roupão e sacudiu a esposa. De repente, o tempo, dobrando-se sobre si mesmo como um tecido estranho, parecia ter regredido... Era como se tivessem voltado à noite em que a notícia do acidente chegara até eles, naquele mesmo telefone, naquele mesmo cantinho.

Mesmo cantinho e mesmo telefone, Herb Smith pensou sem muita lógica.

— Ah, meu precioso Deus, meu Jesus, ah, meu Johnny, era desse milagre que eu falava, o *milagre*...

— *Pare com isso, Vera!*

Os olhos dela estavam dilatados, enevoados, histéricos.

— Não gostou da notícia de que ele acordou? Após todos estes anos fazendo pouco de mim? Dizendo às pessoas que eu estava maluca?

— Vera, eu nunca disse a ninguém que você estava maluca.

— *Dizia com o olhar!* — gritou ela. — Mas meu Deus não ficou intimidado. Ficou, Herbert? *Ficou?*

— Não — respondeu ele. — Acho que não.

— Eu falei. Falei que Deus tinha um plano para o meu Johnny! Agora você vê a mão dele começando a trabalhar. — Ela se levantou. — Preciso ir para perto do meu filho. Tenho que contar a ele. — Ela correu para a saleta onde seu casaco ficava pendurado, aparentemente sem se dar conta de que estava de camisola e roupão. O rosto parecia atordoado de êxtase. De um modo bizarro e quase blasfemo, Herb se lembrou da aparência de Vera no dia do casamento dos dois. As pantufas cor-de-rosa esmagavam pipocas no tapete.

— Vera.

— Tenho que dizer a ele que o plano de Deus...

— Vera!

Ela se virou, mas os olhos estavam longe, com seu Johnny.

Herb se aproximou e pôs as mãos em seus ombros.

— Diga a ele que o ama... que rezou... torceu por ele... que fez vigília. Quem teria mais direito? Você é a mãe dele. Sofreu por ele. E eu não vi como sofreu pelo Johnny nos últimos cinco anos? Eu não lamento por ele estar entre nós novamente, é injusto você achar isso de mim. Acho que encaro as coisas de um modo um pouco diferente de você, mas não lamento. Também sofri por ele.

— Sofreu mesmo? — Vera tinha o olhar fixo, orgulhoso, perplexo.

— Sim. E vou dizer mais uma coisa, Vera. Vai manter sua matraca fechada sobre Deus, milagres e grandes planos até Johnny estar de pé e ser capaz de...

— Vou dizer o que tiver que dizer.

— ... até ele ser capaz de pensar no que está acontecendo. O que estou dizendo é que vai dar uma chance ao nosso filho de tirar algumas conclusões por si mesmo antes de começar com essa história para cima dele.

— Você não tem o direito de falar comigo assim! Absolutamente nenhum direito!

— Estou exercendo meu direito como pai do Johnny — disse ele em um tom severo. — Talvez pela última vez em minha vida. E é melhor você não se colocar no meu caminho, Vera. Está compreendendo? Nem você, nem Deus, nem a sagrada cruz de Jesus. Entendeu o que eu disse?

Ela o encarou sombriamente e não respondeu.

— Já vai ser muito difícil para ele conviver com a ideia de que ficou quatro anos e meio apagado como uma lâmpada. Não sabemos se vai conseguir andar de novo, apesar do tratamento que vai fazer. Sabemos que os ligamentos terão de ser operados, pelo menos para aumentar a chance de voltar a andar. Foi Weizak quem disse. Provavelmente ele fará mais de uma cirurgia, e mais terapia. Boa parte disso tudo vai afetá-lo muito. Por isso amanhã você será apenas mãe dele.

— Não se atreva a falar comigo desse jeito! *Não se atreva!*

— Se começar a dar sermões, Vera, vou arrastá-la do quarto de Johnny pelos cabelos!

Ela arregalou os olhos, trêmula, o rosto pálido. Exaltação e fúria guerreavam naquele olhar.

— Vá se arrumar — ordenou Herb. — Temos que ir.

A viagem até Bangor foi longa e silenciosa. A felicidade que deviam compartilhar estava ausente; só havia sobrado o ardor exaltado e militante de Vera. Ela se mantinha muito aprumada no banco do passageiro, com a Bíblia no colo, aberta no salmo 23.

6

Às 9h15 da manhã seguinte, Marie entrou no quarto de Johnny e disse:

— Seus pais estão aqui, se quiser falar com eles.

— Sim, eu quero. — Ele se sentia muito melhor naquela manhã, mais forte e menos desorientado. Mas a ideia de se encontrar com os pais o assustava um pouco. De acordo com sua lembrança consciente, eles tinham se visto pela última vez há cerca de cinco meses. O pai estava trabalhando na fundação de uma casa que, provavelmente, já estava de pé há pelo menos três anos. A mãe havia lhe preparado arroz de forno e torta de maçã para sobremesa e tagarelado sobre como ele estava ficando magro.

Johnny pegou de leve a mão de Marie quando ela se virou para ir embora.

— Está tudo bem com eles? Quero dizer...
— Parecem bem.
— Ah, Deus.
— Mas agora só vai poder ficar com eles por meia hora. Poderá vê-los por mais tempo no final da tarde, se as leituras das atividades neurológicas não mostrarem que está muito tenso.
— Ordens do dr. Brown?
— E do dr. Weizak.
— Tudo bem. Por enquanto. Não sei muito bem quanto tempo quero ser picado e sondado.

Marie hesitou.
— Mais alguma ordem? — perguntou Johnny.
— Não... agora não. Você deve estar ansioso para ver sua família. Vou mandá-los entrar.

Ele esperou, nervoso. A outra cama estava vazia; o paciente com câncer fora removido enquanto Johnny estava apagado com a dose de Valium.

A porta se abriu. A mãe e o pai entraram. Johnny se sentiu ao mesmo tempo chocado e aliviado: chocado porque eles *tinham* envelhecido; aliviado porque as mudanças que havia neles ainda não pareciam letais. E talvez ele mesmo tivesse sofrido mudanças bem parecidas.

Mas algo em Johnny se alterara, drasticamente — e isso *podia* ser letal.

Foi apenas o que ele teve tempo de pensar antes que os braços da mãe o rodeassem e suas narinas fossem invadidas pelo aroma de violeta. Ela sussurrou:

— Graças a Deus, Johnny, graças a Deus, graças a Deus que despertou!

Ele a abraçou o melhor que pôde (os braços, ainda sem força para apertar, caíram rapidamente). De repente, em seis segundos, Johnny soube como estava sendo a vida dela, o que estava pensando e o que lhe aconteceria. Então a sensação desapareceu, se dissipando como aquele sonho do corredor escuro. Mas quando a mãe terminou de abraçá-lo e o encarou, a expressão de fervorosa alegria fora substituída por um olhar de pensativa consideração.

As palavras pareceram sair dele por vontade própria:

— Deixe que lhe deem os remédios, mamãe. É melhor.

Os olhos de Vera se arregalaram, ela umedeceu os lábios — e então Herb estava ao lado dele, os olhos cheios de lágrimas. Emagrecera um pouco — não tanto quanto Vera havia engordado, mas parecia nitidamente mais magro. O cabelo estava caindo depressa, mas a expressão era a mesma, caseira, comum e amorosa. Tirou um lenço enorme e colorido do bolso de trás da calça e enxugou os olhos. Depois estendeu a mão.

— Oi, filho — disse. — Que bom ter você de volta.

Johnny apertou a mão do pai o melhor que pôde; os dedos pálidos e sem energia foram engolidos pela mão vermelha de Herb. Johnny olhou de um para o outro (a mãe vestida com um volumoso terninho com salpicos azuis, o pai em um humilde paletó xadrez muito miúdo, que podia muito bem ter pertencido a um vendedor de aspiradores de pó do Kansas) e caiu em prantos.

— Sinto muito — disse Johnny. — Sinto muito, é só que...

— Continue — falou Vera enquanto se sentava na cama ao lado dele. O rosto agora parecia calmo, firme. Havia nele mais mãe que loucura. — Continue chorando, às vezes isso é o melhor.

E Johnny continuou chorando.

7

Herb disse que a tia Germaine tinha morrido. Vera contou que o dinheiro para o Centro Comunitário de Pownal fora finalmente levantado e que a construção começara há um mês, assim que parou de nevar. Herb acrescentou que havia feito uma proposta para a obra, mas achava que o trabalho honesto custava caro demais para que eles quisessem pagar.

— Ah, pare, você simplesmente perdeu! — exclamou Vera.

Houve um breve silêncio, e então Vera falou de novo.

— Espero que perceba que sua recuperação é um milagre de Deus, Johnny. Os médicos tinham desistido. Em Mateus, capítulo 9, está escrito...

— Vera — interrompeu Herb, em um tom de advertência.
— É claro que foi um milagre, mamãe. Eu sei disso.
— Você... você sabe?
— Sim. E vou querer conversar com você sobre o assunto... ouvir suas ideias sobre o que isso significa... assim que puder me levantar desta cama.

Ela o encarou, boquiaberta. Johnny desviou os olhos da mãe e cruzou de relance com o olhar do pai, vendo nele um grande alívio. Herb balançava imperceptivelmente a cabeça.

— Uma conversão! — exclamou Vera em voz alta. — Meu garoto foi convertido! Ah, Deus seja louvado!

— Vera, quieta — disse Herb. — É melhor agradecer a Deus em um tom mais baixo quando estiver no hospital.

— Não sei como alguém pode deixar de ver um milagre nisso, mãe. Vamos conversar bastante sobre o assunto. Assim que eu sair daqui.

— Vai voltar para casa — disse ela. — Voltar para a casa onde foi criado. Vou cuidar de você para que recupere a saúde e rezaremos em busca de proteção.

Johnny sorria para ela, mas era difícil.

— Pode apostar que sim. Mãe, pode dar uma descida até a sala das enfermeiras e perguntar a Marie se não posso tomar um suco? Ou quem sabe um refrigerante? Acho que depois de tantos anos sem falar, minha garganta...

— Claro que sim. — Ela o beijou no rosto e se levantou. — Ah, está tão magro! Mas vou dar um jeito nisso quando voltarmos para casa. — Vera deixou o quarto, disparando um olhar vitorioso na direção do marido. Os dois ouviram seus sapatos descendo o corredor.

— Há quanto tempo ela está desse jeito? — perguntou Johnny em voz baixa.

Herb balançou a cabeça.

— Foi evoluindo aos poucos desde seu acidente. Mas começou muito antes disso. Você sabe. Você lembra.

— Ela está...

— Não sei. Há gente no Sul que cria cobras e outras coisas estranhas. Eu os chamaria de loucos. E ela não chegou nesse ponto. Como está você, Johnny? De verdade.

— Não sei — disse Johnny. — Papai, onde está Sarah?

135

Herb se inclinou para a frente e entrelaçou as mãos entre os joelhos.

— Não queria dizer a você, John, mas...

— Está casada? Ela se *casou*?

Herb não respondeu. Sem olhar diretamente para Johnny, balançou a cabeça.

— Ah, Deus... — falou Johnny em um tom abafado. — Eu estava com medo disso.

— Há uns três anos ela é a sra. Hazlett. Ele é advogado. Tiveram um bebê, um menino. Filho... na realidade ninguém acreditava que você fosse sair do coma. Só sua mãe, claro. Nenhum de nós tinha qualquer *razão* para acreditar que você acordaria. — A voz de Herb estava trêmula, embargada de culpa. — Os médicos disseram... bem, não importa o que disseram. Até eu já tinha desistido de você. Acho terrível ter que admitir isso, mas é verdade. Só o que peço é que tente compreender a mim... e a Sarah.

Johnny tentou dizer que compreendia, mas tudo o que saiu da boca foi uma espécie de grasnido. Seu corpo parecia doente, velho, e ele começou a se afogar em uma sensação de perda. De repente o tempo perdido caía sobre ele como uma carga de tijolos — era algo real, não apenas uma noção vaga.

— Johnny, não fique deprimido. Há outras coisas. Coisas boas.

— Posso... demorar algum tempo para me acostumar — ele conseguiu dizer.

— Sim. Eu sei.

— Esteve com ela?

— De vez em quando nos correspondemos. Mantivemos contato após seu acidente. Ela é uma boa moça, realmente é. Continua dando aulas na Cleaves, mas acho que vai parar de lecionar em junho. Ela está feliz, John.

— Bom — disse ele com voz embargada. — Pelo menos alguém está feliz.

— Filho...

— Espero que não estejam trocando segredos. — Vera entrou no quarto falando em um tom animado. Uma das mãos segurava uma jarra embaçada pelo frio da geladeira. — Disseram que você ainda não está pronto para um suco de fruta, Johnny. Então eu trouxe um refrigerante.

— Está ótimo, mãe.

Ela olhou de Herb para Johnny e depois de novo para Herb.

— Estavam *mesmo* trocando segredos? Por que essas caras amarradas?

— Eu só estava dizendo a Johnny que ele vai precisar de muita força de vontade se quiser sair daqui — disse Herb. — Muita terapia.

— Mas por que precisamos falar nisso agora? — Ela pôs o refrigerante no copo de Johnny. — Tudo vai ficar bem. Vocês vão ver.

Enfiou um canudo no copo e o entregou ao filho.

— Agora beba tudo — disse ela, sorrindo. — É bom para você.

Johnny realmente bebeu tudo. Tinha um sabor amargo.

form
7

1

— Feche os olhos — disse o dr. Weizak.

Era um homem pequeno, gorducho, com uma cabeleira incrivelmente bem penteada e costeletas compridas. Johnny não conseguia tirar os olhos daquele cabelo. No começo dos anos 1970, um homem com um penteado como aquele teria uma briga garantida em cada bar do leste do Maine. E, se fosse da idade de Weizak, seria considerado doido o suficiente para ser internado em um hospício.

Todo aquele cabelo. Putz.

Fechou os olhos. Sua cabeça estava coberta de eletrodos ligados a fios que alimentavam um aparelho de eletroencefalograma instalado em um console. O dr. Brown e uma enfermeira se mantinham ao lado do console, que vagarosamente imprimia uma larga folha de papel cheia de gráficos. Johnny preferia que a enfermeira fosse Marie Michaud. Estava um pouco assustado.

O dr. Weizak encostou em suas pálpebras e Johnny deu um pulo.

— Espere... Fique quieto, Johnny. Só faltam esses dois contatos. Só... e pronto.

— Tudo bem, doutor.

Um zumbido baixo.

— Tudo bem, Johnny. Está confortável?

— É como se eu tivesse moedinhas nas pálpebras.

— É? Logo vai se acostumar. Agora me deixe explicar este procedimento. Vou pedir que imagine algumas coisas. Terá cerca de dez segundos para cada uma e, no todo, são vinte coisas a serem visualizadas. Está compreendendo?

— Sim.

— Muito bem. Começamos, dr. Brown?

— Tudo pronto.

— Excelente. Johnny, quero que imagine uma mesa. Em cima da mesa há uma laranja.

Johnny pensou. Viu uma mesinha de jogo com pernas de ferro dobráveis. Em cima dela, um pouco fora do centro, havia uma grande laranja com a palavra SUNKIST estampada na casca.

— Bom — disse Weizak.

— Essa parafernalha pode ver minha laranja?

— Ahn... bem, pode, de um modo simbólico. A máquina está traçando suas ondas cerebrais. Estamos procurando bloqueios, Johnny. Áreas lesionadas. Possíveis indicações de pressão intracraniana. Agora peço que pare com as perguntas.

— Tudo bem.

— Por favor, visualize uma televisão. Está ligada, mas não está sintonizada em nenhuma estação.

Johnny viu a TV em seu apartamento — a TV que *havia* em seu apartamento. A tela era de um cinza polido com chuviscos brancos. Folhas de papel laminado estavam enroladas na ponta da antena interna para melhorar a recepção.

— Bom.

A série continuou. Logo Weizak chegou ao décimo primeiro item:

— Agora por favor imagine uma mesa de piquenique do lado esquerdo de um gramado verde.

Johnny pensou, e sua mente visualizou uma cadeira de jardim. Ele franziu a testa.

— Alguma coisa errada? — perguntou Weizak.

— Não, claro que não — disse Johnny, se concentrando mais. *Piqueniques. Salsichas, um braseiro de carvão... Associe, maldição, associe. Será que é tão difícil imaginar uma mesa de piquenique? Já viu mais de mil delas em sua vida; siga pelas associações.* Colheres e garfos descartáveis, pratos de papel, seu pai com chapéu de chef de cozinha segurando um garfo comprido e usando um avental com uma inscrição em letras tremidas: O COZINHEIRO PRECISA DE UMA BEBIDA. Seu pai fazendo hambúrgueres e todos indo se sentar em volta da...

Ah, pronto!

Johnny sorriu e de repente o sorriso se dissipou. Desta vez a imagem em sua mente foi a de uma rede de dormir.

— Merda!

— Nenhuma mesa de piquenique?

— Que coisa mais estranha. Não consigo realmente... pensar nela. Quero dizer, sei o que é, mas não consigo enxergá-la mentalmente. Isso é estranho ou muito estranho?

— Não faz mal. Tente outra: o globo terrestre em cima do capô de uma picape.

Essa era fácil.

No item 19, quando precisou imaginar um barco a remo embaixo de um sinal de trânsito (Johnny se questionou quem poderia pensar em uma coisa dessas), aconteceu de novo. Foi bastante incômodo. Viu uma bola de vôlei ao lado de um túmulo. Concentrou-se mais um pouco e viu um viaduto que passava por cima de uma estrada. Weizak o tranquilizou e pouco depois os fios foram removidos de sua cabeça e pálpebras.

— Por que não consegui visualizar aquelas coisas? — perguntou ele, os olhos se movendo de Weizak a Brown. — Qual é o problema?

— É difícil dizer com precisão — respondeu Brown. — Pode ser uma espécie de amnésia localizada. Também pode ser que o acidente tenha prejudicado uma pequena área de seu cérebro... E estou falando de uma área realmente microscópica. De fato não sabemos qual é o problema, mas está evidente que você perdeu alguns traços de memória. Por acaso constatamos duas situações. Você provavelmente vai se deparar com outras.

— Também sofreu um ferimento na cabeça quando era criança, certo? — falou Weizak abruptamente.

Johnny olhou para ele com um ar de espanto.

— Encontramos uma cicatriz antiga — prosseguiu Weizak. — Temos uma teoria, Johnny, respaldada por várias pesquisas estatísticas...

— Pesquisas que estão longe de alguma conclusão — interrompeu Brown em um tom quase pedante.

— É verdade. Mas essa teoria supõe que as pessoas com tendência a se recuperar de um longo estado de coma já sofreram algum tipo de lesão cerebral no passado... É como se o cérebro delas tivesse feito alguma adaptação como resultado do primeiro dano, uma adaptação que lhe permitiria sobreviver a um segundo.

— Não há nenhuma prova — insistiu Brown. Ele parecia achar que o tema não devia sequer ter sido levantado.

— A cicatriz está aí — disse Weizak. — Consegue se lembrar do que aconteceu, Johnny? Aposto que ficou algum tempo apagado. Caiu de alguma escada? Quem sabe uma queda de bicicleta? Pelo tempo da cicatriz, você era bem novinho.

Johnny refletiu com atenção, mas acabou balançando a cabeça em negativa.

— Já perguntou aos meus pais?

— Nenhum deles se lembra de você ter sofrido qualquer pancada na cabeça... Não se lembra de nada mesmo?

Por um momento, algo brotou — a lembrança de uma fumaça preta, engordurada, com cheiro de borracha. De frio. Então ela se dissipou. Johnny tornou a balançar negativamente a cabeça.

Weizak suspirou e deu de ombros.

— Deve estar cansado.

— Sim. Um pouco.

— São 11h15 — disse Brown sentado na beira da mesa de exames. — Você trabalhou duro esta manhã. O dr. Weizak e eu podemos responder a mais algumas perguntas, se você quiser. Depois queremos que suba para tirar um cochilo em seu quarto. Tudo bem?

— Tudo bem — disse Johnny. — As imagens que tiraram do meu cérebro...

— O CAT-scan — completou Weizak. — Tomografia computadorizada axial. — Weizak pegou uma caixinha de chicletes e jogou três na boca. — Na realidade, o CAT-scan é uma série de raios X do cérebro, Johnny. O computador realça as imagens e...

— O que elas disseram? Quanto tempo eu tenho?

— Que história é essa de "quanto tempo eu tenho"? — perguntou Brown. — Parece uma fala de filme antigo.

— Ouvi dizer que as pessoas que saem de comas longos não costumam durar muito — disse Johnny. — Têm uma recaída. É como uma lâmpada brilhando intensamente antes de queimar para sempre.

Weizak deu uma gargalhada. Um riso franco, barulhento, e foi de admirar que não tivesse se engasgado com os chicletes.

— Ah, que drama! — exclamou, pondo a mão no peito de Johnny. — Acha que eu e Jim somos crianças brincando no quintal? De jeito nenhum. Somos neurologistas de peso. Somos o que vocês, americanos, chamam de talentos de alto preço. O que significa que somos ignorantes só no que diz respeito às funções do cérebro humano, em vez de sermos ignorantes completos. Então eu posso afirmar que, sim, existem recaídas no coma. Mas você não terá uma. Acho que nisso podemos concordar, não é, Jim?

— Sim — respondeu Brown. — Não encontramos ameaças em termos de sequelas relevantes. Johnny, tem um cara no Texas que ficou nove anos em coma. Agora ele é funcionário de uma financeira e está há seis anos no emprego. E antes disso já havia trabalhado dois anos como caixa de banco. Tem uma mulher no Arizona que ficou doze anos apagada. Alguma coisa deu errado com a anestesia enquanto ela estava em trabalho de parto. Agora anda em uma cadeira de rodas, mas está viva e consciente. Saiu do coma em 1969 e conheceu o bebê que havia dado à luz doze anos antes. A criança já estava na sétima série e era uma das primeiras da turma.

— Vou ficar em uma cadeira de rodas? — perguntou Johnny. — Não consigo esticar as pernas. Meus braços estão um pouco melhor, mas as pernas... — Sua voz morreu e ele balançou a cabeça.

— Os ligamentos atrofiaram — respondeu Weizak. — Percebe? É por isso que pacientes comatosos começam a entrar no que chamamos de posição pré-fetal. Mas a cada dia aprendemos mais sobre a degeneração física que ocorre no coma e temos novos procedimentos para tratá-la. Você tem sido regularmente exercitado pelo fisioterapeuta do hospital, mesmo quando está dormindo. E cada paciente reage ao coma de diferentes maneiras. Sua deterioração estava ocorrendo de forma bastante lenta, Johnny. Como você mesmo diz, seus braços estão aptos e respondem notavelmente bem. Mas *houve* deterioração. A terapia será longa e... bem, não vou mentir pra você. Ela será longa e dolorosa. Você vai sofrer um bocado. Talvez passe a odiar seu terapeuta. Talvez passe a adorar sua cama. E vai passar por cirurgias... se você tiver muita, muita sorte, passará apenas por uma, mas é bem mais provável que tenha de enfrentar umas quatro... para alongar os ligamentos. Essas cirurgias são procedimentos novos. Podem ser inteiramente bem-sucedidas, parcialmente bem-sucedidas ou podem ser malsucedidas. Mas, se Deus quiser, você vai voltar a caminhar. Acho que jamais poderá andar de esqui ou participar de provas de atletismo, mas poderá correr e inclusive nadar.

— Obrigado — disse Johnny, sentindo uma súbita onda de afeição por aquele homem com sotaque e um estranho corte de cabelo. Teve vontade de dar algum retorno a Weizak... e com isso veio a vontade, quase a *necessidade* de tocá-lo.

Estendeu de repente os braços e segurou a mão de Weizak com suas duas. A mão do médico era grande, muito cheia de linhas e quente.

— O que foi? — perguntou Weizak em um tom gentil. — O que houve?

E de repente as coisas se alteraram. Era impossível dizer como. Subitamente Weizak lhe pareceu muito nítido. Pareceu... *se destacar*, delineado por uma luminosidade clara, fascinante. Cada marca, sinal, ruga no rosto entrou em relevo. E cada traço contava a própria história. Ele começava a compreender.

— Posso ver sua carteira? — pediu Johnny.

— Minha...? — Weizak e Brown trocaram um olhar sobressaltado.

— Tem um retrato de sua mãe na carteira e gostaria de vê-lo. *Por favor*.

— Como sabe disso?

— *Por favor!*

Weizak olhou um instante para o rosto de Johnny, pôs lentamente a mão sob o jaleco e puxou uma velha Lord Buxton, volumosa e amassada.

— Como sabia que trago um retrato de minha mãe? Ela está morta. Morreu quando os nazistas ocuparam Varsóvia...

Johnny pegou a carteira da mão de Weizak. Tanto ele quanto Brown estavam confusos. Johnny abriu a carteira, virou os compartimentos de plástico para o lado e começou a remexer em uma fenda de couro, os dedos passando rápidos por velhos cartões de visita, recibos de contas, um cheque sustado, uma entrada antiga para algum evento político. Tirou de lá um pequeno instantâneo plastificado. O retrato mostrava uma mulher jovem, de feições comuns, o cabelo puxado para trás e coberto por um lenço. O sorriso era radiante, cheio de juventude. Segurava um menino pela mão. Ao lado dela havia um homem com o uniforme do Exército polonês.

Johnny apertou a foto entre as mãos, fechou os olhos e, por um momento, houve apenas escuridão. De repente, viu uma carroça... não, não uma carroça, mas um carro fúnebre. Um carro fúnebre puxado por cavalos. As lâmpadas estavam cobertas com redomas pretas. Sem dúvida era um carro fúnebre porque estavam

(*morrendo às centenas, sim, aos milhares, incapazes de enfrentar os panzers, a wehrmacht, uma cavalaria do século XIX contra tanques e metralhadoras. explosões. gritos, homens morrendo, um cavalo com as tripas estouradas e os olhos se revirando freneticamente, mostrando o branco, um canhão caído atrás dele. eles continuam vindo. chega weizak, de pé nos estribos, a espada erguida na chuva do final do verão de 1939, seus homens o seguiam, escorregando no barro, o canhão do tiger nazista o localiza, faz mira, trava sua posição no alvo, atira e, de repente, ele some da cintura para baixo, a espada voando da mão; e no fim da estrada fica varsóvia. o lobo nazista está à solta na europa*)

— Realmente temos de pôr um ponto final nisto — dizia Brown, com sua voz distante e preocupada. — Você está se empolgando demais, Johnny.

As vozes vinham de longe, como de um corredor no tempo.

— Ele entrou em uma espécie de transe — concluiu Weizak.

Estava quente. Ele estava suando. Estava suando porque

(*a cidade está em chamas, milhares estão fugindo, um caminhão ronca de um lado para outro descendo uma rua pavimentada e a traseira do caminhão está cheia de soldados alemães se sacudindo com capacetes pretos. a jovem não está sorrindo agora, ela está fugindo, nenhuma razão para não fugir. a criança foi mandada para um lugar seguro e agora o caminhão sobe no meio-fio, ela é atingida pelo para-lama que despedaça seu quadril e a faz voar por uma janela de vidro laminado e cair em uma relojoaria e tudo começa a tocar. tocar por causa do tempo. é tempo de tocar*)

— Seis horas — disse Johnny com a voz embargada. Seus olhos tinham rolado para cima, mostrando o branco arregalado. — Dois de setembro de 1939 e todos os cucos estão cantando.

— Meu Deus, o que temos aqui? — sussurrou Weizak. A enfermeira tinha recuado até bater no console, o rosto pálido e assustado. Todos estavam assustados com a morte que pairava no ar. Ela estava sempre no ar naquele local, naquele

(*hospital. cheiro de éter. estão gritando no local da morte. a polônia está morta, a polônia caiu antes da blitzkrieg promovida pela investida da wehrmacht. o quadril despedaçado. o homem na cama ao lado pede água, pede, pede, pede.*

ela se lembra "O MENINO ESTÁ SEGURO". que menino? ela não sabe. que menino? qual é o nome dela? ela não se lembra. só que)

— O menino está seguro — disse Johnny com uma voz rouca. — Aham. Aham.

— Precisamos pôr um ponto final nisto — repetiu Brown.

— O que sugere que façamos? — perguntou Weizak, a voz meio trêmula. — Isso já foi longe demais para...

Vozes se dissipavam. As vozes estavam sob as nuvens. Tudo estava sob as nuvens. A Europa estava sob nuvens de guerra. Tudo estava sob as nuvens, exceto os picos, os picos das montanhas da

(*suíça. suíça e o nome dela é BORENTZ. o nome dela é JOHANNA BORENTZ e o marido é engenheiro ou arquiteto, seja lá como chama quem constrói pontes. ele constrói na suíça e há leite de cabra, queijo de cabra. um bebê. aaaah o trabalho de parto! o trabalho de parto é terrível e é preciso dar remédios, morfina, àquela JOHANNA BORENTZ, por causa do quadril. o quadril quebrado. recuperou-se, ficou adormecido, mas agora desperta e começa a gritar quando sua pélvis se alarga para dar passagem ao bebê. um bebê. dois. e três. e quatro. não vêm todos ao mesmo tempo, não... são uma colheita de anos, são*)

— Os bebês — entoou Johnny e agora já não falava com sua voz. Era uma voz de mulher. E uma música sem sentido saiu de sua boca.

— Pelo amor de Deus... — começou Brown.

— Polonês, é polonês! — gritou Weizak. O rosto estava pálido, os olhos se arregalavam. — É uma canção de ninar, e é em polonês, meu Deus, meu Cristo, o que está acontecendo aqui?

Weizak se inclinou para a frente como se quisesse viajar através dos anos com Johnny, como se quisesse pulá-los, como se estivesse em uma

(*ponte, uma ponte, fica na turquia. então uma ponte em algum lugar quente do extremo oriente, é o laos? não podemos dizer, perdemos um homem lá, lá perdemos o HANS, então uma ponte na virgínia, uma ponte sobre o RIO RAPPAHANNOCK e outra ponte na califórnia. nós agora queremos cidadania e vamos assistir à aula em uma salinha quente nos fundos de uma agência de correios onde sempre tem cheiro de cola. é novembro de 1963, e quando ficamos sabendo que kennedy foi morto em dallas choramos, e quando o menininho bate continência para o esquife do pai ela pensa: "O MENINO ESTÁ SEGURO" e isso traz de volta memórias de um incêndio, um grande incêndio e pesar. que menino? ela sonha* com o menino. isso faz sua cabeça doer. e o homem morre, HELMUT BORENTZ morre e ela e as crianças vivem em carmel, califórnia. em uma casa na. na. na. não consigo ver a placa da rua, ela está na zona morta, como o barco a remo, como a mesa de piquenique no gramado. está na zona morta. como varsóvia. as crianças vão embora, ela vai à formatura de cada uma delas, e seu quadril dói. um morre no vietnã. os outros estão bem. um deles está construindo pontes. o nome dela é JOHANNA BORENTZ e agora tarde da noite sozinha ela pensa às vezes na escuridão que se adensa: "O MENINO ESTÁ SEGURO")

Johnny ergueu os olhos para eles. Sentia a cabeça estranha. Aquela luminosidade diferente ao redor de Weizak se dissipara. Sentiu que voltava a si, mas fraco e um pouco enjoado. Olhou mais um momento para o retrato em sua mão e o devolveu.

— Johnny? Você está bem? — perguntou Brown.

— Cansado — murmurou ele.

— Pode nos dizer o que aconteceu?

Ele olhou para Weizak e disse:

— Sua mãe está viva.

— Não, Johnny. Ela morreu há muitos anos. Na guerra.

— Um caminhão alemão com tropas jogou ela dentro de uma relojoaria — disse Johnny. — Ela acordou em um hospital com amnésia. Não tinha carteira de identidade, nenhum documento. Adotou o nome de Johanna... de alguma coisa. Não consegui pegar o sobrenome, mas quando a guerra acabou ela foi para a Suíça e se casou com um... engenheiro suíço, eu acho. A especialidade dele era construir pontes e seu nome era Helmut Borentz. Então seu nome de casada era... é... Johanna Borentz.

Os olhos da enfermeira estavam ficando cada vez mais arregalados. O rosto do dr. Brown parecia contraído, talvez porque estivesse irritado, achando que Johnny estava se divertindo à custa de todos e interrompendo um delicado programa de testes. Dr. Weizak, no entanto, se mantinha calmo e pensativo.

— Ela e Helmut Borentz tiveram quatro filhos — continuou Johnny, naquele mesmo tom sereno, exausto. — Por causa do seu trabalho, Helmut viajou pelos quatro cantos do mundo. Ele esteve algum tempo na Turquia. Em algum lugar do Oriente... Laos. Acho que talvez o Camboja. Depois veio para cá. Primeiro a Virgínia, depois alguns outros lugares que não consegui ver, finalmente a Califórnia. Ele e Johanna se tornaram cidadãos americanos. Helmut Borentz morreu. Um dos filhos deles também morreu. Os outros estão vivos e bem. Ela às vezes sonha com você. E pensa nos sonhos: "o menino está seguro". Mas não se lembra de seu nome. Talvez ela ache que é tarde demais para lembrar.

— Califórnia? — perguntou Weizak pensativamente.

— Sam — interrompeu o dr. Brown. — Realmente, você não deve estimular isto!

— Em que parte da Califórnia, John?

— Carmel. No litoral. Mas não posso dizer em que rua. Estava lá, mas não consegui ver. Estava em uma área morta, como a mesa de piquenique e o barco a remo. Mas ela está em Carmel, Califórnia. Johanna Borentz. E não é velha.

— Sim, claro que não seria velha — disse Sam Weizak naquele mesmo tom distante, pensativo. — Tinha apenas vinte e quatro anos quando os alemães invadiram a Polônia.

— Dr. Weizak, por favor, já lhe pedi — insistiu Brown em um tom severo.

Weizak pareceu sair de uma profunda meditação. Olhou ao redor como se visse pela primeira vez seu colega mais jovem.

— É claro — respondeu. — Claro, está certo. E John já teve seu período de perguntas e respostas... embora eu ache que ele tenha nos contado mais do que nós contamos a ele.

— Isso não faz sentido — disse Brown laconicamente, e Johnny pensou: *Está assustado. Terrivelmente assustado.*

Weizak sorriu para Brown e depois para a enfermeira. Ela observava Johnny como se ele fosse um tigre dentro de uma jaula consideravelmente frágil.

— Não toque neste assunto, enfermeira. Nem com seu supervisor, sua mãe, seu irmão, seu namorado ou seu padre. Compreendeu?

— Sim, doutor — respondeu a enfermeira. *Mas ela vai falar*, Johnny pensou, e depois olhou para Weizak. *E ele sabe disso.*

2

Johnny dormiu a maior parte da tarde. Por volta das quatro horas, foi levado para ser submetido a novos testes na neurologia. Ele chorou. Parecia ter pouco controle sobre as funções que se supunha serem de domínio dos adultos. Na volta, urinou-se e precisou ter a roupa trocada como se fosse um bebê. A primeira (mas longe de ser a última) onda de depressão profunda passou sobre ele, conduzindo-o vagarosamente para longe e dando vontade de morrer. A autopiedade acompanhou a depressão, e ele achou aquilo tudo muito injusto. Tinha virado um Rip van Winkle, um personagem de um conto de Washington Irving que passava vinte anos dormindo. Não podia andar. A namorada se casara com outro homem e a mãe caíra nas garras da paranoia religiosa. À sua frente não parecia haver nada que tornasse a vida digna de ser vivida.

Nos fundos do quarto, a enfermeira perguntou se ele queria alguma coisa. Se Marie estivesse de serviço, Johnny teria pedido água gelada. Mas ela fora embora às três.

— Não — disse ele, virando o rosto para a parede. Pouco depois dormiu.

8

1

O pai e a mãe vieram passar uma hora com Johnny naquela noite, e Vera deixou com ele um maço de folhetos com versículos.

— Vamos ficar até o final desta semana — disse Herb. — E depois, se tudo continuar bem com você, voltaremos por algum tempo a Pownal. Mas viremos aqui toda semana.

— Quero ficar com meu menino — falou Vera em voz alta.

— Melhor não, mamãe — respondeu Johnny. Ele já havia melhorado um pouco da depressão, mas não se esqueceu de como tinha sido pesada. Se a mãe começasse a lhe falar do maravilhoso plano de Deus enquanto ele estava naquele estado, talvez não conseguisse reprimir acessos histéricos de riso.

— Precisa de mim, John. Precisa de mim para explicar...

— Primeiro preciso ficar bom — interrompeu. — Pode me explicar depois que eu puder andar. Tudo bem?

Ela não respondeu. Tinha no rosto uma expressão obstinada e quase cômica... Só que não havia nada de muito engraçado naquela situação. Absolutamente nada. *Tudo se resume a um gesto súbito do destino, só isso. Passar cinco minutos antes ou depois naquela estrada podia ter feito toda a diferença. Agora veja como estamos, fodidos até dizer chega. E ela acreditava que era o plano de Deus. Talvez a alternativa dela fosse acreditar nisso ou ficar completamente maluca, eu acho.*

— Bem, e Nixon foi reeleito, pai? — perguntou ele para quebrar o silêncio constrangedor. — Qual era o outro candidato?

— Ele foi reeleito — respondeu Herb. — O outro candidato era o McGovern.

— Quem?

— McGovern. George McGovern. Senador da Dakota do Sul.

— Não foi o Muskie?

— Não. Mas Nixon não é mais presidente. Ele renunciou.

— *O quê?*

— Era um mentiroso — falou Vera com ar austero. — Foi dominado pela soberba e o Senhor o abateu.

— Nixon renunciou? — Johnny estava muito espantado. — *Ele?*

— A opção era sair ou ser posto na rua — disse Herb. — Estavam se preparando para pedir o impeachment.

De repente Johnny percebeu que tinha acontecido alguma mudança grande e fundamental na política americana — quase certamente como resultado da guerra no Vietnã — e ele a perdera. Pela primeira vez ele realmente se *sentiu* como Rip van Winkle. Até que ponto as coisas tinham mudado? Estava quase com medo de perguntar. Então, um pensamento de fato arrepiante lhe ocorreu.

— Agnew... Agnew é o presidente?

— Ford — respondeu Vera. — Um homem bom e honesto.

— *Henry Ford é o presidente dos Estados Unidos?*

— Não Henry — disse ela. — Jerry.

Ele olhou de um para o outro, quase convencido de que tudo aquilo não passava de um sonho ou de uma piada sem graça.

— Agnew também renunciou — informou Vera. Os lábios dela, apertados, estavam finos e esbranquiçados. — Era um ladrão. Aceitou suborno bem no meio de sua sala. Pelo menos é o que dizem.

— Ele não renunciou por causa do suborno — argumentou Herb. — Renunciou por causa de uma falcatrua em Maryland. Acho que esteve envolvido até o pescoço. Nixon indicou Jerry Ford para vice-presidente. Então Nixon renunciou em agosto e Ford assumiu e indicou Nelson Rockefeller para vice-presidente. E é onde estamos agora.

— Um homem divorciado — disse Vera em um tom severo. — Deus queira que jamais se torne presidente.

— O que Nixon fez? — perguntou Johnny. — Jesus Cristo. Eu... — Ele olhou de relance para a mãe, cuja expressão tinha ficado instantaneamente carregada. — Quero dizer, pela Santa Cruz, por que tiveram que pedir o impeachment...

— Não precisa tomar o nome do Salvador em vão ao se referir a um bando de políticos corruptos — disse Vera. — Foi Watergate.

— Watergate? Isso foi alguma operação no Vietnã? Algo do gênero?

— O Hotel Watergate fica em Washington — disse Herb. — Uns cubanos invadiram as salas de um comitê que os democratas mantinham lá e foram pegos. Nixon soube da história e tentou acobertá-la.

— Está brincando! — Johnny finalmente conseguiu dizer.

— Foram as fitas — disse Vera. — E aquele James Dean. Nada além de um rato abandonando um navio em naufrágio, é o que eu penso. Um tagarela desprezível.

— Pai, pode me explicar?

— Vou tentar — disse Herb —, mas acho que a história ainda não está completamente esclarecida. Vou lhe trazer uns livros. Já tem um milhão de livros sobre o assunto e deve ter outro milhão quando a história finalmente acabar. Pouco antes da eleição, no verão de 1972...

2

Eram 22h30 e os pais tinham ido embora. Parte das luzes daquela ala do hospital já havia se apagado. Mas Johnny não conseguia dormir. Tudo se movimentava em sua cabeça, uma assustadora mistura de novas informações. Jamais teria imaginado que o mundo pudesse se transformar de modo tão ostensivo em um período de tempo tão curto. Sentiu que estava perdendo o equilíbrio e a sintonia com as coisas.

O pai lhe contara que os preços da gasolina haviam subido quase cem por cento. Na época do acidente, o galão de gasolina comum custava trinta ou trinta e dois centavos. Agora estava a cinquenta e quatro, e às vezes viam-se filas gigantescas nos postos. O limite máximo de velocidade em todo o país agora não chegava a noventa quilômetros por hora, e os caminhoneiros que faziam frete para longas distâncias estavam revoltados com isso.

Mas tudo isso não era nada. A guerra do Vietnã chegara ao fim. Simplesmente acabara. O país tinha finalmente assumido o comunismo. Herb contou que isso havia acontecido mais ou menos quando Johnny estava começando a dar sinais de que talvez saísse do coma. Após todos aqueles anos e todo aquele banho de sangue, os herdeiros de Tio Ho tinham envolvido o país como um manto em questão de dias.

O presidente dos Estados Unidos visitara a China Vermelha. Não Ford, mas Nixon. Esteve lá antes de renunciar. *Nixon*, nada mais, nada menos que ele! O velho mestre da caça às bruxas em pessoa. Se não estivesse ouvindo aquilo do pai, Johnny teria se recusado decididamente a acreditar.

Era demais, assustador demais. De repente não quis ouvir mais nada, por medo de ficar totalmente louco. Aquela caneta do dr. Brown, aquela hidrográfica... quantas coisas desconhecidas ainda encontraria? Quantas centenas de pequenas novidades, todas batendo sem parar na mesma tecla: você perdeu parte de sua vida, quase seis por cento dela, se os cálculos atuais são dignos de crédito. Está atrasado no tempo. Você perdeu um bocado dele.

— John? — A voz era branda. — Está dormindo, John?

Ele se virou. Havia uma vaga silhueta parada na porta. Um homem pequeno com ombros curvados. Era Weizak.

— Não. Estou acordado.

— Que bom. Posso entrar?

— Sim. Por favor, entre.

Naquela noite Weizak parecia mais velho. Ele se sentou ao lado da cama de Johnny.

— Estive ao telefone — disse ele. — Pedi auxílio à lista telefônica de Carmel, na Califórnia. Perguntei por uma sra. Johanna Borentz. Acha que tinha algum número constando?

— Bem, ela pode não estar na lista ou simplesmente não ter telefone — disse Johnny.

— Ela tem telefone. Consegui o número.

— Ah — disse Johnny. Estava interessado porque gostava de Weizak, mas só. Não sentia necessidade de confirmar seu conhecimento de Johanna Borentz, porque sabia que era verdadeiro (assim como sabia, por exemplo, que ele próprio era destro).

— Fiquei um bom tempo pensando no assunto — continuou Weizak. — Eu tinha te dito que minha mãe tinha morrido, mas na realidade era apenas uma suposição. Meu pai morreu na defesa de Varsóvia. Minha mãe simplesmente desapareceu, percebe? Era lógico presumir que tivesse morrido nos bombardeios... durante a ocupação... esse tipo de coisa. Como nunca mais foi vista, era lógico supor que tinha morrido. Amnésia... Como neurologista, posso lhe dizer que uma amnésia geral e permanente é muito, muito rara. Provavelmente mais rara que a verdadeira esquizofrenia. Nunca soube de um caso documentado durante trinta e cinco anos.

— Ela já se recuperou há muito tempo da amnésia — disse Johnny. — Acho que agora ela bloqueia conscientemente qualquer lembrança. Quando sua memória voltou, ela havia se casado de novo e era mãe de duas crianças... talvez de três. Talvez as lembranças anteriores tivessem ficado carregadas de culpa. Mas ela sonhava com você. "O menino está seguro." Ligou para ela?

— Liguei — disse Weizak. — Fiz uma discagem direta. Sabe que agora é possível fazer isso? É uma grande facilidade. Você disca um, depois o código de área, depois o número do telefone. Onze algarismos e você pode entrar em contato com qualquer lugar do país. É algo impressionante. Em certo sentido, assustador. Um menino... não, um rapaz... atendeu ao telefone. Perguntei se a sra. Borentz podia atender. Ouvi o rapaz chamar: "Mamãe, é pra você!". Ouvi o barulho do fone encostando na mesa, na escrivaninha, enfim, o que quer que fosse. Eu estava em Bangor, no Maine, a menos de sessenta quilômetros do oceano Atlântico, e ouvi um rapaz pousar um fone na mesa em uma cidadezinha do litoral do Pacífico. Meu coração... batia com tanta força que cheguei a ficar com medo. A espera pareceu muito longa. De repente ela pegou o telefone e disse: "Sim? Alô?".

— O que você perguntou? Como conduziu a conversa?

— Não cheguei, como diz você, a conduzir a conversa — respondeu Weizak com um sorriso torto. — Desliguei o telefone. E tive vontade de tomar uma bebida forte, mas não tinha nenhuma.

— Confirmou que era ela?

— John, que pergunta ingênua! Eu tinha nove anos em 1939. Desde então nunca mais ouvi a voz de minha mãe. Na época ela só falava polonês. E agora eu só falo inglês... Esqueci muita coisa de minha língua materna, o que é uma vergonha. Como eu poderia confirmar que sim ou que não?

— Bem, mas o que você *achou*?

Weizak esfregou lentamente a testa.

— Sim — disse ele. — Era ela. Era minha mãe.

— Mas não pôde falar com ela.

— Por que deveria? — perguntou Weizak, parecendo quase irritado. — Ela tem a própria vida, hum? E é como você disse: o menino está seguro. Será que eu devo transtornar uma mulher que só agora está entrando em um período de paz? Devo correr o risco de destruir para sempre seu equilíbrio emocional? Aquelas sensações de culpa que você mencionou... devo deixar que voltem à flor da pele? Devo correr o menor risco de provocar essas coisas?

— Não sei — disse Johnny. Eram questões perturbadoras e as respostas estavam além de sua capacidade de responder... mas sentiu que Weizak, ao articular aquelas perguntas, estava de alguma forma tentando compreender o que fizera. Eram perguntas que nem mesmo ele podia responder.

— O menino está seguro, a mulher está segura em Carmel. Estamos protegidos no país e vamos manter as coisas como estão. Mas e você, John? O que vamos fazer com você?

— Não sei o que está querendo dizer.

— Vou trocar em miúdos, hum? O dr. Brown está bravo. Comigo, com você e com ele mesmo, eu acho, porque está quase acreditando em algo que, durante toda a vida, teve certeza de que era pura conversa fiada. A enfermeira que testemunhou o que aconteceu aqui não vai guardar segredo. Hoje à noite, na cama, ela vai contar a história ao marido. Talvez termine aí, mas o marido pode contar ao patrão, e não é nada impossível que algo vaze para os jornais antes do final da tarde de amanhã. "Paciente sai do estado de coma com segunda visão."

— Segunda visão? — perguntou Johnny. — É assim que se chama?

— Para dizer a verdade, não sei como se chama. Mediunidade? Vidência? Palavras fáceis de usar, mas que não descrevem nada, absolutamente nada. Você disse a uma das enfermeiras que a cirurgia ocular do filho dela seria bem-sucedida...

— Marie — murmurou Johnny. Sorriu brevemente. Gostava de Marie.

— ... e isso já está correndo por todo o hospital. Você consegue ver o futuro? É isso o que significa ter uma segunda visão? Não sei. Você pôs uma foto de minha mãe entre as mãos e foi capaz de me dizer onde ela está morando agora. Você sabe onde coisas e pessoas perdidas podem ser encontradas? *Isso* é que é a segunda visão? Não sei. Você é capaz de ler pensamentos? De influenciar objetos? De curar com as mãos? São coisas que alguns chamam de "fenômenos psíquicos". Tudo isso tem relação com a ideia da "segunda visão". São coisas de que o dr. Brown acha graça? Não. Ele não acha graça. Ele as transforma em motivo de escárnio.

— E você não?

— Eu penso em Edgar Cayce. E em Peter Hurkos. Tentei falar com o dr. Brown sobre Hurkos e ele fez piada. Se recusa a falar disso, não quer nem saber.

Johnny ficou calado.

— Então... o que vamos fazer com você?

— E algo tem de ser feito?

— Acho que sim — disse Weizak ficando de pé. — Vou deixá-lo para que possa refletir sozinho. Mas pense nisto: é melhor que certas coisas não sejam vistas e é melhor que outras não sejam encontradas.

Deu boa-noite a Johnny e saiu em silêncio. Johnny estava cansado, mas o sono demorou muito a vir.

9

1

A primeira cirurgia de Johnny foi marcada para 28 de maio. Tanto Weizak quanto Brown explicaram cuidadosamente o procedimento. Ele receberia uma anestesia local — nenhum dos dois queria que ele se submetesse a uma geral. Aquela primeira operação seria nos joelhos e tornozelos. Os ligamentos, que tinham se encurtado durante o longo sono, seriam alongados com a utilização de uma combinação de delicadíssimas fibras plásticas. O material era o mesmo usado em cirurgias de reparação da válvula mitral. Brown informou que a questão não era tanto a aceitação ou a rejeição do corpo aos ligamentos artificiais, mas saber se as pernas seriam capazes de se adaptar à alteração. Se conseguissem bons resultados com os joelhos e tornozelos, três outras cirurgias entrariam no cronograma: uma nos ligamentos das coxas, outra nos ligamentos das articulações do cotovelo e possivelmente uma terceira no pescoço, pois ele mal conseguia virar. A operação seria executada por Raymond Ruopp, pioneiro na técnica. Seu voo estava chegando de San Francisco.

— Por que este tal de Ruopp, que é um superstar, se interessou por mim? — perguntou Johnny. *Superstar* era uma palavra nova que aprendera de Marie. Ela a usara para se referir a um cantor meio calvo, que usava óculos e atendia pelo improvável nome de Elton John.

— Está desconsiderando o fato de você também ser um superstar — respondeu Brown. — Nos Estados Unidos, é muito pequeno o número de pessoas que se recuperaram de estados de coma tão longos quanto o seu. E, mesmo entre esses casos, a mais completa e satisfatória recuperação das sequelas de lesão cerebral tem sido a sua.

Sam Weizak foi mais direto.

— Virou um ratinho de laboratório, hein?

— O quê?

— Sim. Olhe na luz, por favor. — Weizak fez brilhar uma luz na pupila do olho esquerdo de Johnny. — Sabia que posso olhar diretamente em seu nervo óptico com esse aparelho? Pois é. Os olhos são mais que as janelas da alma: são um dos pontos mais cruciais para o bom funcionamento do cérebro.

— Ratinho de laboratório — disse Johnny, mal-humorado, encarando o selvagem ponto de luz.

— Sim. — A luz foi apagada. — Não se lamente tanto. Muitas das técnicas que vamos empregar para ajudá-lo... e algumas das que já empregamos... foram aperfeiçoadas durante a guerra do Vietnã. O que não faltava eram cobaias nos hospitais do Vietnã, né? Um homem como Ruopp está interessado em você porque agora você é único. Eis aqui um homem que passou quatro anos e meio dormindo! Podemos fazê-lo andar novamente? Um problema interessante. Ele está querendo escrever uma monografia sobre isso para publicar no *New England Journal of Medicine*. Ele vê a situação como uma criança se deslumbrando com novos brinquedos colocados na árvore de Natal. Não vê você, não vê Johnny Smith sofrendo, o Johnny Smith que usa a comadre e toca a campainha para a enfermeira vir coçar suas costas! Isso é bom. As mãos dele não vão tremer. Sorria, Johnny. Esse tal de Ruopp parece mais um caixa de banco, mas talvez seja o melhor cirurgião da América do Norte.

Para Johnny, no entanto, era difícil sorrir.

Leu zelosamente os folhetos que a mãe deixara lá. Eles o deprimiram e o deixaram novamente muito inseguro a respeito da sanidade dela. Um deles, escrito por um homem chamado Salem Kirban, parecia quase pagão tamanho o fascínio por um apocalipse sangrento e pelas fossas escancaradas e fumegantes do inferno. Outro folheto descrevia a vinda do Anticristo com termos de horror sensacionalistas. Os outros eram um fantástico carnaval de disparates: Cristo vivendo sob o Polo Sul, Deus dirigindo discos voadores, Nova York como Sodoma, Los Angeles como Gomorra. Os folhetos tratavam de exorcismo, bruxas, de todo tipo de coisas visíveis e invisíveis. Para ele foi impossível associar os panfletos à mulher religiosa, mas ainda de pés no chão, que conhecera antes do coma.

Três dias após o incidente que envolveu a foto da mãe de Weizak, um repórter do *Daily News* de Bangor, um homem magro e de cabelo preto chamado David Bright, apareceu na porta do quarto de Johnny e perguntou se podia conversar rapidamente com ele.

— Foi autorizado pelos médicos? — perguntou Johnny.

— Para dizer a verdade, não. — Bright sorria.

— Tudo bem — disse Johnny. — Nesse caso, vai ser um prazer falar com você.

— É um homem de vontade própria — afirmou Bright. Ele entrou e se sentou.

Suas primeiras perguntas foram sobre o acidente e sobre os pensamentos e as sensações de Johnny ao sair do coma e descobrir que quase meia década fora desperdiçada. Johnny respondeu a essas perguntas de forma direta e honesta. Então Bright disse que, de acordo com "uma fonte", Johnny ganhara uma espécie de sexto sentido após o acidente.

— Está me perguntando se tenho poderes paranormais?

— Seria um bom começo — disse Bright, dando de ombros e sorrindo.

Johnny pensou cuidadosamente no que ouvira de Weizak. Quanto mais pensava, mais chegava à conclusão de que o médico havia feito exatamente o que era certo ao desligar o telefone sem dizer nada à sua mãe. Johnny tinha começado a associar o que estava acontecendo em sua mente com aquela história de W. W. Jacobs, *A pata do macaco*. A pata dava direito a três desejos, mas o preço que a pessoa pagava por cada um deles era terrível. Um velho casal tinha pedido cem libras e perdera o filho em um acidente em uma serraria — a indenização paga foi de exatamente cem libras. Então, a mulher pediu para ter o filho de volta e ele de fato voltou — mas antes que ela pudesse abrir a porta e ver o horror que havia pedido para sair do túmulo, o marido usou o último desejo para mandá-lo de volta à sepultura. Como Weizak dissera, talvez fosse melhor deixar certas coisas perdidas.

— Não — disse Johnny —, tenho tantos poderes paranormais quanto você.

— Mas de acordo com minha fonte, você...

— Não, não é verdade.

Bright sorriu com certo cinismo, parecendo que insistiria naquele assunto, mas de repente passou a uma nova página de seu bloco de notas. Perguntou sobre as perspectivas de Johnny para o futuro, sobre as expectativas acerca de sua recuperação, e Johnny também respondeu a essas perguntas o mais honestamente que pôde.

— E o que vai fazer quando sair daqui? — perguntou Bright, fechando o bloco.

— Realmente ainda não pensei nisso. Ainda estou tentando me adaptar à ideia de que Gerald Ford é o presidente.

Bright riu.

— Não está sozinho nisso, meu amigo.

— Acho que vou voltar a lecionar. É o que sei fazer. Mas a possibilidade ainda está muito longe para eu começar a pensar agora.

Bright agradeceu pela entrevista e foi embora. O artigo foi publicado no jornal dois dias depois, um dia antes da cirurgia na perna. Estava na parte inferior da primeira página, e a manchete dizia: JOHN SMITH, UM MODERNO RIP VAN WINKLE, ENFRENTA LONGO CAMINHO PARA A RECUPERAÇÃO. Havia três fotos, uma do anuário da Cleaves Mills High School (tirada no máximo uma semana antes do acidente), uma de Johnny na cama do hospital, parecendo magro e contorcido, com os braços e pernas em posição pré-fetal. E entre essas duas havia uma foto do táxi quase totalmente destruído, caído de lado como um cachorro morto. Não havia menção a sextos sentidos no artigo de Bright, poderes para prever o futuro ou dons insólitos.

— Como conseguiu desviá-lo do foco sobre a percepção extrassensorial? — perguntou Weizak naquela tarde.

— Ele me pareceu um sujeito legal — respondeu Johnny, dando de ombros. — Talvez não quisesse me importunar com isso.

— Pode ser — disse Weizak. — Mas ele não vai esquecer. Não se for um bom repórter e, pelo que fiquei sabendo, ele é.

— Ficou sabendo?

— Andei perguntando.

— Zelando pelo meu bem-estar?

— Fazemos o que podemos, hum? Está nervoso por causa de amanhã, Johnny?

— Não, nervoso não. Apavorado é a palavra mais exata.

— Sim, é claro que está. Eu estaria.

— Vai estar lá?

— Sim, na galeria de observação. Lá no alto. Não vai conseguir me distinguir dos outros no meio de tantos jalecos verdes, mas vou estar lá.

— Use alguma coisa — pediu Johnny. — Use alguma coisa para que eu possa te reconhecer.

— Tudo bem. — Weizak olhou para ele e sorriu. — Vou prender meu relógio no jaleco.

— Bom — disse Johnny. — E quanto ao dr. Brown? Ele vai estar lá?

— O dr. Brown está em Washington. Amanhã ele apresentará seu caso à Sociedade Americana de Neurologistas. Li a exposição que ele vai fazer. É bastante boa. Talvez um tanto exagerada.

— Você não foi convidado?

Weizak deu de ombros.

— Não gosto de andar de avião. É uma coisa que me assusta.

— E talvez também prefira ficar aqui.

Weizak deu um sorriso torto, levantou as mãos e não disse nada.

— Ele não simpatiza muito comigo, não é? — perguntou Johnny. — O dr. Brown?

— Não, não muito — disse Weizak. — Ele acha que você está brincando conosco. Inventando coisas por alguma razão que só você sabe. Talvez procurando chamar atenção. Mas não o julgue somente com base nisso, John. Com o tipo de cabeça que ele tem, seria impossível pensar de outra forma. Se quer sentir algo por Jim, que seja piedade. É um homem brilhante e vai longe. Já tem ofertas de trabalho interessantes e acho que não vai demorar a voar para longe destes frios bosques do norte. Bangor não o verá mais. Ele irá para Houston, para o Havaí ou até mesmo para Paris. Mas, apesar disso, Brown é curiosamente limitado. É um mecânico do cérebro. É como se tivesse cortado o cérebro em pedacinhos com o bisturi, sem ter encontrado a alma. Portanto, a alma não existe. É como os astronautas russos que deram a volta na Terra e não viram Deus. É o empirismo do mecânico, e um mecânico é apenas uma criança com melhor coordenação motora. Por favor nunca comente com ele o que estou dizendo.

— Não.

— Agora precisa descansar. Amanhã terá um dia longo.

2

Tudo o que Johnny conseguiu ver do mundialmente famoso dr. Ruopp durante a cirurgia foi um par de óculos de aros grossos e um grande quisto na extremidade esquerda da testa. O resto dele estava coberto, tapado, enluvado.

Johnny recebeu duas injeções pré-operatórias, uma de demerol e uma de atropina. Quando o conduziram até a sala de cirurgia, já estava alto como uma pipa. O anestesista se aproximou com a maior agulha de novocaína que Johnny já tinha visto na vida. Achou que a injeção fosse doer e não estava equivocado. Ela foi aplicada entre a L4 e a L5, a quarta e a quinta vértebras lombares, em um ângulo suficientemente alto para não atingir a *cauda equina*, aquele amontoado de nervos na base da espinha que lembrava vagamente uma cauda de cavalo.

Johnny se deitou de barriga para baixo e mordeu o braço para não gritar. Após um período que pareceu interminável, a dor começou a se transformar em uma vaga sensação de pressão. Pouco depois a metade inferior de seu corpo ficou totalmente ausente.

A face de Ruopp cresceu sobre ele. *O bandido vestido de verde*, Johnny pensou. *Jesse James de óculos grossos. A bolsa ou a vida.*

— Está se sentindo bem, sr. Smith? — perguntou Ruopp.

— Sim. Mas não gostaria de passar por uma injeção daquelas de novo.

— Pode ler revistas, se quiser. Ou olhar para o espelho, se achar que isso pode te distrair.

— Está bem.

— Enfermeira, me dê a pressão do sangue, por favor.

— Cento e vinte por setenta e seis, doutor.

— Está ótimo. Bem, amigos, podemos começar?

— Me deixe um pedaço de coxa — disse Johnny e ficou surpreso com o riso franco. A mão de Ruopp, envolta em uma luva fina, deu pancadinhas em seu ombro coberto por um lençol.

Ele viu Ruopp pegar um bisturi e desaparecer atrás da cortina verde encaixada sobre o arco de metal que rodeava seu corpo. O espelho era convexo e era possível ter uma visão razoável, ainda que meio distorcida, de tudo.

— Ah, sim — disse Ruopp. — Ah, sim, vamos lá... aqui está o que queremos... lá, lá, lá... tudo bem... pinça, por favor, enfermeira, vamos, acorde, pelo amor de Deus... sim, senhor... agora acho que gostaria de um daqueles... não, espere... não me dê o que estou pedindo, me dê o que eu preciso... sim, tudo bem. Tiras, por favor.

Com um fórceps, a enfermeira passou ao cirurgião algo que lembrava um feixe de fios finos entrelaçados. Ruopp pegou-os delicadamente com uma pinça.

Como um jantar italiano, Johnny pensou, *e veja quanto molho de espaguete.* Foi isso que o deixou meio enjoado e ele desviou o olhar. Na parte de cima, na galeria, o resto da gangue de bandidos pousava os olhos nele. Eram olhares frios, impiedosos, assustadores. Então ele localizou Weizak, o terceiro a contar da direita, o relógio ostensivamente preso na frente do jaleco.

Johnny moveu a cabeça.

Weizak correspondeu movendo a dele.

Isso fez o momento se tornar um pouco melhor.

3

Quando Ruopp terminou de fazer as ligações entre os joelhos e as panturrilhas, Johnny foi virado para o outro lado. O processo continuou. A anestesista perguntou se ele estava se sentindo bem. Johnny respondeu que estava se sentindo o melhor possível, dadas as circunstâncias. Ela perguntou se não gostaria de ouvir uma fita e ele disse que seria ótimo. Alguns momentos depois, a voz clara e suave de Joan Baez encheu a sala de cirurgia. Ruopp fazia seu trabalho. Johnny ficou sonolento e cochilou. Quando acordou, a operação ainda não tinha acabado. Weizak continuava lá. Johnny levantou a mão, reconhecendo sua presença, e Weizak tornou a responder ao aceno.

4

Uma hora mais tarde, tudo estava concluído. Ele foi levado para uma sala de recuperação onde uma enfermeira não parava de perguntar quantos dedos do seu pé ela estava tocando. Após algum tempo, Johnny conseguiu responder.

Ruopp entrou, a máscara de bandoleiro pendurada de lado.
— Tudo bem? — perguntou ele.
— Sim.
— Tudo correu muito bem — disse Ruopp. — Estou otimista.
— Bom.
— Vai sentir alguma dor — continuou Ruopp. — Talvez bastante. A própria terapia, a princípio, vai lhe causar bastante dor. Tente suportar.
— Vou tentar — murmurou Johnny.
— Boa tarde — falou Ruopp, já de saída. *Provavelmente*, Johnny pensou, *para jogar uma rápida partida no campo de golfe local antes de escurecer.*

5

Bastante dor.
Por volta das nove da noite, o efeito de toda a anestesia local tinha passado e Johnny estava agoniado. Não conseguia mover as pernas sem a ajuda de duas enfermeiras. A sensação era de que havia cintas com pregos amarradas em volta dos joelhos e cruelmente apertadas. O tempo parecia passar tão lentamente quanto uma lesma. Deu uma olhada no relógio, certo de que já tinha se passado uma hora desde a última vez que o consultara, e de repente só haviam transcorrido quatro minutos. Jurava que não ia conseguir suportar nem mais um minuto de dor, então o minuto passava e ele jurava que não ia conseguir suportar a dor no minuto seguinte.

Os minutos se empilhavam à sua frente como moedas em uma pilha de dez quilômetros de altura. Uma tristeza insuportável abateu-se sobre ele, e ondas constantes de dor baixaram seu moral consideravelmente. Seria torturado até a morte. Operações nos cotovelos, nas coxas, no pescoço. Terapia. Andadores, cadeiras de roda, bengalas.

Vai sentir dor... tente suportá-la.

Não, por que você não faz isso?, Johnny pensou. *Apenas me deixe em paz. Não se aproxime de mim com suas facas de açougueiro! Se isto é o que você entende por ajuda, não quero nem saber.*

Dor que não parava de latejar, cavando bem fundo em sua carne.
Deixando sua barriga em brasa, escorrendo por ela.

Ele havia se molhado.

Johnny Smith virou o rosto para a parede e chorou.

6

Dez dias após a primeira cirurgia e duas semanas antes de a próxima ser programada, Johnny tirou os olhos do livro que estava lendo — *Todos os homens do presidente*, de Woodward e Bernstein — e viu Sarah parada na porta, olhando hesitantemente para ele.

— Sarah. É você, não é?

Ela soltou o ar dos pulmões de maneira trêmula.

— Sim. Sou eu, Johnny.

Ele pousou o livro ao lado e olhou para Sarah. Ela estava elegante, usando um vestido de linho verde-claro. Na frente do corpo, como se fosse um escudo, segurava uma bolsinha de alças, marrom. Agora tinha mechas no cabelo, e Johnny achou bonito. O detalhe também lhe trouxe uma aguda e dolorosa pontada de ciúmes — a mudança no visual teria sido ideia dela ou do homem com quem vivia e dormia? Sarah estava realmente bonita.

— Entre — disse ele. — Fique à vontade.

Sarah atravessou o quarto e, de repente, Johnny percebeu que ela o estaria vendo magro demais, com o corpo um pouco caído para o lado na cadeira perto da janela, as pernas duras, esticadas sobre uma banqueta, cobertas pelo roupão barato do hospital.

— Como pode ver, vesti meu smoking — disse ele.

— Você parece ótimo. — Ela beijou seu rosto e dezenas de lembranças se embaralharam confusas na mente de Johnny. Ela se sentou na outra cadeira, cruzou as pernas e ajeitou a bainha do vestido.

Um olhava para o outro sem dizer nada. Johnny reparou que Sarah estava muito nervosa. Se alguém encostasse em seu ombro, era provável que ela desse um salto da cadeira.

— Fiquei sem saber se devia vir — começou ela —, mas realmente queria te ver.

— Estou feliz por ter vindo.

Conversando como estranhos em um ônibus, ele pensou, abatido. *Tem que haver algo mais que isto, não é?*

— Então, como está? — perguntou ela.

— Estive na guerra. — Ele sorriu. — Quer ver minhas cicatrizes de batalha? — Puxou o roupão até em cima dos joelhos, mostrando os cortes em forma de S que começavam a cicatrizar. Ainda estavam vermelhos, muito marcados pelos pontos.

— Meu Deus, o que estão *fazendo* com você?

— Estão tentando juntar os cacos do Humpty Dumpty — respondeu Johnny. — Todos os cavalos do rei, todos os homens do rei e todos os médicos do rei estão aqui, então acho que... — E Johnny parou de falar, porque ela estava chorando.

— Não fale assim, Johnny — disse ela. — Por favor, não fale assim!

— Desculpe. Eu estava apenas... apenas tentando fazer uma piada. — *Seria mesmo? Será que estava mesmo tentando rir daquilo ou era um meio de dizer: obrigado por ter vindo, eles estão me cortando em pedaços?*

— Você consegue? Consegue rir disso? — Ela havia tirado um lenço de papel da bolsa e enxugava os olhos.

— Não com muita frequência. Acho que ver você de novo... me deixou inspirado, Sarah.

— Vão deixar você sair daqui?

— Uma hora vão acabar deixando. É como atravessar o velho corredor polonês. Se eu estiver vivo depois que o último homem me atacar, estou livre.

— Neste verão?

— Não... Acho que não.

— Não imagina como eu lamento o que aconteceu — falou ela em um volume tão baixo que Johnny mal pôde ouvir. — Eu tento imaginar por quê... ou como as coisas podiam ter sido diferentes... e isso acaba me tirando o sono. Se eu não tivesse comido aquele cachorro-quente estragado... Se você tivesse ficado na minha casa em vez de voltar para a sua... — Ela balançou a cabeça e o encarou com olhos vermelhos. — Bem, acho que esta conversa não tem grande utilidade.

Johnny sorriu.

— Duplo zero. Banca leva. Se lembra disso? Eu arrasei aquela roleta, Sarah!

— É. Você ganhou uns quinhentos dólares.

Ele a encarou, ainda sorrindo, mas agora era um sorriso perplexo, quase magoado.

— Sabe uma coisa engraçada? Os médicos acham que existe a possibilidade de eu ter sobrevivido por causa de uma pancada que levei na cabeça quando era pequeno. Mas não consigo me lembrar de nada, nem minha mãe, nem meu pai. De qualquer maneira, a hipótese me parece bem provável sempre que eu penso no assunto. Vejo de relance aquela Roda da Fortuna... e sinto um cheiro de borracha queimada.

— Talvez você tenha sofrido outro acidente de carro... — começou ela em um tom pouco convincente.

— Não, acho que não foi isso. É como se a Roda fosse uma advertência... que eu ignorei.

Ela se mexeu na cadeira e disse, um pouco nervosa:

— Acho que não, Johnny.

Ele deu de ombros.

— Talvez eu simplesmente tenha usado quatro anos de sorte em uma única noite. Mas veja isto, Sarah! — Com cuidado e sentindo muita dor, Johnny tirou uma das pernas da banqueta, dobrou o joelho até um ângulo de noventa graus e tornou a esticá-lo. — Talvez consigam remontar o Humpty. Quando acordei, não conseguia me mexer. Esticar as pernas como fiz agora, nem sonhar.

— Você pode *pensar*, Johnny — disse ela. — É capaz de *falar*. Todos nós achávamos que... você sabe.

— É. Johnny, o vegetal. — O silêncio caiu novamente entre os dois, canhestro e pesado. Johnny o quebrou dizendo com forçada animação: — Então, como você tem passado?

— Bem... eu me casei. Acho que você já sabia.

— Meu pai contou.

— Ele é uma boa pessoa — disse Sarah. E então, em um impulso: — Eu não podia esperar, Johnny! Também lamento muito por isso. Os médicos diziam que você nunca ia sair do coma, que o sono se aprofundaria mais e mais até... até você simplesmente acabar. E mesmo se eu soubesse... — Ela ergueu os olhos com uma incômoda expressão de autodefesa no rosto. —

Mesmo se eu tivesse adivinhado o que ia acontecer, Johnny, acho que não conseguiria esperar. Quatro anos e meio é muito tempo.

— Sim, é. É um tempo extremamente longo. Quer ouvir uma coisa mórbida? Pedi que me trouxessem revistas publicadas nos quatro últimos anos só para saber quem morreu. Truman. Janis Joplin. Jimi Hendrix... Jesus, pensei nele compondo "Purple Haze" e mal consegui acreditar no que estava lendo! Dan Blocker. E eu e você. Nós simplesmente também sumimos de cena.

— Me senti muito mal a respeito disso — disse ela, quase sussurrando. — Extremamente culpada. Mas gosto do cara, Johnny. Gosto bastante dele.

— Tudo bem, é o que importa.

— Ele se chama Walt Hazlett e é...

— Acho que prefiro ouvir você falar de seu filho — interrompeu Johnny. — Não fique ofendida, tá?

— É uma coisinha linda — disse ela, sorrindo. — Vai fazer sete meses agora. O nome dele é Dennis, mas o chamamos de Denny. O nome veio do avô paterno.

— Venha com ele um dia destes. Gostaria de conhecê-lo.

— Vou trazê-lo. — Os dois trocaram um sorriso amarelo, sabendo que isso jamais aconteceria. — Johnny, você está precisando de alguma coisa?

Só de você, garota. E dos meus últimos quatro anos e meio de volta.

— Negativo — disse ele. — Você continua lecionando?

— Ainda vou lecionar mais um pouco — respondeu ela.

— Ainda cheirando aquela cocaína horrível?

— Ai, Johnny, você não mudou nada! Sempre o velho piadista.

— O mesmo velho piadista — concordou ele, e o silêncio caiu de novo entre eles com um baque quase audível.

— Posso vir te visitar de novo?

— Claro. Seria ótimo, Sarah. — Johnny hesitou, não querendo que o encontro acabasse de modo tão pouco conclusivo, não querendo magoar a ela nem a si próprio, se isso fosse possível. Querendo dizer alguma coisa franca: — Sarah, você fez o que era certo.

— Será? — perguntou ela e sorriu, mas o sorriso tremeu nos cantos da boca. — Não sei. Tudo parece tão cruel e tão... Não posso deixar de dizer, tão *errado*. Amo meu marido e meu bebê, e quando Walt diz que um dia vamos morar na melhor casa de Bangor, acredito nele. Diz que um dia vai se candidatar ao lugar de Bill Cohen na prefeitura e também acredito nisso. Diz que um dia alguém do Maine vai ser eleito presidente e quase posso acreditar nisso. No entanto, venho aqui e olho para suas pobres pernas... — Ela estava começando novamente a chorar. — Parece que você passou por um triturador ou algo parecido, e está tão *magro*...

— Não, Sarah, não.

— Você está tão magro, e tudo parece tão errado e cruel, e eu *detesto* esta situação, *detesto*, porque não é nada justo, nada disso é!

— Às vezes eu acho que nada é justo — disse ele. — A vida é dura. Às vezes, você simplesmente precisa se contentar com o pouco que tem e tentar viver com isso. Vá e seja feliz, Sarah. E, se quiser voltar para me ver, venha mesmo. E traga um baralho.

— Vou trazer — respondeu ela. — Desculpe por estar chorando. Não é muito encorajador para você, né?

— Tudo bem. — Ele sorriu. — Mas procure se livrar dessa cocaína, querida. Seu nariz vai ficar podre.

— Sempre o velho Johnny. — Sarah deu uma risadinha. De repente ela se curvou e lhe deu um beijo na boca. — Ah, Johnny, fique bom logo.

Ele a olhou com ar compenetrado quando ela recuou.

— O que foi?

— Você não a perdeu lá — disse Johnny. — Não, com certeza.

— Perdi o quê? — Ela franziu a testa, confusa.

— Sua aliança. Você não perdeu em Montreal.

Johnny pôs a mão na testa e os dedos esfregaram a têmpora direita. O braço formava uma sombra, e Sarah, com uma sensação muito próxima de um medo supersticioso, viu que o rosto de Johnny estava meio na luz, meio no escuro. Isso fez com que ela se lembrasse daquela máscara de Halloween que a assustara. Ela e Walt passaram a lua de mel em Montreal, mas como Johnny saberia? A não ser que Herb tivesse lhe contado. Sim, só podia ser isso. O problema era que só ela e Walt sabiam daquela aliança perdida no quarto do hotel. Ninguém mais sabia, pois Walt havia comprado outra antes de voltarem para casa. Ela ficou sem graça de contar a história, nem sua mãe ficou sabendo.

— Como...

Johnny franziu profundamente o cenho e depois sorriu. Tirou a mão da testa e agarrou-se com força à outra mão.

— Não era o tamanho certo — começou ele. — Se lembra de quando estava fazendo as malas, Sarah? Ele saiu para comprar alguma coisa e você ficou arrumando as malas. Ele foi comprar... comprar... não sei. Essa parte está na Zona Morta.

Zona Morta?

— Walt tinha ido a uma loja de artigos para presente e comprou um bocado de bobagens como suvenires. Almofadas coloridas e coisas do gênero. Mas, Johnny, como soube que eu perdi minha a...

— Você estava fazendo as malas. A aliança estava larga, realmente larga. Você pretendia mandar ajustar quando voltasse, mas, enquanto isso, você... você... — Ele começou a franzir o cenho novamente, mas de repente a coisa clareou. Ele deu um sorriso. — Você tentava ajustar com um pouco de papel higiênico!

Agora ela não tinha mais dúvida em relação ao medo, que se espalhava vagarosamente em seu estômago, como água gelada sendo derramada. Sua mão rastejou até a garganta e Sarah arregalou os olhos para Johnny, quase hipnotizada. *Está com a mesma expressão nos olhos, o mesmo olhar frio e obcecado que tinha naquela noite enquanto ganhava da Roda. O que aconteceu com você, Johnny? No que você se transformou?* O azul dos olhos dele tinha escurecido e se tornado quase roxo. Ele parecia distante. Sarah teve vontade de correr. O próprio quarto parecia estar escurecendo, como se, de alguma forma, Johnny estivesse rasgando a trama da realidade, quebrando os elos entre passado e presente.

— Escorregou do dedo — afirmou ele. — Você estava colocando as coisas de barbear do seu marido em um daqueles bolsos laterais, e a aliança simplesmente escorregou. Só mais tarde você percebeu que havia perdido e ficou achando que tinha sido no quarto. — Ele riu. Foi um ruído alto, metálico, sincopado. Não era nada como o riso habitual de Johnny. Era uma coisa fria... fria. — Putz, vocês viraram aquele quarto do avesso! Mas você deixou a aliança em uma mala. Ela continua naquele bolsinho interno. Sempre esteve lá. Suba no sótão e dê uma olhada, Sarah. Você vai encontrar.

No corredor, alguém deixou cair um copo d'água ou coisa parecida e, quando o objeto quebrou, a pessoa se assustou e disse um palavrão. Johnny olhou na direção do som e seus olhos se iluminaram. Olhou de novo para Sarah, viu que ela estava paralisada, os olhos arregalados, e franziu o cenho com preocupação.

— O que foi? Eu disse alguma coisa errada, Sarah?
— Como você sabe? — murmurou ela. — Como pode saber disso?
— Não faço ideia. Sarah, desculpe se eu...
— Johnny, preciso ir embora, o Denny está com uma babá.
— Tudo bem, Sarah, desculpe se te deixei perturbada.
— Como você sabe da minha aliança, Johnny?
Ele se limitou a balançar a cabeça.

7

Na metade do corredor do primeiro andar, o estômago de Sarah começou a parecer estranho. Ela encontrou o banheiro feminino bem na hora. Entrou correndo, fechou a porta de uma das cabines e vomitou violentamente. Deu a descarga e ficou parada de olhos fechados, tremendo, mas muito próxima de sorrir. Da última vez que estivera com Johnny também vomitara. Reação nervosa? Memórias sendo reencenadas? Pôs as mãos na boca para abafar o que pudesse estar tentando sair — um riso ou talvez um grito. E, na escuridão, o mundo pareceu rodopiar loucamente, como um disco. Como uma Roda da Fortuna.

8

Sarah havia deixado Denny com a sra. Labelle. Por isso, quando voltou, a casa estava vazia e silenciosa. Subiu a escadinha estreita que levava ao sótão e ligou o interruptor que acendia as duas lâmpadas penduradas por fios. A bagagem estava empilhada em um canto. As etiquetas da viagem a Montreal ainda estavam grudadas nos lados das malas alaranjadas da Grants'. Eram três. Ela abriu a primeira, tateou os bolsos laterais fechados por elástico e não encontrou nada. O mesmo aconteceu na segunda. E na terceira.

Inspirou profundamente e soltou o ar com força, sentindo-se tola e um tanto desapontada — mas principalmente aliviada. Um fantástico alívio. Nenhuma aliança. *Sinto muito, Johnny!* Mas, por outro lado, realmente não lamentava. Encontrar a aliança não teria deixado de ser uma coisa meio assustadora.

Empurrou as valises para seus lugares. Ficavam entre a enorme pilha de apostilas velhas usadas por Walt na universidade e o abajur de chão que o cachorro daquela mulher maluca tinha derrubado e que Sarah nunca teve coragem de jogar fora. E quando ela começou a sacudir o pó das mãos, disposta a deixar aquilo tudo para trás, uma voz fraca sussurrou bem no fundo de sua mente, quase baixo demais para ela ouvir: *Uma busca um tanto meteórica, não? Você realmente não quer achar coisa alguma, não é, Sarah?*

Não. Não, ela realmente não queria achar coisa alguma. E, se a voz achava que ia fazê-la abrir de novo todas aquelas malas, estava enganada. Estava quinze minutos atrasada para buscar Denny, Walt ia receber um dos advogados mais antigos do escritório para jantar (um negócio *muito* grande) e estava devendo uma resposta à carta de Betty Hackman (a amiga, que havia trabalhado para o Peace Corps, em Uganda, estava agora casada com o filho de um criador de cavalos extremamente rico do Kentucky). Além disso, Sarah precisava limpar os dois banheiros, arrumar o cabelo e dar um banho em Denny. Realmente, tinha coisas demais para fazer e não podia se dar ao luxo de continuar vasculhando aquele sótão empoeirado e quente.

No entanto, ela puxou e tornou a abrir todas as três malas, desta vez revistando os bolsos laterais com *muito* cuidado. Encontrou a aliança no canto da terceira valise, enfiada bem no fundo. Colocando a aliança sob o clarão de uma das lâmpadas, Sarah leu o que estava gravado, uma inscrição que continuava nítida como no dia em que Walt colocara a aliança em seu dedo: *Walter e Sarah Hazlett — 09 de julho de 1972.*

Sarah ficou um bom tempo olhando para a aliança.

Voltou a empilhar as valises, desligou as luzes e desceu a escada. Tirou o vestido de linho, agora sujo de poeira, e colocou uma calça comprida e uma blusa leve. Desceu a quadra até a casa da sra. Labelle e pegou o filho. Voltou com Denny para casa e deixou o menino na sala, onde ele ficou engatinhando vigorosamente enquanto ela preparava o assado e descascava algumas batatas. Com o assado no fogão, foi até a sala e viu que Denny dormia no tapete. Pegou o filho e o colocou no berço. Então começou a limpar os banheiros. Apesar de tudo, apesar do modo como o relógio corria para a hora do jantar, em momento algum ela deixou de pensar na aliança. Johnny tinha acertado. Sarah pôde inclusive identificar com precisão o momento em que ele descobriu aquilo: quando ela o beijou antes de sair.

O simples fato de pensar nele a fez se sentir fraca e estranha — ela não sabia muito bem por quê. Estava tudo misturado. O sorriso torto de Johnny, que continuava o mesmo, o corpo tão terrivelmente alterado, tão frágil e subnutrido, o modo sem vida como o cabelo se grudava no crânio, em um contraste tão flagrante com as ricas memórias que Sarah ainda guardava dele. Sarah *quisera* beijá-lo.

— Pare com isso — murmurou para si mesma. Seu rosto no espelho do banheiro parecia o de uma estranha. Corado, quente e... bem, vamos admitir: conspirativo, sexy.

A mão de Sarah se fechou sobre a aliança dentro do bolso da calça e, quase — mas não inteiramente —, antes de ter consciência do que estava fazendo, ela a jogou na água limpa, ligeiramente azul, do vaso sanitário. Tudo tão reluzente que se o sr. Treaches, do escritório de advocacia Baribault, Treaches, Moorehouse & Gendron, precisasse usar o vaso em algum momento no meio do jantar, não ficaria ofendido ao ver uma aliança sem graça no fundo. Quem sabia que obstáculos podiam surgir no caminho de um homem jovem em sua marcha rumo ao conselho dos grandes, certo? Quem sabia alguma coisa deste mundo?

A aliança deu uma pequena batida na superfície de louça e foi mergulhando devagar até o fundo da água limpa, virando preguiçosamente de um lado para outro. Sarah julgou ter ouvido um retinir abafado quando finalmente atingiu o fundo, mas provavelmente foi apenas sua imaginação. Sua cabeça latejava. O sótão estava quente, abafado, mofado. Mas o beijo de Johnny — aquilo foi doce. Muito doce.

Antes que pudesse pensar no que estava fazendo (permitindo assim que a razão voltasse a predominar), Sarah estendeu a mão e acionou a descarga, que produziu um baque na parede e um estrondo. O som pareceu mais alto, talvez, porque Sarah tinha fechado os olhos com força. Quando tornou a abri-los, a aliança sumira. Tinha sido perdida e agora estava novamente perdida.

De repente, suas pernas pareceram fracas e ela se sentou na borda da banheira pondo as mãos no rosto. No seu rosto, naquele seu rosto quente. Não iria mais visitar Johnny. Não tinha sido uma boa ideia. Tudo aquilo a deixara transtornada. Walt estava trazendo um dos figurões da firma para jantar, ela serviria uma garrafa bastante cara de Mondavi e tinha um assado no forno: aquelas eram as coisas em que devia pensar. Devia estar pensando também em como gostava de Walt e em Denny adormecido no berço. Devia pensar em como cada pessoa, depois de fazer suas escolhas naquele mundo louco, era obrigada a conviver com elas. E não ia mais pensar em John Smith e em seu charmoso sorriso.

9

O jantar daquela noite foi um grande sucesso.

10

1

O médico de Vera Smith lhe prescreveu um remédio para a pressão alta chamado Hydrodiural. Não chegava a baixar muito a pressão ("pouco mais que nada", ela gostava de dizer nas cartas que escrevia), mas a fazia se sentir enjoada e fraca. Ela precisava se sentar e descansar depois de passar o aspirador. A subida de um lance de degraus a obrigava a parar no patamar, arfando como um cachorrinho em uma tarde quente de agosto. Se Johnny não tivesse lhe dito que o remédio a faria realmente melhorar, ela já teria atirado os comprimidos pela janela.

O médico então tentou outro remédio, mas o coração de Vera passou a bater de modo tão alarmante que ela teve que parar.

— Estamos em um procedimento de tentativa e erro — afirmou o médico. — Mas vamos acabar acertando, Vera. Não se preocupe.

— Não me preocupo — respondeu Vera. — Minha fé está no Senhor Deus.

— Sim, é claro que sim. Justamente onde devia estar.

Pelo final de junho, o médico decidiu por uma combinação de Hydrodiural com outro medicamento chamado Aldomet — grandes comprimidos amarelos, caros, amargos. Quando começou a tomar os dois juntos, Vera sentia vontade de urinar a cada quinze minutos. Sentia dor de cabeça e palpitações no coração. O médico disse que a pressão estava voltando ao normal, mas ela não o levava a sério. Afinal, para que serviam os médicos? Era só ver o que estavam fazendo com seu Johnny, retalhando-o como se ele fosse carne de açougue, já com três cirurgias. Parecia um monstro com cicatrizes de cima a baixo dos braços, das pernas e do pescoço. E Johnny não conseguia se deslocar sem um daqueles andadores, como o que a velha sra. Sylvester precisava usar. Se sua pressão realmente baixara, por que continuava se sentindo tão pesada?

— Tem que dar tempo suficiente para o corpo se acostumar ao medicamento — aconselhou Johnny. Era o primeiro sábado de julho e os pais tinham ido passar o fim de semana perto dele. Johnny tinha acabado de chegar da hidroterapia e parecia pálido e abatido. Segurava uma bolinha de chumbo em cada mão e, enquanto conversavam, flexionava os cotovelos, fortalecendo os bíceps e tríceps. As cicatrizes que corriam como marcas de chicote pelos seus antebraços e cotovelos se expandiam e contraíam.

— Deposite sua fé em Deus, Johnny — dizia Vera. — Não precisa de toda essa tolice. Deposite sua fé em Deus e Ele vai curá-lo.

— Vera... — começou Herb.

— Não fique me interpelando. Isso não é *tolice*! Então a Bíblia não diz "Peça, e lhe será dado", "Bata, e a porta se abrirá"? Ninguém precisa se submeter a essa medicina maléfica. Meu menino não precisa deixar que esses médicos continuem a torturá-lo. Isso está errado, não está ajudando e *é pecaminoso*!

Johnny largou as bolas de chumbo na cama. Os músculos dos braços tremiam. De repente ele se sentiu enjoado, exausto e furioso com a mãe.

— O Senhor ajuda quem ajuda a si mesmo — disse ele. — Você não está pensando nada no Deus cristão, mãe! Você pensa em um gênio saindo de uma lâmpada e se dispondo a atender a três desejos seus.

— Johnny!

— Bem, é verdade!

— Os médicos puseram essa ideia em sua cabeça! Todas essas ideias malucas! — Os lábios de Vera tremiam; os olhos estavam arregalados, mas não vertiam lágrimas. — Deus o tirou daquele estado de coma para você cumprir a vontade Dele, John! Esses médicos estão simplesmente...

— Estão simplesmente tentando me fazer ficar de pé para que eu não tenha que passar o resto da vida cumprindo a vontade de Deus sentado em uma cadeira de rodas!

— Não vamos discutir — disse Herb. — Famílias não devem brigar. — Assim como não deviam existir furacões, mas todo ano eles apareciam e nada do que Herb pudesse dizer iria eliminar certos fatos. A briga estava a caminho.

— Se você deposita sua confiança em Deus, Johnny... — começou Vera, não dando a menor importância a Herb.

— Não confio mais em nada.

— Acho lamentável ouvir você dizer isso — respondeu ela. Um tom seco, distante. — Os agentes de Satã estão por toda parte. Tentarão te desviar do seu destino. Parece que já estão sabendo muito bem levar a tarefa adiante.

— Você tem que transformar isso em uma espécie de... de coisa eterna, não é? Vou lhe dizer o que foi. Foi um estúpido acidente, dois garotos estavam em um racha e por acaso acabei virando picadinho. Sabe o que eu quero, mãe? Quero sair daqui. É só o que eu quero. E quero que você continue tomando seus remédios... e que tente colocar de novo os pés no chão. Isso é tudo que eu quero!

— Vou embora. — Ela se levantou. O rosto estava pálido e tenso. — Vou rezar por você, Johnny.

Ele a encarou. Parecia indefesa, frustrada e infeliz. A raiva de Johnny havia passado. Fora descarregada na mãe.

— Continue tomando os remédios! — exclamou.

— Vou orar para que veja a luz.

Saiu do quarto com o rosto severo, rijo como pedra.

Johnny olhou com ar desamparado para o pai.

— John, eu preferia que não tivesse dito essas coisas — falou Herb.

— Estou cansado. A conversa dela não vai ajudar em nada minha recuperação. Ou meu humor.

— É — respondeu Herb. Ele pareceu à beira de dizer mais alguma coisa e não disse.

— Ela ainda está planejando ir à Califórnia para aquele simpósio sobre discos voadores ou algo parecido?

— Está. Mas pode mudar de ideia. Pode acontecer de um dia para o outro e ainda estamos a um mês da viagem.

— Você devia tomar alguma providência.

— É? Fazer o quê? Me livrar dela? Interná-la?

Johnny balançou a cabeça.

— Não sei. Mas talvez esteja na hora de você pensar seriamente no assunto em vez de agir como se isso estivesse fora de cogitação. Ela está doente. Você tem que encarar.

— Ela estava bem antes de você...

Johnny estremeceu, como se tivesse levado um tapa.

— Olhe, desculpe. Eu não queria dizer isso, John!

— Tudo bem, pai.

— Não, eu realmente não queria. — O rosto de Herb era uma perfeita imagem de angústia. — Olhe, tenho que ir atrás dela! A esta altura sua mãe já deve estar no saguão de entrada.

— Tudo bem.

— Johnny, por favor tente esquecer o que aconteceu e se esforçar para ficar bom. Ela realmente te ama e eu também. Não seja duro conosco.

— Não. Está tudo bem, pai.

— Tenho que ir atrás dela. — Herb deu um beijo no rosto de Johnny.

— Tudo bem.

Herb saiu. Depois que os dois se foram, Johnny se levantou e deu três passos cambaleantes entre sua cadeira e a cama. Não era muito, mas era alguma coisa. Um começo. Lamentava mais do que o pai podia imaginar por ter explodido com a mãe daquele jeito. Lamentava porque dentro dele crescia um estranho tipo de certeza de que a mãe já não viveria por muito tempo.

2

Vera parou de tomar os remédios. Herb conversou com ela, depois procurou persuadi-la e finalmente exigiu. De nada adiantou. Ela mostrou as cartas de seus "correspondentes em Jesus", a maioria delas com má caligrafia e cheias de erros de ortografia. Todas apoiavam sua posição e prometiam rezar por ela. Uma das cartas vinha de uma senhora de Rhode Island, que também estivera na fazenda em Vermont à espera do fim do mundo (junto com Otis, seu cãozinho lulu-da-pomerânia). "DEUS é o melhor remédio", a senhora escreveu, "peça a DEUS porque ELE VAI TE CURAR, não os TALS que URSULPARAM o PODER de DEUS, os TALS que provocaram todo o CÂNCER neste mundo mau com suas GARRAFADAS de SATANÁS, todo mundo que fez por exemplo SIRUGIA, mesmo MENORES como das MÍDALAS, mais cedo ou mais tarde vai acabar com CÂNCER, este é um fato provado, por isso peça a DEUS, reze a DEUS, cole TUA VONTADE À VONTADE DELE e VOCÊ SERÁ *CURADA!!*".

Herb telefonou para Johnny, e no dia seguinte Johnny ligou para a mãe pedindo desculpas por ter sido tão grosseiro com ela. Depois pediu que, por favor, voltasse a tomar os remédios — por ele. Vera aceitou o pedido de desculpas, mas se recusou a voltar aos remédios. Se Deus precisasse que ela caminhasse para dentro da Terra, ela não deixaria de caminhar. Se Deus a quisesse chamar para casa, ela teria que ir, mesmo se estivesse tomando um barril de comprimidos por dia. Era um argumento poderoso, e a única refutação possível por parte de Johnny veio de uma ideia que tanto católicos quanto protestantes rejeitaram durante mil e oitocentos anos: que Deus manifesta Sua vontade através da mente do homem e através do espírito do homem.

— Mamãe, você não percebe que foi a vontade de Deus que fez um médico inventar esses remédios para que você pudesse viver mais tempo? Será que essa ideia nunca lhe passou pela cabeça?

Uma ligação de longa distância não era o meio mais adequado para uma discussão teológica. Vera desligou.

No dia seguinte Marie Michaud entrou no quarto de Johnny, pôs a cabeça na cama dele e chorou.

— O que foi, o que houve? — perguntou Johnny alarmado, nervoso. — O que aconteceu? O que houve?

— Meu menino — disse ela sem parar de chorar. — Meu Mark. Eles o operaram e foi exatamente como você disse. Ele está bem! Vai voltar a enxergar com aquele olho ruim. Obrigada, Deus.

Ela abraçou Johnny, que correspondeu o melhor que pôde. Sentindo as lágrimas quentes de Marie no rosto, ele achou que o que vinha lhe acontecendo depois do coma talvez não fosse assim tão ruim. Talvez algumas coisas precisassem ser contadas, ou vistas, ou reencontradas. Não era mesmo tão disparatado acreditar que Deus *estava* trabalhando por seu intermédio, embora seu conceito de Deus fosse vago, mal definido. Abraçou Marie e lhe disse como estava contente. Pediu que ela não se esquecesse de que não fora ele quem operara o Mark. Disse também que mal se lembrava do que conversara com ela. Marie saiu logo depois, enxugando os olhos, deixando Johnny sozinho com seus pensamentos.

3

No início de agosto, Dave Pelsen foi visitar Johnny. O diretor-assistente da escola Cleaves Mills era um homem pequeno e elegante que usava óculos grossos, sapatos macios e tinha uma coleção de paletós esporte em cores extravagantes. De todas as pessoas que visitaram Johnny durante aquele verão quase interminável de 1975, Dave havia sido o que menos mudara. O grisalho estava salpicado um pouco mais uniformemente pelo seu cabelo, mas nada além disso.

— Como você está indo? Sinceramente? — perguntou Dave quando terminaram de se cumprimentar.

— Não tão mal assim — respondeu Johnny. — Agora já posso andar sozinho, se não exagerar. Posso dar seis braçadas na piscina. Às vezes tenho dores de cabeça, que são realmente de matar, mas os médicos disseram que é normal que elas continuem por mais algum tempo. Talvez pelo resto da minha vida.

— Posso fazer uma pergunta pessoal?

— Se quer saber se ainda consigo ter ereção — disse Johnny com um sorriso —, a resposta é sim.

— É bom saber disso, mas na verdade eu ia perguntar sobre o dinheiro. Está conseguindo pagar tudo isto?

Johnny balançou a cabeça afirmativamente.

— Já estou no hospital há uns cinco anos. Ninguém, a não ser um Rockefeller, poderia pagar isso. Meus pais me colocaram em uma espécie de programa bancado pelo Estado. Assistência a tragédias ou coisa do gênero.

Dave assentiu.

— A Assistência Extraordinária para Situações de Desastre — disse ele. — Imaginei. Mas não sei como deixaram você continuar fora do hospital público, Johnny. Um lugar infernal.

— O dr. Weizak e o dr. Brown cuidaram disso. Foi principalmente graças a eles que minha recuperação chegou a este ponto. O dr. Weizak diz que virei uma... cobaia. Por quanto tempo vamos conseguir impedir que este homem em coma se transforme em um completo vegetal? A unidade de fisioterapia estava trabalhando comigo nos últimos dois anos que passei em coma. Tomei injeções de complexos vitamínicos... meu traseiro ainda parece a foto de um caso de varíola. Não que esperassem qualquer contribuição pessoal minha ao projeto. Fui considerado um caso terminal quase desde o momento em que cheguei aqui. Weizak diz que ele e Brown me submeteram a um procedimento de "suporte agressivo à vida". Ele acredita que meu caso é uma primeira resposta a todas as críticas sobre a manutenção da vida quando não há mais esperança de recuperação. O fato é que não poderiam continuar me usando na pesquisa se eu fosse transferido para um hospital público, então me mantiveram aqui. Se tivessem interrompido meu tratamento, eu *teria* ido para o hospital público.

— E lá o tratamento mais sofisticado que você receberia seria uma virada na cama a cada seis horas para evitar escaras — concluiu Dave. — E, quando acordasse em 1980, precisaria ter os quatro membros amputados.

— Acho que mesmo aqui, se eu acordasse em 1980, teria os membros amputados — disse Johnny, balançando devagar a cabeça. — Bem, acho que se alguém me falar de mais uma cirurgia, vou ficar maluco. O fato é que vou sempre mancar um pouco e nunca vou conseguir virar completamente a cabeça para a esquerda.

— Quando vai sair daqui?

— Em três semanas, se Deus quiser.

— E o que vai fazer?

Johnny deu de ombros.

— Vou para casa, acho. Para Pownal. Minha mãe vai passar um tempo na Califórnia em uma... coisa religiosa. Meu pai e eu podemos aproveitar esse tempo para retomar um bom diálogo. Recebi uma carta de um dos grandes agentes literários de Nova York... bem, não *dele*, exatamente, mas de um de seus assistentes. Eles acham que o que aconteceu comigo pode dar um livro. Acho que posso tentar mandar uns dois ou três capítulos e um esboço do resto. Talvez esse agente ou o assistente consigam vender a história. O dinheiro viria em uma hora muito conveniente, com certeza.

— Houve interesse de algum outro órgão da mídia?

— Bem, o sujeito do *Daily News* de Bangor, que fez a reportagem original, também se interessou...

— Bright? Ele é bom nisso.

— Ele queria ir a Pownal depois que eu recebesse alta para fazer uma reportagem de destaque. Gosto do cara, mas por enquanto vou deixá-lo de lado. O que ele propõe não dá dinheiro, e neste momento, para falar com franqueza, o que estou procurando é dinheiro. Posso até aparecer naqueles jogos de perguntas da TV se conseguir tirar uns duzentos mangos. A poupança dos meus pais acabou. Eles tiveram até que vender o carro e comprar uma lata velha. Meu pai conseguiu fazer uma segunda hipoteca da casa em uma época em que já devia estar pensando em se aposentar, vender o imóvel e viver dos rendimentos.

— Já pensou em voltar a lecionar?

Johnny ergueu os olhos.

— É uma proposta?

— Quer que eu seja mais direto?

— Agradeço — respondeu Johnny. — Mas em setembro ainda não vou estar completamente bom, Dave.

— Eu não estava pensando em setembro. Se lembra daquela colega de Sarah, Anne Strafford? — Johnny assentiu. — Bem, agora ela é Anne Beatty e vai ter um bebê em dezembro. Então, vamos precisar de um professor de inglês no segundo semestre. Horários leves. Quatro aulas, monitor no período de estudo dirigido, dois períodos livres.

— Está mesmo me fazendo uma proposta, Dave?

— Estou.

— É uma extrema bondade da sua parte — disse Johnny com voz rouca.

— Esqueça a bondade — falou Dave em um tom descontraído. — Você é que é um professor muito bom.

— Me dá duas semanas para pensar?

— Nos vemos dia 1º de outubro, se você quiser — disse Dave. — Acho que você teria inclusive tempo de trabalhar no seu livro. Talvez seja uma boa oportunidade.

Johnny concordou.

— E talvez não queira ficar muito tempo em Pownal — completou Dave. — Pode achar... desconfortável.

Palavras subiram à boca de Johnny e ele precisou sufocá-las.

Não muito tempo, Dave. Você sabe, os miolos de minha mãe estão a ponto de explodir. Ela nem precisa usar um revólver, porque vai ter um derrame. Vai estar morta antes do Natal, a não ser que eu e meu pai possamos convencê-la a tomar de novo os remédios, e acho que não vamos conseguir.

Contribuí para seu afundamento — até onde exatamente não sei. Acho que nem quero saber.

Em vez disso, Johnny respondeu:

— As notícias correm depressa, hein?

Dave deu de ombros.

— Soube pela Sarah que sua mãe tem tido problemas de ajustamento. Ela vai voltar a criar problemas, Johnny. Nesse meio-tempo, pense na minha proposta.

— Vou pensar. Na verdade vou lhe dar um sim provisório agora mesmo. Seria bom voltar a lecionar. Voltar ao normal.

— Você é um dos meus! — exclamou Dave.

Depois que Dave saiu, Johnny se estendeu na cama e ficou olhando pela janela. Estava muito cansado. *Voltar ao normal.* Fosse como fosse, ele achava que isso jamais ia realmente acontecer.

Sentiu uma de suas dores de cabeça se aproximando.

4

O fato de Johnny Smith ter saído do coma com alguma coisa de diferente finalmente apareceu no jornal, ocupando uma página sob a assinatura de David Bright. A publicação aconteceu menos de uma semana antes de Johnny deixar o hospital.

Ele estava na fisioterapia, deitado de costas em um tatame. Em sua barriga havia uma bola de arremesso de seis quilos. Eileen Magown, a fisioterapeuta, estava de pé ao lado dele e contava os abdominais. Tinha que fazer dez e, naquele momento, Johnny lutava com o de número oito. O suor lhe escorria pelo rosto, e as cicatrizes no pescoço estavam muito vermelhas.

Eileen era uma mulher baixinha, simplória, com um corpo definido, uma auréola de belo e crespo cabelo ruivo e olhos muito verdes, com salpicos de castanho. Às vezes Johnny a chamava — com um misto de irritação e diversão — de a menor instrutora de fuzileiros do mundo. Com sugestões, comandos e gritos, ela fora a responsável por transformá-lo de paciente amarrado à cama, que mal conseguia segurar um copo d'água, em um homem capaz de andar sem bengala, dar três voltas na barra fixa e uma volta completa na piscina do hospital em cinquenta e três segundos — não uma marca olímpica, mas nada mal. Era solteira e morava em uma grande casa em Oldtown, na Center Street, com seus quatro gatos. Dura como concreto, jamais aceitava um não como resposta.

Johnny desabou para trás.

— Sem condições — arquejou ele. — Ah, acho que não vou conseguir, Eileen.

— Levante, rapaz! — gritou ela com um barulhento e sádico bom humor. — Levante! Levante! Só mais três e vai poder tomar uma Coca!

— Troque pela bola de quatro quilos e faço mais duas.

— A bola de quatro quilos vai entrar no *Livro Guinness dos Recordes* como o maior supositório do mundo se não fizer mais três. *Levante!*

— *Urrrrrrgrah!* — gritou Johnny, estremecendo no final do número oito. Depois arriou mais uma vez e se atirou de novo para cima.

— Ótimo! — gritou Eileen. — Mais uma vez, mais uma vez!

— *OOOOARRRRRRRUNCH!* — gritou Johnny, subindo pela décima vez. Logo desabou no tatame, deixando a bola de arremesso cair. — Provocou uma ruptura, está satisfeita? Todas as minhas tripas acabaram de se soltar, estão flutuando dentro de mim. Vou te processar, sua maluca!

— Jesus, que fofo — disse Eileen, dando-lhe a mão. — Isso não foi nada comparado ao que vamos fazer da próxima vez.

— Esqueça — disse Johnny. — Tudo que vou fazer da próxima vez é nadar na...

Ele a olhou enquanto um ar de espanto tomava conta de seu rosto. Agarrou a mão dela até quase apertar.

— Johnny? Qual é o problema? Alguma cãibra?

— Meu Deus — murmurou Johnny.

— *Johnny?*

Continuava agarrado à mão de Eileen, encarando-a em uma contemplação longínqua, nebulosa, que a deixou tensa. Já tinha ouvido coisas sobre John Smith, rumores que seu pragmatismo empedernido desprezara. Contavam por aí que Johnny previra que o filho de Marie Michaud ia ficar bom, e isso antes de os médicos mostrarem a menor disposição para tentar a cirurgia de risco. Outro rumor estava relacionado com o dr. Weizak; os boatos eram de que Johnny havia garantido a Weizak que a mãe dele não estava morta, mas morando com outro nome em algum ponto da Costa Oeste. Para Eileen Magown, as histórias eram pura conversa fiada; estavam no mesmo nível das lendas das revistas esotéricas e das histórias de amor, no estilo água com açúcar, tão lidas nas salas de enfermagem. Mas o modo como Johnny a olhava naquele momento a deixou com medo. Era como se ele estivesse olhando para dentro dela.

— Johnny, você está bem? — Estavam sozinhos na sala de fisioterapia. As grandes portas duplas com as vidraças foscas que davam para a área da piscina estavam fechadas.

— Pelo amor de Deus — disse Johnny. — É melhor você... sim, ainda dá tempo! Mas está por um fio.

— Do que está falando?

Ele pareceu sair do transe. Soltou a mão de Eileen... que estava com marcas brancas no pulso, tamanha a força com que ele apertara.

— Chame os bombeiros! — exclamou ele. — Você esqueceu de desligar o acendedor do fogão. As cortinas da cozinha estão pegando fogo.

— O quê...?

— A chama pegou no pano de prato, e o pano de prato pegou nas cortinas — explicou Johnny com impaciência. — Corra e chame os bombeiros. Quer que a casa pegue fogo?

— Johnny, como você pode saber que...

— Não importa como eu posso saber — disse Johnny, agarrando-a pelo cotovelo. Ele começou a empurrá-la e atravessou a porta com ela. Sua perna esquerda mancava bastante, como sempre acontecia quando estava cansado. Atravessaram a área em que ficava a piscina, os passos dando estalos surdos nas lajotas. Saíram no corredor do primeiro andar e avançaram para a sala das enfermeiras. Lá dentro, duas moças tomavam café e uma terceira falava ao telefone. Contava a alguém do outro lado da linha sobre a reforma que fizera em seu apartamento.

— Vai ligar ou quer que eu ligue? — perguntou Johnny.

Um turbilhão de pensamentos tomava a mente de Eileen. Pela manhã seguira a mesma rotina típica das pessoas solteiras. Acordou e começou a preparar um ovo cozido enquanto comia uma grapefruit inteira, sem açúcar, e um prato de sucrilhos. Depois do desjejum se arrumou e foi para o hospital. *Tinha* desligado o gás do fogão? Claro que sim. Não conseguia se lembrar especificamente de ter feito isso, mas tinha o hábito de desligar. Certamente teria desligado.

— Johnny, realmente, não sei de onde tirou essa ideia...

— Tudo bem, eu ligo.

Agora já tinham entrado na sala de enfermagem, que consistia de uma cabine de vidro equipada com três cadeiras de encosto reto e um aquecedor. O pequeno cômodo era dominado pelo painel de chamadas — fileiras de pequenas luzes que ficavam vermelhas quando algum paciente apertava o botão. Três delas estavam agora acesas. As duas enfermeiras continuaram tomando café e conversando sobre um médico que aparecera bêbado no Benjamin's. A terceira parecia estar falando com seu cabeleireiro.

— Desculpe, mas preciso dar um telefonema — disse Johnny.

A enfermeira cobriu o fone com a mão.

— Há um telefone público no vest...

— Obrigado — interrompeu Johnny, tirando o telefone da mão dela. Apertou o botão de uma linha desocupada e discou zero. Veio um sinal de ocupado. — O que há de errado com este negócio?

— Ei! — gritou a enfermeira que falava com o cabeleireiro. — O que você está fazendo? Me dê isso!

Johnny se lembrou de que estava em um hospital com mesa telefônica própria, e discou nove para ter acesso a uma linha externa. Depois tornou a discar o zero.

Com o rosto vermelho de raiva, a enfermeira que estava ao telefone tentou agarrar o aparelho de volta, mas Johnny a empurrou. Ela girou, viu Eileen e deu um passo em sua direção.

— Eileen, o que está acontecendo com esse maluco? — perguntou ela, em um tom estridente. As outras duas enfermeiras tinham pousado as xícaras de café e olhavam boquiabertas para Johnny.

Eileen deu de ombros com ar constrangido.

— Não sei, ele simplesmente...

— Telefonista.

— Telefonista, quero comunicar um incêndio na Oldtown — disse Johnny. — Por favor, pode me dar o número dos bombeiros?

— Ei — falou uma das enfermeiras. — De quem é a casa que está pegando fogo?

Eileen moveu os pés nervosamente.

— Ele diz que é a minha.

A enfermeira que antes conversava ao telefone com o cabeleireiro sobre seu apartamento deu dois estalos com a língua.

— Ai, meu Deus, é *aquele* cara!

Johnny apontou para o painel de chamadas, onde agora havia cinco ou seis luzes acesas.

— Por que não vai ver o que essas pessoas estão querendo?

A telefonista o conectou com o Corpo de Bombeiros de Oldtown.

— Meu nome é John Smith e preciso comunicar um incêndio. É na... — Olhou para Eileen. — Qual é seu endereço?

Por um momento Johnny achou que ela não ia dizer. A boca de Eileen se moveu, mas nada saiu. As duas enfermeiras que bebiam café tinham agora abandonado suas xícaras e recuado para o canto da saleta. Sussurravam entre si como duas menininhas no banheiro de uma escola primária. Tinham os olhos arregalados.

— Senhor? — chamou a voz do outro lado da linha.

— *Vamos lá* — disse Johnny. — Está querendo que seus gatos virem churrasco?

— Center Street, 624 — respondeu Eileen com relutância. — Johnny, você está delirando.

Johnny repetiu o endereço no fone.

— O fogo está na cozinha.

— O nome do senhor?

— John Smith. Estou ligando do Eastern Maine Medical Center, em Bangor.

— Poderia informar como ficou a par do incêndio?

— Eu precisaria do resto do dia para lhe contar aqui no telefone. Minha informação é correta. Agora vão até lá apagar o fogo! — Bateu com o telefone.

— ... e ele disse que a mãe de Sam Weizak ainda estava...

A enfermeira parou de falar e encarou Johnny. Por um momento, ele sentiu todas as moças a contemplá-lo, olhos cravejando seu corpo. Percebeu que sua atitude causaria certos efeitos, o que revirou seu estômago.

— Eileen — disse ele.

— O que é?

— É amiga de algum vizinho?

— Sim... Burt e Janice são meus amigos...

— Algum dos dois está em casa?

— Acho que Janice deve estar.

— Por que não liga para ela?

Eileen assentiu, percebendo de repente aonde Johnny queria chegar. Pegando o telefone da mão dele, discou um número que começava com 827. As enfermeiras estavam paralisadas, observando tudo com avidez, como se tivessem começado por acaso a assistir a um programa de TV realmente empolgante.

— Alô? Jan? É Eileen. Você está na cozinha?... Poderia dar uma olhada pela janela e me dizer se tudo parece normal, se está tudo bem com a minha casa?... É que um amigo está dizendo... Olhe, depois te explico, está bem? — Eileen estava ficando vermelha. — Sim, eu espero. — Olhou para Johnny e repetiu: — Está delirando, Johnny.

Houve uma pausa que pareceu não ter fim. Então Eileen começou novamente a ouvir o outro lado da linha. Ouviu por um bom tempo. Quando falou, tinha uma voz estranha, deprimida, totalmente diferente de seu tom habitual:

— Não, tudo bem, Jan. Eles foram chamados. Não... Não posso explicar agora, mas te conto mais tarde. — Olhou para Johnny. — Sim, é engraçado como eu fiquei sabendo... mas eu posso explicar. Pelo menos acho que posso. Até logo.

Desligou o telefone. Todos olharam para ela, as enfermeiras com ávida curiosidade, Johnny com uma certeza monótona.

— Jan disse que tem fumaça saindo da janela da minha cozinha — disse Eileen e todas as três enfermeiras suspiraram em uníssono. Os olhos delas, arregalados e um tanto acusadores, tornaram a se virar para Johnny. *Olhos de um júri*, ele pensou desanimado.

— Tenho que ir para casa — continuou Eileen. A agressiva, positiva e atrevida fisioterapeuta sumira; seu lugar fora ocupado por uma mulher preocupada com os gatos, com a casa, com suas coisas. — Não... Não sei como lhe agradecer, Johnny... Sinto muito por não ter acreditado logo em você, mas... — Ela começou a chorar.

Uma das enfermeiras se moveu em sua direção, mas Johnny chegou primeiro. Pôs um braço em volta de Eileen e foi com ela para o saguão.

— Você realmente é capaz — sussurrou Eileen. — O que dizem é...

— Vá até lá — disse Johnny. — Tenho certeza de que tudo vai ficar bem. Vai encontrar ainda um pouco de fumaça e a casa ensopada, mas só isso. O pôster daquele filme, *Butch Cassidy*, acho que se perdeu, mas só isso.

— Sim, tudo bem. Obrigada, Johnny. Deus te abençoe! — Ela o beijou no rosto e começou a descer rapidamente o corredor. Eileen ainda olhou uma vez para trás. Sua expressão lembrava muito uma espécie de pavor.

Encostadas no vidro da sala de enfermagem, as enfermeiras o observavam. De repente Johnny achou que elas pareciam corvos enfileirados em uma linha telefônica, corvos contemplando alguma coisa nítida, brilhante, algo a ser bicado e estraçalhado.

— Vão atender as chamadas — disse ele de mau humor, e as moças se encolheram ao som de sua voz. Johnny começou a mancar pelo corredor na direção do elevador, deixando para trás a tagarelice que brotava entre elas. Estava cansado. As pernas doíam. E era como se sentisse cacos de vidro entre as juntas dos quadris. Queria ir para a cama.

11

1

— O que vai fazer? — Sam Weizak perguntou.

— Sei lá — Johnny respondeu. — Quantos você disse que estão lá embaixo?

— Uns oito. Um deles é o correspondente da Associated Press no norte da Nova Inglaterra. E tem gente de duas redes de TV com câmeras e refletores. O diretor do hospital está bastante chateado com você, Johnny. Acha que tem sido leviano.

— Eu devia ter deixado a casa de uma mulher pegar fogo? — Johnny argumentou. — Acho que estão aqui porque a porra da pauta dos jornais do dia deve estar muito fraca.

— Na verdade não. Ford vetou dois projetos de lei. A OLP explodiu um restaurante em Tel Aviv. E um cachorro da polícia farejou quase duzentos quilos de maconha no aeroporto.

— Então, o que estão fazendo aqui? — Johnny perguntou. Quando Sam entrou dizendo que o saguão estava se enchendo de repórteres, o primeiro pensamento de Johnny foi imaginar como a mãe reagiria ao ver as notícias. Ela estava com Herb em Pownal, aprontando-se para a peregrinação à Califórnia, que começaria na semana seguinte. Nem Johnny nem o pai achavam a viagem uma boa ideia, e as notícias de que o filho teria alguma aptidão paranormal talvez fizessem Vera cancelar a viagem, mas Johnny tinha muito medo de que a emenda pudesse ser bem pior que o soneto. Algo desse gênero poderia colocar a mãe fora de órbita para sempre.

Por outro lado — um pensamento que de repente floresceu em sua mente com a força de uma inspiração — talvez a coisa a persuadisse a voltar com os remédios.

— Estão aqui porque o que aconteceu é notícia — Sam afirmou. — Tem todos os ingredientes clássicos.

— Eu não fiz nada, eu apenas...

— Você apenas disse a Eileen Magown que a casa dela estava pegando fogo, e estava mesmo — disse Sam em voz baixa. — Vamos lá, Johnny, acho que você já sabia que isto ia acontecer, mais cedo ou mais tarde!

— Não tenho nenhuma inclinação para o sensacionalismo — Johnny respondeu severamente.

— Não. Não quis dizer isso. Um terremoto não tem inclinação para o sensacionalismo. Mas os repórteres vão lá para fazer a cobertura. As pessoas querem saber.

— E se eu simplesmente me recusar a falar com eles?

— Não seria a melhor opção — Sam respondeu. — Eles iriam embora e publicariam os rumores mais absurdos. Depois, quando recebesse alta, tudo isso despencaria em você. Iam sacudir os microfones na sua cara como se você fosse um senador ou algum chefão do crime, entende?

Johnny refletiu um pouco.

— Bright também está lá embaixo?

— Está.

— E se eu pedisse a ele para subir? Ele poderia pegar a história e repassá-la ao resto do pessoal.

— Pode fazer isso, mas vai deixar os outros jornalistas extremamente decepcionados. E um repórter decepcionado vai virar seu inimigo. Nixon os desagradou e eles o fizeram em pedacinhos.

— Não sou Nixon — disse Johnny.

— Graças a Deus — Weizak respondeu com um sorriso radiante.

— O que você sugere? — Johnny perguntou.

2

Os repórteres se levantaram e caminharam para a frente quando Johnny cruzou as portas de vaivém e entrou na parte esquerda do saguão. Estava usando uma camisa branca, aberta no colarinho, e uma calça jeans azul, grande demais para ele. O rosto estava pálido, mas sereno. As cicatrizes das cirurgias nos tendões apareciam distintamente no pescoço. Os flashes jogaram clarões de luz quente sobre ele, que se assustou. Começaram a inundá-lo com perguntas.

— Ei! Ei! — Sam Weizak gritou. — É um paciente em recuperação! Ele quer dar uma breve declaração e responder a algumas perguntas, mas só se vocês se comportarem de uma maneira ordenada! Agora recuem e o deixem respirar!

Dois suportes com luzes de TV se acenderam, envolvendo o saguão em um clarão irreal. Médicos e enfermeiras se reuniram na porta da sala de espera para observar. Johnny estremeceu de novo diante das luzes e se perguntou se aquilo era o que chamavam de notoriedade. Teve a impressão de que podia realmente estar dentro de um sonho.

— Quem é o senhor? — gritou um dos repórteres para Weizak.

— Sou Samuel Weizak, médico deste jovem, e escrevam direito para que não pareça um palavrão.

Houve uma risada geral, o que descontraiu um pouco o ambiente.

— Johnny, está se sentindo bem? — Weizak perguntou. Já era noite, e aquela súbita percepção da cozinha de Eileen Magown pegando fogo parecia distante e sem importância para Johnny. Era como a lembrança de uma lembrança.

— Claro.

— Qual é a declaração? — um dos repórteres perguntou.

— Bem — começou Johnny —, aí vai: minha fisioterapeuta se chama Eileen Magown. É uma senhora muito generosa e está me ajudando na recuperação de minhas forças. Sofri um acidente, como vocês sabem, e... — Uma das câmeras de TV se aproximou, arregalando as lentes para ele, fazendo-o perder a concentração por um momento. — ... E o coma me deixou muito fraco. Meus músculos entraram praticamente em colapso. Hoje de manhã, eu estava com ela na sala de fisioterapia, acabando o último exercício, e tive a sensação de que sua casa estava pegando fogo. Isto é, para ser mais específico... — *Jesus, você está parecendo um idiota!* — Senti que ela havia esquecido de desligar o gás do fogão e que as cortinas da cozinha estavam começando a pegar fogo. Então, descemos e ligamos para os bombeiros. Foi só isso que aconteceu.

Houve um momento de pausa atordoada enquanto eles digeriam a coisa — *eu tive a sensação e foi só isso que aconteceu* —, e então a avalanche de perguntas voltou, tudo se misturando em um caldo indistinto de vozes humanas. Johnny olhou ao redor com ar abatido, sentindo-se desorientado e vulnerável.

— Um de cada vez! — Weizak gritou. — Levantem as mãos! Nunca estiveram na escola?

Mãos se agitaram e Johnny apontou para David Bright.

— Chamaria isso de experiência paranormal, Johnny?

— Chamaria de sensação — Johnny respondeu. — Estava fazendo abdominais e, quando terminei de fazê-las, a sra. Magown pegou minha mão para me ajudar a levantar e eu simplesmente soube.

Apontou para outra pessoa.

— Mel Allen, *Sunday Telegram* de Portland, sr. Smith. Foi como uma foto? Uma foto em sua cabeça?

— Não, absolutamente não — disse Johnny, mas ele não era realmente capaz de se lembrar como *havia sido*.

— Isso já lhe tinha acontecido antes, Johnny? — uma mulher jovem com uma blusa larga perguntou.

— Sim, algumas vezes.

— Pode nos contar sobre os outros incidentes?

— Não, prefiro não contar.

Um dos repórteres de TV ergueu a mão e Johnny acenou para ele.

— Teve algum desses lampejos *antes* de seu acidente e do estado de coma que ele ocasionou, sr. Smith?

Johnny hesitou.

O saguão pareceu muito silencioso. Os holofotes esquentavam seu rosto como um sol tropical.

— Não — disse ele.

Outra avalanche de perguntas. Atordoado, Johnny olhou de novo para Weizak.

— Parem! Parem! — o médico gritou, virando-se para Johnny quando o vozerio diminuiu. — Não está cansado?

— Vou responder a mais duas perguntas — disse Johnny. — Depois... realmente... foi um longo dia para mim... sim, senhora?

Apontava para uma mulher corpulenta que tinha se posicionado entre dois repórteres jovens.

— Sr. Smith — disse ela com uma voz que parecia uma tuba, alta e arrebatadora —, quem os democratas vão lançar como candidato à presidência no ano que vem?

— Não sei dizer — disse Johnny, francamente surpreso com a pergunta. — Como poderia saber?

Novas mãos se levantavam. Johnny apontou para um homem alto, de ar severo, que usava um terno escuro. Ele deu um passo à frente. Havia algo afetado e pedante em seu porte.

— Sr. Smith, sou Roger Dussault, do *Sun*, de Lewiston, e gostaria de saber se o senhor tem alguma ideia da razão para possuir uma aptidão tão extraordinária quanto essa... se de fato a tem. Por que o senhor, sr. Smith?

Johnny pigarreou.

— Se entendi bem a sua pergunta... está me pedindo que dê justificativas para algo que não compreendo. Não posso fazer isso.

— Não justifique, sr. Smith. Só explique.

Acha que estou brincando com eles. Ou tentando brincar.

Weizak deu um passo à frente e ficou ao lado de Johnny.

— Talvez eu possa responder — disse ele. — Ou pelo menos tentar explicar por que a questão não pode ser respondida.

— O senhor também é paranormal? — Dussault perguntou em um tom de ironia.

— Sou, todos os neurologistas precisam ser, é um requisito básico — respondeu Weizak. Houve uma explosão de risadas e Dussault ficou vermelho.

— Senhoras e senhores da imprensa. Este homem passou quatro anos e meio em coma. Nós, que estudamos o cérebro humano, não temos ideia de como isso aconteceu nem de como ele saiu daquele estado. Na verdade, simplesmente não sabemos o que é de fato um estado de coma, assim como não sabemos exatamente o que é o sono ou o ato banal de despertar. Não compreendemos, senhoras e senhores, o cérebro de uma rã ou o cérebro de uma formiga. Podem me citar dizendo essas coisas... estão vendo, não tenho medo, hum?

Mais risos. Gostavam de Weizak. Mas Dussault não riu.

— Também podem me citar dizendo que acredito que este homem agora possui uma aptidão humana muito nova ou muito antiga. Por quê? Se eu e meus colegas não compreendemos o cérebro de uma formiga, vou conseguir explicar a vocês por quê? Não vou. Mas posso sugerir algumas coisas interessantes, coisas que podem ter ou não algum significado. Uma parte do cérebro de John Smith sofreu uma lesão maior do que qualquer possibilidade de reparo... uma parte muito pequena, mas talvez todas as partes do cérebro sejam vitais. Ele chama essa área de "Zona Morta". Nela, ao que parece, estão estocadas algumas lembranças antigas. Todas essas lembranças apagadas parecem ser parte de um "conjunto"... formado por ruas, avenidas e nomes de rodovias. Na verdade, um subconjunto de uma série maior e mais abrangente, aquela das localizações. É uma pequena, mas uma total afasia que parece incluir tanto a linguagem quanto as aptidões visuais.

"Para equilibrar isso, outra minúscula parte do cérebro de John Smith teria sido *despertada*. Uma seção do cérebro dentro do lóbulo parietal. Uma das seções fortemente estriadas do cérebro 'posterior' e 'pensante'. As respostas elétricas dessa parte do cérebro de Smith estão um pouco diferentes do que deviam ser, hum? E há mais um ponto aqui. O lóbulo parietal está relacionado com o sentido do tato... mesmo que ainda tenhamos dúvida se muito ou pouco... e de fato fica muito próximo daquela região do cérebro que isola e identifica diferentes formas e texturas. E tenho observado que os 'lampejos' de John são sempre precedidos de alguma espécie de toque."

Silêncio. Os repórteres faziam anotações frenéticas. As câmeras de TV, que tinham se desviado para enquadrar Weizak, recuavam agora, focando exclusivamente em Johnny.

— Não é como eu falei, Johnny? — Weizak perguntou.

— Acho que sim...

De repente, Dussault abriu caminho com os ombros por entre o emaranhado de repórteres. Por um momento, Johnny achou que ele ia se colocar na frente do grupo, possivelmente com o objetivo de refutar o que ouvira de Weizak. Então ele viu Dussault tirar alguma coisa do pescoço.

— Faça uma demonstração — pediu o repórter segurando um medalhão na ponta de uma fina corrente de ouro. — Vamos ver o que pode fazer com isto.

— Isso não vai acontecer — disse Weizak. As sobrancelhas espessas e arrepiadas tinham se unido de forma ostensiva e ele encarou Dussault como Moisés. — Este homem não é um artista de circo, senhor!

— Podemos estar sendo enganados — Dussault respondeu. — Ou ele é capaz ou não é capaz, certo? Enquanto o senhor nos sugeria certas ideias, eu fazia outras sugestões para mim mesmo. E o que estou sugerindo agora é que caras desse tipo jamais podem fazer qualquer demonstração atendendo a pedidos de um desconhecido, porque são tão autênticos quanto uma nota de três dólares.

Johnny olhou para os outros repórteres. Excluindo Bright, que parecia um tanto embaraçado, todos acompanhavam avidamente a cena. De repente ele se sentiu como um cristão em uma cova de leões. De um modo ou de outro eles iam ganhar. Se pudesse dizer alguma coisa a Dussault, teriam uma reportagem de primeira página. Se não pudesse, ou se ele se recusasse a tentar, fariam outro tipo de reportagem de primeira página.

— E então? — perguntou Dussault. O medalhão balançava de um lado para o outro sob seu punho.

Johnny olhou para Weizak, mas Weizak olhava para o lado, aborrecido.

— Me dê — disse Johnny.

Dussault passou o medalhão a Johnny, que o pôs na palma da mão. Era uma imagem de São Cristóvão. Deixou que a corrente fina caísse em cima dela, formando rapidamente um montinho amarelo, e fechou a mão.

Um silêncio mortal invadiu o ambiente. Ao punhado inicial de médicos e enfermeiras parados junto à porta da sala de espera agora havia se juntado meia dúzia de outros funcionários do hospital, alguns já sem os jalecos, de saída no final de seus turnos. Uma multidão de pacientes se reunira na ponta do corredor que levava à sala de jogos e de TV no primeiro andar. As pessoas que vinham da visita regular nos finais de tarde tinham se desviado da entrada principal para passar por ali. Uma densa onda de tensão pairava no ar como um cabo de eletricidade zumbindo.

Johnny continuava em silêncio, pálido e magro em sua camisa branca e calça jeans azul grande demais. Apertava a medalha de São Cristóvão com tanta força que os tendões do pulso de sua mão direita se destacavam com nitidez sob o clarão dos holofotes. Na frente dele, sóbrio, de terno preto, com um impecável ar de juiz, Dussault não abandonava a posição de desafio. O momento pareceu se estender por uma eternidade. Ninguém tossia ou sussurrava.

— Oh — Johnny disse em voz baixa... — É isso mesmo?

Seus dedos se afrouxaram devagar. Ele olhou para Dussault.

— E então? — Dussault perguntou, mas de repente o tom autoritário havia desaparecido de sua voz. E o Johnny nervoso e cansado que tinha respondido às perguntas dos repórteres também parecia ter desaparecido. Havia um meio sorriso em sua boca, mas sem nada de caloroso. O azul dos olhos de Johnny escurecera. O olhar estava frio, distante. Weizak viu a transformação e sentiu a friagem de um arrepio. Mais tarde diria à mulher que tinha visto a face de alguém olhando através de um microscópio de grande alcance e observando uma interessante espécie de paramécio.

— É o medalhão de sua irmã — ele afirmou a Dussault. — Seu nome era Anne, mas todos a chamavam de Terry. Sua irmã mais velha. Você a adorava. Quase cultuava o chão em que ela pisava.

De repente a voz de Johnny Smith começou a se elevar e a se transformar de um modo terrível. Tornou-se a voz entrecortada e vacilante de um adolescente.

— É para quando você atravessar a Lisbon Street com o sinal verde, Terry, ou quando estiver sozinha com um daqueles caras da gangue. Não se esqueça de mim, Terry... não se esqueça...

A mulher robusta que perguntara a Johnny quem os democratas indicariam no ano seguinte deixou escapar um gemido breve, mas assustado. Um dos cinegrafistas sussurrou "Santo Deus" com uma voz rouca.

— Pare com isso — Dussault murmurou. Seu rosto se transformara em uma sombra obscura e mórbida. Os olhos pareciam saltar das órbitas, e a saliva, sob a luminosidade áspera, brilhava como cromo no lábio inferior. As mãos avançaram para o medalhão, que agora oscilava na ponta da fina corrente de ouro presa nos dedos de Johnny. As mãos, no entanto, tinham avançado sem força e sem autoridade. O medalhão continuava oscilando de um lado para o outro, disparando hipnóticos reflexos de luz.

— Lembre-se de mim, Terry — a voz adolescente implorava. — Fique limpa, Terry... Por favor, pelo amor de Deus, fique limpa...

— *Pare com isso! Pare com isso, seu filho da puta!*

Agora Johnny voltava a falar com sua própria voz.

— Era a velocidade, não era? Depois as anfetaminas. Mas ela acabou morrendo de um ataque cardíaco aos vinte e sete anos. Ainda pôde usar o medalhão durante dez anos, Rog. E sempre se lembrava de você. Nunca te esqueceu. Nunca te esqueceu... nunca... nunca... nunca.

O medalhão escorregou dos dedos de Johnny e bateu no chão como um breve toque musical. Por um momento, Johnny desviou o olhar para o vazio, uma expressão calma, fria, distante. Dussault tateava a seus pés para pegar o medalhão. Soluçava dolorosamente no silêncio atônito das pessoas.

Quando um flash pipocou, a face de Johnny ganhou traços mais firmes, e ele tornou-se outra vez reconhecível. Pareceu tocada inicialmente pelo horror, depois pela piedade. Ele se ajoelhou desajeitadamente ao lado de Dussault.

— Sinto muito — disse. — Sinto muito, eu não pretendia...

— Seu enganador, vigarista safado! — Dussault gritou. — É uma mentira! Tudo mentira! Tudo *mentira*! — Atingiu Johnny no pescoço com um desajeitado golpe de mão aberta. Johnny caiu, batendo forte com a cabeça no chão, e viu estrelas.

Alvoroço.

Johnny estava vagamente consciente de Dussault abrindo caminho às cegas por entre a multidão, em direção às portas de saída. Um grupo se apinhava em volta de Dussault; outro, em volta de Johnny. Ele viu Dussault passando por uma floresta de pernas e sapatos. De repente Weizak estava do seu lado, ajudando-o a se sentar.

— John, tudo bem com você? Ele te machucou?

— Menos do que eu o machuquei. Estou bem. — Johnny lutou para ficar de pé. Mãos (talvez de Weizak, talvez de outra pessoa) o ajudaram. Estava tonto e enjoado; quase com vontade de vomitar. Fazer aquilo havia sido um equívoco, um terrível equívoco.

Alguém deu um grito estridente — a mulher robusta que fizera a pergunta sobre os democratas. Johnny viu Dussault cair bruscamente de joelhos, tentar agarrar a manga da blusa estampada da mulher robusta e escorregar exausto para a frente, sobre o piso, junto da porta que tinha tentado alcançar. A medalha de São Cristóvão continuava em sua mão.

— Desmaiou — alguém falou. — Perdeu inteiramente os sentidos. Incrível!

— Culpa minha — disse Johnny a Sam Weizak. Sua garganta estava contraída, de vergonha e lágrimas. — Tudo culpa minha.

— Não — disse Sam. — Não, John.

Mas era. Deu uma guinada se livrando das mãos de Weizak e foi para onde Dussault se encontrava. Ele agora recuperava os sentidos, os olhos piscando ofuscados para o teto. Dois médicos se aproximaram para ajudá-lo.

— Ele está bem? — Johnny perguntou, virando-se para a repórter de blusa folgada. Ela se encolheu, e uma nuvem de medo passou em seu rosto.

Johnny então se virou para o outro lado, para o repórter de TV que perguntara se ele tivera aqueles lampejos antes do acidente. De repente parecia muito importante dar explicações a alguém e falou:

— Não tive a intenção de ofendê-lo. Com toda a honestidade, jamais pensei em ofendê-lo. Eu não sabia...

O repórter recuou um passo.

— Não — disse. — Claro que não quis fazer nada. Ele pediu por isso, todos viram. Só que... não encoste em mim, tá?

Johnny o olhou mudo de espanto, os lábios trêmulos. Ainda estava em choque, mas começava a compreender. Ah, sim. Estava começando a compreender. O repórter tentou sorrir e só conseguiu mostrar um esgar cadavérico.

— Só não me toque, Johnny. Por favor.

— Não é assim que funciona — Johnny respondeu... ou tentou responder. Mais tarde não teria certeza se sua boca havia realmente deixado escapar algum som.

— Não me toque, Johnny, tudo bem?

O repórter foi recuando para onde seu cinegrafista guardava o equipamento. Johnny ficou parado, observando. E começou a tremer de cima a baixo.

3

— É para seu próprio bem, John — disse Weizak. A enfermeira estava atrás dele, como um fantasma de branco, uma aprendiz de feiticeira com as mãos flutuando sobre a mesinha de rodas com medicamentos, um paraíso para viciados em drogas e sonhos doces.

— Não! — disse Johnny. Ainda estava tremendo e agora também suava frio. — Chega de injeções. Estou farto até a raiz dos cabelos de injeções.

— Um comprimido, então.

— Também chega de comprimidos.

— Vai te ajudar a dormir.

— Será que *ele* vai conseguir dormir? Aquele tal de Dussault?

— Foi ele que provocou — a enfermeira murmurou e se encolheu quando Weizak se virou para ela. Mas Weizak deu um sorriso astuto.

— Ela está certa, hum? — disse o médico. — O homem pediu. Achou que você estava passando o conto do vigário, John. Uma boa noite de sono e você conseguirá ver a coisa na perspectiva correta.

— Vou dormir por mim mesmo.

— Johnny, por favor.

Eram 23h15. A tv do outro lado do quarto tinha acabado de ser desligada. Johnny e Sam tinham assistido juntos à reportagem; foi exibida logo após o veto de Ford aos decretos. A história dele foi mais sensacional, Johnny pensou com uma mórbida satisfação. Trechos de um republicano careca repetindo chavões sobre o orçamento nacional simplesmente não podiam competir com o pequeno filme que o câmera da WABI conseguira fazer ali no início da noite. O vídeo acabava com Dussault mergulhando no chão com o medalhão da irmã preso em uma das mãos, desmoronando em um desmaio, tentando agarrar a repórter como um homem se afogando tentaria se agarrar a um bambu.

Quando o apresentador do jornal passou à história do cão policial e dos duzentos quilos de maconha, Weizak saiu brevemente do quarto. Pouco depois voltou com a notícia de que a mesa telefônica do hospital ficara congestionada de ligações para Johnny antes mesmo que a reportagem acabasse. A enfermeira com o medicamento apareceu alguns minutos depois, levando Johnny a supor que Weizak não havia ido até a sala de enfermagem só para dar uma checada nos boletins dos pacientes.

Nesse instante, o telefone tocou. Weizak disse um palavrão em voz baixa.

— Mandei segurarem todas as chamadas. Não atenda, John, vou...

Mas Johnny já havia atendido. Ele ouviu por um momento e abanou a cabeça.

— Sim, está certo. — Cobriu o fone com a mão. — É meu pai — disse. Descobriu o telefone. — Olá, pai. Acho que você... — Ele escutava. O sorriso se dissipou de sua boca e foi substituído por uma expressão de um início de horror. Os lábios se moviam silenciosamente.

— John, o que foi? — Weizak perguntou em um tom estridente.

— Tudo bem, papai — Johnny falou quase em um sussurro. — Sim. Cumberland General. Sei onde é. Logo acima de Jerusalem's Lot. Está certo. Tudo bem. Papai...

A voz foi sufocada. Os olhos ainda não vertiam lágrimas, mas estavam marejados.

— Sei disso, papai. Também amo muito você. Sinto muito.

Ouviu.

— Sim. Sim, foi — disse Johnny. — A gente se vê, papai. Sim. Até logo. Desligou o telefone, pôs a palma das mãos nos olhos e apertou.

— Johnny? — Sam inclinou-se para a frente, pegou uma das mãos dele e apertou-a com suavidade. — É sua mãe?

— Sim. É minha mãe.

— Ataque do coração?

— Derrame — Johnny respondeu, e Sam Weizak deixou escapar um pequeno e doloroso assobio por entre os dentes. — Estavam vendo o noticiário da TV... Nenhum deles fazia a menor ideia... Então eu apareci... e ela teve um derrame. Jesus! Está no hospital. Agora só falta acontecer alguma coisa com meu pai. Seria o ato final. — Ele deu uma risada alta. Os olhos passaram febris de Sam para a enfermeira e voltaram a Sam. — É um ótimo dom — disse ele. — Todos deviam ter. — A risada veio de novo, praticamente um grito.

— Qual é o estado dela? — Sam perguntou.

— Ele não sabe. — Johnny tirou as pernas da cama. Já tinha vestido um camisolão do hospital e os pés estavam descalços.

— O que pensa que vai fazer? — Sam perguntou em um tom agudo.

— O que está parecendo?

Johnny ficou de pé e, por um momento, achou que Sam ia empurrá-lo de volta para a cama. Mas o médico só ficou a olhá-lo, e Johnny foi mancando até o armário.

— Não seja ridículo. Não está preparado para isso, John.

Sem se preocupar com a enfermeira (só Deus sabia quantas vezes aquelas moças já tinham visto sua bunda nua), Johnny deixou o camisolão cair em volta dos pés. As cicatrizes grossas e retorcidas apareceram atrás dos joelhos. Elas afundavam na magra ondulação de suas panturrilhas. Ele começou a remexer no armário em busca de roupas e encontrou a camisa branca e a calça jeans que usara na entrevista coletiva.

— John, eu proíbo terminantemente que faça isso. Como seu médico e seu amigo. Eu digo a você, é loucura!

— Proíba o que bem quiser, estou indo — Johnny falou enquanto começava a se vestir. O rosto começou a revelar aquela expressão concentrada e distante que Sam associava aos transes. A enfermeira tinha um ar apalermado.

— Enfermeira, você podia voltar para a sua sala — disse Sam.

Ela recuou até a porta, parou mais um instante ali e saiu. Com relutância.

— Johnny — Sam começou, se levantando, se aproximando dele e pondo a mão em seu ombro. — Você não foi responsável por isso.

Johnny repeliu a mão do médico com uma sacudida.

— Fui responsável, sem dúvida. Ela estava me vendo na TV quando aconteceu. — Começou a abotoar a camisa.

— Você insistiu para que ela tomasse os remédios, mas ela se recusou.

Johnny olhou um instante para Weizak, mas logo voltou a abotoar a camisa.

— Se isso não tivesse acontecido hoje à noite, ia acontecer amanhã, na semana que vem, no mês que vem... — Sam argumentou.

— Ou no ano que vem. Ou daqui a dez anos — Johnny respondeu.

— Não. Não teriam sido dez anos, nem mesmo um. E você sabe disso. Por que está tão ansioso para se culpar por tudo? Por causa daquele repórter pedante? Será que não é uma espécie perversa de autopiedade? Uma necessidade de acreditar que foi amaldiçoado?

O rosto de Johnny se contorceu.

— Ela estava *me* vendo quando aconteceu! Não ouviu isso? Será que você está levando essa merda toda com tanta tranquilidade que não ouviu isso?

— Estava planejando uma cansativa viagem de ida e volta à Califórnia, foi você que me contou. Uma espécie de simpósio. Algo com grande carga emocional, pelo que você me disse. Foi isso ou não? Foi. O derrame teria quase certamente acontecido lá. Um derrame não acontece do nada, Johnny.

Johnny abotoou a calça jeans e se sentou. Era como se o ato de se vestir o tivesse deixado cansado demais. Os pés continuavam descalços.

— É — respondeu. — É, talvez você tenha razão.

— Bom senso! Ele ainda tem bom senso! Graças ao Senhor!

— Mas mesmo assim preciso ir, Sam.

Weizak ergueu as mãos.

— E vai fazer o quê? Ela está nas mãos dos médicos e de seu Deus. Essa é a situação! Mais do que qualquer outra pessoa, você precisa compreendê-la.

— Meu pai vai precisar de mim — Johnny falou em voz baixa. — Eu também compreendo isso.

— Como vai chegar lá? É quase meia-noite.

— Vou de ônibus. Pego um táxi até o largo de Peter's Candlelighter. Os ônibus Greyhounds ainda passam lá, não passam?

— Você não precisa fazer isso — disse Sam.

Johnny tateava embaixo da cadeira à procura dos sapatos e não os encontrava. Sam pegou-os embaixo da cama e passou-os a ele.

— Vou com você até lá.

Johnny ergueu as sobrancelhas.

— Faria mesmo isso?

— Sim, se tomar um calmante suave.

— Mas sua esposa... — Johnny percebeu de um modo meio confuso que a única coisa concreta que sabia da vida pessoal de Weizak era que a mãe dele estava morando na Califórnia.

— Sou divorciado — disse Weizak. — Um médico tem de se dispor a estar na rua a qualquer hora do dia ou da noite... exceto se for um podólogo ou um dermatologista, hum? Minha esposa via a metade da cama mais vazia que ocupada. Então passou a preenchê-la com uma variedade de homens.

— Lamento muito — Johnny respondeu meio sem graça.

— Você passa tempo demais lamentando, John. — O rosto de Sam tinha um ar gentil, mas os olhos eram severos. — Calce os sapatos.

12

1

De hospital a hospital, Johnny pensou em um devaneio, levitando suave sob o efeito do pequeno comprimido azul que tomara pouco antes de deixar o Eastern Maine Medical Center com Sam e subir na El Dorado 75 do médico. *Hospital a hospital, pessoa a pessoa, estação a estação.*

De um modo estranho e secreto, ele gostou da viagem — era a primeira vez que saía do hospital em quase cinco anos. A noite estava clara, a Via Láctea se espalhava pelo céu, brilhante como uma corda de relógio desenrolada. Uma meia-lua os seguia sobre a escura linha das árvores enquanto corriam para o sul passando por Palmyra, Newport, Pittsfield, Benton, Clinton. O carro murmurava em um silêncio quase total. Haydn, em volume ambiente, saía dos quatro alto-falantes do toca-fitas estéreo.

Cheguei a um hospital na ambulância de pronto-socorro de Cleaves Mills, agora estou indo para outro hospital em um Cadillac, ele pensou. Não deixou o pensamento preocupá-lo. Para viajar, para flutuar ao longo da estrada, bastava deixar o problema de sua mãe, suas novas aptidões e as pessoas que queriam se intrometer em sua alma (*ele pediu por isso, todos viram... só não encoste em mim, tá?*) repousando em um limbo temporário. Weizak não falava. De vez em quando sussurrava trechos da música.

Johnny contemplava as estrelas. Contemplava a estrada, quase deserta àquela hora. Ela se desenrolava incessantemente na frente deles. Atravessaram o pedágio em Augusta, e Weizak pagou um tíquete de ida e volta. Depois seguiram em frente — Gardener, Sabbatus, Lewiston.

Quase cinco anos, mais tempo do que alguns criminosos passavam na prisão.

Ele dormiu.

Sonhou.

— Johnny! — Sua mãe chamava em seu sonho. — Johnny, me faça ficar melhor, me faça ficar bem! — Usava trapos de mendiga. Arrastava-se para ele em uma rua de paralelepípedos. O rosto estava pálido. Filetes de sangue saíam de seus joelhos. Vermes brancos contorciam-se em seu cabelo ralo. Ela estendia as mãos trêmulas. — É o poder de Deus trabalhando em você — disse. — É uma grande responsabilidade, Johnny. Uma grande missão. Tem de se mostrar digno dela.

Johnny segurou suas duas mãos.

— Espíritos, saiam desta mulher.

Ela se levantou.

— Curada! — a mãe gritou em uma voz repleta de estranho e terrível triunfo. — *Curada! Meu filho me curou! Sua obra é grande sobre a Terra!*

Johnny tentou protestar, dizer que não queria fazer grandes obras, nem curar, nem falar línguas, nem adivinhar o futuro, nem encontrar coisas que estivessem perdidas. Tentou dizer a ela, mas a língua parecia não obedecer ao comando do cérebro. Então a mãe o ultrapassava, descendo a rua de paralelepípedos, a postura encolhida, servil e, no entanto, ao mesmo tempo arrogante; sua voz gritava como um clarim:

— *Curada! Salvador! Curada! Salvador!*

E para seu horror ele viu milhares de outras pessoas atrás dela, talvez milhões, todas mutiladas, deformadas ou aterrorizadas. A repórter corpulenta estava lá, perguntando quem os democratas indicariam para a presidência em 1976; havia um fazendeiro caolho de macacão segurando uma foto do filho, um rapaz sorridente com o uniforme azul da Força Aérea, que desaparecera em 1972, em uma missão sobre Hanói — ele precisava saber se o filho estava vivo ou morto; havia uma jovem que parecia Sarah, com lágrimas nas faces lisas, segurando um bebê com uma cabeça hidrocefálica onde veias azuis se destacavam como runas do Apocalipse; havia também um velho com os dedos transformados em bastões pela artrite; e tantos outros. Eles se estendiam por quilômetros, esperariam pacientemente, massacrariam Johnny com suas demandas mudas e ameaçadoras.

— Curada! — a voz da mãe voltava, imperativa. — *Salvador! Curada! Curada!*

Johnny tentou dizer a eles que não podia curar nem salvar, mas, antes que pudesse abrir a boca para fazer a negativa, o primeiro já havia estendido as mãos e o estava sacudindo.

A sacudida era bastante real. Era a mão de Weizak em seu braço. Uma forte luz alaranjada iluminava o carro, deixando o interior brilhante como o dia — era uma luz de pesadelo, transformando o rosto gentil de Sam na cara de um duende. Por um momento ele achou que o pesadelo continuava, e então reparou que a luz vinha das lâmpadas do estacionamento. Pelo que parecia, a percepção das luzes também havia mudado enquanto ele estivera em coma. Tinham passado de um branco áspero para um estranho alaranjado que cobria a pele como tinta.

— Onde estamos? — ele perguntou com a voz pastosa.
— No hospital — disse Sam. — Cumberland General.
— Ah, o.k.

Ele se sentou. O sonho pareceu estar se escoando em fragmentos, alguns ainda cobrindo o chão de sua mente como objetos quebrados e ainda não varridos.

— Está disposto a entrar?
— Estou — Johnny respondeu.

Cruzaram o estacionamento entre o suave cantar dos grilos de verão no bosque. Vaga-lumes desenhavam linhas na escuridão. A imagem da mãe ocupava demais sua mente — mas não a ponto de torná-lo incapaz de apreciar o aroma suave e perfumado da noite e a sensação de uma brisa ligeira na pele. Dava tempo para desfrutar a saúde da noite, aquela sensação de saúde que nele penetrava. No contexto que o levava até lá, o pensamento parecia quase obsceno — mas só quase. E não ia se evaporar.

2

Herb veio pelo corredor ao encontro deles. Johnny viu que o pai usava uma calça velha, sapatos sem meias e a parte de cima do pijama. Isso dizia muito sobre a urgência com que tinha vindo. Mais do que Johnny queria saber.

— Filho — disse ele. Por alguma razão, Herb parecia menor. Tentou falar mais e não conseguiu. Johnny o abraçou e Herb desabou em lágrimas. Soluçou encostado na camisa de Johnny.

— Papai. Está tudo bem, papai, está tudo bem.

O pai pôs os braços nos ombros de Johnny e continuou chorando. Weizak virou a cabeça e começou a apreciar os quadros nas paredes, aquarelas medíocres feitas por artistas locais.

Herb tentou se recompor. Enxugou os olhos com o braço e disse:

— Olhe para mim, ainda estou com a parte de cima do pijama. E olha que tive tempo de trocar de roupa antes de a ambulância chegar. Acho que nem pensei nisso. Devo estar ficando senil.

— Não, não está.

— Bem. — Ele deu de ombros. — Seu amigo médico o trouxe até aqui? Gentileza sua, dr. Weizak.

Sam encolheu os ombros.

— Não foi nada.

Johnny e o pai caminharam para a pequena sala de espera e se sentaram.

— Papai, ela está...

— Está indo — Herb completou. Agora parecia mais calmo. — Consciente, mas indo. Tem perguntado por você, Johnny. Acho que tem resistido só para te ver.

— Culpa minha — disse Johnny. — Tudo isto é cul...

Sentiu uma dor em sua orelha e olhou espantado para o pai. Herb pegara a orelha e torcera com firmeza. Uma reação forte demais para quem tinha acabado de chorar em seus braços. O velho puxão de orelha era uma punição que Herb reservava para erros extremamente graves. Johnny não se lembrava de ter levado um puxão daqueles desde os treze anos, por causa de uma brincadeira com o velho Rambler. Puxara o freio de mão sem querer e o carro deslizou silenciosamente ladeira abaixo até bater no galpão nos fundos da casa.

— Jamais repita isso! — disse Herb.

— *Credo, pai!*

Herb abrandou, e um breve sorriso se moveu furtivo logo abaixo dos cantos da boca.

— Tinha se esquecido daquele velho puxão de orelhas, hein? Eu achei que também tivesse. Infelizmente não esqueci — Johnny olhava para o pai, ainda com um ar idiota. — *Jamais* volte a se culpar!

— Mas ela estava vendo aquele maldito...

— Noticiário, sim. Ficou boquiaberta, eletrizada... de repente estava caída no chão, a pobre boca se abrindo e fechando como se ela fosse um peixe fora d'água. — Herb chegou mais perto do filho. — O doutor não falou nada, mas me pediu autorização para qualquer eventual "procedimento extremo". Não contei a história a ele. Vera cometeu seu próprio pecado, Johnny: achar que conhecia a mente de Deus. Portanto não se culpe pelos erros dela. — Novas lágrimas brilharam em seus olhos. A voz ficou áspera. — Deus sabe que eu a amei a vida inteira, mas ficou difícil conviver com isso nos últimos tempos. Talvez o lado mais positivo da coisa tenha sido este sentimento.

— Posso vê-la?

— Sim, está no final do corredor, quarto 35. Está esperando por você. Só uma coisa, Johnny. Concorde com qualquer coisa que sua mãe disser. Não a... deixe morrer achando que se sacrificou por nada.

— Pode deixar. — Ele fez uma pausa. — Vem comigo?

— Agora não. Talvez mais tarde.

Johnny assentiu com a cabeça e subiu o corredor. Parte das luzes era apagada a partir de certa hora. O breve momento na suave e agradável noite de verão já parecia muito distante, mas o pesadelo que tivera no carro parecia muito próximo.

Quarto 35. VERA HELEN SMITH, informava o pequeno cartão na porta. Será que ele sabia que o segundo nome dela era Helen? Provavelmente sim, embora não conseguisse lembrar. Mas conseguia se lembrar de outras coisas: Vera alegre, sorridente, lhe trazendo um pote de sorvete enrolado no lenço, em um ensolarado dia de verão na praia de Old Orchard. Ele, a mãe e o pai jogando buraco e apostando fósforos — mais tarde, depois que a coisa religiosa começou a ficar séria, Vera não teria mais cartas em casa, sequer para jogos de memórias. Johnny se lembrava do dia em que fora picado por uma abelha e correra para a mãe berrando aos quatro ventos. Ela beijara o inchaço e tirara o ferrão com uma pinça. Depois enrolara o ferimento em um pedaço de pano molhado em bicarbonato.

Ele empurrou a porta e entrou. A mãe era um vago montinho na cama e Johnny pensou: *A minha aparência era essa*. Uma enfermeira verificava a pulsação e se virou quando a porta se abriu. As luzes fracas do corredor cintilaram em seus óculos.

— É o filho da sra. Smith?

— Sim.

— *Johnny?* — brotou a voz do montinho na cama, seca e abafada, como o som da morte. Um ruído de pedrinhas chocalhando em uma cuia vazia. A voz (que Deus o ajudasse) fez sua pele se arrepiar. Ele se aproximou. A face da mãe se contorceu em um esgar do lado esquerdo. A mão sobre a colcha parecia uma garra. *Derrame,* ele pensou. *O que o pessoal mais velho chama de ataque. Sim. Aquilo era melhor. É como parece. Como se ela tivesse sofrido um ataque.*

— É você, John?

— Sou eu, mãe.

— Johnny? É você?

— Sim, mãe.

Ele chegou ainda mais perto e se obrigou a segurar a garra ossuda.

— Eu quero o meu Johnny — disse Vera em um tom de lamento.

A enfermeira olhou para ele com ar de pena, e Johnny teve vontade de dar um soco nela.

— Poderia nos deixar a sós? — perguntou.

— Eu realmente não devia...

— Vamos lá, é minha mãe e quero ficar algum tempo a sós com ela — pediu Johnny. — Posso?

— Bem...

— Traga meu suco, pai! — a mãe gritou asperamente. — Acho que vou conseguir beber um pouco!

— Quer, por favor, *sair* daqui? — ele gritou para a enfermeira. Estava sendo tomado por uma terrível sensação de pesar da qual não conseguia sequer encontrar um ponto de equilíbrio. Era como um redemoinho afundando na escuridão.

A enfermeira saiu.

— Mãe — disse John, sentando-se ao lado dela. Tinha uma estranha e insistente sensação de voltar no tempo ou de reviver fatos já acontecidos. Quantas vezes a mãe não teria parado ao lado de sua cama, talvez segurando sua mão ressecada e falando com ele? Johnny se lembrava do período interminável em que o quarto parecia tão fechado sobre ele. Através de uma transparente membrana placentária, via o rosto da mãe curvado, fazendo sons sem sentido ecoarem vagarosamente sobre seu rosto virado para o teto.

— Mãe — ele repetiu e beijou o gancho que havia tomado o lugar da mão dela.

— Me dê esses pregos, eu posso fazer isso — disse Vera. O olho esquerdo parecia congelado em sua órbita; o outro rolava freneticamente. Parecia o olho de um cavalo dopado. — Eu quero o Johnny.

— Mãe, estou aqui.

— *John-ny! John-ny! JOHN-NY!*

— *Mãe* — ele insistiu, com medo de que a enfermeira voltasse.

— Você... — Ela se interrompeu, a cabeça se virando um pouco. — Se debruce mais para que eu possa vê-lo — ela sussurrou.

Johnny fez o que a mãe pedia.

— Você veio — disse ela. — Obrigada. Obrigada. — Lágrimas começaram a verter do olho bom. O olho ruim, que ficava no lado do rosto paralisado pelo derrame, se arregalava com indiferença para cima.

— Claro que vim.

— Vi você — ela sussurrou. — Que poder Deus concedeu a você, Johnny! Eu não disse? Não disse que ia ser assim?

— Sim, você disse.

— Ele tem um trabalho para você — disse a mãe. — Não fuja Dele, Johnny. Não se esconda em uma caverna como Elias nem o obrigue a enviar um grande peixe para devorá-lo. Não faça isso, John!

— Não. Não vou fazer. — Ele agarrou a mão-garra. A cabeça latejava.

— O que importa não é o oleiro, mas a argila do oleiro, John. Não se esqueça.

— Está bem.

— *Não se esqueça!* — ela disse em um tom estridente, e Johnny pensou: *Está voltando para a terra do absurdo.* Mas não voltou; pelo menos não entrou mais na terra do absurdo do que já tinha entrado desde que ele saíra do coma.

— Preste atenção na vozinha fraca quando a ouvir — disse Vera.

— Sim, mãe. Vou prestar atenção.

A cabeça da mãe virou um pouco no travesseiro e... ela estava *sorrindo*?

— Você deve pensar que estou louca. — Torceu um pouco mais a cabeça, para poder olhar diretamente para ele. — Mas isso não importa. Vai reconhecer a voz quando a ouvir. Ela vai lhe dizer o que fazer. Ela disse a

Jeremias, Daniel, Amós e Abraão. Ela chegará até você. Ela dirá a você. E quando isso acontecer, Johnny... *cumpra o seu dever.*

— Está bem, mãe.

— Que poder — Vera murmurou. A voz estava ficando pastosa, indistinta. — Que poder Deus concedeu a você... Eu sabia... Eu sempre soube... — A voz se extinguiu. O olho bom fechou. O outro se arregalava vazio para cima.

Depois de ficar mais cinco minutos com ela, Johnny se levantou para sair. Sua mão estava na maçaneta e começava a abrir vagarosamente a porta quando a voz seca, com ruído de chocalho, brotou de novo, congelando-o sob um implacável e decidido comando.

— *Cumpra o seu dever, John.*

— Sim, mãe.

Foi a última vez que Johnny falou com a mãe. Ela morreu às 8h05 de 20 de agosto. Em algum lugar ao norte, Walt e Sarah Hazlett estavam tendo uma conversa sobre Johnny que era quase uma briga e, em algum lugar ao sul, Greg Stillson estava acabando com um babaca de primeira.

# 13

1

— Você não entende — disse Greg Stillson em um tom muito razoável de extrema paciência ao garoto, nos fundos da delegacia de Ridgeway. O garoto, sem camisa, estava recostado em uma cadeira estofada dobrável e tomava uma garrafa de Pepsi. Sorria com ar tolerante para Greg Stillson, sem saber que aquele homem nunca repetia uma coisa mais de duas vezes, acreditando que havia um babaca de primeira na sala, mas não compreendendo quem era.

Essa percepção teria de ser demonstrada a ele.

Se necessário, pela força.

Do lado de fora, a manhã de final de agosto estava muito ensolarada e quente. Pássaros cantavam nas árvores. E Greg sentia que seu destino estava mais próximo que nunca. Por isso é que seria cuidadoso com o asno à sua frente. Não se tratava de um rebelde de moto e cabelos compridos, cheirando a cecê e com pernas arqueadas; o garoto era um universitário, tinha o cabelo moderadamente comprido, mas extremamente limpo, e era sobrinho de George Harvey. Não que George se importasse muito com ele (George tinha participado da guerra na Alemanha em 1945 e não tinha mais que duas palavras para aqueles malucos de cabelos compridos, e essas palavras certamente não eram "Feliz Aniversário"), mas era do mesmo sangue. E George era um homem com relevância no conselho da cidade. *Veja o que pode fazer com ele*, foi o que pedira a Greg quando este o informara que o comandante Wiggins havia detido o filho de sua irmã. Mas seus olhos diziam: *Não o machuque. Ele é da família.*

O garoto olhava para Greg com um indolente ar de desprezo.

— Eu compreendo — disse ele. — Seu assistente pegou minha camisa e eu quero ela de volta. E é melhor *você* compreender uma coisa! Se não devolver minha camisa agora, vou colocar a União Americana pelas Liberdades Civis no seu pescoço vermelho.

Greg se levantou, foi até o arquivo de aço cinzento na frente da máquina de refrigerante, puxou o chaveiro, separou uma chave e abriu o arquivo. Do alto de uma pilha de formulários de acidentes e infrações de trânsito, tirou uma camiseta vermelha. Abriu a camisa para que a legenda aparecesse com clareza: VAMOS TREPAR, GATA.

— Estava usando isto — disse Greg naquele mesmo tom suave. — Na rua.

O garoto se balançou nas pernas de trás da cadeira e tomou mais um gole de Pepsi. O sorrisinho indulgente dançando na boca — quase um escárnio — não se alterou.

— É verdade — disse ele. — E quero isso de volta. É minha.

A cabeça de Greg começou a doer. Aquele espertinho não tinha noção de como seria fácil. A sala tinha isolamento acústico e não seria a primeira vez que essa característica ia servir para abafar alguns gritos. Não... ele não tinha noção. Ele não *compreendia*.

Mas não perca o foco. Não passe do limite. Nem cuspa no prato que comeu.

Fácil de pensar. Geralmente fácil de fazer. Mas, às vezes, seu temperamento... seu temperamento o tirava de controle.

Greg pôs a mão no bolso e tirou de lá seu isqueiro Bic, quando o garoto falou:

— Então vá dizer a seu chefe da Gestapo e a meu tio fascista que a Primeira Emenda... — Ele fez uma pausa, os olhos se arregalando um pouco. — O que você está...? Ei! *Ei!*

Ignorando o que ouvia, e pelo menos aparentemente calmo, Greg acendeu o isqueiro. A chama do isqueiro foi projetada para cima e Greg encostou a camiseta nela. O fogo pegou com bastante facilidade.

As pernas da frente da cadeira do garoto bateram no chão com um estrondo e ele pulou contra Greg ainda segurando a garrafa de Pepsi. O sorrisinho afetado e convencido desapareceu, sendo substituído por olhos arregalados pelo susto e pela surpresa — e pela raiva de um pirralho mimado, há muito acostumado a ver tudo funcionando como queria.

Ele *nunca tinha sido chamado de pau-mandado*, Greg Stillson pensou, e sua dor de cabeça piorou. Teria de ser cuidadoso.

— Me dá isso aqui! — o garoto gritou. Greg segurava a camisa por dois dedos na altura do pescoço, pronto a deixá-la cair quando esquentasse o bastante. — Me dê isso, seu babaca! É minha! É...

Greg pôs a mão no meio do peito nu do garoto e o empurrou o mais forte que pôde — e a força não foi pouca. O garoto saiu voando pela sala. A raiva se transformou em completo choque e — por fim — naquilo que Greg precisava ver: medo.

Greg largou a camisa no chão de lajotas, pegou a Pepsi do garoto e derramou o que havia sobrado na camiseta que ardia em chamas. Ela assobiou sinistramente.

O garoto estava se levantando devagar, as costas apertadas contra a parede. Greg cravou seus olhos nos dele, que agora estavam dilatados e muito, muito arregalados.

— Vamos nos entender — Greg começou, e as palavras pareceram distantes, proferidas atrás daquele martelar doentio em sua cabeça. — Vamos ter um pequeno seminário agora mesmo nesta sala sobre quem exatamente é o imbecil. Percebe o que estou dizendo? Vamos chegar a algumas conclusões. Não é isso que vocês, universitários, gostam de fazer? Tirar conclusões?

O garoto arquejava. Molhou os lábios, parecendo que ia dizer alguma coisa, mas gritou:

— *Socorro!*

— É, você precisa de socorro, tudo bem — disse Greg. — Vou lhe prestar algum.

— Você é louco! — disse o sobrinho de George Harvey, logo tornando a gritar, agora mais alto:

— SOCORRO!

— Talvez eu seja louco — Greg ponderou —, claro. Mas o que vamos descobrir, filhinho, é quem é o babaca de primeira. Entende o que estou dizendo?

Greg olhou para a garrafa de Pepsi que segurava e, de repente, bateu-a brutalmente contra a quina do arquivo de aço. Ela se espatifou. Quando o garoto viu os cacos de vidro no chão e o gargalo cortante na mão de Greg apontando para ele, tornou a gritar. A área do zíper de sua calça, quase branca de tão desbotada, escureceu de repente. O rosto dele ganhou o tom de um pergaminho antigo. E quando Greg avançou, esmagando pedaços de vidro com as botas que usava no verão e no inverno, ele se encolheu contra a parede.

— Quando ando na rua, uso uma camisa branca — disse Greg. Estava sorrindo, mostrando dentes brancos. — Às vezes uma gravata. Quando você anda na rua, você usa um trapo com uma frase escrota. Quem é o babaca, garotão?

O sobrinho de George Harvey gemeu alguma coisa. Os olhos arregalados não se afastavam um só momento das lanças de vidro que se projetavam do gargalo da garrafa na mão de Greg.

— Estou aqui, de pé e seco — continuou Greg, chegando um pouco mais perto —, e você tem mijo escorrendo pelas pernas até os sapatos. Então quem é o babaca?

Greg agitou o gargalo da garrafa na direção da garganta nua e suada do garoto; o sobrinho de George Harvey começou a gritar. Era o tipo de garoto que estava dividindo o país em dois, Greg pensou, e o espesso sangue furioso zumbia e corria por sua cabeça. Merdinhas como aquele, bebês chorões, bundões!

Ah, mas não o machuque... não cuspa no prato que comeu...

— Eu pareço um ser humano — disse Greg —, e você parece um porco chafurdando na lama, moleque. Então quem é o babaca?

Deu mais uma batida com a garrafa; uma das lascas de vidro fez pressão na pele do garoto logo abaixo do mamilo direito, trazendo uma pequena gota de sangue. O garoto uivava.

— Estou falando com você — Greg alertou. — É melhor responder a mim como responde a um de seus professores. Quem é o babaca?

O garoto deixou escapar um lamento, mas não emitiu qualquer som coerente.

— Tem que responder se quiser passar no meu exame. Ou vou espalhar suas tripas por todo lado, garoto! — E nesse instante Greg pretendia realmente fazer aquilo. Não podia olhar diretamente para a gota de sangue que escorria; se olhasse, investiria loucamente contra o garoto, fosse sobrinho de Harvey ou não. — Quem é o babaca?

— Eu — disse o garoto, começando a soluçar como um mensininho com medo do bicho-papão e do monstro à espreita atrás do armário nas altas horas da noite.

Greg sorriu. A dor de cabeça martelava, queimava.

— Bem, isso é muito bom, você sabe. É um começo. Mas não o bastante. Quero que diga: "Eu sou um babaca".

— Eu sou um babaca — o garoto repetiu, ainda soluçando. Um catarro saiu de seu nariz e ficou pendurado como uma fita. Ele o enxugou com as costas da mão.

— Agora quero que você diga: "Sou um babaca de primeira".

— Sou... sou um babaca de primeira.

— Agora só quero que diga mais uma coisa e talvez possamos terminar por aqui mesmo. Diga: "Obrigado por queimar aquela camisa suja, prefeito Stillson".

Agora o garoto estava ainda mais ansioso por obedecer. Via uma luz no fim do túnel.

— Obrigado por queimar aquela camisa suja.

Num segundo, Greg passou a lâmina de um dos cacos de vidro da esquerda para a direita diante da barriga macia do garoto, provocando um risco de sangue. A coisa mal penetrara na pele, mas o garoto uivava como se todos os demônios do inferno estivessem atrás dele.

— Esqueceu de dizer "prefeito Stillson" — disse Greg e, nesse momento, o surto se dissipou. A dor de cabeça deu mais uma pontada forte no meio dos olhos e depois passou. Greg baixou estupidamente os olhos para o gargalo de garrafa em sua mão e mal pôde se lembrar de como ele havia parado lá. Coisa estúpida e amaldiçoada. Quase jogara tudo pelo ralo por causa de um garoto idiota.

— Prefeito Stillson! — O garoto estava gritando. Seu terror era cabal e completo. — Prefeito Stillson! Prefeito Stillson! Prefeito Still...

— Está bom — disse Greg.

— ... son! Prefeito Stillson! Prefeito Stillson! Prefeito...

Greg esbofeteou com força o rosto do garoto, que bateu com a cabeça na parede e ficou em silêncio, olhos arregalados, perplexos.

Então Greg se colocou muito perto dele. Estendeu as mãos. Fechou cada uma delas ao redor de cada orelha do garoto. Puxou a cabeça do garoto até que seus narizes se tocaram. Os olhos de um ficaram a um centímetro dos olhos do outro.

— Escute, seu tio é uma autoridade nesta cidade — Greg falou em voz baixa, segurando as orelhas do garoto como alças. Os olhos do garoto estavam enormes, dilatados e lacrimejantes. — Também sou uma autoridade... estou começando a ser uma... mas não sou George Harvey. Ele nasceu aqui, foi criado aqui e por aí vai. Se você contar a seu tio o que aconteceu aqui, ele pode querer acabar com a minha vida em Ridgeway.

A boca do garoto estava se contorcendo em uma choradeira quase silenciosa. Greg chacoalhou a cabeça dele pelas orelhas, os narizes sempre colados.

— Talvez ele não fizesse nada... estava muito furioso com essa camisa. Mas talvez fizesse. Laços de sangue são laços fortes. Então pense nisto, filho! Se contar a seu tio o que aconteceu aqui e ele me der um apertão, acho que vou em frente e mato você. Acredita nisso?

— Sim — o garoto murmurou. Suas faces estavam úmidas, brilhando.

— Sim, senhor, prefeito Stillson, repita.

— Sim, senhor, prefeito Stillson.

Greg soltou as orelhas.

— Ótimo — disse ele. — Eu acabaria com você, mas antes contaria a todo mundo como você mijou nas calças e como ficou parado na minha frente, chorando com o catarro escorrendo do nariz.

Greg se virou e saiu logo de perto do garoto, como se ele cheirasse mal. Foi de novo até o arquivo, pegou uma caixa de Band-Aid em uma prateleira e a jogou para o garoto, que recuou e esticou o braço no ar para segurá-la. A caixa caiu no chão, mas ele a pegou depressa, como se Stillson fosse atacá-lo de novo por tê-la deixado cair.

Greg apontou.

— O banheiro é ali. Vá se limpar. Vou deixá-lo em uma lavanderia de Ridgeway. Quero ver você de roupa limpa, sem manchas de sangue. Está entendendo?

— Sim — o garoto murmurou.

— SIM, SENHOR! — Stillson gritou. — *SIM, SENHOR! SIM, SENHOR! SIM, SENHOR! Não é capaz de se lembrar disso?*

— Sim, senhor — o garoto gemeu. — Sim, senhor, sim, senhor.

— Não ensinam vocês, garotos, a terem respeito por *nada*! — disse Greg. — Por *nada*.

A dor de cabeça estava tentando voltar. Ele respirou fundo várias vezes e conseguiu controlá-la — mas ainda sentia um transtorno terrível no estômago.

— O.k., terminamos por aqui. Só quero lhe dar um conselho bastante ilustrativo. Quando voltar à sua maldita universidade, neste outono ou seja lá quando for, não cometa o erro de começar a pensar que o que aconteceu, de certa forma, não foi bem assim. Não tente brincar com Greg Stillson. Melhor esquecer o que houve, garoto. Por você, por mim e por George. Porque deixar a coisa rolar em sua mente até conseguir vê-la sob outro ângulo seria o pior erro de sua vida. Talvez o último.

Com isso Greg saiu, atirando um último olhar de desprezo para o garoto parado ali, o peito e a barriga salpicados de algumas pequenas manchas de sangue coagulado, os olhos arregalados, os lábios trêmulos. Parecia um garoto de dez anos, crescido demais, alguém que acabara de errar o gol de desempate do time da escola.

Greg apostou consigo mesmo que jamais voltaria a ver ou a ouvir falar do garoto e foi uma aposta que ganhou. No final daquela semana, George Harvey parou ao lado da barbearia em que Greg fazia a barba e agradeceu-lhe por "ter tido uma conversa sensata" com o sobrinho.

— Você é bom com esses garotos, Greg — disse ele. — Não sei como... mas eles parecem respeitá-lo.

Greg respondeu ao agradecimento com um "não há de quê".

2

Enquanto Greg Stillson estava queimando uma camisa e fazendo um comentário obsceno sobre ela em New Hampshire, Walt e Sarah Hazlett tomavam um tardio café da manhã em Bangor, no Maine. Walt lia o jornal.

Ele pousou a xícara de café com um estalido e disse:

— Seu antigo namorado virou manchete, Sarah.

Sarah estava dando comida para Denny. Vestia um roupão de banho, seus cabelos estavam despenteados, e os olhos ainda só abertos pela metade.

Oitenta por cento de sua mente continuava adormecida. Eles haviam ido a uma festa na noite anterior. O convidado de honra era Harrison Fisher, o representante no congresso do terceiro distrito de New Hampshire desde que os dinossauros ainda viviam na Terra, um ótimo candidato à reeleição do próximo ano. Para ela e Walt foi politicamente conveniente ir à festa. *Politicamente conveniente*. Política era uma palavra que Walt vinha usando bastante nos últimos tempos. Bebera muito mais que ela, mas já estava pronto e aparentemente de bom humor, enquanto ela se sentia enterrada em um monte de lama. Não era justo.

— Ruim! — Denny comentou e cuspiu um punhado de fruta mastigada.

— Não faça isso — Sarah ralhou com Denny. Para Walt: — Está falando de Johnny Smith?

— De quem poderia ser?

Ela se levantou e foi para o lado de Walt na mesa.

— Ele está bem, não está?

— Ao que parece, muito bem e se divertindo bastante — respondeu Walt secamente.

Sarah teve a vaga impressão de que a notícia podia estar relacionada ao que lhe acontecera quando foi visitar Johnny, mas o tamanho da manchete a chocou: PACIENTE QUE DESPERTOU DO COMA DEMONSTRA APTIDÃO PSÍQUICA EM DRAMÁTICA ENTREVISTA COLETIVA. A reportagem vinha assinada por David Bright. A foto que a acompanhava mostrava Johnny, ainda magro e dolorosamente confuso com o impiedoso clarão do flash. Estava parado ao lado do corpo caído de um homem identificado como Roger Dussault, um repórter de jornal de Lewiston. *Repórter desmaia após revelação*, dizia a legenda.

Sarah afundou na cadeira ao lado de Walt e começou a ler o artigo. Aquilo não agradou a Denny, que começou a bater na bandeja de sua cadeirinha pedindo seu ovo matinal.

— Acho que está sendo convocada — disse Walt.

— Não pode dar a comida a ele, querido? Até porque ele come muito melhor com você. — *História continua na página 9, coluna 3*. Ela foi virando o jornal até a página 9.

— A adulação leva a pessoa a fazer qualquer coisa — disse Walt em um tom simpático. Ele tirou o paletó esporte e pôs o avental de Sarah. — Aí vai, carinha! — disse enquanto começava a servir o ovo de Denny.

Quando terminou de ler a reportagem, Sarah voltou ao início e leu de novo. Seus olhos pareciam cada vez mais atraídos pela foto, pelo rosto confuso e horrorizado de Johnny. As pessoas esparsamente agrupadas em volta de Dussault caído de bruços olhavam para Johnny com uma expressão próxima do medo. Ela podia compreender. Lembrava-se do beijo que dera nele e do ar estranho, preocupado, que transparecera no rosto de Johnny. E, quando ele disse onde a aliança perdida podia ser encontrada, *ela* havia ficado com medo.

Mas, Sarah, aquilo de que você teve medo não foi exatamente a mesma coisa, foi?

— Só mais um pouquinho, garotão — Walt estava falando, como uma voz vinda de mil quilômetros de distância. Sarah ergueu os olhos para os dois, sentados juntos num feixe de sol cheio de poeira, o avental se sacudindo entre os joelhos de Walt. De repente, ela sentiu medo de novo. Visualizou a aliança mergulhando no fundo do vaso sanitário, rodando e rodando. Ouviu o estalido metálico quando ela atingiu a louça. Pensou em máscaras de Halloween, no garoto dizendo *adoro ver este cara levando uma surra*. Pensou nas promessas feitas e nunca cumpridas, e seus olhos voltaram para aquela fina página de jornal, que a enchia de um espanto tão miserável, tão angustiado.

— ... boa jogada, sem dúvida — dizia Walt, pendurando o avental. Havia feito Denny comer o ovo até o último pedaço e agora o menino sugava feliz uma garrafa de suco.

— Hã? — Sarah ergueu os olhos quando Walt se aproximou.

— Eu disse que, para um homem que deve ter quase meio milhão de dólares em dívidas de hospital, é uma jogada muito boa.

— Do que está *falando*? O que está querendo dizer com *boa jogada*?

— Claro — começou Walt, aparentemente sem reparar na raiva da mulher. — Ele poderia conseguir sete, talvez dez mil dólares escrevendo um livro sobre o acidente e o estado de coma. Mas, se sair do coma como paranormal, a quantia pode ser astronômica.

— Mas essa é uma acusação *terrível*! — Sarah exclamou, a voz aguda de fúria.

Ele se virou com uma expressão de quem primeiro se espantava e depois compreendia. O olhar de compreensão deixou Sarah ainda mais furiosa. Se ela guardasse uma moeda cada vez que Walt Hazlett sugerisse que era capaz de compreendê-la, já haveria dinheiro suficiente para voar de primeira classe até a Jamaica.

— Olhe, desculpe por eu ter tocado no assunto — disse ele.

— Johnny seria tão capaz de mentir quanto o papa seria capaz de... de... sei lá!

Walt explodiu em uma gargalhada e, nesse momento, Sarah quase atirou a xícara de café nele. No entanto, ela se limitou a entrelaçar as mãos por baixo da mesa e apertar uma contra a outra. Denny arregalou os olhos para o pai e também teve um acesso de riso.

— Querida — disse Walt. — Não tenho nada contra ele, não tenho nada contra o que ele está fazendo. Na realidade, tenho muito respeito pelo Johnny. Se deixaram aquele velho e gordo paspalho do Fisher passar de advogado falido a milionário em quinze anos de Câmara, então este cara deve ter o mais completo direito a tentar conseguir o dinheiro que puder bancando o paranormal...

— Johnny não mente — ela repetiu em um tom sem inflexões.

— É uma boa jogada para enganar as coroas paspalhas que leem revistinha esotérica e fazem parte do Clube do Livro — ele explicou em um tom divertido. — Embora eu admita que uma ajudinha paranormal seria bastante útil durante a seleção do júri neste meu maldito caso dos Timmons.

— Johnny Smith não mente — ela repetiu e ouviu Johnny dizer: *A aliança escorregou de seu dedo. Você estava colocando as coisas de barbear de seu marido em um daqueles bolsos laterais, e a aliança simplesmente escorregou... Suba no sótão e dê uma olhada, Sarah. Você vai encontrar.* Mas não podia contar isso a Walt. Ele não sabia que ela havia ido visitar Johnny.

Nada de errado em ter ido visitá-lo, sua mente sugeriu de modo incômodo.

Não, mas como Walt reagiria quando ela contasse que havia jogado a aliança original de casamento no vaso sanitário e dado descarga? Talvez não compreendesse a súbita pontada de medo que a fizera agir assim — o mesmo medo que Sarah viu refletido naqueles rostos impressos no jornal e, até certo ponto, no rosto do próprio Johnny. Não, Walt realmente poderia não compreender. Afinal, jogar a aliança de casamento no vaso sanitário e dar a descarga sem dúvida sugeria certo simbolismo vulgar.

— Tudo bem — Walt cedeu —, ele não mente. Só que eu não acredito...

— Dê uma olhada nas pessoas que estão atrás dele, Walt — Sarah falou em um tom suave. — Veja os rostos. *Elas* acreditam.

Walt deu uma olhada rápida.

— Certamente acreditam, da mesma maneira como um garoto acredita em um mágico enquanto o truque está sendo feito.

— Você acha que esse tal de Dussault era, como é que vocês chamam, um *embuste*? A reportagem diz que ele e Johnny jamais tinham se encontrado.

— É só assim que a ilusão pode funcionar, Sarah — Walt explicou pacientemente. — Não adianta nada um mágico tirar um coelhinho de uma gaiola de coelhos, só de uma cartola. Ou Johnny Smith sabia de alguma coisa ou fez uma suposição certeira com base no comportamento que o tal de Dussault estava tendo. Mas, repito, tenho muito respeito por ele. Perdeu muitos anos. Se conseguir convertê-los em dinheiro, a compensação é justa.

Nesse momento, ela detestou, abominou o bom homem com quem tinha se casado. O que realmente havia de pior do outro lado da generosidade, da retidão e do bom humor moderado de Walt era a crença, aparentemente cimentada em sua alma, de que todo mundo só estava querendo chegar em primeiro lugar, cada um por si. Naquela manhã ele podia estar chamando Harrison Fisher de velho e gordo paspalho, mas na noite anterior estava morrendo de rir com as histórias de Fisher sobre Greg Stillson, o prefeito engraçado de uma cidadezinha, talvez louco o suficiente para concorrer como independente nas eleições para a Câmara do ano seguinte.

Não, no mundo de Walt Hazlett ninguém tinha poderes paranormais, não existiam heróis e a máxima do *temos-de-mudar-o-sistema-a-partir-de-dentro* era todo-poderosa. Ele era um bom homem, um homem correto, gostava dela e de Denny, mas de repente a alma de Sarah ansiava por Johnny e pelos cinco anos que tinham sido perdidos. Ou pela vida inteira que podiam ter passado juntos. Ou por um filho com cabelo mais escuro.

— É melhor ir agora, amor — disse ela em voz baixa. — Senão vão colocar esse seu tal de Timmons atrás das grades, ou coisa pior.

— Claro. — Walt sorriu, a discussão adiada. — Ainda amigos?

— Ainda amigos. — *Mas ele sabia onde a aliança estava. Ele* sabia.

Walt a beijou, a mão direita repousando levemente em sua nuca. Sempre fazia a mesma coisa no café da manhã, sempre a beijava do mesmo modo, e um dia acabariam em Washington. Nenhum deles era paranormal.

Cinco minutos depois ele partia, fazendo seu carro esporte vermelho dar uma ré na Pond Street, dispensando seu breve e habitual toque de buzina e se afastando. Sarah ficou sozinha com Denny, que estava a meio caminho de estrangular a si próprio tentando se esgueirar sob a bandeja da cadeirinha para descer.

— Está indo pelo lugar errado, tolinho! — disse Sarah, atravessando a cozinha e tirando a bandeja.

— Ruim! — falou Denny, incomodado com aquele clima.

Tomate Veloz, o gato da casa, passou pela cozinha naquele passo lento e furtivo de delinquente juvenil. Denny o agarrou dando risadinhas. Veloz estendeu as orelhas para trás e pareceu resignado.

Sarah sorriu um pouco e tirou a mesa. Inércia. Um corpo em repouso tende a permanecer em repouso, e era como ela estava. Não importava o lado mais negro de Walt; afinal, ela também tinha o seu. Não pretendia fazer mais do que mandar um cartão no Natal para Johnny. Era melhor, mais seguro desse jeito — porque um corpo em movimento tende a se manter em movimento. Sua vida era boa. Sobrevivera a Dan, sobrevivera a Johnny, que fora tirado dela tão injustamente (mas tanta coisa era injusta no mundo), atravessara suas tempestades pessoais para chegar àquela bonança e ali ficaria. Aquela cozinha ensolarada não era um lugar ruim. Melhor esquecer as feiras regionais, as Rodas da Fortuna e o rosto de Johnny Smith.

Enquanto enchia a pia de água para lavar os pratos, ligou o rádio e pegou o início das notícias. A primeira delas a deixou paralisada, segurando o prato que acabara de enxaguar, os olhos observando o pequeno quintal dos fundos em sobressaltada contemplação. A mãe de Johnny tivera um derrame enquanto assistia à reportagem de um jornal sobre a entrevista coletiva do filho. Morrera naquela manhã, havia menos de uma hora.

Sarah enxugou as mãos, desligou o rádio e conseguiu tirar Tomate Veloz das mãos de Denny. Carregou o menino para a sala e o colocou no cercado. Denny protestou contra aquela indignidade com gritinhos agudos e altos, nos quais ela nem reparou. Foi até o telefone e ligou para o Eastern Maine

Medical Center. Uma telefonista que parecia cansada de repetir sem parar a mesma informação disse a ela que John Smith tivera alta na noite anterior, pouco antes da meia-noite.

    Ela desligou o telefone e se sentou em uma cadeira. Denny continuou a gritar de seu cercado. A água corria na pia da cozinha. Após algum tempo, ela se levantou, foi até a cozinha e fechou a torneira.

14

1

O homem do *Inside View* apareceu em 16 de outubro, pouco depois de Johnny ter ido pegar a correspondência.

A casa de seu pai ficava bem recuada da estrada; o caminho de pedrinhas até a porta, com quase quatrocentos metros de comprimento, corria por entre a vegetação densa de uma área reflorestada com pinheiros. Johnny fazia todo dia o percurso de ida e volta. Da primeira vez, voltou à varanda tremendo de cansaço, as pernas ardendo em fogo, mancava tanto que estava praticamente cambaleando. Agora, um mês e meio depois daquela primeira vez (quando levara uma hora para percorrer os oitocentos metros de ida e volta), a caminhada se tornara um de seus prazeres diários, algo pelo que esperava ansiosamente. Não a correspondência, mas a caminhada.

Começou a cortar madeira para o próximo inverno, serviço que Herb, depois que assinara contrato para um trabalho interno em um novo projeto habitacional em Libertyville, planejava chamar alguém para fazer.

— Sabe quando a velhice começa a bater em seu ombro, John? — o pai perguntou com um sorriso. — É quando você começa a procurar o que fazer no quintal assim que o outono dá o primeiro sinal.

Johnny subiu na varanda, sentou na cadeira de vime ao lado do balanço e deixou escapar um pequeno suspiro de alívio. Apoiando o pé direito no parapeito e fazendo uma careta de dor, usou as mãos para levantar a perna esquerda. Isso feito, começou a abrir a correspondência.

Ultimamente a quantidade estava diminuindo um pouco. Durante a primeira semana que passara ali, em Pownal, recebia às vezes duas dúzias de cartas e oito ou nove pacotes por dia, a maioria deles reenviados através do Eastern Maine Medical Center, alguns mandados para o Correio Central em Pownal (com as mais variadas ortografias: Pownell, Poenul e, em um caso memorável, Poonuts).

A maioria das correspondências vinha de pessoas desnorteadas que pareciam estar vagando pela vida em busca de algum rumo. Havia crianças que queriam seu autógrafo, mulheres que queriam dormir com ele e homens e mulheres pedindo conselhos amorosos. Alguns mandavam talismãs para dar sorte. Outros mandavam horóscopos. Um grande número das cartas era de natureza religiosa e, nessas cartas mal escritas, geralmente em uma grande e cuidadosa letra cursiva muito parecida com os rabiscos de um bom aluno da primeira série, ele parecia sentir o fantasma de sua mãe.

Aquelas cartas lhe asseguravam que ele era um profeta, destinado a liderar o êxodo do fragilizado e desiludido povo americano. Era um sinal vivo de que os Últimos Dias estavam próximos. Até aquela data, 16 de outubro, ele havia recebido oito exemplares de *A agonia do grande planeta Terra*, de Hal Lindsey, cuja leitura sua mãe certamente teria aprovado. Johnny era estimulado a proclamar a divindade do Cristo e a pôr um ponto final na frouxa moralidade da juventude.

Em contrapartida, havia também um contingente negativo, que era menor, embora igualmente incômodo, e geralmente anônimo. Um correspondente, com uma escrita suja, feita a lápis em uma folha de papel amarelo, proclamava que Johnny era o Anticristo e insistia em que cometesse suicídio. Quatro ou cinco cartas perguntavam como se sentia por ter matado a própria mãe. Um grande número de pessoas escrevia para acusá-lo de ser uma farsa. Uma das cartas dizia: PREMONIÇÃO, TELEPATIA, BESTEIRAS! CHUPE MEU PAU, SEU EXTRASSENSORIAL DE MERDA!

E também mandavam *coisas*. O que era o pior de tudo.

Todo dia, quando chegava do trabalho, Herb parava no correio de Pownal e pegava os pacotes grandes demais que não cabiam na caixa de correio. Os bilhetes que acompanhavam as coisas eram todos praticamente iguais; um grito em surdina: *Conte, conte, conte*.

"Este cachecol pertenceu ao meu irmão, que desapareceu em uma viagem de pesca em 1969 no Allagash. Tenho uma impressão muito forte de que ainda está vivo. Conte-me onde está."

"Peguei este batom na penteadeira de minha mulher. Acho que ela está tendo um caso, mas não tenho certeza. Conte-me se está."

"Esta é uma pulseira com a identidade de meu filho. Ele não está vindo mais para casa depois da escola, fica na rua até altas horas, estou muito preocupado. Conte-me o que está fazendo."

Uma mulher na Carolina do Norte — só Deus sabia como ficou sabendo a seu respeito; a entrevista coletiva concedida em agosto não havia sido transmitida em rede nacional — enviou um pedaço queimado de madeira. Ela explicava que sua casa tinha pegado fogo, e o marido e dois de seus cinco filhos morreram no incêndio. O corpo de bombeiros de Charlotte concluiu que o fogo fora causado por problemas na fiação, mas ela simplesmente não podia aceitar isso. Tinha de ser criminoso. Queria que Johnny pusesse a mão na relíquia escurecida e dissesse quem havia cometido o crime para que o monstro pudesse passar o resto da vida apodrecendo na prisão.

Johnny não respondia a nenhuma das cartas e devolvia todos os objetos (inclusive o pedaço carbonizado de madeira), pagando as despesas do próprio bolso e sem fazer comentários. *Chegava* a tocar em algumas peças. A maioria delas, como o pedaço de madeira queimada da mulher de Charlotte arrasada pela dor, não lhe dizia absolutamente nada. Mas, quando encostava a mão em algumas, imagens inquietantes lhe ocorriam, como se sonhasse acordado. Na maioria dos casos havia apenas um traço de imagem; uma figura se formava e se dissipava em segundos, deixando-o sem absolutamente nada de concreto, só uma sensação. Mas uma das peças...

Foi o cachecol enviado pela mulher que esperava descobrir o que havia acontecido com o irmão. Era um cachecol branco de tricô, em nada diferente de milhões de outros. Mas quando Johnny o pegou, a realidade da casa de seu pai se evaporou de repente, e o barulho da televisão no cômodo vizinho começou a aumentar e diminuir, aumentar e diminuir, até se transformar no ruído de sonolentos insetos de verão e em um murmúrio distante de água.

Os cheiros do bosque chegaram às suas narinas. Grandes feixes de luz do sol passavam através de volumosas e velhas árvores. O solo estava encharcado pela chuva das últimas três horas e ficou enlameado e barrento, quase como um pântano. Johnny estava assustado, bastante assustado, mas não podia perder a cabeça. Ficar perdido nas vastas extensões do norte do país e entrar em pânico era o mesmo que esculpir a própria lápide. Ele continuou a se dirigir para o sul. Já fazia dois dias que não via Stiv, Rocky e Logan. Eles tinham acampado perto

(mas o lugar não apareceria para ele; ficava na Zona Morta)

de um riacho, pescando trutas, e a culpa foi toda dele; estava completamente bêbado.

De repente, viu seus amigos deitados na beira de um terreno cheio de vegetação morta e cheia de musgo, onde galhos secos abriam caminho como ossos através do verde. Podia ver seus amigos, sim, mas não podia alcançá-los, pois havia se afastado alguns metros da trilha para dar uma mijada e acabara indo parar em um lugar realmente pantanoso, onde o lodo chegava quase no alto de suas botas L.L. Bean. Tentou recuar, encontrar um lugar mais seco para fazer sua necessidade, mas não conseguiu. Não conseguiu porque aquilo não era somente lodo. Era... outra coisa.

Ficou parado, procurando inutilmente algo ao seu redor em que pudesse se agarrar. Estava quase rindo da idiotice de ter escolhido justamente um trecho com areia movediça para dar uma mijada.

Continuou parado, a princípio achando que seria um trecho raso de areia movediça. A areia chegaria no máximo ao alto de suas botas e ele teria mais uma história para contar quando voltasse.

O verdadeiro pânico só começou a tomar conta dele quando a areia cobriu completamente seus joelhos. Então ele começou a lutar, esquecendo que, se uma pessoa consegue ser estúpida o suficiente para entrar na areia movediça, deve então se mexer o mínimo possível. Quase de imediato a areia passou da cintura e começou a subir pelo peito, sugando seu corpo como grandes lábios marrons, fazendo um movimento constritor contra sua respiração. Ele começou a gritar e não apareceu ninguém além de um esquilo marrom e gorducho que, depois de uma corrida pelo lado dos galhos caídos e cheios de musgo, parou um instante a contemplá-lo com olhos brilhantes, escuros.

Agora o exuberante e adocicado cheiro da lama chegava ao nariz, e a areia subia pelo seu pescoço. Seus gritos ficavam fracos e arquejantes à medida que a areia movediça ia retirando implacavelmente o ar dos pulmões. Pássaros esvoaçavam em grandes arremetidas entre gorjeios e piados, feixes esverdeados de sol caíam por entre as árvores como bronze embaçado e a areia movediça tomava seu queixo. Sozinho, ia morrer sozinho. Abriu a boca para gritar pela última vez e não houve grito nenhum, porque a areia correu para dentro da boca, correu pela língua, correu entre os dentes em tiras finas. Ele estava *engolindo* areia movediça e o grito nunca saiu...

Johnny escapou daquilo suando frio, a pele arrepiada, o cachecol enrolado com força entre as mãos, a respiração vindo em arrancos estrangulados. Acabou atirando o cachecol no chão e lá o deixou, como uma contorcida serpente branca. Não encostaria a mão nele de novo. O pai pôs o cachecol em um envelope e o mandou de volta.

Agora, graças a Deus, a correspondência começava a diminuir. Os malucos haviam descoberto algum novo objeto para suas obsessões públicas e privadas. Repórteres não ligavam mais solicitando entrevistas, em parte porque o número do telefone fora mudado e não estava na lista, em parte porque a história já tinha ficado velha.

Roger Dussault escreveu um extenso e furioso artigo para seu jornal, do qual era editor-chefe. Afirmava que tudo não passava de uma piada cruel e de mau gosto. Johnny, sem a menor dúvida, teria investigado fatos do passado dos repórteres que provavelmente estariam presentes à entrevista coletiva. Sim, ele admitia, o apelido da irmã Anne era Terry. Ela morrera relativamente jovem e as anfetaminas podiam ter contribuído para isso. Essas informações, no entanto, eram acessíveis a qualquer um que se dispusesse a procurá-las. Johnny fizera tudo parecer perfeitamente lógico. O artigo não explicava como Johnny, que não saíra do hospital, poderia ter recolhido tanta "informação acessível", mas esse era um detalhe que a maioria dos leitores facilmente deixaria passar. Johnny não poderia ter se interessado menos pelo artigo. O incidente estava encerrado e ele não tinha intenção de criar outros. Qual seria o sentido de escrever para a mulher que enviara o cachecol e informar a ela que o irmão morrera afogado, aos gritos, em uma areia movediça? E basicamente porque foi para o lugar errado enquanto procurava uma sombra para urinar? Será que isso lhe acalmaria a mente ou ia ajudá-la a viver melhor?

A correspondência daquele dia tinha apenas seis cartas. Uma conta de luz. Um cartão do primo de Herb em Oklahoma. O envelope de uma mulher enviando a Johnny um crucifixo com MADE IN TAIWAN estampado nos pés do Cristo em pequenas letras douradas. Uma carta de Sam Weizak. E um pequeno envelope com um endereço de remetente que o fez piscar e se sentar mais aprumado na cadeira. *S. Hazlett, 12 Pond Street, Bangor.*

Sarah. Ele rasgou e abriu.

Johnny havia recebido um cartão de pêsames de Sarah dois dias após o funeral da mãe. Na parte de trás do cartão, com a caligrafia uniforme e inclinada para trás de Sarah, estava escrito o seguinte: "Johnny, lamento muito pelo que aconteceu. Ouvi no rádio que sua mãe havia falecido. Em certo sentido o que pareceu mais absurdo foi sua dor mais íntima ter se transformado em algo de domínio público. Talvez você não se lembre, mas conversamos um pouco sobre sua mãe na noite do acidente. Eu perguntei como ela reagiria se você chegasse em casa com uma católica relapsa e você respondeu que ela iria sorrir, me dar as boas-vindas e me aplicar alguns sermões. Pude perceber seu amor por ela no modo como sorriu. Soube pelo seu pai que ela havia mudado, mas grande parte da mudança se devia ao fato de gostar muito de você. Ela simplesmente não conseguia aceitar o que tinha acontecido. E no final acho que sua fé foi recompensada. Por favor, aceite minha calorosa solidariedade e, se houver algo que eu possa fazer, agora ou mais tarde, conte com sua amiga... *Sarah*".

Ele já havia respondido, agradecendo pelo cartão e pelas palavras. Redigiu a resposta com cuidado, com medo de se trair em algum trecho e dizer o que não devia. Sarah era uma mulher casada, um fato que ele não podia controlar ou mudar. Ele também se lembrava *de fato* da conversa sobre sua mãe — e de tantas outras coisas sobre aquela noite. Aquela carta de Sarah evocou tudo que acontecera, e o tom de sua resposta foi ao mesmo tempo doce e amargo, talvez até mais amargo que doce. Ainda amava Sarah Bracknell e precisava ficar a todo momento lembrando a si mesmo que ela não existia mais. Ela havia sido substituída por outra mulher, cinco anos mais velha e mãe de um menininho.

Agora, Johnny tirava do envelope uma única folha de papel de carta e corria os olhos por ela rapidamente. Sarah e o filho passariam uma semana em Kennebunk com a colega que dividia o quarto com Sarah nos dois primeiros anos da universidade. Na época, a moça se chamava Stephanie Carsleigh e agora era Stephanie Constantine. Sarah afirmava que Johnny talvez se lembrasse dela, mas ele não lembrou. De qualquer modo, Walt ficaria por três semanas em Washington tratando de assuntos da firma e da política do Partido Republicano. Sarah achava que talvez pudesse tirar uma tarde e dar uma passada por Pownal para conversar com Johnny e com Herb, se não houvesse problema.

"Pode falar comigo no número de Stephanie, 814-6219, entre os dias 17 e 23 de outubro. Se a visita de alguma forma te deixar pouco à vontade, basta me dizer. Vou entender. Estou com muita saudade de vocês dois — Sarah."

Com a carta em uma das mãos, Johnny ficou contemplando o jardim e o bosque, que, talvez desde a semana anterior, ganhara tons avermelhados e dourados. Logo as folhas estariam caindo e depois viria o inverno.

Estou com muita saudade de vocês dois — Sarah. Pensativo, ele deixou o polegar correr pelas palavras. Seria melhor não ligar, não responder, não fazer nada, ele pensou. Sarah entenderia o recado. Assim como a mulher que enviara o cachecol — o contato faria bem a alguém? Por que chutar um gigante adormecido? Talvez Sarah fosse capaz de usar aquela expressão, "muita saudade", de maneira leviana, mas ele não podia. A ferida do passado ainda não havia cicatrizado. Para ele, o tempo fora cruelmente dobrado, rasgado, mutilado. Na progressão de seu próprio tempo interior, Sarah, seis meses antes, era sua namorada. Podia aceitar o estado de coma e a perda de tempo sob uma perspectiva intelectual, mas as emoções resistiam teimosamente a essa aceitação. Responder à carta de pêsames de Sarah foi difícil, mas em uma carta breve era sempre possível amassar o papel e começar de novo se as palavras estivessem tomando rumos que não devia, se começasse a ultrapassar as fronteiras da amizade, que era tudo o que os dois poderiam compartilhar agora. Se ele encontrasse Sarah pessoalmente, poderia fazer ou dizer alguma coisa estúpida. Melhor não ligar. Melhor deixar tudo como estava.

Mas iria telefonar, ele pensou. Ligaria e pediria que Sarah desse mesmo uma passada por lá.

Transtornado, colocou a carta de volta no envelope.

Então o sol bateu em uma superfície brilhante, cromada, cintilou e atirou uma flecha de luz nos olhos de Johnny. Um sedã Ford esmagava as pedrinhas da trilha de acesso à varanda. Johnny apertou os olhos e tentou descobrir se o carro lhe era familiar. Receber visita ali era algo raro. Havia muitas cartas, mas só três ou quatro vezes alguém tinha ido lá. Pownal era pequena no mapa, difícil de achar. Se fosse o carro de algum interessado em paranormalidade, Johnny mandaria ele ou ela rapidamente embora, da forma mais gentil possível, mas com firmeza. Esse fora o conselho de Weizak. Um bom conselho, Johnny pensou.

— Não deixe ninguém te colocar no papel de guru, John. Não os encoraje e logo eles vão esquecer. Talvez no início você ache isso meio cruel... a maioria deles será de pessoas desorientadas com muitos problemas e muito bem-intencionadas... mas é sua vida, sua privacidade. Portanto seja firme.
— E ele estava sendo firme.

O Ford fez o retorno entre o galpão e a pilha de lenha e, quando completou a volta, Johnny viu o pequeno adesivo da Hertz no canto do para-brisa. Um homem muito alto, com uma calça jeans nova em folha e uma camisa xadrez vermelha com dois bolsos fechados, que também parecia ter acabado de sair de uma caixa da L.L. Bean, saltou do carro e olhou em volta. Tinha o aspecto de um homem que não está acostumado a sair da cidade, alguém que, apesar de saber que não existem mais lobos ou pumas na Nova Inglaterra, prefere não arriscar. Um sujeito urbano. Olhou para a varanda, viu Johnny e levantou a mão para saudá-lo.

— Boa tarde — disse ele. Tinha também um monótono sotaque da cidade (do Brooklyn, Johnny pensou) e o tom abafado de quem fala dentro de um estúdio de som.

— Olá — Johnny cumprimentou. — Perdido?

— Espero que não, cara — o estranho respondeu se aproximando da escadinha. — Se você não é John Smith, é um irmão gêmeo dele.

Johnny sorriu.

— Não tenho irmão, então acho que deve ter acertado o caminho. Em que posso ajudá-lo?

— Bem, talvez possamos nos ajudar mutuamente. — O estranho subiu a escadinha da varanda e estendeu a mão. Johnny a apertou. — Meu nome é Richard Dees. Da revista *Inside View*.

O cabelo estava cortado na altura da orelha, como ditava a moda, e era todo grisalho. Todo pintado de grisalho, Johnny se corrigiu, achando alguma graça. O que se podia esperar de um homem que parecia estar falando de dentro de um estúdio de som e pintava o cabelo?

— Talvez conheça a revista.

— É, já vi. Fica exposta perto dos caixas do supermercado. Não estou interessado em ser entrevistado. Sinto muito que tenha feito uma viagem até aqui para nada. — Ficava exposta no supermercado, sem dúvida. As manchetes diziam tudo, mas com todos os elementos para trazer o leitor para o miolo das páginas. CRIANÇAS MORTAS POR CRIATURAS DO ESPAÇO, MÃE TRANSTORNADA GRITA. A COMIDA QUE ESTÁ ENVENENANDO SEUS FILHOS. DOZE PARANORMAIS PREVEEM TERREMOTO NA CALIFÓRNIA EM 1978.

— Bem, uma entrevista não era exatamente no que eu estava pensando — Dees comentou. — Posso me sentar?

— Realmente, eu...

— Sr. Smith, vim voando de Nova York até aqui, sendo que em Boston peguei um aviãozinho onde comecei a me perguntar o que aconteceria com minha mulher se eu morresse no interior.

— Portland-Bangor? — Johnny perguntou sorrindo.

— Sim, foi essa linha — Dees concordou.

— Tudo bem — disse Johnny. — Estou impressionado com seu valor e sua dedicação ao trabalho. Vou atendê-lo, mas só posso lhe dar uns quinze minutos. Preciso dormir todas as tardes. — Era uma mentira inofensiva por uma boa causa.

— Quinze minutos devem ser mais que suficientes. — Dees se inclinou para a frente. — Estou apenas fazendo uma suposição educada, sr. Smith, mas estimo que você esteja devendo algo em torno de 200 mil dólares. Acho que não estou muito longe do valor, estou?

O sorriso de Johnny ficou mais ralo.

— O que devo ou não — disse ele — é problema meu.

— Não há dúvida, é claro, tudo bem! Não quis ofendê-lo, sr. Smith. A *Inside View* só gostaria de lhe propor um trabalho. Um trabalho bastante lucrativo.

— Não. Absolutamente não.

— Se me der pelo menos um segundo para explicar do que se trata...

— Não quero praticar o que eu tenho de paranormal — Johnny interrompeu. — Não sou uma Jeane Dixon, um Edgar Cayce ou um Alex Tannous. E assunto encerrado. A última coisa que quero fazer é remexer outra vez tudo isso.

— Pode me dar um momento?

— Sr. Dees, o senhor não parece estar compreendendo o que eu...

— Só um momento? — Dees sorria com ar superior.

— Aliás, como descobriu onde eu estava?

— Temos um informante em um jornal do interior do Maine chamado *Kennebec Journal*. Ele disse que, embora você tivesse saído das vistas do público, provavelmente estaria com seu pai.

— Bem, devo muitos agradecimentos a ele, não é?

— Com certeza — disse Dees em um tom descontraído. — Aposto que vai pensar assim quando ouvir a proposta. Posso continuar?

— Tudo bem — Johnny respondeu. — Mas não é porque chegou aqui voando na AeroPânico que vou mudar de ideia.

— Bem, mas pelo menos vai conhecer a minha. Estamos em um país livre, não é? Certamente que sim. A *Inside View* se especializou em uma abordagem paranormal, sr. Smith, como provavelmente o senhor sabe. Nossos leitores, para ser perfeitamente franco, ficam alucinados com certo tipo de matéria. Temos uma circulação semanal de três milhões de exemplares. Três milhões de leitores toda semana, sr. Smith, será que isso não atribui certa seriedade ao efeito dos nossos artigos? Como conseguimos isso? Trabalhando com o que ultrapassa o limite, com o espiritual...

— Gêmeos devorados por urso assassino — Johnny murmurou.

— Bem — disse Dees, dando de ombros —, é um mundo meio cão, não acha? As pessoas precisam ser informadas sobre essas coisas. Têm o direito de saber. Mas, para cada artigo mais chocante, temos três outros ensinando nossos leitores a perder peso sem sacrifício, a encontrar os parceiros certos e a satisfação sexual, a se aproximar de Deus...

— O senhor acredita em Deus, sr. Dees?

— Na verdade, não — disse Dees, mostrando seu sorriso de vencedor. — Mas vivemos em uma democracia, no melhor país da Terra, certo? Cada um comanda sua própria alma. Sim, o que interessa é que nossos *leitores* acreditam em Deus. Eles acreditam em anjos e milagres...

— E em exorcismos, demônios e rituais malditos...

— Exato, exato, exato. Você captou a coisa. É uma audiência *espiritualizada*. Eles *acreditam* em toda essa besteira paranormal. Temos um total de dez paranormais sob contrato, incluindo Kathleen Nolan, a vidente mais famosa da América. Gostaríamos de contratá-lo, sr. Smith.

— Gostariam?

— De fato gostaríamos. O que isso significaria para o senhor? Sua foto e uma coluna curta apareceriam cerca de doze vezes por ano, sempre que lançássemos uma de nossas edições Tudo-Paranormal. Matérias como "Dez Famosos Paranormais Preveem para a *Inside View* um Segundo Governo Ford", esse tipo de coisa. Sempre fazemos uma edição especial de Ano-Novo e outra no Quatro de Julho, sobre os rumos da América para o próximo ano... É uma edição muito informativa, com um monte de comentários breves sobre política externa e política econômica entre uma boa quantidade de... todo tipo de assuntos deliciosos para eles.

— Acho que não está entendendo — Johnny retomou. Falava muito devagar, como se conversasse com uma criança. — Tive alguns lampejos premonitórios... acho que dá pra dizer que "vi o futuro"... mas não tenho o menor controle sobre isso. Sou tão capaz de fazer uma previsão sobre o segundo governo de Ford... se houver um... quanto tirar leite de um boi.

— Quem disse que seria capaz? — Dees parecia muito espantado. — Todas aquelas colunas são redigidas por escritores profissionais.

— Profissionais...? — Finalmente chocado, Johnny abriu a boca para Dees.

— É claro! — Dees respondeu em um tom impaciente. — Olhe. Um de nossos colaboradores mais populares dos últimos dois anos foi Frank Ross, o cara que se especializou em desastres naturais. Um cara muito legal, mas, por Deus, ele largou a escola antes de terminar o primário. Serviu dois períodos no Exército e estava lavando os ônibus da Greyhound, no terminal rodoviário de Nova York quando o descobrimos. Você acha que o deixaríamos escrever sua própria coluna? Ele não consegue nem escrever "pé" direito.

— Mas as previsões...

— Chutômetro, nada além disso. Mas você se espantaria em ver como eles chegam perto de acertar.

— Chegam perto — Johnny repetiu, perturbado. Ficou um pouco surpreso ao perceber que se irritava. Sua mãe comprava a *Inside View* desde que ele se conhecia como gente, desde a época em que a revista exibia imagens de sangrentos acidentes de carro, decapitações e bizarras fotos de execução. Ela acreditava piamente em cada palavra que lia. Provavelmente a maior parte dos outros 2 999 999 leitores também. E lá estava aquele sujeito de cabelo pintado, sapatos de quarenta dólares e camisa ainda com as marcas do dobrado da loja falando de *chegar perto de acertar*.

— Tudo acaba funcionando — Dees estava dizendo. — Se de repente ficar inspirado, só precisa nos telefonar a cobrar, e todos trabalharão os seus palpites em conjunto até a ideia assumir uma forma mais concreta. Teremos o direito de reunir suas colunas em nosso livro anual *Inside View: o que vem pela frente*. Você ficará, no entanto, inteiramente livre para assinar um eventual contrato com alguma editora. Apesar de isso representar uma quebra nos direitos da revista, praticamente nunca criamos problemas, tenha certeza. E vamos lhe dar uma remuneração bastante compensadora. O seu contrato, aliás, estará acima de qualquer cifra que estejamos acostumados a pagar. Um molhinho para o seu purê de batatas, digamos assim. — Dees deu uma risada.

— E que cifra seria essa? — Johnny perguntou devagar. Estava agarrando os braços da cadeira de balanço. Sentia uma pulsação ritmada em sua têmpora direita.

— Trinta mil dólares por ano durante dois anos — Dees respondeu. — E, se mostrar que é realmente popular, o valor será negociável. Todos os nossos paranormais são especialistas em alguma área. Pelo que estou entendendo, você é bom com objetos. — Os olhos de Dees ficaram meio cerrados, sonhadores. — Vejo uma regularidade. Duas vezes por mês, talvez... não queremos usar demais a imagem de uma coisa boa. "John Smith convida os leitores da *Inside View* a enviarem objetos pessoais para avaliação psíquica..." Algo do gênero. Explicaremos, é claro, que só devem mandar objetos baratos, porque nada poderá ser devolvido. Mas acho que você vai se surpreender. Algumas pessoas são loucas de pedra, que Deus as ajude. Aposto que vai ficar espantado com certas coisas que chegarão até você: diamantes, moedas de ouro, alianças... Podemos incluir uma cláusula no contrato especificando que todos os objetos que lhe forem enviados se tornarão propriedade sua.

Agora Johnny começara a ver tons de um vermelho fosco diante dos olhos.

— As pessoas enviariam os objetos e eu simplesmente ficaria com eles. É isso que está dizendo.

— Claro, não vejo nenhum problema nisso. Basta apenas respeitar certo número de regras básicas. Um pequeno molhinho extra naquele purê de batatas.

— Suponha — disse Johnny, mantendo cuidadosamente a voz em um tom compassado e calmo —, suponha que eu queira... chegar perto, como você colocou... e lhe telefone dizendo que o presidente Ford vai ser assassinado em 31 de setembro de 1976. Não porque eu esteja sentindo alguma coisa, mas simplesmente porque estou a fim de dizer isso.

— Bem, setembro só tem trinta dias, você sabe — Dees considerou. — Mas por outro lado acho que vão considerar isso apenas como imprecisão. Você só vai precisar agir com naturalidade, Johnny. Você pensa grande. Isso é bom. Vai ficar impressionado com a quantidade de pessoas que pensam pequeno. Acho que têm medo de pôr suas mãos onde está o dinheiro. Um de nossos caras... Tim Clark, dos arredores de Idaho... escreveu duas semanas atrás e disse que tivera uma visão de Earl Butz sendo obrigado a renunciar no ano que vem. Perdoe o meu francês, mas quem não está se fodendo para isso? Qual a importância de Earl Butz para uma dona de casa americana? Você é diferente, Johnny, tem boas ondas. Foi feito para a coisa.

— Boas ondas — Johnny murmurou.

Dees o olhava com curiosidade.

— Está se sentindo bem, Johnny? Parece meio pálido.

Johnny estava pensando na mulher que lhe enviara o cachecol. Provavelmente também era leitora da *Inside View*.

— Deixe-me ver se consigo fazer um resumo — disse Johnny. — Vocês me pagariam trinta mil dólares por ano para usar o meu nome...

— E sua imagem, não esqueça.

— *E* minha imagem em alguns artigos escritos por ghost-writers. Além de uma coluna em que eu diria às pessoas o que elas querem saber a partir dos objetos que me enviam. Como atração extra, posso ficar com os objetos...

— Se os advogados conseguem encontrar uma fórmula até para...

— ... como minha propriedade. É esse o acordo?

— Esse é o *esboço* do acordo, Johnny! O modo como as coisas progridem é simplesmente impressionante. Em seis meses, você terá entrado de vez na vida das pessoas e depois disso o céu é o limite! Aparições no *Carson Show*. Contatos ao vivo. Turnês de conferências. Seu livro, é claro. Escolha a editora, as pessoas estão praticamente apostando dinheiro em tudo que os paranormais publicam. Kathy Nolan começou com um contrato como este que estamos lhe oferecendo e agora ganha mais de duzentos mil por ano. Já fundou sua própria igreja e o pessoal do imposto de renda não consegue pôr a mão em um único centavo do dinheiro dela. Kathy não desperdiça uma só oportunidade, a nossa Kathy.

Dees se inclinou para a frente, sorrindo.

— Estou lhe dizendo, Johnny, o céu é o limite.

— Aposto que sim.

— Bem? O que você acha?

Johnny se inclinou para Dees. Agarrou a manga da nova camisa L.L. Bean de Dees com uma das mãos e o colarinho da nova camisa L.L. Bean de Dees com a outra.

— Ei! Que diabo acha que está f...

Johnny enrolou a camisa nas duas mãos e jogou Dees para a frente. Cinco meses de exercícios diários tinham tonificado os músculos de seus braços de forma notável.

— Você me perguntou o que eu achava — disse Johnny. Sua cabeça começava a latejar e a doer. — Vou lhe dizer. Acho você asqueroso! Um ladrão de túmulos que viola os sonhos das pessoas. Acho que alguém devia colocá-lo para trabalhar como desentupidor na Roto-Rooter. Acho que sua mãe devia ter morrido de câncer um dia depois de te dar à luz. Se existir um inferno, espero que você queime por lá.

— Não pode falar assim comigo! — Dees gritou, a voz se elevando em um grito estridente. — Você é doido! Esqueça! Esqueça toda a proposta, seu caipira estúpido, seu filho da puta! Teve sua chance! Não venha amanhã rastejando diante de...

— Além do mais, você dá a impressão de estar falando dentro de um estúdio de som — disse Johnny, ficando de pé e levantando Dees. A bainha da camisa saía da cintura da calça jeans nova, revelando a grossa camiseta que havia por baixo. Johnny começou a sacudir Dees metodicamente de um lado para o outro. Dees se esqueceu de ficar furioso. Começou a chorar e arfar.

Johnny o arrastou para a escadinha da varanda, levantou um pé e acertou em cheio no traseiro da nova Levi's. Dees desceu por dois degraus. Ainda ofegante, choramingando, e acabou se estatelando no chão. Quando se levantou e se virou para encarar Johnny, suas roupas de bacana estavam cobertas pela poeira da varanda. O que, de certa forma, Johnny pensou, as fazia parecer mais reais, embora duvidasse que Dees fosse capaz de apreciar isso.

— Devia pôr a polícia atrás de você — disse o homem com voz rouca. — E talvez ponha.

— Faça o que bem entender — Johnny respondeu. — Mas a lei aqui não é muito favorável a pessoas que metem o nariz onde não são chamadas.

O rosto de Dees revelava agora uma desagradável contorção de medo, raiva e choque.

— Que Deus o ajude se um dia precisar de nós! — exclamou.

A cabeça de Johnny estava doendo de modo febril, mas ele manteve a voz calma.

— Com certeza — disse ele. — Eu não poderia estar mais de acordo.

— Vai se arrepender, esteja certo. Três milhões de leitores. E a coisa vai chegar mais longe do que você imagina. Quando acabarmos com você, as pessoas não vão nem acreditar quando você prever a chegada da primavera depois do inverno. Não vão acreditar quando disser que o Campeonato Mundial de Beisebol vai começar em outubro. Não vão acreditar quando disser que... que... — Furioso, Dees embrulhou as palavras.

— Saia daqui, seu idiota — disse Johnny.

— *Pode dar adeus àquele livro!* — Dees gritou, certamente apelando para a pior coisa em que poderia pensar. Com o rosto contorcido, franzido, e a camisa suja de terra, parecia um menino tendo um acesso de raiva. O sotaque do Brooklyn ficou mais nítido, mais carregado, quase se transformando em um dialeto desconhecido. — Vão rir da sua cara em cada editora de Nova York! Nem as editoras de fundo de quintal vão tocar em nada seu quando acabarmos com você! Há meios de lidar com espertinhos e vamos usá-los, seu otário! Nós...

— Acho que vou pegar minha Remmy e atirar em um invasor — Johnny comentou.

Dees foi para seu carro alugado, gritando sem parar ameaças e obscenidades. Sentindo pancadas muito fortes na cabeça, Johnny ficou parado na varanda a observá-lo. Dees entrou no carro, arranhou impiedosamente a marcha a ré e acelerou cantando pneus, soltando nuvens de poeira. Johnny viu o carro recuar tranquilamente até bater na pilha de lenha cortada ao lado do galpão. Apesar da dor de cabeça, não deixou de dar um sorriso. Seria um pouco mais fácil empilhar a lenha do que estar no lugar de Dees e ter de explicar ao pessoal da Hertz a porrada enorme no para-lama dianteiro daquele Ford.

O sol da tarde cintilou novamente sobre o metal cromado quando Dees lançou uma chuva de pedrinhas ao manobrar para pegar a estrada. Johnny voltou a se sentar na cadeira de balanço, pôs a mão na testa e ficou esperando a dor de cabeça passar.

2

— *O que* você pretende fazer? — o banqueiro perguntou. Lá embaixo, do lado de fora, o tráfego corria de um lado para o outro pela bucólica rua principal de Ridgeway, em New Hampshire. Nas paredes de madeira da sala do terceiro andar estavam quadros de Frederic Remington e fotos do banqueiro em cerimônias locais. Na escrivaninha havia um cubo de plástico e, encaixadas no cubo, fotos da esposa e do filho.

— Vou concorrer à Câmara de Deputados no ano que vem — Greg Stillson repetiu. Vestia uma calça cáqui castanho-escura, uma camisa azul com mangas arregaçadas e gravata preta com um desenho azul. Parecia, de certa forma, se sentir deslocado na sala do banqueiro. Era como se a qualquer momento fosse se levantar e dar início a um absurdo e destrutivo ataque contra a sala, derrubando os móveis, jogando no chão os quadros de Remington com suas molduras caras, puxando as cortinas das barras.

O banqueiro, Charles "Chuck" Gendron, presidente do Lions Club local, deu uma risada, parecendo um tanto inseguro. Stillson tinha essa capacidade de fazer as pessoas se sentirem inseguras. Parecia ter sido magricela quando garoto e gostava de dizer às pessoas que, naquela época, "um vento mais forte podia me soprar para longe". No final, os genes do pai falaram mais alto, e agora, sentado ali, na sala de Gendron, Stillson lembrava demais o trabalhador parrudo de um campo de petróleo em Oklahoma que o pai fora.

Franziu a testa com a risadinha de Gendron.

— Acho que George Harvey talvez tenha alguma opinião sobre o assunto, não é verdade, Greg? — Além de ser um elemento muito ativo na política local, George Harvey era padrinho republicano do terceiro distrito.

— George não vai jogar areia — Greg respondeu calmamente. Seu cabelo estava ficando grisalho, mas de repente o rosto ficara muito parecido com o do homem que muito tempo antes chutara um cachorro até a morte em uma fazenda de Iowa. A voz era paciente. — George vai estar no banco de reservas, mas vai estar no meu banco de reservas, se entende o que estou dizendo. Não vou pisar nos calos dele, porque vou concorrer como independente. Não posso perder vinte anos aprendendo truques e lambendo botas.

— Está brincando, não é, Greg? — disse Chuck Gendron em um tom hesitante.

Greg franziu novamente o cenho. Aquilo era desagradável.

— Chuck, eu nunca brinco. As pessoas... *acham* que eu brinco. A *liderança* do Sindicato e aqueles paus-mandados do *Daily Democrat* também acham que eu brinco. Mas vá perguntar a George Harvey. Pergunte *a ele* se eu brinco ou se levo tudo a sério. Devia estar mais bem informado. Afinal enterramos alguns corpos juntos, não é, Chuck?

O franzido do cenho se transformou em um riso um tanto congelante — congelante para Gendron, talvez, porque ele acabara se envolvendo em um ou dois esquemas de Greg Stillson. Tinham ganhado dinheiro, sim, é claro que ganharam, o problema não era esse. O projeto imobiliário dos Sunningdale Acres (e, para falar a verdade, os negócios do Laurel Estates também) apresentavam alguns aspectos... bem, não exatamente legais. O suborno ao agente ambiental fora o começo, mas isso realmente não chegara nem perto do pior.

No caso do condomínio Laurel Estates, foi um coroa nos arredores da estrada de Back Ridgeway que não queria vender sua área e: 1) as catorze galinhas do homem morreram de alguma doença misteriosa; 2) houve um incêndio no depósito de batatas do velho; 3) em um fim de semana, não havia tanto tempo assim, quando o homem voltava de uma visita à irmã, que estava em uma clínica de repouso em Keene, alguém espalhou cocô de cachorro pela sala de estar e pela sala de jantar da casa; 4) o coroa então concordou em vender sua área; e 5) o condomínio do Laurel Estates se tornou uma realidade.

E talvez: 6) aquele motoqueiro maluco, Sonny Elliman, estava de novo batendo ponto por ali. Ele e Greg eram bons companheiros e a coisa só não se tornara alvo de comentários na cidade porque Greg era visto na companhia de muitos outros maus elementos, hippies, cabeludos e motoqueiros — resultado direto de um trabalho no Centro de Aconselhamento Antidrogas, fundado por ele, além do programa um tanto incomum da prefeitura de Ridgeway para jovens drogados, alcoolizados e infratores do trânsito. Em vez de multá-los ou prendê-los, a cidade os obrigava a prestar certos serviços. A ideia havia sido de Greg — e uma boa ideia, o banqueiro seria o primeiro a admitir. Uma das coisas que ajudara Greg a ser eleito prefeito.

Mas aquilo — aquilo era pura loucura.

Greg disse mais alguma coisa. Gendron não entendeu muito bem o quê.

— Se puder repetir, por favor — disse ele.

— Perguntei se não gostaria de ser o coordenador da minha campanha — Greg repetiu.

— Greg... — Gendron teve de limpar a garganta e começar de novo. — Greg, você não parece estar compreendendo. Harrison Fisher é o representante do terceiro distrito em Washington. Harrison Fisher é republicano, respeitado e provavelmente eterno.

— Ninguém é eterno — Greg respondeu.

— Harrison está perto demais de ser — Gendron argumentou. — Pergunte a Harvey. Estudaram na mesma escola. Por volta de 1800, eu acho.

Greg nem reparou no dito espirituoso.

— Todos pensam que estou sempre brincando... é como quando digo que sou um Alce Garanhão. No final das contas, a boa gente do terceiro distrito vai ficar rindo de mim enquanto chego a Washington.

— Greg, você está louco.

O sorriso de Greg desapareceu como se nunca tivesse estado lá. Algo assustador surgiu em sua expressão. O rosto ficou muito quieto e os olhos se arregalaram, mostrando em excesso as partes brancas. Como os olhos de um cavalo assustado.

— Não deve dizer uma coisa dessas, Chuck. *Nunca*.

O banqueiro sentiu mais que um pequeno frio no estômago.

— Greg, me desculpe. É só que...

— Não, nunca deve me dizer uma coisa dessas, a não ser que queira encontrar Sonny Elliman à sua espera em uma dessas tardes, na hora em que estiver saindo para pegar aquele Imperial enorme que você tem.

A boca de Gendron se mexeu, mas não produziu qualquer som.

Greg voltou a sorrir e foi como se o sol irrompesse de repente por entre nuvens ameaçadoras.

— Não importa. Não vamos ficar perdendo tempo se vamos trabalhar juntos.

— Greg...

— Quero você porque conhece cada empresário nesta parte de New Hampshire. Vamos conseguir bastante dinheiro assim que colocarmos o plano em ação, mas nós é que temos de dar a partida inicial. Chegou a hora de eu me expandir um pouco e começar a me comportar não como um homem de Ridgeway, mas como um estadista. Imagino que cinquenta mil dólares seriam suficientes para fertilizar as primeiras raízes da minha popularidade.

O banqueiro, que havia trabalhado nas suas últimas quatro campanhas de Harrison Fisher, se viu tão assombrado pela ingenuidade política de Greg que a princípio ficou sem saber como reagir.

— Greg — disse por fim —, os empresários contribuem com campanhas não pela nobreza de coração, mas porque o vencedor acaba tendo uma dívida para com eles. No decorrer de uma campanha, eles contribuem com qualquer candidato que tenha chance de vencer e, se o sujeito perde, podem declarar como doação no imposto de renda. Mas a expressão-chave é *chance de vencer*. Nesse momento Fisher é a...

— Aposta certa? — interveio Greg, tirando um envelope do bolso de trás. — Quer dar uma olhada nisto?

Gendron olhou com ar de dúvida para o envelope e voltou a olhar para Greg, que balançou a cabeça em um gesto encorajador. O banqueiro pegou o envelope e abriu.

Houve um longo silêncio no escritório coberto de lambris depois da primeira arfada áspera de Gendron em busca de fôlego. Os únicos sons que vieram a seguir foram o fraco barulho do relógio digital na mesa do banqueiro e o silvo de um fósforo quando Greg acendeu um charuto Phillies. Nas paredes da sala, imagens de Frederick Remington. No cubo de plástico, imagens de família. Agora, espalhadas na escrivaninha, imagens do banqueiro com a cabeça enterrada entre as coxas de uma jovem de cabelo preto — ou talvez vermelho, as fotos eram de um preto e branco lustroso, muito granulado, e era difícil dizer. O rosto da mulher, no entanto, estava muito nítido, e não era a esposa do banqueiro. Alguns moradores de Ridgeway seriam capazes de identificá-la como uma das garçonetes do Bobby Strang, um bar de caminhoneiros duas cidades à frente.

As fotos do banqueiro com a cabeça entre as pernas da garçonete eram discretas — o rosto da moça era identificável, mas o dele não. Nas outras, seria facilmente reconhecido por sua própria avó. Havia fotos de Gendron e da garçonete fazendo todo tipo de sacanagem — talvez não chegassem a encenar todas as posições do Kama Sutra, mas várias daquelas posições jamais entrariam no capítulo sobre "Relações Sexuais" de um livro-texto sobre vida saudável adotado no ginásio de Ridgeway.

Gendron ergueu os olhos, a expressão rude, as mãos trêmulas. O coração galopava no peito. Temia sofrer um ataque cardíaco.

Greg sequer olhava para ele. Apreciava pela janela uma brilhante fatia azul do céu de outubro, visível entre as avenidas Cinco e Dez e o Empório de Ferragens e Miudezas de Ridgeway.

— Os ventos da mudança começaram a soprar — disse ele, e a expressão parecia distante e preocupada; quase mística. Tornou a olhar para Gendron. — Um daqueles chapados lá do Centro, sabe o que ele me deu?

Atordoado, Chuck Gendron balançou negativamente a cabeça. Com uma de suas mãos trêmulas, massageava o lado esquerdo do peito — por precaução. Os olhos continuavam sobre as fotos. As malditas fotos. E se sua secretária entrasse ali naquele momento? De repente parou de massagear o peito e começou a recolher as fotos, guardando-as de volta no envelope.

— Ele me deu o livrinho vermelho do presidente Mao — Greg continuou. Uma risadinha brotou do peito forte que um dia fora tão magro, parte de um corpo que desagradava o idolatrado pai. — Um dos provérbios dizia o seguinte... não consigo me lembrar dos termos exatos, mas era algo como "o homem que sente o vento da mudança deve construir não uma cerca, mas um moinho de vento". Pelo menos o sentido era esse.

Ele se inclinou para a frente.

— Harrison Fisher não é a aposta certa, ele é uma pessoa decadente. Ford é um decadente. Muskie é um decadente. Humphrey é um decadente. Um monte de políticos locais e estaduais de uma ponta a outra deste país vão acordar um dia depois das eleições e descobrir que estão tão ultrapassados quanto cucos de madeira. Nixon foi obrigado a renunciar, e no ano que vem vão forçar a saída das pessoas que estavam por trás dele nas audiências do impeachment. E, no outro ano, pela mesma razão, também vão forçar a saída de Jerry Ford.

Os olhos de Greg Stillson cintilaram para o banqueiro.

— Quer saber o que é o futuro? Olhe para esse tal de Longley no Maine. Os republicanos concorreram para governador com um cara chamado Erwin, e os democratas com um cara chamado Mitchell. Mas, quando contaram os votos, os dois tiveram uma grande surpresa, porque as pessoas tinham escolhido um homem de Lewiston, um sujeito ligado a seguros que nunca havia pertencido a nenhum dos dois partidos. Agora estão falando dele como um eventual azarão na campanha para presidente.

Gendron ainda não conseguia falar.

Greg respirou.

— Todos vão achar que estou brincando, não é? Pensavam que *Longley* estava brincando. Mas não estou. Estou construindo moinhos de vento. E você vai me fornecer o material de construção.

Greg se calou. Exceto pelo barulho do relógio, o silêncio tomou conta do escritório. Por fim, Gendron murmurou:

— Onde conseguiu essas fotos? Foi com aquele Elliman?

— Hum, han. Não vai gostar de falar sobre isso. Esqueça tudo sobre essas fotos. Fique com elas.

— E quem está com os negativos?

— Chuck — Greg falou com avidez —, não está compreendendo. Estou lhe oferecendo Washington. O céu é o limite, cara! Nem estou pedindo para você levantar todo o dinheiro. Como eu disse, só um balde de água para colocar o moinho em funcionamento. Quando começarmos a rolar, muito dinheiro vai começar a entrar. Bom, você conhece os caras que têm dinheiro. Almoça com eles no Caswell House. Joga pôquer com eles. Basta que deem uma palavra e você lhes concede empréstimos de capital de giro a uma taxa de juros mais favorável. Mas também sabe como pôr uma pedra no caminho deles.

— Greg, você não entende, você não...

Greg se levantou.

— Assim como acabei de pôr uma pedra no seu caminho — disse ele.

O banqueiro levantou a cabeça para ele. Os olhos se agitavam indefesos. Greg Stillson achou que Gendron parecia um carneiro sendo levado para o abate.

— Cinquenta mil dólares — sentenciou. — Vai achá-los.

Greg saiu e fechou suavemente a porta. Mesmo através das paredes grossas, Gendron conseguia ouvir sua voz retumbante brincando com a secretária. A secretária era uma senhora de sessenta anos e magricela, mas provavelmente Stillson a estaria fazendo rir como uma adolescente. Era um palhaço. Tinha sido isso, junto com seus programas para lidar com o crime juvenil, que o fizera chegar a prefeito de Ridgeway. Mas as pessoas não elegiam palhaços para Washington.

Bem... quase nunca.

Esse não era o problema. Cinquenta mil dólares em contribuições de campanha, o problema era esse. A mente de Gendron começou a correr em volta do problema como um rato branco treinado para correr ao redor de um pedaço de queijo em um prato. Provavelmente a coisa podia ser feita. Sim, provavelmente podia ser feita — mas acabaria ali?

O envelope branco continuava em sua mesa. A esposa sorridente o olhava do encaixe no cubo de plástico. Gendron agarrou o envelope com a palma da mão e o enfiou no bolso interno do paletó. Só podia ter sido Elliman. Elliman havia descoberto e tirado as fotos, com certeza.

Mas Stillson quem havia dado a ordem.

Talvez o homem não fosse exatamente um palhaço. Sua avaliação do clima político de 1975-6 não era completamente estúpida. *Construir moinhos de vento em vez de cercas... o céu é o limite.*

Mas esse não era o problema.

Cinquenta mil dólares, o problema era esse.

Chuck Gendron, presidente do Lions e visto em toda parte como um cara legal (no ano anterior guiara uma daquelas motos pequenas e engraçadas na parada do Quatro de Julho em Ridgeway), tirou da gaveta de cima da escrivaninha um bloco de folhas amarelas e começou a anotar uma série de nomes. Era o rato branco treinado em ação. E, lá embaixo, na rua principal, Greg Stillson erguia o rosto para o forte sol de outono e se congratulava por um trabalho bem-feito... ou bem começado.

15

1

Mais tarde, Johnny achou que a razão pela qual acabara finalmente fazendo amor com Sarah — quase cinco anos depois daquela noite na feira local — tinha muito a ver com a visita de Richard Dees, o homem da *Inside View*. Ele havia finalmente acordado, ligado para Sarah e a convidado para ir até sua casa por um impulso meio angustiado de ter alguém agradável com quem conversar e tirar aquele gosto amargo da boca. Ou pelo menos foi o que ele disse a si mesmo.

Telefonou para ela em Kennebunk, e quem atendeu foi a antiga colega de quarto, informando que Sarah já estava vindo. O fone deu uma pancada na mesa e houve um momento de silêncio, durante o qual ele avaliou (mas não seriamente) a ideia de desligar e fechar aquele livro para sempre. Então a voz de Sarah entrou em seu ouvido.

— Johnny, é você?

— O próprio.

— Como vai?

— Muito bem. E você?

— Estou bem — ela respondeu. — Feliz por você ter ligado. Eu... fiquei em dúvida se ia telefonar.

— Ainda cheirando aquela cocaína horrível?

— Não, agora passei para a heroína.

— Está com seu filho?

— Claro que sim. Não vou a parte alguma sem ele.

— Bem, por que não dá uma passada com ele por aqui um dia destes, antes de voltar para o norte?

— Eu gostaria, Johnny — disse ela em um tom caloroso.

— Papai está trabalhando em Westbrook e fiquei como chefe de cozinha e lavador de louça aqui. Ele chega em casa por volta das 16h30 e jantamos em torno das 17h30. Gostaria que jantasse conosco, mas vou avisando: todos os meus melhores pratos são à base de espaguete.

Ela riu.

— Convite aceito. Qual é o melhor dia?

— Que tal amanhã ou depois de amanhã, Sarah?

— Amanhã está ótimo — disse ela após uma hesitação muito breve. — Nos vemos então?

— Cuide-se, Sarah.

— Você também.

Ele desligou pensativo, sentindo-se ao mesmo tempo empolgado e culpado — sem absolutamente qualquer razão aparente. Mas sua cabeça foi para onde queria ir, não foi? Sua cabeça quis simplesmente partir para avaliar as possibilidades até então não consideradas.

Bem, ela sabe do que precisa saber. Sabe a que horas o papai chega em casa... Do que mais precisa saber?

E sua mente respondeu a si própria: *O que você vai fazer se ela aparecer ao meio-dia?*

Nada, ele respondeu, embora não acreditando inteiramente nisso. Só de pensar em Sarah, em seus lábios, no pequeno côncavo acima de seus olhos verdes — só isso já bastava para fazê-lo se sentir fraco das pernas, cansado e um tanto desesperado.

Johnny foi até a cozinha e lentamente começou a preparar o jantar para duas pessoas, nada muito importante. A quantidade suficiente para pai e filho. Não estava indo assim tão mal. Ele ainda estava se recuperando. Os dois conversaram sobre os quatro anos e meio que Johnny havia perdido, sobre a mãe... Um rodeio de palavras que, aos poucos, mas de forma persistente e em uma espiral cada vez mais fechada, ia se aproximando do centro. Não era preciso compreender, mas talvez fosse preciso chegar a uma definição. Não, o que estava acontecendo não era tão ruim. Era um meio de concluir a arrumação das coisas. Para ele e para ela. De qualquer modo tudo estaria acabado em janeiro, quando ele voltasse a dar aulas na Cleaves Mills. Na semana anterior recebeu seu contrato de seis meses com Dave Pelsen, assinou e o devolveu. Como o pai ia se virar? Se virando, Johnny presumia. As pessoas são capazes de levar as coisas adiante, passando de uma fase a outra sem muito drama, sem o rufar de tambores. Visitaria o pai sempre que possível. Por exemplo, todo fim de semana, se fosse preciso. Tantas coisas tinham ficado estranhas tão depressa que tudo o que ele podia fazer era ir tocando devagar, tateando como um cego em um espaço desconhecido.

Pôs o assado no forno, foi para a sala, ligou a TV, tornou a desligá-la. Sentou-se e ficou pensando em Sarah. *O bebê*, ele pensou. *O bebê será nosso vigia se ela chegar cedo.* Então, afinal, estava tudo bem. Tudo certo.

Mas seus pensamentos foram ainda mais longe, de forma incomodamente especulativa.

2

Ela chegou 12h15 do dia seguinte. Entrou com o Ford Pinto, um vistoso carrinho esporte vermelho, na estradinha de acesso, estacionou e saltou. Parecia alta e bonita, o cabelo louro-escuro apanhado pelo suave vento de outubro.

— Oi, Johnny! — ela cumprimentou, levantando a mão.

— Sarah! — Ele foi ao seu encontro; Sarah ergueu a cabeça e Johnny beijou levemente seu rosto.

— Só deixa eu pegar o imperador — disse ela, abrindo a porta de trás.

— Posso ajudar?

— Não, nós nos viramos muito bem sozinhos, não é, Denny? Vamos, garoto. — Movendo-se com habilidade, ela desafivelou o cinto que segurava o bebezinho gorducho na cadeirinha e o pegou no colo. Denny olhou em volta com um solene e febril interesse. Depois seus olhos encontraram Johnny e pararam ali. Ele sorriu.

— Gand! — Denny exclamou agitando as duas mãos.

— Acho que ele quer ir com você — disse Sarah. — Muito incomum. Denny tem as sensibilidades republicanas do pai... É um tanto frio e reservado. Quer segurá-lo?

— Claro — Johnny respondeu com certo ar de dúvida.

Sarah riu.

— Ele não vai quebrar e você não vai deixá-lo cair — Sarah falou enquanto entregava Denny para Johnny. — Se deixar, ele provavelmente vai quicar de volta como um joão-bobo. Bebezão *gordão*!

— Vum papo! — disse Denny, colocando facilmente um braço ao redor do pescoço de Johnny e parecendo bem à vontade aos olhos da mãe.

— É realmente impressionante — Sarah afirmou. — Ele nunca vai com as pessoas como... Johnny? *Johnny?*

Quando o bebê pôs o braço em volta de seu pescoço, um confuso fluxo de sensações tomou conta de Johnny como uma onda de água morna. Mas não havia nada sombrio, nada perturbador. Era tudo muito simples. Não havia ideia de futuro nos pensamentos do bebê. Nenhuma sensação de perturbação. Nenhum sentido de infelicidade passada. E nenhuma palavra, só imagens fortes: calor, friagem, a mãe, o homem que o segurava.

— Johnny? — Ela o olhava com apreensão.

— Hummm?

— Está tudo bem?

Ela está me perguntando sobre Denny, ele percebeu. Está tudo bem com Denny? Vê alguma coisa? Problemas?

— Está tudo bem — ele respondeu. — Se quiser, podemos entrar, mas costumo servir o assado na varanda. Ainda haverá muitas outras oportunidades de ficarmos agachados ao lado do fogão.

— Acho que a varanda será excelente. E parece que Denny vai gostar de explorar o quintal. *Grande* quintal, ele está dizendo. Não é, garotão? — Sarah mexeu no cabelo dele e Denny riu.

— Ele vai mesmo ficar bem aqui fora?

— A não ser que tente comer um pedaço de madeira.

— Estou cortando lenha — disse Johnny, colocando Denny no chão com o cuidado de quem segura um vaso Ming. — Bom exercício.

— Como você está? Fisicamente?

— Acho — começou Johnny, recordando o chega pra lá que havia dado em Richard Dees alguns dias antes — que eu não podia estar melhor.

— Isso é bom. Você estava bem desanimado da última vez em que nos vimos.

— As cirurgias — disse Johnny, balançando a cabeça.

— Johnny?

Ele a olhou e sentiu de novo aquela estranha mistura de especulação, culpa e uma espécie de antecipação nas vísceras. Os olhos de Sarah estavam em seu rosto, franca e abertamente.

— Sim?

— Está lembrado... da aliança?

Ele assentiu com a cabeça.

— Estava lá. Onde você disse que estaria. Joguei fora.

— Jogou? — Ele não ficou de todo espantado.

— Joguei fora e nunca mencionei o assunto a Walt. — Sarah balançou a cabeça. — E não sei por quê. Desde então, isso me preocupa.

— Não deve se preocupar.

Estavam parados nos degraus da varanda, um de frente para o outro. As bochechas de Sarah ficaram rosadas, mas ela não desviou os olhos.

— Há uma coisa que eu gostaria de concluir — disse ela simplesmente. — Algo que nunca tivemos a chance de concluir.

— Sarah... — ele começou e parou. Não fazia a menor ideia do que devia dizer. Embaixo deles, Denny deu seis passos vacilantes e se sentou com força no chão. Resmungou, mas não pareceu desconcertado.

— Sim — disse ela. — Não sei se é certo ou errado. Amo Walt. É um homem bom, fácil de se amar. Talvez a única coisa que eu saiba seja distinguir um homem bom de um mau. Dan... aquele cara com quem eu saía na universidade... foi um dos maus. Você apurou meu gosto pra outro tipo de homem, Johnny. Sem você, eu jamais teria apreciado Walt pelo que ele é.

— Sarah, você não tem de...

— Tenho *sim* — Sarah rebateu. Sua voz era baixa e intensa. — Porque esse tipo de coisa só consegue ser dita uma vez. E, ache você errado ou certo, é a última vez que terá de escolher, porque seria difícil demais tentar dizer isso de novo. — Ela o olhou com ar de súplica. — Você entende?

— Sim, acho que sim.

— Amo você, Johnny — disse ela. — Nunca deixei de te amar. Tentei dizer a mim mesma que tínhamos sido separados por um ato de Deus. Não sei. Será que um cachorro-quente estragado é um ato de Deus? Ou dois garotos disputando um racha em uma estrada secundária no meio da noite? Só quero... — A voz assumiu um estranho tom uniformemente enfático que parecia abrir caminho pela fresca tarde de outubro, assim como o pequeno martelo de um artesão batendo em uma lâmina fina e preciosa... — ... só quero o que foi tirado de nós. — A voz tremeu. Ela olhou para baixo. — E quero de todo o coração, Johnny. Você não?

— Sim — ele respondeu, estendendo os braços, mas ficou confuso quando Sarah balançou a cabeça e deu um passo para trás.

— Não na frente de Denny — ela falou. — Talvez seja estupidez minha, mas ficaria meio parecido com infidelidade pública. Quero tudo, Johnny. — O vermelho brotou de novo no rosto e aquele belo rubor começou a alimentar a excitação de Johnny. — Quero que me abrace, me beije e me ame — disse ela. A voz tremeu de novo, quase foi sufocada. — Acho que é errado, mas não posso evitar. É errado, mas é certo. É *justo*.

Ele estendeu um dedo e enxugou uma lágrima que escorria devagar pelo rosto de Sarah.

— E é só esta vez, não é?

Ela balançou afirmativamente a cabeça.

— Uma vez terá acertado as contas de tudo. De tudo o que iria acontecer se as coisas não tivessem dado errado. — Ela ergueu a cabeça, o verde dos olhos flutuando em lágrimas, mais brilhante que nunca. — Não acha que podemos acertar as contas com uma única vez, Johnny?

— Acho que não — ele respondeu, sorrindo. — Mas podemos tentar, Sarah.

Ela olhou carinhosamente para Denny, que tentava subir sem muito êxito em um tronco para cortar lenha.

— Ele vai dormir — disse.

3

Sentados na varanda, Sarah e Johnny ficaram vendo Denny brincar no gramado sob o céu intensamente azul. Não havia pressa, nenhuma impaciência entre os dois, mas havia uma eletricidade crescente que ambos sentiam. Ela abriu o casaco e se sentou no balanço. O vestido de lã com um azul cheio de salpicos, os tornozelos cruzados, o cabelo se deixando derramar nos ombros pelo vento. Na realidade, o rubor não deixou mais seu rosto. E nuvens altas e brancas correram pelo céu, de oeste para leste.

Conversaram sobre coisas sem importância — não havia pressa. Pela primeira vez desde que saíra do hospital, Johnny sentia que o tempo não era seu inimigo. O tempo lhes fornecia aquele pequeno bolsão de ar para compensar o grande período que lhes havia sido roubado. A bolha ficaria ali o tempo que fosse preciso. Conversaram sobre quem tinha se casado, sobre uma garota da Cleaves Mills que ganhara uma bolsa de estudos do governo estadual, sobre o governador independente do Maine. Sarah disse que ele parecia o Tropeço, o mordomo da *Família Addams*, e pensava como o ex-presidente Herbert Hoover, e os dois riram.

— Olhe para ele — disse Sarah, fazendo um gesto com a cabeça na direção de Denny.

Denny estava sentado na grama ao lado de um caramanchão de hera que pertencia a Vera, o polegar na boca, olhando sonolento para eles.

Sarah tirou o carrinho do banco de trás do carro.

— Acha que ele fica bem na varanda? — perguntou a Johnny. — É tão gostoso aqui. Seria bom se tirasse uma soneca nesse ar fresco.

— Sim, ele vai ficar bem na varanda — Johnny respondeu.

Sarah pôs o carrinho na sombra, acomodou o bebê dentro dele e puxou as duas mantas até o queixo do menino.

— Durma, filho — disse Sarah.

Denny sorriu para a mãe e logo estava fechando os olhos.

— Simples assim? — Johnny perguntou.

— Simples assim — ela concordou e, aproximando-se de Johnny, pôs os braços em volta de seu pescoço. Ele pôde ouvir com bastante clareza o fraco roçar de sua lingerie sob o vestido. — Me beije — disse ela calmamente. — Esperei cinco anos para ter um beijo seu de novo, Johnny.

Ele pôs os braços em volta da cintura de Sarah e a beijou suavemente. Os lábios dela se abriram.

— Ah, Johnny — disse ela de encontro a seu pescoço. — Eu te amo.

— Eu também te amo, Sarah.

— Para onde vamos? — ela perguntou afastando-se dele. Tinha nos olhos o claro-escuro das esmeraldas. — Para onde?

4

Sobre a palha do celeiro, ele estendeu um desbotado cobertor do Exército. Era velho, mas limpo. O cheiro era forte, mas agradável. Acima deles houve um estranho arrulhar e esvoaçar de andorinhas nos beirais, mas logo elas tornaram a se acomodar. Uma pequena janela empoeirada dava para a casa e a varanda. Sarah limpou um pedaço do vidro e deu uma olhada em Denny.

— Tudo bem? — Johnny perguntou.

— Sim. Melhor aqui que dentro de casa. Lá teria sido como... — Ela encolheu os ombros.

— Como fazer meu pai participar da coisa?

— Sim. Isto é só entre nós.

— Assunto nosso.

— Assunto nosso — ela concordou. Estava deitada de bruços sobre o cobertor desbotado, o rosto virado para o lado, as pernas dobradas no joelho. Tirou os sapatos dos pés. — Abra meu zíper, Johnny.

Ele se ajoelhou ao lado dela e puxou o zíper para baixo. O ruído foi alto no silêncio que havia em torno. Em contraste com o branco da lingerie, as costas de Sarah tinham a cor de café com creme. Ele a beijou entre os ombros e ela estremeceu.

— Sarah — ele murmurou.

— O que é?

— Preciso lhe contar uma coisa.

— O quê?

— O médico cometeu um erro durante uma daquelas cirurgias e me castrou.

Sarah deu um soco em seu ombro.

— Sempre o velho Johnny — disse ela. — E você também tinha um amigo que um dia quebrou o pescoço no Chicote da feira regional de Topsham.

— Com certeza — ele concordou.

A mão de Sarah o tocou como seda, movendo-se gentilmente para cima e para baixo.

— Não parecem ter feito nenhum estrago em você — ela falava enquanto os olhos luminosos procuravam os dele. — De jeito nenhum. Podemos conferir?

Havia o doce cheiro do feno. O tempo passava devagar. Havia o toque áspero do cobertor do Exército, o toque macio da pele de Sarah, a realidade nua de Sarah. Mergulhar nela foi como adentrar um velho sonho que nunca tivesse sido esquecido inteiramente.

— Ah, Johnny, meu querido... — A voz em uma excitação crescente, parecendo distante. Os quadris se movendo em um ritmo cada vez mais rápido. O toque do cabelo era como fogo no ombro e no peito de Johnny, que mergulhava profundamente o rosto nele, entregando-se àquela escuridão louro-escura.

O tempo passava no perfume do feno. Na textura áspera do cobertor. No som do velho palheiro estalando baixo, como um navio no vento de outubro. Uma suave luz branca vinda pelas frestas do telhado iluminava a poeira de palha nuns cinquenta raios de sol, finos como lápis. E a poeira de palha dançava, rodopiava.

Ela gritou. A certa altura, gritou o nome dele, repetida e repetidamente, como um cântico. Seus dedos se enfiavam nele como esporas. Em um galope livre. Vinho velho finalmente despejado, uma ótima safra.

Depois se sentaram ao lado da janela, contemplando o quintal. Sarah jogou o vestido sobre a pele nua e deixou Johnny por um instante. Sozinho, ele ficou sem pensar em nada, contente ao olhar pela janela e vê-la reaparecer lá embaixo, menor, cruzando o quintal em direção à varanda. Sarah se curvou sobre o carrinho do bebê e arrumou as mantas. Então voltou, o vento jogando seu cabelo para trás e brincando de puxar a bainha do vestido.

— Vai dormir mais uma meia hora — disse ela.
— Vai? — Johnny sorriu. — Acho que vou dormir também.

Ela passou os pés nus sobre a barriga dele.

— Aposto que não.

E então de novo, e desta vez ela ficou por cima, quase em uma postura de prece, a cabeça curvada, o cabelo balançando para baixo e obscurecendo-lhe o rosto. Devagar. E de repente estava acabado.

5

— Sarah...
— Não, Johnny. Melhor não dizer nada. O tempo acabou.

— Ia dizer que você é linda.
— Sou?
— É — disse ele em voz baixa. — Querida Sarah.
— Conseguimos resolver tudo? — ela perguntou.
Johnny sorriu.
— Sarah, fizemos o melhor que pudemos.

6

Herb não pareceu surpreso em ver Sarah ao voltar de Westbrook. Cumprimentou-a com alegria, fez carinhos na criança e a repreendeu por ter demorado tanto para vir mostrar o filho aos dois.

— Tem a sua cor e os seus traços — Herb observou. — E acho que vai ter os seus olhos quando eles pararem de mudar.

— Que pelo menos tenha o cérebro do pai — disse Sarah, que pusera um avental sobre o vestido de lã azul. Lá fora o sol se punha. Mais vinte minutos e estaria escuro.

— Ué, a comida deveria ser responsabilidade do Johnny — disse Herb.

— Não pude detê-la. Ela pôs um revólver na minha cabeça.

— Bem, talvez seja melhor assim — disse Herb. — Tudo o que você faz sai com gosto de macarrão sem molho.

Johnny jogou uma revista nele e Denny riu, um som alto, penetrante, que pareceu encher a casa.

Será que meu pai percebeu?, Johnny se perguntou. *Parece estar escrito na minha cara.* Então, quando viu Herb revirar o closet do vestíbulo em busca de uma caixa com alguns brinquedos velhos, que nunca havia deixado Vera doar, um pensamento assustador lhe ocorreu. *Talvez ele compreenda.*

Jantaram. Herb perguntou a Sarah o que Walt fazia em Washington e ela contou sobre a conferência de que o marido estava participando. Tinha a ver com reivindicações indígenas sobre terras. Ela explicava que os encontros republicanos eram, principalmente, tentativas de entender para onde os ventos sopravam.

— A maioria das pessoas com quem ele conversa acha que, se Reagan for indicado em vez de Ford no ano que vem, isso vai significar a morte do partido — disse Sarah. — E, se o Velho Grande Partido morre, isso significa que Walt não poderá se candidatar ao posto de Bill Cohen em 1978, quando Cohen for atrás da cadeira de Bill Hathaway no Senado.

Herb observava Denny comendo vagens, seriamente, uma a uma, mastigando com toda a sua meia dúzia de dentes.

— Acho que Cohen não vai conseguir esperar até 1978 para entrar no Senado. Vai concorrer contra Muskie no ano que vem.

— Walt diz que Bill Cohen não é tão tapado assim — comentou Sarah. — Ele vai esperar. Walt também diz que sua própria hora está chegando e estou começando a acreditar nisso.

Depois do jantar se sentaram na sala e a conversa se distanciou da política. Ficaram vendo Denny brincar com os velhos carros e caminhões de madeira que um Herb Smith muito mais novo, há cerca de um quarto de século, fizera para seu próprio filho. Um Herb Smith mais jovem que se casara com uma mulher agitada, bem-humorada, que às vezes, à noite, tomava uma garrafa de cerveja Black Label. Um homem sem cabelos grisalhos e cheio das mais altas esperanças para o filho.

Ele compreende mesmo, Johnny pensou, bebendo o café. *Tenha percebido ou não o que aconteceu hoje à tarde entre mim e Sarah, suspeite ou não do que pode ter se passado, ele compreende como a coisa funciona. Não podemos alterá-la ou corrigi-la, o máximo que podemos fazer é tentar conviver.* Naquela tarde, ele e Sarah haviam consumado um casamento que jamais existiu. E já naquela noite Herb estava brincando com o neto.

Johnny pensou na Roda da Fortuna, diminuindo a velocidade, parando. *Banca leva. Todos perdem.*

A tristeza tentava se apoderar dele, um melancólico sentimento de fatalidade, mas ele repeliu os pensamentos. Não era hora para aquilo; não deixaria que fosse.

Por volta das 20h30, Denny tinha começado a ficar irritadiço e resmungão.

— Está na hora de irmos — disse Sarah. — Ele pode ir tomando mamadeira no caminho para Kennebunk. Daqui a uns cinco quilômetros já vai estar mais calmo. Obrigada por nos receberem. — Os olhos dela, com um brilho muito verde, encontraram por um momento os de Johnny.

— O prazer foi nosso — disse Herb se levantando. — Não foi, Johnny?

— Claro — ele concordou. — Deixe que eu levo o carrinho do bebê, Sarah.

Na porta, Herb beijou a testa de Denny (e Denny agarrou o nariz de Herb com a mão rechonchuda, sacudindo-o com força suficiente para fazer os olhos de Herb lacrimejarem) e a face de Sarah. Johnny levou o carrinho até o Ford Pinto vermelho e Sarah deu as chaves para que ele arrumasse tudo no banco de trás.

Quando Johnny terminou, estava parada ao lado da porta do motorista olhando para ele.

— Foi o melhor que podíamos ter feito — disse ela e sorriu um pouco. Mas o brilho daqueles olhos disseram a Johnny que as lágrimas estavam novamente perto.

— Não foi nada mau — disse Johnny.

— Mantemos contato?

— Não sei, Sarah. Devemos?

— Não, acho que não. Seria fácil demais, não seria?

— Muito fácil, sim.

Ela avançou um passo e se esticou para dar um beijo no rosto dele. Johnny pôde sentir seu cabelo, limpo e perfumado.

— Cuide-se — ela sussurrou. — Vou pensar em você.

— Juízo, Sarah — disse ele, encostando a mão em seu nariz.

Ela se virou, instalou-se atrás do volante, uma jovem e elegante mulher casada cujo marido estava em ascensão social. Johnny duvidava muito que, um ano mais tarde, eles ainda estivessem dirigindo aquele carrinho.

As luzes se acenderam, depois o pequeno motor começou a fazer barulho. Sarah ergueu a mão para ele e logo estava saindo da estradinha de acesso. Johnny ficou parado ao lado do tronco em que cortava lenha, com as mãos nos bolsos, vendo-a partir. Algo em seu coração parecia ter se fechado. Não foi uma sensação. Foi a pior de todas... Não foi absolutamente uma boa sensação.

Ficou parado até perder os faróis de vista. Depois subiu os degraus da varanda e voltou para dentro de casa. Seu pai estava sentado na sala, na grande poltrona reclinável. A TV continuava desligada. Os poucos brinquedos que Herb havia encontrado no armário estavam espalhados no tapete e Herb os contemplava.

— Foi bom ver Sarah — disse ele. — Você e ela tiveram... — uma pausa muito breve, uma hesitação realmente mínima — ... uma boa conversa?

— Sim — Johnny respondeu.

— Ela vai passar aqui de novo?

— Não, acho que não.

Ele e o pai se entreolharam.

— Bem, talvez seja melhor assim — Herb finalmente considerou.

— Sim. Talvez seja.

— Você brincou com estes brinquedos — disse Herb, se ajoelhando e começando a recolhê-los. — Dei alguns deles para Lottie Gedreau quando ela teve gêmeos, mas sabia que tinham sobrado outros. Quis guardá-los.

Tornou a arrumá-los na caixa, um por um, virando cada um em suas mãos, examinando-os. Um carro de corrida. Um trator. Um carro de polícia. Um pequeno caminhão com escada e um guindaste, no qual a maior parte da pintura vermelha descascava no lugar onde uma mãozinha costumava apertar. Tornou a levar a caixa para o armário e guardou.

Johnny passou três anos sem voltar a ver Sarah Hazlett.

16

1

Começou a nevar cedo naquele ano. Em 7 de novembro já havia quinze centímetros de neve no solo, quando Johnny resolveu se enfiar em um par de velhas e macias botas de borracha verde e vestir um velho casacão com capuz para fazer a trilha até a caixa de correio. Duas semanas antes, Dave Pelsen enviara um pacote com os textos que usaria em janeiro, e Johnny já havia começado a esboçar alguns planos de aulas. Estava ficando ansioso para voltar. Dave também conseguiu um apartamento na rua Howland, em Cleaves. Rua Howland, 24. Johnny conservou o endereço na carteira, anotado em uma folha de papel, pois nomes e números tinham um irritante costume de escapar de sua mente.

Naquele dia o céu estava cinzento e enevoado, a temperatura pairava pouco abaixo dos seis graus negativos. Enquanto Johnny subia a estradinha, os primeiros salpicos de neve começaram a flutuar. Como estava sozinho, não se sentiu muito envergonhado em pôr a língua de fora e tentar pegar um floco. Praticamente não mancava e se sentia bem. Não tivera sequer uma dor de cabeça nas últimas duas semanas.

A correspondência incluía um folheto publicitário, uma *Newsweek* e um pequeno envelope pardo endereçado a ele, sem remetente. Johnny o abriu enquanto caminhava de volta, o resto das cartas enfiado no bolso da calça. Puxou uma folha avulsa, viu as palavras *Inside View* no alto e parou a meio caminho de casa.

Era a página três da edição da semana anterior. A reportagem em destaque tratava do "furo" de um repórter sobre a elegante coapresentadora de um programa policial da TV. A coapresentadora em questão foi expulsa do colégio duas vezes (doze anos antes) e detida por posse de cocaína (seis anos antes). Notícias quentes para as *donas de casa* da América. Havia também uma dieta exclusivamente à base de grãos, a foto fofinha de um bebê e a história de uma menina de nove anos que fora milagrosamente curada de paralisia cerebral em Lurdes (MÉDICOS PERPLEXOS, a manchete trombeteava de modo exaltado). Uma reportagem perto da parte de baixo da página fora rodeada por uma linha. "PARANORMAL" DO MAINE ADMITE TRAPAÇA. A reportagem não era assinada.

SEMPRE FOI NOSSA POLÍTICA não apenas trazer até você, leitor, a mais completa cobertura dos fenômenos paranormais que a chamada "grande imprensa" ignora, mas também desmascarar os trapaceiros e charlatões que há muito vêm dificultando a verdadeira aceitação dos legítimos eventos paranormais.

Um desses trapaceiros confessou recentemente sua fraude a uma fonte da *Inside View*. O suposto "paranormal", John Smith, de Pownal, Maine, admitiu para nossa fonte que "tudo não passou de um truque para pagar minhas contas de hospital. Se sair um livro contando a história, poderei conseguir dinheiro suficiente para quitar o que devo e, de quebra, tirar alguns anos de férias", disse Smith com um sorriso largo. "Nos dias de hoje as pessoas acreditam em qualquer coisa... Por que não pegar uma carona no trem da alegria?"

Graças à *Inside View*, que vem sempre advertindo seus leitores de que há dois falsos paranormais para cada um autêntico, o trem da alegria de John Smith simplesmente descarrilou. E reiteramos nossa inalterável oferta de mil dólares para qualquer pessoa que seja capaz de provar que algum paranormal de renome nacional seja uma fraude.

Vigaristas e charlatões, estejam avisados!

Johnny leu duas vezes o artigo enquanto a neve começava a cair com mais intensidade. Um sorriso relutante deslocou seus traços faciais. A imprensa sempre vigilante aparentemente não havia gostado de ter sido expulsa da varanda da frente de um caipirão, ele pensou. Enfiou a folha de volta no envelope, que colocou no bolso de trás com o resto da correspondência.

— Dees — ele disse em voz alta —, espero que você ainda esteja apavorado.

2

O pai não achou tão divertido. Herb leu o recorte e deu um soco irritado na mesa da cozinha.

— Você devia processar esse filho da puta! Isso é pura calúnia, Johnny. Uma tentativa deliberada de denegri-lo.

— Concordo, concordo — Johnny respondeu. Estava escuro lá fora. A silenciosa queda de neve à tarde evoluíra para uma tempestade de início de inverno à noite. O vento assobiava e uivava em volta dos beirais. A estradinha de acesso à casa desapareceu sob a progressão de dunas de neve. — Mas não havia nenhuma testemunha quando conversamos, e Dees sabe muito bem disso. É a palavra dele contra a minha.

— Não teve sequer a coragem de pôr o nome embaixo desta mentira — disse Herb. — Olhe essa história de "uma fonte da *Inside View*". Que fonte é? Obrigue-o a dizer o nome, é o que eu acho que deve fazer.

— Ah, não posso fazer isso — disse Johnny sorrindo. — Seria como avançar para cima do brigão mais malvado do bairro, segurando uma placa com a frase DÊ UM BOM CHUTE pendurada no zíper da calça. Eles transformariam a provocação em uma guerra santa, com direito à primeira página. Não, obrigado. Aliás, pelo que me diz respeito, me fizeram um favor. Não quero fazer carreira dizendo às pessoas onde seus avós esconderam as ações que tinham ou quem vai vencer o quarto páreo no jóquei clube. Ou como ganhar a tal da loteria. — Uma das coisas que mais espantaram Johnny quando saiu do coma fora descobrir que o Maine e cerca de uma dúzia de outros estados tinham oficializado alguns jogos de azar. — No mês passado recebi dezesseis cartas de pessoas querendo que eu revelasse o número. Uma loucura. Mesmo se eu pudesse dizer o número, coisa que não posso fazer, de que isso serviria? Você não pode jogar o número que quiser na loteria do Maine, você escolhe entre os números que eles dão. Ainda tenho as cartas comigo.

— Não entendo o que isso tem a ver com este artigo nojento.

— Se as pessoas acharem que sou uma farsa, talvez me deixem em paz.

— Ah — disse Herb. — Bem, entendo o que está querendo dizer. — Acendeu o cachimbo. — Nunca se sentiu muito bem com essa coisa, não é?

— Nunca — Johnny respondeu. — Também nunca conversamos muito sobre isso, o que não deixa de ser um alívio. Parece que é a única coisa de que as outras pessoas *querem* falar. — E não eram apenas as que queriam falar; isso não o teria deixado assim tão preocupado. Mas, quando ele *estivesse* na loja do Slocum para comprar algumas cervejas ou uma bisnaga, a moça do caixa tentaria pegar o dinheiro sem encostar na sua mão, e a expressão arisca e assustada nos olhos dela seria inconfundível. Os amigos de seu pai acenariam em vez de apertar sua mão. Em outubro, Herb tinha contratado uma colegial para ir toda semana à casa deles limpar os móveis e passar o aspirador. Três semanas depois, ela desistira do trabalho sem dar nenhuma explicação — provavelmente alguém do colégio tinha contado para ela quem era o morador da casa. Aparentemente, para cada pessoa ansiosa por ser tocada, por ser informada, por entrar em contato com o estranho dom de Johnny, havia outra que o encarava como uma espécie de leproso. Em certas ocasiões, Johnny se lembrava das enfermeiras olhando para ele no dia em que dissera a Eileen Magown que a casa dela estava pegando fogo. Olhavam como corvos pousados no fio de um poste. Pensava em como o repórter se esquivara após a conclusão inesperada da entrevista coletiva, concordando com tudo que ele dizia, mas não querendo ser tocado. Ambas as situações eram doentias.

— É, não falamos sobre isso — Herb concordou. — Isso me faz pensar na sua mãe, eu acho. Ela tinha certeza de que você havia recebido... seja-lá-o-que-for, por alguma razão. Às vezes me pergunto se ela não tinha razão.

Johnny deu de ombros.

— Quero apenas levar uma vida normal. Quero enterrar essa merda toda. E se este pasquim me ajuda nisso, melhor ainda.

— Mas você ainda pode fazer, não é? — Herb perguntou. Olhava atentamente para o filho.

Johnny se lembrou de uma noite, pouco menos de uma semana atrás. Ele e Herb tinham saído para jantar, acontecimento um tanto raro por causa do orçamento apertado. Foram ao Cole's Farm, em Gray, provavelmente o melhor restaurante da área, um lugar sempre lotado. A noite estava fria, e a sala de jantar animada e quente. Ao guardar seu casaco e o do pai, passou o polegar, à procura de cabides vazios, pelos demais casacos pendurados. Então, uma série de impressões bastante nítidas desfilaram em cascata por sua mente. Às vezes isso acontecia, embora em outras ocasiões pudesse segurar um objeto por vinte minutos sem sentir absolutamente nada. Naquela noite tudo começou com o casaco de peles de uma senhora. Ela estava tendo um caso com um dos parceiros de pôquer do marido. Vivia muito assustada por causa disso, mas não sabia como encerrar o romance. Havia a jaqueta de brim de um homem, com forro de couro de carneiro. O cara também estava preocupado — com o irmão, que ficara bastante ferido em um projeto de construção na semana anterior. Havia o casacão de um menino — ganhara naquele dia um pequeno rádio do Snoopy da avó, que morava em Durham, e estava furioso porque o pai não o havia deixado levar o rádio para o jantar. E também havia outra peça de roupa, um sobretudo discreto, preto, que envolvera Johnny em um terror frio e acabara com seu apetite. O dono do sobretudo sentia que estava ficando louco. Até aquele momento, conseguira manter as aparências (nem mesmo a esposa suspeitava), mas sua visão do mundo ia sendo aos poucos substituída por uma série de fantasias crescentemente paranoicas. Encostar a mão naquele casaco foi como encostar em um monte de serpentes se contorcendo.

— Sim, ainda posso fazer — Johnny confirmou brevemente. — O que eu mais queria na vida era não poder.

— Está realmente falando sério?

Johnny pensou no discreto sobretudo preto. Por causa dele havia conseguido apenas beliscar alguma coisa. Não parava de olhar para todos os lados, tentando identificar o homem na multidão, mas sem conseguir.

— Sim — disse ele. — Estou falando sério.

— Melhor esquecer, então — Herb concluiu, batendo no ombro do filho.

3

E durante mais ou menos um mês parecia que a coisa ficaria esquecida. Johnny viajou de carro para o norte. Participaria de uma reunião semestral com os professores da escola e levaria uma parte de suas coisas para seu novo apartamento, que ele achou pequeno, mas habitável.

Foi no carro do pai e, quando estava se aprontando para partir, Herb perguntou:

— Não está se sentindo nervoso? Por dirigir?

Johnny balançou a cabeça em negativa. Imagens do acidente já perturbavam muito pouco. Se alguma coisa tivesse de acontecer, ia acontecer de qualquer maneira. E, no fundo, tinha confiança de que um raio não cairia duas vezes no mesmo lugar — acreditava que não ia nem mesmo morrer em um acidente de carro.

De fato, a longa viagem foi tranquila, relaxante, e a reunião fez Johnny se sentir completamente em casa. Todos os colegas que continuavam lecionando na CMHS passaram por lá para desejar boa sorte. Mas ele não pôde deixar de notar como fora pequeno o número dos que realmente trocaram um aperto de mão com ele e também sentiu certa reserva, uma cautela nos olhares. Dirigindo de volta para casa, convenceu-se de que provavelmente tudo não passara de fruto da sua imaginação. E se não tivesse sido assim, bem... a coisa não deixava de ter o seu lado cômico. Quando lessem os exemplares da *Inside View*, ficariam sabendo que Johnny era um farsante e que não havia nada com que se preocupar.

Terminada a reunião, a única coisa a fazer era voltar para Pownal e esperar que os feriados de fim de ano passassem. As pessoas pararam de mandar objetos pessoais pelo correio, quase como se algum interruptor tivesse sido desligado — era o poder da imprensa, Johnny comentou com o pai. Durante um breve período, ele passou a receber cartas e cartões (em geral anônimos) de gente que parecia estar se sentindo pessoalmente lesada.

"Você devia queimar no I-N-F-E-R-N-O! por essa tentativa porca de enganar a República Americana", dizia uma carta típica. Fora escrita em uma folha amassada com o timbre do hotel Ramada Inn e tinha um carimbo do correio de York, na Pensilvânia. "Você não passa de um *golpista e de uma bozta suja e podre*. Abençoado seja Deus por essa revizta ter vizto você por dentro. Devia se envergonhar de si mesmo, senhor. A Bíblia diz que um pecador ordinário vai ser atirado no Lago DE F-O-G-O! e ser consumido, mas um F-A-L-Ç-O P-L-O-F-E-T-A! vai queimar *para todo o SEMPRE!* Porque tu és um Falço Plofeta que vendeu a Alma Imortal por alguns trocados. Este é o final da carta e espero para o teu bem que eu nunca te pegue nas Ruas da tua Cidade. Assinado: UM AMIGO (de Deus, não teu)!"

Umas duas dúzias de cartas nesse mesmo espírito chegaram no período de uns vinte dias depois da publicação da reportagem na *Inside View*. Contudo, várias almas diligentes expressaram interesse em uma parceria com Johnny. "Durante algum tempo, fui assistente de mágico", alardeava uma, "e conseguia tirar o biquíni de uma puta velha sem ela perceber. Se está planejando um lance que realmente impressione, vai precisar de mim!"

De repente, assim como o fluxo anterior de caixas e pacotes, esse tipo de correspondência também cessou. Um dia, no final de novembro, ao verificar a caixa de correio e encontrá-la vazia pela terceira tarde consecutiva, Johnny voltou para dentro de casa lembrando-se como Andy Warhol previra que, um dia, todos na América seriam famosos por quinze minutos. Ao que parecia, seus quinze minutos tinham passado. E ninguém estava mais satisfeito com isso do que ele.

Mas, como veria, a coisa ainda não tinha acabado.

4

— Smith? — perguntou a voz ao telefone. — John Smith?

— Sim. — Não era uma voz que ele conhecia, mas também não era engano. Ele ficou meio confuso, pois o pai havia retirado o telefone da lista três meses antes. Era 17 de dezembro, e a árvore de Natal estava armada no canto da sala, a base firmemente encaixada no suporte para a velha árvore que Herb fizera quando Johnny ainda era criança. Do lado de fora estava nevando.

— Meu nome é Bannerman. Xerife George Bannerman, de Castle Rock. — O homem pigarreou. — Tenho uma... bem, acho que se pode dizer assim... tenho uma proposta para o senhor.

— Como conseguiu este número?

Bannerman tornou a pigarrear.

— Bem, eu podia ter conseguido com a companhia telefônica, acho, alegando se tratar de um assunto de polícia. Mas na verdade consegui o número com um amigo seu. O médico que se chama Weizak.

— Sam Weizak deu meu telefone?

— Exato.

Johnny sentou-se no canto em que estava o telefone, inteiramente perplexo. Agora o nome Bannerman significava alguma coisa para ele. Havia se deparado recentemente com aquele nome no suplemento dominical de um jornal. Era o xerife do condado de Castle, que ficava bem a oeste de Pownal, na região dos Lagos. Castle Rock era a sede do condado, a cerca de cinquenta quilômetros de Norway e vinte de Bridgton.

— Assunto de polícia? — Johnny repetiu.

— Bem, acho que posso dizer assim, claro. Será que não podíamos nos encontrar para tomar um café...

— Tem relação com Sam?

— Não. O dr. Weizak nada tem a ver com isso — disse Bannerman. — Ele me deu um telefonema e mencionou seu nome. Foi... humm, pelo menos um mês atrás. Para ser franco, achei que ele estava louco. Mas agora nós também estamos quase perdendo o juízo.

— Por quê? Sr... *xerife*... Bannerman, não sei do que está falando.

— Seria realmente muito melhor se pudéssemos nos encontrar para um café — Bannerman insistiu. — Quem sabe hoje à noite? Há um lugar chamado Jon's na rua principal de Bridgton. Mais ou menos na metade do caminho entre sua cidade e a minha.

— Não, sinto muito — Johnny respondeu. — Eu precisaria saber do que se trata. E por que Sam não me telefonou.

Bannerman suspirou.

— Acho que não está acostumado a ler os jornais — disse ele.

Mas não era verdade. Vinha lendo compulsivamente os jornais desde que recuperara a consciência, tentando ficar ciente das coisas que perdera. E de fato havia se deparado recentemente com o nome de Bannerman. Com certeza. Porque Bannerman estava fazendo algo bastante quente. Estava encarregado do...

Johnny afastou o fone da orelha e olhou para o aparelho com repentina compreensão. Olhou do modo como um homem contemplaria a cobra que acabara de perceber que era venenosa.

— Sr. Smith? — O fone soava debilmente. — Alô? Sr. Smith?

— Estou aqui — disse Johnny, encostando de novo o fone na orelha. Estava consciente de sentir uma ligeira irritação contra Sam Weizak. Sam, que o aconselhara a se manter na moita naquele verão, e agora mudara de ideia e entregara tudo de bandeja àquele xerife caipirão local... pelas suas costas.

— É aquele caso do estrangulador, não é?

Bannerman hesitou um longo tempo. Depois perguntou:

— Podemos conversar, sr. Smith?

— Não. Absolutamente não. — A ligeira irritação se transformou repentinamente em fúria. Fúria e mais alguma coisa. Estava assustado.

— Sr. Smith, é importante. Hoje...

— Não. Por favor, me deixem em paz. E será que o senhor não leu a porra da *Inside View*? Não passo de um vigarista.

— O dr. Weizak disse...

— Ele não tinha que dizer nada! — Johnny gritou. Estava tremendo de cima a baixo. — Tchau! — Bateu com o fone no gancho e se afastou rapidamente do aparelho, como se aquilo impedisse o telefone de voltar a tocar. Sentiu uma dor de cabeça começar pelas têmporas, como se brocas grossas lhe furassem a testa. Talvez devesse ligar para a mãe de Weizak lá na Califórnia e dizer a ela onde estava a doçura do filhinho. Pedir que entrasse em contato. Olho por olho.

Não fez isso, mas tirou o caderninho de telefones que estava na gaveta da mesinha, procurou o número do escritório de Sam, em Bangor, e ligou. Assim que o telefone deu o primeiro toque do outro lado da linha, ele desligou, de novo assustado. Por que Sam agira assim com ele? Maldição, por quê?

Quando deu por si, estava contemplando a árvore de Natal.

Os mesmos enfeites antigos. Tinham novamente sido encontrados no sótão, retirados de suas caixas forradas com papel e pendurados duas noites antes. Havia algo de curioso com as decorações de Natal. Não eram muitas as coisas que permaneciam intactas, ano após ano, enquanto uma pessoa ia crescendo. Não havia muitas linhas de continuidade, muitos objetos físicos que pudessem facilmente servir às duas condições, infância e maturidade. Nossas roupas de criança eram guardadas no armário ou embrulhadas para serem doadas ao Exército de Salvação; a corda do relógio do Pato Donald desenrolava; as botas de caubói estragavam. A carteira produzida na primeira aula prática de trabalhos manuais era substituída por uma Lord Buxton, assim como o carrinho vermelho e a bicicleta eram trocados por brinquedos de adulto — um carro de verdade, uma raquete de tênis, talvez um daqueles novos videogames de hóquei. O apego restringia-se a apenas algumas coisas. Talvez alguns livros, uma moeda da sorte ou uma coleção de selos conservada e melhorada.

Mas junto a isso tudo havia também os enfeites da árvore de Natal na casa de seus pais.

Ano após ano, os mesmos anjos descascados e a mesma estrela de metal cintilando no topo; o resistente pelotão de sobreviventes do que já havia sido um batalhão completo de bolas de vidro (e jamais devemos nos esquecer da bravura das mortas, ele pensou... esta acabou como resultado do descuido de um bebê, aquela outra escorregou quando papai a estava pendurando e se espatifou no chão, a vermelha, com a estrela de Belém pintada, foi simples e misteriosamente quebrada em certo ano, quando trazíamos os enfeites do sótão, e eu chorei); a própria mesinha da árvore. Mas Johnny pensou, enquanto massageava as têmporas distraidamente, que às vezes talvez fosse melhor, mais misericordioso, perder contato até mesmo com esses últimos vestígios da infância. Era perfeitamente possível se esquecer dos livros que mexeram com você. Bem, a moeda da sorte não o protegera de nenhuma das porradas, espinhos e arranhões típicos de uma vida normal. Quando olhava para os enfeites, você lembrava que um dia sua mãe estivera lá para coordenar as operações de ornamentação da árvore, sempre pronta e disposta a desapontá-lo dizendo "um pouco mais alto" ou "um pouco mais baixo" ou "acho que tem coisa demais cintilando desse lado esquerdo, querido". De repente, você olhava para os enfeites e se lembrava de que, naquele ano, só você e seu pai estavam ali para decorar a árvore, só vocês dois, porque a mãe enlouquecera e depois morrera. No entanto, os frágeis ornamentos da árvore de Natal continuavam ali, sempre a postos para enfeitar outra árvore tirada do pequeno terreno nos fundos. Não diziam que o número de pessoas que cometiam suicídio era maior na época do Natal que em qualquer outra época do ano? Por Deus, não era de admirar.

Que poder Deus concedeu a você, Johnny.

Claro, é verdade, Deus é um verdadeiro poço de bondade. Ele me jogou pelo para-brisa de um táxi, eu quebrei as pernas, fiquei quase cinco anos em coma e três pessoas morreram. A moça que eu amava se casou com outro. Teve um filho, que devia ter sido meu, com um advogado que está fazendo o diabo para chegar a Washington e ajudar a tomar conta desse grande circo.

Se eu ficar de pé mais de duas horas, terei a sensação de que alguém pegou uma estaca de madeira, comprida e afiada, e a cravou por minha perna em direção aos testículos. Deus é um cara legal. É tão legal que inventou um engraçado mundo de opereta em que um punhado de bolas de vidro que enfeitam a árvore de Natal pode viver mais do que você. Belo mundo. Um Deus realmente de primeira encarregado dele. Ele estava do nosso lado durante a guerra do Vietnã, porque é desse modo que ele vem governando as coisas desde o início dos tempos.

Ele tem um trabalho para você, Johnny.

Ajudar um policial meio ferrado a sair de uma enrascada para que ele não perca seu emprego no ano que vem?

Não fuja Dele, Johnny. Não se esconda em uma caverna.

Esfregou as têmporas. Lá fora, o vento estava ficando mais forte. Só esperava que o pai voltasse com cuidado do trabalho para casa.

Johnny se levantou e vestiu um pesado suéter de malha. Foi até o galpão, vendo a respiração congelar o ar na sua frente. À esquerda havia uma grande pilha da lenha que ele cortara no outono que acabara de passar, todas as toras com o comprimento certo para caber na fornalha. Ao lado da pilha havia um caixote com gravetos e, ao lado dele, um monte de jornais velhos. Ele se agachou e começou a revirá-los. Suas mãos logo ficaram dormentes, mas ele continuou revirando as folhas e, por fim, chegou ao que estava procurando. O jornal de domingo de três semanas antes.

Voltou para dentro de casa com o jornal, abriu-o sobre a mesa da cozinha e começou a vasculhar. Encontrou o que estava procurando entre as reportagens de destaque e sentou-se para ler.

O texto vinha acompanhado de várias fotos; uma delas mostrava uma senhora trancando uma porta, outra mostrava um carro de polícia cruzando uma rua quase deserta, duas outras mostravam algumas lojas também quase desertas. A manchete dizia: A CAÇADA AO ESTRANGULADOR DE CASTLE ROCK CONTINUA... E CONTINUA.

Cinco anos antes, de acordo com a história, uma moça chamada Alma Frechette, que trabalhava em um restaurante local, fora estuprada e estrangulada quando voltava para casa. Uma investigação conjunta foi realizada pelo escritório do procurador-geral do Estado e o departamento do xerife do condado de Castle. O resultado foi absolutamente nulo. Um ano depois, o cadáver de uma mulher idosa, também estuprada e estrangulada, fora encontrado no minúsculo apartamento de terceiro andar onde ela morava, na rua Carbine, também em Castle Rock. Um mês mais tarde, o assassino atacou de novo; desta vez a vítima foi uma jovem e brilhante aluna do penúltimo ano da escola secundária local.

Desde então, as investigações ficaram mais intensas. Até as instalações de pesquisa do FBI foram envolvidas no processo, mas sem chegar a qualquer resultado. No novembro seguinte, o xerife Carl M. Kelso, que era o chefe de polícia do condado desde os dias da Guerra Civil, perdera a reeleição para George Bannerman, principalmente graças à campanha agressiva de seu adversário, que prometia enfaticamente prender o "estrangulador de Castle Rock".

Dois anos se passaram. O estrangulador não foi pego, mas outros assassinatos também não ocorreram. Então, no último janeiro, o corpo de Carol Dunbarger, de dezessete anos, fora encontrado por dois meninos. A moça fora dada como desaparecida pelos pais. Vez por outra Carol se envolvia em problemas no colégio de Castle Rock, onde tinha um histórico de sucessivos atrasos e falta às aulas. Já havia sido detida por furto em lojas duas vezes e já fugira de casa uma vez, conseguindo chegar até Boston. Tanto Bannerman quanto a polícia estadual presumiam que ela estivesse pedindo carona — e que o assassino estivesse passando por lá no momento. O degelo de meados do inverno havia revelado o corpo perto do riacho Strimmer, onde foi encontrado por dois meninos. A perícia médica disse que a moça já estava morta há cerca de dois meses.

Então, naquele dia 2 de novembro, aconteceu outro crime. A vítima era Etta Ringgold, uma professora muito estimada da escola primária de Castle Rock. Apaixonada pelas obras de Robert Browning, Etta era membro vitalício da igreja metodista local, possuía um mestrado em educação e era figura de destaque em instituições de caridade locais. Seu corpo havia sido encontrado dentro de um esgoto que corria sob uma estrada secundária sem pavimentação. A repercussão em torno do assassinato da sra. Ringgold havia ecoado por toda a parte norte da Nova Inglaterra. Foram feitas comparações com Albert DeSalvo, o Estrangulador de Boston — comparações que não ajudaram em nada naquele momento atribulado. William Loeb, do *UnionLeader* na não tão distante Manchester, de New Hampshire, tinha publicado um útil editorial intitulado OS POLICIAIS QUE NÃO FAZEM NADA EM NOSSO ESTADO VIZINHO.

O artigo no suplemento de domingo, escrito quase quatro semanas antes e com um forte odor de guardado e da madeira do caixote, citava dois psiquiatras locais que tinham descrito a situação com perfeita descontração, inclusive seus nomes não apareciam. Um deles mencionara um transtorno sexual específico — o impulso de cometer um ato violento no momento do orgasmo. Animador, Johnny pensou, fazendo uma careta. Ele as estrangulava até a morte enquanto gozava. A dor de cabeça de Johnny piorava sem parar.

O outro psiquiatra destacava o fato de todos os cinco assassinatos terem sido cometidos em fins de outono ou inícios de inverno. Embora a personalidade maníaco-depressiva não se encaixasse em nenhum dos padrões estabelecidos, seria coerente supor que o assassino sofresse mudanças de humor, muito próximas à mudança das estações. Ele podia ter uma "queda", entre meados de abril e aproximadamente o final de agosto, e depois começar a subir, atingindo um "pico" mais ou menos na época dos crimes.

Durante o estado maníaco ou de "pico", o assassino em questão estaria propenso a ficar extremamente voltado para o sexo, decidido, arrojado e otimista. "Ficaria inclinado a acreditar que a polícia seria incapaz de pegá-lo", concluía o psiquiatra anônimo. O artigo se encerrava dizendo que, até aquele momento, o assassino estava certo.

Johnny pousou o jornal, deu uma olhada no relógio e concluiu que o pai chegaria a qualquer momento, a não ser que ficasse retido pela neve. Levou o velho jornal para o fogão a lenha e enfiou-o na fornalha.

Não me diz respeito. Maldito seja o Sam Weizak.

Não se esconda em uma caverna, Johnny.

Não estava se escondendo em uma caverna, não era absolutamente isso. A questão é que já havia levado uma surra considerável. Perder uma grande parte da vida sem dúvida garante à pessoa um status de quem já apanhou demais, não é?

E estaria disposto a engolir toda essa autopiedade?

— Foda-se — ele murmurou para si mesmo. Foi até a janela e olhou para fora. Nada para ver além da neve caindo em fileiras pesadas, carregadas pelo vento. Só esperava que o pai tivesse cuidado, mas também que ele aparecesse logo e pusesse um ponto final naquela inútil corrida em círculos da sua introspecção. Foi até o telefone e parou, indeciso.

Autopiedade ou não, perdera *de fato* uma ótima parte da vida. O *filé-mignon*, se pudermos comparar. Tinha se esforçado muito para voltar. Será que não merecia um pouco de privacidade como qualquer pessoa? Será que não tinha direito ao que imaginava alguns minutos antes — uma vida normal?

Isso não existe, meu rapaz.

Talvez não, mas certamente existia essa coisa de uma vida *anormal*. Aquela coisa no Cole's Farm. Tocar nas roupas das pessoas e de repente conhecer seus pequenos temores, pequenos segredos, seus insignificantes triunfos — isso era anormal. Era um dom anormal, era uma maldição.

Vamos supor que ele de fato se encontrasse com aquele xerife. Não havia garantia de que pudesse lhe dizer algo. E vamos supor que pudesse. Vamos supor que conseguisse entregar o assassino em uma bandeja de prata. Ia passar de novo por uma entrevista coletiva, como aquela do hospital, por um imenso círculo de espanto erguido diante de seu terrível e extremo poder.

Uma cantiga começou a rodar ensandecidamente em sua cabeça dolorida. Na realidade não era exatamente uma cantiga. Tratava-se de uma melodia da escola de catecismo, do início de sua infância: *Esta minha luzinha... Vou deixá-la brilhar... esta minha luzinha... vou deixá-la brilhar... deixá-la brilhar, brilhar, brilhar, deixá-la brilhar...*

Ele pegou o telefone e discou o número do consultório de Weizak. Agora já bastante seguro. Em pouco tempo, Weizak iria para casa e os neurologistas de peso não tinham os telefones residenciais na lista. O telefone tocou seis ou sete vezes e Johnny ia desligar quando o próprio Sam atendeu:

— Sim? Alô?

— Sam?

— John Smith? — Havia uma inequívoca satisfação na voz de Sam... mas não haveria também, implicitamente, um tom desconcertado?

— Sim, sou eu.

— O que acha de toda esta neve? — Weizak perguntou, talvez um tanto caloroso demais. — Cai neve onde você está?

— Está nevando.

— Aqui começou a nevar há cerca de uma hora. Dizem que... John? Foi o xerife? É por isso que seu tom parece tão frio?

— Bem, ele me telefonou — disse Johnny — e fiquei meio curioso de saber o que aconteceu. Não sei por que você deu meu nome a ele. Por que não me telefonou para dizer que tinha feito isso? E por que não me ligou antes para perguntar se podia fazer isso?

Weizak suspirou.

— Johnny, talvez eu pudesse te contar uma mentira, mas isso não seria bom. Não perguntei antes porque tive medo que você dissesse que não. E depois não contei o que havia feito, porque o xerife riu quando disse que iria contar. Quando alguém ri de uma de minhas sugestões, presumo, hum, que não está parecendo muito decidido a adotá-la.

Com a mão livre, Johnny apertou uma têmpora que doía e fechou os olhos.

— Mas por quê, Sam? Você sabe como eu me sinto com relação a isso. Foi você quem disse para eu não me expor, pra deixar a coisa passar. Foi você mesmo quem disse.

— Foi o artigo no jornal — Sam respondeu. — Eu disse a mim mesmo, Johnny vai ser esquecido. E depois pensei: cinco mulheres mortas. Cinco. — A voz dele era vagarosa, hesitante e constrangida. Johnny se sentiu muito pior ouvindo Sam falar daquele jeito. Arrependeu-se de ter ligado.

— Duas delas adolescentes — Sam continuou. — Uma jovem mãe. Uma professora de crianças que amava Browning. Tudo tão piegas, hum? Tão piegas que acho que jamais fariam um filme ou um seriado de TV sobre o assunto. Mas, apesar de tudo, aconteceu. Foi na professora que eu mais pensei. Enfiada em um bueiro como um saco de lixo...

— Você não tinha o maldito direito de me envolver em suas fantasias de culpa! — disse Johnny em um tom firme.

— Não, talvez não.

— Não existe esse talvez!

— Johnny, tudo bem com você? Está parecendo meio...

— Estou ótimo! — Johnny gritou.

— Não parece.

— Estou com uma droga de dor de cabeça, o que isso tem de mais? Gostaria que pelo amor de *Cristo* você esquecesse este assunto. Quando contei sobre sua mãe, você não ligou para ela. Porque você disse que...

— Eu disse que certas coisas ficam melhor perdidas do que achadas. Mas nem sempre isso é verdadeiro, Johnny. O homem, seja lá quem for, tem uma personalidade terrivelmente transtornada. É capaz de matar a si próprio. Tenho certeza de que, quando ele parou por dois anos, a polícia deve ter concluído que ele havia se suicidado. Mas um maníaco-depressivo tem, às vezes, longos períodos de estabilização... os chamados "períodos de normalidade"... e de repente volta a experimentar as mesmas oscilações de humor. Poderia se matar depois de assassinar a professora no mês passado. Mas, fora isso, o que mais poderia fazer? Poderia matar outra pessoa. Ou mais duas. Ou quatro. Ou...

— Pare com isso.

— Bem, por que o xerife Bannerman ligou para você? — Sam questionou. — O que o fez se decidir a pedir ajuda?

— Não sei. Quem o indicou para o cargo deve estar cobrando resultados.

— Sinto muito por eu ter ligado para ele, Johnny, e que isto o tenha deixado tão transtornado. E lamento ainda mais não ter ligado para você contando o que tinha feito. Eu estava errado. Só Deus sabe como você tem o direito de levar sua vida com tranquilidade.

Ouvir o eco de seus próprios pensamentos não fez Johnny se sentir melhor. Ao contrário, a sensação de angústia e culpa foi maior que nunca.

— Tudo bem — disse ele. — Não tem problema, Sam.

— Não vou dizer nada a mais ninguém. Acho que é como pôr um cadeado novo na porta do estábulo depois de um cavalo ter sido roubado, mas é tudo o que posso fazer. Fui indiscreto. O que não é bom para um médico.

— Tudo bem — Johnny repetiu. Ficara deprimido, e o forte constrangimento na voz de Sam só piorava o sentimento.

— Vamos nos encontrar um dia destes?

— Vou estar em Cleaves no mês que vem para começar a dar aulas. Passo por aí.

— Ótimo. E, mais uma vez, me desculpe mesmo, John.

Pare de dizer isso!

Os dois se despediram, e Johnny desligou, realmente arrependido de ter telefonado. Talvez não quisesse ver Sam admitindo tão prontamente que agira errado. Talvez, no fundo, quisesse ouvir outra coisa: *Claro que liguei para ele. Quero que tire seu traseiro dessa cadeira e faça alguma coisa!*

Perambulou até a janela e contemplou a escuridão cheia de vento. *Enfiada em um bueiro como um saco de lixo.*
Deus, como sua cabeça doía.

5

Herb chegou em casa meia hora depois, deu uma olhada no rosto branco de Johnny e perguntou:
— Dor de cabeça?
— É.
— Forte?
— Não muito.
— Quero ver o jornal — disse Herb. — Achei que não ia dar tempo de chegar. Hoje à tarde tinha um monte de gente da NBC em Castle Rock. Estavam gravando, e aquela repórter que você acha bonita estava lá. Cassie Mackin.
Herb tomou um susto com o modo como Johnny se virou. Por um momento a face do filho pareceu se limitar aos olhos arregalados, olhos cheios de uma dor quase inumana.
— Castle Rock? Outro assassinato?
— É. Hoje de manhã encontraram uma menininha na praça da cidade. A notícia mais triste que eu já ouvi. Acho que tinha uma autorização da escola para atravessar o jardim e fazer uma pesquisa na biblioteca. Chegou à biblioteca, mas nunca voltou para a escola... Johnny, você está com uma aparência terrível, rapaz!
— Qual era a idade dela?
— Só nove anos — disse Herb. — Um homem que faz uma coisa dessas devia ser pendurado pelas bolas. É o que eu acho.
— Nove anos — Johnny repetiu, deixando-se cair na cadeira. — Duro de engolir.
— Johnny, tem certeza de que está se sentindo bem? Parece branco como uma folha de papel.
— Estou ótimo. Pode ligar a TV.
Logo o âncora John Chancellor surgiu na frente deles com seu arsenal cotidiano de aspirações políticas (a campanha de Fred Harris não estava

deslanchando muito bem), decretos do governo (segundo o presidente Ford, as cidades da América teriam de aprender a gerir melhor o orçamento municipal), eventos internacionais (uma greve nacional na França), o índice Dow Jones (em alta) e uma reportagem "tocante" sobre um menino que sofria de paralisia cerebral e criava uma vaquinha com a assistência técnica de um programa do governo para a agricultura.

— Talvez tenham cortado a reportagem — Herb considerou.

Mas, após um comercial, Chancellor disse:

— No oeste do Maine, uma cidade hoje está cheia de gente assustada e revoltada. A cidade é Castle Rock, que nos últimos cinco anos enfrentou cinco crimes bárbaros: cinco mulheres, com idades dos catorze aos setenta e um anos, foram estupradas e estranguladas. Hoje aconteceu um sexto homicídio no município, e a vítima foi uma menina de nove anos de idade. Catherine Mackin está em Castle Rock com a reportagem.

E lá estava ela, como um pedaço de faz de conta cuidadosamente superposto a um cenário real, em frente ao prédio da prefeitura. Os primeiros flocos da neve da tarde, que se transformaria na nevasca da noite, salpicavam os ombros de seu casaco e seu cabelo louro.

— Uma crescente sensação de histeria toma conta de maneira silenciosa, agora à tarde, desta pequena cidade industrial da Nova Inglaterra — ela começou. — Os moradores de Castle Rock andavam nervosos há muito tempo por causa do desconhecido que a imprensa local chama de "Estrangulador de Castle Rock" ou, às vezes, "Assassino de Novembro". O nervosismo se transformou em terror... ninguém aqui acha que essa palavra seja forte demais depois da descoberta do corpo de Mary Kate Hendrasen na praça da cidade, não longe do coreto em que o corpo da primeira vítima do Assassino de Novembro, uma garçonete chamada Alma Frechette, foi encontrado.

Uma longa panorâmica da praça, que parecia desolada, morta sob a neve que caía. O plano foi seguido por uma foto de Mary Kate Hendrasen na escola. Ela sorria espevitada por entre um volumoso aparelho de dentes. O cabelo era de um belo louro platinado, e o vestido, de um azul muito intenso. Muito provavelmente seu melhor vestido, Johnny pensou morbidamente. A mãe teria indicado o melhor vestido para tirar a foto da escola.

A repórter continuou (agora os crimes iam sendo recapitulados), mas Johnny estava ao telefone, primeiro falando com o auxílio à lista, depois com a prefeitura de Castle Rock. Discou um terceiro número devagar, a cabeça martelando.

Herb saiu da sala e olhou para ele com curiosidade.

— Para quem está ligando, filho?

Johnny balançou a cabeça e ouviu o telefone tocar do outro lado. Foi atendido.

— Gabinete do xerife de Castle Rock.

— Eu gostaria de falar com o xerife Bannerman, por favor.

— Com quem eu falo?

— John Smith, de Pownal.

— Um minuto, por favor.

Johnny se virou para dar uma olhada na TV e viu a entrevista que Bannerman havia dado durante a tarde. Estava enrolado em um casacão pesado com as insígnias de xerife do condado nos ombros. Parecendo pouco à vontade e angustiado, tentava encontrar respostas para as perguntas dos repórteres. Era um homem de ombros largos, com uma cabeça grande, torta, coberta por um cabelo preto e crespo. Seus óculos sem aro pareciam estranhamente deslocados, como em geral acontece com homens muito grandes.

— Estamos seguindo algumas pistas — Bannerman afirmava.

— Alô? Sr. Smith? — disse Bannerman ao telefone.

De novo aquela estranha sensação de duplicação. Bannerman em dois lugares ao mesmo tempo. Dois *tempos* ao mesmo tempo, se preferirmos olhar sob essa perspectiva. Johnny sentiu uma incontrolável vertigem por um instante. Sentiu como se estivesse em um daqueles brinquedos baratos de parque de diversões, como o Balanço Voador ou o Chápeu Mexicano.

— Sr. Smith? Está aí, cara?

— Sim, estou aqui. — Ele engoliu em seco. — Mudei de ideia.

— Bom garoto! Acho ótimo estar ouvindo isso.

— Mas posso não ser capaz de ajudar, você sabe.

— Sei disso. Mas... quem não arrisca não petisca. — Bannerman pigarreou. — Eles me expulsariam desta cidade no primeiro trem se soubessem que cheguei a ponto de consultar um paranormal.

O rosto de Johnny foi tocado pela sombra de um sorriso.

— E ainda por cima um paranormal *desacreditado*.

— Você sabe onde fica o Jon's, em Bridgton?

— Posso encontrar.

— Podemos marcar lá às oito horas?

— Sim, acho que sim.

— Obrigado, sr. Smith.

— Tudo bem.

Ele desligou. Herb o olhava atentamente. Por trás dele, rolavam os créditos do *Notícias da Noite*.

— O homem já tinha ligado para você, não é?

— Sim, tinha. Sam Weizak disse a ele que eu talvez pudesse ajudar.

— E você acha que pode?

— Não sei — Johnny respondeu —, mas parece que minha dor de cabeça diminuiu um pouco.

6

Estava quinze minutos atrasado quando chegou ao restaurante Jon's, em Bridgton; parecia ser o único estabelecimento comercial ainda aberto na rua principal da cidade. Os carros limpa-neves trabalhavam a todo vapor e havia montinhos de neve em vários pontos da estrada. No cruzamento das vias 302 e 117, a luz de alerta balançava com o vento uivante. Uma viatura policial com XERIFE DO CONDADO DE CASTLE escrito em dourado na porta estava parada na frente do Jon's. Ele estacionou atrás da viatura e entrou.

Bannerman estava sentado em uma mesa diante de uma xícara de café e uma tigela de chili. Sua imagem na TV não correspondia exatamente à realidade. Não era um homem grande, como aparecia na tela: era um sujeito imenso. Johnny avançou e se apresentou.

O xerife se levantou e apertou a mão que Johnny lhe estendia. Olhando para o seu rosto pálido e tenso e observando o modo como seu corpo magro parecia flutuar dentro da jaqueta verde e azul-marinho, o primeiro pensamento de Bannerman foi: *Este cara está doente... Talvez já não tenha muito tempo de vida.* Só os olhos de Johnny pareciam ter alguma vida real — tinham um brilho azul muito franco, penetrante, e se fixavam decididos no rosto de Bannerman com intensa e honesta curiosidade. Quando as mãos se apertaram, Bannerman sentiu uma coisa meio estranha, uma sensação que ele mais tarde descreveria como *drenagem*. Era mais ou menos como levar um choque de um fio elétrico desencapado. Logo, no entanto, a sensação se dissipou.

— Que bom que você veio — disse Bannerman. — Café?

— Sim.

— Que tal um prato de chili? O chili com carne daqui é realmente muito bom. Eu não devia estar comendo isto por causa da minha úlcera, mas não deu para resistir. — Viu o ar de espanto no rosto de Johnny e sorriu. — Sei que parece absurdo, um sujeito do meu tamanho com uma úlcera, não é?

— Acho que qualquer um pode ter uma.

— Está incrivelmente sério — Bannerman observou. — O que fez você mudar de ideia?

— Foi o noticiário. A garotinha. Tem certeza de que foi o mesmo cara?

— Foi o mesmo cara. O mesmo *modus operandi*. E o mesmo tipo de esperma.

Ele observou a expressão de Johnny enquanto a garçonete se aproximava.

— Café? — ela perguntou.

— Chá — disse Johnny.

— E pode trazer um prato de chili para ele, moça — disse Bannerman, que esperou a garçonete se afastar e continuou: — Aquele médico disse que, às vezes, quando você encosta em algum objeto, fica com uma noção de onde ele vem, de quem poderia ter sido seu dono e assim por diante.

Johnny sorriu.

— Bem — ele começou —, só precisei apertar sua mão para saber que tem um setter irlandês chamado Ferrugem. E sei que já é um cachorro velhinho, que está ficando cego, e que você acha que pode estar na hora de sacrificá-lo, mas não sabe como vai explicar isso à sua filha.

Bannerman deixou cair a colher em cima do chili... *plop*... e olhou boquiaberto para Johnny.

— Por Deus — disse ele. — Tirou isso de mim? Agora?

Johnny assentiu com a cabeça. Bannerman também balançou a cabeça e murmurou:

— Uma coisa é ouvir uma história sobre isso, agora presenciar... Isso não te deixa cansado?

Johnny olhou espantado para Bannerman. Era a primeira vez que lhe faziam aquela pergunta.

— Sim. Sim, me deixa cansado.
— Mas acertou. Absolutamente *incrível*.
— Mas olhe, xerife...
— George. Me chame de George.
— Tudo bem, e me chame de Johnny, só Johnny. George, o que *não* sei a seu respeito daria para encher uns cinco livros. Não sei onde você foi criado, onde frequentou a escola de polícia, quem são seus amigos ou onde você mora. Sei que tem uma filhinha, e que o nome dela é alguma coisa tipo Cathy, talvez não exatamente isso. Mas não sei o que você fez na semana passada, nem qual sua cerveja preferida ou seu programa favorito na TV.
— O nome de minha filha é Katrina — Bannerman murmurou. — Também tem nove anos. Estava na mesma turma de Mary Kate.
— O que estou tentando dizer é que o... meu conhecimento é às vezes algo bastante limitado. Por causa da Zona Morta.
— Zona Morta?
— É mais ou menos como uma área em que não recebo sinais — Johnny explicou. — Nunca consigo ver endereços ou nomes de ruas. Tenho dificuldade com números, mas às vezes consigo viasualizá-los. — A garçonete voltou com o chá e o prato de chili de Johnny. Ele provou o chili e balançou a cabeça para Bannerman. — Tem razão. É bom. Principalmente em uma noite destas.
— Vai fundo — disse Bannerman. — Rapaz, gosto muito de um bom chili. Minha úlcera dá gritos sangrentos por causa disso. Foda-se, úlcera, eu digo! Bota pra dentro.

Ficaram calados um instante. Johnny se ocupava do chili enquanto Bannerman o observava curioso. Talvez Johnny pudesse ter descoberto antes que ele tinha um cachorro chamado Ferrugem. Talvez até pudesse já ter descoberto que o Ferrugem estava velho e quase cego. Outra coisa: se tivessem lhe dito que sua filha se chamava Katrina, ele podia ter recorrido a um truque rotineiro para acrescentar o toque certo de hesitação e realismo ao ato: "alguma coisa tipo Cathy, talvez não exatamente isso". Mas *por quê*? Nada disso explicava a estranha e angustiada sensação que tinha experimentado quando Johnny encostara em sua mão. Se ele fosse um trapaceiro, era realmente um dos bons.

Lá fora, o vento soprou com um gemido baixo, mas grave, que pareceu fazer o pequeno prédio estremecer nas fundações. Uma esvoaçante cortina de neve foi atirada contra o Pondicherry Bowling Lanes, o boliche do outro lado da rua.

— Olha só pra isso! — Bannerman exclamou. — Acho que vai ficar assim a noite inteira. E depois não venham dizer *a mim* que os invernos estão ficando menos rigorosos.

— Vocês têm alguma pista dele? — Johnny perguntou. — Alguma coisa do sujeito que estão procurando?

— Achamos que sim — Bannerman afirmou balançando a cabeça. — Mas é muito fraca.

— Me diga.

Bannerman explicou. A escola primária e a biblioteca ficavam uma em frente à outra, com a praça no meio. Havia um procedimento padrão para alunos da escola buscarem algum livro na biblioteca para um projeto da turma ou trabalho escolar. A professora dava um passe ao aluno, e o bibliotecário o rubricava antes de mandar a criança de volta. Mais ou menos no centro da praça, o terreno afundava um pouco, e do lado esquerdo da depressão ficava o coreto da cidade. Na depressão propriamente dita havia duas dúzias de bancos em que as pessoas se sentavam durante apresentações musicais e partidas de futebol no outono.

— Achamos que ele simplesmente estava ali sentado, esperando uma criança se aproximar. Não poderia ser visto de nenhum dos lados da praça. E quem atravessa a praça segue a trilha que avança pelo lado norte da depressão, perto daqueles bancos.

Bannerman balançou vagarosamente a cabeça.

— O que piora a situação é o fato de a moça chamada Frechette ter sido morta exatamente *no* coreto. Vou ter de enfrentar uma tempestade de merda por causa disso na assembleia municipal de março... isto é, se eu ainda não tiver sido exonerado até lá. Bem, posso mostrar a eles o memorando que enviei ao prefeito, solicitando guardas municipais circulando pela praça no horário escolar. Se bem que não era exatamente com este assassino que eu estava preocupado, Deus, não! Nem nos meus sonhos mais delirantes eu iria imaginar que o homem pudesse voltar pela segunda vez ao mesmo local.

— O prefeito rejeitou a ideia dos guardas na praça?

— Não havia verba — Bannerman respondeu. — Ele pode, é claro, fazer a culpa chegar aos membros do conselho municipal, que por sua vez tentarão jogar a culpa de novo em mim. Enquanto isso o mato vai crescer sobre o túmulo de Mary Kate Hendrasen e... — Parou um instante, talvez chocado com o que estava dizendo. Johnny olhou com simpatia para sua cabeça baixa.

— Seja como for, talvez o policiamento não tivesse feito a menor diferença — Bannerman continuou em um tom mais seco. — A maioria de nossos guardas municipais é de mulheres e, para o desgraçado que estamos querendo pegar, parece ser indiferente pegar mulheres mais velhas ou mais novas.

— Mas você acha que ele ficou à espera em um daqueles bancos?

Era o que Bannerman achava. Tinham encontrado uma dúzia de pontas de cigarros muito parecidas perto da extremidade de um dos bancos e mais quatro atrás do próprio coreto, junto com um maço vazio. Marlboros, infelizmente — a segunda ou terceira marca mais popular do país. Tinham tentado coletar impressões digitais do papel celofane da caixa, mas não conseguiram obter absolutamente nenhuma.

— Absolutamente nenhuma? — Johnny indagou. — Isso é meio engraçado, não acha?

— Por que está dizendo isso?

— Bem, podemos considerar que o assassino estivesse usando luvas mesmo que não se preocupasse com impressões digitais... estava bem frio... mas o cara que lhe vendeu os cigarros...

Bannerman sorriu.

— Você tem uma veia para trabalho policial — disse ele —, mas não é fumante.

— Não — Johnny respondeu. — Fumava alguns cigarros quando estava na universidade, mas perdi o hábito depois do acidente.

— Um homem leva seus cigarros no bolso da frente. Puxa o maço, tira um cigarro, põe de novo o maço no bolso. Se você está usando luvas, além de não deixar impressões digitais cada vez que puxa um cigarro, você também está polindo o papel celofane do maço. Percebeu? E você esqueceu outro detalhe, Johnny. Será que preciso dizer qual é?

Johnny refletiu um pouco e respondeu:

— O sujeito pode ter comprado um pacote de dez e tirado o maço de lá. E esses pacotes são embalados em máquina.

— Exatamente — disse Bannerman. — Você *é* bom na coisa.

— De onde era o selo no maço?

— Do Maine — Bannerman respondeu.

— Então se o assassino e o fumante forem o mesmo homem... — Johnny refletiu.

Bannerman deu de ombros.

— Certamente existe a possibilidade técnica de que não sejam. Mas tentei imaginar quem mais ia querer se sentar em um banco da praça em uma manhã de inverno, fria e nublada, por tempo suficiente para fumar doze ou dezesseis cigarros, e não me ocorreu ninguém mais.

Johnny provou o chá.

— E os outros garotos que atravessaram a praça, nenhum deles viu nada?

— Nada — disse Bannerman. — Conversei com cada um que recebeu um passe para a biblioteca naquela manhã.

— Isso é muito mais estranho do que a história das impressões digitais, não acha?

— Parece extremamente assustador, mas veja... O cara está sentado lá esperando que uma criança... uma *moça*... passe sozinha. Pode ouvir quando alguém se aproxima. E, sempre que isso acontece, ele vai se esconder atrás do coreto...

— Pegadas — disse Johnny.

— Não naquela manhã. Não havia camada de neve naquela manhã, apenas solo congelado. Então, lá está o tarado filho da puta que devia ter os testículos cortados e servidos a si próprio no jantar. Lá está o cara se escondendo atrás do coreto. Por volta das 8h50, aparecem Peter Harrington e Melissa Loggins. A essa altura, as aulas já haviam começado há vinte minutos. Quando os dois saem de vista, ele volta para o banco. Às 9h15, some de novo atrás do coreto. Desta vez são duas meninas passando, Susan Flarhaty e Katrina Bannerman.

Johnny pousou com força a xícara de chá na mesa. Bannerman havia tirado os óculos e, exaltado, limpava as lentes.

— Sua *filha* atravessou a praça naquela manhã? Deus!

Bannerman tornou a pôr os óculos. Sua face estava sombria, tensa de raiva. E ele estava com medo, Johnny percebeu. Não com medo de que os eleitores do município o exonerassem ou que o *Union-Leader* publicasse outro editorial sobre policiais palermas no oeste do Maine. Mas porque, se sua filha tivesse ido sozinha à biblioteca naquela manhã...

— Minha filha — Bannerman concordou em voz baixa. — Acho que ela passou a uns dez metros daquele... daquele animal. Sabe qual é a sensação que isso me dá?

— Posso imaginar — disse Johnny.

— Não, não acho que possa. Fico me sentindo como se eu quase tivesse caído em um poço de elevador. Como se eu tivesse preparado os cogumelos para o jantar e alguém morresse envenenado. E isso também faz com que eu me sinta sujo. Faz com que eu me sinta *sórdido*. Acho que talvez isso também explique por que acabei ligando para você. Estou disposto a fazer qualquer coisa para pôr as mãos nesse sujeito! Realmente qualquer coisa.

Do lado de fora, um gigantesco limpa-neves alaranjado brotou da neve como algo saído de um filme de terror. A máquina estacionou e dois homens saltaram. Eles atravessaram a rua para o Jon's e sentaram-se no balcão. Johnny terminou o chá. Não queria mais o chili.

— O sujeito volta para seu banco — Bannerman retomou —, mas não por muito tempo. Por volta das 9h25, ouve o garoto de sobrenome Harrington e a menina Loggins voltando da biblioteca. Então vai de novo para trás do coreto. Deve ter sido por volta das 9h25, porque o bibliotecário assinou a saída deles às 9h18. Às 9h45, três garotos da quinta série passam pela praça a caminho da biblioteca. Um deles pensa que talvez tenha visto "um cara" parado do outro lado do coreto. É toda a descrição que temos. "Um cara." Devíamos divulgar isto para a imprensa, o que você acha? Fiquem atentos a um cara.

Bannerman deu uma risada breve que pareceu um latido.

— Às 9h55, minha filha e sua amiga Susan passam por lá, voltando à escola. Então, por volta das 10h05, Mary Kate Hendrasen aparece... sozinha. Katrina e Sue cruzaram com a menina quando ela descia a escada da escola. Todas se cumprimentaram.

— Meu Deus — Johnny murmurou, passando as mãos pelo cabelo.

— Por fim são 10h30. Os três garotos da quinta série estão voltando. Um deles vê alguma coisa no coreto. É Mary Kate, com o collant e a calcinha puxados para baixo, o sangue cobrindo suas pernas, o rosto... o rosto...

— Acalme-se — disse Johnny, pondo a mão no braço de Bannerman.

— Não, não posso me acalmar — Bannerman respondeu quase em um tom de desculpas. — Nunca vi nada assim em dezoito anos de trabalho policial! Ele estuprou aquela menininha e isso já bastava... devia ter bastado, sabe, matá-la... mas o modo como o legista disse que o crime foi cometido... Ele a violentou e isso... é, isso provavelmente já poderia, bem... matá-la... Mas ele teve de ir mais longe e estrangular a menina. Nove anos de idade, estrangulada e deixada... deixada no coreto com a roupa de baixo puxada.

De repente Bannerman começou a chorar. As lágrimas inundaram os olhos atrás dos óculos e depois rolaram em dois filetes pelo rosto. No balcão, os dois caras do limpa-neves de Bridgton conversavam sobre o chili tão especial. Bannerman tirou novamente os óculos e enxugou o rosto com o lenço. Seus ombros estremeciam, davam solavancos. Johnny esperou, mexendo o chili a esmo.

Pouco depois, Bannerman guardou o lenço. Seus olhos estavam vermelhos, e Johnny se espantou com a estranha sensação de nudez que aquele rosto transmitia sem os óculos.

— Desculpe, cara — disse ele. — Foi um dia muito longo.

— Está tudo bem — Johnny respondeu.

— Eu imaginei que fosse chorar, mas achei que conseguiria me segurar até estar em casa ao lado de minha mulher.

— Bem, acho que simplesmente era tempo demais para esperar.

— Você é um bom ouvinte. — Bannerman tornou a colocar os óculos. — Não, você é mais que isso. Há alguma coisa em você. Não tenho a menor ideia do que possa ser, mas há alguma coisa em você!

— O que mais temos para trabalhar?

— Mais nada. Estou carregando a maior parte do peso, mas a polícia estadual também não tem tido uma atuação exatamente notável. Nem o investigador especial do procurador-geral ou nosso querido amigo do FBI.

A perícia do condado foi capaz de coletar o esperma, mas isso de nada nos serve nesta etapa do jogo. O que mais me preocupa é a falta de cabelo ou pedaços de pele sob as unhas das vítimas. Todas elas devem ter lutado, mas não temos sequer um milímetro de pele. O diabo deve estar do lado desse cara. Ele não deixou cair um botão, uma lista de compras, não há sequer uma maldita pegada. Conseguimos um psiquiatra de Augusta, concedido pelo procurador-geral do Estado, e ele nos disse que todos esses tipos mais cedo ou mais tarde acabam se traindo. O que não deixa de ser um consolo. Mas e se só acontecer mais tarde... digamos, daqui a mais uns doze corpos?

— O maço de cigarros está em Castle Rock?

— Sim.

Johnny se levantou.

— Bem, vamos dar um passeio.

— No meu carro?

Johnny sorriu um pouco enquanto o vento aumentava, uivante, do lado de fora.

— Em uma noite destas, não é má ideia estar com um policial — disse ele.

7

A tempestade de neve estava no seu auge e eles levaram uma hora e meia para alcançar Castle Rock na viatura de Bannerman. Eram 22h20 quando bateram com os pés para tirar a neve das botas e entraram na delegacia.

Havia meia dúzia de repórteres no saguão, a maioria deles sentados em um banco sob um horripilante retrato a óleo de algum fundador da cidade. Um contava ao outro o resultado de outras vigílias. Eles se levantaram em um piscar de olhos, cercando Bannerman e Johnny.

— Xerife Bannerman, é verdade que houve uma reviravolta no caso?

— Desta vez não tenho nada para vocês — Bannerman respondeu com ar impassível.

— Há rumores de que o senhor deteve um homem de Oxford. É verdade, xerife?

— Não. Então, pessoal, se nos derem licença...

Mas a atenção dos repórteres já se voltara para Johnny, que sentiu um frio na barriga quando reconheceu pelo menos dois rostos que haviam estado na entrevista coletiva do hospital.

— Santo Deus! — um deles exclamou. — Você é John Smith, não é?

Como um gângster na audiência de uma comissão do Senado, Johnny sentiu um forte impulso de clamar pelo direito de ficar calado, garantido pela Quinta Emenda.

— Sim — disse ele. — Sou eu.

— O paranormal? — outro indagou.

— Olhem, nos deixem passar! — Bannerman falou, levantando a voz. — Pessoal, será que vocês não têm nada melhor para fazer do que...

— Segundo a *Inside View*, você é um impostor — sugeriu um rapaz vestido em um pesado sobretudo. — É verdade?

— O que posso dizer é que a *Inside View* publica o que muito bem entende — Johnny respondeu. — Olha, realmente...

— Está rebatendo a reportagem da *Inside View*?

— Olha, eu realmente não posso falar mais nada.

Enquanto os dois cruzavam a porta de vidro fosco e entravam no escritório do xerife, os repórteres corriam para os dois telefones públicos que havia na parede, ao lado do balcão de identificação.

— Agora a merda entrou em cheio no ventilador — Bannerman disse em um tom deprimido. — Juro por Deus que jamais poderia pensar que eles continuariam aqui em uma noite dessas. Eu devia ter entrado pelos fundos.

— Ah, você não sabia? — Johnny perguntou amargamente. — Adoramos a fama. Todos nós, paranormais, estamos nisso pela fama!

— Não, creio que não — disse Bannerman. — Pelo menos você não. Bem, aconteceu. Agora não podemos voltar atrás.

Em sua mente, Johnny podia visualizar as manchetes: um tempero extra em uma panela de ensopado que já estava muito borbulhante. XERIFE DE CASTLE ROCK ENVOLVE PARANORMAL LOCAL NO CASO DO ESTRANGULADOR. ASSASSINO DE NOVEMBRO VAI SER INVESTIGADO POR VIDENTE. HISTÓRIA DE QUE TERIA ADMITIDO SER UM FARSANTE É MENTIRA, AFIRMA SMITH.

Havia dois guardas na saleta do escritório. Um deles cochilava, o outro tomava café e olhava mal-humorado por entre uma pilha de relatórios.

— A mulher o pôs para fora de casa ou algo do gênero? — Bannerman perguntou em um tom rabugento, apontando a cabeça para o dorminhoco.

— Ele acabou de chegar de Augusta — respondeu o outro guarda, que parecia quase um garoto. Sob seus olhos havia profundas olheiras de cansaço. Deu uma olhada curiosa em Johnny.

— Johnny Smith, Frank Dodd. E a Bela Adormecida ali é Roscoe Fisher. Johnny cumprimentou-os com um aceno de cabeça.

— Roscoe disse que o procurador-geral quer assumir o caso — Dodd disse a Bannerman. Tinha um ar irritado, desafiador e um tanto patético. — Belo presente de Natal, né?

Bannerman pôs a mão na nuca de Dodd e o sacudiu suavemente.

— Você se preocupa demais, Frank. E acho que está perdendo tempo demais com o caso.

— Não paro de pensar que deve haver alguma coisa nesses relatórios... — Balançou os ombros e folheou os relatórios com um dedo. — *Alguma coisa*.

— Vá para casa e descanse um pouco, Frank. E leve a Bela Adormecida com você. Só falta agora que um dos fotógrafos flagre Roscoe dormindo. A foto ia sair nos jornais com uma legenda como: "Investigações intensivas prosseguem em Castle Rock", e logo todos nós estaríamos no olho da rua.

Bannerman levou Johnny para sua sala particular. A mesa estava abarrotada de papéis. No peitoril da janela havia um porta-retratos mostrando Bannerman, a esposa e a filha Katrina. Seu diploma estava pendurado na parede, em uma bela moldura, e ao lado dele, em outra moldura, a primeira página do *Call*, de Castle Rock, com a notícia de sua eleição para xerife.

— Café? — Bannerman perguntou, levantando-se para abrir um arquivo.

— Não, obrigado. Vou ficar no chá.

— A sra. Sugarman é meio possessiva com o chá — disse Bannerman. — Leva todo dia o chá para casa, sinto muito. Poderia lhe oferecer uma água tônica, mas teríamos de passar de novo pelo corredor polonês lá fora para chegar à máquina. Deus, como eu gostaria que já tivessem ido embora!

— Tudo bem.

Bannerman voltou com um pequeno envelope fechado.

— Aí está — disse ele. Hesitou por um momento, mas logo o entregou.

Johnny o segurou, mas não abriu de imediato.

— Quero que compreenda que não há nenhuma garantia. Não posso fazer promessas. Às vezes consigo alguma coisa e às vezes não.

Bannerman deu de ombros com ar cansado e repetiu:

— Quem não arrisca não petisca.

Johnny puxou o clipe e pegou uma caixa vazia de cigarros Marlboro. Uma caixa vermelha e branca. Segurou-a com a mão esquerda e deu uma olhada na parede diante dele. Parede cinza. Parede cinza industrial. Caixa vermelha e branca. Caixa cinza industrial. Fechou as duas mãos sobre a caixa. Esperou receber alguma coisa, qualquer coisa. Nada. Segurou um pouco mais os cigarros, tentando não perder as esperanças, ignorando o que já sabia: quando as coisas vinham, vinham de imediato.

Por fim devolveu a caixa de cigarros.

— Sinto muito — disse.

— Nenhum desenho animado?

— Nenhum.

Houve uma batida leve na porta, e Roscoe Fisher enfiou a cabeça por ela. Parecia um tanto envergonhado.

— Frank e eu estamos indo para casa, George. Acho que você me pegou tirando um cochilo.

— Desde que não seja pego dormindo na viatura... — disse Bannerman. — Dê lembranças a Deenie.

— Deixe comigo. — Fisher olhou um instante para Johnny e fechou a porta.

— Bem — Bannerman retomou. — Obrigado pela tentativa. Vou levá--lo de volta...

— Gostaria de ir até a praça — Johnny falou abruptamente.

— Não, não vai adiantar. Está embaixo de mais de trinta centímetros de neve.

— Pode me mostrar o local, não pode?

— Claro que posso. Mas de que vai servir?

— Não sei. Vamos até lá.

— Aqueles repórteres irão atrás de nós, Johnny. Tão certo quanto o sol que vai nascer.

— Você falou alguma coisa sobre uma porta nos fundos.

— Sim, mas é uma saída de incêndio. Entrar por ela não é problema, mas se a usarmos para sair, o alarme dispara.

Johnny assobiou.

— Então deixe que nos sigam.

Bannerman ficou algum tempo a contemplá-lo com ar pensativo. Por fim balançou a cabeça.

— Tudo bem.

8

Quando os dois saíram do escritório, os repórteres se levantaram e os cercaram de imediato. Johnny se lembrou de um canil em Durham, onde uma estranha velhinha criava collies. Quando um sujeito passava por ali com sua vara de pescar, todos os cachorros se lançavam na direção dele. Latiam, rosnavam e costumavam assustar de verdade. Mas só davam mordidinhas de brincadeira, nunca chegando às vias de fato.

— Sabe quem cometeu o crime, Johnny?

— Tem alguma ideia a respeito?

— Está com aquelas ondas cerebrais, sr. Smith?

— Xerife, chamar um paranormal foi ideia sua?

— A polícia estadual e o escritório do procurador-geral estão sabendo desta novidade, xerife Bannerman?

— Acha que vai conseguir resolver o caso, Johnny?

— Xerife, o senhor agregou oficialmente o cara ao seu departamento?

Fechando o zíper do casaco, vagarosa e solidamente, Bannerman foi abrindo caminho entre eles.

— Sem comentários, sem comentários.

Johnny não disse absolutamente nada.

Agrupados na recepção, os repórteres viram Johnny e Bannerman descerem a escada e entrarem na neve. Mas, só quando os dois entraram na viatura policial e o carro começou a avançar lentamente pela rua, um dos repórteres percebeu que estavam indo em direção à praça. Então, vários colegas correram para pegar os casacos. Aqueles que estavam vestidos para enfrentar a neve quando Bannerman e Johnny emergiram do escritório desceram aos tropeções a escada da delegacia e se lançaram atrás deles, gritando como crianças.

9

Lanternas balançavam na escuridão nevada. O vento uivava, fazendo a neve passar por eles, em nuvens errantes, de um lado e de outro.

— Não vai conseguir ver absolutamente nada — Bannerman começou. — Você v... *que merda é essa!?* — Quase caiu no chão quando um repórter, com um imenso sobretudo e um bizarro gorro com pompom, se estatelou contra ele.

— Desculpe, xerife — disse o rapaz em um tom brando. — Escorreguei. Esqueci as galochas.

Logo à frente, uma corda de nylon amarelo brotou da escuridão. Presa nela havia uma tabuleta que balançava freneticamente e dizia INVESTIGAÇÃO POLICIAL.

— Também se esqueceu dos seus miolos — disse Bannerman. — Agora recuem, todos vocês! Fiquem aí atrás!

— A praça da cidade é propriedade pública, xerife! — gritou um dos repórteres.

— Sem dúvida, mas isto é assunto policial. Ou vocês se mantêm atrás desta corda ou vão passar a noite na cadeia.

Com o facho da lanterna, Bannerman mostrou a eles os limites da corda e depois a suspendeu para Johnny passar. Logo os dois estavam descendo a encosta em direção aos bancos que estavam sob montinhos de neve. Os repórteres se amontoaram na corda, acendendo suas poucas lanternas. Johnny e George Bannerman avançaram sob uma espécie de luminosidade embaçada.

— Às cegas — Bannerman comentou.

— Bem, de qualquer modo não tem nada para ver — disse Johnny. — Ou tem?

— Não, não exatamente. Eu disse a Frank que ele podia tirar a corda quando quisesse. Foi uma sorte ele não ter se preocupado com isso. Vamos até o coreto?

— Ainda não. Me mostre onde estavam as pontas de cigarros.

Avançaram um pouco mais e de repente Bannerman parou.

— Aqui — disse ele, virando a luz da lanterna para um banco, que na realidade era pouco mais que um assento corcunda se destacando em um amontoado de neve.

Johnny tirou as luvas, enfiando-as nos bolsos do casaco. Depois se ajoelhou e começou a tirar a neve de cima do banco. Bannerman ficou de novo impressionado com a extrema palidez no rosto do rapaz. Ajoelhado na frente do banco, lembrava o penitente de alguma religião, alguém em uma prece desesperada.

As mãos de Johnny ficaram geladas, depois quase inteiramente dormentes. Neve derretida escorria dos dedos. Ele se abaixou, aproximando o rosto da superfície do banco — estava lascada e marcada pelas intempéries. Pareceu vê-la com perfeita clareza, como se fosse através de uma lupa. Antigamente o banco era verde, mas boa parte da pintura descascara. Duas dobradiças de ferro, enferrujadas, uniam o assento ao encosto.

Johnny agarrou o banco com as duas mãos e sentiu uma repentina estranheza vindo dele — nunca havia sentido algo tão intenso, e só mais uma vez na vida tornaria a experimentar algo tão forte. Franzindo o cenho, arregalou os olhos para o banco, segurando-o realmente com força. Era...

(Um banco para o verão)

Quantas centenas de pessoas diferentes tinham se sentado ali, em um momento ou noutro, ouvindo "God Bless America" ou "Star and Stripes Forever" *(Seja gentil com seus amigos de pé chato... pois alguém pode ser filho de um paaaato...)* ou o grito de guerra dos Castle Rock Cougars. Folhas verdes do verão, névoa enfumaçada do outono, homens com ancinhos retirando palhas de milho do chão em uma penumbra suave. A batida do grande tambor de desfile. Trompas e trombones levemente dourados. Uniformes de banda escolar...

(pois alguém... pode ser... filho de um pato...)

Boa gente sentada ali no verão, ouvindo, aplaudindo, segurando pôsteres desenhados e impressos na oficina de artes gráficas da escola secundária de Castle Rock.

Mas naquela manhã um assassino sentara-se ali. Johnny podia *senti-lo*.

Escuros galhos de árvores se desenhavam como runas contra um céu nevado e cinzento. Ele (eu) estou sentado aqui, fumando, esperando, me sentindo bem, com a sensação de que ele (eu) seria capaz de pular sobre o teto do mundo e cair suavemente sobre os dois pés. Cantarolando uma canção. Alguma coisa dos Rolling Stones. Não consigo captar a coisa, mas tudo está muito claramente... Está o quê?

Muito bem. *Tudo está muito bem, tudo está nublado, prestes a nevar e eu sou...*

— Esperto — Johnny murmurou. — Eu sou esperto, eu sou tão esperto.

Bannerman se inclinou para a frente, pois não conseguia compreender as palavras entre o vento uivante.

— O quê?

— Esperto — Johnny repetiu. Ergueu os olhos para Bannerman, que deu involuntariamente um passo para trás. Os olhos de Johnny pareciam frios e pouco humanos. O cabelo preto esvoaçava de modo selvagem em volta do rosto pálido e, lá no alto, o vento de inverno gritava pelo céu escuro. As mãos de Johnny pareciam soldadas ao banco.

"*Sou esperto pra caralho*", ele falou com clareza. Um sorriso triunfante havia se formado em sua boca. O olhar fixado atravessava Bannerman, que naquele momento acreditou. Ninguém seria capaz de agir ou encenar algo assim. E a parte mais terrível daquilo era... que ele parecia *tomado* por alguém. O sorriso... o tom de voz... Johnny Smith desaparecera; parecia ter sido substituído por um espaço humano em branco. Mas, sob a superfície daqueles traços ordinários, quase próxima o bastante para ser tocada, havia outra face à espreita. A face do assassino.

A face de alguém que o xerife *conhecia*.

— Nunca vai me pegar porque sou esperto demais para você. — Um pequeno riso escapou, um riso confiante, levemente debochado. — Sempre fiz tudo que queria e, se elas arranhavam... ou mordiam... não conseguiam me causar nenhum dano... porque *sou muito esperto!* — A voz dele se elevou, transformando-se em um grito enlouquecido, triunfante, que competia com o vento. Bannerman recuou mais um passo, a pele se arrepiando incontrolavelmente, os testículos se comprimindo, se encolhendo contra as vísceras.

Faça isso parar, ele pensou. *Faça parar agora. Por favor.*

Johnny curvou a cabeça sobre o banco. Neve derretida gotejava entre seus dedos nus.

(Neve. Neve silenciosa, neve misteriosa...)

(Ela pôs um pregador no meu pinto para que eu soubesse como era. Como era quando se tinha uma doença. Uma doença de um daqueles tarados sem-vergonha, todos eles são tarados sem-vergonha e têm de ser detidos, sim, detidos, façam-nos parar, parar, a parada, a PARADA... OH, MEU DEUS, O SINAL DE PARADA...!)

Ele era pequeno de novo. Indo para a escola pela neve silenciosa, misteriosa. Havia um homem despontando da brancura que ondulava, um homem terrível, um terrível homem sombrio e sorridente com olhos que brilhavam como moedas douradas e com uma placa vermelha de PARE agarrada com a mão enluvada... ele!... ele!... *ele!*

(OH, MEU DEUS, NÃO... NÃO DEIXE ELE ME PEGAR... MAMÃE... NÃO DEIXE ELE ME PEGAAAARR...)

Johnny gritou e se desgrudou do banco, as mãos de repente apertando as faces. Muito assustado, Bannerman se agachou ao lado dele. Atrás da corda os repórteres se agitavam e cochichavam.

— Johnny! Olhe pra cá! Escute, Johnny...

— Esperto — Johnny sussurrou erguendo a cabeça para Bannerman com olhos sofridos, assustados. Em sua mente ainda via aquela forma escura brotando da neve, os olhos brilhantes como moedas. O meio de suas pernas não parava de latejar com a dor do pregador que a mãe fizera o assassino usar. Se bem que, na época, ele ainda não era o matador, ah não, não um animal, não um verme, um merda ou qualquer outra coisa de que Bannerman o teria chamado, mas apenas um menino assustado com um pregador no seu... seu...

— Me ajude a levantar — Johnny murmurou.

Bannerman o ajudou a ficar de pé.

— Agora o coreto — disse Johnny.

— Não. Acho que devíamos voltar, Johnny.

Johnny passou cegamente por ele e começou a cambalear na direção do coreto, uma grande sombra circular na sua frente. Aquele local de morte brotava e crescia da escuridão. Bannerman correu e emparelhou com ele.

— Johnny, quem é? Você sabe quem...?

— Você nunca encontrou nenhum fragmento de tecido debaixo das unhas porque ele usava uma capa de chuva — Johnny afirmou. Falava entre arfadas. — Uma capa com um capuz. Uma capa de vinil, escorregadia. Dê mais uma lida nos relatórios. Dê mais uma lida nos relatórios e vai ver que em todas as vezes estava chovendo ou nevando. As vítimas se agarravam ferozmente a ele, sem dúvida. Lutavam com ele. Claro que lutavam. Mas os dedos escorregavam, deslizavam pela capa.

— Quem é, Johnny? Quem?

— Não sei. Mas vou descobrir.

Ele pisou no primeiro dos seis degraus que levavam ao coreto, lutou para se equilibrar e teria caído se Bannerman não agarrasse seu braço. Logo entravam no coreto. Ali, graças ao telhado em forma de cone, a neve era rala, apenas uma poeira. Bannerman dirigiu o facho da lanterna para baixo, e Johnny, caindo com as mãos e os joelhos no chão, começou a rastejar devagar. As mãos dele estavam muito vermelhas. Bannerman achou que, àquela altura, deviam estar em carne viva.

De repente Johnny parou e farejou como um cachorro em uma caçada.

— Aqui — ele murmurou. — Foi aqui.

Johnny foi invadido por imagens, texturas e sensações. O gosto de cobre da excitação, que aumentava com a possibilidade de ser visto. A garota se contorcia, tentava gritar. Ele tapou sua boca com a mão enluvada. Uma excitação terrível. Nunca vão me pegar, sou o Homem Invisível, será que agora a sujeira já chega pra você, mamãe?

Johnny começou a gemer, balançando a cabeça de um lado para o outro.

Barulho de roupas rasgando. Calor. Algo jorrando. Sangue? Sêmen? Urina?

Ele começou a estremecer de cima a baixo. O cabelo caía pelo rosto. O rosto dele. A face nítida, sorridente, encaixada na borda circular do capuz enquanto as mãos dele (minhas) se fechavam em volta do pescoço no momento do orgasmo e apertavam... apertavam... apertavam.

A força escoou das mãos de Johnny e as imagens começaram a se dissolver. Ele deslizou para a frente, agora completamente deitado no piso, soluçando. Quando Bannerman encostou em seu ombro, ele gritou e tentou se esquivar, a expressão enlouquecida de medo. Então, pouco a pouco, foi se acalmando. Johnny encostou a cabeça no parapeito do coreto, que era da altura da cintura, e fechou os olhos. Tremores corriam como lebres pelo seu corpo. A calça e o casaco estavam ensopados de neve.

— Sei quem é — afirmou.

10

Quinze minutos depois, Johnny estava novamente na sala de Bannerman, só de cueca, sentado o mais perto possível de um aquecedor elétrico portátil. Ainda parecia gelado e angustiado, mas tinha parado de tremer.

— Você não quer mesmo um café?

Johnny balançou a cabeça.

— Realmente não suporto café.

— Johnny... — Bannerman se sentou. — Já sabe mesmo de alguma coisa?

— Sei quem matou. De qualquer modo você o acabaria pegando. Estava sem dúvida perto demais dele. Chegou inclusive a vê-lo com a capa de chuva, naquela capa de chuva toda brilhante. Porque ele ajuda as crianças a atravessar de manhã. Ele segura uma placa de "pare" na ponta de um bastão e ajuda as crianças a atravessar de manhã.

Bannerman olhou para ele, atordoado.

— Está se referindo a Frank? A Frank *Dodd*? Você está maluco!

— Frank Dodd as matou — disse Johnny. — Frank Dodd matou todas elas.

A expressão de Bannerman era de quem não sabia se devia rir de Johnny ou tirá-lo de lá com um bom e rápido pontapé.

— É a porra da coisa mais louca que já ouvi na vida! — ele por fim exclamou. — Frank Dodd é um ótimo guarda e um ótimo sujeito. Está pensando em se candidatar a chefe de polícia do município em novembro e tem todo o meu apoio. — Sua expressão misturava agora divertimento com exaustão e desprezo. — Frank tem vinte e cinco anos. Teria de ter começado com esta merda maluca aos dezenove. É muito pacato, mora com a mãe, que não anda bem de saúde: hipertensão, tireoide e um estado de semidiabetes. Johnny, você pisou na bola. Frank Dodd não é um assassino. Apostaria minha vida nisso.

— Os crimes pararam por dois anos — disse Johnny. — Onde Frank Dodd estava? Estava na cidade?

Bannerman se virou, e o ar divertido e cansado deixara seu rosto. Agora ele só mostrava severidade. Severidade e raiva.

— Não quero ouvir mais nada! Você tinha razão quando sugeriu aquilo... Realmente não passa de um impostor. Bem, já tem sua cobertura de imprensa, o que não quer dizer que vou ser obrigado a ouvi-lo caluniar um bom guarda, um homem que eu...

— Um homem que considera como filho — Johnny completou em voz baixa.

Os lábios de Bannerman se contraíram. Boa parte da cor que tomara conta de suas faces durante o tempo que tinham passado do lado de fora agora se dissipava. Parecia alguém que havia levado um soco na genitália. Então a sensação passou e seu rosto ficou sem expressão.

— Saia daqui — ele ordenou. — Peça que um de seus amigos repórteres dê uma carona até sua casa. Pode inclusive convocar uma entrevista coletiva no caminho. Mas juro por Deus, juro pelo *santo nome de Deus* que, se mencionar o nome de Frank Dodd, vou procurá-lo para lhe quebrar a coluna. Entendeu?

— Certo, são meus amigos da imprensa! — Johnny gritou de repente. — Muito bem! Não está me vendo responder a todas as perguntas deles? Posando para as fotos e tomando cuidado para que me peguem em um ângulo bom? Atento para ver se estão escrevendo meu nome corretamente?

Bannerman pareceu sobressaltado, mas logo a severidade voltou.

— Baixe a voz.

— Não, esteja certo de que não vou fazer isto! — Johnny falou, e seu tom ficou ainda mais alto em volume e timbre. — Acho que esqueceu quem chamou quem! Vou refrescar sua memória. Foi *você* quem *me* chamou. Foi essa a minha avidez por publicidade!

— Isso não significa que esteja...

Johnny caminhou para Bannerman, apontando o indicador como uma pistola. Ele era muitos centímetros mais baixo e provavelmente teria quase uns quarenta quilos a menos, mas Bannerman recuou um passo — como já tinha feito na praça. As faces de Johnny tinham adquirido uma vermelhidão sombria. Os lábios estavam ligeiramente repuxados para longe dos dentes.

— É, você tem razão, o fato de você me chamar não significa merda nenhuma — disse ele. — O que importa é que você não *quer* que seja Dodd, não é? Se for alguma outra pessoa, pelo menos vai dar uma verificada, mas não pode ser o bom e velho Frank Dodd. Porque Frank é um sujeito íntegro. Frank cuida da mãe. Frank é nota dez para o bom e velho xerife George Bannerman. Oh, Frank é o próprio Cristo descido da cruz, exceto, é claro, quando está estuprando e estrangulando velhas senhoras e menininhas, uma das quais podia ter sido sua *filha*, Bannerman! Você não entende que podia ter sido sua *própria fi*...

Bannerman deu um soco em Johnny. Tentou, no último momento, conter o golpe, mas o soco ainda foi suficientemente forte para jogar Johnny para trás; ele tropeçou sobre a perna de uma cadeira e se estatelou no chão. O sangue escorreu de sua face, no ponto em que o anel da academia de polícia de Bannerman a atingira.

— Você pediu — disse Bannerman, mas não havia uma real convicção em sua voz. Teve a impressão de que, pela primeira vez na vida, batera em um inválido... ou em alguém bem próximo disso.

Johnny sentiu a cabeça leve e cheia de sinos. Sua voz lembraria alguma outra pessoa, como um locutor de rádio ou um ator de filme B.

— Devia se ajoelhar e dar graças a Deus por ele não ter deixado nenhuma pista, porque o sentimento que você tem com relação a Dodd faria com que a desprezasse completamente. E aí você teria se sentido responsável pela morte de Mary Kate Hendrasen.

— Tudo isso não passa de uma grande falsidade — Bannerman respondeu devagar e claramente. — Eu prenderia meu irmão se ele fosse o assassino. Levante do chão. Desculpe pelo soco que lhe dei.

Ajudou Johnny a se levantar e deu uma olhada no machucado em seu rosto.

— Vou pegar o kit de primeiros socorros e pôr algum iodo nisso.

— Deixa pra lá — disse Johnny. A raiva deixara sua voz. — Acho que soltei a informação como uma bomba em cima de você, não foi?

— Estou lhe dizendo, não pode ser Frank. Você não está atrás de fama, tudo bem. Não é o que penso sobre você. Foi no calor do momento, certo? Mas desta vez suas vibrações, seu plano astral ou seja lá o que for sem dúvida lhe deram um palpite furado.

— Então verifique — Johnny pediu. Ele conseguiu atrair os olhos de Bannerman e não os soltou. — *Tire a limpo*. Me mostre que estou errado. — Engoliu em seco. — Compare os horários e as datas dos crimes com a escala de trabalho de Frank. Pode fazer isso?

— Os cartões de ponto estão no armário lá de trás — Bannerman falou de má vontade —; cobrem catorze ou quinze anos. Acho que posso verificar.

— Então verifique.

— Senhor... — Ele fez uma pausa. — Johnny, se você *conhecesse* o Frank, ia rir de si mesmo. Esteja certo. Não sou apenas eu que digo, pergunte a quem quiser...

— Se eu estiver errado, vou ficar feliz em admitir.

— Isto é loucura — Bannerman resmungou, mas foi até o armário em que os antigos cartões de ponto eram guardados e abriu a porta.

11

Duas horas se passaram. Era quase uma da manhã. Johnny telefonou para o pai dizendo que acharia um lugar para dormir em Castle Rock; a tempestade havia se estabilizado em um furioso apogeu e voltar de carro seria praticamente impossível.

— O que está acontecendo aí? — Herb perguntou. — Pode me dizer?

— É melhor não falarmos disso ao telefone, pai.

— Tudo bem, Johnny. Não se desgaste demais.

— Não.

Mas já *estava* exausto. Nunca se sentira tão cansado desde os primeiros dias da fisioterapia com Eileen Magown. Uma ótima pessoa, ele pensou casualmente. Uma pessoa ótima e *amiga*, pelo menos até ele avisar que a casa estava pegando fogo. Depois disso Eileen ficou distante, retraída. Agradecida, sem dúvida, mas... será que voltou a encostar a mão nele depois disso? Será que voltou a tocá-lo? Johnny achava que não. E aconteceria o mesmo com Bannerman quando tudo aquilo acabasse. Nada bom. Como Eileen, ele era um ótimo sujeito. Mas as pessoas ficam muito nervosas perto de gente que, ao encostar em certas coisas, fica sabendo de tudo sobre elas.

— Isto não prova nada — Bannerman estava dizendo. Havia em sua voz um desconcertante resmungo rebelde infantil. Ele também estava muito cansado.

Olhavam para uma tabela tosca que Johnny desenhara no verso de uma circular que informava a renovação de parte da frota de viaturas da polícia estadual. Sobre a mesa de Bannerman, jogadas em uma pilha malfeita, havia sete ou oito caixas de velhos cartões de ponto e, no alto de uma bandeja para papéis ofício, estavam os cartões de Frank Dodd. Os cartões voltavam até 1971, ano em que ele havia integrado o departamento do xerife. O gráfico era mais ou menos assim:

VÍTIMAS	FRANK DODD
Alma Frechette (garçonete) 15h, 12/11/70	Então trabalhando na Gulf Station da Avenida Central
Pauline Toothaker 10h, 17/11/71	De folga
Cheryl Moody (aluna da J.H.S.) 14h, 16/12/71	De folga
Carol Dunbarger (aluna da J.H.S.) ?/11/74	Duas semanas de férias
Etta Ringgold (professora) 29(?)/10/75	Policiamento de rotina
Mary Kate Hendrasen 10h10, 17/12/75	De folga

Todas as horas são "momento provável da morte", segundo os números fornecidos pelo perito do estado

— Não, isso não prova nada — Johnny concordou, esfregando as têmporas. — Mas não chega exatamente a descartá-lo.

Bannerman bateu no gráfico.

— Quando a sra. Ringgold foi morta, ele estava de serviço.

— Sim, se ela realmente tiver morrido no dia 29 de outubro. Mas pode ter sido em 28 ou 27. E mesmo se ele estivesse em serviço, quem ia suspeitar de um guarda?

Bannerman olhava com muita atenção para o pequeno gráfico.

— E o que me diz do intervalo? — Johnny indagou. — O intervalo de dois anos?

Bannerman passou o polegar pelos cartões de ponto.

— Frank estava de serviço aqui durante 1973 e 1974. Você viu isso.

— Então talvez o impulso não tenha tomado conta dele nesses anos. Ao menos é o que sabemos.

— O que sabemos é que ainda não sabemos de nada — Bannerman argumentou rapidamente.

— E quanto a 1972? Fins de 1972 e início de 1973? Não há cartões de ponto para esse período. Ele estava de férias?

— Não — Bannerman afirmou. — Frank e um cara chamado Tom Harrison fizeram um curso sobre policiamento em áreas rurais em um departamento da Universidade do Colorado, em Pueblo. É o único lugar do país onde oferecem algo desse tipo. É um curso de oito semanas. Frank e Tom estiveram lá de 15 de outubro até mais ou menos o Natal. O estado pagou uma parte, o condado se encarregou de outra parte, e a União arcou com o resto, cumprindo o Law Enforcement Act, um acordo de cooperação contra crimes violentos, sancionado em 1971. Escolhi Harrison... ele agora é chefe de polícia em Gates Falls... e Frank. Frank quase não foi, porque estava preocupado em deixar a mãe sozinha. Para dizer a verdade, acho que ela tentou persuadi-lo a não ir. Conversei com ele sobre o assunto. Ele queria ser um oficial de carreira e um curso de policiamento em áreas rurais seria muito positivo para o currículo dele. Eu lembro que quando os dois voltaram, em dezembro, Frank estava gripado e com uma aparência terrível. Havia perdido dez quilos. Afirmava que ninguém daquelas áreas de criação de gado sabia cozinhar como a mãe.

Bannerman se calou. Algo no que acabara de dizer parecia perturbá-lo.

— Por volta dos feriados de final de ano, ele pegou uma semana de licença por problemas de saúde e depois se recuperou — Bannerman retomou, quase na defensiva. — No máximo em 15 de janeiro já estava de volta ao trabalho. Veja você mesmo os cartões de ponto.

— Não preciso ver. Assim como não preciso lhe dizer qual deve ser seu próximo passo.

— Não precisa — disse Bannerman, olhando para as mãos. — Eu disse que você tinha jeito para esse trabalho. Talvez eu estivesse mais certo do que imaginava. Ou quisesse imaginar.

Ele pegou o telefone e tirou um grosso catálogo com uma capa lisa e azul da gaveta embaixo da escrivaninha. Folheando-o sem erguer os olhos, comentou com Johnny:

— Este catálogo é cortesia do Law Enforcement Act. Cada gabinete de xerife, em cada condado dos Estados Unidos, tem o seu. — Encontrou o número que queria e fez sua chamada.

Johnny se mexeu na cadeira.

— Alô — disse Bannerman. — Estou falando com o gabinete do xerife em Pueblo?... Certo. Meu nome é George Bannerman. Sou o xerife do condado de Castle, no oeste do Maine... Sim, foi o que eu disse. Estado do Maine. Com quem estou falando, por favor?... Certo, oficial Taylor, a situação é a seguinte: tivemos uma série de homicídios aqui, com estupro e estrangulamento, seis ocorrências nos últimos cinco anos. Todos aconteceram no final do outono ou no início do inverno. Temos um... — Por um momento ele ergueu a cabeça para Johnny, seus olhos magoados e impotentes. Então se virou de novo para o telefone. — Temos um suspeito que esteve em Pueblo de 15 de outubro de 1972 até... hum, 17 de dezembro, eu acho. O que eu gostaria de saber é se vocês têm nos registros algum homicídio não esclarecido durante esse período, algo com vítima mulher, qualquer idade, estuprada, morte por estrangulamento. Eu também gostaria de ficar a par do tipo de esperma do autor do crime, se tiver havido tal crime e se tiverem coletado uma amostra do esperma. O quê?... Sim, está bem. Obrigado... Estarei aqui aguardando. Até logo, oficial Taylor.

Desligou.

— Ele vai conferir minhas credenciais, depois verificar o que pedi e me dar o retorno. Quer uma xícara de... não, você não toma café, não é?

— Não — Johnny respondeu. — Mas vou pegar um copo d'água.

Foi até o grande filtro de vidro e encheu de água um copo de papel. Do lado de fora, a tempestade continuava pesada, uivante.

— É, tudo bem — disse Bannerman atrás dele, um tanto constrangido. — Você tinha razão. Ele é o filho que eu gostaria de ter tido. Minha mulher teve Katrina por cesariana. O médico disse que ela poderia morrer se tivesse outro filho. Ela ligou as trompas e eu fiz uma vasectomia. Só para garantir.

Johnny foi até a janela segurando o copo d'água e contemplou a escuridão. Não havia nada para ver além da neve, e se ele se virasse de repente Bannerman recuaria um passo — não era preciso ser paranormal para saber disso.

— O pai de Frank trabalhava na manutenção dos trilhos da B&M e morreu em um acidente quando o filho tinha uns cinco anos. Estava bêbado e tentou fazer um acoplamento, mas estava em um estado em que provavelmente seria capaz de se mijar sem se dar conta. Acabou esmagado entre dois vagões-plataformas. Desde então, Frank teve de ser o homem da casa. Roscoe diz que ele namorou uma colegial, mas a sra. Dodd pôs de imediato um ponto final na história.

Aposto que sim, Johnny pensou. *Uma mulher capaz de fazer aquela coisa... aquela coisa com o pregador... ao próprio filho... Esse tipo de mulher não se deteria diante de nada. Ela provavelmente é quase tão louca quanto ele.*

— Frank me procurou aos dezesseis anos perguntando se havia algum tipo de policial que trabalhasse meio expediente. Disse que era a única coisa que tinha vontade de fazer desde garoto. Simpatizei de imediato com ele. Logo o contratei para trabalhar perto da delegacia, pagando-lhe do meu próprio bolso. Paguei o que pude, você sabe, mas ele nunca se queixou do salário. Era o tipo de garoto capaz de trabalhar de graça. Um mês antes de terminar o ginásio, ele fez um requerimento pedindo para ser incorporado em tempo integral, mas na época não tínhamos vaga. Então ele foi trabalhar na Gulf, de Donny Haggars, e se matriculou em um curso noturno de qualificação policial na universidade em Gorham. Acho que a sra. Dodd tentou se opor também a isso... talvez achando que ficaria muito tempo sozinha ou algo assim... Dessa vez, no entanto, Frank a enfrentou... estimulado por mim. Nós o contratamos em julho de 1971, e desde então ele está com o departamento. Agora, você me diz isto e penso em Katrina lá fora ontem de manhã, passando pelo sujeito que fez aquilo... e quase me soa como alguma espécie suja de incesto. Frank frequenta nossa casa, come nossa comida, tomou conta uma ou duas vezes de Katie... e você me diz que...

Johnny se virou. Bannerman havia tirado os óculos e estava novamente enxugando os olhos.

— Se você pode realmente ter essas visões, tenho pena de você. Você é uma aberração de Deus, em nada diferente da vaca com duas cabeças que um dia eu vi no show de horrores. Desculpe. Sei que o que estou dizendo é terrível.

— A Bíblia diz que Deus ama todas as suas criaturas — Johnny respondeu. Sua voz parecia um tanto trêmula.

— É? — Bannerman balançou a cabeça e esfregou os pontos vermelhos nas laterais do nariz, onde os óculos se encaixavam. — Ele tem um modo engraçado de demonstrar isso, não acha?

12

Cerca de vinte minutos depois o telefone tocou e Bannerman atendeu de imediato. Falou brevemente. Ouviu. Johnny viu seu rosto envelhecer. Ele pôs o fone no gancho e ficou olhando um bom tempo para Johnny, sem falar.

— Doze de novembro de 1972 — disse por fim. — Uma universitária. Encontraram em um campo perto da rodovia. Ann Simons era o nome dela. Estuprada e estrangulada. Vinte e três anos. Nenhum tipo de sêmen obtido. Mas isso ainda não é prova, Johnny.

— Acho que, no fundo, você sabe que não precisa de mais nenhuma prova — Johnny respondeu. — Se confrontar Frank com o que você já tem, acho que ele abre a guarda.

— E se não abrir?

Johnny se lembrou da visão do coreto. A imagem rodopiava de volta como um louco e letal bumerangue. A sensação de rasgar. A dor que era agradável, a dor que o fazia se lembrar da dor do pregador, a dor que reconfirmava tudo.

— Peça para que ele tire as calças — disse Johnny.

Bannerman o olhou.

13

Os repórteres continuavam no saguão. Provavelmente não teriam saído de lá mesmo que não suspeitassem de uma reviravolta no caso — ou pelo menos de um novo e bizarro desdobramento. Afinal, as estradas que deixavam a cidade estavam intransitáveis.

Bannerman e Johnny saíram por uma janela ao lado do armário de suprimentos.

— Tem certeza de que é a melhor maneira de fazer isso? — Johnny perguntou, a tempestade tentando dissolver as palavras em sua boca. As pernas lhe doíam.

— Não — disse Bannerman francamente —, mas acho que você deve estar presente. Acho que talvez Frank deva ter a chance de olhá-lo no rosto, Johnny. Vamos. Os Dodd moram só a duas quadras daqui.

Caminharam de capuz e botas, duas sombras na neve que caía. Sob o casaco, Bannerman levava seu revólver de serviço. As algemas estavam presas no cinto. Antes de vencerem a neve funda até o final da primeira quadra, Johnny começou a mancar bastante, embora tenha se mantido implacavelmente calado.

Bannerman, no entanto, reparou. Pararam na entrada da Castle Rock Western Auto.

— Filho, o que você tem?

— Nada — Johnny respondeu. A cabeça também estava começando a doer.

— Claro que há alguma coisa. Parece que está andando com duas pernas quebradas.

— Tiveram de operar minhas pernas depois que saí do coma. Os músculos tinham se atrofiado. Estavam começando a derreter, segundo as palavras do dr. Brown. As articulações estavam deterioradas. Eles as consertaram o melhor que puderam com sintéticos...

— Como o Homem de Seis Milhões de Dólares, hein?

Johnny pensou nas pilhas de contas de hospital que tinha em casa, todas arrumadas na gaveta de cima da estante em sua sala de jantar.

— Sim, algo do gênero. Quando fico tempo demais em cima delas, elas emperram. É só isso.

— Quer voltar?

Pode crer que sim. Voltar e não ter de pensar mais neste negócio infernal. Talvez fosse melhor eu nem ter vindo. O problema não era meu. E este é o cara que me comparou com uma vaca de duas cabeças.

— Não, estou bem — disse ele.

Saíram do vão da porta e o vento os apanhou, tentando atirá-los na rua deserta. Lutaram sob o clarão áspero e sufocado das lâmpadas na neve, sempre curvadas pelo vento. Entraram em uma rua lateral e, depois de ultrapassarem cinco casas, Bannerman parou na frente de uma pequena e simples casa quadrada, típica da Nova Inglaterra. Como as demais casas da rua, estava toda às escuras e muito bem fechada.

— Esta é a casa — Bannerman informou, a voz estranhamente sem inflexões. Avançaram pela camada de neve que o vento havia atirado contra a varanda e subiram a escadinha.

14

A sra. Henrietta Dodd era uma mulher corpulenta que parecia carregar um peso morto de carne sobre o esqueleto. Johnny nunca tinha visto uma mulher que parecesse tão doente. A pele era de um cinza-amarelado. As mãos quase lembravam répteis, devido aos eczemas. E, nos olhos dela, inchados e reduzidos a fendas estreitas e brilhantes, havia algo que trazia a Johnny a desagradável lembrança do modo como ficavam os olhos da mãe quando era transportada para um de seus frenesis religiosos.

Ela abriu a porta depois de Bannerman ficar quase cinco minutos batendo. Johnny, com suas pernas doloridas, continuava ao lado do xerife, achando que aquela noite jamais acabaria. A tempestade continuaria até a pilha de neve crescer o suficiente para provocar a avalanche que soterraria todos eles.

— O que está querendo no meio da noite, George Bannerman? — ela perguntou em um tom desconfiado. Como acontecia com muitas mulheres gordas, a voz parecia um bafo alto, um zumbido saído de um instrumento de sopro... Lembrava também um pouco uma mosca ou uma abelha presa em uma garrafa.

— Henrietta, preciso falar com Frank.

— Então venha de manhã — disse Henrietta Dodd, começando a fechar a porta na cara dos dois.

Bannerman deteve o movimento da porta com a mão enluvada.

— Desculpe, Henrietta. Tem de ser agora.

— Bem, não vou acordá-lo! — ela gritou sem sair do umbral. — Além disso, o sono dele é pesado demais! Em certas noites toco minha sineta para chamá-lo, porque as minhas palpitações às vezes ficam terríveis, e acham que ele aparece? Não, continua dormindo muito bem. Pode acordar uma dessas manhãs e me encontrar morta de um ataque do coração. Morta na cama em vez de parada diante do fogão preparando seu maldito ovo escalfado! Porque você dá trabalho demais pra ele!

Ela sorriu com um amargo tipo de triunfo; o segredinho sujo exposto, as coisas reveladas como realmente eram.

— Todo dia, toda noite, trocando de turno, perseguindo bêbados no meio da madrugada e sabendo que qualquer um deles pode ter um revólver

.32 debaixo do banco. Ele sempre está indo aos botequins e cabarés, oh, há sujeira da grossa lá dentro, mas a maior parte dela não interessa a vocês! Imagino o que acontece nesses lugares de prostitutas baratas. Como elas não gostariam de proporcionar a um bom garoto como o meu Frank uma doença incurável pelo preço de uma latinha de cerveja!

A voz dela, aquele instrumento de sopro, atacava e zumbia. Em contraponto, a cabeça de Johnny martelava, latejava. Gostaria que ela se calasse. Era uma alucinação, Johnny sabia, apenas o cansaço e a tensão daquela noite terrível tomando conta dele, mas ele começou a ter a impressão cada vez mais nítida de que quem estava ali era sua mãe. A qualquer momento ela se viraria de Bannerman para ele e começaria a adverti-lo sobre o maravilhoso poder que Deus lhe dera.

— Sra. Dodd... Henrietta... — Bannerman começou pacientemente.

Então ela se virou para Johnny e encarou-o com seus olhinhos de porco, ao mesmo tempo espertos e estúpidos.

— Quem é este aí?

— Um agente especial — Bannerman respondeu prontamente. — Henrietta, eu assumo a responsabilidade por acordar o Frank.

— Ooooh, a *responsabilidade*! — ela pronunciou com um sarcasmo monstruoso, com muito zumbido. Então Johnny finalmente percebeu que Henrietta estava com medo. Ela emanava medo em ondas pulsantes, repelentes (era o que estava fazendo piorar a dor de cabeça de Johnny). Será que Bannerman não sentia isso? — A res-pon-sa-bi-li-*da*-*de*! Isso não é *nooobre* da sua parte, meu Deus, não é! Bem, não quero ver meu menino acordado no meio da noite, George Bannerman. Você e seu *agente especial* podem simplesmente ir bater em outra freguesia com seus malditos boletins!

Ela tentou novamente fechar a porta e, desta vez, Bannerman a escancarou.

— Me deixe entrar, Henrietta, agora. — A voz dele mostrava uma raiva contida e, sob ela, uma terrível tensão.

— Não pode fazer isto! — ela gritou. — Não estamos em um estado autoritário! Vai perder seu emprego! Cadê o seu mandado?

— Tem razão, não tenho, mas vou conversar com Frank — disse Bannerman, tirando-a da sua frente.

Johnny, sem saber muito bem o que estava fazendo, foi atrás. Quando Henrietta Dodd fez um gesto para detê-lo, Johnny a segurou pelo pulso... e uma dor terrível explodiu em sua cabeça, fazendo o martelar de antes parecer fraco. *E a mulher também sentiu*. Os dois se encararam por um momento que pareceu eterno, uma terrível, perfeita compreensão. Durante esse tempo ficaram como que grudados um no outro. Então ela caiu para trás, segurando seus seios de ogra.

— Meu coração... meu coração... — Remexeu no bolso do roupão, de onde tirou um vidrinho de comprimidos. O rosto ganhara o tom de pão cru. Puxou a tampa do vidrinho, derramou minúsculos comprimidos por todo o chão e ficou com apenas um na palma da mão. Ela o colocou embaixo da língua enquanto Johnny a contemplava com um horror silencioso. A cabeça dele se transformara em uma bola de borracha cheia de sangue quente e inchando cada vez mais.

— A senhora *sabia*? — ele murmurou.

A boca gorda e enrugada abriu e fechou, abriu e fechou. Nenhum som saiu. Era a boca de um peixe na areia da praia.

— A senhora sempre *soube*?

— Você é um demônio! — a mulher gritou para ele. — É um monstro... um demônio... ai, meu coração... ai, estou morrendo... acho que estou morrendo... chamem o médico... *George Bannerman, não se atreva a subir para acordar meu bebê!*

Johnny a soltou e involuntariamente esfregou a mão no casaco, como se precisasse se livrar de alguma sujeira. Depois correu trôpego pela escada atrás de Bannerman. Do lado de fora o vento soluçava em volta dos beirais como uma criança perdida. A meio caminho do andar de cima, Johnny olhou para trás. Henrietta Dodd estava sentada em uma cadeira de vime, era uma montanha esparramada de carne, arfando e segurando um enorme seio em cada mão. Ainda com a sensação de que sua cabeça estava inchando, Johnny pensou em um devaneio: *Logo, logo ela vai estourar e será o fim. Obrigado, Deus.*

Uma passadeira velha e desfiada cobria o piso do corredor estreito. O papel de parede tinha marcas de infiltrações. Bannerman batia em uma porta fechada. Ali em cima a temperatura era pelo menos seis graus mais baixa.

— Frank? Frank! É George Bannerman! Acorde, Frank!

Não houve resposta. Bannerman girou a maçaneta e escancarou a porta. Sua mão havia caído sobre a coronha do revólver, mas não chegara a puxar o gatilho. Poderia ser um erro fatal. O quarto de Frank Dodd, no entanto, estava vazio.

Os dois ficaram por um instante parados na porta, olhando. Era um quarto de criança. O papel de parede — também com marcas de infiltração — tinha ilustrações de palhaços dançando e cavalinhos de pau. Havia uma cadeirinha de criança com um joão-bobo sentado nela. O joão-bobo os contemplava com olhos brilhantes e vazios. Em um canto havia uma caixa de brinquedos. No outro havia uma caminha estreita de pinho, com as cobertas puxadas. Pendurado em um dos pilares da cama e parecendo fora de contexto, estava o coldre com o revólver de Frank Dodd.

— Meu Deus — Bannerman murmurou. — O que é isto?

— Socorro... — A voz da sra. Dodd chegava até lá. — Socorro...

— Ela sabia — disse Johnny. — Sabia desde o início, desde a morte de Frechette. Ele contou à mãe. E ela deu cobertura.

Bannerman foi saindo devagar do quarto e abriu outra porta. Tinha os olhos atordoados, magoados. Era um quarto de hóspedes vazio. Abriu o armário embutido, onde só havia uma bandeja com D-Con, um veneno para ratos, no nível do chão. Outra porta. Aquele quarto não estava finalizado e era suficientemente frio para mostrar o vapor da respiração de Bannerman. Ele olhou em volta. Havia ainda outra porta, no alto da escada. Ele foi até lá e Johnny o seguiu. A porta estava trancada.

— Frank? Está aí dentro? — Sacudiu a maçaneta. — Abra, Frank!

Não houve resposta. Bannerman ergueu o pé e chutou, quebrando a conexão com a porta logo abaixo da maçaneta. Houve um forte ruído de estilhaçar que ecoou na cabeça de Johnny como uma travessa de metal caindo em um piso de ladrilhos.

— Ah, Deus — Bannerman falou com voz abafada, engasgada. — Frank.

Johnny pôde ver sobre o ombro de Bannerman; pôde ver muito bem. Frank Dodd estava sentado no vaso sanitário. Estava nu, mas uma brilhante capa de chuva preta estava em seus ombros; o capuz da capa preta (*capuz de carrasco*, Johnny pensou vagamente) estava jogado na tampa da caixa de descarga lembrando um grotesco balão de aniversário, preto e murcho. De alguma forma ele conseguira cortar a própria garganta — até então Johnny achava que isso seria impossível. Havia uma caixa de giletes Wilkinson Sword Blades na beirada da pia. Uma das lâminas estava caída no chão, brilhando de modo cruel. Gotas de sangue tinham se juntado em sua borda. O sangue da veia jugular seccionada e da artéria carótida tinha se espalhado por toda a parte. Poças de sangue se acumulavam nas dobras da capa que se arrastava no chão. Também havia sangue na cortina do box — um estampado de patinhos nadando com guarda-chuvas abertos sobre as cabeças. Havia sangue no teto.

Em volta do pescoço de Frank Dodd, um cordão segurava uma tabuleta com os dizeres escritos com batom: EU CONFESSO.

A dor na cabeça de Johnny começou a atingir um pico insuportável, repleto de chiados. Tateando com uma das mãos, ele encontrou o batente da porta.

Ele soube, pensou de modo incoerente. *De alguma forma ele soube quando me viu. Soube que estava tudo acabado. Veio para casa. Fez isto.*

Círculos negros cobriram a visão de Johnny, espalhando-se como ondas do mal.

Que poder Deus lhe concedeu, Johnny.

(EU CONFESSO)

— Johnny?

De muito longe.

— Johnny, você está todo...

Se dissolvendo. Tudo se dissolvendo. Isso era bom. Teria sido melhor se jamais tivesse saído do coma. Melhor para todos os envolvidos. Bem, ele tivera sua chance.

— ... Johnny...

Frank Dodd tinha ido para casa e conseguira cortar a própria garganta em um talho profundo de uma orelha a outra. Enquanto isso, a tempestade gemia lá fora como se todas as coisas sombrias da terra tivessem se libertado. Era como o brotar de um poço de petróleo, dissera o pai em um inverno, cerca de doze anos antes, quando os canos tinham congelado e estourado no subsolo. Um poço jorrando. Sem dúvida, algo semelhante havia acontecido ali também. A coisa jorrara até o teto.

Johnny achou que podia ter dado um grito, mas depois que o momento passava nunca tinha certeza. Talvez o grito só tivesse acontecido em sua cabeça. Mas teve *vontade* de gritar; gritar para dar vazão a todo o horror, piedade e angústia de seu coração.

De repente, ele estava caindo na escuridão e agradecido por estar indo embora. Johnny apagou.

15

Do *New York Times* de 19 de dezembro de 1975:

PARANORMAL DO MAINE LEVA XERIFE
À CASA DO POLICIAL ASSASSINO APÓS VISITAR
CENA DO CRIME

(*Especial para o* Times): Talvez John Smith de Pownal não seja um verdadeiro paranormal, mas não seria fácil persuadir o xerife George F. Bannerman, do condado de Castle, a acreditar nisso. Desesperado após um sexto estupro seguido de homicídio na pequena cidade de Castle Rock, no oeste do Maine, o xerife Bannerman conversou com o sr. Smith ao telefone e pediu que ele fosse até Castle Rock para dar, se possível, uma ajudinha. O sr. Smith, que ganhou projeção nacional no início deste ano quando se recuperou de um coma profundo após 55 meses de inconsciência, foi apontado pelo tabloide semanal *Inside View* como impostor. No entanto, ontem, em uma entrevista coletiva, o xerife Bannerman se limitou a dizer: "Aqui no Maine não damos a menor importância ao que pensam esses repórteres de Nova York".

Segundo o xerife Bannerman, o sr. Smith rastejou com mãos e pés pela cena do sexto assassinato, que ocorreu na praça de Castle Rock. O sr. Smith se levantou com leves ulcerações provocadas pela neve e o nome do criminoso: um guarda chamado Franklin Dodd, que trabalhara cinco anos como funcionário do xerife do condado de Castle, desde que Bannerman assumiu o cargo.

No início deste ano, o sr. Smith provocou uma controvérsia em seu estado de origem quando teve uma visão paranormal da casa de sua fisioterapeuta pegando fogo. A visão se mostrou rigorosamente verdadeira. Na entrevista coletiva que se seguiu, um repórter o desafiou a...

Da *Newsweek*, página 41, semana de 24 de dezembro de 1975:

O NOVO HURKOS

Possivelmente trata-se do primeiro paranormal autêntico desde que Peter Hurkos foi revelado em seu país — Hurkos foi um vidente alemão capaz de dizer às pessoas tudo sobre suas vidas privadas unicamente tocando em suas mãos, talheres ou objetos tirados de suas bolsas.
    John Smith é um jovem modesto e tímido da cidadezinha de Pownal, no centro-sul do Maine. No início deste ano ele recuperou a consciência após um período de mais de quatro anos no coma profundo que se seguiu a um acidente de carro (ver foto). Segundo o neurologista responsável pelo caso, dr. Samuel Weizak, Smith teve uma "recuperação perfeitamente assombrosa". Hoje está se recuperando de algumas sequelas leves, resultados de um contato excessivo com a neve e de um desmaio de quatro horas após a estranha resolução de um caso de assassinatos em série, há muito por solucionar, na cidade de...

27 de dezembro de 1975
Cara Sarah,
    Tanto eu quanto papai gostamos muito da sua carta, que acabou de chegar esta tarde. Estou realmente bem e você não precisa se preocupar, certo? Mas agradeço pela preocupação. A "hipotermia" foi grandemente exagerada na imprensa. Só tive algumas manchas na ponta de três dedos da mão esquerda. Na verdade a perda de sentidos não foi muito maior que um leve desmaio "provocado por sobrecarga emocional", segundo Weizak. Sim, ele mesmo me procurou e insistiu em me levar para o hospital de Portland. O simples fato de vê-lo em

ação quase valeu o preço da internação. Ele conseguiu que providenciassem um consultório vazio, uma máquina de eletroencefalograma e um técnico para operá-la. Disse que não encontrou qualquer nova lesão cerebral ou qualquer sinal de dano progressivo no cérebro. Quis fazer toda uma série de exames, e alguns pareciam extremamente inquisitoriais: "Renuncie, herético, ou vamos submetê-lo a outra pneumectomia cerebral!". (Ha-ha, e você continua cheirando aquela cocaína horrível, querida?) De qualquer maneira, rejeitei a oferta para ser um pouco mais sugado e picado. Papai está um tanto irritado por eu ter me recusado a fazer os exames, continua tentando traçar um paralelo entre minha recusa e a recusa de minha mãe a tomar os remédios para a hipertensão. É muito difícil fazê-lo entender que, se Weizak encontrasse alguma coisa, haveria noventa por cento de chances de ele não poder fazer absolutamente nada.

Sim, vi o artigo da Newsweek. Aquela foto minha é da entrevista coletiva, só foi um pouco cortada. Acha que pareço alguém com quem você gostaria de cruzar em uma viela escura? Ha-ha! Sagrado Jesus (como sua camarada Anne Strafford gosta tanto de dizer), eu gostaria que não tivessem feito essa reportagem. Os pacotes, cartões e cartas voltaram a chegar. Não abro mais nada, a não ser que seja de um remetente conhecido. Só escrevo nos envelopes: "Devolver ao remetente". Eles são piedosos demais, cheios demais de esperança, de raiva, crença e descrença. De alguma forma todos fazem com que eu me lembre do jeito como minha mãe era.

Bem, não pretendo parecer tão deprimente, a coisa não está assim tão ruim. Mas não quero ser um paranormal praticante, não quero fazer uma turnê ou aparecer na TV. (Um fodão da NBC conseguiu meu número de telefone, não sei como, e perguntou se eu não queria dar uma pensada na ideia de "entrar no Carson Show". Grande ideia, hein? Don Rickles podia insultar algumas pessoas, alguma estrelinha podia mostrar seu rebolado e eu podia fazer umas previsões. Este programa é um oferecimento da General Foods.) Não quero fazer esse tipo de M-E-R-D-A. O que realmente quero é voltar a Cleaves Mills e mergulhar naquela extrema obscuridade de um professor de inglês do ginásio. E guardar os lampejos paranormais para apostar em certos resultados dos torneios de futebol.

Acho que por enquanto é só isso. Espero que você, Walt e Denny tenham um belo e feliz Natal e continuem aguardando confiantes (pelo que você me falou, tenho certeza de que pelo menos Walt está nessa) o período eleitoral do Bravo Ano do Bicentenário que agora se estende à nossa frente. Fiquei satisfeito em saber que seu marido foi escolhido para concorrer à vaga do Senado aí, mas cruze os dedos, Sarah... Setenta e seis não parece exatamente um ano dos melhores para os amigos dos elefantes. Seja cuidadosa ao lidar com seus amigos de San Clemente.

Meu pai manda lembranças e pede que eu lhe agradeça pelo retrato de Denny, que realmente o emocionou. Também mando lembranças. Obrigado por escrever e por sua injustificada preocupação (injustificada, mas muito grata). Estou bem e aguardo ansioso uma volta à atividade.

Amor e muitas felicidades,
Johnny.

P.S.: Pela última vez, garota, largue essa cocaína.
J.

29 de dezembro de 1975

Caro Johnny,

Acho que esta é a carta mais dura, mais amarga que já escrevi em meus dezesseis anos de administração escolar — não apenas porque você é um bom amigo, mas também porque é um excelente professor. Não há meio de dourar a pílula sobre este assunto, por isso acho que nem vou tentar.

Houve uma reunião especial da diretoria ontem à noite (convocada por dois membros do conselho, que não vou nomear, mas eles já faziam parte da diretoria quando você estava lecionando aqui e acho que provavelmente vai conseguir adivinhar os nomes) e por cinco votos a dois decidiram pedir a rescisão de seu contrato. A razão: você é uma personalidade muito polêmica para ser efetivado como professor. Cheguei muito perto de encaminhar meu pedido de demissão, de tanto que aquilo me irritou. Se não fosse por Maureen e as crianças, acho que teria feito isso. Essa crueldade nem se compara com uma outra decisão, a de tirar livros como *Corre, Coelho* ou *O apanhador no campo de centeio* do currículo escolar. Ela é ainda pior. Ela é suja.

Falei isso a eles, mas se estivesse falando em esperanto ou télugo teria dado na mesma. Tudo o que eles têm a dizer é que sua foto estava na *Newsweek* e no *New York Times* e que a história de Castle Rock entrou nos noticiários nacionais das redes de TV. Personalidade muito polêmica! Cinco velhos conservadores, o tipo de gente que se preocupa mais com cabelos compridos do que com livros escolares, mais interessada em descobrir quem poderia estar fumando maconha na faculdade do que em descobrir como mandar algum equipamento de qualidade para o laboratório de ciências.

Redigi uma forte carta de protesto para o conselho administrativo, e com uma pequena pressão acho que posso conseguir que Irving Finegold feche comigo. Mas eu não estaria sendo honesto se dissesse a você que há alguma esperança de conseguir que aqueles cinco velhos mudem de ideia.

Meu conselho sincero é que arranje um advogado, Johnny. Você assinou de boa-fé aquele documento, se comprometendo a acatar as decisões do conselho administrativo e acho que poderá tirar deles até o último centavo de seu salário, volte ou não a pisar em alguma sala de aula da Cleaves Mills. E me telefone quando sentir vontade de conversar.

Com toda a sinceridade, sinto muito.

Seu amigo,
Dave Pelsen

16

Johnny ficou parado ao lado da caixa de correio com a carta de Dave na mão, olhando para ela sem conseguir acreditar. Era o último dia de 1975, um dia claro e extremamente frio. A respiração saía de suas narinas em finos jatos brancos de fumaça.

— Merda — ele sussurrou. — Puta que pariu.

Entorpecido e ainda sem assimilar totalmente a notícia, ele se inclinou para ver se havia mais alguma correspondência trazida pelo carteiro. Como de hábito, a caixa estava abarrotada. Apenas por acaso a carta de Dave tinha sido enfiada por último.

Havia uma folha branca de papel solta. Ela o mandava se dirigir à agência de correios para buscar os pacotes, os inevitáveis pacotes. Meu marido me abandonou em 1969, aqui está um par de meias dele, me diga onde ele está para que eu possa conseguir do safado alguma pensão para as crianças. Meu bebê morreu asfixiado no ano passado, mando seu chocalho, por favor escreva para me dizer se ele está feliz com os anjos. Não cheguei a batizá-lo, porque o pai não aprovaria e agora isso está me cortando o coração. A interminável ladainha.

Que poder Deus lhe concedeu, Johnny.

A razão: você é uma personalidade muito polêmica para ser efetivado como professor.

Num súbito e mórbido espasmo, ele começou a puxar as cartas e os envelopes pardos da caixa, deixando alguns caírem na neve. A inevitável dor de cabeça começou a se formar ao redor das têmporas como duas nuvens escuras que lentamente iam se unir, envolvendo-o em dor. De repente as lágrimas começaram a escorrer pelo seu rosto e, no frio profundo e silencioso, congelaram quase imediatamente, transformando-se em rastros brilhantes.

Ele se curvou e começou a pegar as cartas que haviam caído no chão; através do prisma das lágrimas, viu uma, dobrada e redobrada, endereçada com um traço grosso de lápis preto a JOHN SMITH PÍSSICO VIDENTE.

Píssico vidente, esse sou eu. As mãos começaram a tremer incontrolavelmente e acabaram deixando tudo cair de novo, inclusive a carta de Dave. Ela flutuou como uma folha seca e caiu com o endereço para cima entre as outras cartas, todas as outras cartas. Através das suas lágrimas de impotência, Johnny viu o cabeçalho do envelope e o slogan sob a tocha:

ENSINAR, APRENDER, CONHECER, SERVIR.

— Servir o caralho, seus putos — disse Johnny. Caindo de joelhos, começou a juntar as cartas, varrendo-as com as luvas. A dormência em seus dedos não parava, um lembrete da hipotermia, um lembrete de Frank Dodd cavalgando um assento de vaso sanitário para a eternidade, sangue no cabelo louro tipicamente americano. EU CONFESSO.

Puxou as cartas e, como um disco arranhado, ouviu-se murmurando sem parar:

— Matando, vocês estão me matando, me deixem em paz, não veem que estão me matando?

Obrigou-se a parar. Aquele comportamento era inadmissível. A vida continuaria. De um modo ou de outro, a vida continuaria com toda a certeza.

Johnny começou a voltar para casa, se questionando sobre o que podia fazer. Talvez surgisse naturalmente alguma coisa. De qualquer maneira, havia cumprido a profecia da mãe. Se Deus tinha lhe dado uma missão, ele a havia cumprido. Não importa que tivesse sido uma missão camicase. Ele a havia cumprido.

Estavam quites.

II
O TIGRE RISONHO

17

1

O rapaz lia devagar, seguindo as palavras com o dedo, as compridas e bronzeadas pernas de jogador de futebol estavam esticadas na espreguiçadeira, na beira da piscina, sob o sol brilhante e o céu limpo de junho.

— "Claro que o jovem Danny Ju... Juniper... o jovem Danny Juniper estava morto e des... desconfio que pouca gente no mundo diria que ele não tinha mi... mu... ma..." Ai, merda, não sei.

— "Pouca gente no mundo diria que ele não tinha merecido sua morte" — disse Johnny Smith. — Só um modo ligeiramente mais caprichoso de dizer que a maioria das pessoas concordaria que a morte de Danny era positiva.

Chuck olhava para ele e a familiar mistura de emoções cruzava sua expressão normalmente agradável: diversão, ressentimento, embaraço e um traço de mau humor. Ele suspirou e tornou a baixar os olhos para o faroeste de Max Brand.

— "Merecido sua morte. Mas minha grande tra... traju..."

— Tragédia — Johnny ajudou.

— "Mas minha grande *tragédia* foi que tenha morrido justamente quando ia redimir uma parte de seu trabalho s-s-sujo prestando um grande serviço ao mundo. É claro que isso... essa... isso me deu na... nau..."

Chuck fechou o livro, levantou a cabeça para Johnny e deu um sorriso brilhante.

— Por hoje já deu, Johnny, o que acha? — O sorriso de Chuck era seu maior trunfo, aquele que provavelmente levaria para a cama as líderes de torcida de toda New Hampshire. — Será que a água está boa? Pode apostar que sim. O suor está escorrendo de seu corpinho magrela e subnutrido.

Johnny precisava admitir — pelo menos para si mesmo — que a água realmente parecia boa. As primeiras duas semanas do Verão do Bicentenário de 1976 tinham sido excepcionalmente quentes e abafadas. De trás deles, saindo do outro lado da grande e graciosa casa branca, vinha o zumbido soporífero do cortador de grama em movimento. Ngo Phat, o jardineiro vietnamita, cortava o que Chuck chamava de "os quarenta metros da frente". Era um barulho que fazia Johnny querer tomar dois copos de limonada gelada e depois inclinar a cabeça para dormir.

— Pare com os comentários sobre minha magreza — ele pediu. — Além disso, mal começamos o capítulo.

— Certo, mas já lemos dois antes desse. — Persuasivo.

Johnny suspirou. Normalmente teria conseguido fazer Chuck se dedicar um pouco mais, mas não naquela tarde. Afinal, Chuck já havia aberto bravamente o caminho através da rede de guardas que John Sherbune havia colocado ao redor da cadeia de Amity. Além disso, também já havia acompanhado o Falcão Vermelho malvado que irrompera por lá e matara Danny Juniper.

— É, bem, então só termine a página — disse Johnny. — A palavra onde você empacou é "náuseas". E não passe por cima dela, Chuck.

— Grande amigo! — O sorriso se alargou. — E sem perguntas, certo?

— Bem... talvez só algumas.

Chuck franziu o cenho, mas era um fingimento; estava bem à vontade, e Johnny sabia disso. Abriu o livro na gravura do pistoleiro avançando de novo, vigorosamente, por entre a fileira das portas de vaivém de um saloon e começou a ler em um tom lento, hesitante... tão diferente de seu tom normal de voz que realmente parecia ser outra pessoa falando.

— "É claro que isso... me deu náuseas de imediato. Mas não era... não era nada em comparação com o que me esperava na cabeceira do pobre Tom Keyn... Kenyon.

"Um tiro atravessara seu corpo e ele estava mordendo rapidamente quando eu..."

— Morrendo — disse John em voz baixa. — Olhe o contexto, Chuck. Atenção ao contexto.

— Mordendo rapidamente — Chuck repetiu, dando uma risadinha, mas logo continuou: — "... e ele estava *morrendo* rapidamente quando eu ch-ch... quando eu cheguei".

Johnny foi envolvido por um sentimento de piedade ao ver como Chuck se debruçava sobre o exemplar de *Fire Brain*. Uma boa história, mas meio tosca, que devia ser lida em dois tempos — em vez disso, lá estava Chuck seguindo a versão simplificada e linear de Max Brand com um dedo que se movia laboriosamente. O pai, Roger Chatsworth, era dono da Chatsworth Fiação e Tecelagem, uma empresa muito grande no sul de New Hampshire. Tinha também aquela casa de dezesseis quartos em Durham, e dentre os empregados havia cinco pessoas. Uma delas era Ngo Phat, que ia a Portsmouth uma vez por semana para frequentar um curso sobre os Estados Unidos, necessário para receber cidadania norte-americana. Chatsworth dirigia um Cadillac 1957, conversível e restaurado. A esposa, uma mulher meiga, de olhos claros e quarenta e dois anos, guiava um Mercedes. Chuck tinha um Corvette. A fortuna da família era estimada em aproximadamente cinco milhões de dólares.

Chuck, aos dezessete anos, era o homem que Deus realmente pretendera fazer ao dar o sopro de vida no barro, Johnny pensava com frequência. Um ser humano com um físico realmente excelente. Tinha quase um metro e noventa e pesava mais de oitenta e cinco quilos de puro músculo. O rosto talvez não fosse interessante a ponto de torná-lo realmente bonito, mas estava livre de acne ou de espinhas e emoldurava um par de admiráveis olhos verdes — isso fizera Johnny se lembrar de que Sarah Hazlett era a única pessoa com olhos realmente verdes que ele conhecera até então. No colégio, Chuck era a apoteose do garoto popular, um papel que desempenhava de forma quase caricatural. Capitão das equipes de beisebol e futebol americano, também havia sido representante da turma durante o ano letivo recém-completado e seria presidente do diretório estudantil para o período que começaria no outono. O mais surpreendente de tudo era que nada daquilo lhe subira à cabeça. Nas palavras de Herb Smith, que um dia passou por lá para conferir o novo trabalho de Johnny, Chuck era um "cara normal". Herb não tinha outra expressão em seu vocabulário. Além disso, um dia, Chuck seria um cara normal extremamente rico.

E lá estava ele, severamente curvado sobre seu livro como um atirador com sua metralhadora em um posto solitário, baleando as palavras à medida que elas se aproximavam, uma por uma. Pegava a empolgante história cinematográfica de Max Brand, sobre o andarilho John "Cabeça Quente" Sherburne e seu confronto com o comanche fora da lei Falcão Vermelho, e a transformava em algo tão excitante quanto um comercial de semicondutores ou componentes de rádio.

Mas Chuck não era estúpido. Suas notas em matemática eram boas, sua capacidade de memorizar era excelente, e ele parecia habilidoso com as mãos. Seu problema era uma grande dificuldade em guardar palavras escritas. O vocabulário oral era ótimo; apreendera com facilidade o som dos fonemas; era o modo de grafá-los que o confundia. Embora montasse suas frases sem o menor erro, ficava muito atrapalhado quando lhe pediam para escrever alguma coisa. O pai de Chuck temia que fosse dislexia, mas Johnny achava que não — na realidade Johnny jamais conseguira identificar um disléxico, embora muitos pais se agarrassem ao rótulo para explicar ou justificar os problemas de leitura dos filhos. O problema de Chuck parecia mais genérico: uma difusa e generalizada fobia de leitura.

Era um problema que se tornara cada vez mais nítido nos últimos cinco anos escolares de Chuck, mas os pais só começaram a levar isso a sério — tanto eles quanto Chuck — ao ver sua participação em equipes esportivas ser posta em risco. E isso não foi o pior. Aquele inverno seria a última chance que Chuck teria para fazer o SAT (os testes de aptidão escolar), se pretendesse entrar para a universidade no outono de 1977. A matemática não chegava a ser um problema, mas o resto do exame... bem... se ele pudesse ter as perguntas lidas por alguém, faria um trabalho de médio a bom. Quinhentos pontos, sem grande sacrifício. Mas nunca deixariam que ele levasse um leitor quando fosse prestar o SAT, mesmo o pai sendo um dos grandes no mundo empresarial de New Hampshire.

— "Mas achei que era um homem mo... modificado. Sabia o que se estendia à sua frente e sua coragem era sob... sober... soberba. Ele não pedia nada; não lamentava nada. Todo o terror e nervo... nervosismo que o po... possu... *possuiu* desde que foi con... con... cofrotado... *confrontado* com um fato desconhecido..."

Johnny tinha visto o anúncio de uma vaga para tutor no *Maine Times* e respondera sem grandes esperanças. Havia se mudado para Kittery em meados de fevereiro, precisando mais que tudo se afastar de Pownal, da caixa de correio lotada diariamente, de um número cada vez maior de repórteres que começava a encontrar o caminho para sua casa, das mulheres nervosas, com olhos angustiados, que "davam uma passadinha" porque, "por acaso, estavam por ali" (uma das que tinham dado a passadinha por estar por acaso na vizinhança tinha uma placa de Maryland; outra estava dirigindo um Ford, velho e cansado, com placa do Arizona). As mãos delas esticavam-se para tocá-lo...

Em Kittery, ele descobriu pela primeira vez que um nome comum como John-sem-nome-do-meio-Smith tinha suas vantagens. Em seu terceiro dia na cidade se candidatara a um trabalho como cozinheiro de lanchonete. Tinha experiência no refeitório da universidade e em um acampamento de escoteiros em Rangely Lakes, onde cozinhava. A proprietária da lanchonete, uma viúva jogo duro chamada Ruby Pelletier, examinou cuidadosamente seu pedido.

— Você é um cara um pouco instruído demais para cortar picadinho — disse ela. — Sabe disso, não sabe, campeão?

— Tem razão — Johnny respondeu. — Pois é, estudei tanto justamente para ficar fora do mercado de trabalho.

Ruby Pelletier pôs as mãos nos quadris magricelas, jogou a cabeça para trás e deu uma gargalhada.

— Você acha que consegue manter a porra da cabeça em ordem às duas da manhã com doze caubóis acampados aqui e gritando todos ao mesmo tempo: ovos mexidos, bacon, salsicha, torrada e panquecas?

— Acho que sim — Johnny afirmou.

— Acho que você ainda não entendeu realmente do que eu estou falando — Ruby começou —, mas vou te dar um voto de confiança, sr. universitário. Vá fazer um exame médico para ficarmos tranquilos com a vigilância sanitária e volte aqui com o resultado de que está apto. Aí te ponho de imediato no balcão.

Ele realizou os exames e, após certa afobação nas primeiras duas semanas (que incluiu um doloroso conjunto de bolhas na mão direita por ter jogado, depressa demais, uma cesta de batatas fritas em um poço de óleo fervente), acabou domando o balcão em vez de ser domado por ele. Quando viu o anúncio de Chatsworth, no entanto, mandou seu currículo para a caixa postal indicada. Fez questão de ampliar o currículo com algumas experiências específicas como professor, entre elas um seminário de um semestre sobre o aprendizado de deficientes e jovens com problemas de leitura.

No final de abril, quando estava concluindo o segundo mês na lanchonete, recebeu uma carta de Roger Chatsworth pedindo que comparecesse a uma entrevista em 5 de maio. Tomou as providências necessárias para tirar esse dia de folga e às 14h10 de uma bela tarde da primavera estava sentado no escritório de Chatsworth. Segurando um copo longo, repleto de gelo e Pepsi, ouvia Stuart falar sobre os problemas de leitura do filho.

— Isso lhe parece dislexia? — Stuart perguntou.

— Não. Parece uma fobia generalizada à leitura.

Chatsworth estremecera um pouco.

— Síndrome de Jackson?

Johnny ficou impressionado — e não era para menos. Michael Carey Jackson era um especialista em leitura e gramática da Universidade do Sul da Califórnia, um homem que não deixara de provocar certo alvoroço, nove anos antes, com um livro chamado *O leitor que desaprende*. A obra descrevia toda uma cesta básica de problemas de leitura que tinham desde então ficado conhecidos como Síndrome de Jackson. Era um bom livro se o leitor conseguisse superar o denso jargão acadêmico. O fato de Chatsworth tê-lo conseguido revelava muito a Johnny sobre o empenho que o homem devia ter em resolver o problema do filho.

— Algo do gênero — Johnny concordou. — Mas entenda que ainda não encontrei seu filho nem o ouvi ler.

— Ele tem que recuperar algumas matérias do ano passado. Escritores Americanos, um curso de História de nove semanas, e, por incrível que pareça, *educação cívica*. Foi reprovado no exame final porque não conseguia ler a droga dos textos. Você tem um certificado de professor emitido por New Hampshire?

— Não — Johnny respondeu —, mas não é difícil conseguir um.

— E como seria seu trabalho?

Johnny esboçou o modo como pretendia lidar com o assunto. Muita leitura oral por parte de Chuck, fortemente voltada para textos de algum impacto, como literatura fantástica, ficção científica, faroestes e romances juvenis sobre carros e adolescentes. Perguntas constantes sobre o que estava sendo lido. E uma técnica de relaxamento descrita no livro de Jackson.

— Pessoas perfeccionistas frequentemente sofrem mais — Johnny explicou. — Elas se empenham demais em resolver o problema e reforçam o bloqueio. É uma espécie de gagueira mental que...

— Jackson diz isso? — Chatsworth interpôs enfaticamente.

Johnny sorriu.

— Não, eu digo.

— Tudo bem. Continue.

— Às vezes, se o estudante puder esvaziar totalmente a cabeça logo após a leitura, sem sentir a pressão de explicar o que leu, os circuitos parecem clarear por conta própria. Quando isso passa a acontecer, o estudante começa a refazer suas linhas de ataque. É um tipo de pensamento positivo que vai aos poucos...

Os olhos de Chatsworth brilhavam. Johnny acabara de abordar a filosofia pessoal do próprio Chatsworth — provavelmente as crenças da maioria dos que haviam subido na vida por mérito próprio.

— O sucesso nunca acontece de imediato — disse ele.

— Sim, é isso. É mais ou menos isso.

— Quanto tempo você demoraria para conseguir um certificado de New Hampshire?

— Não mais do que o tempo necessário para despacharem meu requerimento. Duas semanas, talvez.

— Então pode começar no dia 20?

Johnny piscou.

— Quer dizer que estou contratado?

— Se quer mesmo o trabalho, está contratado. Pode ficar em nossa casa de hóspedes. Isso vai desestimular a vinda dos meus benditos parentes neste verão, e também a dos amigos de Chuck... Quero que ele realmente entre nisso de cabeça. Vou lhe pagar seiscentos dólares por mês, que não é exatamente uma fortuna, mas se Chuck sair dessa você terá uma gratificação substancial. Substancial.

Chatsworth tirou os óculos e esfregou o rosto com a mão.

— Gosto muito do meu garoto, sr. Smith. Só quero o melhor para ele. Se puder, nos dê uma ajuda.

— Vou tentar.

Chatsworth tornou a pôr os óculos e pegou de novo o currículo de Johnny.

— Está sem lecionar há um tempo considerável. Isso não o incomoda?

Aí vem o problema, Johnny pensou.

— Incomoda — respondeu —, mas sofri um acidente.

Os olhos de Chatsworth percorreram pelas cicatrizes no pescoço de Johnny, onde os tendões atrofiados haviam sido parcialmente reparados.

— Acidente de carro?

— Sim.

— Grave?

— Sim.

— Parece bem agora — disse Chatsworth, pegando o currículo e o guardando em uma gaveta. Por mais espantoso que fosse, as perguntas terminaram ali. Então, após cinco anos, Johnny estava lecionando de novo, embora seu efetivo fosse de apenas um aluno.

2

— "Quanto a mim, que tinha i... indiretamente a res... responsabilidade pela própria morte, ele pegou de leve minha mão e sorriu com ar de quem se des... desculpa. Foi um momento difícil e fui embora achando que tinha feito mais confusão no mundo do que jamais i... imaginei."

Chuck fechou o livro com um estalo.

— Pronto! O último a pular na piscina é a mulher do padre.

— Espere um minuto, Chuck!

— Ahhhhhhh... — Chuck tornou a se sentar pesadamente, o rosto assumindo o que Johnny conhecia como expressão "agora as perguntas". Um bom humor longamente cultivado predominava, mas sob ele Johnny podia às vezes ver outro Chuck: tristonho, preocupado, assustado. Bastante assustado. Porque era um mundo de leitores. Os iletrados da América eram dinossauros que se moviam pesadamente em um beco sem saída. Chuck era esperto o bastante para perceber isso. E estava com muito medo do que podia lhe acontecer quando voltasse à escola naquele outono.

— Só uma ou duas perguntas, Chuck.

— Por que se dar o trabalho? Você sabe que não vou conseguir responder.

— Ah, vai. Desta vez você vai conseguir responder a todas elas.

— Nunca consigo entender o que leio, você já devia ter percebido isso. — Chuck pareceu mal-humorado e infeliz. — Não vou entender sequer o sentido geral da pergunta. Para mim vai ser pura enrolação.

— Vai conseguir responder às perguntas porque elas não serão sobre o livro.

Chuck olhou de relance para Johnny.

— Não serão sobre o livro? Então por que vai fazê-las? Pensei que...

— Foi só brincadeira, o.k.?

Com o coração batendo forte, Johnny não ficou inteiramente surpreso ao descobrir como estava assustado. Planejara aquilo há muito tempo, esperando apenas a confluência certa das circunstâncias. Jamais conseguiria chegar tão perto do objetivo como naquele momento. A sra. Chatsworth não estava rondando ansiosa por ali e deixando Chuck muito mais nervoso. Nenhum de seus amigos estava jogando água para cima na piscina, fazendo Chuck se sentir envergonhado de ler em voz alta como um aluno atrasado da quarta série. E o mais importante de tudo, seu pai, o homem que Chuck queria agradar mais que qualquer outra pessoa no mundo, não estava lá. Estava em Boston, em um encontro da Comissão Ambiental da Nova Inglaterra sobre poluição das águas.

Extraído do livro *Uma visão geral dos problemas de aprendizado*, de Edward Stanney:

"*O indivíduo, Rupert J., estava sentado na terceira fileira de um cinema e não havia ninguém nas seis fileiras atrás dele. Era o único que tinha como observar que um pequeno incêndio havia começado no lixo acumulado no chão. Rupert J. se levantou e começou a gritar: F-F-F-F-F... enquanto as pessoas o mandavam sentar e calar a boca.*

"*— Como você se sentiu com isso? — perguntei a Rupert J.*

"*— Nem em mil anos eu poderia explicar como a situação me deixou — ele respondeu. — Fiquei assustado, mas, ainda mais do que assustado, fiquei frustrado. Senti que era desajustado, inadequado para ser um membro da raça humana. A gagueira sempre tinha me feito sentir desse jeito, mas naquele momento tive também uma sensação de impotência.*

"*— Houve mais alguma coisa?*

"*— Sim, tive ciúme, porque alguma outra pessoa veria o fogo e... você sabe...*

"*— Ficaria com a glória de dar o aviso?*

"*— Sim, é isso. Vi o fogo começar, fui a única pessoa que viu. E só o que pude dizer foi F-F-F-F, como um estúpido disco arranhado. Realmente 'ina-*

dequado para ser um membro da raça humana' descreve meu sentimento da melhor maneira possível.

"— E como você rompeu o bloqueio?"

"— Na véspera, foi aniversário de minha mãe. Comprei para ela uma dúzia de rosas na floricultura. Eu estava parado no cinema enquanto todos gritavam para mim, então pensei: vou abrir minha boca e gritar ROSAS!, o mais alto que puder. Tinha a palavra na ponta da língua.

"— Então o que você fez?

"— Abri a boca e gritei FOGO!, com toda a força dos meus pulmões."

Já tinham se passado oito anos desde que Johnny lera essa história na introdução do texto de Stanney, mas nunca se esqueceu dela. Sempre achou que a palavra-chave na lembrança de Rupert J. era *impotência*. Se em determinado momento você achar que o ato sexual é a coisa mais importante do mundo, o risco de o pênis não ficar ereto vai aumentar de dez a cem vezes. E, quando você achar que ler é a coisa mais importante do mundo...

— Qual é seu segundo nome, Chuck? — ele perguntou em um tom casual.

— Murphy — Chuck respondeu com um breve sorriso. — Soa um tanto mal não é? É o nome de solteira da minha mãe. Se contar isso a Jack ou Al, serei obrigado a provocar uma bela lesão no seu corpo magricela.

— Não vai acontecer — Johnny garantiu. — Quando é seu aniversário?

— Oito de setembro.

Johnny começou a jogar mais depressa as perguntas, sem dar a Chuck a chance de pensar — mas não eram perguntas sobre as quais fosse preciso pensar.

— Qual é o nome da sua mãe?

— Beth. Você conhece a Beth, Johnny...

— Qual é o segundo nome dela?

— Alma. — Chuck deu um sorriso largo. — Realmente horrível, não é?

— Qual é o nome do seu avô paterno?

— Richard.

— Por quem você torce este ano na Liga Americana do Leste?

— Para os Yankees. Sem a menor dúvida.

— Por quem você torce para ser eleito presidente?

— Gostaria de ver o Jerry Brown chegar lá.
— Está pretendendo trocar o Corvette?
— Não este ano. Talvez no ano que vem.
— Ideia de sua mãe?
— Pode crer. Ela diz que a potência do Vette ultrapassa o limite de sua paz de espírito.
— Como o Falcão Vermelho ultrapassou os guardas e matou Danny Juniper?
— Sherburne não prestou atenção suficiente àquele alçapão que levava para o sótão da cadeia — Chuck respondeu prontamente, sem pensar, e Johnny sentiu uma súbita onda de triunfo, como um grande gole do melhor bourbon. Tinha dado certo. Pegou Chuck falando sobre rosas e ele reagiu com um bom, saudável grito de *fogo*!

Chuck o olhava com um ar de surpresa quase total.
— O Falcão Vermelho entrou no sótão pela claraboia. Chutou e abriu o alçapão. Atirou em Danny Juniper. Atirou também em Tom Kenyon.
— Está certo, Chuck.
— Eu me lembrei — ele murmurou e ergueu ainda mais a cabeça para Johnny, os olhos se arregalando, um sorriso se iniciando nos cantos da boca. — Armou um truque para que eu me lembrasse!
— Só o peguei pela mão e o fiz contornar o obstáculo que, até agora, estava em seu caminho — Johnny explicou. — Mas, seja o que for, ainda está lá, Chuck. Não se iluda. Quem era a moça por quem Sherburne se apaixonou?
— Era... — Os olhos de Chuck se enevoaram um pouco e ele balançou a cabeça com relutância. — Não me lembro. — Bateu na coxa com repentina ferocidade. — Não consigo me lembrar de *nada*! Sou tão *imbecil*!
— Não se lembra sequer de como seu pai e sua mãe se conheceram?

Chuck tornou a erguer a cabeça e sorriu um pouco. Havia uma mancha vermelha em sua coxa, no lugar onde ele havia dado a pancada.
— Claro. Ela estava trabalhando na Avis, em Charleston, na Carolina do Sul. Alugou um carro com pneu furado para o meu pai. — Chuck riu. — Ele ainda diz que os dois só se casaram por ele ter precisado trocar um pneu.
— E quem foi a moça por quem Sherburne ficou interessado?
— Jenny Langhorne. Um rabo de foguete. Ela era a garota de Gresham. Uma ruiva. Como Beth. Ela... — Chuck se interrompeu, arregalando os

olhos para Johnny como se o professor tivesse acabado de tirar um coelho do bolso da frente da camisa. — Você conseguiu de novo!

— Não. Você conseguiu. É um simples truque de desorientação. Por que você disse que Jenny Langhorne é um rabo de foguete para John Sherburne?

— Bem, porque Gresham é o mandachuva naquela cidade.

— Que cidade?

Chuck abriu a boca, mas nada saiu. De repente ele desgrudou os olhos do rosto de Johnny e fitou a piscina. Então sorriu e voltou a olhar para ele.

— Amity. A mesma cidade daquele filme, *Tubarão*.

— Bom! Como fez para lembrar do nome?

Chuck sorriu.

— Isto não faz qualquer sentido, mas me imaginei treinando com a equipe de natação e lá estava. Que truque! Que grande truque.

— Tudo bem. Por hoje é só, eu acho. — Johnny se sentia cansado, suado, mas muito, muito bem. — Se não reparou, você acabou de fazer um belo avanço. Vamos nadar. O último é a mulher do padre.

— Johnny?

— O quê?

— Vai sempre funcionar?

— Só se você transformar a coisa em um hábito — Johnny respondeu. — E, cada vez que contornar aquele obstáculo em vez de avançar pra cima dele, o obstáculo vai ficar um pouco menor. Também acho que não vai demorar muito para você começar a sentir uma certa melhora na leitura, palavra por palavra. Conheço um ou dois outros pequenos truques. — Ele ficou em silêncio. O que acabou de dizer a Chuck era mais uma espécie de sugestão hipnótica do que a verdade propriamente dita.

— Obrigado — disse Chuck. A máscara de resignado bom humor desapareceu. Em seu lugar havia, agora, uma franca gratidão. — Se me fizer superar isso, vou... bem, acho que vou me ajoelhar e beijar seus pés, se você quiser. Às vezes fico muito assustado, tenho a impressão de estar acabando com meu pai...

— Chuck, não percebe que isso é parte do problema?

— É?

— Sim. Você está... você está supercarregado. Superpressionado. Supertudo. E talvez não seja apenas um bloqueio psicológico, sabe. Há quem acredite que certos problemas de leitura, como a Síndrome de Jackson ou fobias de leitura, podem ser uma espécie de... sinal de nascença. Um circuito defeituoso, um aparelho com problemas, uma Zo... — Ele fechou a boca com um estalo.

— Uma o quê? — Chuck perguntou.

— Uma Zona Morta — disse Johnny devagar. — Seja lá o que for. Nomes não importam. Resultados, sim. No fundo, o truque da desorientação não é exatamente um truque. Ele está instruindo uma parte inativa de seu cérebro a fazer o trabalho daquela pequena seção defeituosa. Para você, significa entrar em uma sequência de pensamento baseada em expressão oral cada vez que bater em um obstáculo. Você está realmente mudando o local em seu cérebro de onde o pensamento está vindo. Está aprendendo a tomar um desvio.

— Mas vou conseguir fazer isso? Acha que vou?

— Sei que vai — Johnny afirmou.

— Tudo bem. Então vou. — Chuck deu um mergulho raso na piscina e veio à tona sacudindo a água do cabelo comprido e dando em Johnny um belo borrifo de pequenas gotas. — Venha, entre! Está ótima!

— Vou entrar — disse Johnny, mas por ora ia se contentar em ficar parado na beirada da piscina diante de Chuck, vendo seu aluno nadar vigorosamente para a parte funda, saboreando seu sucesso. Não tivera aquela sensação agradável quando percebeu que as cortinas da cozinha de Eileen Magown estavam pegando fogo nem ao revelar o nome de Frank Dodd. Se Deus havia lhe dado algum dom, era o dom de ensinar, não o de saber o que não era da sua conta. Ensinar era o tipo de coisa para o qual havia sido feito, e Johnny percebeu isso em 1970, quando deu aulas na escola de Cleaves Mills. Melhor ainda, os garotos também tinham percebido esse dom e correspondido, exatamente como Chuck acabara de fazer.

— Vai ficar aí parado como um palerma? — Chuck perguntou.

Johnny mergulhou na piscina.

18

Warren Richardson saiu do pequeno prédio comercial às 16h45, como sempre fazia. Caminhou até o estacionamento, posicionou sua massa de noventa quilos atrás do volante do Chevy Caprice e ligou o motor. Tudo conforme a rotina. O que não estava de acordo com a rotina foi a imagem que apareceu de repente no retrovisor — uma cara bronzeada, cercada por barba espigada e cabelo comprido, marcada por olhos tão verdes quanto os de Sarah Hazlett ou Chuck Chatsworth. Warren Richardson não se via assim tão assustado desde que era menino, e o coração deu um grande e instável salto em seu peito.

— Como vai? — Sonny Elliman perguntou, inclinando-se sobre o assento.

— Quem... — foi tudo o que Richardson conseguiu dizer, proferindo a palavra entre um aterrado sopro de ar. O coração martelava com tanta força que faíscas escuras pulsavam e dançavam diante de seus olhos no ritmo das batidas. Achou que poderia ter um ataque cardíaco.

— Calma — disse o homem que se escondera no banco de trás. — Fique calmo, cara. Relaxe.

Warren Richardson sentiu uma emoção absurda. Era gratidão. O homem que o assustara não ia assustá-lo mais. Tinha de ser um bom homem, tinha de ser...

— Quem é você? — desta vez ele conseguiu completar a frase.

— Um amigo — Sonny respondeu.

Richardson começou a se virar quando dedos rígidos como pinças foram cravados nos lados de seu pescoço flácido. A dor era extrema. Richardson soltou o ar dos pulmões em um gemido convulso, pesado.

— Não precisa se virar, cara. No retrovisor você pode me ver bem o bastante. Sacou?

— Sim — Richardson arfou. — Sim, sim, sim, apenas me solte!

As pinças começaram a afrouxar e de novo ele experimentou aquela sensação irracional de gratidão. Mas já não duvidava que o homem no banco de trás fosse perigoso ou que tivesse entrado no seu carro com um propósito definido, embora não pudesse imaginar por que alguém faria aquilo...

Mas de repente *conseguiu* imaginar por que alguém faria aquilo, ao menos por que alguém *poderia* estar fazendo aquilo. Não era o tipo de coisa que se poderia esperar por parte de um candidato normal a um cargo público, mas Greg Stillson não era normal. Greg Stillson era um homem enlouquecido e...

Ainda que muito baixo, Warren Richardson começou a chorar.

— Quero conversar com você, cara — disse Sonny. A voz era gentil e pesarosa, mas no retrovisor o verde dos olhos dele cintilava de deboche. — Vou falar com você como um tio holandês.

— É Stillson, não é? É...

Subitamente as pinças estavam de volta. Os dedos do homem se enterraram em seu pescoço e Richardson soltou um grito alto.

— Nada de nomes — o homem terrível no banco de trás sentenciou com aquele mesmo tom gentil mas pesaroso. — Tire suas próprias conclusões, sr. Richardson, mas guarde os nomes para si mesmo. Meu polegar está bem em cima da sua artéria carótida, e os outros dedos sobre a jugular. Se quiser, posso transformá-lo em um nabo humano.

— O que você quer? — Richardson perguntou. Não chegou exatamente a soltar um gemido, mas foi algo muito próximo disso; nunca tinha sentido tanta vontade de gemer em sua vida. Não podia acreditar que aquilo estivesse acontecendo no estacionamento de Capital City, New Hampshire, em um belo dia de verão, atrás de sua imobiliária. Podia ver o relógio encaixado no tijolo vermelho na torre da prefeitura. Marcava 16h50. Em casa, Norma estaria pondo as costeletas de porco, cuidadosamente cobertas de molho, para assar no forno. Sean estaria vendo *Vila Sésamo* na TV. E ele, o pai, tinha um homem nas costas ameaçando cortar o fluxo de sangue que ia para seu cérebro, transformando-o assim em um idiota. Não, não era real; era um pesadelo. O tipo de pesadelo que faz você gemer dormindo.

— Não quero nada — Sonny Elliman afirmou. — É tudo uma questão do que você quer.

— Não sei do que está falando. — Mas estava morrendo de medo de saber.

— Aquela reportagem no *Journal* de New Hampshire sobre curiosos negócios imobiliários — Sonny começou. — O senhor certamente tinha muita coisa a dizer, não é, sr. Richardson? Principalmente sobre... certas pessoas.

— Eu...

— Aquela história sobre o Capital Mall, por exemplo. Com insinuações sobre chantagens, pagamentos irregulares e trocas de favores. Toda aquela *bosta*. — Os dedos tornaram a apertar o pescoço de Richardson, e desta vez ele realmente gemeu. Mas não havia identificação na reportagem, tendo ele sido apenas uma "fonte bem informada". Como tinham descoberto? Como *Greg Stillson* descobrira?

O homem atrás de Warren Richardson começou a falar rapidamente no seu ouvido, um hálito quente e melindroso.

— Você pode meter certas pessoas em encrenca ao falar esse tipo de besteira, sr. Richardson, sabia disso? Gente que está se candidatando a um cargo público, por exemplo. Candidatar-se a um cargo é como jogar bridge, sacou? Você fica vulnerável. A pessoa pode ter a reputação prejudicada e isso atrapalha, especialmente nos dias de hoje. Ainda não existe encrenca. Fico feliz em dizer isso, porque se já *existisse* encrenca você podia estar sentado aqui catando seus dentes no chão em vez de estar tendo uma bela conversinha comigo.

Apesar do coração martelando, apesar do medo, Richardson conseguiu dizer:

— Essa... esse cara... rapaz, você está maluco se acha que pode protegê-lo. Ele está jogando depressa e à vontade demais. Como um vendedor de óleo de cobra em uma cidadezinha do sul. Mais cedo ou mais tarde...

Richardson sentiu um polegar entrando na sua orelha, como se a triturasse. A dor foi imensa, inacreditável. A cabeça de Richardson bateu na janela do carro e ele gritou. Cegamente, começou a tatear pela buzina.

— Se apertar esta buzina, eu te mato — a voz sussurrou.

Richardson deixou as mãos caírem. O polegar parou.

— Devia usar cotonetes, cara. Meu dedo ficou cheio de cera. Sujeira braba.

Warren Richardson começou a chorar baixo. Não conseguia parar. Lágrimas escorriam pelas bochechas gordas.

— Por favor não me machuque mais — ele implorou. — Por favor, não. Por favor.

— É como eu disse — Sonny falou. — É tudo uma questão do que você quer. Sua tarefa não é se preocupar com o que os outros possam dizer sobre... sobre certas pessoas. Sua tarefa é vigiar o que sai de sua boca. Sua tarefa é pensar antes de falar da próxima vez que aquele cara do *Journal* aparecer. E procure pensar como é fácil descobrir quem pode ser uma "fonte bem informada". Ou tente imaginar como seria traumático se sua casa pegasse fogo. Ou como pagaria a cirurgia plástica se alguém atirasse um ácido na cara da sua mulher.

Agora o homem atrás de Richardson estava ofegante. Parecia um animal na selva.

— Ou procure, experimente pensar... imagine como seria fácil aparecer alguém para pegar seu filho na saída do jardim de infância.

— Não diga isso! — Richardson gritou em um tom rouco. — Não diga isso, seu bosta!

— Só estou dizendo que você deve pensar no que realmente quer — disse Sonny. — Uma eleição é um evento tipicamente americano, saca? Especialmente no ano do Bicentenário. Todos devem se divertir. Mas ninguém se diverte se cuzões como você começam a contar um monte de mentiras. Cuzões cretinos e *invejosos* como você!

A mão se afastou inteiramente. A porta de trás se abriu. Ah, graças a Deus, graças a Deus.

— Só precisa dar uma pensada — Sonny Elliman repetiu. — Será que estamos de acordo?

— Sim — Richardson sussurrou. — Mas, se você acha que Gr... que essa certa pessoa pode ser eleita usando essas táticas, está completamente equivocado.

— Não — disse Sonny. — É você que está equivocado. Porque todos estão se divertindo. Cuide-se para não ser deixado de fora.

Richardson não respondeu. Continuou sentado rígido na frente do volante, o pescoço latejando. Contemplava o relógio no prédio da prefeitura como se aquilo fosse a única coisa sã que restasse na sua vida. Eram quase 17h05. As costeletas de porco já deviam estar prontas.

O homem no banco de trás disse mais uma coisa e saiu do carro, afastando-se com passos largos, sem olhar para trás, o cabelo comprido batendo na gola da camisa. Contornou a esquina do prédio e saiu de vista.

A última coisa que ele dissera a Warren Richardson foi:

— Cotonetes.

Richardson começou a tremer de cima a baixo e demorou um bom tempo para conseguir dirigir. Seu primeiro sentimento mais nítido foi de raiva — uma raiva terrível. Em seguida, foi tomado por um impulso de se dirigir diretamente ao departamento de polícia de Capital City (instalado no prédio sob o relógio) e denunciar o que havia acontecido (as ameaças contra a mulher e o filho, a violência física) e em nome de quem tinha sido feito. *Procure pensar como pagaria a cirurgia plástica... ou como seria fácil aparecer alguém para pegar seu filho...*

Mas por quê? Por que correr o risco? O que ele havia dito sobre aquele bandido era a mais pura e crua verdade. Todos no mundo imobiliário da área sul de New Hampshire sabiam que Stillson estava jogando bastante sujo, colhendo lucros de curto prazo que o colocariam na cadeia, não mais cedo ou mais tarde, mas antes mesmo do que muita gente poderia imaginar. Sua campanha era uma demonstração exemplar de idiotice. E, agora, táticas de resolver no muque! Ninguém poderia agir assim por muito tempo nos Estados Unidos — e, especialmente, na Nova Inglaterra.

Mas que outra pessoa colocasse a boca no trombone.

Alguém que tivesse menos a perder.

Warren Richardson deu a partida no carro, foi para casa comer as costeletas de porco e não disse mais absolutamente nada. Certamente haveria alguém para colocar um ponto final na história.

19

1

Um dia, não muito tempo depois do primeiro avanço de Chuck, Johnny Smith estava no banheiro da casa de hóspedes, fazendo a barba. Olhar-se de perto em um espelho sempre causava uma estranha sensação, como se ele estivesse olhando para um irmão mais velho, não para si mesmo. Profundas rugas horizontais tinham se desenhado na testa. Duas outras circundavam a boca. O mais estranho de tudo era a mecha branca no cabelo, um cabelo que no geral estava começando a ficar grisalho. E aquilo parecia ter começado quase de um dia para o outro.

Guardou a navalha e foi para a cozinha, que era conjugada com a sala de estar. Hora de descansar um pouco, ele pensou, sorrindo ligeiramente. Sorrir estava começando a parecer natural de novo. Ligou a TV, tirou uma Pepsi da geladeira e sentou-se para assistir ao noticiário. Roger Chatsworth devia voltar mais tarde, durante a noite, e no dia seguinte Johnny teria o distinto prazer de lhe informar que o filho estava começando a fazer um verdadeiro progresso.

Johnny tinha se programado para visitar o pai mais ou menos a cada duas semanas. Herb estava animado com o novo trabalho do filho e ouvia com ávido interesse o que Johnny lhe contava sobre os Chatsworth, a casa na agradável cidade universitária de Durham e os problemas de Chuck. Johnny, por sua vez, ouvia o pai falar sobre o trabalho voluntário que estava fazendo na casa de Charlene MacKenzie, nos arredores de New Gloucester.

— O marido dela era um médico respeitado, mas não era lá muito bom para reformas domésticas — disse Herb.

Charlene e Vera tinham sido amigas antes de Vera se aprofundar demais nos estranhos meandros do fundamentalismo, o que acabou afastando uma da outra. O marido de Charlene, um clínico geral, morrera de ataque cardíaco em 1973.

— O lugar estava praticamente caindo aos pedaços em cima da cabeça da mulher — Herb continuou. — Estou tentando fazer alguma coisa. Subo aos sábados e ela serve um jantar antes de eu voltar para casa. Para dizer a verdade, Johnny, ela cozinha melhor que você.

— E é mais bonita também — Johnny comentou em um tom amável.

— Claro, é uma mulher muito bem-apessoada, mas *isso* não tem nada a ver, Johnny. Não tem nem um ano que sua mãe morreu...

No entanto, Johnny desconfiou que as visitas do pai à casa de Charlene tivessem algo a ver com *isso* e, no fundo, não podia ter ficado mais contente. Não podia conceber a ideia de ver o pai envelhecendo sozinho.

Na televisão, Walter Cronkite informava as notícias políticas da noite. Agora, com a temporada das primárias encerradas e as convenções a poucas semanas de distância, parecia que Jimmy Carter já tinha a indicação costurada pelos democratas. Ford foi posto de lado, por causa de sua atuação política junto a Ronald Reagan, o ex-governador da Califórnia e ex-apresentador do *GE Theater*. A disputa estava tão acirrada que os repórteres podiam contar os votos indecisos nos dedos. Em uma de suas poucas cartas, Sarah Hazlett dizia: "Walt está cruzando os dedos (das mãos e dos pés!) para que Ford seja indicado. Ele é o candidato para o Senado em nossa região e já está se vendo como suporte político. Diz que, pelo menos no Maine, Reagan não tem chance".

Enquanto trabalhava na cozinha da lanchonete em Kittery, Johnny adquirira o hábito de ir uma ou duas vezes por semana a Dover, Portsmouth ou outras cidades menores e próximas, todas em New Hampshire. Os candidatos à presidência estavam em um vaivém, e era uma oportunidade única de vê-los de perto — sem os aparatos quase régios de autoridade que poderiam, mais tarde, estar cercando um deles. Aquilo se tornara uma espécie de hobby, embora necessariamente de curta duração; quando as primárias de New Hampshire, as primeiras do país, estivessem encerradas, os candidatos se deslocariam para a Flórida sem sequer olhar para trás. E, naturalmente, alguns deles teriam as ambições políticas enterradas em algum lugar entre Portsmouth e Keene. Embora nunca tivesse sido um ser politicamente engajado (exceto durante a era do Vietnã), depois da resolução do caso de Castle Rock Johnny acabou se tornando um ávido observador político — e seu poder, dom, talento particular, seja lá o que era, também desempenhou um papel nisso.

Johnny apertou a mão de Morris Udall e Henry Jackson. Fred Harris deu-lhe um tapinha nas costas. Ronald Reagan lançou nele uma rápida, experiente e ambígua olhada de político e disse: "Preste atenção nas pesquisas e nos ajude se puder". Johnny balançou a cabeça com ar simpático, não vendo sentido em fazer o sr. Reagan saber que se tratava de um típico eleitor de New Hampshire.

Tinha batido quase quinze minutos de papo com Sarge Shriver, na entrada principal do monstruoso Newington Mall. Shriver, com o cabelo recém-cortado, cheiro de loção de barba e talvez um certo desespero, estava acompanhado de um único auxiliar, cujos bolsos pareciam entupidos de folhetos, e de um segurança do Serviço Secreto, que não parava de coçar furtivamente o rosto cheio de acnes. Shriver parecia ter ficado exageradamente feliz em ser reconhecido. Um ou dois minutos antes de Johnny se despedir, um candidato a algum cargo local se aproximou de Shriver e lhe pediu para assinar uma lista de apoio à sua candidatura. Shriver sorrira com ar gentil.

Johnny havia tido sensações em relação a todos eles, mas quase sempre banalidades. Era como se tivessem transformado o contato de Johnny em algo puramente ritual. Seus verdadeiros eus permaneciam soterrados sob a camada de algum plástico duro. Embora tivesse visto pessoalmente a maioria deles (o presidente Ford era uma das exceções), Johnny só havia sentido uma vez aquele repentino e eletrizante lampejo de conhecimento que associava a Eileen Magown — e, de um modo inteiramente diferente, a Frank Dodd.

Eram 7h15 da manhã quando Johnny dirigiu até Manchester em seu velho Plymouth. Havia trabalhado das dez da noite anterior até as seis daquela manhã. Estava cansado, mas o sereno amanhecer de inverno era agradável demais para deixá-lo pegar no sono. E ele gostava de Manchester, com suas ruas estreitas, prédios de tijolo aparente marcados pelo tempo e as usinas têxteis enfileiradas ao longo do rio como contas de uma joia do período vitoriano. Não estava conscientemente caçando políticos naquela manhã; achava que andaria um pouco pelas ruas até eles começarem a aparecer, até que o frio e silencioso encanto de fevereiro fosse quebrado. Depois voltaria a Kittery e dormiria um pouco.

Virou uma esquina e deparou com três sedãs não identificados, estacionados na frente de uma fábrica de sapatos. Uma área em que era proibido estacionar. Parado ao lado do portão, diante da cerca baixa, Jimmy Carter apertava as mãos dos homens e mulheres que chegavam para começar o expediente. Carregavam cestas de lanche ou sacos de papel, soltando nuvens brancas de ar pela boca. Vinham enrolados em casacos pesados, os rostos ainda sonolentos. Carter tinha uma palavra para cada um deles. O sorriso, ainda não tão popularizado, era incansável, sempre cheio de vigor. O nariz estava vermelho por causa do frio.

Johnny estacionou a meia quadra de distância e caminhou em direção ao portão da fábrica, os sapatos esmagando a neve endurecida e chiando. O agente do Serviço Secreto ao lado de Carter o examinou rapidamente de cima a baixo e logo o esqueceu — ou foi o que pareceu fazer.

— Voto em qualquer um que esteja interessado em reduzir os impostos — dizia um homem vestido em um velho casacão de esquiar. A constelação de manchas em uma das mangas parecia ter sido feita por ácido de bateria. — Os malditos impostos estão acabando comigo, estou falando sério.

— Bem, vamos ver isso — Carter afirmou. — Examinar com cuidado a situação dos impostos vai ser uma de nossas primeiras prioridades quando eu entrar na Casa Branca. — Havia uma serena confiança em sua voz que impressionou e inquietou Johnny.

Os olhos de Carter, brilhantes e quase espantosamente azuis, se deslocaram para Johnny.

— Você aí — disse ele.

— Olá, sr. Carter — Johnny o saudou. — Não trabalho aqui. Estava passando de carro e o vi.

— Bem, estou feliz que tenha parado. Estou concorrendo para presidente.

— Eu sei.

Carter estendeu a mão. Johnny a apertou.

— Espero — Carter começou — que você... — E parou.

O lampejo veio. Um repentino e poderoso clarão. Era como enfiar o dedo em um bocal elétrico. Os olhos de Carter se aguçaram. Ele e Johnny se entreolharam por um tempo que pareceu muito longo.

O sujeito da segurança não gostou daquilo. Aproximou-se de Carter e de repente estava desabotoando o paletó. Em algum lugar atrás deles, um milhão de quilômetros atrás, a sirene da fábrica de sapatos soltou sua única e longa nota no revigorante azul da manhã.

Johnny largou a mão de Carter, mas os dois continuaram a se olhar.

— Que *diabo* foi isso? — Carter perguntou, quase murmurando.

— Você provavelmente tem de ir a algum lugar, não é? — falou de repente o sujeito da segurança, pondo a mão no ombro de Johnny. A mão era muito grande. — Claro que tem.

— Está tudo bem — disse Carter.

— O senhor vai ser presidente — Johnny afirmou.

A mão do agente continuava no ombro de Johnny, agora mais leve, mas ainda lá, e Johnny também estava recebendo alguma coisa dele. O cara do Serviço Secreto

(olhos)

não gostava dos olhos de Johnny. Achava que eram

(olhos de assassino, olhos de psicopata)

frios e estranhos, e se Johnny pusesse uma única mão no bolso do casaco, se fizesse o menor gesto indicando o rumo que aquilo podia estar tomando, ele ia atirá-lo na calçada. Por trás da avaliação da situação, feita segundo a segundo pelo cara do Serviço Secreto, corria uma simples, enlouquecedora ladainha de um só pensamento:

(louro maryland louro maryland louro maryland louro)

— Sim — Carter respondeu.

— Vai ser mais cedo do que as pessoas pensam... mais cedo do que *o senhor* pensa, mas o senhor vai ganhar. O outro vai provocar a própria derrota. Polônia. A Polônia vai acabar com ele.

Carter se limitava a olhá-lo com um meio sorriso.

— Tem uma filha. Ela vai para uma escola pública em Washington. Ela vai para... — Mas a informação estava na Zona Morta. — Acho... que é uma escola com o nome de um escravo liberto.

— Parceiro, quero que vá andando — o segurança pediu.

Carter olhou para ele, e o segurança se aquietou.

— Foi um prazer conhecê-lo — disse Carter. — Um tanto desconcertante, mas um prazer.

De repente Johnny era de novo ele mesmo. A sensação passara. Tinha consciência de que suas orelhas estavam frias e que precisava ir ao banheiro.

— Tenha um bom dia — Carter finalizou, em um tom pouco seguro.

— Claro. Você também.

Voltara a seu carro, consciente de que os olhos do cara da segurança ainda o acompanhavam. Deu a partida e se afastou, meio confuso. Pouco depois, Carter deixava a campanha em New Hampshire e seguia para a Flórida.

2

Walter Cronkite encerrou a seção sobre política e passou à guerra civil no Líbano. Johnny se levantou e encheu seu copo com mais Pepsi. Ergueu o copo para a TV. *À sua saúde, Walt. Aos três Ds: desgraça, destruição e destino. Onde estaríamos sem eles?*

Houve uma breve batida na porta.

— Entre — respondeu Johnny, esperando que fosse Chuck, provavelmente com um convite para o drive-in em Somersworth. Mas não era Chuck. Era o pai de Chuck.

— Olá, Johnny — disse ele. Estava usando jeans desbotados e uma velha camisa esporte de algodão para fora da calça. — Posso entrar?

— Claro. Pensei que só voltaria mais tarde.

— Bem, Shelley me ligou. — Shelley era a esposa. Roger entrou e fechou a porta. — Chuck foi falar com ela, estava chorando muito, como uma criança. Ele contou que você estava conseguindo, Johnny! Disse que achava que ia conseguir superar o problema.

Johnny pousou o copo.

— Já temos um plano a seguir — disse ele.

— Encontrei com Chuck no aeroporto. Não o via daquele jeito desde que ele tinha... o quê? Dez anos? Onze? Foi quando dei a espingarda de ar comprimido que ele esperou durante cinco anos. Chuck leu para mim uma reportagem do jornal. O avanço é... quase assombroso. Vim para lhe agradecer.

— Agradeça a Chuck — Johnny falou. — É um rapaz esforçado. Muito do que está acontecendo é reforço do que ele já vinha tentando. Ele se condicionou a acreditar que é capaz de fazer, e está embarcando na ideia. Não posso abordar de melhor maneira o assunto.

Roger se sentou.

— Ele falou que você está ensinando a entrar nos desvios certos.

Johnny sorriu.

— É, acho que sim.

— Você acha que ele vai conseguir prestar o SAT?

— Não sei. Mas eu não gostaria de vê-lo apostar e perder. O SAT representa uma situação de muita pressão. Se Chuck entrar naquela sala de aula com uma folha de respostas em branco, um lápis na mão e de repente ficar paralisado, não vai ser nada bom para ele. Já pensou em um ano de um bom cursinho preparatório? Um lugar como a Academia Pittsfield?

— Sempre descartamos a ideia, mas francamente sempre achei também que estávamos adiando o inevitável.

— Essa é uma das coisas que tem causado problemas a Chuck. A sensação de ter que escolher a porta certa.

— Mas eu nunca o pressionei.

— Não de propósito, eu sei. Ele também sabe. Por outro lado, você é um homem rico e bem-sucedido, que se formou na universidade *com honras*. Acho que Chuck não deixa de se sentir como se vivesse em uma batalha para não desapontá-lo.

— Quanto a isso, não há nada que eu possa fazer, Johnny.

— Penso que um ano em um curso preparatório, longe de casa, após este último ano no colégio, poderia dar novas perspectivas para ele. E Chuck gostaria de trabalhar em uma de suas tecelagens no próximo verão. Se ele fosse meu filho, e as fábricas fossem minhas, eu o deixaria ir.

— Chuck quer fazer isso? Como ele nunca me contou?

— Porque não quer que você pense que ele estava puxando seu saco — Johnny respondeu.

— Foi o que ele disse a você?

— Foi. Ele quer fazer isso porque acha que a experiência prática vai ser útil no futuro. O garoto quer seguir os seus passos, sr. Chatsworth! O senhor deu alguns passos muito largos. Isso tem muito a ver com o bloqueio de leitura dele. Ele também está sofrendo com a ansiedade e a pressão.

Num certo sentido, Johnny mentiu. Chuck sugeriu essas coisas, chegou inclusive a mencionar algumas indiretamente, mas não foi tão franco quanto Johnny levou Roger Chatsworth a acreditar que havia sido. Pelo menos não verbalmente. Mas, quando Johnny encostava nele de vez em quando, recebia sinais que apontavam para esse sentido. Viu as fotos que Chuck levava na carteira e conhecia os sentimentos que ele nutria pelo pai. Mas havia coisas que Chuck jamais conseguiria dizer àquele homem agradável, mas um tanto distante, sentado na frente dele. Ele venerava o solo em que o pai pisava. Sob uma fachada descontraída (uma fachada muito parecida com a de Roger), o rapaz era devorado pela convicção de que jamais conseguiria chegar perto das conquistas do pai. Roger havia transformado uma participação de dez por cento em uma fiação de lã quase falida em um império têxtil na Nova Inglaterra. E Johnny acreditava que sua admiração pelo pai tinha por base a capacidade que Roger demonstrara de mover montanhas como essa. De praticar esportes. De entrar com facilidade na universidade. De *ler*.

— Até que ponto tem certeza de tudo que me disse? — perguntou Roger.

— Estou bastante certo. Mas gostaria que nunca mencionasse a Chuck que tivemos esta conversa. O que estou contando são segredos dele. — *E isso era mais verdadeiro do que o próprio Johnny jamais entenderia.*

— Tudo bem. Eu, Chuck e a mãe dele vamos conversar sobre essa ideia do cursinho preparatório. E, antes que eu me esqueça, isto é seu! — Ele tirou um envelope branco de correspondência comercial do bolso de trás e o entregou a Johnny.

— O que é?

— Abra e veja.

Johnny abriu. Dentro do envelope havia um cheque ao portador no valor de quinhentos dólares.

— Ah, ei...! Não posso aceitar.

— Pode e vai aceitar. Prometi uma gratificação se você se saísse bem e cumpro minhas promessas. Receberá outro cheque quando for embora.

— Realmente, sr. Chatsworth, eu simplesmente...

— Shhh. Vou lhe dizer uma coisa, Johnny...

Ele se inclinou para a frente. Mostrava um sorrisinho estranho e, de repente, Johnny sentiu que podia ver, sob a brandura daquela fachada, o homem que fizera tudo aquilo acontecer: a casa, os terrenos, a piscina, as tecelagens. E, naturalmente, o homem que provocava também a fobia de leitura do filho, que provavelmente poderia ser classificada como uma neurose histérica.

— Aprendi pela experiência — continuou Chatsworth — que noventa e cinco por cento das pessoas que caminham sobre a Terra são simplesmente inertes, Johnny. Um por cento é santo e um por cento é imbecil. Os outros três por cento são as pessoas que cumprem o que dizem que vão fazer. Estou nesses três por cento, e você também. Você ganhou esse dinheiro. Tenho gente nas fábricas que recebe onze mil dólares por ano e faz pouco mais do que coçar o saco. Mas não estou me queixando. Sou um homem do mundo, compreendo o que é que fornece energia ao mundo. A mistura do combustível é uma parte de alta octanagem para nove partes de pura porcaria. Você não é porcaria. Então, ponha o dinheiro na carteira e da próxima vez procure dar a si mesmo um pouco mais de valor.

— Tudo bem — Johnny consentiu. — Para falar a verdade, este dinheiro vai ser de grande utilidade para mim.

— Contas do tratamento médico?

Johnny ergueu a cabeça para Roger Chatsworth, os olhos se contraindo.

— Sei tudo a seu respeito — disse Roger. — Acha que eu não ia investigar o cara que contratei para ser professor particular do meu filho?

— Sabe sobre...

— Acham que você é algum tipo de paranormal. Ajudou a resolver um caso de assassinato no Maine. Pelo menos é o que dizem os jornais. Arranjou um trabalho como professor para o último janeiro, mas quando seu nome apareceu nos jornais foi colocado de lado como um saco de batatas.

— *Sabia* disso? Há quanto tempo?

— Soube antes de você se mudar para cá.

— E ainda assim me contratou?

— Eu queria um professor particular, certo? Você parecia capaz de fazer o trabalho. Acho que fiz uma excelente escolha ao contratar seus serviços.

— Bem, obrigado — disse Johnny. Sua voz estava rouca.

— Já disse que não tem nada que agradecer.

Enquanto conversavam, Walter Cronkite terminou de ler as notícias do dia e entrara nas bizarrices do tipo "homem morde cachorro" que às vezes aparecem perto do final de um noticiário. Dizia ele:

— ... os eleitores do oeste de New Hampshire têm um independente concorrendo este ano pelo terceiro distrito...

— Bem, o dinheiro veio em uma boa hora — disse Johnny. — Ele...

— Shhh. Quero ouvir isto.

Chatsworth se inclinava para a frente, as mãos batendo nos joelhos, um simpático sorriso de expectativa no rosto. Johnny se virou para dar uma olhada na TV.

— ... Stillson — dizia Cronkite. — Esse corretor de imóveis e seguros de quarenta e três anos constitui certamente uma das mais excêntricas candidaturas da campanha de 1976. Mas tanto Harrison Fisher, o candidato republicano do terceiro distrito, quanto David Bowes, seu oponente democrata, estão ficando assustados, pois as pesquisas apontam Greg Stillson com uma boa margem de vantagem. A reportagem é de George Herman.

— Quem é Stillson? — Johnny perguntou.

Chatsworth riu.

— Ah, você precisa ver o cara, Johnny! É mais doido que um cachorro correndo atrás do próprio rabo. Mas realmente acredito que, em novembro, o sóbrio eleitorado do terceiro distrito vai mandá-lo para Washington. A não ser que alguma coisa realmente dê errado e ele comece a espumar pela boca. Hipótese que não chego a descartar completamente.

Agora a TV mostrava a foto de um homem jovem e boa-pinta com a camisa branca de gola aberta. Falava a uma pequena multidão de um palanque embandeirado, montado no estacionamento de um supermercado. O jovem tentava estimular a multidão. Mas a multidão não parecia muito empolgada. A voz de George Herman explicava a cena:

— Este é David Bowes, candidato democrata à cadeira do terceiro distrito em New Hampshire, que foi para o sacrifício, diriam alguns. Bowes espera enfrentar uma batalha difícil, porque o terceiro distrito de New Hampshire *nunca* foi democrata, nem mesmo com a pesada investida de

Lyndon Johnson em 1964. Ele espera que seu verdadeiro oponente seja esse homem...

A TV então passou para um homem de uns sessenta e cinco anos. Falava em um suntuoso jantar para arrecadação de fundos. As pessoas tinham aquele ar direto, franco e um tanto letárgico que parece marca registrada dos empresários do Partido Republicano. O homem que discursava tinha uma notável semelhança com Edward Gurney, da Flórida, embora não tivesse o físico em forma, malhado, de Gurney.

— Este é Harrison Fisher — disse Herman. — Os eleitores do terceiro distrito o têm enviado para Washington a cada dois anos, desde 1960. É uma figura importante na Câmara, membro de cinco comissões e presidente da Comissão de Parques e Canais da Câmara. Esperava-se que derrotasse facilmente o jovem David Bowes. Mas nem Fisher nem Bowes contavam com um coringa no baralho. *Este curinga.*

A imagem mudou.

— Santo Deus! — disse Johnny.

A seu lado, Chatsworth deu uma risada alta e bateu nas coxas.

— Dá pra *acreditar* nesse cara?

Não havia nenhuma multidão piegas no estacionamento de um supermercado. Nenhum evento chique para levantar fundos na Granite State Room, do Hilton, em Portsmouth. Greg Stillson estava de pé em um tablado, em uma rua de Ridgeway, sua cidade natal. Atrás dele via-se a estátua de um soldado da União segurando um rifle, o quepe caído sobre os olhos. A rua foi interditada e se encheu de gente aplaudindo freneticamente, em geral jovens. Stillson usava uma calça jeans desbotada e uma camisa do Exército com dois bolsos na frente e as palavras DÊ UMA CHANCE À PAZ bordadas em um bolso e TORTA DE MAÇÃ DA MAMÃE no outro. Na cabeça, em um ângulo arrogante e descuidado, usava um capacete de alto impacto usado na construção civil, estampado na frente com uma bandeira americana verde, mais ecologicamente correta. Ele estava ao lado de uma espécie de carrinho de aço inox. Dos alto-falantes geminados veio o som de John Denver cantando "Thank God I'm a Country Boy".

— Para que o carrinho? — Johnny perguntou.

— Você vai ver — disse Roger, ainda com uma expressão de riso.

— O azarão é Gregory Ammas Stillson, quarenta e três anos, ex-vendedor da Companhia de Bíblias American TruthWay, ex-pintor de paredes e, em Oklahoma, onde foi criado, ex-fazedor de chuva.

— Fazedor de chuva? — perguntou Johnny, confuso.

— Ah, é um dos itens de seu programa de governo — Roger respondeu. — Se for eleito, teremos chuva sempre que precisarmos.

George Herman continuava:

— A plataforma de Stillson é... bem, é revigorante.

John Denver acabou de cantar com um grito que fez a multidão exclamar em uníssono. Então Stillson começou o discurso, o estrondo de sua voz crescendo até um pico de amplificação. Pelo menos o sistema de som era sofisticado; praticamente sem qualquer distorção. A voz dele deixou Johnny vagamente inquieto. O homem tinha o timbre alto, firme, digno de um pastor em fervor religioso. Foi possível ver um leve perdigoto sair de seus lábios enquanto ele falava.

— O que vamos fazer em Washington? Por que queremos ir para Washington? — Stillson rugiu. — Qual é nossa plataforma? Nossa plataforma inclui cinco pontos básicos, meus amigos e vizinhos, cinco velhos pontos básicos! E quais são eles? Vou lhes dizer em primeira mão! Primeira pauta: *FORA, VAGABUNDOS!*

Um enorme clamor de aprovação brotou da multidão. Alguém atirou confete no ar e outro gritou "U-HUUUU!". Stillson se inclinou sobre sua tribuna.

— Querem saber por que estou usando este capacete, amigos e vizinhos? Vou dizer o porquê. Estou usando este capacete porque, quando vocês me mandarem para Washington, vou avançar neles com um pedaço de pau e dizer *agora-vocês-vão-ver-uma-coisa*! Vou avançar neles *com isto aqui na cabeça*!

E, diante dos olhos admirados de Johnny, Stillson baixou a cabeça e começou a subir e descer como um touro em um estrado do palanque, proferindo um alto e estridente grito de rebeldia. Roger Chatsworth simplesmente se dissolveu na cadeira, rindo sem parar. A multidão entrou em frenesi. Stillson voltou mais uma vez ao estrado, tirou seu capacete de obras e o jogou para a multidão. A disputa pelo capacete criou de imediato um pequeno tumulto.

— Segundo ponto básico! — Stillson gritou no microfone. — O olho da rua para qualquer um do governo, do mais alto ao mais baixo posto, que estiver perdendo tempo na cama com uma garota que não seja sua esposa! Se querem andar se deitando por aí, não vão fazer isso mamando nas tetas públicas!

— O que foi que ele disse mesmo? — Johnny perguntou, piscando.

— Ah, está apenas aquecendo os motores — disse Roger, enxugando as lágrimas que escorriam e tendo outra explosão de riso. Johnny queria achar a situação assim tão engraçada.

— Terceiro ponto básico! — Stillson roncou. — Vamos mandar toda a poluição para o cosmos! Vamos mandar tudo em sacos plásticos para o espaço! Para Marte, para Júpiter e para os anéis de Saturno! Vamos ter ar limpo e vamos ter água limpa e vamos ter tudo isso em *SEIS MESES*!

A multidão estava em um paroxismo de alegria. Johnny viu muita gente quase se matando de rir. Era, aliás, o que Roger Chatsworth estava fazendo naquele momento.

— Quarto ponto básico! Vamos ter toda a gasolina e óleo de que precisamos! Vamos parar a jogatina com aqueles árabes e levar as coisas às vias de fato! Não vai ter gente velha em New Hampshire virando picolé no próximo inverno como aconteceu no inverno passado!

Isso provocou um sólido ronco de aprovação. No inverno anterior tinham encontrado o corpo de uma senhora que morreu congelada em seu apartamento de terceiro andar, em Portsmouth. Ao que parece, a morte havia acontecido após um corte do aquecimento pela companhia de gás, por falta de pagamento.

— Temos o muque, caros amigos e vizinhos, podemos fazer a coisa! Alguém aí acha que não podemos?

— *NÃO!* — A multidão berrou de volta.

— Último ponto básico — disse Stillson, se aproximando do carrinho de metal. Ele abriu a tampa com dobradiças e uma nuvem de vapor se levantou. — *CACHORROS-QUENTES!!*

Stillson começou a tirar vários cachorros-quentes do carrinho, que Johnny agora reconhecia como uma estufa portátil. Jogava os cachorros-quentes para a multidão e voltava para pegar mais. Salsichas voavam para todo lado.

— Cachorros-quentes para cada homem, mulher e criança na América! E, quando puserem Greg Stillson na Câmara, vocês vão dizer: *CACHORRO-QUENTE! FINALMENTE ALGUÉM SE IMPORTA!*

A imagem mudou. O palanque estava agora sendo desmontado por uma turma de rapazes de cabelos compridos que pareciam a equipe técnica de uma banda de rock. Três outros tiravam o lixo deixado pela multidão. George Herman retomou:

— O candidato democrata David Bowes considera Stillson um humorista que tenta jogar areia nas engrenagens do processo democrático. Harrison Fisher é mais forte em suas críticas. Chama Stillson de animador de festa infantil, um cínico que transforma abertamente a ideia de eleições livres em uma piada caricata. Em seus discursos, ele se refere ao candidato independente Stillson como o único membro do Partido Americano do Cachorro-Quente. Mas o fato é o seguinte: a última pesquisa da CBS no terceiro distrito de New Hampshire mostrou David Bowes com vinte por cento dos votos, Harrison Fisher com vinte e seis por cento... e o arrojado Greg Stillson com colossais quarenta e dois por cento. Sem dúvida o dia da eleição ainda está bem distante e as intenções de voto ainda podem mudar, mas por enquanto Greg Stillson continua cativando os corações... se não as mentes... dos eleitores do terceiro distrito de New Hampshire.

A TV mostrava um plano de Herman da cintura para cima. As duas mãos estavam fora de campo. De repente, ele ergue uma delas com um cachorro-quente. E dá uma grande mordida.

— George Herman, CBS News, em Ridgeway, New Hampshire.

Walter Cronkite voltou rindo ao cenário do telejornal da CBS.

— Cachorros-quentes — ele comentou, rindo de novo. — E é assim que a coisa...

Johnny tinha se levantado e desligado o aparelho.

— Simplesmente não posso acreditar nisso — disse Johnny. — Aquele sujeito é realmente candidato? Não é uma piada?

— Se é uma piada ou não, é uma questão de interpretação pessoal — Roger respondeu sorrindo —, mas ele está realmente concorrendo. Eu sou republicano desde criancinha, mas tenho de admitir que fiquei intrigado com esse tal de Stillson. Você sabe que ele contratou meia dúzia de ex-motoqueiros procurados pela polícia como guarda-costas? Homens realmente perigosos. Não como os Hell's Angels ou algo do gênero, mas acho que não deixam de ser bastante violentos. Parece que ele os reabilitou.

Motoqueiros malucos como seguranças. Isso não soou muito bem aos ouvidos de Johnny. Grupos de motoqueiros foram encarregados da segurança quando os Rolling Stones fizeram seu show em Altamont Speedway, na Califórnia. A ideia não deu muito certo.

— As pessoas aceitam uma... uma gangue de motoqueiros-capangas?

— Não, na verdade não é assim. Eles são bem-comportados. E Stillson tem uma ótima reputação na área de Ridgeway por reabilitar garotos problemáticos.

Johnny resmungou com um ar de dúvida.

— Você viu — disse Roger, gesticulando para o aparelho de TV. — O homem é um palhaço. Ele pula assim no palanque em cada comício. Joga o capacete para a multidão... acho que já deve ter jogado pelo menos uns cem... além dos cachorros-quentes. É um palhaço, mas e daí? Talvez, de vez em quando, as pessoas precisem de um pouco de alívio através do humor. Estamos ficando sem petróleo, a inflação sobe lentamente, mas com certeza está ficando fora de controle, a carga de impostos que recai sobre a classe média nunca foi tão pesada e, ao que parece, estamos nos preparando para eleger um caipirão meio doido da Geórgia para presidente dos Estados Unidos. Então as pessoas querem dar uma ou duas risadas. Tem mais, elas querem dar uma banana para um sistema político que não parece capaz de resolver nada. Stillson é inofensivo.

— Ele está em órbita — Johnny comentou, e os dois riram.

— Temos um monte de políticos malucos por todo lado — disse Roger. — Em New Hampshire temos Stillson, que acredita que um cachorro-quente poderá colocá-lo na Câmara, e daí? Na Califórnia temos Hayakawa. Ou veja nosso próprio governador, Meldrim Thomson. No ano passado ele queria munir a Guarda Nacional de New Hampshire com armas nucleares táticas. Eu chamaria isso de loucura tamanho família.

— Está dizendo que não vê problema em que as pessoas do terceiro distrito elejam o bobo da corte para representá-las em Washington?

— Você não captou a coisa — Chatsworth falou pacientemente. — Analise pelo ângulo do eleitor, Johnny! Os habitantes do terceiro distrito, em sua maioria, são empregados industriais e lojistas. As áreas mais rurais do distrito mal começaram a desenvolver um potencial de lazer. Essas pessoas olham para David Bowes e veem um garotão ambicioso tentando se eleger na base da conversa fiada, além de uma ligeira semelhança com Dustin Hoffman. Supostamente o considerariam um homem do povo porque ele usa jeans.

"Depois pegue Fisher. Meu candidato, ao menos em termos nominais. Tenho levantado fundos para ele e outros candidatos republicanos nesta parte de New Hampshire. Fisher está há tanto tempo na Câmara que provavelmente pensa que o domo do Capitólio se partiria em dois se ele não estivesse por perto para lhe dar um suporte moral. Nunca teve um pensamento original na vida, nunca esteve contra a linha do partido. Não há estigma ligado a seu nome porque é estúpido demais para se meter em grandes trapaças, embora provavelmente tenha pegado uns salpicos de lama com aquela coisa do Coreagate. Seus discursos têm a vibração de um catálogo de vendas no atacado. As pessoas não *sabem* dessas coisas, mas às vezes podem senti-las. A ideia de que Harrison Fisher está fazendo algo por seus eleitores é pura e simplesmente ridícula.

— Então a solução é eleger um maluco?

Chatsworth sorriu com ar indulgente.

— Às vezes esses malucos acabam fazendo um trabalho muito bom. Veja o caso de Bella Abzug. Há uma massa de miolos excelente embaixo daquele chapéu de maluca. Mesmo que Stillson se mostre tão pirado em Washington quanto tem se mostrado em Ridgeway, só vai ocupar o cargo por dois anos. Em 1978 o tiram de lá e colocam alguém que entenda as regras.

— As regras?

Roger se levantou.

— Não se pode ficar muito tempo fodendo a vida das pessoas — ele resumiu. — Essa é a regra. Adam Clayton Powell aprendeu. Agnew e Nixon também. De fato... não se pode ficar muito tempo fodendo a vida das pessoas. — Deu uma olhada no relógio. — Passe lá em casa para beber alguma coisa, Johnny. Shelley e eu vamos sair mais tarde, mas temos tempo para bater um papinho.

Johnny sorriu e se levantou.

— Tudo bem — ele respondeu. — Você me convenceu.

20

1

Em meados de agosto, Johnny se viu sozinho na propriedade dos Chatsworth. A única pessoa presente além dele era Ngo Phat, que tinha seu próprio alojamento em cima da garagem. A família Chatsworth fechou a casa e foi passar três semanas de férias em Montreal antes que o novo ano letivo e o grande movimento de outono das tecelagens recomeçassem.

Roger tinha deixado as chaves do Mercedes de sua esposa com Johnny, que o dirigiu até a casa do pai em Pownal, sentindo-se um magnata. As negociações de Herb com Charlene MacKenzie tinham entrado em um estágio crítico, e ele não se preocupava mais em afirmar que seu interesse era apenas garantir que a casa de Charlene não caísse em cima dela. Para falar a verdade, Herb parecia um pavão e só falava dela, o que deixou Johnny um pouco irritado. Após três dias, ele voltou para a casa dos Chatsworth, agarrou-se à sua leitura e suas correspondências, desfrutando da tranquilidade do local.

Estava sentado em uma cadeira flutuante no meio da piscina, tomando uma Seven-Up e lendo o suplemento literário do *New York Times*, quando Ngo se aproximou da beirada da piscina, tirou a sandália de palha e mergulhou os pés na água.

— Ahhhh — ele exclamou. — Muito melhor! — Sorriu para Johnny. — Tranquilidade, hein?

— Muito tranquilo — Johnny concordou. — Como vai o curso sobre os Estados Unidos, Ngo?

— Vai muito bem — Ngo respondeu. — E vamos fazer uma excursão no sábado. A primeira. Muito interessante. Toda a turma vai estar pirando.

— Passeando — disse Johnny, sorrindo ao imaginar toda a turma de Ngo Phat pirando sob o efeito do LSD ou de alguma anfetamina.

— O que disse? — Ngo ergueu educadamente as sobrancelhas.

— Toda a turma vai estar passeando.

— Sim, obrigado. Vamos assistir a um grande comício político em Trimbull. Todos acham que é realmente uma sorte estarmos fazendo este curso de cidadania em um ano eleitoral. É mais instrutivo.

— Sim, aposto que sim. Quem vocês vão ver?

— Greg Stirrs... — Ele parou e tornou a pronunciar o sobrenome com muito cuidado. — Greg Stillson, que está competindo como independente por uma vaga na Câmara de Deputados.

— Já ouvi falar — disse Johnny. — Chegaram a discutir sobre ele nas aulas, Ngo?

— Sim, temos conversado um pouco sobre esse cara. Nascido em 1933. Um homem de muitas habilidades. Chegou a New Hampshire em 1964. Nosso instrutor disse que ele já está aqui há tempo suficiente para as pessoas não o encararem como um aventurista político.

— Aventureiro — Johnny corrigiu.

Ngo olhou para Johnny de modo gentil, mas sem entender.

— A palavra é aventureiro.

— Sim, obrigado.

— Não acha Stillson um pouco estranho?

— Na América talvez ele seja estranho — Ngo respondeu. — No Vietnã havia muitos como ele. Pessoas que são...

Ficou pensando, batendo os pés pequenos e delicados na água verde-azulada da piscina. Então tornou a olhar para Johnny.

— Não tenho o inglês necessário para o que quero dizer. Há um jogo que as pessoas da minha terra fazem. Chama-se Tigre Risonho. É um jogo antigo e muito respeitado, como o beisebol de vocês. Uma criança faz o papel de tigre. Ela veste uma pele. E as outras crianças tentam pegá-la enquanto ela corre e dança. A criança na pele do tigre ri, mas também fica rosnando e mordendo, porque o jogo é assim. Em meu país, antes dos comunistas, muitos líderes de aldeia faziam o jogo do Tigre Risonho. Acho que Stillson também conhece esse jogo.

Johnny olhou para Ngo, perturbado.

Ngo não parecia absolutamente perturbado. Sorria.

— Então nossa turma vai vê-lo com os próprios olhos. Depois, vamos fazer um piquenique. Eu mesmo estou fazendo duas tortas. Acho que será ótimo.

— Parece bom.

— Parece muito bom — disse Ngo se levantando. — Mais tarde, na aula, conversaremos sobre tudo o que vimos em Trimbull. Talvez façamos algumas dissertações por escrito. É muito mais fácil escrever, porque podemos procurar a palavra exata. *Le mot juste.*

— Sim, às vezes escrever pode ser mais fácil. Mas nunca conheci um aluno que acreditasse nisso.

Ngo sorriu.

— Como vão as coisas com Chuck?

— Ele está indo muito bem.

— Sim, está feliz agora. Não apenas fingindo. É um bom garoto. — Ngo já estava de pé. — Descanse um pouco, Johnny. Vou tirar uma soneca.

— Tudo bem.

Johnny ficou observando Ngo se afastar — pequeno, magro, descontraído, usando uma calça jeans e uma camisa barata de cambraia, desbotada.

A criança na pele do tigre ri, mas também fica rosnando e mordendo, porque o jogo é assim... Acho que Stillson também conhece esse jogo.

De novo o sentimento de inquietação.

A cadeira da piscina balançava suavemente para cima e para baixo. O sol batia agradável. Ele tornou a abrir o suplemento literário, mas o artigo que estava lendo se tornou desinteressante. Baixando o jornal, impeliu a pequena cadeira flutuante para a beira da piscina e saiu da água. Trimbull ficava a menos de cinquenta quilômetros. Talvez simplesmente entrasse no Mercedes da sra. Chatsworth e desse uma passada por lá no sábado, para ver Greg Stillson ao vivo. Assistir ao show. Talvez... talvez apertar a mão dele.

Não. Não!

Mas por que não? Afinal, tinha mais ou menos transformado os políticos em seu hobby naquele ano eleitoral. O que poderia haver de tão perturbador em dar uma olhada em mais um?

Mas *estava* perturbado, quanto a isso não tinha dúvida. O coração batia com mais força e rapidez do que o normal e ele conseguiu deixar o jornal cair na piscina. Johnny o pescou dizendo um palavrão, antes que ficasse ensopado.

De alguma forma, pensar em Greg Stillson o fazia pensar em Frank Dodd.

Extremamente ridículo. Não poderia ter em absoluto qualquer impressão sobre Stillson, fosse lá qual fosse, pelo simples fato de tê-lo visto na TV.

Fique fora disso.

Bem, talvez devesse, talvez não. Talvez fosse melhor ir a Boston no sábado. Ver um filme.

Mas uma estranha e forte sensação de medo tinha se apoderado dele mais ou menos quando voltava à casa de hóspedes para trocar de roupa. De certo modo a sensação era como um velho amigo — o tipo de velho amigo que secretamente você detesta. Sim, daria uma passada em Boston no sábado. Seria melhor.

Embora fosse reviver esse dia por diversas vezes nos meses seguintes, Johnny nunca conseguiu lembrar exatamente como ou por que acabou de fato indo para Trimbull. Havia decidido que iria até Boston ver alguma coisa no Red Sox em Fenway Park, depois talvez ir até Cambridge e dar uma bisbilhotada nas livrarias. Se o dinheiro que sobrasse fosse suficiente (mandou quatrocentos dólares da gratificação de Chatsworth para a conta do pai, que por sua vez os enviou para o Eastern Maine Medical — um gesto equivalente a uma cuspida no oceano), podia ir ao Cine Orson Welles assistir àquele musical, *Balada sangrenta*. Programa para um bom dia, e um dia oportuno para colocá-lo em prática; aquele 19 de agosto tinha amanhecido quente, claro e doce, a essência de um verão perfeito da Nova Inglaterra.

Johnny foi até a cozinha da casa principal, preparou três grandes sanduíches de queijo e presunto para o lanche e os colocou em uma antiquada cesta de vime para piquenique que encontrou na despensa. Após um pequeno trabalho mental, completou a cesta com uma embalagem de seis latinhas de Tuborg Beer. A essa altura estava se sentindo muito bem, absolutamente relaxado. Nenhuma imagem de Greg Stillson ou da tosca gangue de motoqueiros guarda-costas tinha sequer passado pela sua cabeça.

Acondicionou a cesta de piquenique no assoalho do Mercedes e tomou o rumo sudeste em direção à I-95. Até aquele ponto, tudo estava absolutamente normal. Mas então certos pensamentos começaram a rodeá-lo. Primeiro imagens da mãe no leito de morte. O rosto da mãe, contorcido e congelado em um esgar, a mão transformada em uma garra, apertando a colcha, o som da voz soando como se precisasse atravessar uma boca cheia de algodão.

Eu não disse? Não disse que ia ser assim?

Johnny aumentou o volume do rádio. Um bom rock 'n' roll brotava dos alto-falantes estéreos do Mercedes. Passara quatro anos e meio dormindo, mas o rock permanecera vivo e muito bem, obrigado. Johnny cantou junto.

Ele tem um trabalho para você. Não fuja dele, Johnny!

O rádio não conseguia abafar a voz da falecida mãe. Ela tinha algo a dizer. Mesmo do além-túmulo tinha algo a dizer.

Não se esconda em uma caverna nem o obrigue a mandar um grande peixe para devorá-lo.

Mas fora devorado por um grande peixe. Seu nome não era leviatã, mas coma. Ficara quatro anos e meio na barriga escura daquele peixe, e isso era o bastante.

O acesso à rodovia apareceu — e logo ficou para trás. Estava tão perdido em seus pensamentos que não entrou na rampa de acesso. Os velhos fantasmas simplesmente não desistiriam, não o deixariam em paz. Bem, faria a volta e retornaria assim que pudesse.

O que importa não é o oleiro, mas a argila do oleiro, John.

— Ah, dá um tempo! — ele murmurou. Precisava tirar aquela porcaria da cabeça, só isso. A mãe tinha sido uma louca religiosa; não era um modo muito gentil de se lembrar dela, mas não deixava de ser a pura verdade. O céu na constelação de Orion, anjos pilotando discos voadores, reinos subterrâneos. Havia ficado pelo menos tão louca quanto Greg Stillson, embora cada um no seu estilo.

Ah, pelo amor de Cristo, tire esse sujeito da cabeça.

E, quando puserem Greg Stillson na Câmara, vocês vão dizer CACHORRO-QUENTE! FINALMENTE ALGUÉM SE IMPORTA!

Chegou à Rota 63 de New Hampshire. Uma curva à esquerda o levaria a Concord, Berlin, Ridder's Mill e Trimbull. Johnny fez a curva simplesmente sem pensar. Seus pensamentos estavam em outro lugar.

Roger Chatsworth, não de todo inexperiente no assunto, tinha rido como se Greg Stillson fosse a personificação da reação do eleitorado naquele ano a George Carlin e Chevy Chase. *Ele é um palhaço, Johnny.*

Mas, se isso fosse tudo, então não havia problema, certo? Um excêntrico carismático, um pedaço de papel em branco no qual o eleitorado poderia escrever sua mensagem: *Caros, vocês estão tão desgastados que decidimos eleger este doido para os próximos dois anos.* Isso, afinal, era provavelmente tudo que Stillson representava. Só um maluco inofensivo. Não havia nenhuma necessidade de associá-lo à insanidade profunda e destrutiva, de Frank Dodd. No entanto... de certa forma... foi a associação que Johnny fez.

A estrada se bifurcava à frente. À esquerda levava para Berlin e Ridder's Mill, à direita para Trimbull e Concord. Johnny virou à direita.

Não faria mal dar uma apertada na mão dele, certo?

Talvez não. Mais um político para sua coleção. Algumas pessoas colecionavam selos ou moedas; Johnny Smith colecionava apertos de mão e...

... e admita. Você está sempre querendo achar um coringa no baralho.

A ideia mexeu tanto com Johnny que ele quase entrou pelo acostamento. Viu-se de relance pelo retrovisor e não era um rosto satisfeito, totalmente tranquilo, o mesmo rosto que tinha acordado naquela manhã. Era, agora, o rosto da entrevista coletiva e a face do homem que tinha engatinhado pela neve na pracinha de Castle Rock. Estava pálido demais, seus olhos rodeados por olheiras escuras, parecendo hematomas, as rugas profundamente marcadas.

Não. Não é verdade.

Mas era. Agora a coisa estava evidente, não podia ser negada. Nos primeiros vinte e três anos de sua vida apertara a mão de um único político; havia sido em 1966, quando Ed Muskie fizera uma palestra para turmas da escola. Nos últimos sete meses, no entanto, trocou apertos de mão com cerca de uma dúzia de grandes nomes. E será que o pensamento não faiscou no fundo de sua mente à medida que cada um estendia a mão: *O que há de fato em torno deste sujeito? O que ele vai me contar?*

Será que não estivera o tempo todo procurando pelo equivalente político de Frank Dodd?

Sim. Era verdade.

Mas o fato era que nenhum deles, com exceção de Carter, havia lhe dito grande coisa, e mesmo as sensações que obtivera de Carter não eram particularmente alarmantes. Trocar um aperto de mão com Carter não lhe trouxera aquela sensação de desmoronamento que havia tido apenas ao ver

Greg Stillson na TV. Era como se Stillson tivesse levado o jogo do Tigre Risonho um pouco mais a sério dentro da pele do animal. Era um homem, sim.

Mas, sob a pele do homem, havia uma besta.

2

Independentemente do que o havia feito chegar até ali, Johnny se viu montando seu piquenique no parque da cidade de Trimbull e não nas arquibancadas descobertas do estádio de Fenway. Chegou pouco depois do meio-dia e viu um cartaz em um quadro de avisos anunciando o comício para as três da tarde.

Deixou-se levar até o parque, esperando ter o lugar praticamente só para si, pois ainda faltava muito tempo para o início do comício. Outras pessoas, no entanto, já haviam espalhado lençóis pela grama, aberto cervejas ou começado a se servir de seus lanches.

Na frente dele, alguns homens trabalhavam no coreto. Dois estavam decorando os parapeitos, que eram da altura da cintura, com bandeiras. Havia um sujeito em uma escada, pendurando flâmulas coloridas de crepe no beiral circular do coreto. Outros instalavam o sistema de som e, como Johnny calculou ao ver a reportagem da CBS, não se tratava de nenhuma aparelhagem tosca de quatrocentos dólares. Os alto-falantes eram Altec-Lansing e estavam sendo cuidadosamente colocados para produzir um efeito *surround*.

Os trabalhadores lá na frente (embora se parecessem mais com motoqueiros instalando o som de um show do Eagles) levavam o serviço adiante com extrema precisão. Tinham um ar metódico, profissional, que contrastava com a imagem de Stillson como o amistoso Selvagem de Bornéu.

A faixa etária da maior parte das pessoas parecia se estender por uns vinte anos, indo desde a adolescência até o meio dos trinta. Estavam se divertindo. Havia bebês de passo trôpego agarrados a casquinhas de creme derretendo e bonecas molengas. Mulheres conversando e rindo. Homens tomando cerveja em canecas térmicas. Alguns cachorros saltando de um lado para o outro, agarrando o que havia para ser agarrado, e o sol brilhando benigno sobre todo mundo.

— Testando — um dos homens no coreto falou laconicamente para os dois microfones. — Um-dois-três, testando, voz... — Um dos alto-falantes instalados no parque emitiu um chiado alto como retorno, e o sujeito no palanque fez sinal indicando que pretendia deslocá-lo para trás.

Não é assim que costumam preparar o som para uma concentração e um discurso político, Johnny pensou. *Estão instalando uma parafernália de festa... ou um grande espetáculo.*

— Um-dois-três, testando, voz... testando, som.

Johnny observou que estavam *amarrando* os grandes alto-falantes nas árvores. Não *pregando,* mas *amarrando.* Certamente Stillson era um defensor da ecologia e alguém devia ter proibido que os homens da sua tropa avançada machucassem qualquer árvore de qualquer parque de qualquer cidade. A operação deu a Johnny a impressão de ter sido esquematizada nos menores detalhes. Não havia aquela afobação do pegue-isso-e-corra-com-aquilo.

Dois ônibus escolares amarelos pararam em um desvio à esquerda do pequeno (e já lotado) estacionamento. As portas se abriram e os homens e mulheres que saltaram conversavam animados entre si. Faziam um agudo contraste com quem já se encontrava no parque, porque estavam muito bem vestidos — os homens de terno ou paletó esporte, as mulheres com belos conjuntos de saia e blusa ou vestidos elegantes. Arregalavam os olhos com expressões de um assombro e de uma expectativa quase infantis. Johnny sorriu. A turma do curso de cidadania de Ngo havia chegado.

Johnny caminhou até eles. Ngo estava ao lado de um homem alto que vestia um terno de veludo e mais duas mulheres, ambas chinesas.

— Olá, Ngo — Johnny cumprimentou.

Ngo deu um largo sorriso.

— Johnny! — ele exclamou. — Bom te ver, cara! Está sendo um grande dia para o estado de New Hampshire, certo?

— Acho que sim — Johnny respondeu.

Ngo apresentou os colegas. O homem no terno de veludo era polonês. As duas mulheres eram irmãs, de Taiwan. Uma delas disse a Johnny que queria muito apertar a mão do candidato depois do comício, e então, timidamente, mostrou o livrinho de autógrafos que trazia na bolsa.

— Estou tão feliz por estar aqui na América — disse ela. — Mas isto é meio estranho, não é, sr. Smith?

Johnny, que achava toda aquela conversa estranha, concordou.

Dois instrutores da classe de cidadania estavam chamando, querendo reunir o grupo.

— Até mais, Johnny — Ngo falou. — Tenho de continuar pirando.

— Passeando — Johnny corrigiu.

— Sim, obrigado.

— Espero que se divirta, Ngo.

— Oh, sim, tenho certeza que sim. — E os olhos de Ngo pareceram brilhar com uma satisfação secreta. — Tenho certeza de que vai ser muito divertido, Johnny.

O grupo, cerca de umas quarenta pessoas no total, avançou para o lado sul do parque. Iam fazer piquenique. Johnny voltou para seu lugar e se obrigou a comer um dos sanduíches. O sabor era uma combinação de papel com cola.

Uma densa onda de tensão começou a inundar seu corpo.

3

Por volta das 14h30, o parque estava completamente cheio; as pessoas se apinhavam quase ombro a ombro. A guarda municipal, reforçada por um pequeno contingente da polícia estadual, interditara as ruas de acesso ao parque de Trimbull. A semelhança com um show de rock era muito grande. Música country saía dos alto-falantes, animada e rápida. Nuvens brancas e bojudas flutuavam pelo inocente céu azul.

De repente, as pessoas começaram a ficar de pé e a esticar o pescoço. Foi como uma onda tomando a multidão. Johnny também se levantou, achando que Stillson estava chegando. Já podia ouvir o ronco firme dos motores das motos, o barulho aumentando, como se destinado a preencher toda a tarde de verão conforme avançava. Johnny pegou um lampejo dos fachos de sol refletidos nos cromados e, pouco depois, viu que cerca de dez motos entraram no desvio em que os ônibus do curso de cidadania estavam parados. Não havia carros entre as motos. Johnny achou que era um grupo de batedores.

A sensação de mal-estar se aprofundou sobre ele. Os motoqueiros pareciam bastante decentes, em geral vestindo calças jeans desbotadas, mas limpas, e camisas brancas. As motos, em sua maior parte Harley e BSA, tinham sido muito alteradas, tornando os modelos originais quase irreconhecíveis: comandos de aviões no lugar dos guidões, cromados muito brilhantes nos canos de distribuição e uma abundância de emblemas estranhos.

Seus condutores desligaram os motores, arrumaram as motos e caminharam em fila indiana para o coreto. Só um olhou para trás. Seus olhos se moveram sem pressa pela grande multidão. Mesmo a certa distância Johnny reparou que as íris do homem tinham um brilhante tom verde-garrafa. Parecia querer localizar alguns parceiros. Virou-se para a esquerda, dando uma olhada em quatro ou cinco guardas municipais encostados na corrente que delimitava uma quadra de basquete. Acenou. Um dos guardas se inclinou sobre a corrente e cuspiu. O gesto tinha um ar de ritual encenado, e a inquietação de Johnny aumentou ainda mais. O homem de olhos verdes se aproximou um pouco mais do coreto.

Além da inquietação, que agora funcionava como piso emocional para outras sensações, Johnny estava sendo acometido basicamente por uma selvagem mistura de horror e hilaridade. Devaneou ter de alguma forma entrado em uma daquelas pinturas nas quais locomotivas saem de lareiras de tijolos ou relógios cambaleiam em cima de árvores. Os caras pareciam compor o elenco de um filme sobre motoqueiros. As calças jeans desbotadas, mas ainda novas, caíam naturalmente sobre coturnos de bico quadrado e, em mais de um par, Johnny viu cordões cromados amarrados no peito dos pés. O metal cintilava fortemente ao sol. As expressões eram quase sempre as mesmas: uma espécie de vago bom humor, aparentemente dirigido para a multidão. Sob isso, no entanto, poderia muito bem se esconder um desprezo pelos jovens operários de tecelagens, pelos estudantes de verão que tinham vindo da UNH em Durham e pelos trabalhadores das fábricas que estavam de pé lhe dando uma salva de palmas. Cada motoqueiro usava um par de broches políticos. Um deles mostrava um capacete amarelo de trabalhador da construção civil com uma etiqueta ecológica verde na frente. O outro estampava a legenda: STILLSON PEGOU TODOS ELES COM AS CALÇAS ARRIADAS.

E de cada bolso direito de suas calças saía um pequeno bastão de ponta serrilhada.

Johnny se virou para o homem a seu lado, que estava com a esposa e os filhos pequenos.

— Não é ilegal andar com essas coisas? — perguntou.

— E quem se importa? — o cara, um homem jovem respondeu rindo. — Os bastões são só para o show. — Ele continuava aplaudindo. — *Pega eles, Greg!* — gritou.

A guarda de honra de motoqueiros se postou em círculo em volta do coreto e ficou em posição de descanso.

Os aplausos foram diminuindo, mas o falatório continuou em um volume mais alto. A boca da multidão havia recebido o tira-gosto do banquete e achara bom.

Camisas negras, Johnny pensou, sentando-se. *Camisas negras é o que eles são.*

Bem, e daí? Talvez até fosse bom. Os americanos tinham um baixo nível de tolerância à abordagem fascista — mesmo os membros de direita empedernidos como Reagan não se importavam com isso; era um fato, apesar da gritaria que a Nova Esquerda pudesse fazer ou quantas canções Joan Baez pudesse cantar. Oito anos antes, as táticas fascistas da polícia de Chicago tinham ajudado Hubert Humphrey a perder a eleição. Johnny não se importava se aqueles caras estavam arrumadinhos ou não; Stillson podia estar muito perto de cometer um erro colocando-os a serviço de sua candidatura à Câmara de Deputados. *Se aquilo não fosse tão estranho, seria até engraçado.*

Mesmo assim, ele se arrependeu de ter ido.

4

Pouco antes das três horas, a batida de um grande tambor impregnou o ar, sendo sentida pelos pés antes de ser realmente ouvida. Outros instrumentos começaram gradualmente a acompanhar o tambor e todos acabaram se unindo a uma banda marcial que tocava uma marcha militar. Parafernália eleitoral de cidade pequena, boa para um dia de verão.

A multidão tornou a se levantar e a se esticar na direção da música. Logo a banda apareceu — primeiro uma moça de saia curta fazendo malabarismos com um bastão e dando passos altos com botas brancas de pelica com pompons; depois duas tocadoras de bumbo; em seguida dois garotos de ar severo e caras cheias de espinhas levando uma faixa que proclamava ser aquela a BANDA MARCIAL DA ESCOLA DE TRIMBULL e afirmava que era melhor, por Deus, você nunca se esquecer dela. Então vinha a própria banda, resplandecente e eletrizante em seus uniformes de um branco ofuscante e com adereços de metal.

A multidão abriu caminho para eles e irrompeu em uma onda de aplausos quando a banda começou a marchar sem sair do lugar. Mais atrás havia uma van Ford branca. Em pé na capota, de pernas muito abertas, rosto queimado de sol e sorriso gigantesco sob o capacete de pedreiro inclinado para trás, vinha o próprio candidato. Segurava um megafone elétrico e gritava com toda a força dos seus pulmões:

— OLÁ, TODO MUNDO!

— Olá, Greg! — A multidão deu de imediato o retorno.

Greg..., Johnny pensou um tanto histericamente. *Já estamos tratando o cara pelo primeiro nome.*

Stillson pulou do teto da van, conseguindo fazer o salto parecer fácil. Estava vestido como Johnny o tinha visto no noticiário: calça jeans e camisa cáqui. Começou a trabalhar a multidão no caminho para o coreto, apertando mãos, tocando outras mãos estendidas sobre a cabeça de quem estava nas primeiras fileiras. A multidão cambaleava, se inclinava delirantemente para ele, e Johnny sentiu um impulso despertar em suas entranhas.

Não vou tocá-lo. Sem chance.

Mas, de repente, a multidão diante dele se dispersou um pouco, ele acabou entrando na brecha e se viu na primeira fila. Ficou perto o bastante do tocador de tuba da Banda Marcial da Escola de Trimbull para poder, se quisesse, estender as mãos e bater com os nós dos dedos na campânula da tuba.

Stillson atravessou com rapidez as fileiras da banda para apertar as mãos do outro lado e Johnny deixou de vê-lo quase inteiramente, exceto pelo balanço do capacete amarelo que continuou a avistar. Sentiu-se aliviado. Estava tudo bem. Nenhum problema, nenhum risco. Como o fariseu naquela famosa história, ficaria de lado, deixando o outro passar. Bom. Maravilhoso. E, quando o homem chegasse ao palanque, Johnny ia juntar suas coisas e escapulir pela tarde. Já estava cansado daquilo.

Os motoqueiros tinham avançado para ambos os lados da trilha seguida pelo candidato, impedindo assim que a multidão se jogasse sobre Greg e o afogasse em um mar de gente. Todas as pontas de bastões continuavam nos bolsos traseiros, e seus proprietários pareciam tensos e alertas a qualquer problema. Johnny não sabia exatamente por qual tipo de problema eles podiam esperar (talvez uma torta de chocolate com amêndoas atirada na cara do candidato), mas pela primeira vez os motoqueiros pareceram realmente atentos.

Então, alguma coisa de fato aconteceu, mas Johnny seria incapaz de dizer exatamente o quê. A mão de uma mulher estendeu-se para o capacete amarelo que balançava, talvez apenas para encostar nele em busca de boa sorte, mas um dos batedores de Stillson moveu-se rapidamente. Houve um grito de aflição e a mão da mulher logo desapareceu. Isso, no entanto, aconteceu do outro lado da banda da escola.

O alarido da multidão era enorme, e Johnny tornou a se lembrar dos shows de rock em que estivera. Aconteceria a mesma coisa se Paul McCartney ou Elvis Presley resolvessem apertar as mãos das pessoas.

Estavam gritando o nome dele, entoando:
— GREG... GREG... GREG...

O rapaz que estava junto à família ao lado de Johnny segurava o filho sobre a cabeça para que o menino pudesse ver. Outro jovem, com uma grande e enrugada cicatriz de queimadura em um dos lados do rosto, sacudia uma placa que dizia: VIVER LIVRE OU MORRER, É GREG QUEM VOCÊ VÊ! Uma moça de uma beleza estonteante, de talvez uns dezoito anos, sacudia um pedaço de melancia, o suco rosa escorrendo pelo braço bronzeado. Tudo era confusão. A vibração zumbia pela multidão como uma série de cabos elétricos de alta voltagem.

E de repente lá estava Greg Stillson, disparando através da banda, voltando para o lado da multidão onde Johnny se encontrava. Não parou, mas ainda achou uma maneira de dispensar um caloroso tapinha nas costas no tocador de tuba.

Mais tarde, Johnny matutou sobre aquilo e tentou se convencer de que não havia tido, de fato, a menor chance nem tempo de voltar e se misturar com a multidão; tentou dizer a si mesmo que a multidão praticamente o *jogara* nos braços de Stillson; tentou acreditar que Stillson só faltou sequestrar de vez sua mão. Nada disso era verdade. Tivera tempo, sim, porque uma mulher gorda, com um broche amarelo absurdamente grande e cheio de pingentes, atirara os braços em volta do pescoço de Stillson e lhe dera um beijo vigoroso, que Stillson devolvera com um riso e uma cara de "tenha certeza de que vou me lembrar de *você*, amor". A gorda gritou em delírio.

Johnny sentiu a frieza compacta e familiar cair sobre ele, a sensação de transe. A sensação de que a única coisa que importava era *saber*. Chegou até a sorrir um pouco, mas o sorriso não era dele. Estendeu a mão e Stillson pegou-a e começou a sacudi-la para cima e para baixo.

— Ei, cara, espero que você nos apoie em...

Então Stillson parou. Assim como Eileen Magown havia parado. Assim como o dr. James Brown (o mesmo nome do cantor de soul) tinha parado. Assim como Roger Dussault tinha parado. Os olhos dele se alargaram e se encheram de... medo? Não. O que havia nos olhos de Stillson era *terror*.

Foi um momento interminável. O tempo objetivo foi substituído por outra coisa, uma perfeita simulação de tempo enquanto um olhava nos olhos do outro. Para Johnny, era como estar de novo naquele fosco corredor cromado, só que desta vez Stillson estava com ele, e os dois estavam compartilhando... compartilhando

(tudo)

Johnny nunca havia sentido algo tão forte, nunca. Tudo chegou a ele de imediato, tudo chegou apinhado, barulhento como um terrível e escuro trem cargueiro chocalhando em um túnel estreito, a locomotiva correndo com um único farol brilhando na frente, o farol que ia *revelando tudo* e cuja luz deixava Johnny Smith empalado como um inseto enfiado em um prego. Não havia para onde correr. Um conhecimento perfeito o atropelou, achatando-o como folha de papel enquanto aquele trem que corria à noite disparava sobre ele.

Sentiu vontade de gritar, mas não teve energia para fazê-lo, nem voz.

A única imagem de que não conseguiu se esquivar

(quando o filtro azul começou a aparecer)

mostrava Greg Stillson fazendo o juramento ao assumir o cargo. O juramento estava sendo administrado por um velho com o olhar humilde, assustado, de um rato encurralado por um experiente e feroz

(tigre)

gatinho caseiro. Uma das mãos de Stillson pousava sobre uma Bíblia, a outra se levantava. Acontecia anos à frente porque Stillson havia perdido a maior parte do cabelo. O velhinho estava falando, Stillson seguia o que ele dizia. Stillson estava dizendo

(o filtro azul está se aprofundando, cobrindo a imagem, rasurando-a pedaço a pedaço, misericordioso filtro azul, a cara de Stillson está atrás do azul... e do amarelo... o amarelo como listras de tigre)

que o faria e "que Deus o ajudasse". Tinha a expressão solene, severa, serena, mas um grande júbilo batia em seu peito e rugia em sua cabeça. Porque o homem com os olhos de rato assustado era o presidente da Suprema Corte dos Estados Unidos e

(oh bom Deus o filtro o filtro o filtro azul as listras amarelas)

então tudo começou lentamente a desaparecer atrás daquele filtro azul — só que não era um filtro; era uma coisa real. Era

(era no futuro na Zona Morta)

algo no futuro. Dele? De Stillson? Johnny não sabia.

Teve a sensação de estar voando (voando pelo azul) sobre cenários de extrema desolação que não podiam ser inteiramente vistos. E, cortando aquilo, chegava a voz desencarnada de Greg Stillson, a voz de um Deus barato ou de uma máquina da morte em uma ópera barata:

— VOU PASSAR POR ELES COMO TRIGO VOANDO ENTRE OS GANSOS! PASSAR POR ELES COMO MERDA VOANDO ENTRE UM CANAVIAL!

— O tigre — Johnny murmurou com a voz embargada. — O tigre está atrás do azul. Atrás do amarelo.

Então, tudo aquilo, figuras, imagens e palavras se dispersaram em um rumor suave, mas crescente, de esquecimento. Johnny teve a impressão de sentir um cheiro adocicado de cobre, como fios de alta-tensão queimando. Por um momento, aquele olho interior pareceu se abrir ainda mais, perscrutando; o azul e o amarelo que tinham obscurecido tudo pareciam à beira de se solidificarem em... em algo que ele não sabia o que era, e, de algum lugar lá dentro, distante e cheio de terror, ele ouviu uma mulher gritar:

— *Me dê ele, seu puto!*

Então a coisa se foi.

Quanto tempo ficamos ali?, ele se perguntaria mais tarde. Sua suposição girava em torno de uns cinco segundos. Logo Stillson estava puxando a mão, *tirando* a mão, olhando para Johnny de boca aberta, a cor do rosto, sob o forte bronzeado de um candidato em campanha no verão, se esvaindo. Johnny pôde ver as obturações nos dentes de trás do homem.

Sua expressão era de horror e repugnância.

Bom!, Johnny teve vontade de gritar. *Bom! Reduza-se a pó! Inteiramente! Destrua-se! Imploda! Desintegre! Faça um favor ao mundo!*

Dois motoqueiros estavam correndo para a frente e agora os bastões *tinham sido* puxados, e Johnny teve uma estúpida sensação de terror — iam acertá-lo, acertá-lo na cabeça com os bastões, iam fazer de conta que sua cabeça era uma bola 8, iam acertá-la com tudo e encaçapá-la no buraco do canto, despachariam sua cabeça para a escuridão do coma e desta vez ele não sairia de lá, jamais seria capaz de contar a alguém o que tinha visto e mudar o que fosse.

Aquela sensação de destruição — Deus! Tinha sido *tudo*!

Tentou recuar. Pessoas se espalharam, depois se comprimiram, gritaram de medo (ou talvez de entusiasmo). Stillson estava se virando para os guarda-costas, já recuperando o controle, balançando a cabeça e os contendo.

Johnny não viu o que aconteceu em seguida. Oscilava, cabeça baixa, piscava lentamente, como um bêbado no amargo fim de uma semana de porre. Então a suave e crescente onda do esquecimento tomou conta dele e Johnny não resistiu; de bom grado ele não resistiu. E apagou.

21

1

— Não — o delegado de Trimbull disse em resposta à pergunta de Johnny —, não há nenhuma acusação contra você. Não está detido. E não tem de responder a pergunta nenhuma. Mas ficaríamos muito agradecidos se o fizesse.
— *Muito* agradecidos — repetiu um homem que usava um conservador terno executivo. Seu nome era Edgar Lancte. Era do escritório do FBI em Boston. Ele achava que Johnny Smith parecia muito doente. O inchaço de uma escoriação sobre a sobrancelha esquerda ia rapidamente ficando roxo. Quando desmaiou, Johnny levou um belo tombo... Caiu sobre o sapato de algum componente da banda ou sobre o bico quadrado da bota de um motoqueiro. Mentalmente Lancte optou pela segunda hipótese. E possivelmente a bota do motoqueiro estava em movimento na hora do impacto.
Smith estava pálido demais, e suas mãos tremiam muito quando ele bebeu água no copo de papel que o delegado Bass lhe dera. Uma pálpebra estremecia em um tique nervoso. Parecia o clássico suspeito de assassinato, embora o objeto mais letal encontrado em seus pertences tivesse sido um cortador de unhas. Lancte, no entanto, não tirava da mente aquela má impressão, e Smith de fato combinava com ela.
— O que posso dizer? — Johnny perguntou. Tinha acordado em uma delegacia, em uma cela destrancada. Sentia uma dor de cabeça alucinante. Agora ela estava se dissipando, deixando Johnny com a estranha sensação de estar quase oco por dentro. Era mais ou menos como se suas entranhas tivessem sido tiradas por uma concha e substituídas por bombril. Nos ouvidos havia um som incômodo, alto... Não precisamente um toque de sinos; parecia antes uma espécie de rumor contínuo. Eram nove da noite. O circo

de Stillson tinha deixado a cidade há muito tempo. Todos os cachorros-quentes já haviam sido comidos.

— Pode nos dizer o que exatamente aconteceu lá — sugeriu Bass.

— Estava quente. Acho que fiquei empolgado demais e desmaiei.

— Você é portador de deficiência ou algo assim? — Lancte perguntou em um tom descontraído.

Johnny olhou-o com firmeza.

— Não brinque comigo, sr. Lancte. Se sabe quem eu sou, então diga.

— Eu sei — Lancte respondeu. — Talvez você *seja* paranormal.

— Não precisaria ser paranormal pra achar que um agente do FBI pode estar querendo fazer um joguinho comigo — disse Johnny.

— É um garoto do Maine, Johnny. Nascido e criado lá. O que um garoto do Maine está fazendo em New Hampshire?

— Dando aulas particulares.

— Ao filho dos Chatsworth?

— Pela segunda vez: se sabe, por que pergunta? A não ser que suspeite que eu tenha feito alguma coisa.

Lancte acendeu um Vantage Menthol.

— Família rica.

— Sim. São mesmo.

— Você é um fã de Stillson, não é, Johnny? — Bass perguntou. Johnny não gostava de sujeitos que o chamavam de "você" no primeiro contato, e aqueles dois estavam fazendo isso. O que o deixava nervoso.

— E você é? — ele perguntou.

Bass soprou, fazendo um barulho feio.

— Há cerca de cinco anos tivemos um show de música popular em Trimbull que durou um dia inteiro. Foi nas terras de Hake Jamieson. O conselho da cidade teve suas dúvidas, mas o evento rolou porque a garotada precisava de algo para se divertir. Achávamos que teríamos talvez uns duzentos garotos locais nas pastagens na área leste da fazenda Hake ouvindo música. Em vez disso, havia 1600, todos fumando maconha e bebendo sem parar pelos gargalos das garrafas. Fizeram uma bagunça tão grande que o conselho ficou furioso e disse que jamais uma coisa daquelas se repetiria. A garotada foi embora ressentida, de olhos vermelhos e dizendo: "Qual o problema? Ninguém ficou ferido, não foi?". Acreditam que não há nenhum problema em fazer uma tremenda bagunça desde que ninguém saia ferido. Acho que Stillson pensa da mesma maneira. Lembro de uma vez em que...

— Você não tem nenhum tipo de ressentimento contra Stillson, tem, Johnny? — Lancte perguntou. — Nenhum problema pessoal entre você e ele? — Lancte deu um sorriso paternal, do tipo por-que-não-conta-e-tira-esse-aperto-do-peito.

— Até seis semanas atrás eu nem sabia da existência dele.

— Bem, mas isso não chega a responder à minha pergunta, certo?

Johnny permaneceu algum tempo em silêncio.

— Ele me perturba — disse por fim.

— Isso também não responde à minha pergunta.

— Sim, acho que responde.

— Está sendo menos cooperativo do que gostaríamos que fosse — Lancte afirmou em um tom desapontado.

Johnny se virou para Bass.

— Todos que desmaiam em uma concentração pública na sua cidade são interrogados pelo FBI, delegado Bass?

— Bem... não. — Bass parecia pouco à vontade. — Claro que não.

— Você estava apertando a mão de Stillson quando caiu — Lancte respondeu. — Parecia muito mal. O próprio Stillson parecia estar verde de medo. É um rapaz de muita sorte, Johnny. Sorte porque os bons companheiros de Stillson não transformaram sua cabeça em um saco de pancadas. Devem ter pensado que você tinha arrancado um pedaço dele.

Johnny olhou para Lancte com uma expressão de surpresa. Virou-se para Bass e retornou ao homem do FBI.

— Você estava *lá* — disse ele. — Bass não lhe telefonou pedindo para ajudar. Você estava *lá*. No comício.

Lancte esmagou o cigarro.

— Sim. Eu estava.

— Por que o FBI está interessado em Stillson? — Johnny quase latiu a pergunta.

— Vamos falar de você, Johnny. Qual é o seu...

— Não, vamos falar de Stillson. Vamos falar dos bons companheiros dele, como você os chamou. A lei permite que andem por aí carregando bastões serrilhados?

— É — disse Bass. Lancte lhe dirigiu um olhar de advertência, mas Bass não viu ou o ignorou. — Porretes, bastões de beisebol, tacos de golfe. Nenhuma lei é contra nada disso.

— Ouvi alguém dizer que aqueles caras já tinham sido membros de uma gangue de motoqueiros.

— Alguns pertenciam a um grupo de Nova Jersey, outros a um grupo de Nova York, isso...

— Delegado Bass — Lancte interrompeu. — Acho que realmente não é hora de...

— Não sei qual é o mal de contar — disse Bass. — Eles são vagabundos, criaturas podres, sacos de fezes. Alguns fizeram parte dos Hamptons quatro ou cinco anos atrás, quando aconteceram aquelas desordens. Outros andaram filiados a um clube de motocas chamado Os Doze do Diabo, que se desmantelou em 1972. O braço direito de Stillson é um sujeito chamado Sonny Elliman. Ele foi presidente do Os Doze do Diabo. Foi detido uma meia dúzia de vezes, mas nunca foi indiciado.

— Está errado a esse respeito, delegado — Lancte interrompeu, acendendo outro cigarro. — Ele foi citado pelo estado de Washington em 1973 por dar uma virada ilegal à esquerda, na contramão. Assinou um depoimento e pagou multa de vinte e cinco dólares.

Johnny se levantou e atravessou devagar a sala até o filtro, onde se serviu de outro copo d'água. Lancte o observava com interesse.

— Então simplesmente desmaiou, certo? — Lancte perguntou.

— Não — Johnny respondeu, sem se virar. — Eu ia atirar nele com uma bazuca. Então, no momento crítico, todos os meus circuitos biônicos explodiram.

Lancte suspirou.

— Está livre para ir quando quiser — disse Bass.

— Obrigado.

— Mas vou lhe dizer exatamente o mesmo que o sr. Lancte ia dizer. No futuro, no seu lugar, eu ficaria longe dos comícios de Stillson. Ao menos se quiser preservar sua pele. Costumam acontecer coisas às pessoas de quem Greg Stillson não gosta...

— É mesmo? — Johnny perguntou enquanto bebia sua água.

— Esses assuntos estão fora de sua alçada, delegado Bass — disse Lancte. Seus olhos eram como aço fosco e atiravam um olhar muito duro contra Bass.

— Tudo bem — Bass respondeu em um tom conciliatório.

— Mas não vejo mal nenhum em dizer que têm ocorrido outros incidentes nos comícios — Lancte reiniciou. — Em Ridgeway, uma jovem grávida foi tão espancada que teve um aborto espontâneo. Foi logo depois daquele comício do Stillson gravado pela CBS. Ela disse que não poderia identificar o agressor, mas achamos que pode ter sido um dos motoqueiros de Stillson. Um mês atrás, um garoto de catorze anos sofreu um traumatismo craniano. Portava uma pistolinha de água, de plástico. Ele também não conseguiu identificar seu agressor. Mas a pistolinha nos faz acreditar que a coisa tenha sido uma reação exagerada da segurança.

Que colocação elegante, Johnny pensou.

— Não puderam encontrar ninguém que tenha visto essas coisas acontecerem?

— Ninguém que quisesse falar. — Lancte sorriu sem humor e bateu a cinza do cigarro. — Ele é a opção das pessoas.

Johnny pensou no rapaz segurando o filho sobre a cabeça para que o menino pudesse ver Greg Stillson: *E quem se importa? Os porretes são só para o show.*

— Então ele tem seu próprio agente designado pelo FBI?

Lancte deu de ombros e sorriu com um ar de franqueza.

— Bem, o que posso dizer? O fato é que não se trata de uma designação formal. Às vezes, fico assustado. O cara provoca uma onda diabólica de magnetismo. Se em um daqueles comícios ele apontasse para mim de cima do palanque e dissesse à multidão quem eu era, acho que seriam capazes de me pendurar no poste mais próximo.

Johnny pensou na multidão daquela tarde e na bela moça acenando histericamente com o pedaço de melancia.

— Acho que tem razão — considerou.

— Então, se sabe de alguma coisa que possa me ajudar... — Lancte se inclinou para a frente. O sorriso franco tinha se tornado ligeiramente predatório. — Quem sabe não teve um lampejo paranormal a respeito dele? Talvez tenha sido isso que te perturbou daquela maneira.

— Talvez sim — disse Johnny, sem sorrir.

— Então?

Por um momento de atordoamento, Johnny pensou em contar tudo a eles. Depois rejeitou a ideia.

— Vi o homem na TV. Não tinha nada para fazer hoje, por isso pensei em vir até aqui e dar uma olhada ao vivo. Aposto que não fui a única pessoa que veio de fora da cidade.

— Certamente *não* — Bass concordou com veemência.

— E isso é tudo? — Lancte perguntou.

— É tudo — disse Johnny e, depois de uma hesitação: — Só que... Acho que ele vai ganhar esta eleição.

— Temos certeza de que sim — Lancte afirmou. — A não ser que possamos acusá-lo de alguma coisa. E, escute, estou inteiramente de acordo com o delegado Bass. Fique longe dos comícios de Stillson.

— Não se preocupem. — Johnny amassou o copo de papel e o jogou no lixo. — Foi um prazer conversar com os senhores, cavalheiros, mas tenho uma longa viagem de volta a Durham.

— Vai voltar direto ao Maine, Johnny? — Lancte perguntou em um tom casual.

— Não sei. — Seu olhar passou de Lancte, com boa forma física e impecavelmente vestido, batendo a ponta de um novo cigarro no mostrador apagado do relógio digital, a Bass, um homem com aspecto pesado e cansado, com uma cara de cachorro bassê. — Algum de vocês acha que ele vai querer concorrer a um cargo mais alto? Se conseguir esta vaga na Câmara de Deputados?

— Deus permita que não — Bass sentenciou, revirando os olhos.

— Esses caras vêm e vão — disse Lancte. Seus olhos, castanhos muito escuros, quase pretos, não tinham parado um só momento de observar Johnny. — São como um daqueles elementos radioativos raros e instáveis demais para durarem muito tempo. Caras como Stillson não conseguem bases políticas permanentes, só coalizões temporárias que se mantêm por algum tempo, mas logo se desintegram. Reparou na multidão de hoje? Colegiais e mão de obra das tecelagens gritando pelo mesmo cara? Isso não é política, é algo como um ola de torcida, uma briga de galos ou uma plateia dos Beatles. Ele vai conseguir um mandato na Câmara, almoçar de graça até 1978 e só. Pode apostar.

Mas Johnny não estava tão certo.

2

No dia seguinte, o lado esquerdo da testa de Johnny estava muito colorido. Um roxo-escuro (quase preto) sobre a sobrancelha ia passando para o vermelho e depois para um amarelo morbidamente claro que chegava às têmporas e à linha do cabelo. As pálpebras haviam inchado um pouco, conferindo-lhe uma espécie de ar maroto, como se ele fosse o coadjuvante de algum palhaço em um número de picadeiro.

Deu vinte braçadas na piscina e se esparramou em uma das espreguiçadeiras, arfando. Sentia-se muito mal. Dormira menos de quatro horas na noite anterior e todo o seu sono fora assombrado por pesadelos.

— Olá, Johnny... Como vai, rapaz?

Ele se virou. Era Ngo, sorrindo, gentil. Usava seu macacão de trabalho e luvas de jardineiro. Atrás dele havia uma carrocinha vermelha infantil cheia de pequenos pinheiros, as raízes amarradas em um saco de aniagem.

— Vejo que está plantando mais ervas daninhas — Johnny comentou, lembrando-se de como Ngo chamava os pinheiros.

Ngo torceu o nariz.

— Sim, infelizmente. O sr. Chatsworth adora. Eu disse a ele o que achava, que eles estão por toda parte aqui na Nova Inglaterra e não servem para nada... O rosto dele ficou assim... — Ngo torceu completamente o rosto, ficando parecido com a caricatura de algum monstro em um filme da madrugada. — E ele me disse: "Mas quero que os plante".

Johnny riu. Roger Chatsworth era assim mesmo, não havia dúvida. Gostava que fizessem as coisas como ele queria.

— Gostou do comício?

Ngo deu um sorriso cortês.

— Muito instrutivo — disse. Foi impossível ler os olhos dele. E talvez Ngo também não tenha notado o sorriso de lado no rosto de Johnny. — Sim, muito instrutivo, todos nos divertimos.

— Bom.

— E você?

— Nem tanto — disse Johnny, tocando levemente a escoriação com a ponta dos dedos. Estava muito dolorida.

— É, está muito feio, devia pôr uma compressa — disse Ngo, ainda sorrindo de modo cortês.

— O que achou realmente dele, Ngo? O que seus colegas de turma acharam? Seu amigo polonês? Ou Ruth Chen e a irmã dela?

— Na volta, a pedido de nossos instrutores, não tocamos no assunto. Pensem no que viram, eles pediram. Na próxima terça-feira acho que vamos fazer uma redação na turma. Sim, estou realmente achando que vamos. Uma dissertação.

— O que vai dizer em sua dissertação?

Ngo olhou para o céu azul de verão. Ele e o céu pareceram sorrir um para o outro. Ngo era um homem pequeno com os primeiros fios grisalhos no cabelo. Johnny não sabia quase nada sobre ele; não sabia se tinha sido casado, se tivera filhos, se fugira dos vietcongues, se era de Saigon ou de uma das províncias rurais. Não fazia ideia das tendências políticas de Ngo.

— Conversamos sobre o jogo do Tigre Risonho — disse Ngo. — Está lembrado?

— Sim — Johnny respondeu.

— Agora vou lhe contar sobre um verdadeiro tigre. Quando eu era garoto, perto da minha aldeia havia um tigre que tinha ficado maluco. Tinha se tornado *le mangeur d'hommes*, comedor de homens, você sabe. Só que não era bem isso, ele era um comedor de crianças e mulheres idosas, porque tudo isso aconteceu durante a guerra e não havia homens para ele comer. Não a guerra de que você ouve falar, mas a Segunda Guerra Mundial. Aquele tigre tinha pegado gosto por carne humana. Quem conseguiria matar uma criatura tão terrível em uma aldeia humilde em que o homem mais novo já estava completando sessenta anos e só tinha um braço, e a criança mais velha era eu, com sete anos de idade? E um dia o tigre foi achado em uma armadilha, que tinha sido montada com o corpo de uma mulher já morta. É uma coisa terrível montar uma armadilha com um ser humano feito à imagem de Deus, eu vou dizer isso na minha dissertação, mas é ainda pior não fazer nada enquanto um tigre perverso ataca crianças. E vou dizer em minha dissertação que aquele tigre perverso ainda estava vivo quando o pegamos. Tinha uma estaca atravessada no corpo, mas ainda não tinha morrido. Então, o espancamos até a morte com enxadas e pedaços de pau. Gente idosa e crianças. Algumas crianças ficaram tão agitadas e assustadas que molharam as roupas. O tigre caiu na armadilha e o espancamos até a morte com nossas enxadas, porque os homens da aldeia tinham ido lutar contra os japoneses. Estou pensando que aquele Stillson é como o tigre perverso com seu gosto por carne humana. Acho que deviam fazer uma armadilha para pegá-lo e acho que seria ótimo se ele caísse dentro dela. E, se ele ainda estiver vivo quando for achado, acho que devia ser espancado até a morte.

Sorriu de modo cortês para Johnny na claridade do sol de verão.

— Acredita mesmo nisso? — Johnny perguntou.

— Ah, sim — Ngo respondeu em um tom descontraído, como se fosse um tema banal. — O que meu professor vai dizer quando receber uma dissertação assim eu não sei. — Deu de ombros. — Provavelmente vai dizer: "Ngo, você ainda não está preparado para aceitar o American way of life". Mas vou dizer a ele o que estou sentindo de verdade. O que *você* acha, Johnny? — Os olhos dele se moveram para a contusão, depois se desviaram.

— Acho que o cara é perigoso — disse Johnny. — Eu... eu tenho certeza de que é perigoso.

— Tem certeza? — Ngo interpelou. — Sim, acredito que tenha certeza. Greg tem seguidores em New Hampshire que o veem como um palhaço muito interessante. Eles o veem do modo como muita gente está vendo aquele homem negro, Idi Amin Dada. Mas você não.

— Não — disse Johnny. — Mas daí a sugerir que ele deva ser morto...

— *Politicamente* morto — Ngo interrompeu, sorrindo. — Só estou sugerindo que ele devia ser politicamente morto.

— E se ele não puder ser eliminado em termos políticos?

Ngo sorriu para Johnny, esticou o dedo indicador, virou o polegar para cima e o moveu como quem atira.

— Bam! — ele respondeu em voz baixa. — Bam, bam, bam!

— Não — disse Johnny, espantado com a rouquidão da própria voz. — Isto nunca é uma solução. *Nunca*.

— Não? Pensei que fosse uma solução que vocês, americanos, usavam com bastante frequência. — Ngo pegou a alça da carrocinha vermelha. — Tenho de começar a plantar essas ervas daninhas, Johnny. Até a vista, rapaz.

Johnny observou-o ir, um homenzinho de uniforme cáqui e mocassins, puxando uma carrocinha cheia de pequenos pinheiros. Ele desapareceu na esquina da casa.

Não. Matar só faz nascerem novos dentes no dragão. É no que acredito. É no que acredito de todo o coração.

3

Na primeira terça-feira de novembro, que por acaso caiu no segundo dia do mês, Johnny Smith deixou-se cair na poltrona de seu conjugado e assistiu ao resultado das eleições. Chancellor e Brinkley estavam apresentando um grande mapa virtual que mostrava os resultados da corrida presidencial em diferentes cores à medida que cada cartela de estado era exibida. Era quase meia-noite e a disputa entre Ford e Carter parecia muito acirrada. Mas Carter ia vencer; Johnny não tinha dúvidas.

Greg Stillson também havia ganho.

Sua vitória tinha sido exaustivamente coberta pelos noticiários locais, e mesmo os repórteres nacionais deram alguma atenção à eleição, comparando a vitória de Greg à de James Longley, o governador independente do Maine, dois anos antes.

— As últimas pesquisas — Chancellor informava — indicando que o candidato titular republicano, Harrison Fisher, reduzia a diferença sem dúvida estavam erradas. Como previu a NBC, Stillson, que fez campanha usando um capacete de trabalhador da construção civil e com um programa que incluía a proposta de que toda a poluição fosse mandada para o espaço cósmico, terminou com 46 por cento dos votos contra 31 por cento de Fisher. em um distrito em que os democratas sempre tiveram resultados pobres, David Bowes não conseguiu mais de 23 por cento dos votos.

— E então — disse Brinkley —, lá em New Hampshire é tempo de cachorro-quente... ao menos durante os próximos dois anos. — Ele sorriu com Chancellor e anunciou um comercial. Johnny não sorriu. Estava pensando nos tigres.

Johnny andou muito ocupado no período entre o comício de Trimbull e a noite da eleição. Seu trabalho com Chuck seguiu em frente, e seu aluno continuava a melhorar, em um passo lento, mas firme. Tinha feito dois cursos de verão, fora aprovado em ambos e mantivera seu lugar nas equipes esportivas. Com a temporada do futebol americano chegando ao fim, havia fortes indícios de que seria convocado para a seleção da Nova Inglaterra, patrocinada pela rede de jornais Gannett. As sondagens cuidadosas e quase ritualísticas dos olheiros das universidades já tinham começado, mas eles teriam de esperar mais um ano; Chuck havia decidido, junto com o pai, que passaria um ano na escola preparatória Stovington, uma boa escola particular em Vermont. Johnny achava que a Stovington provavelmente entraria em delírio com a notícia. A escola de Vermont costumava ter grandes equipes de futebol, mas times medíocres de futebol americano. Provavelmente dariam a Chuck uma bolsa de estudos integral e uma chave dourada para o dormitório das moças. Johnny sentia que era a decisão acertada. Depois de a escolha ter sido realizada e após a pressão para Chuck fazer de imediato os exames SAT ter desaparecido, o progresso dele deu outro grande salto.

Alguns meses antes, no final de setembro, Johnny tinha ido passar um fim de semana em Pownal. Após ficar toda a noite de sexta-feira vendo Herb inquieto, dando grandes gargalhadas com piadas na TV que não tinham a menor graça, perguntou ao pai qual era o problema.

— Problema nenhum — Herb respondeu, sorrindo nervoso e esfregando as mãos, como um contador que acaba de descobrir que a companhia em que investiu as economias de toda a sua vida está falida. — Absolutamente nenhum problema. O que te faz pensar uma coisa dessas, filho?

— Bem, o que é que não sai da sua cabeça?

Herb parou de sorrir, mas continuou esfregando as mãos.

— Realmente não sei como lhe contar, Johnny. Pretendo...

— É Charlene?

— Bem, sim. É.

— Você a pediu em casamento.

Herb olhou humildemente para Johnny.

— Como vai se sentir tendo uma madrasta aos vinte e nove anos, John?

Johnny deu um sorriso largo.

— Vou me sentir muito bem. Parabéns, papai!

Herb sorriu, aliviado.

— Bem, obrigado. Eu estava com um certo medo de te contar, não me importo em admitir. Sei o que você disse da primeira vez que tocamos no assunto, mas às vezes as pessoas reagem de um jeito diante de uma possibilidade e de outro quando essa possibilidade se concretiza. Eu amava sua mãe, Johnny. E acho que sempre vou amar.

— Sei disso, pai.

— Mas estou sozinho, Charlene está sozinha e... bem, acho que de fato podemos nos apoiar um ao outro.

— Desejo que tenham tudo de bom. — Johnny se aproximou do pai e o beijou. — E sei que vão ter.

— É um bom filho, Johnny. — Herb tirou um lenço do bolso de trás e enxugou os olhos. — Achamos que íamos perdê-lo. Pelo menos eu achava. Vera nunca perdeu as esperanças. Ela sempre acreditou. Johnny, eu...

— Não, papai. Está tudo bem.

— Preciso falar — ele continuou. — Há um ano e meio isso está dentro de mim como uma pedra. Cheguei a rezar para você morrer, Johnny. Meu próprio filho, pedi que Deus o levasse! — Tornou a enxugar os olhos e guardou o lenço. — No final Deus sabia um pouco mais do que eu o que estava fazendo. Johnny... você vai estar do meu lado? No meu casamento?

— Será um prazer — Johnny respondeu, sentindo uma coisa por dentro que era quase pesar.

— Obrigado. Estou contente por ter... por ter conseguido dizer tudo o que tinha na cabeça. Há muito, muito tempo não me sentia tão bem como estou agora.

— Já combinaram uma data?

— Na verdade, já. Que acha de 2 de janeiro?

— Parece bom — disse Johnny. — Pode contar comigo.

— Acho que vamos tentar vender as duas propriedades, a minha e a dela — Herb falou. — Estamos de olho em um sítio em Biddeford. Um belo lugar. Oito hectares. Metade em um bosque. Um novo começo.

— Sim. Um novo começo, isso é bom.

— Não faz nenhuma objeção à venda da nossa casa? — Herb perguntou em um tom ansioso.

— Sinto um certo aperto por dentro — Johnny respondeu. — Só isso.

— Sim, é o que eu sinto também. Um certo aperto por dentro. — Herb sorriu. — Em algum lugar perto do coração, é onde sinto o meu. E você?

— No mesmo lugar — Johnny confirmou.

— Como estão indo as coisas com você?

— Bem.

— Seu aluno está indo bem?

— Tremendamente bem — disse Johnny, usando uma das expressões preferidas do pai e sorrindo.

— Por quanto tempo acha que ainda ficará lá?

— Trabalhando com o Chuck? Acho que durante todo o ano letivo, se eles me quiserem, é claro. Trabalhar um só aluno tem sido um novo tipo de experiência. Estou gostando. E tem sido realmente um bom emprego. Atipicamente bom, eu diria.

— O que vai fazer depois?

Johnny balançou a cabeça.

— Ainda não sei. Mas sei de uma coisa.

— O quê?

— Vou sair para comprar uma garrafa de champanhe. Vamos encher a cara.

O pai se levantou e deu um tapinha nas costas dele:

— Traga duas garrafas — pediu.

De vez em quando, Johnny ainda recebia cartas de Sarah Hazlett. Ela e Walt estavam esperando o segundo filho para abril. Johnny mandou felicitações e votos de sucesso na campanha de Walt. E, às vezes, ele se lembrava daquela noite com Sarah, a longa noite, que passara tão devagar. Não era uma memória que deixasse vir à tona com muita frequência; tinha medo de que a constante exposição à recordação pudesse fazê-la desbotar e finalmente sumir, como as fotos de formatura em tom de sépia que os alunos costumavam receber.

Naquele outono, Johnny teve alguns encontros. Um deles foi com a irmã mais velha, recém-divorciada, da moça que Chuck estava namorando, mas nenhum desses encontros prosperou.

A maior parte do tempo livre de Johnny naquele outono se passou na companhia de Gregory Ammas Stillson. Ele se tornara especialista em Stillson. Em sua cômoda, sob meias, cuecas e camisas, guardava três fichários. Estavam cheios de notas, especulações e cópias de novos artigos.

Aquele modo de agir o deixou inquieto. À noite, quando usava sua caneta Pilot de escrita fina para fazer anotações nos recortes de jornal colados nas folhas dos fichários, Johnny às vezes se sentia como Arthur Bremer ou como aquela tal de Moore, que tentara dar um tiro em Jerry Ford. Sabia que se Edgar Lancte, o Intrépido Paladino da Eficiência, o visse fazendo aquilo, grampearia seu telefone e colocaria escutas na sala e no banheiro imediatamente. Haveria um furgão de mudanças estacionado do outro lado da rua, só que, em vez de mobília, estaria cheio de câmeras, microfones e só Deus sabia o que mais.

Continuou dizendo a si mesmo que não era como Bremer e que Stillson não era uma obsessão. Mas ficou mais difícil de acreditar nisso depois de tantas tardes na biblioteca da UNH, pesquisando em velhos jornais e revistas e colocando moedas de dez centavos na fotocopiadora. Ficou mais difícil acreditar depois de tantas noites queimando neurônios, registrando seus pensamentos e procurando estabelecer conexões válidas. Ficou, bem, quase impossível ignorar depois daquelas sensações de morte às três da manhã, quando acordava suando por causa do pesadelo que se repetia.

O pesadelo era quase sempre o mesmo: uma crua reprise do aperto de mão com Stillson no comício de Trimbull. A súbita perda de sentidos. A sensação de estar em um túnel com o clarão de um farol se aproximando, um farol preso em uma sinistra locomotiva preta. Depois o velho de olhar humilde, assustado, conduzindo um inconcebível juramento de posse. As nuances da sensação, indo e vindo como severos sopros de fumaça. E uma série de imagens breves, em uma agitada fileira, como bandeirolas de plástico em uma agência de carros usados. Sua mente sussurrava que aquelas imagens estavam todas relacionadas e contavam a história visual de uma titânica destruição se aproximando, talvez o próprio Armagedom que Vera Smith tinha tanta certeza de que aconteceria.

Mas o que eram as imagens? O que eram exatamente? Estavam enevoadas, vistas apenas como vagos contornos, pois havia sempre aquele misterioso filtro azul na frente, o filtro azul que às vezes era cortado por faixas amarelas que pareciam listras de tigre.

A única imagem clara nesses sonhos repetidos ocorriam perto do fim: os gritos dos que morriam, o cheiro da morte. E um tigre solitário que marchava através de quilômetros de metal retorcido, vidro fundido e terra seca. O tigre estava sempre rindo e parecia carregar alguma coisa na boca — alguma coisa azul e amarela, da qual escorria sangue.

Houve momentos, ainda no outono, em que Johnny achou que aqueles sonhos iam enlouquecê-lo. Eram sonhos ridículos, e a possibilidade para a qual pareciam apontar era sem dúvida impossível. Seria melhor esquecer isso completamente.

Mas, como não conseguira, pesquisava Gregory Stillson e tentava se convencer de que tudo não passava de um hobby inofensivo, e não de uma perigosa obsessão.

Stillson nasceu em Tulsa. Era filho de um trabalhador de campos petrolíferos que passava de um emprego a outro e frequentemente trabalhava mais que alguns colegas graças a seu porte avantajado. Talvez a mãe de Stillson tivesse um dia sido bonita, mas nos dois retratos que Johnny foi capaz de desencavar sobrava no máximo um leve traço disso. Se foi mesmo bonita, o tempo e o homem com quem se casou tinham rapidamente lhe obscurecido a beleza. As fotos mostravam pouco mais que outra face marcada, uma mulher melancólica do sudeste dos Estados Unidos usando um desbotado vestido estampado de algodão, segurando um bebê — Greg — nos braços magricelas e contraindo os olhos por causa do sol.

O pai de Greg foi um homem dominador que não dava muita atenção para o filho. Quando criança, Greg era pálido e doente. Não havia provas de que o pai o tivesse maltratado psicológica ou fisicamente, mas havia indícios de que, na melhor das hipóteses, Greg Stillson tivesse vivido um clima de não aceitação durante seus primeiros nove anos de vida. A única foto que Johnny tinha do pai com o filho era, no entanto, alegre; mostrava os dois em um campo de petróleo, o braço do pai em volta do pescoço do filho em um descontraído gesto de camaradagem. Mesmo assim, o retrato fazia Johnny sentir um certo calafrio por dentro. Harry Stillson vestia roupas de trabalho, uma calça de sarja e um blusão cáqui com bolsos; o capacete estava informalmente puxado para trás em sua cabeça.

Os primeiros anos de estudos de Greg também foram em Tulsa. Mais tarde, aos dez anos de idade, foi transferido para a cidade de Oklahoma. No verão anterior, o pai morrera na explosão de um poço de petróleo. Mary Lou Stillson foi para Okie com seu filho porque era onde a mãe dela morava e onde havia novos postos de trabalho criados pela guerra. Era 1942 e os bons tempos estavam voltando.

As notas de Greg foram boas até ele entrar no ginásio, onde começou a se envolver em uma série de problemas. Matava aula, brigava, andava com maus elementos na cidade, talvez negociando bens roubados nos subúrbios, embora isso jamais tenha sido provado. Em 1949, quando já estava no penúltimo ano, Greg pegou dois dias de suspensão por ter colocado uma bomba fedida em um compartimento de um dos vestiários do colégio.

Em todos esses confrontos com a autoridade, Mary Lou Stillson defendeu o filho. Os bons tempos — pelo menos para tipos como os Stillson — tinham terminado com a guerra em 1945, e a sra. Stillson se via travando uma batalha ao lado do filho contra o resto do mundo. A mãe dela tinha morrido, deixando a pequena casa de madeira e nada mais. Durante algum tempo, ela serviu bebidas no balcão de um bar frequentado por trabalhadores dos campos de petróleo, depois virou garçonete em uma taberna que funcionava a noite toda. E, quando seu garoto se metia em problemas, ela saía em sua defesa, nunca se preocupando (ao que parecia) em saber se ele era culpado ou não.

Aquele menino pálido, de ar doente, que o pai apelidou de Nanico, desapareceu por volta de 1949. À medida que Greg Stillson progredia na adolescência, o legado físico do pai se mostrava. O garoto cresceu quinze centímetros e ganhou trinta quilos entre os treze e os dezessete anos. Não participava dos esportes organizados na escola, mas de alguma forma conseguiu frequentar uma daquelas academias de ginástica de Charles Atlas, onde trabalhava o físico com um conjunto de pesos. O Nanico havia se transformado em um garoto com quem não era bom mexer.

Johnny achava que, em dezenas de ocasiões, Greg estivera à beira de abandonar a escola. E provavelmente só por pura sorte conseguiu evitar um processo policial. Se *tivesse* enfrentado pelo menos um processo sério, Johnny não estaria com todas aquelas estúpidas preocupações, porque dificilmente alguém com um passado reconhecidamente marginal poderia aspirar a um alto cargo público.

Stillson conseguiu se formar — nas últimas colocações da turma, é verdade — em junho de 1951. Apesar das notas baixas, não tinha nenhum problema cognitivo. Tinha o olho focado em seus pontos fortes. Tinha palavra fluente e se comportava como vencedor. Trabalhou brevemente naquele verão como frentista de um posto de gasolina. Então, em agosto do mesmo ano, Greg Stillson abraçou Jesus em um templo pentecostal de Wildwood Green. Largou seu emprego no posto de gasolina e se iniciou como fazedor de chuva "através do poder de Jesus Cristo, nosso Senhor".

Coincidentemente ou não, aquele havia sido um dos verões mais secos de Oklahoma desde os dias do grande vendaval. As colheitas já eram dadas como perdidas, e a criação logo teria o mesmo destino se os poços, pouco profundos, secassem. Greg foi convidado para um encontro da Associação dos Agricultores e Pecuaristas locais. Johnny encontrara várias histórias sobre o que aconteceu; era um dos pontos altos da carreira de Stillson. Nenhuma das histórias chegava a ser totalmente convincente, e Johnny podia compreender por quê. A coisa tinha todos os atributos de um mito americano, não muito diferente de algumas das histórias de Davy Crockett, Pecos Bill e Paul Bunyan. Que *alguma coisa* acontecera não havia dúvida. Mas a verdade exata já não podia ser identificada.

Algo parecia certo. Aquele encontro da Associação dos Agricultores e Pecuaristas deve ter sido uma das reuniões mais estranhas já ocorridas. Os agricultores tinham trazido umas duas dúzias de fazedores de chuva de várias partes do sudeste e do sudoeste. Cerca da metade deles era negra. Dois eram índios — um Pawne mestiço e um Apache puro-sangue. Havia um mestiço de peiote e mexicano. Greg era um dos cerca de nove brancos e o único morador da região.

Os fazendeiros ouviram as propostas dos fazedores de chuva e dos feiticeiros, um por um. E, gradual e naturalmente, os fazedores de chuva e feiticeiros se dividiram em dois grupos: os que queriam receber antecipadamente a metade (não reembolsável) de seus honorários e os que queriam receber antecipadamente a totalidade de seus honorários (também não reembolsáveis).

Quando chegou a vez de Greg Stillson, ele teria se levantado, prendido o polegar nas presilhas do cinto da calça jeans e dito o seguinte:

— Acho que vocês, parceiros, sabem que passei a fazer chover depois que entreguei meu coração a Jesus. Antes disso, eu estava afundado no pecado e nas trilhas para o pecado. Uma das principais trilhas para o pecado é a trilha que estamos seguindo esta noite, e estamos sinalizando essa rodovia para o pecado principalmente com placas de dólares.

Os fazendeiros estavam interessados. Mesmo aos dezenove anos, Stillson tinha algo do apresentador de um programa de humor. E fizera a eles uma oferta que ninguém pôde recusar. Porque ele era um cristão renascido e, como sabia que o amor ao dinheiro era a raiz de todo o mal, faria chover e depois lhe pagariam o que achassem que valia o trabalho.

Greg foi contratado por aclamação e dois dias depois estava de joelhos na carroceria de um caminhão que atravessava lentamente rodovias e ruas da região central do estado. Ia vestido com um capote preto e um chapéu de pastor, de coroa baixa, orando pela chuva através de um par de alto-falantes alimentados pela bateria Delco de trator. As pessoas se juntavam aos milhares para olhá-lo.

O fim da história foi previsível, mas satisfatório. Os céus ficaram nublados durante a tarde do segundo dia da missão de Greg, e na manhã seguinte as chuvas vieram. Choveu por três dias e duas noites. As inundações mataram quatro pessoas, casas inteiras com galinhas empoleiradas no alto dos telhados foram levadas pelo rio Greenwood, os poços se encheram, o gado foi salvo e a Associação dos Agricultores e Pecuaristas de Oklahoma concluiu que provavelmente a chuva teria acontecido mesmo sem Greg. Fizeram uma coleta em benefício de Greg em sua próxima reunião e o jovem fazedor de chuva recebeu a módica soma de dezessete dólares.

Greg não perdeu a calma. Usou os dezessete dólares para publicar um comunicado no *City Herald* de Oklahoma. O comunicado ressaltava que mais ou menos a mesma coisa tinha acontecido a um certo encantador de ratos na cidade de Hamlin. Sendo cristão, continuava o comunicado, Greg Stillson não tinha intenção de raptar criancinhas e sem dúvida sabia que não havia recurso legal contra um grupo tão grande e poderoso quanto a Associação de Agricultores e Pecuaristas de Oklahoma. Mas o justo era justo, não era? Tinha uma mãe idosa para sustentar e ela estava com a saúde debilitada. O comunicado sugeria que ele tinha rezado com veemência a favor de uma penca de esnobes ricos e mal-agradecidos, o mesmo tipo de homens que, nos anos 1930, tinham expulsado a trator gente pobre como os Joad de suas terras. O comunicado sugeria que ele tinha salvado dezenas de milhares de dólares em cabeças de gado para receber dezessete dólares em troca. Como era um bom cristão, esse tipo de ingratidão não o incomodava, mas talvez ela devesse causar certo mal-estar aos bons cidadãos do condado. Os de pensamento justo poderiam mandar contribuições para a caixa postal 471, aos cuidados do *Herald*.

Johnny não sabia quanto Greg Stillson teria realmente recebido como resultado daquele comunicado. Os informes variavam. Mas, naquele outono, Greg andou circulando pela cidade em um Mercury zero-quilômetro.

Também pagou os três anos de impostos atrasados da pequena casa deixada para ele pela mãe de Mary Lou. A própria Mary Lou (que não estava lá muito doente, sequer tinha mais de quarenta e cinco anos) pareceu rejuvenescer em um novo casaco de vison. Ao que parece, Stillson havia descoberto um dos grandes músculos do princípio que move a Terra: se quem recebe o serviço não paga, os que não receberam frequentemente pagarão, e sem nenhuma razão aparente. Pode ser o mesmo princípio que assegura aos políticos que sempre haverá jovens o suficiente para alimentar a máquina de guerra.

Os fazendeiros descobriram que tinham enfiado a mão coletiva em um ninho de marimbondos. Quando os membros da associação entravam na cidade, a população costumava se juntar para vaiá-los. Eles eram denunciados dos púlpitos de uma ponta à outra do condado. De repente viram que tinha ficado difícil vender a carne que a chuva salvara sem precisar viajar uma distância considerável.

Em novembro daquele ano memorável, dois rapazes com socos-ingleses nas mãos e revólveres niquelados calibre .32 nos bolsos tinham aparecido na porta da casa de Greg Stillson. Ao que tudo indicava, haviam sido contratados pela Associação de Agricultores e Pecuaristas para sugerir — com a energia que fosse necessária — que Greg procurasse outro lugar de clima mais apropriado. Ambos os rapazes acabaram no hospital. Um deles com uma contusão. O outro sem quatro dentes e com uma ruptura interna. Os dois tinham sido encontrados na esquina da quadra de Greg Stillson, *sem* calças. Os socos-ingleses tinham sido inseridos em um ponto anatômico mais comumente associado ao ato de sentar e, no caso de um dos rapazes, foi necessário fazer uma pequena cirurgia para remover os objetos.

A Associação voltou atrás. Em um encontro no início de dezembro, retiraram setecentos dólares do fundo de reserva, e um cheque nesse montante foi enviado a Greg Stillson.

Ele obteve o que queria.

Em 1953, Greg e a mãe se mudaram para Nebraska. O negócio de fazer chover não deslanchou, e alguns disseram que a pregação também não oferecia perspectivas. Não importa qual tenha sido a razão para se mudarem, o fato é que apareceram em Omaha, onde Greg abriu uma empresa de pintura de casas que foi para o brejo dois anos depois. Saiu-se melhor como vendedor da Companhia de Bíblias American Truth Way.

Cruzava o cinturão do milho, fazendo refeições com centenas de famílias de agricultores que trabalhavam duro e eram tementes a Deus. Contando a história de sua conversão, ele vendia Bíblias, símbolos religiosos, imagens de Jesus em plástico luminoso, hinários, discos, medalhas e um furioso livreto de direita chamado *A conspiração judaico-comunista contra nossos Estados Unidos*. Em 1957, o idoso Mercury foi substituído por uma picape Ford novinha em folha.

Em 1958, Mary Lou Stillson morreu de câncer e, no final daquele ano, Greg Stillson saiu do negócio de renascer pela Bíblia e se dirigiu para o leste. Passou um ano em Nova York antes de se mudar para Albany, no interior do estado. Seu ano em Nova York fora dedicado a um esforço para entrar no negócio teatral. Foi um dos poucos campos (junto com o da pintura de casas) no qual não conseguiu um único dólar. Provavelmente não por falta de talento, Johnny pensou cinicamente.

Em Albany, trabalhou em uma companhia de seguros, a Prudential, e ficou na cidade até 1965. Como vendedor de seguros, teve um sucesso insignificante. Não recebeu oferta para se juntar ao executivo da empresa. Durante esse período de cinco anos, Greg não teve mais explosões de fervor cristão. O arrogante e insolente Greg Stillson de antes parecia ter entrado em hibernação. E, em todo o seu tempestuoso currículo, a única mulher de sua vida foi a mãe. Pelo que Johnny foi capaz de descobrir, nunca se casou, sequer namorou por muito tempo.

Em 1965, a Prudential lhe ofereceu um posto em Ridgeway, New Hampshire, e Greg aceitou. Aproximadamente na mesma época, o período de hibernação pareceu ter chegado ao fim. O clima dos anos 1960 estava ganhando força. Era a época da minissaia e do faça-o-que-tu-queres. Greg se tornou atuante na comunidade de negócios de Ridgeway. Juntou-se à Câmara de Comércio e ao Rotary Club. Tornou-se conhecido no estado em 1967, durante uma controvérsia sobre os parquímetros do centro da cidade. Havia seis anos, várias facções vinham brigando por causa deles. Greg sugeriu que todos os parquímetros fossem retirados e substituídos por caixas de coleta. Que as pessoas pagassem o que bem entendessem. Alguns acharam que era a ideia mais louca que já tinham visto. Greg respondeu que, bem, quem sabe não teriam uma surpresa? Sim, senhor. Ele foi persuasivo. A cidade finalmente adotou a proposta em uma base provisória e a avalanche de moedas de cinco e dez centavos que se seguiu surpreendeu a todos, menos a Greg. Ele já havia descoberto o princípio anos antes.

Em 1969, Greg voltou a se tornar notícia em New Hampshire quando sugeriu, em uma carta extensa e cuidadosamente redigida ao jornal de Ridgeway, que os autores de infrações relacionadas a drogas fossem postos para trabalhar em serviços comunitários da cidade, como cuidar de parques e ciclovias ou tirar o mato dos canteiros das avenidas. Muitos acharam que era a ideia mais louca de que já tinham ouvido falar. Greg respondeu mais uma vez que, bem, tentem colocar em prática e, se não funcionar, passem para a próxima. A cidade tentou. Um usuário de maconha reorganizou toda a biblioteca da cidade, fazendo-a passar do antiquado sistema decimal de Dewey para o moderno sistema de catalogação usado na Biblioteca do Congresso, e sem nenhum custo para o município. Alguns hippies apanhados com alucinógenos em uma festa reprojetaram o parque da cidade, transformando-o em uma área-modelo que incluía um lago com patos e um playground desenhado por um arquiteto para maximizar uma diversão saudável e minimizar riscos. Como Greg demonstrou, a maioria dos usuários de drogas tinha passado a se interessar por todas aquelas substâncias químicas na universidade, mas nada os impedia de utilizar as outras coisas que lá também tinham aprendido.

Ao mesmo tempo em que revolucionava as normas do estacionamento em sua cidade de adoção e o modo como a população lidava com usuários de drogas, Greg escrevia cartas para o *Union-Leader* de Manchester, o *Globe* de Boston e o *New York Times*. Em seus textos, expunha pontos de vista fantásticos sobre a guerra do Vietnã, defendendo sentenças graves para os dependentes de heroína e um retorno à pena de morte, especialmente para os que traficavam heroína. Na campanha para a Câmara de Deputados, Greg alegou em várias ocasiões ter sido contra a guerra a partir de 1970, mas as declarações que publicou deixavam claro que se tratava de uma mentira deslavada.

Em 1970, Greg Stillson abriu sua própria companhia de seguros e imobiliária. Foi um grande sucesso. Em 1973, ele e três outros empresários financiaram e construíram um shopping nos arredores da Capital City, sede do condado do distrito que ele agora representava. Foi o ano do boicote árabe ao petróleo e o ano em que Greg começou a dirigir um Lincoln Continental. Foi também o ano em que concorreu a prefeito de Ridgeway.

O prefeito tinha um mandato de dois anos e, dois anos antes, em 1971, ele fora convidado tanto pelos republicanos quanto pelos democratas da respeitável (população de 8500 habitantes) cidadezinha da Nova Inglaterra para concorrer. Declinou ambos os convites com um sorridente agradecimento. Em 1973, candidatou-se como independente, enfrentando um republicano razoavelmente popular, mas vulnerável devido a seu fervoroso apoio ao presidente Nixon, e um cacique democrata. Usou aquele capacete de construção civil pela primeira vez. Seu slogan de campanha foi *"Vamos construir uma Ridgeway melhor!"*. Teve uma vitória esmagadora. Um ano mais tarde, no Maine, o estado coirmão de New Hampshire, os eleitores viraram as costas tanto para o candidato democrata, George Mitchell, quanto para o republicano, James Erwin, e elegeram um corretor de seguros de Lewiston chamado James Longley para governador.

A lição não seria desperdiçada por Gregory Ammas Stillson.

4

Ao redor da fotocópia dos recortes estavam as anotações de Johnny e as perguntas que ele costumava fazer a si mesmo. Repetia tanto uma determinada cadeia de raciocínio que agora, enquanto Chancellor e Brinkley transmitiam o resultado das eleições, poderia recitar seus questionamentos palavra por palavra.

Primeiro, Greg Stillson não devia ter sido eleito. Suas promessas de campanha eram, de um modo geral, simples piadas. Sua formação política estava toda errada. Sua educação estava toda errada. Tinha parado de estudar no final do ginásio e, até 1965, fora pouco mais que um vagabundo. Em um país em que os eleitores haviam decidido que os advogados deviam fazer as leis, os únicos contatos de Stillson com advogados tinham sido provocados pelas circunstâncias erradas. Ele não era casado. E sua história pessoal era decididamente excêntrica.

Em segundo lugar, a imprensa o deixara (o que era muito intrigante) quase completamente em paz. Em um ano de eleições, quando Wilbur Mills admitira ter uma amante, quando Wayne Hays fora desalojado de sua posição aparentemente eterna na Câmara por causa de outra amante, quando ninguém nas casas legislativas ficava imune aos ásperos e inesperados ataques da imprensa, os repórteres deviam ter feito exaustivas manobras ao redor de Stillson. Sua personalidade polêmica e cheia de nuances, no entanto, só parecia despertar admiração e simpatia da imprensa nacional. Greg não parecia deixar ninguém (exceto talvez Johnny Smith) inquieto. Não fazia muito tempo seus guarda-costas tinham sido os motoqueiros encrenqueiros com suas Harley-Davidson, e não era raro que saísse gente ferida dos comícios de Stillson, mas nenhum repórter investigativo se dera o trabalho de estudar os fatos com profundidade. Em um comício em Capital City — naquele mesmo shopping que Stillson ajudara a erguer —, uma menina de oito anos teve um braço quebrado e deslocou o pescoço; sua mãe jurava histericamente que um daqueles "maníacos das motos" a empurrara do palanque quando a menina tentou subir para pegar uma assinatura do Grande Homem em seu livro de autógrafos. Houve, no entanto, apenas uma breve nota no jornal (*Menina se fere em comício de Stillson*), logo esquecida.

Stillson fez uma revelação financeira que Johnny achou boa demais para ser verdade. Em 1975, teria pago onze mil dólares de impostos federais sobre uma renda de trinta e seis mil dólares — nenhum imposto de renda pago ao estado de New Hampshire, é claro; o estado não tinha esse imposto. Greg afirmava que a totalidade de seus rendimentos vinha de sua firma de seguros e venda de imóveis, além de uma pequena remuneração que era seu salário como prefeito. Não havia menção à participação no lucrativo shopping em Capital City. Nem explicações sobre o fato de Stillson viver em uma casa avaliada em oitenta e seis mil dólares, imóvel do qual tinha posse integral e definitiva. Em uma época em que o presidente dos Estados Unidos estava sendo obrigado a pagar uma considerável multa por honorários não declarados, a divulgação da estranha declaração de renda de Stillson não fez nenhuma sobrancelha se levantar.

Depois havia sua atuação como prefeito. Seu desempenho no cargo fora muito melhor do que as performances da campanha levariam alguém a crer. Ele era um homem astuto, sagaz, com uma rude mas rigorosa capacidade de apreender traços da psicologia humana, empresarial e política. Encerrara o mandato em 1975, deixando a prefeitura com um superávit fiscal pela primeira vez em dez anos, o que sem dúvida deliciou os contribuintes. Destacava com justificado orgulho seu programa de estacionamento e o que chamava Programa de Correção Hippie. Ridgeway foi também uma das primeiras cidades em todo o país a organizar um Comitê do Bicentenário. Uma empresa que fabricava arquivos de aço tinha se instalado em Ridgeway e, em tempos de recessão, a taxa local de desemprego não superava invejáveis 3,2%. Tudo muito admirável.

Algumas outras coisas que aconteceram quando Stillson era prefeito que deixavam Johnny assustado.

As verbas para a biblioteca municipal tinham sido reduzidas de 11 500 dólares para oito mil e, no último ano de governo, para 6500. Ao mesmo tempo, os gastos com a guarda municipal tinham subido quarenta por cento. Três novas viaturas policiais foram adquiridas para a frota da cidade, bem como um lote de equipamento antimotim. Dois novos guardas foram efetivados e, sob insistência de Stillson, o conselho municipal concordara em aumentar consideravelmente a verba para a aquisição de novas pistolas para os guardas. Como resultado, vários tiras daquela sonolenta cidadezinha da Nova Inglaterra saíram para comprar Magnums .357, a arma imortalizada por Dirty Harry Callahan. Também durante o período de Stillson como prefeito, o reformatório para adolescentes foi fechado e instituiu-se o toque de recolher às dez da noite para jovens com menos de dezesseis anos, supostamente voluntário mas policialmente vigiado, e o dispêndio municipal com programas sociais foi reduzido em 35 por cento.

Sim, muita coisa em torno de Greg Stillson assustava Johnny.

O pai dominador e a mãe indulgente e protetora. As concentrações políticas que pareciam shows de rock. O modo de o homem lidar com a multidão, seus guarda-costas...

Desde Sinclair Lewis, havia gente alardeando a possibilidade, alertando para a tragédia e para o risco de um estado fascista na América, e a coisa simplesmente não acontecia. Bem, houve Huey Long lá na Louisiana, mas Huey Long tinha...

Tinha sido assassinado.

Johnny fechou os olhos e viu Ngo apontando o dedo. Bam, bam, bam. Tigre! Tigre! Brilho, brasa que a furna noturna abrasa, que olho ou mão armaria...

Mas não se semeiam dentes de dragão. A não ser que se queira fazer companhia a Frank Dodd naquela capa de vinil com capuz. E, além de Dodd, aos Oswald, aos Sirhan e aos Bremer. Malucos de todo mundo, uni-vos! Conservem seus paranoicos cadernos de anotações atualizados e abram-nos à meia-noite. Quando os desejos começarem a subir à cabeça, enviem o cupom para comprar o revólver pelo reembolso postal. Johnny Smith encontrou Squeaky Fromme. Prazer em conhecê-lo, Johnny, tudo o que você tem neste caderninho de anotações faz sentido total para mim. Quero que conheça meu mestre espiritual. Johnny, este é Charlie. Charlie, este é Johnny. Quando você acabar com Stillson, vamos ficar juntos e nos livrarmos do resto dos porcos para salvar as florestas.

Sua cabeça estava rodopiando. A inevitável dor de cabeça estava chegando. A situação sempre o levava àquilo. Greg Stillson sempre o levava àquilo. Estava na hora de ir dormir e, por favor, Deus, nada de sonhos.

De novo: A Pergunta.

Ele a havia escrito em um dos cadernos de anotações e ela continuava reverberando. Johnny a escrevera em letras caprichadas e depois desenhara um círculo triplo ao seu redor, como se quisesse impedi-la de sair de lá. A Pergunta era a seguinte: *Se você pudesse pular em uma máquina do tempo e voltar a 1932, você mataria Hitler?*

Johnny olhou para o relógio, que marcava 1h15. Já era 3 de novembro e a eleição do Bicentenário já entrara para a história. Ohio ainda não havia decidido, mas Carter estava na frente. Sem dúvida, cara. O jogo tinha terminado e lá estavam os vencedores e perdedores. Jerry Ford podia pendurar as chuteiras, pelo menos até 1980.

Johnny foi até a janela e olhou para fora. A casa principal estava às escuras, mas havia uma luminosidade no apartamento de Ngo, em cima da garagem. Ngo, que logo ganharia a cidadania americana, continuava assistindo ao grande ritual vivido pelos americanos a cada quatro anos: Sai Velho Pilantra por Lá, Entra Novo Pilantra por Cá. Bem, talvez nem Gordon Strachan tivesse coragem de dizer uma coisa dessas à Comissão Watergate.

Johnny foi para a cama. Demorou bastante para dormir.

E sonhou com o Tigre Risonho.

22

1

Herb Smith tomou Charlene MacKenzie como sua segunda esposa na tarde de 2 de janeiro de 1977, exatamente como planejado. A cerimônia aconteceu na Igreja Congregacional de Southwest Bend. O pai da noiva, um cavalheiro de oitenta anos que estava quase cego, conduziu-a ao altar. Johnny se levantou com Herb e entregou a aliança impecavelmente na hora certa. Foi um momento muito bonito.

Sarah Hazlett estava presente com o marido e o filho, que já estava deixando de ser um bebê. Sarah estava grávida e radiante; uma imagem de felicidade e de realização. Ao vê-la, Johnny foi surpreendido por uma pontada de amargo ciúme, algo como um inesperado ataque com gás. Após alguns instantes o sentimento passou e, depois da cerimônia, Johnny os cumprimentou na recepção.

Era a primeira vez que encontrava o marido de Sarah. Era um homem alto, de boa aparência, com um bigode muito fino e um prematuro cabelo grisalho. Sua candidatura à assembleia do estado do Maine fora bem-sucedida e ele discursara sobre o significado real das eleições nacionais e sobre as dificuldades de trabalhar com um governador independente. Enquanto ele falava, Denny puxava as pernas de sua calça e exigia mais um refrigerante, papai, mais um, mais um *refrigerante*!

Sarah falou pouco, mas Johnny sentiu os olhos brilhantes voltados para ele... uma sensação desconfortável, mas de certa forma não desagradável. Um pouco triste, talvez.

Os aperitivos na recepção rolaram livremente e Johnny tomou duas doses a mais do que as duas de costume — talvez efeito do choque de ver

Sarah de novo, desta vez com a família, ou talvez apenas a percepção, escrita no rosto radiante de Charlene, de que Vera Smith de fato estava morta, e para todo o sempre. Então, ao se aproximar de Hector Markstone, pai da noiva, cerca de quinze minutos após os Hazlett terem ido embora, Johnny foi envolvido por uma atmosfera mais alegre.

O velho homem estava sentado em um canto, perto do bolo de casamento já partido. As mãos dobradas sobre a bengala estavam deformadas pela artrite. Usava óculos escuros. Um arco da haste fora emendado com fita isolante. Ao lado dele havia duas garrafas vazias de cerveja e uma terceira cheia pela metade. Ele olhou com atenção para Johnny.

— O filho de Herb, não é?

— Sim, senhor.

Um exame mais demorado. Então Hector Markstone falou:

— Rapaz, você não parece bem.

— Muitas noites dormindo tarde, eu acho.

— Acho que está precisando de um tônico. Algo para fortificá-lo.

— Esteve na Primeira Guerra Mundial, não foi? — Johnny perguntou. Algumas medalhas, incluindo uma Croix de Guerre, estavam espetadas no paletó de sarja azul do homem.

— De fato estive — Markstone respondeu se animando um pouco. — Servi sob as ordens de Black Jack Pershing. Força Expedicionária Americana, 1917 e 1918. Passamos pelas coisas mais terríveis. O vento soprava e a merda voava. Bosque Belleau, meu rapaz. Bosque Belleau. Hoje é apenas um nome nos livros de história. Mas eu estava lá. Vi homens morrendo lá. O vento soprava, a merda voava e das trincheiras à nossa frente vinha toda a maldita força do inimigo.

— E Charlene disse que seu filho... o irmão dela...

— Buddy. É. Teria sido seu tio postiço, rapaz. Amávamos aquele menino? Acho que sim. Seu nome era Joe, mas quase desde o dia em que nasceu todos o chamavam de Buddy. A mãe de Charlene começou a morrer no dia em que o telegrama chegou.

— Morreu na guerra, não foi?

— Sim, foi — o velho disse lentamente. — Saint-Lô, 1944. Não tão longe assim do Bosque Belleau, pelo menos não do modo como medimos as coisas por aqui. Deram fim à vida de Buddy com uma bala. Os nazistas.

— Estou trabalhando em um ensaio — Johnny começou a falar, sentindo uma certa satisfação, meio embriagada, pela sua esperteza. Afinal conseguira trazer a conversa para seu verdadeiro objeto. — Pretendo vendê-lo para o *Atlantic* ou para a *Harper's*...

— É escritor? — Os óculos escuros cintilaram com renovado interesse na direção de Johnny.

— Bem, estou tentando — Johnny respondeu. Já estava começando a lamentar sua língua solta. *Sim, sou escritor. Escrevo em meus caderninhos de anotações após o escuro da noite cair.* — Bom ou ruim, o ensaio vai ser sobre Hitler.

— Hitler? Por que Hitler?

— Bem... vamos supor... apenas vamos supor que você pudesse pular em uma máquina do tempo e voltar ao ano de 1932. À Alemanha. E suponha que cruzasse com Hitler. Você o mataria ou o deixaria vivo?

Os inexpressivos óculos escuros do velho foram se erguendo vagarosamente para o rosto de Johnny. E agora Johnny não se sentia embriagado, nem de língua solta, nem absolutamente esperto. Tudo parecia depender do que aquele velho homem teria a dizer.

— É uma piada, rapaz?

— Não. Não é piada.

Uma das mãos de Hector Markstone deixou o cabo da bengala, foi em direção ao bolso da calça do terno e ficou tateando lá dentro por um tempo que pareceu uma eternidade. Por fim tornou a sair. Segurava um canivete. O cabo de osso, por ter sido polido anos a fio, ficara liso e macio como um velho marfim. A outra mão entrou no jogo, puxando a lâmina da faca com toda a incrível delicadeza da artrite. Ela brilhou com branda crueldade sob a luz do salão da paróquia: um canivete que tinha viajado para a França em 1917 com um garoto, um garoto que fizera parte de um exército de garotos prontos e dispostos a deter o maldito porco que esfaqueava bebês e estuprava freiras, prontos a dar aos franceses um ou dois exemplos de sua valentia. E os garotos tinham sido metralhados, pegado disenteria e morrido de gripe, os garotos tinham inalado gás mostarda e gás fosgênio, os garotos tinham saído do Bosque Belleau como espantalhos mal-assombrados depois de ver a face do próprio Satã. E acabaram percebendo que tinham feito tudo aquilo por nada; que teriam de fazer tudo de novo.

Em algum lugar uma música tocava. Pessoas riam. Pessoas dançavam. Um pedaço de metal emitia uma luz quente. Em algum lugar muito longe. Johnny contemplou a lâmina aberta, atônito, hipnotizado pelo jogo da luz sobre a borda afiada.

— Está vendo isto? — Markstone perguntou em voz baixa.

— Sim — Johnny murmurou com um suspiro.

— Eu colocaria isto no coração escuro, mentiroso, criminoso dele — Markstone afirmou. — Eu o enfiaria o mais fundo que ele quisesse ir... e depois o torceria. — Ele virou lentamente o canivete na mão, primeiro no sentido dos ponteiros do relógio, depois no sentido inverso. Sorriu, mostrando gengivas lisas de bebê e um dente amarelo torto.

— Mas primeiro — ainda adicionou — eu cobriria a lâmina com veneno de rato.

2

— Matar Hitler? — Roger Chatsworth perguntou, a respiração saindo em pequenos sopros. Estavam os dois caminhando de sapatos de neve nos bosques atrás da casa em Durham. Os bosques pareciam muito silenciosos. Era o começo de março, mas aquele dia estava tão uniforme e friamente quieto quanto um pleno janeiro.

— Sim, foi isso.

— Pergunta interessante — disse Roger. — Sem sentido, mas interessante. Não. Eu não faria. Acho que, em vez de matá-lo, entraria no partido. Para tentar mudar as coisas de dentro. Talvez fosse possível expurgá-lo ou enquadrá-lo, sempre admitindo o conhecimento prévio do que ia acontecer.

Johnny pensou nos porretes. Pensou nos brilhantes olhos verdes de Sonny Elliman.

— Também é possível que acabasse morto — Johnny comentou. — Em 1933, aqueles caras não estavam apenas cantando e bebendo cervejas.

— Sim, não há dúvida quanto a isso. — Roger ergueu uma sobrancelha para Johnny. — O que você faria?

— Realmente não sei — Johnny respondeu.

Roger mudou de assunto.

— Como foi a lua de mel de seu pai e da nova esposa?

Johnny sorriu. Eles tinham ido para Miami Beach, mesmo com a greve dos hoteleiros.

— Charlene disse que se sentiu realmente em casa, fazendo sua própria cama. Meu pai diz que se sentiu esquisito, ostentando um bronzeado em pleno inverno. Acho que os dois gostaram muito.

— E venderam as casas?

— Sim, as duas no mesmo dia. E conseguiram quase exatamente o que estavam pedindo. Se não fossem as malditas contas dos hospitais, quase uma corda no meu pescoço, tudo estaria maravilhoso.

— Johnny...

— Sim?

— Nada. Vamos voltar. Tenho um Chivas Regal, quem sabe você não toma um gole.

— Acho que sim — Johnny assentiu.

3

Agora estavam lendo *Judas, o obscuro,* e Johnny ficou surpreso com a rapidez e a naturalidade com que Chuck se conectara à história (após algumas queixas e resmungos mais ou menos durante as primeiras quarenta páginas). Chuck confessou que adiantava a leitura durante a noite, por iniciativa própria, e pretendia ler alguma outra obra de Hardy quando acabasse aquele livro. Pela primeira vez na vida lia por prazer. Como um garoto que tivesse acabado de ser iniciado aos prazeres do sexo por uma mulher mais velha, Chuck estava fazendo uma festa.

O livro estava aberto em seu colo, mas virado para baixo. Estavam de novo ao lado da piscina, mas ela continuava vazia, e tanto Chuck quanto Johnny usavam casacos leves. Lá no alto, tranquilas nuvens brancas corriam pelo céu, tentando insolitamente se aglutinar para fazer chover. A atmosfera parecia doce e misteriosa; a primavera se aproximava. Era 16 de abril.

— Essa é uma daquelas pegadinhas? — Chuck perguntou.

— Negativo.

— Bem, eles iam me pegar?

— Não entendi. — Era um tipo de resposta que ninguém mais tinha dado.

— Se eu matasse o cara. Eles iam me pegar? Me enforcar em um poste? Me deixar empalado com os pés a quinze centímetros do chão?

— Bem, não sei — Johnny respondeu devagar. — É, acho que iam pegá-lo.

— Eu não poderia escapar na minha máquina do tempo para um mundo gloriosamente diferente, hein? Para o bom e velho ano de 1977?

— Não, acho que não.

— Bem, não importa. Eu mataria o cara de qualquer maneira.

— Mesmo nessas condições?

— Com certeza. — Chuck sorriu um pouco. — Colocaria na boca um dente postiço, oco, e encheria o dente com algum veneno de ação rápida. Ou levaria uma navalha escondida na gola da camisa, algo assim. Então, se me pegassem, eu não teria de passar por nada de muito terrível. Eu faria o serviço. Nem que fosse pelo medo de ser assombrado até depois da morte por todos aqueles milhões de pessoas que ele acabaria matando.

— Até depois da morte — Johnny repetiu em um tom um tanto mórbido.

— Tudo bem com você, Johnny?

Johnny se obrigou a devolver o sorriso de Chuck.

— Tudo ótimo. Acho que viajei um pouco.

Chuck continuou com o *Judas* sob o ameno céu nublado.

4

Maio.

O cheiro de grama cortada estava de volta, junto com outros aromas tão esperados havia tanto tempo, como os cheiros de madressilva, poeira e rosas. Na Nova Inglaterra a primavera realmente só aparece durante uma fantástica semana. Logo os disc jockeys trazem de volta os antigos sucessos dos Beach Boys, o ronco das Hondas passando começa a ser ouvido de um horizonte a outro e o verão chega como uma pancada quente.

Numa das últimas noites daquela fantástica semana de primavera, Johnny contemplava a noite na casa de hóspedes. A escuridão da primavera

era leve, mas intensa. Chuck tinha saído. Estava no baile dos veteranos com sua atual namorada, uma menina mais intelectual do que a última meia dúzia. Ela costuma *ler*, Chuck confidenciou a Johnny, de homem para homem.

Ngo tinha partido. Conseguira seus papéis de cidadania no final de março, em abril se candidatara a um trabalho como jardineiro-chefe em um resort da Carolina do Norte, comparecera à entrevista três semanas antes e fora contratado no ato. Antes de partir, tinha ido falar com Johnny.

— Você se preocupa demais com tigres que não existem, eu acho — disse ele. — Como o tigre tem listras que somem quando ele está lá no fundo, e o impedem de ser visto, o homem preocupado acaba vendo tigres por todas as partes.

— Existe um tigre — Johnny respondera.

— É — Ngo concordou. — Em algum lugar há de haver. E, aliás, você emagreceu.

Johnny se levantou, foi até a geladeira e encheu um copo de Pepsi. Voltou para a pequena varanda, sentou-se e começou a tomar o refrigerante, pensando em como as pessoas tinham sorte por uma viagem no tempo ser totalmente inviável. A lua apareceu, um olho azul sobre os pinheiros, e abriu uma grande trilha através da piscina. As primeiras rãs cantavam incessantemente. Pouco depois Johnny entrou e jogou uma boa dose de Ron Rico na Pepsi. Tornou a sair e a se sentar, bebendo e vendo a lua ficar cada vez mais alta no céu, passando, aos poucos, do alaranjado a um místico e silencioso prateado.

23

1

Em 23 de junho de 1977, Chuck se formou no colégio. Johnny, vestindo seu melhor terno, esteve no abafado auditório ao lado de Roger e Shelley Chatsworth, e viu Chuck ser diplomado como o 43º da turma. Shelley chorou.

Mais tarde, houve uma festa ao ar livre na casa dos Chatsworth. O dia estava quente e úmido. Nuvens pesadas, com contornos bojudos e roxos, tinham se formado no oeste; elas se arrastavam vagarosamente de um lado a outro do horizonte, mas não pareciam estar se aproximando. Chuck, com o rosto muito vermelho, aproximou-se com a namorada, Patty Strachan, para mostrar a Johnny o presente de formatura que ganhara dos pais — um novo relógio Pulsar.

— Disse a eles que queria aquele robô R2-D2, mas eles fizeram o melhor que puderam — disse Chuck e Johnny riu. Conversaram mais um pouco e Chuck falou de uma forma quase agressivamente abrupta: — Quero lhe agradecer, Johnny. Se não fosse você, eu não estaria me formando hoje de jeito nenhum.

— Não, isso não é verdade — Johnny respondeu, um tanto alarmado ao ver que Chuck estava prestes a chorar. — A força de vontade sempre leva a algum lugar, rapaz.

— É o que eu não paro de dizer a ele — concordou a namorada de Chuck. Atrás dos óculos, uma beleza fria e elegante esperava uma oportunidade para se mostrar.

— Talvez — Chuck considerou. — Talvez sim. Mas acho que sei o que mais pesou no meu diploma. Realmente muitíssimo obrigado. — Ele pôs os braços em volta de Johnny e lhe deu um abraço.

A coisa veio de repente — um duro, brilhante lampejo de imagem fez Johnny se aprumar e bater com a mão do lado da cabeça, como se Chuck tivesse lhe dado um soco em vez de um abraço. A imagem penetrou em sua mente como uma foto impressa em uma lâmina metálica.

— Não — disse ele. — De jeito *nenhum*! Vocês dois, fiquem longe daquele lugar.

Chuck recuou com uma sensação de mal-estar. Sentira *alguma coisa*. Alguma coisa fria, obscura e incompreensível. De repente não quis mais encostar a mão em Johnny; pelo menos naquele momento achou que nunca mais encostaria a mão em Johnny. Era como se tivesse descoberto como seria estar deitado em seu caixão vendo a tampa ser pregada.

— Johnny — ele disse, e então balbuciou: — O que... o que...

Roger levava dois drinques para seus convidados e de repente parou, intrigado. Olhando por cima do ombro de Chuck, viu que Johnny estava observando as distantes nuvens de trovoada. Era um olhar vago, enevoado.

— Devem ficar longe daquele lugar — ele afirmou. — Lá não tem para-raios.

— *Johnny*... — Assustado, Chuck olhou para o pai. — É como se ele estivesse tendo algum tipo de... *ataque*, algo assim.

— Raio! — Johnny proclamou em um tom de êxtase. As pessoas viravam a cabeça para olhá-lo. Johnny estendeu as mãos. — Fogo instantâneo. A quentura nas paredes. As portas... apinhadas. Cheiro de gente queimando como costeleta de porco.

— *Do que ele está falando?* — gritou a namorada de Chuck, e todas as conversas do local pararam de repente. Agora todos, com pratos de comida e copos equilibrados nas mãos, estavam olhando para Johnny. Roger se aproximou.

— John! Johnny! Qual é o problema? Acorde. — Ele estalou os dedos na frente do olhar vago de Johnny. No oeste, o trovão roncou, talvez o barulho de Deus arrastando seus móveis. — Qual é o problema?

A voz de Johnny foi clara e moderadamente alta, chegando a cada uma das cerca de cinquenta pessoas que estavam ali — empresários e professores universitários com as esposas, em suma, a classe média alta de Durham.

— Faça seu filho ficar em casa hoje à noite ou ele vai morrer queimado como os outros. Vai ter um incêndio, um terrível incêndio. Faça com que ele fique longe do Cathy's. O lugar vai ser atingido por um relâmpago e reduzido a cinzas antes que o primeiro carro de bombeiros tenha tempo de chegar. Até as paredes vão queimar. Vão encontrar corpos carbonizados nas saídas, pilhas com seis ou sete corpos, e só vai ser possível identificá-los pela arcada dentária. Vão... vão...

Patty Strachan tornou a gritar, pondo a mão na boca, o copo de plástico caindo no chão, os cubos de gelo caindo na grama, onde ficariam brilhando como diamantes de improvável tamanho. Ela oscilou por um momento e então desmaiou, virando um embrulho ondulado com o vestido de noite. A mãe correu para socorrê-la, gritando com Johnny ao passar por ele:

— Qual é o *seu* problema? Qual, em nome de Deus, é o *seu* problema?

Chuck arregalava os olhos para Johnny. Estava pálido como papel.

O olhar de Johnny começou a clarear e ele pôde ver o amontoado de gente espantada à sua volta.

— Desculpem — murmurou.

A mãe de Patty estava de joelhos, segurando a cabeça da filha e dando batidinhas em suas bochechas. A moça começou a se mexer e gemeu.

— Johnny? — Chuck sussurrou e então, sem esperar por uma resposta, foi para o lado da namorada.

Houve um silêncio muito grande no gramado dos fundos da casa dos Chatsworth. Todos continuavam olhando para Johnny. Olhavam porque tinha acontecido de novo. Olhavam para ele do modo como as enfermeiras tinham olhado. E como os repórteres tinham olhado. Eram como corvos pousados nos fios de um poste. Seguravam suas bebidas e os pratos de salada de batata e olhavam como se ele fosse um grande inseto, uma anomalia. Como se, de repente, Johnny tivesse aberto a calça e mostrado os genitais.

Johnny teve vontade de sair correndo, vontade de se esconder. Vontade de vomitar.

— Johnny — Roger falou, pondo um braço em volta dele. — Entre na casa. Procure tirar os sapatos e...

O trovão roncou, à distância.

— O que é Cathy's? — Johnny perguntou em um tom estridente, resistindo ao peso do braço de Roger em seus ombros. — Não é uma casa residencial, porque havia placas de saída nas portas. O que é? Onde fica?

— Não pode tirá-lo daqui? — A mãe de Patty quase gritou. — Ele está deixando minha filha completamente transtornada de novo!

— Vamos, Johnny.

— Mas...

— *Vamos.*

Johnny se deixou ser conduzido para a casa de hóspedes. O barulho dos sapatos na trilha de cascalho era muito alto. Parecia não haver outro som. Tinham alcançado a piscina quando as imagens reapareceram.

— Onde fica o Cathy's? — Johnny tornava a perguntar.

— E você não sabe? — disse Roger. — Deu a impressão de saber de tudo. Assustou de tal forma a coitada da Patty Strachan que ela desmaiou.

— Não consigo ver. Está na Zona Morta. O que é?

— Primeiro vamos lá pra cima.

— Não estou doente!

— Então está sob um grande estresse — Roger avaliou. Falava em um tom brando e tranquilizador, como as pessoas costumam falar com loucos irrecuperáveis. O tom da voz dele assustou Johnny. E a dor de cabeça começou a vir. Ele tentou freneticamente ignorá-la. Logo subiram a escada que levava à casa de hóspedes.

2

— Está se sentindo melhor? — Roger perguntou.

— O que é o Cathy's?

— É um misto de churrascaria e lounge. Fica em Somersworth. As festas de formatura no Cathy's já se tornaram uma tradição, só Deus sabe por quê. Tem certeza de que não quer umas aspirinas?

— Não. Não deixe ele ir, Roger. O lugar vai ser atingido por um raio. Vai ficar reduzido a cinzas...

— Johnny — Roger Chatsworth interrompeu, com uma voz muito baixa e gentil —, você não pode saber de uma coisa dessas.

Johnny tomou mais um pequeno gole de água gelada e, com a mão tremendo levemente, pousou o copo.

— Quando você disse que verificou meus antecedentes, eu pensei...

— Sim, verifiquei. Mas você está tirando uma conclusão precipitada. Sabia que você era considerado paranormal ou algo do gênero. Eu não queria um paranormal, mas queria um professor particular. E você fez um belo trabalho como professor particular. Minha convicção pessoal é de que não há qualquer diferença entre bons e maus paranormais, porque não acredito em nada disso. Simples assim. Não acredito.

— O que faz de mim, então, um mentiroso.

— De modo algum — Roger respondeu com aquela mesma voz baixa e gentil. — Tenho um contramestre na usina de Sussex que é meio arrogante, mas isso não faz dele um mau contramestre. Tenho amigos que são devotamente religiosos e, embora eu não frequente a igreja, continuo sendo amigo deles. Sua crença de poder ver o futuro, de poder perceber as coisas que vão acontecer, jamais influenciou minha decisão de contratá-lo ou não. Bem... isso não é de todo verdade. Os rumores sobre você não influíram depois que me convenci de que isso não ia interferir em sua capacidade de fazer um bom trabalho com Chuck. Não interferiu. Mas acredito tanto que o Cathy's vai pegar fogo esta noite quanto acredito que a lua é um queijo fresco.

— Então não sou um mentiroso, apenas um maluco — disse Johnny. De um modo um tanto deprimente, a coisa era interessante. Roger Dussault e muitos dos que lhe mandaram cartas o tinham acusado de fraude, mas Chatsworth era o primeiro a acusá-lo de ter um complexo de Joana d'Arc.

— Também não é isso — Roger argumentou. — Você é um jovem rapaz que se envolveu em um acidente muito grave. Contra todas as probabilidades, conseguiu sair de um estado de coma, mas possivelmente pagando um preço terrível. Não gosto, Johnny, de fazer comentários como o que estou fazendo agora, e se algumas daquelas pessoas lá fora no gramado, incluindo a mãe de Patty, começarem a tirar um monte de conclusões estúpidas sobre você, vou pedir que não abram a boca para falar de coisas que não entendem.

— Cathy's! — Johnny exclamou de repente. — Como eu soube deste nome? E como eu soube que não era a casa de alguém?

— Soube pelo Chuck. Esta semana ele andou falando bastante sobre a festa.

— Não comigo.

Roger deu de ombros.

— Talvez ele tenha dito alguma coisa para Shelley ou para mim em um momento em que você estava por perto. Por acaso seu subconsciente captou o nome e guardou a informação...

— Tem razão — disse Johnny em um tom amargo. — O que não entendemos, qualquer coisa que não se encaixe em nosso esquema de como as coisas são, simplesmente classificamos no S de subconsciente, certo? O deus do século xx. Não foi o que você sempre fez quando qualquer coisa se chocou com sua visão pragmática do mundo, Roger?

Talvez os olhos de Roger tivessem pestanejado um pouco... ou talvez tivesse sido apenas a imaginação de Johnny.

— Você associou a trovoada que está se aproximando com o relâmpago — disse Roger. — Será que não vê isso? É perfeitamente ób...

— Escute — Johnny interrompeu. — Estou lhe dizendo a coisa da forma mais simples que posso dizer. Aquele lugar vai ser atingido por um raio. Vai arder. *Mande o Chuck ficar em casa.*

Ah, Deus, a dor de cabeça estava vindo de novo. Vindo como um tigre. Ele pôs a mão na testa e esfregou-a meio trêmulo.

— Johnny, você está deixando isto ir longe demais.

— Fala pra ele ficar em casa — Johnny repetiu.

— Ele é que vai dizer, não pretendo tomar decisões por ele. É livre, branco e tem dezoito anos.

— Johnny? — Alguém chamou batendo na porta.

— Entre — disse Johnny, e o próprio Chuck entrou. Parecia preocupado.

— Como está? — Chuck perguntou.

— Tudo bem comigo — disse Johnny. — Estou com dor de cabeça, só isso. Chuck... hoje à noite por favor fique longe daquele lugar. Estou pedindo isso como um amigo. Concordando ou não com seu pai. *Por favor.*

— Sem problema, cara — Chuck respondeu em um tom jovial, jogando-se no sofá e agarrando uma das almofadas com o pé. — Eu não conseguiria fazer Patty chegar a menos de um quilômetro daquele lugar, nem amarrada com seis metros de corrente. Você a deixou apavorada.

— Sinto muito — Johnny lamentou, sentindo uma tontura e um frio no estômago de alívio. — Sinto muito, mas estou contente.

— Teve uma espécie de visão, não foi? — Chuck olhou para Johnny, depois para o pai e em seguida, lentamente, mais uma vez para Johnny. — Eu senti isso. O negócio foi tenso.

— Às vezes a outra pessoa também sente. Acho que experimenta uma espécie de repugnância.

— Bem, eu não gostaria de passar de novo por isso — Chuck considerou. — Mas, ei... aquele lugar não vai mesmo pegar fogo, certo?

— Vai arder — Johnny respondeu. — Fique longe de lá.

— Mas... — Chuck olhou para o pai, transtornado. — A turma do último ano reservou a porra do lugar! O colégio incentiva essas festas, você sabe. É mais seguro fazer lá do que em vinte ou trinta festinhas nas redondezas, com muita gente bebendo nas estradinhas secundárias. É capaz de haver... — Chuck ficou um instante calado e, de repente, começou a parecer assustado. — É capaz de haver duzentos casais lá dentro — disse ele. — Pai...

— Acho que ele não acredita em nada disso — disse Johnny.

Roger se levantou e sorriu.

— Bem, vamos até Somersworth e conversar com o gerente do lugar — ele sugeriu. — De qualquer modo, ia ser uma festinha sem graça. E, se vocês dois sentiram a mesma coisa, seria melhor que as pessoas passassem esta noite longe de lá.

Deu uma olhada em Johnny e continuou:

— Mas quero que fique calmo e vá junto comigo, parceiro.

— Com todo o prazer — Johnny afirmou. — Mas você não disse que não acreditava?

— Faço isso por sua paz de espírito — disse Roger — e pela de Chuck. E depois, quando nada acontecer hoje à noite, posso ficar repetindo "eu não disse?" e ficar *rindo* da sua cara!

— Bem, seja como for, obrigado. — Johnny tremia mais que nunca agora que o alívio tinha vindo. A dor de cabeça, no entanto, se reduzira a um entorpecido latejar.

— Só mais uma coisa — Roger acrescentou. — Acho que não temos nenhuma chance, por menor que seja, de fazer o proprietário cancelar a festa com base em sua palavra, Johnny, pois você não tem provas. A festa é provavelmente uma de suas grandes noitadas anuais de renda.

— Bem, podemos usar algum truque... — Chuck sugeriu.

— Como o quê?!

— Bem, podemos lhe contar uma história... jogar com algumas imagens...

— Mentir, é o que está querendo dizer? Não, isso eu não faço. Não me peça isso, Chuck.

— Tudo bem. — Chuck balançou a cabeça.

— É melhor irmos logo — disse Roger com disposição. — São 17h15. Vamos até Somersworth na Mercedes.

3

Bruce Carrick, o gerente-proprietário, estava servindo no balcão quando os três entraram às 17h40. Johnny sentiu certo aperto no coração ao ler a placa colocada na frente das portas do vestíbulo: ABERTO EXCLUSIVAMENTE PARA FESTA PARTICULAR ESTA NOITE, DAS 19H ATÉ O ENCERRAMENTO. A GENTE SE VÊ AMANHÃ.

Carrick não estava exatamente enlouquecido de trabalho. Servia alguns trabalhadores que bebiam cerveja assistindo à primeira edição do noticiário da noite e três casais que tomavam aperitivos. Ouviu a história de Johnny com uma expressão que foi sugerindo um ar de incredulidade cada vez maior. Quando Johnny terminou, Carrick perguntou:

— Você disse que se chamava Smith?

— Sim, é verdade.

— Sr. Smith, venha até a janela comigo.

Ele levou Johnny até a janela do vestíbulo, perto da porta do banheiro.

— Olhe lá para fora, sr. Smith, e me diga o que vê...

Johnny olhou, sabendo o que veria. A Via 9 corria para oeste, secando após uma rápida chuva no início da tarde. Lá no alto, o céu estava inteiramente limpo. As nuvens de trovoada tinham ido embora.

— Não muito. Pelo menos não agora. Mas...

— Mas nada — Bruce Carrick interrompeu. — Sabe o que eu penso? Quer saber francamente? Acho que é pirado. Não sei nem me interessa saber por que me escolheu para esta coisa completamente desequilibrada. Mas se puder me dar um segundo, meu filho, quero lembrá-lo de certos fatos da vida. A turma de formandos me pagou seiscentos e cinquenta dólares por esta farra. Também contrataram uma banda muito boa de rock 'n' roll, a Oak, lá do Maine. A comida está no freezer, tudo pronto para entrar no micro-ondas. As saladas estão na geladeira. As bebidas são por fora e a maioria do pessoal tem mais de dezoito anos e pode beber o que quiser... Hoje à noite eles vão beber, ninguém censuraria isso, você só ganha uma vez o diploma do colégio. Esta noite, sem fazer força, faturo dois mil dólares no salão. Peguei dois rapazes para me ajudar a servir. Já tinha seis garçonetes e uma recepcionista. Se eu cancelasse o negócio agora, perderia toda a noite. Além disso, teria de desembolsar o que já paguei pela comida. Eu não teria sequer minha freguesia regular para o jantar por causa da placa que está o dia todo ali na frente. Entendeu a situação?

— Tem para-raios aqui? — Johnny perguntou.

Carrick atirou as mãos para cima.

— Falei ao cara dos fatos da vida e ele quer falar de para-raios! Sim, tenho para-raios! Veio um cara aqui, acho que já deve fazer uns cinco anos. Ele me passou uma cantada sobre a possibilidade de melhorar meus prêmios de seguro. Então comprei a porra do para-raios! Está contente agora? Jesus Cristo! — Olhou para Roger e Chuck. — O que vocês dois estão fazendo? Por que estão deixando um babaca desses andar à solta? Saiam daqui, estão ouvindo? Tenho um negócio para tocar.

— Johnny... — Chuck começou.

— Não importa — disse Roger. — Vamos embora. Obrigado pelo seu tempo, sr. Carrick, e por sua gentil e simpática atenção.

— Não tem de quê — Carrick respondeu. — Penca de malucos! — Ele se virou e caminhou a passos largos para o salão.

Os três saíram. Chuck olhou com ar de dúvida para o céu sem nuvens. Johnny caminhou para o carro sem tirar os olhos dos pés. Sentia-se estúpido e derrotado. A dor de cabeça dava pancadas cruéis em suas têmporas. Roger parou com as mãos nos bolsos de trás, examinando o telhado baixo e comprido do prédio.

— O que está olhando, papai? — Chuck perguntou.

— Não há para-raios aqui — disse Roger Chatsworth em um tom pensativo. — Absolutamente nenhum para-raio.

4

Estavam os três na sala de estar da casa principal. Chuck, perto do telefone, olhou confuso para o pai.

— A maioria não vai querer alterar os planos assim tão em cima da hora.

— Têm planos para sair, só isso — Roger respondeu. — Podem muito bem vir para cá.

Chuck deu de ombros e começou a discar.

Acabaram recebendo cerca da metade dos casais que tinham planejado passar a noite de formatura no Cathy's, e Johnny nunca chegou realmente a entender por que haviam concordado. Alguns provavelmente o fizeram apenas porque acharam que a festa seria mais interessante na casa dos Chatsworth, com a vantagem de os drinques ficarem por conta da casa. Mas as notícias correm rápido. Os pais de um bom número dos que haviam concordado tinham estado na festa ao ar livre daquela tarde — e Johnny passaria boa parte da noite se sentindo como um objeto em exposição em uma caixa de vidro. Roger ficou em um canto, sentado em um banco, tomando um martíni com vodca. Sua expressão era uma máscara de gravidade.

Por volta das 20h15, já no grande cômodo que combinava bar com salão de sinuca e ocupava cerca de três quartos do subsolo, Roger se curvou para Johnny e gritou por sobre a música de Elton John:

— Não quer subir até a cozinha e jogar um pouco de sete e meio?

Johnny concordou com a cabeça, agradecendo. Shelley estava na cozinha, escrevendo cartas. Ergueu os olhos quando eles entraram e sorriu.

— Achei que vocês, masoquistas, iam passar a noite inteira lá embaixo. Realmente, não é necessário, vocês sabem.

— Desculpem por tudo isto — disse Johnny. — Sei que deve estar parecendo uma maluquice.

— Realmente parece uma maluquice — Shelley concordou. — Não há por que não ser franca a esse respeito. Se bem que ter a garotada aqui realmente não incomoda nada. Acho até bom.

O trovão roncou do lado de fora. Johnny olhou em volta. Shelley viu a reação e sorriu um pouco. Roger havia ido buscar o baralho para jogarem sete e meio na cômoda de estilo galês da sala de jantar.

— Está só passando, você sabe — disse ela. — Um pequeno trovão e um chuvisco.

— Sim — Johnny respondeu.

Ela assinou a carta, dobrou e pôs no envelope, fechou o envelope, escreveu o endereço e pôs um selo.

— Você realmente sentiu alguma coisa, não foi, Johnny?

— Sim.

— Um momento de fraqueza — ela considerou. — Possivelmente causado por alguma deficiência alimentar. Está magro demais, Johnny. Pode ter sido uma alucinação, não pode?

— Não, acho que não.

Do lado de fora, um trovão tornou a roncar, mas distante.

— Bem, estou satisfeita por Chuck ter ficado em casa. Não acredito em astrologia, quiromancia e clarividência, em nada disso, mas... estou realmente satisfeita por Chuck ter ficado em casa. Ele é nosso único bebê... Um bebê grande demais, acho que você está pensando, mas é fácil lembrar dele de fraldas, montado nos cavalinhos do carrossel no parquinho da cidade. Muito fácil, talvez. E é bom poder compartilhar o... o último rito de sua infância com ele.

— É bom que pense assim — Johnny concluiu. De repente, ele se viu prestes a chorar, e isso o assustou. Parecia que, nos últimos seis ou oito meses, seu controle emocional tinha perdido alguns pontos.

— Você tem sido bom para Chuck. Não estou me referindo só ao fato de o estar ajudando a ler. Tem sido bom de muitos modos.

— Gosto dele.

— Sim — ela falou em um tom calmo. — Sei que sim.

Roger voltou com o baralho e um pequeno rádio sintonizado na WMTQ, uma estação de música clássica que transmitia do alto do Monte Washington.

— Um pequeno antídoto para Elton John, Aerosmith, Foghat e outras coisas — disse ele. — Que tal um dólar por partida, Johnny?

— Parece ótimo.

Roger se sentou, esfregando as mãos.

— Ah, você vai voltar pra casa mais pobre hoje! — exclamou.

5

Jogaram sete e meio e a noite foi passando. Entre uma partida e outra, um deles descia para se certificar de que ninguém resolvera dançar em cima da mesa de sinuca ou fazer uma festinha particular nos fundos da casa.

— Se eu puder impedir, ninguém vai engravidar ninguém nesta festa — Roger afirmou.

Shelley foi ler na sala de estar. Assim que a música parava no rádio e começavam as notícias, a atenção de Johnny fraquejava um pouco. Mas nada foi falado sobre o Cathy's em Somersworth — nem às oito, nem às nove, nem às dez.

— Está se preparando para fazer algumas ressalvas em sua previsão, Johnny? — Roger perguntou, após escutarem o noticiário das dez.

— Não.

A previsão do tempo era de chuvas e trovoadas esparsas, melhorando depois da meia-noite.

A marcação contínua do baixo de K. C. and the Sunshine Band subiu pelo assoalho.

— A festa está esquentando — Johnny comentou.

— E muita coisa além dela — Roger adicionou, sorrindo. — Devem estar ficando de porre. Já devem ter descoberto como usar minhas garrafas de Spider Parmeleau entre as rodadas de cerveja. Ah, vão estar com as cabeças bem doloridas de manhã, acredite. Lembro que em minha festa de formatura...

— Atenção para um boletim do departamento de jornalismo da WMTQ — disse o rádio.

Johnny, que estava embaralhando as cartas, derramou-as por todo o chão.

— Relaxe, provavelmente é só alguma coisa sobre aquele sequestro na Flórida.

— Acho que não — Johnny respondeu.

— Parece que até agora — disse o locutor — o pior incêndio na história de New Hampshire já levou a vida de mais de setenta e cinco jovens na cidade de Somersworth, na divisa do estado. O incêndio ocorreu em um bar-restaurante chamado Cathy's. Acontecia uma festa de formatura quando o fogo começou. Milton Hovey, comandante dos bombeiros de Somersworth, disse aos repórteres que não acredita que o incêndio tenha sido criminoso; a seu ver, o que provocou o fogo foi quase certamente a queda de um raio.

O rosto de Roger Chatsworth havia perdido toda a cor. Ele permaneceu sentado na cadeira da cozinha, os olhos fixos em um ponto em algum lugar sobre a cabeça de Johnny. As mãos tinham caído frouxamente na mesa. Do andar de baixo vinha o murmurar de risos e conversa, agora entremeado com a música de Bruce Springsteen.

Shelley entrou na cozinha. Olhou do marido para Johnny e depois de novo para o marido.

— O que foi? O que está acontecendo?

— Não fale — pediu Roger.

— ... continua ardendo e Hovey afirmou que a contagem final do número de mortos provavelmente só será concluída no início da manhã. Sabe-se que cerca de trinta pessoas, a maioria da turma de formandos da Durham High School, foram levadas a hospitais das áreas vizinhas para serem tratadas das queimaduras. Quarenta pessoas, também na maior parte formandos, escaparam pelas pequenas janelas de um banheiro nos fundos do salão do restaurante, mas outras, ao que parece, ficaram encurraladas em aglomerados fatais no...

— *Foi no Cathy's?* — Shelley Chatsworth gritou. — *Foi naquele lugar?*

— Foi — confirmou Roger, que agora parecia estranhamente calmo. — Sim, foi.

No andar de baixo houve um momento de silêncio. Em seguida, um barulho de passos correndo escada acima. A porta da cozinha se escancarou e Chuck entrou, procurando a mãe.

— Mãe? O que foi? O que aconteceu?

— Parece que ficamos te devendo a vida de nosso filho — Roger falou naquele mesmo tom estranhamente calmo. Johnny nunca vira uma face tão branca. Roger parecia uma espantosa estátua de cera que tivesse adquirido vida.

— Pegou *fogo*? — Havia incredulidade na voz de Chuck. Agora, falando baixo e em um tom assustado, outros iam atingindo o alto da escada e se amontoando atrás dele. — Você está dizendo que lá *pegou* fogo?

Ninguém respondeu. E então, de repente, de algum lugar atrás de Chuck, Patty Strachan começou a falar em um tom alto e histérico.

— A culpa é dele, desse sujeito aí! Ele fez acontecer! Ele iniciou o fogo pela força de sua mente, exatamente como naquele livro, *Carrie: a estranha*. Seu criminoso! Assassino! Você...

— *CALE A BOCA!* — Roger gritou se virando para ela.

Patty desmoronou em um soluçar violento.

— Pegou fogo? — Chuck repetiu. Agora parecia estar fazendo a pergunta a si mesmo, como se achasse que aquilo só pudesse estar acontecendo em outro planeta.

— Roger? — Shelley murmurou. — Rog? Querido?

Havia um rumor crescente na escada e no salão lá embaixo. Como uma agitação de folhas. O aparelho de som fez um clique e parou. As vozes murmuravam.

Mike estava lá? Shannon foi, não foi? Tem certeza? Sim, eu já estava pronto para sair quando Chuck me ligou. Minha mãe estava lá quando aquele cara teve o ataque e ela disse que teve a impressão de que a morte passava a seu lado. E me pediu para vir à festa aqui. Casey estava lá? Ray estava lá? Maureen Ontello estava lá? Ah, meu Deus, estava? E o...

Roger se levantou devagar e se virou.

— Sugiro — começou — que peguemos quem estiver mais sóbrio para dirigir e que partamos todos para o hospital. Vão precisar de doadores de sangue.

Johnny se sentou como uma pedra. De repente estava se perguntando se conseguiria se mexer outra vez. Lá fora, o trovão roncou. E atrás dele, como um estampido dentro de sua cabeça, veio a voz da mãe agonizante:

Cumpra o seu dever, John.

24

12 de agosto de 1977

Caro Johnny,

 Encontrá-lo não foi muito difícil... Às vezes penso que, se alguém tem dinheiro neste país, pode encontrar qualquer pessoa, e dinheiro eu tenho. Talvez eu esteja me arriscando a despertar algum ressentimento em você declarando isto tão cruamente, mas eu, Chuck e Shelley devemos demais a você, o suficiente para me obrigar a ser totalmente franco. O dinheiro compra muita coisa, mas não pode impedir que um raio caia em nossa cabeça. Encontraram doze garotos ainda no banheiro dos homens. Lá havia uma janela que dava para fora do restaurante, mas ela estava pregada. O fogo não chegou até lá, mas a fumaça sim, e todos os doze morreram intoxicados. Não consigo tirar isso da cabeça, porque Chuck poderia ter sido um desses rapazes. Então precisei "rastreá-lo", como você disse em sua carta. E pela mesma razão não posso deixá-lo sozinho, como você me pede. Pelo menos não até que o cheque, aqui incluído, volte cancelado e com sua assinatura de autorização atrás.

 Vai reparar que o valor do cheque é consideravelmente menor do que aquele que você recebeu há cerca de um mês. Com o que está faltando, entrei em contato com a contabilidade do hospital e paguei o débito de suas contas. Assim, Johnny, você ficou inteiramente livre da dívida. Isso eu pude fazer e fiz — e posso dizer que foi com muita satisfação.

 Você diz que não pode aceitar o dinheiro. Digo que pode e que vai aceitar. Vai aceitar, Johnny. Segui seu rastro até Ft. Lauderdale e, se sair daí, vou localizá-lo no próximo lugar para onde for, mesmo se escolher o Nepal. Talvez você me encare como um carrapato que não quer deixá-lo em paz; prefiro me ver como "o Cão de caça do Senhor". Mas não quero fustigá-lo, Johnny. Não esqueço o dia em que você me disse para não sacrificar meu filho. Eu quase o sacrifiquei. E quanto aos outros? Oitenta e um mortos, trinta terrivelmente mutilados e queimados. Penso em Chuck dizendo que talvez pudéssemos recorrer a um truque, jogar com algumas imagens, e eu respondendo com toda a honradez de alguém totalmente estúpido: "Não, isso eu não faço. Não me peça isso, Chuck". Bem, eu poderia ter feito alguma coisa. Isso é o que não me sai da cabeça. Eu podia ter dado àquele açougueiro do Carrick três mil dólares pela sua colaboração e pelo não funcionamento da casa naquela noite. Teria saído a trinta e sete dólares por vida. Então, acredite em mim quando digo que não quero culpá-lo; na realidade estou ocupado demais culpando a mim mesmo. Acho que vou continuar fazendo isso durante um bom número dos anos que estão por vir. Estou pagando por ter me recusado a acreditar em algo que eu não poderia tocar com um dos meus cinco sentidos. E, por favor, não pense que pagar suas contas e lhe oferecer este cheque seja apenas uma contribuição para aliviar minha consciência. O dinheiro não pode impedir que um raio caia na nossa cabeça e também não pode dar fim a pesadelos. Eu lhe dou este dinheiro por Chuck, embora ele não saiba o que estou fazendo.

Aceite o cheque e o deixarei em paz. O acordo é esse. Se quiser, mande-o para o Unicef, construa com ele um lar para cãezinhos órfãos ou aposte tudo em cavalos. Isto não me diz respeito. Mas aceite o cheque.

Sinto muito que tenha achado necessário partir com tanta pressa, mas acho que compreendo. Todos nós esperamos vê-lo em breve. Chuck vai para o curso preparatório da Stovington em 4 de setembro.

Johnny, aceite o cheque. Por favor.

Meus cumprimentos,
Roger Chatsworth

1º de setembro de 1977

Caro Johnny,
Ainda não se convenceu de que não vou deixar este assunto morrer? Por favor. Aceite o cheque.

Meus cumprimentos,
Roger

10 de setembro de 1977

Querido Johnny,

Tanto eu quanto Charlene ficamos muito felizes em saber onde você está e foi um alívio receber uma carta sua, uma carta tão espontânea e tão típica de você. Mas uma coisa me preocupou demais, meu filho. Liguei para Sam Weizak e li para ele o trecho em que você fala da crescente frequência de suas dores de cabeça. Ele acha melhor que você procure um médico, Johnny, e sem demora. Teme que possa ter se formado um coágulo ao redor do velho tecido cicatrizado. Isso me preocupa e também preocupa o Sam. Na realidade, sua aparência nunca foi completamente saudável desde que você saiu do coma, e quando eu o vi pela última vez, no início de junho, achei que tinha um ar muito cansado. Sam não disse claramente, mas sei que sem dúvida gostaria que você pegasse um avião aí em Phoenix, voltasse para casa e deixasse que fosse ele o médico a examiná-lo. Agora certamente você não tem o pretexto da pobreza!

Roger Chatsworth ligou duas vezes para cá e contei a ele o que pude. Acho que ele está dizendo a verdade quando diz que esse dinheiro não é para tranquilizar a consciência dele, nem uma recompensa por você ter salvo a vida do filho. Acredito que sua mãe teria dito que o homem está fazendo penitência da única maneira que sabe fazer. De qualquer modo, você aceitou o cheque e espero que não esteja falando sério quando diz que só aceitou para "tirar Roger do seu pé". Penso que você tem firmeza de caráter suficiente para não fazer algo por um motivo como esse.

Sem dúvida, para mim é muito difícil dizer isso, mas vou fazer o melhor que puder. Por favor volte para casa, Johnny. A publicidade em torno do seu nome cessou de novo... Posso ouvir você dizendo: "Ah, bobagem, ela nunca mais vai parar, não depois disto", e suponho que você tem razão em certo sentido, mas acho que também não deixa de estar errado. O sr. Chatsworth me disse ao telefone: "Se falar com ele, tente fazê-lo entender que nenhum paranormal, com exceção de Nostradamus, despertou mais que um entusiasmo passageiro". Eu me preocupo bastante com você, filho. Tenho medo que fique se culpando pelos mortos em vez de se abençoar pelos vivos, por aqueles que você salvou, aqueles que estavam na casa dos Chatsworth naquela noite. Me preocupo com você e tenho saudades também. "Sinto uma falta danada de você", como sua avó costumava dizer. Então, por favor, volte para casa assim que puder.

Seu pai

P.S.: Estou mandando os recortes sobre o incêndio e sobre sua participação na coisa. Foi Charlene quem os reuniu. Como vai ver, você estava certo ao prever que "todos que estavam naquela festa ao ar livre vão dar um serviço completo aos jornais". É possível que esses recortes acabem por deixá-lo ainda mais transtornado e, se isso acontecer, simplesmente os jogue fora. Mas a esperança de Charlene é que você possa olhar para eles e dizer: "Não foi tão mau quanto eu pensei, posso enfrentar isso". Eu também espero que funcione assim.

Seu pai

29 de setembro de 1977

Olá, Johnny,

Peguei seu endereço com meu pai. Como vai o grande deserto americano? Viu algum pele-vermelha (haha)? Bem, aqui estou, no preparatório da Stovington. O curso não é assim tão difícil. Estou pegando dezesseis horas de crédito. Química avançada é minha matéria preferida, embora pareça um pouco sombria fora do colégio. Sempre tenho a sensação de que o professor, o velho Farnham, teria realmente se saído melhor fabricando armas de destruição em massa e explodindo o mundo. Na disciplina de inglês, estamos lendo três obras de J. D. Salinger nestas primeiras quatro semanas, O apanhador no campo de centeio, Franny e Zooey e Carpinteiros, levantem bem alto a cumeeira. Gosto muito de Salinger. Nosso professor disse que ele ainda vive em New Hampshire, mas que parou de escrever. Isso me deixou intrigado. Por que alguém ia desistir justamente quando começava a fazer o maior sucesso? Ah, bem. O time de futebol americano daqui é realmente uma bosta, mas estou começando a gostar do outro futebol. Meu treinador diz que o futebol é um jogo de gente esperta, enquanto o futebol americano é um futebol de jumentos. Ainda não sei se ele está mesmo certo ou apenas com ciúmes.

Venho me perguntando se não faria mal dar seu endereço para algumas pessoas que estiveram em nossa festa de formatura. Elas queriam escrever agradecendo. Uma dessas pessoas é a mãe de Patty Strachan, acho que se lembra dela, a que fez o maior escândalo quando a "preciosa filha" desmaiou naquela tarde. Ela agora chegou à conclusão de que você é uma pessoa nota dez. Aliás, não estou mais saindo com Patty. Não estou muito disposto a namoros de longa distância nesta minha "tenra idade" (haha) e Patty vai para Vassar, como você já devia saber. Encontrei outra gatinha maneira por aqui.

Bem, escreva quando puder, meu amigo. Meu pai falou como se você tivesse realmente "pirado", não sei por quê, pois me parece que você fez tudo que podia para as coisas correrem bem. Ele está errado, não é, Johnny? Você realmente não pirou, não foi? Por favor me escreva dizendo que está bem, estou preocupado com você. Isso é engraçado, não é? O verdadeiro Mad preocupado com você, mas estou.

Quando escrever, me diga por que o Holden Caulfield, que nem é negro, é tão bom no blues.

Chuck

P.S.: O nome da gatinha maneira é Stephanie Wyman, e já a apresentei a No templo das tentações. Ela também gosta de uma banda de punk rock chamada Ramones, você devia escutar, eles são hilários.

C.

17 de outubro de 1977

Olá, Johnny,

Vejo que está melhor, você parece muito bem. Morri de rir com aquele seu trabalho no Departamento de Obras Públicas de Phoenix, mas já não preciso invejar o bronzeado de ninguém depois daquelas minhas quatro partidas com os Stovington Tigers. Acho que o técnico tem razão, futebol americano é um futebol de jumentos, pelo menos por aqui. Nosso histórico é de uma vitória e três derrotas e, no jogo que ganhamos, eu completei três touchdowns, mas hiperventilei meu estúpido corpinho e apaguei. Steff deu um chilique quando me viu cair (haha).

Não escrevi de imediato porque queria poder responder à sua pergunta sobre o que o pessoal dessa nossa região está achando de Greg Stillson, agora que ele está "com a mão na massa". Passei em casa este último fim de semana e vou lhe dizer o que posso. Primeiro perguntei ao meu pai e ele falou: "Johnny ainda está interessado naquele sujeito?". Eu disse: "Ele está mostrando seu mau gosto ao querer saber também a sua opinião". Então meu pai se virou para minha mãe: "Está vendo, o preparatório o está transformando em um engraçadinho. Achei mesmo que ia acontecer".

Bem, para encurtar a história, a maioria das pessoas anda muito espantada por Stillson estar se saindo tão bem. Meu pai disse o seguinte: "Se os habitantes da cidade natal de cada congressista tivessem de dar uma nota sobre o desempenho do sujeito após dez meses, Stillson ganharia muitos B e um A por seu empenho em questionar as contas de energia de Carter a partir de sua própria conta doméstica de aquecimento. Um A pela disposição". Meu pai me mandou lhe dizer que talvez ele estivesse errado quando falou que Stillson era apenas o bobo da corte.

Outros comentários de pessoas com quem conversei no fim de semana: Stillson também é admirado por aqui por não andar de terno. A sra. Jarvis, gerente do Fast Foda (desculpe o palavreado, cara, mas é assim que chamam a lanchonete dela), acha que Stillson não tem medo dos "grandes problemas". Henry Burke, o gerente do The Bucket — aquela taberna porca no centro da cidade —, acha que Stillson fez um "trabalho incrivelmente bom". A maioria dos outros comentários é semelhante. Comparam o que Stillson fez com o que Carter não fez. A maioria está realmente desapontada, batendo com a cabeça na parede por ter votado em Carter. Perguntei a algumas pessoas se elas não achavam perigoso que aqueles motoqueiros estivessem sempre em volta de Stillson e que o tal de Sonny Elliman fosse um dos seus auxiliares. Ninguém pareceu muito incomodado com isso. O sujeito que toma conta do Record Rock me colocou a coisa da seguinte maneira: "Se Tom Hayden pode ser aceito e Eldridge Cleaver pode receber Jesus, por que um ou dois motoqueiros não podem se integrar à ordem estabelecida? Perdoe e esqueça".

Então é isso aí. Queria escrever mais, mas está na hora do treino de futebol americano. Este fim de semana estamos agendados para levar uma surra dos Barre Wildcats. Só espero conseguir sobreviver à temporada. Cuide-se, meu amigo.
Chuck

Do *New York Times*, 4 de março de 1978:

AGENTE DO FBI ASSASSINADO EM OKLAHOMA

Especial para o Times: Edgar Lancte, trinta e sete anos, um veterano com dez anos de FBI, ao que tudo indica foi assassinado ontem à noite em um estacionamento de Oklahoma City. De acordo com a polícia, uma bomba de dinamite ligada à ignição de seu carro explodiu quando o sr. Lancte virou a chave. O estilo gângster da execução foi similar ao assassinato, dois anos atrás, de Don Bolles, um repórter investigativo do Arizona. No entanto, o delegado William Webster, do FBI, não especulou sobre alguma possível conexão entre os dois crimes. O sr. Webster também não negou nem confirmou que o sr. Lancte estivesse investigando negócios ilegais com terras e possíveis vínculos desses negócios com políticos locais.

Parece haver algum mistério cercando a missão exata do sr. Lancte, e uma fonte do Departamento de Justiça afirma que ele de fato não estava investigando apenas uma possível negociata com terras, mas uma questão de segurança nacional.

O sr. Lancte ingressara no Federal Bureau of Investigation em 1968 e...

25

1

Os cadernos de anotações na gaveta da escrivaninha de Johnny passaram de quatro para cinco e, no outono de 1978, para sete. Naquele período, entre as mortes de dois papas em rápida sucessão, Greg Stillson tinha se tornado notícia nacional.

Fora reeleito para a Câmara de Deputados com uma votação esmagadora e, com o país se inclinando para o conservadorismo da 13ª Emenda, formou um partido chamado America Now. O mais inquietante é que vários membros da Câmara tinham renegado suas filiações partidárias originais e "se juntado", como Greg gostava de dizer. A maioria deles tinha convicções muito semelhantes, que Johnny definia como superficialmente liberais nas questões domésticas e de moderadas a muito conservadoras nos temas de política externa. Não havia ninguém no grupo que tivesse ficado do lado de Carter em relação aos tratados sobre o Canal do Panamá. E, quando se olhava um pouco abaixo da superfície liberal nas posições domésticas, via-se que essas posições também acabavam sendo bastante conservadoras. O partido que se chamou America Now queria penas mais duras para usuários de drogas pesadas, que as cidades tivessem capacidade para se sustentar por si mesmas ("não faz sentido que um criador de gado leiteiro, que luta bastante para sobreviver, tenha de subsidiar, com seus impostos, os programas de recuperação de drogados da prefeitura de Nova York", Greg proclamava), queria o fim de benefícios da previdência para prostitutas, cafetões, desocupados e pessoas com delitos graves em suas fichas criminais. Queria corte nos serviços sociais em vez de reformas fiscais que implicassem maior taxação. Tudo isso era uma balela conhecida, mas o America Now de Greg abordou as questões de modo inédito e agradável.

Sete deputados disputaram as eleições daquele ano, assim como dois senadores. Seis dos deputados foram reeleitos, e os dois senadores também. Dos nove, oito tinham sido republicanos cuja base fora se reduzindo a uma cabeça de alfinete. A troca de partido e a subsequente reeleição, um piadista diria, era um truque melhor do que aquele que tinha se passado quando Jesus disse: "Lázaro, vem para fora!".

Alguns já estavam dizendo que talvez Greg Stillson tivesse se transformado em uma força a ser realmente considerada, mesmo que não tivesse assim tantos anos de estrada. Não conseguira mandar toda a poluição do mundo para Júpiter e para os anéis de Saturno, mas tinha conseguido botar pelo menos dois safados para correr — um deles era um deputado que estava ficando rico como sócio mandatário em um esquema de fraude de parquímetros, e outro era um assistente presidencial com uma queda por bares gays. No geral, ele havia mostrado visão e coragem, e o modo cuidadoso como conduzira sua passagem do comitê para o voto final revelou uma astúcia de homem do campo sulista. O ano de 1980 seria cedo demais para Greg, e 1984 podia ser tentador demais para resistir, mas se ele conseguisse ficar frio até 1988, se continuasse a construir sua base e se os ventos da mudança não mudassem de direção a ponto de liquidar seu recém-organizado partido, ora, aí qualquer coisa podia acontecer. Os republicanos tinham entrado em disputas mortais e presumido que Mondale, Jerry Brown ou mesmo Howard Baker pudessem suceder a Carter como presidente. Quem viria depois? Até mesmo 1992 podia não ser muito tarde para ele. Era um homem relativamente jovem. Sim, 1992 soava mais ou menos como o momento certo...

Havia várias caricaturas políticas nos cadernos de Johnny. Todas mostravam o contagioso sorriso de lado de Stillson, e em todas ele estava usando seu capacete de operário. Um desenho de Oliphant mostrava Greg fazendo rolar um barril de óleo com a inscrição PREÇOS MÁXIMOS diretamente pelo corredor central da Câmara, o capacete puxado para trás na cabeça. Na frente dele estava Jimmy Carter, coçando a cabeça e parecendo confuso; sem dúvida, Carter não estava vendo Greg se aproximar, e a charge parecia sugerir que seria atropelado. A legenda dizia: CAI FORA DO MEU CAMINHO, JIMMY!

O capacete. De certa forma, o capacete, mais do que qualquer outra coisa, preocupava Johnny. Os republicanos tinham seu elefante, os democratas, seu burrinho, e Greg Stillson tinha seu capacete de operário. Nos sonhos de Johnny às vezes parecia que Stillson estava usando um capacete de motoqueiro. E às vezes era um capacete de carvoeiro.

2

Num caderninho de anotações em separado, ele manteve os recortes que o pai enviara sobre o incêndio no Cathy's. Johnny os relia inúmeras vezes, embora por razões que nem Sam, nem Roger, nem mesmo seu pai poderiam ter suspeitado. PARANORMAL FAZ PREVISÃO DE INCÊNDIO. "MINHA FILHA TAMBÉM TERIA MORRIDO", DIZ, EM LÁGRIMAS, MÃE AGRADECIDA (a mãe em lágrimas, agradecida, era a mãe de Patty Strachan). PARANORMAL QUE DECIFROU OS HOMICÍDIOS DE CASTLE ROCK FAZ PREVISÃO DE INCÊNDIO PROVOCADO POR RAIO. NÚMERO DE MORTOS NO RESTAURANTE DE BEIRA DE ESTRADA CHEGA A 90. PAI INFORMA QUE JOHN SMITH DEIXOU A NOVA INGLATERRA E RECUSA-SE A DIZER POR QUÊ. Fotos dele. Fotos do pai. Fotos daquele antigo acidente na Rota 6, em Cleaves Mills, no tempo em que Sarah Bracknell era sua namorada. Agora Sarah era uma mulher, mãe de dois filhos, e em sua última carta Herb tinha dito que Sarah estava mostrando alguns fios de cabelos grisalhos. Parecia impossível acreditar que ele próprio tivesse trinta e um anos. Impossível, mas verdadeiro.

Ao redor de todos esses recortes estavam suas anotações, seus dolorosos esforços para permitir que certas conclusões entrassem de uma vez por todas em sua mente. Ninguém compreendia a verdadeira importância que a previsão do incêndio tinha para Johnny, e sua relação com um tema muito mais abrangente: o que fazer a respeito de Greg Stillson.

Johnny havia escrito:

"Tenho de tomar alguma providência a respeito de Stillson. *Tenho* de tomar. Não errei no caso do Cathy's e não estou errando no caso de Stillson. Não resta absolutamente mais nenhuma dúvida em minha mente. Ele vai se tornar presidente e vai começar uma guerra — ou provocar uma através da simples incompetência para o cargo, o que acaba dando no mesmo.

"A pergunta é: *até que ponto são drásticas as providências que precisam ser tomadas?*

"Pegue o Cathy's como um tubo de ensaio. Ele pode inclusive ter sido enviado como um sinal. Deus, estou começando a falar como minha mãe, mas é isso. Tudo bem, eu *sabia* que haveria um incêndio e que muita gente ia morrer. Esse conhecimento foi o suficiente para salvá-las? Resposta: não foi o suficiente para salvar *todas* as pessoas, porque *as pessoas só conseguem mesmo acreditar depois do fato consumado*. Quem foi para a casa dos Chatsworth em vez de ir para o Cathy's foi salvo, mas é importante lembrar que Roger Chatsworth não deu a festa por ter acreditado em minha previsão. Ficou, ao contrário, muito reticente. Ele deu a festa porque achava que isso me traria paz mental. Estava... sendo indulgente em relação a mim. Ele acreditou *depois*. A mãe de Patty Strachan acreditou *depois*. Depois-depois--depois. Tarde demais para os mortos e os queimados.

"Então, pergunta 2: eu poderia ter alterado o resultado?

"Sim. Eu podia ter entrado com um carro pela fachada do restaurante. Ou podia tê-lo incendiado eu mesmo, mas à tarde.

"Pergunta 3: quais teriam sido os resultados para mim de uma ou de outra ação?

"Provavelmente a prisão. Se eu escolhesse a opção do carro e um raio caísse no fim daquela noite, talvez eu pudesse argumentar... não, não aceitariam isso. A experiência comum pode reconhecer algum tipo de aptidão paranormal na mente humana, mas a lei é mais do que certo que não. Pensando agora, no entanto, se eu tivesse de passar de novo por aquilo, faria uma dessas coisas e não me importaria com as consequências. Alguma possibilidade de que eu não acreditasse inteiramente em minha própria previsão?

"A questão de Stillson é terrivelmente parecida sob todos os aspectos, só que, graças a Deus, tenho muito mais tempo pela frente.

"Então, voltemos à base. Não quero que Greg Stillson se torne presidente. Como posso alterar esse fato?

"1. Voltando para New Hampshire e 'me juntando ao partido, como ele mesmo define. Tentar colocar algumas cascas de banana no caminho do America Now. Tentar *sabotá-lo*. Há sujeira demais embaixo do tapete. Talvez eu pudesse puxar uma parte dela.

"2. Contratando alguém para jogar a sujeira de Stillson no ventilador. O que me sobrou do dinheiro que Roger me deu é mais do que suficiente para contratar um sujeito bom. Por outro lado, tenho a impressão de que Lancte era bastante bom. E Lancte foi assassinado.

"3. Feri-lo ou torná-lo incapacitado. Do modo como Arthur Bremer deixou Wallace aleijado, do modo como quem-quer-tenha-sido feriu Larry Flynt.

"4. Matá-lo. Assassiná-lo.

"Agora os pontos fracos. A primeira opção não é suficientemente segura. Talvez eu não conseguisse fazer nada mais efetivo do que apenas me prejudicar, como aconteceu com Hunter Thompson durante a pesquisa de seu primeiro livro, aquele sobre os Hell's Angels. Pior ainda, aquele tal de Elliman pode já estar de olho em mim, graças ao que ocorreu no comício de Trimbull. Não é mais ou menos um procedimento padrão manter um registro sobre pessoas que podem causar risco a nossos líderes? Eu não ficaria surpreso se Stillson tivesse em sua folha de pagamentos um sujeito cuja única função seria a de manter registros atualizados sobre gente estranha e suspeita. O que sem a menor dúvida me inclui.

"Então, temos a segunda opção. Mas e se toda a sujeira já tiver sido limpa? Se Stillson já definiu suas aspirações políticas maiores — e todas as suas ações parecem apontar nesse sentido — talvez já tenha limpado a cena do crime. E outra coisa: sujeira debaixo do tapete só é sujeira se a imprensa quiser que seja, e a imprensa gosta de Stillson. Ele sabe agradá-la. Acho que, em um romance, eu mesmo viraria detetive particular e traria tudo à tona, mas o triste fato é que eu não saberia por onde começar. Talvez a alegação de que minha capacidade para 'ler' as pessoas, para encontrar as coisas que perdemos (para citar Sam) pudesse me dar uma vantagem. Seria ótimo se eu conseguisse descobrir algo sobre Lancte. Se bem que é mais do que provável que Stillson jogasse toda a responsabilidade nas costas de Sonny Elliman. E, apesar de minhas suspeitas, não posso ter certeza de que Edgar Lancte continuava no rastro de Stillson quando foi assassinado. Seria possível eu pegar Sonny Elliman e mesmo assim não acabar com Stillson.

"Para resumir, a segunda alternativa *não é suficientemente segura*. Os riscos são *enormes*, a tal ponto que eu não me atrevo sequer a pensar com muita frequência em seu 'quadro geral'. Ele sempre me traz uma puta de uma dor de cabeça.

"Cheguei a pensar, nos momentos de maior agitação, em tentar envolvê-lo com drogas, do modo como o personagem de Gene Hackman foi envolvido em *Operação França II*, ou deixando-o maluco pela ingestão de LSD posto no uísque ou em alguma outra coisa que ele beba. Mas tudo isso é fantasia de filme policial. Esquema de historinha de detetive. Os problemas desta 'opção' são tão grandes que ela nem merece muita consideração. Talvez eu pudesse sequestrá-lo. Afinal, o cara é só um congressista americano. Eu saberia onde conseguir heroína ou morfina e poderia obter uma boa quantidade de LSD de Larry McNaughton, aqui mesmo no velho e bom Departamento de Obras Públicas de Phoenix. Ele tem comprimidos para necessidades de qualquer tamanho. Mas vamos supor (se estamos dispostos a fazer suposições em cima de suposições) que Stillson simplesmente curta essas viagens?

"Dar um tiro e deixá-lo paralítico? Talvez eu conseguisse fazer isso, talvez não. Acho que, nas circunstâncias certas, eu conseguiria — em um comício como o de Trimbull. Suponho que sim. Depois do que aconteceu em Laurel, George Wallace nunca mais voltou a ser uma força política de peso. Por outro lado, Franklin Delano Roosevelt fez campanha de sua cadeira de rodas e chegou inclusive a transformá-la em um trunfo.

"Então, sobra o assassinato, o Grande Jogo. É a única alternativa realmente viável. O sujeito não vai poder concorrer à presidência se for um cadáver.

"Se eu conseguir puxar o gatilho.

"E se conseguir, quais seriam as consequências?

"Como diz Bob Dylan: 'Meu bem, você precisa me perguntar isso?'."

Havia um grande número de outras notas e rabiscos, mas a única outra anotação realmente importante estava escrita por extenso e com letra caprichada: "Vamos supor que o assassinato direto se revele a única alternativa. E consideremos que fique claro que eu seja capaz de puxar o gatilho. Mesmo assim é errado matar. É errado matar. É errado matar. Talvez eu ainda encontre outra solução. Obrigado, Deus, por eu ter anos pela frente".

3

Mas esses anos não existiam para Johnny.

No início de dezembro de 1978, logo após outro congressista, Leo Ryan, da Califórnia, ser assassinado a tiros em uma pista de pouso das selvas da Guiana, Johnny Smith descobriu que seu tempo estava quase esgotado.

26

1

Às 14h30 de 26 de dezembro de 1978, Bud Prescott atendeu um rapaz alto, com uma cara meio pálida, cabelo ficando grisalho e olhos terrivelmente vermelhos. Bud era um dos três funcionários de serviço na Phoenix Artigos Esportivos, da rua Quatro, no dia seguinte ao Natal, e a maioria do movimento era de pessoas indo realizar trocas — aquele sujeito, no entanto, era um freguês pagante.

O rapaz disse que queria comprar um bom rifle, leve e preciso. Bud mostrou vários a ele. Naquele dia após o Natal quase não havia movimento no balcão de armas; pessoas que compravam armas na época do Natal dificilmente iam lá para trocá-las por qualquer outro produto.

O sujeito examinou todos os rifles com muito cuidado e acabou se decidindo por um Remington 700, calibre .243, uma arma muito boa, coice leve e trajetória uniforme. O freguês assinou o registro como John Smith e Bud pensou: *Se eu nunca tinha visto alguém assinar o registro com um nome frio, estou vendo agora.* "John Smith" pagou à vista — tirando as notas de vinte da carteira em que elas faziam volume. Pegou o rifle sobre o balcão. Bud, querendo brincar um pouco, disse que, se ele quisesse, poderia ter as iniciais gravadas na coronha sem nenhum custo extra. "John Smith" se limitou a balançar a cabeça em uma negativa.

Quando "Smith" deixou a loja, Bud reparou que ele mancava consideravelmente. Não seria nada difícil reconhecer o sujeito, pensou, não com aquele andar coxo e as cicatrizes cobrindo o pescoço de cima a baixo.

2

Às 10h30 da manhã de 27 de dezembro, um homem magro e manco entrou na Phoenix Artigos de Escritório Ltda. e se aproximou de Dean Clay, um vendedor da loja. Clay mais tarde disse ter reparado que havia nos olhos do homem o que sua mãe costumava chamar de "disposição de tiro". O cliente afirmou que queria comprar uma grande maleta de executivo e acabou escolhendo um belo artigo de couro, top de linha, ao preço de 149,95 dólares. E ganhou o desconto do pagamento à vista pagando com notas novas de vinte dólares. Toda a transação, da escolha da maleta ao pagamento, não levou mais de dez minutos. O sujeito saiu da loja e virou à direita, na direção do centro da cidade. Dean Clay só tornou a encontrá-lo ao ver sua foto no *Sun*, de Phoenix.

3

Na tarde daquele mesmo dia, um homem alto, com cabelo ficando grisalho, aproximou-se da janelinha da bilheteria de Bonita Alvarez, no terminal da Amtrak em Phoenix, e perguntou sobre a viagem de trem de Phoenix a Nova York. Bonita mostrou-lhe as conexões. Ele as seguiu com o dedo e depois as anotou com cuidado. Perguntou a Bonnie Alvarez se havia uma passagem para o dia 3 de janeiro. Os dedos de Bonnie dançaram sobre o teclado do computador e ela então disse que sim.

— Então se importaria de... — começou o homem alto e, de repente, a voz fraquejou. Pôs a mão na cabeça.

— Tudo bem com o senhor?

— *Fogos de artifício* — o homem alto falou. Bonnie contou mais tarde à polícia que fora aquilo o que ouvira, com absoluta certeza. *Fogos de artifício*.

— Senhor? Tudo bem com o senhor?

— Dor de cabeça — ele respondeu. — Me desculpe. — Tentou sorrir, mas o esforço não melhorou muito a expressão repuxada do rosto, um rosto simultaneamente jovem e velho.

— Quer uma aspirina? Tenho aqui.

— Não, obrigado. Vai passar.

Ela preencheu o bilhete da passagem e informou que a chegada à Grand Central Station de Nova York estava prevista para o meio da tarde do dia 6 de janeiro.

— Quanto é?

Ela disse o preço e acrescentou:

— Pagamento à vista ou no cartão, sr. Smith?

— À vista — ele respondeu, tirando de imediato o dinheiro da carteira: um bom punhado de notas de vinte e dez dólares.

Ela contou, deu o troco, o recibo e os tíquetes para as conexões.

— O trem sai às 10h30 da manhã, sr. Smith. Por favor se apresente no balcão de embarque às 10h10.

— Está bem — ele falou. — Obrigado.

Bonnie lhe dispensou um belo sorriso profissional, mas o sr. Smith já virava as costas. O rosto dele estava muito pálido e Bonnie achou que parecia um homem sentindo muita dor.

Tinha certeza absoluta de que ele dissera *fogos de artifício*.

4

Elton Curry era um comissário da linha Phoenix-Salt Lake da Amtrak. O homem alto compareceu pontualmente às dez da manhã de 3 de janeiro, e Elton o ajudou a subir a escadinha e entrar no vagão, porque ele estava mancando bastante. Com uma das mãos carregava uma sacola de viagem de lona xadrez, meio velha, com arranhões e pontas puídas. Na outra mão levava uma maleta executiva de couro, nova em folha. Segurava a maleta como se ela fosse bastante pesada.

— Posso ajudar o senhor? — perguntou Elton, referindo-se à maleta, mas foi a sacola de viagem que o passageiro lhe entregou, junto com o tíquete.

— Não, vou levá-la comigo durante a viagem, senhor.

— Está bem. Obrigado.

Um tipo muito gentil, disse Elton Curry aos agentes do FBI que o interrogaram mais tarde. E deu uma boa gorjeta.

5

O dia 6 de janeiro de 1979 estava cinzento e nublado em Nova York — ameaçava nevar, mas a neve não caía. O táxi de George Clements estava estacionado na calçada do Biltmore Hotel, do outro lado da Grand Central Station.

A porta se abriu e entrou um sujeito de cabelo grisalho, que parecia se locomover com cuidado e um tanto dolorosamente. Pôs uma bolsa de viagem e uma maleta executiva a seu lado, fechou a porta, jogou a cabeça para trás, encostando-a no assento, e cerrou os olhos por um momento, como se estivesse muito, muito cansado.

— Pra onde, meu amigo? — George perguntou.

O passageiro olhou para um pedaço de papel.

— Terminal Portuário — disse ele, e George deu a partida.

— Sua cara parece meio pálida, meu amigo — o motorista começou. — Meu cunhado ficou desse jeito quando teve pedras na vesícula. Você tem pedras nas vesículas?

— Não.

— Meu cunhado disse que as pedras doíam mais que qualquer outra coisa. Exceto talvez cálculos renais. Sabe o que eu disse a ele? Disse que estava falando merda. Andy, disse eu, você é um grande sujeito, eu adoro você, mas você está falando merda. Você já teve câncer, Andy?, eu disse. Perguntei isso a ele, você sabe, se ele já tinha tido câncer. Ora, todo mundo sabe que câncer é pior. — George deu uma boa olhada pelo retrovisor. — Estou perguntando com franqueza, amigo... tudo bem com você? Porque estou dizendo a verdade, você parece que está à beira da morte.

— Estou bem — o passageiro respondeu. — Estava... me lembrando de outra corrida de táxi. Muitos anos atrás.

— Ah, bem — George falou em um tom de ponderação, exatamente como se soubesse do que o outro estava falando. É, Nova York estava cheia de malucos, não havia como negar. E, após essa breve pausa para reflexão, o taxista continuou a falar do cunhado.

6

— Mamãe, aquele homem está doente?
— Shhh.
— O.k., mas ele está?
— Danny, fique quieto.

A mãe sorriu para o homem do outro lado do corredor do ônibus da Greyhound, um sorriso de desculpas, tipo crianças-não-param-de-dizer- -bobagens-não-é-mesmo, mas o homem parecia nem ter escutado. O pobre coitado realmente parecia doente. Danny só tinha quatro anos, mas estava com a razão. O homem contemplava apaticamente a neve que começava a cair logo depois de cruzarem a divisa do estado de Connecticut. Estava pálido demais, magro demais, e uma hedionda cicatriz tipo Frankenstein rodeava a gola do casaco e subia quase até a ponta do queixo. Era como se alguém tivesse tentado lhe arrancar a cabeça em um passado não tão distante assim — tentado e quase conseguido.

O ônibus da Greyhound estava a caminho de Portsmouth, New Hampshire, aonde chegaria às 21h30 daquela noite se a neve não atrasasse demais a viagem. Julie Brown ia com o filho visitar a sogra e, como de hábito, a velha puta estragaria o neto com seus mimos — Danny, que naquele momento não tinha muita opção do que fazer.

— Quero falar com ele.
— Não, Danny.
— Quero perguntar se está doente.
— Não!
— Tudo bem, mas e se ele estiver *morrendo*, mamãe? — Os olhos de Danny realmente brilharam ante aquela eletrizante possibilidade. — Pode estar morrendo nesse minuto!
— Danny, cale a boca.
— Ei, moço! — Danny gritou. — Você está morrendo ou alguma coisa assim?
— *Cale agora essa boca!* — Julie silvou, as faces ficando muito vermelhas.

Danny então começou a chorar, não propriamente a chorar, mas a fazer aquele gemido ranheta, eu-nunca-posso-fazer-o-que-eu-quero, que sempre a deixava com vontade de agarrá-lo e beliscar seus braços até ele *realmente* ter uma razão para chorar. Em momentos como aquele, viajando à noite de ônibus, atravessando outra violenta nevasca com o filho choramingando do lado, ela lamentava que a mãe não tivesse feito, muito antes de ela atingir a maioridade, alguma coisa para impedi-la de procriar.

Foi nesse momento que o homem do outro lado do corredor virou a cabeça e sorriu — um sorriso cansado, doloroso, mas apesar de tudo doce. Percebeu que os olhos dele estavam terrivelmente vermelhos, como se tivessem chorado. Julie tentou sorrir, mas se sentiu artificial e incapaz de mover os lábios de maneira segura. O vermelho do olho esquerdo e a cicatriz correndo pelo pescoço davam àquela metade do rosto uma aparência desagradável, sinistra.

Torceu para que o homem do outro lado do corredor não seguisse para Portsmouth, mas ele seguiu. Pôde vê-lo melhor no terminal, quando a avó de Danny pegou o menino, que ria feliz em seus braços. Julie o viu mancar para as portas do terminal, uma bolsa de viagem puída em uma das mãos, uma maleta executiva e nova na outra. E, ao menos por um momento, sentiu um terrível calafrio nas costas. O movimento era realmente pior que um coxear — se aproximava bastante de um cambalear muito forte. Mas havia algo de implacável ali, ela disse mais tarde à polícia estadual de New Hampshire. Era como se ele soubesse exatamente para onde estava indo e nada pudesse impedi-lo de chegar lá.

Então o homem entrou na escuridão e ela o perdeu de vista.

7

Timmesdale, em New Hampshire, era uma pequena cidade a oeste de Durham, mas já na área do terceiro distrito eleitoral. Era mantida viva pela menor das Tecelagens Chatsworth, que se destacava como uma ogra construção de tijolos manchados de fuligem à beira do riacho Timmesdale. A única modesta pretensão de Timmesdale à fama (segundo a câmara de comércio local) era a de ter sido a primeira cidade de New Hampshire a ter postes de luz elétrica.

Certa noite, no início de janeiro, um homem jovem, com o cabelo ficando prematuramente grisalho e um andar manco, entrou no Timmesdale

Pub, o único lugar da cidade em que se podia tomar cerveja. Dick O'Donnell, o proprietário, cuidava do balcão. O lugar estava quase vazio porque era meio da semana e outro vendaval estava chegando do norte. Cinco ou sete centímetros de neve já tinham se empilhado na frente do bar e havia mais neve a caminho.

O homem que mancava bateu com os sapatos para limpar as solas, foi até o balcão e pediu uma Pabst. O'Donnell o serviu. O sujeito pediu mais duas e as bebeu devagar, olhando para a TV em cima do balcão, que estava passando a série *Happy Days*. As cores da tela estavam piorando, o que já vinha acontecendo há dois meses, e o personagem Fonz parecia um zumbi romeno. O'Donnell não se lembrava de já ter visto aquele sujeito por ali.

— Mais uma? — O'Donnell perguntou, voltando ao balcão depois de servir duas velhas frequentadoras sentadas em um canto.

— Uma saideira não vai fazer mal — respondeu o sujeito, que logo apontou para alguma coisa acima da TV. — Você o conheceu pessoalmente, não foi?

Era a ampliação emoldurada de uma charge. Mostrava Greg Stillson com o capacete de trabalhador da construção civil inclinado para trás na cabeça. Ele jogava um homem de terno cinza pelas escadas do Capitólio. O sujeito de terno cinza era Louis Quinn, o deputado que, cerca de catorze meses antes, montara um esquema para fraudar os parquímetros. O desenho tinha o título PONTAPÉ MERECIDO e, no canto de baixo, havia uma dedicatória escrita às pressas: *Para Dick O'Donnell, que tem o melhor pub do terceiro distrito! Continue apostando na turma, Dick — Greg Stillson*.

— Conheci mesmo — O'Donnell confirmou. — Ele fez um discurso aqui da última vez que se candidatou à Câmara. Tinha cartazes espalhados por toda a cidade, entrou no pub às duas horas de uma tarde de sábado e disse que todos teriam direito a um chope por sua conta. Foi o dia em que mais faturei em toda a minha vida. As pessoas achavam que só tomariam um copo por conta de Greg, mas ele acabou pagando a despesa de todas as mesas. Melhor que isso não podia fazer, não acha?

— Ao que tudo indica, você o acha um cara incrível.

— É, eu acho — O'Donnell declarou. — E fico tentado a estampar a minha mão na cara de quem disser o contrário.

— Bem, não sou eu quem vai desafiá-lo. — O sujeito pôs três moedas de 25 centavos no balcão. — Tome uma por minha conta.

— Bem, o.k. Talvez eu tome mesmo. Obrigado, sr...?

— Johnny Smith.

— Ora, é um prazer conhecê-lo, Johnny! Eu sou Dicky O'Donnell. — Ele se serviu de uma cerveja tirada do barril. — É, Greg fez muito bem a esta parte de New Hampshire. Muita gente tem medo de abrir a boca para dizer isto, mas eu não. Digo em alto e bom som. Um dia Greg Stillson vai ser presidente.

— Acha mesmo?

— Acho — O'Donnell confirmou, voltando ao balcão. — New Hampshire não é grande o bastante para Greg. Ele é um político de mão cheia, e olhe que eu não costumo elogiar políticos. Considerava todos eles um punhado de larápios e safados. Ainda penso assim, mas Greg é uma exceção à regra. É um cara leal e honesto. Se você me falasse, há uns cinco anos, que eu estaria dizendo uma coisa dessas de um político, eu ia rir na sua cara. Seria muito mais provável você me encontrar dedicando meu repertório de palavrões a um deles. Mas, com todos os diabos, Greg é confiável!

— Esses caras só são seus amigos enquanto estão em campanha — disse Johnny —, mas quando chegam lá você que se foda. Vou ficar com o voto que eu dei atravessado na garganta até a próxima eleição. Venho do Maine e sabe o que recebi na única vez em que escrevi para Ed Muskie? A carta padrão que ele manda para todo mundo!

— Ah, Muskie é um polaco — disse O'Donnell. — O que se pode esperar de um polaco? Escute, todo maldito fim de semana Greg vem ao distrito! Acha que isso soa como um foda-se?

— Todo fim de semana, é? — Johnny tomou um gole da cerveja. — Vem a que parte do distrito? Trimbull? Ridgeway? Às cidades grandes?

— Ele tem um sistema — disse O'Donnell com os tons reverentes de um homem cuja autoestima era muito baixa. — Quinze cidades, desde lugares grandes como Capital City até lugarejos como Timmesdale e Coorter's Notch. Visita um por semana até completar a lista e depois começa de novo pelo topo. Você sabe qual é o tamanho de Coorter's Notch? Não há mais de oitocentas almas por lá. Então o que se pode pensar de um cara que troca Washington por Coorter's Notch e passa o fim de semana congelando a bunda em uma sala de reuniões fria? Acha que isso soa como um foda-se?

— Não, acho que não — Johnny respondeu em um tom de franqueza. — O que ele vem fazer por aqui? Só apertar as mãos?

— Não, ele tem uma sala em cada cidade. Um lugar que reserva por todo o dia de sábado. Chega por volta das dez da manhã e as pessoas podem ir lá para falar com ele. Falar de suas ideias, sabe. Se elas têm perguntas, ele responde. Se não pode responder, volta para Washington e *encontra* as respostas! — Olhou triunfante para Johnny.

— Quando esteve pela última vez aqui, em Timmesdale?

— Há dois meses — disse O'Donnell, indo para a caixa registradora e remexendo na pilha de papéis que havia ao lado dela. Tirou de lá um recorte de jornal com um canto dobrado e o colocou no balcão ao lado de Johnny.

— Aqui está o roteiro. Dê uma olhada e me diga o que acha.

Era o recorte de um jornal de Ridgeway. Já parecia um tanto velho. A reportagem tinha o cabeçalho: STILLSON ANUNCIA "CENTROS DE INTERAÇÃO". O primeiro parágrafo parecia ter sido tirado diretamente do material de campanha de Stillson. Embaixo havia a lista de cidades em que Greg passaria seus fins de semana e as datas previstas. Não devia aparecer de novo em Timmesdale antes de meados de março.

— Isso parece muito bom — Johnny falou.

— Sim, também acho. Muita gente pensa assim.

— Segundo este recorte, ele deve ter passado em Coorter's Notch na semana passada.

— Exato — O'Donnell concordou, rindo. — Na boa e velha Coorter's Notch. Quer outra cerveja, Johnny?

— Só se você me acompanhar — Johnny respondeu, pousando duas moedas de um dólar no balcão.

— Bem, acho que não faço muita questão.

Uma das duas freguesas habituais tinha colocado algum dinheiro no jukebox. A voz de Tammy Wynette, parecendo velha, cansada e nada feliz de estar sendo ouvida ali, começou a cantar "Stand By Your Man".

— Ei, Dick! — resmungou a outra freguesa. — Alguém já ouviu falar de serviço neste lugar?

— Cale a boca! — ele gritou de volta.

— Quero que VOCÊ... se foda — ela respondeu com uma risada.

— Porra, Clarice, já avisei sobre os palavrões no meu bar! Já avisei...

— Ah, pare com isso e traga as cervejas.

— Detesto essas duas sapatonas velhas — O'Donnell murmurou para Johnny. — Dupla de sapatonas bêbadas, é o que são. Estão aqui há um milhão de anos e não me espantaria se morressem depois de mim só pra cuspir no meu túmulo. O mundo às vezes é uma coisa terrível.

— Sim, é.

— Com licença, volto já. Tenho uma bela moça, mas, no inverno, ela só vem às sextas e aos sábados.

O'Donnell tirou duas canecas de cerveja e levou-as para a mesa das freguesas. Disse algo a elas e Clarice repetiu "quero que VOCÊ... se foda", rindo de novo. O pub estava repleto de fantasmas de velhos hambúrgueres. Tammy Wynette cantava com o chiado empipocado de um disco velho. Os aquecedores roncavam e enchiam o lugar de um calor abafado, enquanto lá fora a neve dava batidinhas secas na vidraça. Johnny esfregou as têmporas. Já estivera antes em um bar como aquele em uma centena de outras cidadezinhas. A cabeça doía. Ao apertar a mão de O'Donnell, ficou sabendo que o dono do bar tinha um grande e velho vira-lata treinado para morder a uma ordem dele. Seu único grande sonho era que um ladrão entrasse uma noite em sua casa e lhe fosse legalmente permitido mandar o velho e grande cão atacá-lo. Seria menos um maldito hippie corrompido e drogado no mundo.

Ah, sua cabeça doía.

O'Donnell voltou, esfregando as mãos no avental. Tammy Wynette chegou ao fim e foi substituída pelo álbum de músicas infantis gravado por Red Sovine.

— Obrigado de novo pelas cervejas — O'Donnell agradeceu, recolhendo as duas canecas.

— Foi um prazer — Johnny respondeu, ainda examinando o recorte. — Coorter's Notch na semana passada, Jackson no próximo fim de semana. Nunca ouvi falar de Jackson. Deve ser uma cidadezinha muito pequena, né?

— É só um lugarejo — concordou O'Donnell. — Antigamente tinha um resort de esquis, mas ele faliu. Deixou muita gente desempregada por lá. Agora eles conseguem negociar alguma madeira e cuidar de uma meia dúzia de sítios. Mas Greg vai lá, santo Deus! Vai conversar com eles. Ouvir suas queixas. De que parte do Maine você é, Johnny?

— De Lewiston — Johnny mentiu. O recorte de jornal dizia que Greg Stillson ia receber na prefeitura as pessoas interessadas em conversar.

— Parece que levou um tombo esquiando, hein?

— Não, machuquei a perna há algum tempo. Não posso mais esquiar. Bem, estou só de passagem. Obrigado por me deixar dar uma olhada nisto. — Johnny devolveu o recorte. — É bem interessante.

O'Donnell guardou cuidadosamente o recorte de jornal com seus outros papéis. Tinha um bar sem movimento, um cachorro nos fundos da casa que morderia se ele mandasse e a lembrança de Greg Stillson. Greg, que já havia estado em seu bar.

De repente, Johnny teve vontade de morrer. Se aquela sua aptidão fosse um dom de Deus, então Deus era um lunático perigoso que deveria ser detido. Se Deus queria Greg Stillson morto, por que não acabara com ele na hora do nascimento, o cordão umbilical enrolado na garganta? Ou sufocado em um pedaço de carne? Ou então, mais tarde, eletrocutado quando estivesse mudando o rádio de estação? Por que não o fizera morrer afogado, puxado pela correnteza enquanto nadava? Por que Deus precisaria de Johnny Smith para fazer o trabalho sujo? Não era responsabilidade de Johnny salvar o mundo, isso era coisa de psicóticos, coisa que só psicóticos se dispunham a tentar. De repente ele decidiu deixar Greg Stillson vivo e cuspir na cara de Deus.

— Tudo bem com você, Johnny? — O'Donnell perguntou.

— Hã? Sim, claro.

— De repente ficou com uma cara meio engraçada.

Chuck Chatsworth dizendo: *Eu faria o serviço. Nem que fosse pelo medo de ser assombrado até depois da morte por todos aqueles milhões de pessoas que ele acabaria matando.*

— Acho que acabei me distraindo — Johnny respondeu. — Saiba que foi um prazer beber com você.

— Bem, digo o mesmo — O'Donnell falou com ar satisfeito. — Queria que viesse mais gente simpática como você por aqui. Mas passam batidos pela minha porta, a caminho das pistas de esqui, sabe como é. Os lugares nobres. É onde deixam dinheiro. Se achasse que isso os faria entrar aqui, decoraria este bar como eles gostam. Pôsteres, sabe como é, da Suíça e do Colorado. Uma lareira. Carregava o jukebox com discos de rock em vez dessas musiquinhas de merda. Eu... você sabe, eu acabaria gostando. — Deu de ombros. — Diabos, não sou um mau sujeito.

— Claro que não — Johnny concordou, saltando do banco e pensando no cão treinado para morder e no tão aguardado ladrão na pele de um viciado hippie.

— Bem, diga a seus amigos que estou aqui — pediu O'Donnell.

— Com certeza — disse Johnny.

— Ei, Dick! — gritou uma das antigas freguesas. — Alguém aqui já ouviu falar de servir-com-um-sorriso?

— Por que não fecha essa matraca? — O'Donnell gritou de volta, o rosto ficando vermelho.

— Quero que *VOCÊ*... se foda! — Clarice respondeu e deu umas risadinhas.

Johnny escapuliu em silêncio para a tempestade que estava se preparando.

8

Estava hospedado no Holiday Inn, em Portsmouth. Naquela noite, ao voltar, pediu que o funcionário da recepção fechasse a conta, porque ia sair de manhã.

Em seu quarto, sentou-se na impessoal escrivaninha do Holiday Inn, pegou a caneta que tinha o nome do hotel estampado e puxou todos os papéis de carta. A cabeça latejava, mas havia cartas a serem escritas. Sua momentânea rebelião — se foi realmente disso que se tratou — havia passado. O negócio com Greg Stillson continuava inacabado.

Fiquei maluco, ele pensou. *É realmente isso. Saí inteiramente de órbita.* Já podia ver as manchetes. PSICÓTICO ATIRA EM DEPUTADO DE NEW HAMPSHIRE. DEMENTE ASSASSINA STILLSON. RAJADA DE BALAS ABATE CONGRESSISTA AMERICANO EM NEW HAMPSHIRE. E a *Inside View*, é claro, teria um dia cheio. AUTOPROCLAMADO "VIDENTE" MATA STILLSON, DOZE PSIQUIATRAS FAMOSOS EXPLICAM POR QUE SMITH FEZ ISSO. Talvez com uma citação daquele tal de Dees, contando como Johnny ameaçara ir buscar a espingarda para "atirar no pecador".

Loucura.

A dívida do hospital estava paga, mas aquilo deixaria uma nova conta, bem significativa, uma conta que o pai precisaria pagar. Ele e a nova esposa teriam de passar um bom número de dias sob os holofotes que a notoriedade do filho voltaria contra eles. Iam se transformar nos alvos de correspondências cheias de ódio. Todos os seus conhecidos seriam entrevistados: os Chatsworth, Sam, o xerife George Bannerman. Sarah também? Bom, talvez não chegassem tão longe. Afinal, não ia ser como se ele tivesse planejado atirar no presidente. Pelo menos ainda não. *Muita gente tem medo de abrir a boca para dizer isso, mas eu não. Digo isso em alto e bom som. Um dia Greg Stillson vai virar presidente.*

Johnny esfregou as têmporas. A dor de cabeça chegava em ondas pequenas, lentas, e nada disso o ajudava a escrever as cartas. Mas ele puxou a primeira folha de papel, pegou a caneta e escreveu *Querido papai*. Lá fora a neve batia na janela com aquele ruído seco de areia que indica uma nevasca séria. Finalmente a caneta começou a se desenrolar pelo papel, a princípio devagar, ganhando depois velocidade.

27

1

Johnny subiu os degraus de madeira que haviam sido limpos por uma pá de neve e recebido uma camada de sal. Atravessou um conjunto de portas duplas e entrou em um saguão forrado de quadros de avisos e notícias que informavam sobre uma reunião extraordinária do conselho da cidade a ser realizada ali, em Jackson, no dia 3 de fevereiro. Havia também um cartaz comunicando a iminente visita de Greg Stillson e uma foto dele, o capacete puxado para trás e aquele sorriso nitidamente de lado que parecia dizer: "Sabemos ou não lidar com eles, pessoal?". Um pouco à direita da porta verde que levava à sala de reuniões, havia um cartaz que Johnny não esperava e que o fez refletir por vários segundos em silêncio, a respiração saindo pela boca como um vapor esbranquiçado. EXAMES DE MOTORISTA HOJE, dizia o cartaz. Estava colocado em um cavalete de madeira. TENHA OS DOCUMENTOS À MÃO.

Ele abriu a porta, entrou no iluminado e letárgico calor emanado por uma grande lareira e viu um policial sentado a uma mesa. O policial usava um casacão de esqui desabotoado. Havia papéis espalhados pela mesa e também uma engenhoca para avaliar a acuidade visual.

O policial ergueu os olhos para Johnny, que teve uma sensação de aperto no estômago.

— Em que posso ajudar o senhor?

Johnny passou os dedos pela correia da câmera em volta do pescoço.

— Bem, não sei se haveria problema em dar uma olhada por aqui — ele começou. — Estou a serviço da revista *Yankee*. Estamos preparando uma reportagem sobre a arquitetura dos prédios municipais no Maine, em New Hampshire e em Vermont. Tirando um monte de fotos, sabe como é.

— Vá em frente — disse o policial. — Minha mulher costuma ler todas as edições da *Yankee*. E elas me fazem dormir.

Johnny sorriu.

— A arquitetura da Nova Inglaterra — Johnny inventou — tem uma tendência para... bem, para a severidade.

— Severidade — o policial repetiu com ar de dúvida, mas logo esqueceu a ideia. — O próximo, por favor.

Um homem jovem se aproximou da mesa. Entregou um protocolo de exame ao policial, que o pegou e disse:

— Olhe no visor, por favor, e identifique as placas e os sinais de trânsito que vou mostrar.

O jovem começou a espreitar pela máquina-visor. O policial pôs um formulário sobre o protocolo de exame do rapaz. Johnny avançou para o corredor central da prefeitura de Jackson e tirou uma foto do busto que havia na frente.

— Sinal de pare — o rapaz atrás dele respondeu. — O do lado é via preferencial... Os outros são de informação de trânsito... Proibido virar à direita, proibido virar à esquerda, é isso...

Johnny não havia contado com a presença de um policial na prefeitura; não se preocupara sequer em comprar filme para a câmera que levava para disfarçar. Mas sem dúvida já era tarde demais para consertar as coisas. Era sexta-feira e, se tudo corresse como esperado, Stillson estaria lá no dia seguinte. Stillson iria responder a perguntas e ouvir sugestões da boa gente de Jackson. Estaria cercado por um bom grupo de colaboradores. Dois assistentes, um par de consultores — e muitas outras pessoas, homens jovens em ternos sóbrios ou paletós esporte, gente que não pouco tempo antes usava jeans e dirigia motos.

Greg Stillson ainda acreditava piamente em guarda-costas. No comício de Trimbull eles carregavam porretes. Será que agora estariam portando armas? Será que um congressista americano teria grande dificuldade em conseguir permissão para carregar uma arma escondida? Johnny achava que não. Provavelmente ele não teria mais que uma oportunidade realmente favorável; teria de aproveitá-la ao máximo. Assim, era importante ver o local, pesar os prós e os contras e decidir se poderia pegar Stillson ali mesmo ou se seria melhor ficar à espera no estacionamento com a janela do carro aberta e o rifle no colo.

Então lá estava Johnny, fazendo o levantamento do terreno enquanto um policial estadual, a menos de dez metros, realizava exames para a condução de veículos.

Johnny disparou a câmera descarregada na direção de um quadro de avisos à sua esquerda — por que, em nome de Deus, não dedicara dois minutos para comprar um rolinho de filme? O quadro estava coberto com aqueles diagramas de festinha de cidade pequena, cheios de informações sobre feijoadas, uma peça que seria apresentada no colégio local, orientações sobre como conseguir registro para o cachorro e, é claro, muito material sobre Greg. Uma ficha de arquivo dizia que o presidente do conselho municipal procurava alguém que pudesse funcionar como taquígrafo, e Johnny ficou olhando para a nota como se aquilo tivesse um grande interesse. Enquanto isso, sua mente movia-se em alta velocidade.

Evidentemente, se fosse impossível agir — ou tentar agir — em Jackson, podia esperar até a semana seguinte, quando Stillson estaria cumprindo o mesmo ritual na cidade de Upson. Ou podia agir na semana que vinha depois, em Trimbull. Ou na semana depois dessa. Ou nunca.

Tinha que acontecer naquela semana mesmo. Tinha que acontecer no dia seguinte.

Fingiu estar fotografando a grande lareira que havia no canto e olhou para cima. Havia uma sacada lá. Não... não era exatamente uma sacada; parecia mais uma galeria com um parapeito da altura da cintura e grandes lambris pintados de branco. Talhados em madeira, havia arabescos e pequenos e decorativos losangos. Não seria nada impossível alguém se agachar atrás daquele parapeito e ficar olhando por um daqueles entalhes. No momento certo, bastaria se levantar e...

— Que câmera é essa?

Johnny se virou, certo de que era o policial. Ele pediria para examinar sua câmera sem filme... e então pediria para ver sua identidade... e então estaria tudo acabado.

Mas não era o policial. Era o rapaz que acabara de fazer o teste para a carteira de motorista. Tinha uns vinte e dois anos, cabelo comprido e olhos francos, simpáticos. Usava um casaco de camurça e uma calça jeans desbotada.

— Uma Nikon — Johnny respondeu.

— Boa câmera, cara. Sou doido por câmeras. Há quanto tempo trabalha para a *Yankee*?

— Bem, sou colaborador externo. Faço algumas coisas para eles, às vezes para o *Country Journal*, às vezes para o *Downeast*, você sabe como é.

— Nada nacional, como a *People* ou a *Life*?

— Não. Pelo menos não ainda.

— Que f-stop você usa aqui?

Que diabo é f-stop?

Johnny deu de ombros.

— Bem, eu aprendi de ouvido mesmo.

— Aprendeu de olho, você quer dizer — o rapaz corrigiu, sorrindo.

— Pois é, de olho. — *Caia fora, garoto, por favor, caia fora!*

— Também estou interessado em um trabalho como fotógrafo externo — o jovem continuou e sorriu. — Meu grande sonho é um dia tirar uma grande foto, como a bandeira sendo levantada em Iwo Jima.

— Ouvi dizer que aquela foto foi posada.

— Bem, talvez. Mas é clássica. Que tal a primeira foto de um OVNI aterrissando na Terra? Seria realmente ótimo. Bom, tenho um portfólio de coisas que fotografei por aí. Quem é o seu contato na *Yankee*?

Johnny já estava suando.

— Na realidade, foram eles que entraram em contato comigo para esta reportagem — disse ele. — Foi uma...

— Sr. Clawson, pode vir agora — o policial interrompeu, em um tom impaciente. — Preciso refazer algumas das suas questões.

— Ora, tudo que seu mestre mandar — Clawson respondeu. — Até logo, cara. — Ele se afastou depressa e Johnny deixou o ar sair dos pulmões em um suspiro baixo, sussurrante. Estava na hora de sair de lá, e rápido.

Tirou mais duas ou três "fotos" para a encenação não ficar suspeita demais, quase inconsciente do que estava vendo. Logo estava saindo.

O rapaz de casaco de camurça — Clawson — já tinha se esquecido completamente dele. Ao que parecia, estava sendo reprovado na parte escrita do exame. Discutia arduamente com o policial, que se limitava a balançar a cabeça.

Johnny parou um momento na recepção da prefeitura. À sua esquerda havia um banheiro. À direita, uma porta fechada. Girando a maçaneta, viu que não estava trancada. Um estreito lance de degraus subia na obscuridade. As verdadeiras salas da repartição ficariam lá em cima, é claro. Assim como a galeria.

2

Johnny estava hospedado no Jackson House, um agradável e cuidadosamente reformado hotelzinho junto ao cais principal. As obras provavelmente teriam custado muito dinheiro. Os proprietários sem dúvida devem ter achado que o lugar pagaria as despesas graças à nova estação de esqui. Só que as novas instalações tinham falido, e agora o agradável hotelzinho mal conseguia sobreviver. O recepcionista da noite cochilava sobre uma xícara de café quando Johnny saiu às quatro da manhã de sábado, com a maleta executiva na mão esquerda.

Dormiu pouco à noite, na realidade só depois da meia-noite conseguiu deslizar para um breve e leve cochilo. Tinha sonhado. Era 1970 de novo. Era tempo da feira regional. Estava parado com Sarah na frente da Roda da Fortuna e de novo tinha aquela sensação de um enorme, de um fantástico poder. Podia sentir nas narinas o cheiro de borracha queimando.

— Vamos — dizia uma voz baixa atrás dele. — Adoro ver este cara levar uma surra. — Ele se virou e era Frank Dodd, usando a capa preta de vinil, a garganta cortada de orelha a orelha em um selvagem esgar vermelho, os olhos cintilando como um zumbi. Johnny se virou de novo para a barraca da Roda, apavorado... Mas agora o homem da barraca era Greg Stillson e o olhava como quem sabia de tudo, o capacete amarelo repuxado para trás na cabeça. — Ei, ei, ei — Stillson cantava, a voz profunda, ressonante, ameaçadora. — Jogue onde quiser, rapaz. O que me diz? Quer tentar a sorte grande?

Sim, queria tentar a sorte grande. Mas, quando Stillson pôs a Roda em movimento, Johnny viu que toda a faixa circular da borda ficara esverdeada, e todos os números eram um duplo zero. Todos os números eram favoráveis à banca.

Ele se levantou assustado e passou o resto da noite contemplando o escuro pela janela com gelo nas esquadrias. A dor de cabeça que sentia desde a chegada a Jackson, na véspera, havia passado, deixando-o com uma sensação de fraqueza, mas bastante tranquilidade. Ficou sentado com as mãos no colo. Não pensou em Greg Stillson; pensou no passado. Pensou na mãe colocando um Band-Aid no joelho ralado; pensou no dia em que o cachorro rasgara o traseiro de uma bermuda ridícula de sua avó Nellie e em como ele havia rido; pensou no dia em que Vera tinha lhe dado uma palmada e feito um talho em sua testa com a pedra da aliança; pensou no pai querendo ensiná-lo a colocar a isca no anzol e dizendo: *Isso não machuca as minhocas, Johnny... pelo menos acho que não.* Pensou no pai lhe dando um canivete no Natal quando ele tinha sete anos e dizendo com ar sério: *Estou confiando em você, Johnny.* Todas aquelas lembranças tinham voltado como uma enchente.

Agora ele penetrava no frio profundo da madrugada, os sapatos rangendo na trilha de neve, aberta a pá. Sua respiração soltava vapor na sua frente. A lua estava baixa, mas as estrelas se espalhavam pelo céu escuro em uma profusão estúpida. Caixa de joias de Deus, Vera sempre dizia. Você está vendo a caixa de joias de Deus, Johnny.

Desceu a rua principal, parou na frente da minúscula agência dos correios de Jackson e tirou, bastante nervoso, as cartas do bolso do casaco. Cartas para o pai, para Sarah, para Sam Weizak e para Bannerman. Pousou a maleta executiva entre os pés, abriu a caixa de correio que havia na frente do elegante e pequeno prédio de tijolos e, após um breve momento de hesitação, colocou-as pela abertura. Pôde ouvi-las caindo lá dentro, certamente eram as primeiras cartas despachadas em Jackson naquele novo dia. O barulho lhe trouxe uma estranha sensação de ter de fato um objetivo a cumprir. Agora, com as cartas despachadas, não havia mais possibilidade de voltar atrás.

Pegou novamente a maleta e seguiu adiante. O único som era o ranger dos sapatos na neve. O grande termômetro sobre a porta do Granite State Savings Bank marcava dezesseis graus negativos e a atmosfera passava aquela impressão de completa e silenciosa inércia, experimentada exclusivamente nas frias manhãs de New Hampshire. Nada se movia. A estrada estava deserta. Os para-brisas dos carros estacionados estavam cobertos de cataratas de gelo. Janelas escuras, persianas puxadas. Para Johnny tudo aquilo parecia um tanto pavoroso e, ao mesmo tempo, sagrado. Lutou contra a sensação. Não havia nada de sagrado no que ia fazer.

Atravessou a rua Jasper e lá estava o prédio da prefeitura, despontando branco e austeramente elegante atrás dos montes cintilantes de gelo deixados pelo limpa-neves.

O que você vai fazer se a porta da frente estiver trancada, espertalhão?

Bem, se fosse preciso, encontraria outro modo de entrar. Johnny olhou em volta, mas não havia ninguém para vê-lo. Se Greg já fosse presidente e estivesse chegando para um comício, tudo, é claro, seria diferente. O lugar estaria interditado desde a noite anterior e já haveria homens parados na área restrita. Mas Greg ainda era apenas um deputado, um dentre quatrocentos outros; não era grande coisa. Ainda não era grande coisa.

Johnny subiu a escada e pegou a maçaneta da porta. Ela girou com facilidade, Johnny entrou na recepção fria e fechou a porta atrás de si. Agora a dor de cabeça estava voltando, pulsando no ritmo da batida firme e forte de seu coração. Ele pousou a maleta no chão e massageou as têmporas com os dedos enluvados.

De repente ouviu um guincho baixo. A porta do closet em que os casacos eram guardados foi se abrindo, muito devagar, e alguma coisa branca saltou das sombras em direção a ele.

Johnny quase não conseguiu conter um grito. Por um momento achou que fosse um cadáver caindo do armário como algo saído de um filme de terror. Mas era apenas uma pesada tabuleta de papelão que dizia POR FAVOR ORGANIZE SEUS DOCUMENTOS ANTES DE COMPARECER AO EXAME.

Ele pôs a tabuleta de volta no lugar e se virou para a porta que dava para a escada.

Aquela porta estava agora trancada.

Inclinou-se para analisá-la melhor na vaga luminosidade esbranquiçada que se filtrava, através da janela, de um lampião de rua. Era uma fechadura comum, e ele achou que conseguiria abrir a porta com o metal do cabide de algum casaco. Encontrou um e enfiou a ponta na fenda entre a porta e o batente. Fez a ponta encostar no ferrolho e começou a forçar. Agora a cabeça latejava de modo febril. Por fim ouviu o ferrolho estalar com a pressão do arame. Puxou a porta, pegou a maleta executiva e entrou, ainda segurando o cabide. Fechou a porta atrás de si e ouviu a fechadura trancá-la de novo. Subiu a escada estreita, que estalava e rangia sob seu peso.

No alto da escada havia um pequeno corredor com portas de um lado e de outro. Desceu o corredor, passou pelo GABINETE, pelo CONSELHO MUNICIPAL, pela SECRETARIA DA FAZENDA, pelo banheiro dos HOMENS, pela ASSISTÊNCIA SOCIAL e pelo banheiro das MULHERES.

Havia uma porta sem inscrições no final do corredor; ela não estava trancada e conduzia à galeria nos fundos do salão de reuniões, que se estendia lá embaixo como uma maluca colcha de sombras. Fechou também aquela porta atrás de si e estremeceu um pouco ante o rumor abafado de ecos no salão deserto. Seus passos também ecoavam quando ele virou primeiro à direita, depois à esquerda na galeria. Agora avançava pelo lado direito do salão, uns sete metros acima do andar de baixo. Parou em um ponto que ficava sobre a lareira e bem de frente para a tribuna em que Stillson ia subir umas cinco horas e meia mais tarde.

Sentou-se no chão com as pernas cruzadas e descansou um pouco. Tentou pôr a dor de cabeça sob controle respirando fundo. A lareira não estava acesa e Johnny sentiu o frio se instalando severamente ao seu redor — e depois dentro dele. Era como se assistisse a um trailer da matança que cobriria o local.

Quando começou a se sentir um pouco melhor, abriu com o polegar os trincos da maleta executiva. Logo ecoaria um duplo estalido, do mesmo modo como ecoaram seus passos, mas desta vez seria um som de pistola sendo engatilhada.

Justiça do Velho Oeste, ele pensou, aparentemente sem qualquer razão. Foi o que disse o promotor quando o júri considerou Claudine Longet culpada de ter atirado no amante. *Ela aprendeu o que significa a justiça do Velho Oeste.*

Johnny olhou dentro da maleta e esfregou os olhos. Durante um instante sua visão ficou duplicada, mas logo as coisas voltaram a se unir. Estava recebendo alguma coisa da própria madeira em que estava sentado. Uma impressão muito antiga; se fosse uma fotografia, seria uma foto em sépia. Homens ali parados, fumando charutos, conversando, rindo e esperando que a reunião do conselho começasse. Fora em 1920? 1902? Havia algo fantasmagórico naquilo e ele se sentiu meio inquieto. Um deles falava sobre o preço do uísque, limpando o nariz com um palito de prata e

(e dois anos antes havia envenenado a esposa)

Johnny estremeceu. Seja lá o que fosse aquela impressão, ela não importava. Era a imagem de um homem que já estava morto havia muito tempo.

O rifle brilhava na sua frente.

Quando fazemos isso na guerra, recebemos medalhas, ele pensou.

Começou a preparar o rifle. Cada *clique* produzia um eco, e um deles produziu o barulho solene da arma sendo engatilhada.

A Remington foi carregada com cinco balas.

Ele a pousou nos joelhos.

E esperou.

3

A aurora chegou devagar. Johnny cochilou um pouco, mas agora estava sentindo frio demais para que seu sono fosse profundo. Sonhos ralos e muito vagos assombraram o pouco que ele dormiu.

Despertou completamente um pouco depois das sete. A porta no andar de baixo foi escancarada e fez um estrondo ao bater na parede. Ele teve de morder a língua para não gritar. *Quem está aí?*

Era o zelador. Johnny pôs o olho em uma das aberturas em forma de losango da balaustrada e viu um homem corpulento enrolado em uma grossa japona azul-marinho. Avançava pelo corredor central com os braços carregados de lenha. Murmurava uma música, "Red River Valley". Soltou a carga de lenha na abertura da lareira com outro estrondo e desapareceu por baixo de Johnny. Um segundo depois, Johnny ouviu o som baixo de chocalho da porta da fornalha sendo aberta.

De repente Johnny pensou na nuvem de vapor que estava produzindo cada vez que soltava o ar. E se o zelador olhasse para cima? Conseguiria ver o vapor?

Tentou diminuir o ritmo de sua respiração, mas isso piorou a dor de cabeça e sua visão duplicou de forma alarmante.

Então chegou até ele o barulho de papel sendo amassado, depois o riscar de um fósforo. Um leve aroma de enxofre no ar gélido. O zelador continuou murmurando "Red River Valley" e logo, em voz alta e desafinada, começou a soltar as palavras da canção: "From this valley they say you are going... we will miss your bright eyes and sweet smiiiiile...".

Agora outro tipo de som crepitante. Fogo.

— Engula tudo, sua gulosa — disse o zelador bem abaixo de Johnny, que logo escutou mais uma vez o som da porta da fornalha sendo de novo trancada. Johnny pressionou a boca com as duas mãos, como se elas fossem um esparadrapo, pois de repente uma suicida vontade de gargalhar se apoderara dele. Viu a si mesmo se levantando da galeria, magro e branco como um fantasma que se preze. Imaginou-se abrindo os braços como asas, espalmando os dedos como garras e gritando em tons cavernosos:

— Engula tudo *você*, seu guloso!

Prendeu o riso com as mãos. A cabeça latejava como um tomate cheio de sangue quente que estivesse aumentando de volume. A nitidez de sua visão oscilava loucamente e a todo momento ficava embaçada. De repente, teve uma forte vontade de falar qualquer coisa para se livrar da imagem de um homem limpando o nariz com um palito de prata, mas não se atreveu a fazer o menor ruído. Meu Deus, e se tivesse vontade de espirrar?

Então, sem nenhum aviso, um chiado terrível, ondulante, encheu o salão, penetrando e aumentando nos ouvidos de Johnny como um prego de prata, fazendo a cabeça vibrar. Ele abriu a boca para gritar...

O barulho cessou.

— Ah, seu puto — disse o zelador em um tom de conversa.

Johnny olhou pela abertura em losango e viu o zelador parado atrás da tribuna, mexendo em um microfone. O fio saía enroscado de um pequeno amplificador. O zelador desceu os poucos degraus da plataforma, puxou o amplificador para mais longe do microfone e começou a brincar com os mostradores do aparelho. Outro chiado de retorno, mais baixo, logo cessou inteiramente. Johnny apertava a testa com as mãos e a esfregava de um lado para o outro.

O zelador bateu no microfone com o polegar, fazendo o som encher o salão vazio. Soava como um punho batendo na tampa de um caixão. Então chegou a voz dele, ainda desafinada, mas agora amplificada a um nível monstruoso, como a voz de um gigante dando pancadas na cabeça de Johnny: "FROM THIS VAL-LEEE THEY SAY YOU ARE GOING...".

Pare com isso, Johnny teve vontade de gritar. *Ah, por favor, pare com isso, está me enlouquecendo, será que não pode parar?*

A cantoria terminou com um *clic!*, alto, ressonante, e o zelador disse com sua voz normal:

— Engula isso, puto.

O homem tornou a sair do campo de visão de Johnny. Houve um som de papel sendo rasgado e estalidos baixos de barbante cortado. Então o zelador reapareceu, assobiando e segurando uma grande pilha de folhetos. Ele começou a distribuí-los sobre os bancos, deixando intervalos curtos entre um e outro.

Depois de concluir esta última tarefa, o zelador abotoou o casaco e saiu do salão. A porta bateu surdamente atrás dele. Johnny consultou o relógio. Eram 7h45. O salão estava esquentando um pouco. Ele continuou sentado, à espera. A dor de cabeça continuava muito forte, mas, por mais estranho que fosse, parecia agora muito mais fácil de suportá-la do que em qualquer outro momento. Tudo que Johnny precisava fazer era dizer a si mesmo que não iria senti-la por muito mais tempo.

4

As portas se escancararam mais uma vez, pontualmente às nove, fazendo Johnny despertar assustado de um breve cochilo. Suas mãos se grudaram com força no rifle e depois relaxaram. Ele tornou a olhar pelo buraco em forma de losango. Agora eram quatro homens. Um deles era o zelador, a gola da japona virada contra o pescoço. Os outros três estavam usando sobretudos com paletós por baixo. Johnny sentiu as batidas do coração se acelerarem. Um dos homens era Sonny Elliman. Seus cabelos estavam cortados, num estilo elegante, mas o brilho dos olhos verdes não havia se alterado.

— Tudo pronto? — ele perguntou.

— Verifique você mesmo — disse o zelador.

— Não se ofenda, papai — um dos outros respondeu. Estavam avançando para a frente do salão. Um deles ligou o amplificador e logo o desligou, satisfeito.

— As pessoas por estes lados agem como se ele fosse a porra de um imperador — resmungou o zelador.

— Ele é, ele é — o terceiro homem afirmou. Johnny achou que também estava reconhecendo o sujeito do comício de Trimbull. — Será que ainda não percebeu isso, Pop?

— Esteve lá em cima? — Elliman perguntou ao zelador e Johnny sentiu um frio na espinha.

— A porta da escada está trancada — o zelador respondeu. — Aliás, como sempre. Dei uma sacudida.

Silenciosamente, Johnny deu graças a Deus pelo fato de a fechadura ter voltado a se trancar.

— Devia ter ido verificar — Elliman sugeriu.

O zelador deixou escapar um riso exasperado.

— Não estou entendendo vocês, caras. Quem estão esperando encontrar? O Fantasma da Ópera?

— Vamos, Sonny — disse o sujeito que Johnny achou estar reconhecendo do comício. — Não tem ninguém lá em cima. Só vamos ter tempo para um café, e só se formos agora até aquela lanchonete na esquina.

— O que servem aqui não é café — Sonny respondeu. — É uma porra de um lodo, mais nada. Antes vá lá em cima e se certifique de que não há ninguém, Moochie. Vamos seguir o protocolo.

Johnny lambeu os lábios e apertou a arma. Olhou para um lado e para o outro da estreita galeria. À direita ela terminava em uma parede lisa. À esquerda voltava para o conjunto de salas. Ir para um lado ou para outro não faria diferença. Se fizesse algum movimento, iam ouvi-lo. Assim, vazio, o salão da prefeitura funcionava como um amplificador natural. Johnny estava de mãos e pés atados.

Passos vieram lá de baixo. Depois escutou o barulho da porta entre o salão e a escada sendo aberta e fechada. Johnny esperou, imóvel e indefeso. Lá embaixo, o zelador conversava com os outros dois homens, mas Johnny não ouvia nada do que diziam. Sua cabeça tinha se virado no pescoço, como se movida por um motor em marcha lenta. Ele agora arregalava os olhos para a ponta da galeria, à espera de que o tal do Moochie aparecesse. A expressão entediada de repente ia se transformar em choque e incredulidade, a boca ia se abrir: *Ei, Sonny, tem um cara aqui em cima!*

Agora podia ouvir o som abafado de Moochie subindo a escada. Tentou pensar em alguma coisa, qualquer coisa. Nada lhe ocorreu. Ia ser descoberto, faltava menos de um minuto para isso acontecer, e ele não fazia a menor ideia de como impedir que acontecesse. Pouco importava o que fizesse. Sua única chance de acabar com Stillson estava à beira de ser liquidada. Portas começaram a se abrir e fechar, o som de cada uma ficava mais perto e menos abafado. Uma gota de suor escorreu pela testa de Johnny e escureceu a perna de sua calça jeans. Ele conseguia se lembrar de cada porta que tinha atravessado em seu caminho até lá. Moochie deu uma olhada no GABINETE, no CONSELHO MUNICIPAL e na SECRETARIA DA FAZENDA. Agora estava abrindo a porta do banheiro dos HOMENS, agora dava uma olhada na sala em que ficava a ASSISTÊNCIA SOCIAL, agora no banheiro das MULHERES. A porta seguinte era a que levava às galerias.

Ela se abriu.

Johnny ouviu o som de dois passos quando Moochie se aproximou do parapeito da curta galeria que corria pelos fundos do salão.

— Tudo bem, Sonny? Está satisfeito?

— Tudo em ordem?

— Parece uma merda de prédio abandonado — Moochie respondeu e houve uma explosão de riso no andar de baixo.

— Bem, desça e vamos tomar café — disse o terceiro homem. E, incrivelmente, foi o que aconteceu. A porta foi batida. Os passos foram se afastando pelos fundos do salão e depois pela escada que levava ao andar térreo.

Johnny sentiu uma fraqueza e, por um momento, tudo em volta dele mergulhou em sombras cinzentas. Foi a batida da porta do saguão, quando eles saíram para o café, que trouxe Johnny parcialmente à tona.

Lá embaixo, o zelador expôs seu julgamento.

— Bando de putas. — Depois ele também saiu e, aproximadamente pelos vinte minutos seguintes, Johnny ficou sozinho.

5

Por volta das 9h30 da manhã, os habitantes de Jackson começaram a encher o salão da prefeitura. Quem apareceu primeiro foi um trio de velhas senhoras vestidas formalmente de preto e tagarelando como gralhas. Johnny observou-as tomarem assento perto da lareira — quase inteiramente fora de seu campo de visão — e pegarem os folhetos que tinham sido deixados nos bancos. Os folhetos pareciam estar cheios de fotos lustrosas de Greg Stillson.

— Eu simplesmente adoro esse homem — disse uma das três. — Já peguei três vezes seu autógrafo e vou pegar de novo hoje, tão certo quanto estou viva.

Essa foi toda a conversa que houve sobre Greg Stillson. As senhoras continuaram discutindo a próxima festa dominical na igreja metodista.

Johnny, quase diretamente sobre a lareira, passara de muito frio a muito quente. Havia aproveitado a pausa entre a partida do pessoal da segurança de Stillson e a chegada dos primeiros moradores, usando o intervalo para abotoar até em cima a jaqueta e a camisa. Agora não parava de enxugar o suor do rosto, e o lenço ia ficando manchado tanto de suor quanto de sangue. Seu olho lesionado estava causando de novo problemas, e a visão ficava a toda hora avermelhada e borrada.

A porta lá embaixo se abriu, houve o vigoroso som de gente tirando a neve dos sapatos e então quatro homens com casacos de lã enxadrezado avançaram pelo corredor e se sentaram na fileira da frente. Um deles começou de imediato a contar uma piada.

Uma mulher de uns vinte e três anos chegou com o filho, que parecia ter em torno de quatro. O menino usava uma roupa azul de *esqui* com brilhantes listras amarelas e queria saber se não podia falar no microfone.

— Não, querido — a mulher respondeu ao filho, indo com ele para trás dos homens. O menino começou imediatamente a chutar as costas do banco na sua frente e um dos homens se virou para trás.

— Matt, pare com isso! — disse a mãe do garoto.

Já eram 10h15. A porta estava se abrindo e fechando com uma boa regularidade. Homens e mulheres de todos os tipos, ocupações e idades iam enchendo o salão. Pairava um rumor de conversa, transmitindo um indefinível sentimento de antecipação. Não estavam lá para sabatinar seu representante devidamente eleito; estavam esperando que a boa-fé daquele homem se voltasse para a pequena comunidade em que viviam. Johnny sabia que a maioria das sessões tipo "encontro com seu candidato" e "encontro com seu deputado" eram assistidas por um punhado de reacionários em auditórios quase vazios. Durante as eleições de 1976, um debate entre Bill Cohen do Maine e seu desafiador, Leighton Cooney, atraiu um total de vinte e seis pessoas além da imprensa. Esses eventos só ganhavam algum significado pelo manejo que se podia fazer em torno deles, transformando-os em fatos a serem agitados quando chegasse de novo a época das eleições. A maioria poderia ter sido realizada em uma sala média. Ali, no entanto, por volta das dez da manhã, todos os lugares do salão estavam ocupados e já havia vinte ou trinta pessoas de pé nos fundos. A cada vez que a porta se abria, as mãos de Johnny pressionavam o rifle. Mesmo àquela altura do campeonato, ele ainda não tinha certeza se conseguiria ou não fazer.

Passaram cinco minutos, passaram dez minutos. Johnny começou a achar que devia haver algum problema com Stillson, que talvez ele nem aparecesse. E a sensação que passou furtivamente por ele foi de alívio.

Então a porta tornou a se abrir e uma voz vigorosa se elevou:

— Ei! Como vai, Jackson, New Hampshire?

Um murmúrio de sobressalto e satisfação. Alguém gritou em êxtase:

— Greg! E você como vai?

— Bem, estou animado — reagiu Stillson de imediato. — Tudo bem com vocês?

Um borrifo de aplausos rapidamente se transformou em um bramido de aprovação.

— Ei, tudo bem! — Greg gritava por sobre a barulheira. Avançava depressa pelo corredor em direção à tribuna. Apertava mãos.

Johnny acompanhava seu alvo através do buraco em forma de losango. Stillson usava um casacão de couro com gola de pele de carneiro e naquele dia o capacete fora substituído por um gorro de esquiar com um vermelho brilhante na borda. Ele parou na frente do corredor e acenou para os três ou quatro representantes da imprensa. Flashes pipocaram e houve uma segunda rajada de aplausos, fazendo os bancos estremecerem.

E de repente Johnny Smith percebeu que era naquele momento ou nunca.

O que sentira por Greg Stillson no comício de Trimbull tornou a se apoderar dele com uma claridade terrível e certeira. Dentro da cabeça dolorida, torturada, teve a impressão de ouvir uma pancada surda, duas coisas se juntando com terrível força em um momento privilegiado. Era, talvez, o som do destino. Seria fácil demais adiar, deixar Stillson falar e falar. Fácil demais hesitar, permanecer ali sentado com a cabeça nas mãos, à espera, enquanto a multidão fosse ficando rala, enquanto o zelador voltasse para desmontar o sistema de som e varrer o lixo, ele se enganando repetidamente de que haveria a semana seguinte em outra cidade.

A hora era aquela, indiscutivelmente aquela, e cada ser humano na Terra tinha de repente uma responsabilidade pelo que estava acontecendo no salão daquele lugarejo atrasado.

Aquele som ressoando em sua cabeça, como polos do destino se unindo.

Stillson subia a escada para a tribuna. A área atrás dele estava livre. Os três homens de sobretudos abertos estavam encostados na parede oposta.

Johnny se levantou.

6

Tudo pareceu acontecer em câmera lenta.

Sentiu cãibras nas pernas devido ao tempo em que ficara sentado. Os joelhos estalavam como bombinhas de festa junina. O tempo pareceu congelado e o aplauso continuou, embora cabeças estivessem se virando, os pescoços se esticando; alguém gritou em meio ao aplauso, que mesmo assim continuou; gritaram porque havia um homem na galeria e esse homem estava segurando um rifle. Aquilo era algo que todos já tinham visto pela TV, era uma situação com elementos clássicos reconhecíveis por todos. De certa forma, aquilo era tão americano quanto *O mundo encantado de Disney*. O político e o homem com a arma em um lugar elevado.

Greg Stillson se virou para ele, esticando o pescoço grosso, marcado de dobras. O pompom vermelho no alto do gorro de esquiador balançou.

Johnny aproximou o rifle do ombro. A arma pareceu ficar flutuando, mas Johnny sentiu a pancada quando ela se encaixou na articulação. Lembrou-se de ter atirado em uma perdiz ao lado do pai, quando era menino. Tinha entrado também em uma caçada aos cervos, mas, da única vez que vira um deles, não fora capaz de puxar o gatilho: o desespero do animal o comovera. Era um segredo, vergonhoso como a masturbação, que nunca havia contado a ninguém.

Houve outro grito. Uma das velhas senhoras tapava a boca com a mão, e Johnny reparou nas frutas artificiais espalhadas pela grande aba de seu chapéu preto. Rostos se levantavam para ele, grandes zeros brancos. Bocas abertas, pequenos zeros pretos. O menininho com a roupa de esqui apontava para Johnny. A mãe tentava protegê-lo. De repente Stillson estava na mira e Johnny lembrou que ainda precisava destravar o pino de segurança. Do outro lado os homens de sobretudo punham as mãos por dentro da roupa, e Sonny Elliman, os olhos verdes chamejando, gritava:

— *Abaixe! Greg, ABAIXE!*

Mas Stillson arregalou os olhos para a galeria e, pela segunda vez, os olhares dos dois se conectaram em uma espécie de perfeita compreensão. Stillson mergulhou no mesmo instante em que Johnny atirou. O barulho do tiro foi alto e preencheu o lugar. A bala destruiu quase um canto inteiro do estrado da tribuna, descascou-o, deixando aparecer a madeira crua e brilhante. Lascas voaram. Uma delas atingiu o microfone e houve outro chiado monstruoso de retorno, algo que terminou de repente em um zumbido muito grave, de tons muito roucos.

Johnny enfiou outra bala na câmara e atirou de novo. Desta vez a bala abriu um buraco no empoeirado carpete do tablado.

A multidão tinha começado a se mover, como um rebanho de gado em pânico. Todos se dirigiram para o corredor central. As pessoas que estavam de pé nos fundos da sala escaparam facilmente, mas logo um gargalo de homens e mulheres gritando e praguejando se formou na porta dupla de saída.

Fortes estalos vieram do outro lado do salão e, de repente, parte do parapeito da galeria se rompeu na frente dos olhos de Johnny. Alguma coisa passou silvando por sua orelha um segundo mais tarde. Logo outro dedo invisível dava um toque na gola de sua camisa. Os três homens, com os revólveres em punho, estavam de frente para ele, e, como Johnny se pusera de pé na galeria, tinham um campo de visão de uma limpidez cristalina — Johnny, no entanto, duvidou que estivessem muito preocupados em não atingir pessoas inocentes.

Uma das senhoras daquele trio agarrou o braço de Moochie. Estava soluçando, tentando pedir alguma coisa. Ele a arremessou para o lado e suspendeu a arma com ambas as mãos. Havia agora um fedor de pólvora no salão. Tinham se passado uns vinte segundos desde que Johnny se levantara.

— *Abaixe! Abaixe, Greg!*

Stillson continuava parado na ponta da tribuna, ligeiramente agachado, olhando para cima. Johnny baixou o rifle e, por um instante, Stillson ficou bem na mira. Então uma bala de revólver passou arranhando o pescoço de Johnny, jogando-o para trás, e o tiro se perdeu no ar. A janela do outro lado do salão se dissolveu em uma tilintante chuva de vidro. Gritos fracos vieram lá de baixo. O sangue escorreu do arranhão no pescoço para o ombro e o peito de Johnny.

Ah, você está fazendo um escarcéu para acabar com ele, Johnny pensou histericamente, tornando a recuar para o parapeito. Colocou outra bala no rifle e apoiou de novo a arma no ombro. Agora Stillson estava em movimento, se arremessando pelos degraus para o nível do chão e erguendo novamente os olhos.

Outra bala passou zumbindo pela testa de Johnny. *Estou sangrando como um porco espetado,* pensou. *Vamos. Vamos acabar logo com isto!*

O gargalo de gente na entrada se rompeu, e as pessoas começaram a escapar. Uma nuvem de fumaça rosada saída do cano de um dos revólveres se espalhou pelo salão. Ouviu-se um estampido. O dedo invisível que alguns segundos antes dera um toque na gola de Johnny desenhava agora uma linha de fogo pelo lado de sua cabeça. Não fazia mal. A única coisa que importava era pegar Stillson. Ele tornou a baixar o rifle.

Desta vez acerte...

Stillson correu agilmente para o lado de um homem alto. A mulher jovem, de cabelos pretos, que Johnny vira há alguns minutos estava se aproximando da frente do corredor central. Levava nos braços o filho, que chorava, e tentava protegê-lo com o corpo. E, então, o que Stillson fez perturbou Johnny de tal maneira que ele quase deixou o rifle cair. Stillson arrancou a criança dos braços da mãe e se virou para a galeria, mantendo o corpo do menino na sua frente. Não era mais Greg Stillson quem estava na mira, mas uma figurinha se contorcendo numa

(o filtro azul filtro listras amarelas listras de tigre)

roupinha azul-escura de *esqui* com brilhantes e finas listras amarelas.

O queixo de Johnny caiu, deixando a boca aberta. Era Stillson, sem dúvida. O tigre. *Mas ele agora estava atrás do filtro.*

O que isto significa?, Johnny tentou gritar, mas nenhum som saiu de sua boca.

A mãe então deu um grito estridente; Johnny já tinha ouvido tudo aquilo antes, em algum lugar.

— *Matt! Me dê meu filho! MATT! ME DÊ MEU FILHO, SEU PUTO!*

A cabeça de Johnny estava inchando terrivelmente, inflando como um balão. Tudo começava a desbotar. O único brilho que restava se concentrava ao redor das marcas da mira do rifle, mira que agora caía diretamente sobre o peito daquele traje azul de esqui.

Faça isso, ah, pelo amor de Cristo, você tem de fazer isso ou ele vai escapar...

E então — talvez fosse apenas a visão borrada que fizesse a imagem parecer assim — a roupa azul de *esqui* começou a se expandir, sua cor se confundindo com o leve tom amarelo e roxo da visão, aquele amarelo carregado que foi se estendendo, se simplificando, até que tudo começou a se perder dentro dele.

(atrás do filtro, sim, ele está atrás do filtro, mas o que isso significa? significa que é seguro ou simplesmente que ele está fora de meu alcance? o que isso)

Um brilho quente lampejou em algum lugar lá embaixo e sumiu. Alguma parte obscura da mente de Johnny registrou a coisa como o flash de um fotógrafo.

Stillson empurrou a mulher e recuou para a porta, os olhos apertados, reduzidos a fendas de espertalhão à espreita. Segurava com firmeza, pelo pescoço e pelo meio das pernas, a criança que se debatia.

Não posso. Ah, querido Deus, me perdoe, eu não posso.

Então mais duas balas atingiram Johnny. Uma no alto do peito, que o impeliu para trás e o jogou contra a parede, fazendo-o ricochetear. A segunda o atingiu do lado esquerdo do diafragma, fazendo-o girar pelo parapeito da galeria. Ele tinha uma vaga consciência de ter deixado o rifle cair. O rifle bateu no chão da galeria e disparou sozinho, cravando uma bala na parede. A parte de cima das coxas de Johnny bateu na balaustrada e de repente ele estava caindo. O salão da prefeitura rodopiou duas vezes diante de seus olhos e depois houve um estrondo quando Johnny caiu por cima de dois bancos, quebrando as costas e as duas pernas.

Johnny abriu a boca para gritar, mas o que saiu foi uma grande golfada de sangue. Ficou estirado nos restos lascados dos bancos em que caíra e pensou: *Está acabado. Não valho mais nada. Fui varrido do mapa.*

Mãos em cima dele, nada gentis. Elas o viravam. Elliman, Moochie e o outro cara estavam ali. Fora Elliman quem o havia virado.

Stillson chegou, empurrando Moochie para o lado.

— Esse aqui pouco interessa — disse ele em um tom áspero. — Encontrem o filho da puta que tirou aquela foto. Quebrem a câmera dele.

Moochie e o outro cara saíram. Em algum lugar ali perto a mulher de cabelos pretos gritava:

— ... atrás de uma criança, estava se protegendo atrás de uma criança, e vou contar pra todo mundo...

— Faça ela se calar, Sonny — Stillson ordenou.

— Claro — Sonny respondeu, saindo do lado de Stillson.

Stillson se ajoelhou em cima de Johnny.

— A gente já se conhece, cara? Mentir não faz sentido. Você teve a sua chance.

— A gente se conhece — Johnny sussurrou.

— Foi naquele comício em Trimbull, não foi?

Johnny assentiu.

Stillson se levantou de repente e Johnny, aproveitando a última de suas forças, estendeu a mão e o agarrou pelo tornozelo. Foi só por um segundo; Stillson se livrou com facilidade. Mas o tempo fora suficiente.

Tudo havia mudado.

Agora havia gente se aproximando, mas Johnny via apenas pernas e pés, não rostos. Não importava. *Tudo havia mudado.*

Começou a chorar baixo. Desta vez, tocar Stillson foi como tocar um espaço em branco. Uma bateria descarregada. Uma árvore caída. Uma casa vazia. Prateleiras sem livros. Ou garrafas de vinho à espera de velas.

Se dissipando. Indo embora. Os pés e as pernas ao seu redor estavam ficando nublados, vagos. Ouvia as vozes, a tagarelice nervosa e cheia de especulação, mas não entendia as palavras. Só percebia o som das palavras e mesmo assim ele ia se dissipando, ia sendo borrado por um murmúrio alto, doce.

Olhou pelo ombro e lá estava o corredor do qual há muito tempo havia emergido. Saiu do corredor e penetrou naquele brilhante local placentário. Só que então a mãe estava viva e seu pai estava lá, chamando-o pelo nome, e de repente começou a avançar em direção a eles. Agora estava na hora de voltar. Agora o certo era voltar.

Fiz o que devia. De alguma forma fiz. Não entendo como, mas consegui fazer.

Deixou-se levar para aquele corredor com as escuras paredes cromadas, sem saber se haveria ou não alguma coisa na sua extremidade. O doce rumor das vozes se dissipou. O brilho enevoado se dissipou. Mas ele ainda era *ele* — Johnny Smith —, intacto.

Entre no corredor, pensou. *Tudo bem.*

Achou que, se conseguisse entrar naquele corredor, seria capaz de andar.

III
NOTAS DA ZONA MORTA

1

Portsmouth, New Hampshire
23 de janeiro de 1979

Querido papai,

Esta é uma carta terrível de escrever e vou tentar ser breve. Enquanto você a lê, provavelmente já vou estar morto. Uma coisa muito ruim aconteceu comigo e acho que pode ter começado muito tempo antes do acidente de carro e do estado de coma. Você soube da história da minha paranormalidade, é claro, e deve se lembrar da mamãe jurando no leito de morte que aquele era o modo de Deus agir, que Deus tinha uma tarefa para mim. Ela me pediu para não fugir da tarefa, e prometi a ela que não fugiria — eu não estava falando sério, mas queria deixar que ela fosse em paz. Agora parece que ela, de um modo engraçado, estava certa. Eu ainda não consigo realmente acreditar em Deus, em um Ser real que faz os planos para nós e nos dá todas as pequenas tarefas que temos de fazer, como se fôssemos escoteiros destinados a conquistar medalhas de honra na Grande Gincana da Vida. Mas também não acredito que todas as coisas que me aconteceram sejam mero acaso.

No verão de 1976, pai, fui a um comício de Greg Stillson em Trimbull, que fica no terceiro distrito de New Hampshire. Era a primeira vez que ele se candidatava, talvez você se lembre. A caminho do palanque, Greg apertou um monte de mãos, entre as quais a minha. Esta é a parte que talvez você ache difícil de acreditar, mesmo que já tenha visto meu poder em ação. Tive um dos meus "lampejos", só que daquela vez não foi um lampejo, papai. Foi uma visão no sentido bíblico ou algo muito próximo disso. Por estranho que possa parecer, não foi clara como algumas de minhas outras "percepções" — tudo estava coberto por um intrigante clarão azul que eu nunca vira antes —, mas foi algo incrivelmente poderoso. Vi Greg Stillson como presidente dos Estados Unidos. Não saberia dizer em que momento do futuro, mas vi que ele tinha perdido a maior parte de seu cabelo. Talvez daqui a uns catorze anos, no máximo uns dezoito. Tenho a capacidade de ver, não de interpretar, e neste caso minha aptidão de ver foi dificultada por um curioso filtro azul, mas mesmo assim vi o bastante. Se Stillson se tornar presidente, vai agravar uma situação internacional que desde o início já vem se apresentando como terrível. Se Stillson se tornar presidente, vai acabar precipitando uma guerra nuclear em escala global. Acredito que o foco inicial dessa guerra estará na África do Sul. E também acredito que, no curso breve e sangrento desta guerra, não haverá apenas duas ou três nações atirando ogivas nucleares, mas talvez umas vinte — além dos grupos terroristas.

Papai, sei que isto deve parecer uma loucura. Até para mim parece loucura. Mas não tenho dúvidas, nenhum desejo de me virar para trás e ver se, em uma segunda olhada, minhas impressões se transformam em algo menos real e menos urgente. Você nunca soube — ninguém soube —, mas eu não estava fugindo dos Chatsworth por causa do incêndio naquele restaurante. Acho que eu estava fugindo de Greg Stillson e do que eu tinha obrigação de fazer. Como Elias se escondendo em sua caverna, ou Jonas, que acabou na barriga da baleia. Achei que devia esperar para ver, você sabe. Esperar para ver se as precondições para um futuro tão horrível começariam a se formar. Hoje provavelmente eu ainda estaria esperando, mas no outono do ano passado as dores de cabeça começaram a piorar e tive um problema quando estava naquela turma que trabalhava nas obras de estradas. Acho que Keith Strang, o chefe do grupo, deve se lembrar disso...

2

Extrato do depoimento prestado perante a denominada "Comissão Stillson", presidida pelo senador William Cohen, do Maine. O inquiridor é o sr. Norman D. Verizer, relator da comissão. O depoente é o sr. Keith Strang, residente em Desert Boulevard, 1421, Phoenix, Arizona.

Data do depoimento: 17 de agosto de 1979.

Verizer: E desta vez John Smith era empregado da Secretaria de Obras Públicas da Prefeitura de Phoenix, não era?

Strang: Sim, senhor, era.

V.: Foi no início de dezembro de 1978.

S.: Sim, senhor.

V.: E aconteceu alguma coisa em 7 de dezembro de que o senhor particularmente se lembre? Algo que tenha relação com John Smith?

S.: Sim, senhor. Certamente.

V.: Poderia dizer a esta comissão o que foi?

S.: Bem, eu tive de voltar à oficina central para pegar galões de cento e cinquenta litros de tinta laranja. Estávamos pintando faixas divisórias, o senhor sabe. Johnny... Johnny Smith... estava na avenida Rosemont nesse dia. Estava pintando novas faixas. Bem, voltei da oficina por volta das 16h15... uns quarenta e cinco minutos antes do fim do expediente... e aquele Herman Joellyn, com quem já conversaram, chegou perto de mim e disse: "Keith, é melhor dar uma olhada no Johnny. Tem alguma coisa errada com ele. Quis falar com ele, mas parece que ele nem ouviu. Quase passou por cima de mim. É melhor ir falar com ele". Foi o que Herman falou, e eu perguntei: "Mas o que está acontecendo com ele, Hermie?". E Herman respondeu: "Vá ver por você mesmo, há alguma coisa muito esquisita com aquele cara". Aí fui subindo a avenida e a princípio estava tudo bem, mas de repente... uau!

V.: O que o senhor viu?

S.: Quer dizer, antes de eu ver o Johnny.

V.: Sim, é isso.

S.: A linha que ele estava pintando começava a ficar toda torta. No início só um pouco... um desvio aqui, outro ali, uma pequena curva. Não estava perfeitamente reta, o senhor sabe. E Johnny sempre fora considerado o melhor traçador do grupo. A partir de certo ponto, a linha ficava realmente sinuosa. Começava a avançar por toda a pista em grandes curvas e arcos. Em certos pontos, era como se Johnny tivesse avançado, desenhando círculos. E por cerca de uns cem metros chegara a desenhar a faixa pela beira do acostamento.

V.: O que você fez?

S.: Eu o fiz parar. Acabei alcançando o Johnny e fazendo com que parasse. Emparelhei com a máquina e comecei a gritar com ele. Devo ter gritado uma meia dúzia de vezes. Era como se ele não estivesse ouvindo. De repente Johnny virou aquela coisa contra mim e deu uma baita arranhada na lateral do carro que eu estava dirigindo. Um veículo do Departamento de Estradas. Aí pus a mão na buzina e gritei de novo. Desta vez parece que consegui alcançá-lo. Ele pôs o carro em ponto morto e olhou para mim. Perguntei o que, em nome de Deus, estava fazendo.

V.: E o que ele respondeu?

S.: Disse oi. Só isso. "Oi, Keith." Como se tudo estivesse nos trinques.

V.: E sua resposta foi...?

S.: Minha resposta foi bastante brava. Estava furioso. E Johnny simplesmente ficou parado, olhando em volta e segurando o câmbio da máquina como se a alavanca fosse cair se ele a soltasse. Foi aí que percebi como parecia doente. Ele sempre foi magro, o senhor sabe, mas na hora parecia branco como papel, e o canto da boca estava um pouco... o senhor sabe... repuxado. A princípio Johnny não pareceu entender o que eu estava dizendo. Então ele se virou e viu como estava a faixa... cruzando a estrada toda.

V.: E ele disse...?

S.: Pediu desculpas. Então acho que ele... não sei bem... acho que cambaleou e pôs uma das mãos no rosto. Aí perguntei o que estava acontecendo e ele falou... ah, um monte de coisas confusas. Sem sentido nenhum.

Cohen: Sr. Strang, a comissão está realmente interessada em *qualquer coisa* dita pelo sr. Smith que possa lançar alguma luz sobre este caso. Pode se lembrar do que ele falou?

S.: Bem, a princípio disse que não estava acontecendo nada, só aquele cheiro de borracha queimando. Pneus queimando. Aí ele disse: "Aquela bateria vai explodir se tentar carregá-la". E alguma coisa do tipo: "Tenho batatas no peito e os dois rádios estão no sol. Então está tudo pronto para as árvores". Não posso me lembrar de mais nada. Como eu disse, era tudo confuso e maluco.

V.: O que aconteceu então?

S.: Ele começou a cair. Então eu o agarrei pelo ombro e a mão dele... Johnny tinha mantido a mão encostada no rosto... se afastou. E vi que seu olho direito estava cheio de sangue. Então ele desmaiou.

V.: Mas ele disse mais alguma coisa antes de desmaiar, não foi?

S.: Sim, senhor, ele disse.

V.: E o que foi?

S.: Ele falou: "Vamos nos preocupar com Stillson mais tarde, papai, ele agora está na Zona Morta".

V.: Tem certeza de que foi isso que ele disse?

S.: Sim, senhor, tenho. Nunca vou esquecer.

3

... e quando acordei eu estava na pequena máquina, parada no início da avenida Rosemont. Keith disse que era melhor eu procurar imediatamente um médico e que eu não voltaria a trabalhar até fazer isso. Eu estava assustado, pai, mas acho que não pelas razões que Keith imaginava. De qualquer modo, marquei uma consulta com um neurologista que Sam Weizak recomendou na carta que me escreveu no início de novembro. Você sabe, eu tinha escrito a Sam dizendo que passara a ter medo de dirigir porque estava tendo alguns momentos de visão dupla. Sam me respondeu imediatamente e disse para marcar uma consulta com aquele dr. Vann — disse que considerava os sintomas bastante alarmantes, mas não teria a presunção de diagnosticar a longa distância.

Não fui de imediato. Acho que a mente pode nos pregar algumas peças muito desagradáveis, e continuei pensando (até o dia do incidente com a máquina de pintar as faixas) que fosse apenas uma fase que eu estava atravessando, uma fase que seria superada. Acho que eu simplesmente não queria levar em conta a outra possibilidade. Só que o incidente com a máquina de pintar as faixas foi demais e eu comecei a pensar nisso, pois estava ficando com muito medo — não só por mim, mas pelo que eu sabia.

Então marquei uma consulta com aquele dr. Vann, que fez uns testes comigo e esclareceu minhas dúvidas. Com certeza eu não tinha tanto tempo quanto imaginava, porque...

4

Extrato do depoimento prestado perante a denominada "Comissão Stillson", presidida pelo senador William Cohen do Maine. O inquiridor é o sr. Norman D. Verizer, relator da comissão. O depoente é o dr. Quentin M. Vann, residente na via Parkland, 17, Phoenix, Arizona.

Data do depoimento: 22 de agosto de 1979.

Verizer: Depois de ter realizado os testes e obtido o diagnóstico, o senhor conversou com John Smith em seu consultório, não foi?

Vann: Sim. Uma consulta difícil. Essas consultas são sempre difíceis.

Ve: Pode nos contar o essencial do que se passou entre o senhor e ele?

Va: Sim. Sob circunstâncias tão incomuns, acho que podemos renunciar ao sigilo da relação médico-paciente. Comecei a dizer a Smith que ele devia ter tido uma experiência terrivelmente assustadora. Smith admitiu. Seu olho direito continuava muito vermelho, mas já parecia melhor. Um pequeno vaso sanguíneo. Se posso me referir ao gráfico...

(Material deletado e condensado neste ponto)

Ve: E depois que deu essa explicação a Smith?

Va: Ele me perguntou sobre a linha lá de baixo. Foi essa a expressão que usou: "a linha lá de baixo". De uma certa forma ele me impressionou com sua calma e coragem.

Ve: E o que havia nessa linha de baixo, dr. Vann?

Va: Ah? Pensei que isso estivesse claro para os senhores. John Smith tinha um tumor cerebral já em um estágio avançado de desenvolvimento, no lóbulo parietal.

(Desordem entre os espectadores; breve recesso)

Ve: Doutor, me desculpe por esta interrupção. Gostaria de lembrar aos presentes que este comitê está em sessão e que estamos assistindo a procedimentos de investigação, não a um show de horrores. Teremos ordem ou pedirei para o chefe da segurança evacuar o recinto.

Va: Tem toda a razão, sr. Verizer.

Ve: Obrigado, doutor. Pode dizer a esta comissão como Smith encarou a notícia?

Va: Ficou calmo. Extraordinariamente calmo. Acho que, no fundo, já tinha feito seu próprio diagnóstico, um diagnóstico que por acaso coincidia com o meu. Mesmo assim, ele me disse que estava bastante assustado. E me perguntou quanto tempo tinha de vida.

Ve: O que respondeu a ele?

Va: Disse que, naquele momento, a pergunta não fazia sentido, porque nossas opções ainda estavam em aberto. Disse que ele precisaria de uma cirurgia. Devo salientar que, até então, eu não tinha conhecimento de seu estado de coma e de sua extraordinária... quase milagrosa... recuperação.

Ve: E qual foi a reação dele?

Va: Ele disse que não faria cirurgia. Estava calmo mas firme, muito firme. Nada de operação. Eu disse que esperava que ele reconsiderasse aquela decisão, pois se esquivar da cirurgia seria como assinar sua própria sentença de morte.

Ve: Smith deu alguma resposta?

Va: Pediu que eu lhe desse uma opinião sincera sobre quanto tempo ele poderia viver sem aquela operação.

Ve: E o senhor deu a sua opinião?

Va: Sim, fiz uma estimativa, talvez razoavelmente correta. Disse que esses tumores seguem padrões de crescimento extremamente erráticos e que eu havia conhecido pacientes cujos tumores tinham passado dois anos inativos, embora tal inatividade fosse bastante rara. Disse que, sem uma cirurgia, seria razoável esperar que ele vivesse de oito a vinte meses.

Ve: Mas ele continuou rejeitando a cirurgia, não é?

Va: Sim, é verdade.

Ve: Aconteceu alguma coisa incomum quando Smith estava saindo?

Va: Eu diria que foi algo extremamente incomum.

Ve: Por favor, fale à comissão sobre isso.

Va: Toquei no ombro dele, pretendendo detê-lo, eu acho. Eu estava me sentindo mal em ver o homem sair naquelas circunstâncias, o senhor entende? E senti algo vindo dele quando encostei a mão... Foi como um choque elétrico, mas foi também uma sensação estranhamente esgotante, debilitante. Como se ele estivesse *sugando* alguma coisa de mim. Tenho de admitir que se trata de uma descrição extremamente subjetiva, mas vem de um homem treinado nas artes e nos ofícios da observação profissional. Não foi nada agradável, garanto ao senhor. Eu... me afastei dele... e ele sugeriu que eu ligasse para minha esposa, porque Strawberry havia se ferido gravemente.

Ve: Strawberry?

Va: Sim, foi o que ele disse. O irmão de minha esposa... O nome dele é Stanbury Richards. Meu filho mais novo o chamava de tio Strawberry quando era muito pequeno. Essa associação, aliás, só me ocorreu mais tarde. À noite sugeri que minha mulher ligasse para o irmão, que mora na cidade de Coose Lake, estado de Nova York.

Ve: Ela ligou?

Va: Sim, ligou. Ele ficou muito feliz de conversar com ela.

Ve: E o sr. Richards... seu cunhado... estava tudo bem com ele?

Va: Sim, ele estava ótimo. Mas na semana seguinte caiu de uma escada quando estava pintando a casa e quebrou as costas.

Ve: Dr. Vann, o senhor acredita que John Smith viu isso acontecer? Acredita que ele teve uma visão precognitiva com relação ao irmão de sua esposa?

Va: Não sei. Mas acredito... que possa ter acontecido.

Ve: Obrigado, doutor.

Va: Posso dizer mais uma coisa?

Ve: É claro.

Va: Se ele foi amaldiçoado com tal aptidão... sim, eu diria mesmo amaldiçoado... espero que Deus tenha piedade de sua alma torturada.

5

... e eu sei, pai, que as pessoas vão dizer que fiz o que estou planejando fazer por causa do tumor, mas não acredite nisso, papai. Não é verdade. O tumor é apenas o acidente finalmente me pegando de jeito, o acidente que, agora eu sei, nunca parou de acontecer. O tumor está localizado na mesma área que ficou lesionada na batida, a mesma área que, eu agora creio, provavelmente ficou ferida quando eu era criança e levei aquele tombo esquiando no lago Runaround. Foi aí que eu tive o primeiro dos meus "lampejos", embora até agora eu não tenha conseguido me lembrar exatamente de como foi. E tive outro lampejo pouco antes do acidente na feira de Esty. Pergunte a Sarah sobre isso; tenho certeza de que ela se lembra. O tumor está localizado na área que sempre chamei "a Zona Morta". Um nome que se mostrou bastante adequado, não foi? Amargamente adequado. Deus... a fatalidade... a providência... o destino... não importa como o senhor prefira chamar, parece estar estendendo sua mão firme, implacável, para equilibrar os pratos novamente. Talvez eu estivesse destinado

a morrer naquele acidente de carro, ou mesmo antes, na pista de patinação. E acredito que, quando tiver terminado o que tenho de terminar, os pratos vão voltar a ficar equilibrados.

Papai, eu amo você. A pior coisa, só superada pela crença de que o revólver é o único meio de sair deste terrível beco sem saída em que me encontro, é saber que o estarei deixando sozinho para suportar a dor e o ódio daqueles que não têm nenhum motivo para crer que Stillson seja outra coisa além de um homem bom e justo...

6

Extrato do depoimento prestado perante a denominada "Comissão Stillson", presidida pelo senador William Cohen do Maine. O inquiridor é o sr. Albert Renfrew, representante do relator da comissão. O depoente é o dr. Samuel Weizak, residente na alameda Harlow, 26, em Bangor, no Maine.

Data do depoimento: 23 de agosto de 1979.

Renfrew: Estamos agora nos aproximando da hora do nosso recesso, dr. Weizak, e em nome da comissão eu gostaria de lhe agradecer pelas últimas quatro longas horas de depoimento. O senhor trouxe bastante luz a esta situação.

Weizak: Só cumpri minha obrigação.

R.: Tenho uma última pergunta para o senhor, dr. Weizak, uma pergunta que me parece de extrema importância; diz respeito a um problema que o próprio John Smith levantou na carta que escreveu ao pai, carta que foi anexada como peça do processo. A pergunta é...

W.: Não.

R.: Por favor, não entendi.

W.: Está se preparando para me perguntar se o tumor de Johnny puxou o gatilho naquele dia em New Hampshire, certo?

R.: Em outras palavras, acho que...

W.: A resposta é não. John Smith foi um ser humano racional e sensato até o final da vida. A carta que escreveu para o pai comprova isso; a carta que escreveu para Sarah Hazlett também. Era um homem dotado de um terrível poder de semideus... talvez uma maldição, como meu colega dr. Vann descreveu... mas não estava perturbado nem agindo com base em fantasias causadas por pressão craniana — se é que isso fosse possível.

R.: Mas não é verdade que Charles Whitman, o denominado "Sniper da Torre do Texas", tinha...

W.: Sim, sim, Whitman tinha um tumor. Assim como o piloto do avião da Eastern Airlines que se espatifou na Flórida alguns anos atrás. E jamais foi sugerido que o tumor fosse a causa determinante em um caso ou no outro. Gostaria de destacar que criaturas abomináveis como Richard Speck, aquele outro chamado "Filho de Sam" e Adolf Hitler não precisaram de tumores cerebrais para agir de maneira homicida. Nem Frank Dodd, o assassino que o próprio Johnny desmascarou na cidade de Castle Rock. Por mais drástico que esta comissão possa julgar o ato de Johnny, foi o ato de um homem que estava são. Em grande agonia mental, talvez... mas são.

7

... e, principalmente, não pense que fiz isso sem a mais longa e mais angustiada reflexão. Se eu pudesse ter certeza de que, matando Stillson, a raça humana estava ganhando mais quatro anos, mais dois, até mesmo mais oito meses para pensar, a coisa valeria a pena. É errado, mas pode se revelar certo. Não sei. Mas não vou continuar desempenhando o papel de Hamlet. Eu sei como Stillson é perigoso.

Papai, eu te amo demais. Acredite.

Seu filho,
Johnny

8

Extrato do depoimento prestado perante a denominada "Comissão Stillson", presidida pelo senador William Cohen, do Maine. O inquiridor é o sr. Albert Renfrew, representante do relator da comissão. O depoente é o sr. Stuart Clawson, residente na avenida Blackstrap, em Jackson, New Hampshire.

Renfrew: E o senhor afirma que por acaso pegou na câmera dele, sr. Clawson?

Clawson: Sim! Assim que passei pela porta. Quase não fui lá naquele dia, embora goste de Greg Stillson... Bem, pelo menos gostava antes de tudo isso. E o salão da prefeitura me pareceu sufocante, percebe?

R.: Por causa de seu exame de motorista.

C.: Exato. Levar bomba naquele teste de condução de veículos foi um sufoco colossal. Mas no fim eu disse, ah, dane-se. E tirei a foto. Uau! Peguei tudo. Acho que aquela foto vai me deixar rico. Uma foto importante que nem a da bandeira sendo erguida em Iwo Jima.

R.: Espero que não comece a imaginar que tudo aquilo foi encenado em seu benefício, meu jovem.

C.: Ah, não! De modo algum! Eu só pretendia... bem... não sei o que pretendia. Mas aconteceu bem na minha frente e... Não sei. Deus, fiquei simplesmente muito contente por estar com minha Nikon, só isso.

R.: Bateu a foto quando Stillson pegou a criança?

C.: Matt Robeson, sim, senhor.

R.: E esta é uma cópia dessa fotografia?

C.: É minha foto, sim.

R.: E depois de tirar a foto, o que aconteceu?

C.: Dois daqueles capangas correram atrás de mim. Estavam gritando: "Me dê a câmera, moleque! Jogue ela no chão". Foi... hum, algo assim.

R.: E você correu?

C.: Se corri? Santo Deus, como corri. Eles me perseguiram quase até a garagem da prefeitura. Um deles quase me pegou, mas acabou escorregando no gelo e caindo.

Cohen: Eu diria, meu jovem, que você venceu a maratona mais importante de sua vida quando não se deixou pegar por aqueles dois meliantes.

C.: Obrigado, senhor. O que Stillson fez naquele dia... talvez precisassem ter estado lá, mas... botar um menininho na frente, isso é muito baixo. Aposto que o povo de New Hampshire não vai votar naquele cara nem para trabalhar na carrocinha. Nem para...

R.: Obrigado, sr. Clawson. O depoente está dispensado.

9

Outubro de novo.

Sarah tinha evitado aquela viagem por muito tempo, mas agora era chegada a hora, não podia mais adiar. Sentia isso. Deixou os dois filhos com a sra. Ablanap (tinha agora empregados na casa e dois carros em vez do pequeno Ford Pinto vermelho; a renda de Walt estava beirando os trinta mil dólares por ano) e foi sozinha a Pownal sob o sol ardente do final de outono.

Agora ela encostava na margem de uma bela estradinha rural, saltava do carro e atravessava a pista para o pequeno cemitério do outro lado. Uma plaquinha fosca anunciava o nome do cemitério: AS BÉTULAS. Era cercado por um irregular muro de pedra, e toda a área parecia bem cuidada. Algumas bandeirolas desbotadas sobreviviam do Memorial Day, o dia dos soldados mortos na guerra, de cinco meses antes. Logo estariam enterradas sob a neve.

Ela caminhou devagar, realmente sem pressa, a brisa pegando e sacudindo a barra da saia verde-escura. Ali estavam gerações de BOWDEN; aqui toda uma família de MARTEN; mais adiante, agrupados ao redor de um grande mausoléu de mármore, estavam os PILLBURY mortos desde 1750.

E, perto do muro de trás, Sarah encontrou uma lápide relativamente nova, que se limitava a dizer: JOHN SMITH. Ela se ajoelhou ao lado da lápide, hesitou, encostou a mão nela. Deixou as pontas dos dedos deslizarem pensativamente sobre a superfície polida.

10

23 de janeiro de 1979

Querida Sarah,

Acabei de escrever uma carta muito importante para meu pai e demorei quase uma hora e meia para conseguir chegar até o fim dela. Simplesmente não tenho a energia suficiente para repetir o esforço, por isso sugiro que telefone para ele assim que receber esta carta que escrevo a você. Faça isso já, Sarah, antes de continuar lendo...

Então agora, com toda a probabilidade, você sabe. Só queria dizer a você que, nos últimos tempos, venho pensando muito sobre o nosso encontro na feira de

Esty. Se eu pudesse adivinhar quais são as suas duas maiores lembranças daquela noite, eu diria que são o momento de sorte que eu tive na Roda da Fortuna (se lembra do garoto que não parava de dizer "estou adorando ver aquele cara levar uma surra"?) e a máscara que usei para assustá-la. Achei que seria uma coisa muito engraçada, mas você ficou furiosa e nosso encontro por muito pouco não foi direto pelo ralo. Talvez, se tivesse ido, eu não estivesse aqui agora, e aquele motorista de táxi ainda estivesse vivo. Por outro lado, talvez absolutamente nada de importante pudesse mudar em nosso futuro. Talvez eu estivesse obrigado a comer os mesmos petiscos uma semana, um mês ou um ano mais tarde.

Bem, tivemos nossa chance, mas no fim a roleta acabou caindo em um dos números da banca — acho que no duplo zero. Queria que soubesse que penso em você, Sarah. Para mim realmente não houve mais ninguém, e aquela noite foi a nossa melhor noite...

11

— Olá, Johnny — ela murmurou e o vento avançou suave entre as árvores que cintilavam ao sol; uma folha vermelha subiu na direção do céu muito azul e pousou, despercebida, em seu cabelo. — Estou aqui. Finalmente vim.

Falar em voz alta também devia ter lhe parecido errado; falar com um morto em um túmulo era o ato de uma pessoa desequilibrada, ela teria dito em outros tempos. Mas naquele momento a emoção a pegava de surpresa, emoção com tamanha força e intensidade que fez sua garganta doer e as mãos se fecharem de repente, batendo uma na outra. Talvez tudo bem falar com ele; afinal tinham sido nove anos e agora era o fim. Depois daquilo teria Walt, as crianças e muitos sorrisos de uma das cadeiras atrás do palanque do marido; os intermináveis sorrisos de fundo de cena e um ou outro artigo de destaque nos suplementos dominicais se a carreira política de Walt disparasse como ele tão seguramente esperava que acontecesse. O futuro ia pondo, a cada ano, um pouco mais de grisalho em seu cabelo, o que passava despercebido graças aos seus cuidados no cabeleireiro e graças à maquiagem; vislumbrava seu futuro em exercícios com instrutor na Associação Cristã de Moços em Bangor, fazendo compras, levando Denny para a escola primária e Janis para o jardim de infância; o futuro eram as festas de fim de ano e os chapéus engraçados. Enquanto isso, a vida ia rolando para a década da ficção científica dos anos 1980 e para aquele estranho estágio em que uma pessoa entrava quase sem perceber — a meia-idade.

Não via feiras regionais em seu futuro.

As primeiras lágrimas, vagarosas e escaldantes, começaram a chegar.

— Ah, Johnny — disse ela. — Tudo devia ter sido diferente, não é? As coisas não podiam acabar assim.

Sarah baixou a cabeça, a garganta se movendo dolorosamente — e sem nenhum resultado. Os soluços vinham de qualquer jeito, e o sol brilhante se fragmentava em prismas de luz. O vento, que pareceu tão quente e próprio do verão, tinha agora o frio de fevereiro ao bater em suas faces úmidas.

— Não é *justo!* — ela gritou no silêncio dos BOWDEN, MARSTEN e PILLSBURY, aquela assembleia morta de ouvintes capazes de testemunhar nada mais ou nada menos que a vida é breve e os mortos estão mortos. — Ah, meu Deus, não é *justo!*

E foi nesse momento que a mão tocou seu pescoço.

12

... e aquela noite foi a nossa melhor noite, embora vez por outra eu ainda tenha dificuldades em acreditar que tenha alguma vez existido um ano como 1970, com manifestações nos campus, Nixon como presidente e sem calculadoras de bolso, nem fitas de videocassete, muito menos Bruce Springsteen ou bandas de punk rock. E outras vezes parece que essa época está ao alcance da minha mão, que quase é possível tocá-la, que se eu pudesse pôr o braço em volta de você, Sarah, tocar sua face ou sua nuca, conseguiria levá-la comigo para um futuro diferente, sem dor, sem escuridão nem escolhas dolorosas.

Bem, todos nós fazemos o que podemos, e isso tem de ser bom o bastante... e se não é bom o bastante, temos de continuar fazendo. Só espero que, até onde for possível, você pense bem de mim, querida Sarah. Tudo de bom,

e todo o meu amor,
Johnny

13

Ela sugou bruscamente o ar, as costas se empinando, os olhos ficando grandes, arredondados.

— Johnny...?

Passou.

Seja lá o que fosse, passara. Sarah se levantou, olhou em volta e, é claro, não havia nada ali. Mas pôde vê-lo parado com as mãos enfiadas nos bolsos, o sorriso fácil e meio de lado no rosto mais-simpático-que-bonito. Estava encostado tranquilo, descontraído, em um mausoléu, em um daqueles marcos de pedra ou talvez em uma árvore que secava sob o último calor do outono. Isso não presta, Sarah... Continua cheirando aquela cocaína horrível?

Nada ali a não ser Johnny; em algum lugar por perto, talvez por toda parte.

Todos nós fazemos o que podemos, e isso tem de ser bom o bastante... e se não é bom o bastante, temos de continuar fazendo. Nada jamais é perdido, Sarah. Não há nada que não possa ser encontrado.

— Sempre o mesmo Johnny — ela murmurou, saiu do cemitério e atravessou a estrada. Ainda parou um instante, olhando para trás. O vento quente de outubro soprava com força e grandes áreas de luz e sombra pareciam estar cruzando o mundo. As árvores sussurravam secretamente entre as folhas.

Sarah entrou no carro e partiu.

1ª EDIÇÃO [2017] 10 reimpressões

ESTA OBRA FOI COMPOSTA PELA ABREU'S SYSTEM EM WHITMAN
E IMPRESSA EM OFSETE PELA LIS GRÁFICA SOBRE PAPEL PÓLEN NATURAL
DA SUZANO S.A. PARA A EDITORA SCHWARCZ EM MAIO DE 2023

A marca FSC® é a garantia de que a madeira utilizada na fabricação do papel deste livro provém de florestas que foram gerenciadas de maneira ambientalmente correta, socialmente justa e economicamente viável, além de outras fontes de origem controlada.